**BASTEI
LÜBBE**
TASCHENBUCH

Tom Finnek, 1965 in Westfalen geboren, ist Filmjournalist und Schriftsteller. Er hat bereits eine Reihe von historischen Romanen über das Münsterland geschrieben. Für ihn ist London mit seiner langen, wechselhaften Geschichte genauso faszinierend wie Berlin, wo er mit seiner Frau und seinen zwei Söhnen lebt.

TOM FINNEK

UNTER DER ASCHE

Historischer Roman

BASTEI
LÜBBE
TASCHENBUCH

BASTEI LÜBBE TASCHENBUCH
Band 16051

1. Auflage: Juli 2011

Vollständige Taschenbuchausgabe
der bei Ehrenwirth erschienenen Hardcoverausgabe

Bastei Lübbe Taschenbuch und Ehrenwirth
in der Bastei Lübbe GmbH & Co. KG
Copyright © 2010

Copyright © 2011 by Bastei Lübbe GmbH & Co. KG, Köln
Titelillustration: © View of London, French School, (17th century) /
Private Collection / Bridgeman Berlin
Umschlaggestaltung: Pauline Schimmelpenninck
Büro für Gestaltung, Berlin
Satz: Dörlemann Satz, Lemförde
Gesetzt aus der Baskerville
Druck und Verarbeitung: CPI – Ebner & Spiegel, Ulm
Printed in Germany
ISBN 978-3-404-16051-8

Der Preis dieses Bandes versteht sich einschließlich
der gesetzlichen Mehrwertsteuer.

INHALT

DIE WICHTIGSTEN
HANDELNDEN PERSONEN

In London

Geoff(rey) Ingram, die 13-jährige »Plage von Southwark«
Jez(ebel) Ingram, seine hübsche Schwester
Edward Ingram, Geoffs verschwundener älterer Bruder
Paul Ingram, sein pestkranker Vater
Eleanor Ingram, seine verschollene Mutter

Master Gerrard, Lehrer der Armenklasse,
»Eremit von St. Olave«
Rat Scabies, Geoffs verrückter Nachbar und Rattenfänger
Rancid Ray, eigentlich Raymond Webster,
Gauner und Taschendieb
Bernard & Marjory Collins, Wirte des
»Boar's Head Inn« in Southwark
Glen Matlock, Geoffs bester Freund

Mutter Southwood, Wirtin des »Maiden Inn« in Lambeth
Hum(ble) Southwood, ihre Tochter
Penelope, Fatty Fanny und Ada, Schankfrauen
im »Maiden Inn«

James Hollar, ein junger Maler
Wenceslaus Hollar, sein Vater,
böhmischer Kupferstecher und Radierer

In Surrey

Mildred Oldershaw, Bäuerin der
»Twin Oaks Farm« in Oxshott
Josh(ua) Oldershaw, ihr Mann
Mary & Joseph, deren Kinder
Jane Holcombe, alte Magd der Oldershaws,
Hebamme

John Platt, Gutsherr von Cobham Manor,
Pfarrer der Gemeinde von St. Andrew
Margaret Platt, seine Frau
Robert Gavell, John Platts ermordeter Stiefsohn

Nathaniel Holcombe, Janes Sohn, Schafhirte
und ehemaliger Digger
Tom Farynor, Sohn des königlichen Bäckers
in der Londoner Pudding Lane

DIE DREIBEINIGE STUTE

»Here by the permission of heaven, hell broke loose on this protestant city,
from the malicious hearts of barbarous Papists by the hand of their agent, Hubert,
who confessed and on the ruins of this place declared this fact,
for which he was hanged.«

(»Hier brach, mit Billigung des Himmels, die Hölle über diese protestantische
Stadt herein, heraufbeschworen aus den heimtückischen Herzen
barbarischer Papisten durch die Hand ihres Erfüllungsgehilfen, Hubert,
der geständig war und auf den Ruinen dieses Ortes offenbarte,
wofür er gehängt wurde.«)

Inschrift einer Gedenktafel in Pudding Lane

London dämmerte. Ein warmes, rötliches Abendlicht legte sich wie ein unpassend gefärbtes Leichentuch über die Stadt und ließ die Verwüstung und Zerstörung noch unwirklicher erscheinen. Fast hatte es den Anschein, als glühten die verbrannten Überreste immer noch. Die hagere Gestalt stand seit etwa einer Stunde regungslos am Fenster und starrte hinaus ins Halbdunkel. Auch das Gesicht des Mannes war unbewegt, die knittrige fahle Haut schimmerte im Abendlicht, als wäre sie vom Fieber gerötet. Der weiße Haarschopf und die buschigen Augenbrauen schienen ebenfalls wie vom großen Feuer erfasst, das die gesamte City von London vor beinahe zwei Monaten in Schutt und Asche gelegt hatte. Noch immer lastete Brandgeruch auf den Häusern und dem Fluss, und manchmal kam es dem Mann so vor, als hätte sich dieser Gestank in seinem Kopf eingebrannt wie ein unsichtbares Kainsmal.

Durch das Fenster seiner Dachstube schaute er auf den Friedhof und die alte gotische Kirche von St. Olave. Dahinter sah er die breite Themse und am gegenüberliegenden nördlichen Ufer die niedergebrannten Ruinen der Häuser und Kirchen, die wie eine grässliche Verhöhnung ihrer einstigen Größe wirkten. Zur Linken wurde der Blick durch die London Bridge versperrt, deren dicht gedrängte und ausladende Häuser durch eine Baulücke am anderen Ende gerettet worden waren. Ein Brand vor über dreißig Jahren hatte diese Lücke gerissen und damit ein Übergreifen des furchtbaren Feuers auf die Südseite der Brücke und den Stadtteil Southwark verhindert. Vielleicht, ging es dem Mann durch den Kopf, machte es das nur noch schlimmer: dass sie ungeschoren und unbeschadet davongekommen waren.

Sein Blick wanderte vom hohlen Zahn des einst mächtigen Kirchturms der St. Paul's Kathedrale zu den Hügeln von

---

* Anmerkungen und Übersetzungen im Anhang ab Seite 647

Hampstead und Islington am nördlichen Horizont, wo die Bewohner der City in den ersten Wochen nach dem Brand ihre Lager errichtet und vorübergehend Zuflucht gefunden hatten. Inzwischen waren viele wieder in die Stadt zurückgekehrt und hausten in Zelten oder provisorischen Hütten inmitten der Trümmer. Manche wohnten in den Kellern oder zwischen rußgeschwärzten Mauern unter freiem Himmel, andere fanden Unterkunft in den unversehrten Hallen und Kirchen am Stadtrand. Doch obwohl die einstmals lärmende und pulsierende City von London wieder bewohnt war, wirkte sie nun tot und gespenstisch, vor allem bei Nacht. Niemand wagte sich nach Sonnenuntergang auf die wenigen frei geräumten Straßen oder Trampelpfade, denn Diebe und Räuber trieben sich herum und suchten in den Ruinen nach zurückgelassenen Schätzen oder sonstigen brauchbaren Gerätschaften. Jede Katastrophe gebiert ihre Parasiten, dachte der Mann. Bei der Pest im vergangenen Jahr waren es die Quacksalber und falschen Propheten gewesen, nach dem Brand waren es das Diebesgesindel und die Bierbrauer, die ihre Trinkstände in der City errichtet hatten, bevor die Asche der Ruinen abgekühlt war.

Sein Blick schweifte weiter zu den Überresten des Rathauses und der königlichen Börse, die in dem Durcheinander kaum auszumachen waren, und verharrte schließlich bei der völlig zerstörten Kirche von St. Magnus am nördlichen Ende der Brücke. Ganz in der Nähe, nur einen Steinwurf entfernt, befanden sich die Pudding Lane und die Bäckerei des Thomas Farynor, in der das schreckliche Feuer am ersten Sonntag im September seinen Anfang genommen hatte. Östlich davon, direkt am Ufer, sah der Mann den Fischmarkt von Billingsgate und das Zollamt, beide nicht mehr als solche zu erkennen. Beinahe alles, was sich innerhalb der Stadtmauern befunden hatte, war niedergebrannt, eingestürzt und schwarz verkohlt. Mehr als hunderttausend Menschen hatten ihr Obdach verloren, Zehntausende Häuser, Hunderte Straßen und zahllose Kirchen waren verwüstet und zerstört. Sie waren nur noch unkenntliche

Überreste eines monströsen Scheiterhaufens. Nur der Tower von London stand wie eh und je auf seinem Hügel, als hätte er mit der ganzen Angelegenheit nichts zu tun gehabt. Wie durch ein Wunder war die Festung östlich der Stadtmauer von den Flammen verschont worden. Aber an Wunder glaubte der Mann schon lange nicht mehr.

»Master Gerrard!«, hörte er plötzlich eine aufgeregte und atemlose Jungenstimme hinter sich. Die Zimmertür, die nie verriegelt war, fiel krachend ins Schloss.

Ohne sich nach dem Jungen umzudrehen, fragte der Mann: »Robert Hubert ist tot?«

»Ay, Master«, antwortete der Junge, der nicht mehr Kind, aber noch nicht erwachsen war und dessen ärmliche Kleider zerschlissen und verdreckt waren. »Die dreibeinige Stute hat den Franzosen gefressen«, setzte er hinzu und blieb nahe der Tür stehen, als wolle er gleich wieder Reißaus nehmen.

»Geoffrey Ingram!«, sagte Master Gerrard tadelnd.

»Aber alle nennen den Galgen von Tyburn so«, beharrte der Junge, nahm die Mütze vom Kopf und fuhr sich mit gespreizten Fingern durch das rotblonde Haar. »Steht auf drei Beinen wie ein Schemel, nur sitzen kann man nicht drauf. Und statt Zügeln und Zaumzeug gibt's 'nen dicken Strick mit 'ner Schlinge.«

»Der Henker hat also ganze Arbeit geleistet?«, fragte Master Gerrard verbittert.

»Na ja, ganz wie man's nimmt.« Der Junge verstummte und biss sich auf die blassen Lippen.

Verwundert wandte sich der Mann um. »Was heißt das?« Er winkte den Jungen zu sich. »Was ist geschehen?«

Geoffrey räusperte sich und kam zögernd näher, schließlich murmelte er: »Sie haben ihn in Stücke gerissen.«

»Wie meinst du das?«

»So wie ich's sage«, antwortete der Junge achselzuckend und zog die Nase kraus. »Sie haben ihn zerfetzt.«

»Wer? Wen? Wieso?« Master Gerrard packte den Jungen am Kragen und schüttelte ihn, dass ihm die Mütze aus den

Händen fiel. »Nun red schon, Bengel! Oder soll ich's aus dir rausprügeln?«

»Tja«, druckste Geoffrey herum und schien nach den rechten Worten zu suchen. »Erst war alles ganz normal und wie immer. Nur dass mehr Leute da waren als sonst. Zwei Tribünen haben sie aufgebaut, damit auch alle was sehen können. Erst hat der Henker eine Rede gehalten, dann kam der Priester, und dann haben sie den Franzosen auf einen Pferdekarren gestellt und ihm den Strick um den Hals gelegt. Anschließend hat der Henker dem Pferd die Peitsche gegeben, und der Franzose hat gebaumelt und gezappelt, bis er tot war. Das hat ganz schön gedauert, weil sich keiner an seine Beine gehängt hat.«

Master Gerrard ließ den Jungen los und bekreuzigte sich.

»Beinahe 'ne Stunde hat der danach noch gehangen, wie's so üblich ist bei Hinrichtungen, und der Henker hat an einem der drei Pfähle gehockt und 'ne Tonpfeife geraucht, als würde er das schöne Wetter genießen. Dann hat er ihn schließlich runtergenommen, und ein Arzt hat festgestellt, dass der Franzose tot ist. War ja nicht zu übersehen.«

»Und weiter?«

»Sie wollten ihn auf den Karren hieven, aber dazu kam's nicht mehr.« Der Junge schüttelte den Kopf, als könne er nicht glauben, was er gesehen hatte. »Normalerweise gehen die Leute nach Hause, wenn der Mann am Strick nicht mehr zappelt. Gibt ja nichts mehr zu sehen. Aber diesmal war's anders. Alle sind geblieben, als würden sie auf 'n weiteres Spektakel warten, keiner hat sich vom Fleck gerührt. Und als der tote Franzose auf den Karren geladen werden sollte, da haben sie sich plötzlich auf ihn gestürzt. Alle! Wie auf ein Kommando. Plötzlich hatten sie Nägel und Messer in der Hand, und wenn der Henker und der Doktor nicht beiseitegesprungen wären, hätten sie die auch kaltgemacht.« Geoffrey schluckte, er presste die Lippen aufeinander, und plötzlich liefen ihm Tränen über die sommersprossigen Wangen. »Sie haben ihn mit den Nägeln und Messern bearbeitet, bis nichts mehr von ihm übrig war. In tausend Stücke haben sie ihn zerlegt. Und den abgeschnittenen Kopf haben sie wie einen Ball hin und her geworfen und mit Füßen getreten.«

»Oh, mein Gott!« Master Gerrard vergrub das Gesicht in den Händen und murmelte: »Was für Dummköpfe und Tölpel! Wie kann man nur so verblendet und einfältig sein? ›Lüge und Unwahrheit herrschen im Land‹, spricht der Herr, ›von Bosheit zu Bosheit schreiten sie voran.‹« Plötzlich hob er ruckartig den Kopf, starrte den Jungen an und rief: »Das ist unser Werk, Geoffrey! Wir haben das Blut dieses armen Menschen an unseren Händen.«

»Ihr, Sir? Was habt Ihr denn mit dem Feuer zu tun?«

»Es hängt alles zusammen, merkst du das nicht? Wir alle haben gelogen oder die Wahrheit verschwiegen, und deshalb musste der Franzose sterben.«

»Aber er hat gestanden«, sagte der Junge und wischte sich die Tränen aus dem vor Schmutz starrenden Gesicht. »Das hätte er doch nicht tun müssen. Wieso macht er so was? Was können denn wir dafür, dass er sagt, er war's? Selbst unter dem Galgen hat er wiederholt, dass er das Feuer gelegt hat. Als wär er stolz darauf. Dann muss er sich nicht wundern, wenn sie ihn hängen.«

»Wir wissen es besser, Geoffrey«, antwortete Master Gerrard. »Sie brauchten einen Sündenbock und haben sich einen hinkenden Schwachkopf gegriffen, der weder geistig noch körperlich in der Lage war, ein derartiges Komplott zu schmieden, wie es ihm angelastet wird. Und wieso haben sie das getan? Nur weil er ein Franzose und angeblich ein Spion des Papstes war. Dummes Zeug!«

»Er hat gestanden«, beharrte Geoffrey mit störrischer Miene.

»Pah!«, schnaufte Master Gerrard und starrte aus dem Fenster. Die Sonne war inzwischen untergegangen, der Himmel über der Brücke war blutrot, Dunkelheit senkte sich auf die

Stadt herab und ließ ihre Umrisse verschwimmen. »Nicht einmal seine Richter haben ihn für schuldig gehalten. Nur die Geschworenen haben das unsinnige Geständnis für bare Münze genommen, aber die Jury bestand ja auch größtenteils aus der Familie des Bäckers.«

»Farynor«, sagte Geoffrey und nickte.

»Das ist aber alles völlig unerheblich. Die Frage ist nämlich: Sind *wir* schuldig?«

»Was hätten wir denn tun sollen, Sir?«, fragte der Junge leise.

»Genau das ist der entscheidende Punkt«, entgegnete Master Gerrard.

»Sie hätten mir kein Wort geglaubt, wenn ich ihnen die Wahrheit erzählt hätte«, murmelte Geoffrey. »Nicht, solange Jez verschwunden ist und der Sohn des Bäckers …« Er ließ den Satz unbeendet, schüttelte stattdessen den Kopf und sagte: »Sie hätten mich einen Lügner genannt.«

»Mag sein«, erwiderte Master Gerrard gedankenverloren. »›Einer täuscht den anderen‹, spricht der Herr, ›Wahrheit redet man nicht.‹« Plötzlich fuhr er herum und schaute sich im Zimmer um, ohne in der Dunkelheit wirklich etwas erkennen zu können. »Deshalb müssen wir anfangen zu graben.«

»Graben, Sir?«, wunderte sich der Junge.

»Was siehst du, wenn du auf die Stadt schaust?«, fragte Master Gerrard und deutete aus dem Fenster.

»Weiß nicht«, antwortete Geoffrey achselzuckend. »Dunkle Nacht?«

»Schwarze Asche, mein Junge«, verbesserte Master Gerrard. »Doch unter der Oberfläche glimmt und glüht es, dass man sich verbrennen kann, auch jetzt noch, man muss nur tief genug graben.« Er bückte sich, kramte auf seinem Schreibtisch und in den verstreut liegenden Papieren herum und sagte: »Deshalb werden wir auf der Stelle damit anfangen.«

»Womit?«

»Wir graben nach der Wahrheit!«, rief Master Gerrard und

hielt einen Gänsekiel in der Hand. »Auch wenn sie niemand hören oder glauben will.«

»Das ist eine Feder, Sir.« Geoffrey hob zweifelnd die Augenbrauen.

»Du sagst es«, antwortete Master Gerrard und drückte sie dem verdutzten Jungen in die Hand. »Eine Feder.«

ERSTER TEIL

DARK ENTRY

»The borough is reputed to be a somewhat dirty suburb of London, in which chiefly poor people live, and in which many foul and disagreeable trades are carried on. It was not always so.«

(»Der Bezirk gilt als etwas dreckiger Vorort von London, in dem vor allem arme Leute leben und in dem viele üble und fragwürdige Geschäfte abgewickelt werden. Das war nicht immer so.«)

William Rendle, »A few particulars of Old Southwark«

1. KAPITEL

Handelt von einem dunklen Eingang
und einem Rattenfänger

Meine Familie hatte schon immer ein glückliches Händchen, wenn es darum ging, die falschen Dinge zur falschen Zeit zu tun. Ich weiß, man kann sich seine Sippschaft nicht aussuchen, und Blut ist bekanntlich dicker als Wasser, wenn's nicht gerade die stinkende Brühe der Themse ist. Ich will auch nicht undankbar erscheinen oder herumjammern. Ich sag nur, wie ich's sehe, und das wird ja wohl noch erlaubt sein.

Nehmt zum Beispiel meine Mutter. Als ihr klar wurde, dass das triste Familienleben nichts für sie war und sie nicht an der Seite eines armseligen Fährmanns an der Themse leben wollte, war sie dreißig Jahre alt und hatte diesem Flussschiffer gerade das dritte Kind geschenkt: mich! Was sie jedoch nicht davon abhielt, nur einen Monat nach der Geburt ihr Bündel zu schnüren, Mann und Kinder zurückzulassen, sich einem herumziehenden Soldatentross anzuschließen und auf Nimmerwiedersehen zu verschwinden. Das war vor etwas mehr als dreizehn Jahren, im Sommer 1653, und wenn ich ehrlich bin, kann ich's ihr nicht einmal verdenken. Vielleicht hätte ich's genauso gemacht. Aber trotzdem war's das Falsche zur falschen Zeit, wenn ihr mich fragt.

Mit meinem Vater verlief's ganz ähnlich, wenn auch auf völlig andere Art und geraume Zeit später. Es war vor einem halben Jahr, im Mai 1666. Über Monate hinweg waren die Leute wie die Fliegen an der Pest gestorben, das ganze vergangene Jahr waren sie in London krepiert, als wollte die Stadt binnen kürzester Zeit aussterben. Jedes zweite Haus war mit dem Krankheit und Tod verkündenden roten Kreuz und dem frommen Wunsch »Herr erbarme dich unser!« gezeichnet. Man hatte Mühe, die Unmengen an Leichen fortzuschaffen und in geweihter Erde Platz für sie zu finden. Nur unser elendes Dark Entry, eine winzige Sackgasse am Südende der London Bridge, war bislang verschont geblieben. Was beinahe ein Wunder war, wenn man bedachte, was für kranke Kreaturen dort hausten – und damit meine ich ausnahmsweise nicht meine Familie.

Als es im Dezember des vergangenen Jahres hieß, die Pest sei am Abklingen, und in den folgenden Wochen immer weniger Leute an der Seuche starben, atmeten alle Londoner erleichtert auf. Der Winter ging, der Frühling kam, die Pest schien besiegt und hatte ihren Schrecken verloren. Es gab vereinzelte Freudenfeuer, Dankgottesdienste wurden abgehalten, die Gasthäuser waren wieder bis weit in die Nacht geöffnet. Die feinen Herrschaften (unter ihnen der König) kehrten von ihren Landsitzen in die Stadt zurück, und von den Kanzeln predigten die Pfaffen, die ebenfalls das Weite gesucht hatten, der Herr im Himmel habe endlich das Flehen der sündigen Menschen erhört. Hinter vorgehaltener Hand munkelten einige, die Seuche sei eine Strafe Gottes für die losen Sitten am königlichen Hof gewesen. Doch nun war das Schlimmste überstanden, da waren sich alle einig. Erleichterung machte sich breit.

Nur mein Vater hatte nichts Besseres zu tun, als sich im Mai 1666 die eitrigen Beulen auf den Buckel zu holen und binnen weniger Tage an der Pest einzugehen. Hat man so etwas Dummes schon gehört?

Vermutlich merkt ihr bereits, was mit meiner Familie los ist: Sie hat kein Gespür für den rechten Zeitpunkt. Und ihr verzeiht hoffentlich, dass ich mich erst jetzt vorstelle: Mein Name ist Geoffrey Ingram, geboren am 30. Juli 1653, als Sohn von Paul und Eleanor Ingram, Bruder von Jezebel und Edward, bis vor Kurzem wohnhaft am hinteren Ende des Dark Entry, im Borough von Southwark, London, Königreich England. Nicht sehr aufschlussreich, oder? Aber mehr gibt's eigentlich nicht über mich zu sagen, zumindest nichts, was teure Tinte und Papier wert wäre. Ich bin nur ein einfacher Bursche, weder besonders klug und erst recht nicht wohlhabend. Kaum der Rede wert oder wie mein Bruder Edward zu sagen pflegte: »So nützlich wie ein verdammter Kropf.« Und weil das so ist, handelt das, was ich auf diesen Seiten berichten werde, auch weniger von mir als von anderen Personen, die mir über den Weg gelaufen sind oder sich aus sonstigen Gründen in mein Leben eingemischt haben. Ob ich's nun wollte oder nicht. Von meiner Schwester Jezebel beispielsweise, die sozusagen eine Meisterin der falschen Dinge zur falschen Zeit ist. Oder dem Eremiten von St. Olave, der allerdings kein Mitglied der Familie ist, auch wenn ich Master Gerrard – wie er eigentlich heißt – öfter zu Gesicht bekam, als mir und ihm lieb sein konnte. Aber das werdet ihr alles noch früh genug erfahren. Immer hübsch der Reihe nach.

Zunächst will ich euch meine alte Nachbarschaft beschreiben, damit ihr einen ungefähren Eindruck bekommt, womit ihr es hier zu tun habt. Mein Vater hat oft gesagt: »Wir wohnen im Hinterhof von London, mein Junge. Und du weißt ja, was man im Hinterhof findet. Den Unrathaufen, die Sickergrube und das Scheißhaus.« Vermutlich darf man solche Worte gar nicht zu Papier bringen, und es würde mich nicht wundern, wenn die Tinte vor Scham durchsichtig würde, aber so hat er's nun mal gesagt, und gemeint hat er damit Folgendes: Alle Welt kannte London. War ja eine riesige Stadt mit vielen Straßen, einem Gewimmel von Häusern, unzähligen Einwohnern, mächtigen Kirchen und einer hübschen Stadtmauer drum herum. Das Zentrum der Zivilisation, wie manche behaupteten. Die Stadt Gottes, sagten andere. Und obwohl Southwark ein Stadtteil von London war, gehörte es nicht wirklich dazu, denn es lag sozusagen auf der falschen Seite des Flusses. Ihr müsst euch das wie eine riesige Sanduhr vorstellen, mit der London Bridge wie ein steinernes Nadelöhr in der Mitte.

Während es oben in der City das Rathaus, die Kathedrale von St. Paul, die königliche Börse und den mächtigen Tower gab, fand man unten in Southwark nur Wirtshäuser, Bordelle, Abdecker, Brauereien und Gefängnisse. Wenn London bekannt und berüchtigt war für seinen Lärm und Trubel, dann war es Southwark für seinen Gestank. Ein einziger riesiger Unrathaufen eben. Und was Southwark für London war, das war unser Dark Entry für Southwark. Der Hinterhof vom Hinterhof, wenn's so was überhaupt gibt.

Eigentlich war es nicht einmal eine richtige Straße, vielmehr die Rückseite eines Hofs, zu der man von der Hauptstraße aus nur gelangen konnte, weil das Haus, das den Dark Entry von der Straße absperrte, vor einigen Jahren abgebrannt war. Deswegen hieß es ja Dark Entry: weil der Eingang schwarz verkohlt war. Ich lebte also in einer winzigen Sackgasse, die weder als Straße noch als Platz gedacht und eher zufällig entstanden war. Wahrscheinlich versteht ihr gar nicht, was ich mit meinem Gerede eigentlich sagen will, also versuch ich's noch mal von vorn: In unserem Borough gab's eine Hauptstraße, die von Süden aus geradewegs zur Brücke führte. Der einzigen Brücke über die Themse, jedenfalls in London. An dieser Straße wimmelte es von Gasthöfen, Wirtshäusern und Absteigen, die jeweils durch eine kleine Einfahrt und über einen ringsum bebauten Innenhof zu erreichen waren. Eine dieser Schänken war das »Boar's Head Inn«, wo ich bis vor Kurzem als Laufbursche und Hausknecht geschuftet hatte, und wenn man am Ende des Hofs an den Misthaufen und Latrinen vorbei zur Rückseite des Gasthofs ging, gelangte man zum Dark Entry, der sich sozusagen im Schatten des »Boar's Head« befand. Weil vorne an der Hauptstraße das Haus abgebrannt und eingestürzt war, musste man natürlich nicht mehr über die Misthaufen steigen, aber das sagte ich bereits.

Nur drei winzige und windschiefe Häuschen gab's in unserer Straße, für mehr wäre gar kein Platz gewesen. Eigentlich waren sie nichts anderes als ehemalige Ställe oder Geräteschuppen, die man notdürftig zu Wohnungen umgebaut hatte. So war unser Haus früher ein Hühnerstall und Taubenschlag gewesen, und unsere winzigen Schlafkammern unterm Dach waren die Verschläge gewesen, in denen immer noch der Taubendreck an den Wänden klebte. Nicht dass ihr einen falschen Eindruck von unserem »Haus« bekommt.

Um euch zu erklären, was ich vorhin mit den kranken Kreaturen meinte, will ich euch einen meiner ehemaligen Nachbarn vorstellen: den alten *Rat Scabies* vom vorderen Ende des Dark Entry. Na, werdet ihr jetzt sagen, »Ratte Krätze«, das ist aber ein seltsamer Name für einen ausgewachsenen Mann, denn das war er. Sicherlich fragt ihr euch: Wie kann man denn mit Vornamen wie ein Nager und mit Nachnamen wie eine Krankheit heißen? Das will ich euch gern erklären.

»Scabies« wurde er genannt, weil er die Krätze hatte, solange ich denken konnte. Seine Haut war schon ganz grau und welk, weil die Kratzwürmer sie wie Maulwürfe durchlöchert und aufgewölbt hatten, dass die Haut in großen Fetzen abschuppte. Das war kein schöner Anblick, das könnt ihr mir glauben, vor allem bei Mondlicht, dann war die Haut so bleich und rissig wie bröckelnder Kalk. Und »Rat« hieß er, weil er einen echten Rattenfimmel hatte. Den hatte er seit der letzten großen Pest im Jahr 1625, wo ihm seine junge Frau Eliza und zwei Kinder abhandengekommen waren. Rat hat sie wohl sehr geliebt, also nicht die Pest, sondern seine Frau, und aus irgendeinem Grund glaubte er seit Elizas Tod, die verdammten Ratten hätten die Seuche nach London gebracht. Was natürlich Unsinn war, weil jeder wusste, dass der warme Südwind den Pesthauch herwehte und Hunde und Katzen ihn über die Stadt verbreiteten. Deswegen hatte man die Viecher ja auch im letzten Jahr zu Tausenden totgeschlagen und sogar Kopfgeld für jeden Kadaver gezahlt. Rat aber wollte davon nichts wissen, er blieb bei seinen Ratten und sagte, dass die Nager zu Hunderten krepiert seien, kurz bevor's mit der Pestilenz losging. Und genauso sei's vor vierzig Jahren gewesen. Erst die Ratten, dann die Menschen.

Nun ja, Rat war ein verdammter Sturkopf, und was einmal in seinem runzligen Schädel war, das brachte keiner mehr heraus. Also machte er seit Jahrzehnten Jagd auf Ratten, schlug sie tot, wo er sie kriegen konnte, und freute sich wie ein Kind über jeden stinkenden Kadaver. Mit seinem Verstand stand's eindeutig nicht zum Besten, das könnt ihr mir glauben. Vor lauter Rattenfang kam er kaum noch dazu, mit seinem Bauchladen durch die Straßen zu ziehen und seine Kurzwaren zu verkaufen, denn eigentlich war Rat ein fahrender Händler. Früher jedenfalls. Unter den Nagern schien sich inzwischen herumgesprochen zu haben, dass Rat ihnen auf den Fersen war, denn in unserer Straße sah man sie kaum noch. Waren ja schlaue und gescheite Tierchen. Aber es genügte unserem alten Rat nicht, die Viecher nur zu töten, nein er verbrannte sie anschließend, weil er meinte, dass man den leibhaftigen Satan nur mit Feuer bekämpfen könne. So stünde es in der Bibel, sagte er. Und darum zündelte er wie ein königlicher Feuerwerker und röstete seine Ratten.

Wenn ihr jetzt eins und eins zusammenzählt, werdet ihr vermutlich erraten, wieso das Haus an der Hauptstraße vor Jahren niedergebrannt ist. Es wurde nie wirklich geklärt, wie's zu dem Brand kam, und keiner hat den guten Rat Scabies je beschuldigt, aber ich bin mir sicher, dass alles mit einer brennenden Ratte angefangen hatte. Ganz schön verrückt, oder? Aber so ist das mit der Liebe, sie schlägt gern in Wahnsinn um, das ist zumindest meine bescheidene Erfahrung, und genau davon handelt diese Geschichte. Vom Irrsinn der Liebe. Nach dem Tod seiner Frau hat Rat jedenfalls kein Lebewesen mehr an sich herangelassen, außer den Kratzwürmern natürlich, aber die zählten vermutlich nicht. Wie Rat Scabies in Wahrheit hieß, wusste übrigens kein Mensch. Da alle ihn nur mit seinem Spitznamen riefen, hatte er's wahrscheinlich selbst vergessen.

Wieso hab ich euch das jetzt eigentlich erzählt? Ach ja, um euch einen Eindruck von der Nachbarschaft zu geben, in der ich groß geworden bin. Den habt ihr ja nun, und ich kann endlich mit meiner Geschichte beginnen. Das Problem ist nur, dass ich nicht recht weiß, wo und wie ich anfangen soll. Habt ihr wahrscheinlich schon bemerkt, was? Ist schließlich das erste Mal, dass ich so was mache, und wenn der Eremit von St. Olave mir nicht Gänsefeder und Papier in die Hand gedrückt und mich regelrecht gezwungen hätte, mit dem Schreiben anzufangen, hätte ich's gleich gelassen. Was soll's auch bringen, es macht die Dinge ja nicht ungeschehen.

Natürlich könnte ich mit meiner Geburt anfangen, mit dem Verschwinden meiner Mutter und mit meiner verlotterten Kindheit in Southwark, aber das würde zu weit führen und euch nur langweilen. Andererseits wär's ebenso denkbar, mit dem furchtbaren Feuer von London zu beginnen, das vor wenigen Wochen in Windeseile beinahe die ganze Stadt zerstört hat, aber das würde bedeuten, das Pferd von hinten aufzuzäumen. Und das ist bekanntlich niemals ratsam. Auf das Feuer komme ich ja am Ende noch ausführlich zu sprechen. Alles zu seiner Zeit!

In gewisser Weise hat der ganze Schlamassel an dem Tag angefangen, als meine Schwester Jezebel verschwand. Eigentlich müsste ich sagen: als sie zum ersten Mal verschwand, denn später hat sie es ein zweites Mal getan und sich damit gleich doppelt als würdige Tochter ihrer Mutter erwiesen. Ich sagte ja bereits, dass meine Schwester eine Meisterin der falschen Dinge zur falschen Zeit ist. Doch während meine Mutter eine Geburt – meine! – zum Anlass nahm, das Weite zu suchen, war es bei Jezebel ein Todestag. Der unseres Vaters!

2. KAPITEL

In dem von der Pest und einer Nachricht die Rede ist

Es war vor einem halben Jahr, am 29. Mai 1666, dem Dienstag vor Pfingsten. Das weiß ich so genau, weil's der Geburtstag vom König war. Und Restaurationstag obendrein. Vor genau sechs Jahren war der vertriebene König Charles – also der Sohn von dem geköpften König Charles – unter dem Jubel seiner Untertanen aus Frankreich nach London zurückgekehrt, eigentlich ein Tag zum Feiern und Frohlocken. Nur nicht in unserem Haus. Schon in der Frühe, als überall in London die Kirchenglocken den Feiertag einläuteten, war abzusehen, dass unser Vater den nächsten Morgen nicht mehr erleben würde.

Die Pest war eine seltsame Sache, man begriff einfach nicht, was es damit auf sich hatte. Manche Kranken hatten wochenlang Beulen unter den Achseln, am Hals und zwischen den Beinen, waren aber ansonsten putzmunter, andere bekamen auf der Stelle Fieber, spuckten Blut und starben binnen kürzester Zeit, obwohl überhaupt keine Beulen oder eitrigen Furunkel zu sehen waren. Bei unserem Vater war's die Beulenpest, das ist sicher, aber wie lang er schon krank war, kann ich nicht genau sagen. Er war vor lauter Dreck beinah schwarz an den Händen und im Gesicht, sodass man die Beulen und Pusteln kaum sehen konnte, außerdem hatte er in den Tagen zuvor immer nur betrunken auf seinem Stroh in der dunklen Ecke der Stube gelegen und sich mit Brandy zugeschüttet. Zur Arbeit war er schon seit Wochen nicht mehr gegangen, daran war in seinem Zustand nicht zu denken gewesen, ständig hat er den Fusel in sich hineingekippt. Wahrscheinlich weil er die brandigen Beulen bemerkt hatte und sich lieber totsaufen wollte, als elendig an der Pest zu krepieren. Hat nur nichts genützt, so schnell starb ein geübter Säufer nicht am Suff. An diesem Dienstag kamen jedenfalls das Schüttelfieber und die Ohnmacht, immer abwechselnd, und an den schwarzen Bläschen um die Augen konnte ich erkennen, dass es nicht mehr lange dauern würde.

Wer die schwarzen Linsen an den Augen hatte, der war so gut wie hinüber. Gevatter Tod stand schon vor der Tür und wetzte die Sichel.

War ein ganz schöner Schreck für mich, meinen Vater so zu sehen, denn die Pest bedeutete nicht nur den meist sicheren Tod für den Kranken, sondern auch für alle anderen im Haus. Selbst wenn die gar nicht krank waren. Sofort kamen die Männer mit der roten Farbe, schmierten das vermaledeite Kreuz an die Tür und nagelten das Haus für vierzig Tage zu, samt allen Unglücklichen, die darin wohnten. Und dann: »Herr erbarme dich unser!« Wachmänner mit Hellebarden wurden vor dem Haus postiert, damit niemand entkommen konnte. Mitgefangen, mitgehangen. Quarantäne nannte man das, hat der Eremit von St. Olave gesagt. Ein hässliches Wort für eine hässliche Sache.

Während ich noch überlegte, wie und wohin ich unseren Vater heimlich fortschaffen sollte, wenn er denn erst mal gestorben war, und ob ich mich vielleicht längst angesteckt hatte, hämmerte es an der Tür, als hätten die Männer mit der Farbe bereits Wind von der Sache gekriegt. Am liebsten hätte ich mich hinterm Herd versteckt, das könnt ihr mir glauben. Es waren aber keine Amtsbüttel, die vor der Tür standen, sondern der junge Bernie Collins, der Sohn vom alten Bernard Collins, dem Wirt vom »Boar's Head«. Er steckte den Kopf zur Tür rein und fragte: »Jez da?«

Bernie war immer etwas mundfaul, mit langen Sätzen hatte er's nicht so. Da war er wie sein Vater. Selten mal mehr als drei Worte und meistens gebrüllt: »Mach dies, mach das, zieh Leine, halt's Maul!«

Ich schaute mich in unserer düsteren Stube um, als müsste ich mich erst vergewissern, und sagte: »Nee, sieht nicht so aus.« Aus Vaters Ecke kam kein Mucks, er war wohl gerade wieder in Ohnmacht gefallen.

»Soll schleunigst rüberkommen«, sagte Bernie und lugte um die Ecke. »Der Alte tobt schon wieder. 'ne Menge Gäste zum

Mittag. Und von Jez nichts zu sehen.« Er machte eine Pause nach der langen Rede und setzte hinzu: »Wo steckt 'n die?«

»Keine Ahnung«, antwortete ich und wollte die Tür schließen, »ist mir seit gestern Abend nicht unter die Augen gekommen.«

»Soll ihren Arsch rüberschieben. Sag ihr das!«

Ich nickte und antwortete: »Wird gemacht.«

Jezebel arbeitete wie ich im »Boar's Head«, doch während ich die Ehre hatte, den Boden zu säubern, Kisten und Flaschen herumzuschleppen, die Spucknäpfe zu entleeren und sonstige Drecksarbeit zu erledigen, war Jez für die Küche und die Bedienung der Gäste zuständig. Auch kein Zuckerschlecken und genauso schlecht bezahlt, aber immerhin eine anständige Arbeit, wenn die Gäste nicht allzu betrunken waren und ihr untern Rock griffen. Was jedoch nur selten vorkam. Höchstens dreimal am Tag.

Bernie fasste sich an die Mütze, die ihm wie ein umgestülpter Nachttopf auf dem Schädel saß, und wollte unsere ärmliche Hütte bereits wieder verlassen, als Vaters Ohnmacht ins Schüttelfieber umschlug. Ein echter Ingram, keine Frage!

»Was war 'n das?«, fragte Bernie.

»Mein alter Herr hat mal wieder einen übern Durst getrunken.«

»Hört sich an, als würd er krepieren.«

»Wenn's mal so wäre«, antwortete ich und lachte laut. »Der Alte ist zäh, das bisschen Branntwein bringt den nicht um. Der kann einiges vertragen.«

Bernie hatte inzwischen die Tür wieder aufgestoßen und schielte in die Ecke, in der sich mein Vater auf seinem Strohsack hin und her wälzte und dabei zuckte und viehische Töne von sich gab, die man gar nicht aufschreiben kann, weil's keine Buchstaben dafür gibt.

»'n Bad in der Themse müsste der nehmen.« Bernie grinste wie eine Bulldogge. »Das hat noch jeden Säufer kuriert. Auf 'nem Stuhl festbinden, ran an den Flaschenzug und ab ins Wasser. Wie bei den zänkischen Weibern. Bis sie zur Besinnung kommen.«

»Gestern haben sie wieder 'ne alte Vettel an der Bankside in die Themse getitscht«, sagte ich und packte Bernie, der sich dem Strohsack nähern wollte, an der Schulter. »Muss ein ziemliches Spektakel gewesen sein. War die Frau von 'nem armen Schlucker, der seine Schulden nicht zahlen konnte und den sie unten im Clink-Gefängnis eingelocht haben. Wahrscheinlich hat das Weib zu laut gekeift und sich beschwert, drum haben sie ihr das lose Maul gestopft.« Die ganze Zeit versuchte ich, Bernie von meinem Vater fernzuhalten, damit er das verbeulte und brandige Gesicht nicht zu sehen bekam.

»Hm«, machte Bernie und zuckte mit den Schultern. »Hauptsache, es gab was zu lachen.« Er deutete auf meinen Vater, der sich auf dem Boden wand und seltsam gurgelnde Geräusche von sich gab: »Ist der immer so?«

»Nur wenn er Selbstgebrannten gesoffen hat. Der wird noch mal blind von dem Fusel, das sag ich dir.«

»Armer Teufel!«

Zum Glück wurde mein Vater in diesem Moment wieder ohnmächtig. Er schrie einmal laut auf und verfiel dann in eine plötzliche Starre, dass er aussah wie eine Leiche. Bernie erschrak, schüttelte sich und stammelte: »Grundgütiger!« Er wandte sich schleunigst um, ging zur Tür zurück und verabschiedete sich mit den Worten: »Sag's ihr!«

»Soll ihren Arsch rüberschieben, ich weiß.«

»Gilt auch für dich«, knurrte er.

»Bin erst am Nachmittag wieder dran, weißte doch.«

»Verdammter Faulpelz!« Und draußen war er.

Erleichtert schloss ich die Tür und vergewisserte mich, dass Vater ruhig auf seinem Strohsack lag. Obwohl kaum Licht durch das winzige Fenster in die Stube kam, konnte ich sehen, dass seine Stirn schweißgebadet war und er sich im Krampf die Lippen blutig gebissen hatte. Es ging wirklich zu Ende mit ihm. Und obwohl ich eigentlich kein gutes Wort über meinen alten

Herrn verlieren konnte, tat's mir irgendwie leid um ihn. Sicher, er war ein verdammter Trunkenbold, der auf alles eindrosch, was sich bewegte, vor allem wenn es sich um Mitglieder seiner Familie handelte. Kein Wunder, dass Mutter sich den Soldaten angeschlossen und Edward ihn vor zwei Jahren beinahe umgebracht hatte. Beides mit dem gleichen Resultat: Sie waren weg und würden nie wiederkommen. Aber ihn jetzt so daliegen zu sehen war auch nicht gerade schön. Kein Mensch hatte die Pest verdient, nicht mal ein Grobian wie Paul Ingram. Mein Mitgefühl kann allerdings nicht ganz so groß und dauerhaft gewesen sein, wie es jetzt vielleicht den Anschein hat, denn im nächsten Moment zuckte ich mit den Schultern und dachte an das, was Bernie vorhin gesagt hatte: »Von Jez nichts zu sehen.«

Es ist nicht so, dass meine Schwester mir immer gesagt hätte, was sie gerade anstellte oder wo und mit wem sie sich herumtrieb, und eigentlich interessierte es mich auch nicht sonderlich. Jez war schon immer eine Einzelgängerin und Geheimniskrämerin gewesen, nie redete sie über etwas, und stets gab sie schnippische Antworten, wenn man was von ihr wissen wollte. Sie konnte es auf den Tod nicht ausstehen, wenn man sich ungefragt in ihre Angelegenheiten einmischte. Vor allem konnte sie's nicht ertragen, wenn *ich* mich in ihre Sachen einmischte. Dass sie an diesem Tag nicht zur Arbeit erschienen war, sah ihr zwar nicht ähnlich, aber es war andererseits auch nicht besonders alarmierend oder besorgniserregend. Sie war schließlich siebzehn Jahre alt und konnte tun und lassen, was sie wollte. Sah man mal davon ab, dass der Lohn für ihre Arbeit im »Boar's Head« mit der Miete für unsere Bruchbude verrechnet wurde, genauso wie meine Schufterei in der Schänke. Denn der alte Bernard Collins war nicht nur der Wirt der Kneipe, sondern auch unser Vermieter. Ihm gehörte der gesamte Dark Entry samt allen Verrückten, die darin wohnten. Doch das nur nebenbei.

Obwohl Jez niemand war, um den man sich Sorgen machen musste, hatte ich doch sofort so eine komische Ahnung, dass irgendwas nicht stimmte. Vielleicht kam's daher, dass unser Vater im Sterben lag, und bekanntlich kam ein Unglück selten allein. Es hätte zu Jez gepasst, wenn sie ausgerechnet an diesem Tag irgendeinen Unsinn anstellte. Jedenfalls ging ich sofort hoch in Jezebels Kammer unter dem Dach, die früher einmal Vaters Schlafkammer gewesen war, bis er sich bei einem Sturz von der steilen Treppe derart die Rippen gequetscht und den Schädel gehauen hatte, dass er seitdem seinen Rausch lieber unten auf einem Strohsack in der Stube ausschlief.

Natürlich wisst ihr bereits, dass Jez nicht in ihrer Kammer war, denn dummerweise hab ich euch ja anfangs verraten, dass dies der Tag war, an dem meine Schwester zum ersten Mal verschwand. Was ihr aber nicht wissen könnt, ist, dass in der Kammer nicht nur von Jez nichts zu sehen war, sondern auch ihre sämtlichen Kleider aus der Holztruhe verschwunden waren und ein schmieriger Zettel auf dem Bett lag. Darauf stand in krakeligen Buchstaben: »Ich mus gen Jes.«

Wie ihr seht, war das Schreiben von Nachrichten nicht Jezebels Stärke. Zwar hatte Edward, der von uns dreien nicht nur der älteste, sondern auch der hellste Kopf war, vor einigen Jahren versucht, ihr das Lesen und Schreiben beizubringen, aber leider nur mit bescheidenem Erfolg. Mit geschriebenen Worten hatte sie es nicht so. Wozu brauchte man eine Feder, wenn man einen Mund hatte? Den hat sie allerdings auch nicht so oft aufgetan. Und jetzt war sie weg. Musste sie gehen, wie sie es nannte. Einfach so und ohne jede weitere Erklärung.

Wahrscheinlich war es vor allem der Zettel, der mich in Panik geraten ließ, denn dass Jez überhaupt eine Nachricht schrieb, kam mir wie ein böses Omen vor. Wenn sie einfach verschwunden wäre, wie alle anderen in der Familie, dann wär's nicht weiter aufgefallen. Eine mehr in der Sammlung der Ingrams. Aber dieses »Ich mus gen« ließ mich schaudern, als hätte mich einer von hinten am Schlafittchen gepackt. Wann hatte ich Jezebel zuletzt gesehen? Zu Bernie hatte ich gesagt: »Gestern Abend«, und das stimmte auch, aber wann genau?

Obwohl Jez und ich *beide* im »Boar's Head« arbeiteten, taten wir das selten *zusammen*, sondern meistens abwechselnd. Ich war frühmorgens dran, um den Dreck der vergangenen Nacht wegzuräumen und die Höhle des Löwen auszumisten, gegen neun kam Jezebel und kümmerte sich mit der Wirtin oder der Küchenmagd Tracy um die Fuhrleute und Reisenden, die zum Frühstück oder Mittagessen einkehrten, anschließend durfte ich dann wieder den Müll beseitigen, den Boden wischen und die Spucknäpfe säubern. Am Abend ging's genauso, nur dass ich seit einiger Zeit zusätzlich den Laufburschen spielte und den Gebrechlichen oder Faulenzern ihre Rationen nach Hause brachte. Zu diesen Faulenzern gehörte auch der Eremit von St. Olave, dem ich jeden Abend das Essen und einen Krug Gerstenwasser aufs Zimmer hinaufschleppte, doch darauf komme ich später noch zurück. Ab acht Uhr abends mussten wir dann beide ran, aber wenn der Laden voll war, kriegten wir uns trotzdem kaum zu Gesicht.

Zwar zählte das »Boar's Head« eher zu den kleineren Inns an der Hauptstraße und war nicht mit den bekannteren Gasthäusern wie dem »George«, dem »White Hart« oder dem »Tabard« zu vergleichen, wo die Pferdekutschen Halt machten und deshalb viel mehr Gäste über Nacht blieben, dennoch war die Schänke meistens gut besucht. Für mich war normalerweise um zehn oder elf Uhr Feierabend, während Jez dableiben musste, bis die letzten Gäste gegangen oder vom Wirt rausgeworfen worden waren. Genauso war's gestern gewesen: Als ich das »Boar's Head« verlassen hatte, war Jez noch in der Schänke gewesen und hatte Bier und Branntwein ausgeschenkt.

Während ich nun in ihrer Kammer stand und den seltsamen Zettel betrachtete, überlegte ich, ob irgendetwas anders oder eigenartig gewesen war, aber ich konnte mich zunächst an nichts Besonderes erinnern. Alles war wie immer gewesen: laut, dreckig und betrunken! Wieder starrte ich auf den Zettel, und erst jetzt bemerkte ich, worauf Jezebel ihre Nachricht gekritzelt hatte. Es war die Rückseite von einem Steckbrief, der im Moment überall in London aushing und auf dem vom sogenannten »Southbank Slasher«, dem Schlitzer von der Southbank, die Rede war. In den letzten beiden Jahren waren mehrere Frauenleichen aus der Themse gefischt oder am Ufer gefunden worden, und bevor man sie ins Wasser geworfen hatte, waren sie fürchterlich mit dem Messer massakriert worden. Bei einigen der Frauen sollen einzelne Teile des Körper gefehlt haben, eine Hand, ein Bein, der Kopf. Das behauptete jedenfalls Master Collins, und der hatte es angeblich von einem schwatzhaften Konstabler erfahren. Wie dem auch sei, fünfzig Pfund Sterling wurden demjenigen versprochen, der den Slasher fasste oder die Büttel auf seine Fährte brachte, und das war eine erstaunliche Summe, wenn man bedachte, dass es sich bei den Ermordeten durchweg um Schankfrauen oder Dirnen aus den Gemeinden am Südufer der Themse handelte. Das Einzige, was sich ansonsten über die Ermordeten sagen ließ, war, dass sie allesamt rabenschwarzes Haar gehabt und das dreißigste Lebensjahr noch nicht erreicht hatten. Anfangs waren die Leichen nicht weiter aufgefallen, die Pest hatte so gewütet, dass Flussleichen nichts Ungewöhnliches waren. Geschlitzt oder nicht geschlitzt. Aber erst in der vergangenen Woche war wieder eine Dunkelhaarige nahe der London Bridge aus dem Fluss gefischt worden. Angeblich die Geliebte irgendeines feinen Pinkels aus der City. Das erklärte natürlich auch das Kopfgeld.

Ich weiß nicht, wieso, aber als ich den Steckbrief überflog, der nur wenig über das jüngste Opfer und rein gar nichts über den Täter verriet, hatte ich plötzlich den Gentleman vor Augen, der sich am Abend zuvor ins »Boar's Head« verirrt hatte. Nicht dass der was mit den Frauenleichen zu tun hatte, aber er hatte nach Jez gefragt und sich einige Zeit mit ihr unterhalten. Jetzt erinnerte ich mich plötzlich wieder. In einer Ecke hatten sie gesessen und sehr lange die Köpfe zusammengesteckt, bis dem Wirt der Kragen platzte und er Jez Prügel androhte, wenn sie nicht sofort ihre Privatgespräche beendete und wieder hinterm Schanktisch verschwand. Als er sah, dass sie mit einem Gentleman geredet hatte, wurde er ganz verlegen und stammelte eine Entschuldigung, aber Jezebel nutzte die Gelegenheit und verdrückte sich. Ich hab keine Ahnung, was sie mit dem Unbekannten verhackstückt hat, aber anschließend war sie ganz bleich und durcheinander, und der Gentleman ist ausgebüxt, als sei ihm der Satan persönlich auf den Fersen. Master Collins ist ihm mit lauter Bücklingen und Schmeicheleien hinterher, aber vergebens. Das »Boar's Head Inn« war nicht gerade bekannt als Wirtshaus für feine Herren, sondern eher als billige Absteige für den Pöbel, und ein Mann mit Gehstock und Perücke passte dort hin wie eine Kirsche auf einen Hundehaufen, wenn ihr versteht, was ich meine. Der Gentleman war etwa sechzig Jahre alt und recht altmodisch und schlicht gekleidet, nicht so streng wie ein Puritaner, das gerade nicht, aber auch nicht wie ein Kavalier und Stutzer. Zwar trug er eine Lockenperücke auf dem Kopf, wie sie seit der Rückkehr des Königs aus Frankreich in Mode war, und der Knauf an seinem Stock schien aus Silber zu sein, aber dennoch machte er auf mich nicht den Eindruck eines reichen Mannes. Von feiner und vornehmer Art, das schon, aber er stank nicht nach Geld. Weder trug er Schmuck an den Händen noch war sein Rock von edlem Stoff oder modisch gearbeitet. Ich konnte mir beim besten Willen nicht erklären, was Jez mit ihm zu schaffen hatte. Wieder eines ihrer Geheimnisse. Und am Tag drauf war sie verschwunden, mit allen Kleidern im Gepäck und einem bekritzelten Steckbrief auf dem Bett.

Ein Zufall? Nein, Sir, bestimmt nicht!

Vielleicht ist es an der Zeit, euch ein wenig von Jezebel zu erzählen. Von der früheren Jezebel, bevor sie das erste Mal verschwand. Von der andern wird später noch genug geredet. Mein Vater hat immer gesagt, Jez sei ihrer Mutter wie aus dem Gesicht geschnitten. Und wenn das stimmte, dann galt das auch für Edward und mich. Alle drei hatten wir die blasse Haut, das rotblonde Haar, die dicken Sommersprossen, die grünen Augen und die etwas zu große Nase unserer Mutter, deren Vorfahren angeblich Iren oder Schotten waren, so genau hat sich Vater da nie festgelegt. Doch während Edward und mir dieses irisch-schottische Aussehen nicht gut zu Gesicht stand, galt Jez als echte Schönheit. Bei uns wirkte die Blässe krank, bei unserer Schwester hielten es alle für vornehm und edel. Während unsere breiten Nasen und schweinsblonden Wimpern irgendwie grobschlächtig und feist aussahen, fanden alle Männer dies bei Jez süß oder niedlich. Nicht gerecht, aber so war's nun mal. Nie hat mich jemand wegen meiner kuhfladengroßen Sommersprossen oder rotblonden Borsten niedlich oder süß genannt, aber ihr liefen die Kerle hinterher, als seien sie Schmeißfliegen und Jez die Latrine. Kein Wunder, dass ihr jeden Abend zwischen die Beine gegriffen wurde, aber das wäre vermutlich auch der Fall gewesen, wenn sie eine hässliche Matrone gewesen wäre. Im Suff ist den Männern jedes Weibsbild recht, das hab ich oft genug bei unserem Vater erlebt. Der war allerdings auch nicht gerade eine Augenweide.

Wie dem auch sei, Jezebel hatte jedenfalls keine Mühe, sabbernde Verehrer um sich zu scharen und mit kleinen Aufmerksamkeiten bedacht zu werden. Und das obwohl sie in der letzten Zeit ganz schön mollig geworden war und ein kleines Doppelkinn bekommen hatte. Männer stehen auf so was, heißt es. Das Problem war nur, dass *ihr* gar nicht der Sinn danach zu stehen schien. Manchmal hatte ich den Eindruck, sie ekle sich vor den Männern oder halte sie alle für Dummköpfe und Einfaltspinsel. Wenn ihr in der Kneipe jemand zu nahe kam, verteilte sie regelmäßig Ohrfeigen und kippte den Kerlen auch schon mal einen Krug Bier über den Kopf. »Die eiserne Jungfer«, so lautete ihr Spitzname, den sie sich redlich verdient hatte. Das Seltsame war jedoch, dass die Schluckspechte ihr nie übel nahmen, wenn Jez sie wie Abschaum behandelte. Die Kerle lachten darüber und waren sogar stolz, als hätten sie grad den Ritterschlag erhalten. Liebe und Wahnsinn, ich hab ja schon gesagt, dass die nie weit voneinander weg sind.

Ich wusste jedenfalls von keinem Verehrer, der es geschafft hätte, mit Jez im Bett zu landen oder ihr auch nur einen Kuss zu stehlen. Gegen Ende des letzten Jahres, als die Pest noch in der Stadt wütete, hatte sich ein junger Kerl eine Zeit lang recht auffällig ums »Boar's Head« und den Dark Entry herumgedrückt, so ein Schönling mit langen Haaren, Spitzbart und breiter Silberschnalle am Hut. Ich dachte damals schon, er könnte es auf Jez abgesehen haben, aber dann war er plötzlich verschwunden und ist nie wieder aufgetaucht. Vermutlich hat Jez ihn wie all die anderen in die Flucht geschlagen oder vergrault. Dass der Gentleman vom Vorabend mehr Erfolg bei ihr gehabt hatte, war nicht sehr wahrscheinlich, denn Jez hatte für alte Knacker nichts übrig, selbst wenn sie vornehm oder gebildet waren.

Aber, wie gesagt, meine Schwester war eine verdammte Geheimniskrämerin, und wie sich bald herausstellte, gab's einiges in ihrem Leben, von dem ich nicht die geringste Ahnung gehabt hatte.

3. KAPITEL

Stellt den Eremiten von St. Olave vor

Heute hab ich Master Gerrard die ersten Seiten meines Berichts zu lesen gegeben, damit er die vielen Fehler beseitigen kann und das Ganze etwas lesbarer macht, wie er es versprochen hat, und ich kann euch sagen, er war alles andere als begeistert. Zeter und Mordio hat er geschrien, als hätte ich ihn persönlich mit meinem stümperhaften Traktat beleidigt. »Kraut und Rüben!«, hat er immer wieder gerufen. »Alles durcheinander, nichts an seinem rechten Platz.«

Es ist ja nicht so, dass ich Jubelstürme oder Schulterklopfen erwartet hatte, schließlich weiß ich, dass niemand es dem Eremiten von St. Olave recht machen kann, aber seine harsche Reaktion hat mich doch erstaunt. Was hat er denn erwartet? Einen zweiten Shakespeare? Ich hab mich ja nicht aufgedrängt, mit dem verdammten Schreiben und Erinnern anzufangen. Wenn's nach mir ginge, könnte ich's gleich wieder lassen. Das hab ich ihm auch gesagt und noch einiges mehr, aber weil er eben ein Lehrer ist, wollte er nicht zugeben, dass er unrecht hat. Kann halt nicht raus aus seiner runzligen Magisterhaut. Darum hat er ein weiteres »Kraut und Rüben!« nachgeschoben und mir erklärt, was ich alles falsch gemacht hätte. Keine Ordnung hätte ich in meinem Kopf, schimpfte er, und darum seien meine Zeilen so wirr und verworren. »Mal hü, mal hott! Erst links, dann rechts.«

»Aber Ihr habt doch gesagt, ich soll alles genau so aufschreiben, wie ich's in Erinnerung hab«, sagte ich und zuckte mit den Schultern. »Nichts anderes hab ich getan. Ich sollte nur berichten, was ich damals gesehen oder gedacht hab, und nicht das, was ich heute weiß. Das habt Ihr jedenfalls gesagt, Master. Und jetzt ist's wieder nicht recht.«

»Du hast keine Richtung, mein Junge! In deinem Kopf herrscht völlige Konfusion. Immer Umwege und Abschweifungen und zu viele Personen, die dort nichts zu suchen haben. Zumindest jetzt noch nicht. Man begreift ja gar nicht, worum es eigentlich geht.«

»Was kann denn ich dafür, dass die Geschichte so schwierig ist und viel zu viele Leute ihren Anteil dran haben. Hab's mir ja nicht ausgedacht.«

»Dennoch!«, meinte er. »Streng dich gefälligst an, Geoffrey! Denk daran, wir schreiben nicht zum bloßen Zeitvertreib oder Vergnügen, sondern um vor Gott und unserem Gewissen Zeugnis abzulegen.«

»Gar nicht so einfach, so 'n Zeugnis vor dem Gewissen«, hab ich geantwortet und meinen Kopf gekratzt, weil mich die Läuse piesackten, als würden sie in meinen Haaren eine Kirmes feiern.

»Dennoch!« Das war offensichtlich eines seiner Lieblingswörter. »Es geht um den großen Gedanken dahinter, um die heilsamen Lehren, die wir daraus ziehen, um den göttlichen Plan, der sich hinter allem verbirgt.«

»Aber in dieser Geschichte geht's um Pest und Feuer, um Lüge, Verrat und Mord«, sagte ich und zerdrückte eine Laus zwischen meinen Fingernägeln, dass sie knackte. »Kann keinen großen Gedanken drin finden.«

»Es geht auch um die Kinder, vergiss das nicht«, sagte er kopfschüttelnd. »Deshalb musst du dich anstrengen. Wegen der Kinder. Denn es steht geschrieben in der Schrift …«

»Ja, ja, meinetwegen«, unterbrach ich ihn, bevor er wieder aus der Bibel zitieren konnte. Wenn er damit erst mal angefangen hatte, fand er kein Ende mehr. Ständig redete er vom bösen Lord Esau, vom sündigen Babylon und dem normannischen Joch, das wir alle zu tragen hätten. Allerdings war ich mir gar nicht sicher, ob die Normannen in der Bibel überhaupt vorkamen. »Aber ich kann nichts versprechen«, setzte ich vorsorglich hinzu. »Und wenn's Euch nicht gut genug ist oder in den Kram passt, dann schreibt die Geschichte doch selbst, Master Gerrard.«

»Das werde ich auch tun«, hat er darauf gesagt und seinen

zauseligen Kopf in den Händen vergraben, wie's so seine Art war. »Aber alles zu seiner Zeit und am rechten Platz. Und jetzt geh, Junge! Geh!«

Vermutlich fragt ihr euch die ganze Zeit, warum ich Master Gerrard immer den Eremiten von St. Olave nenne, obwohl es doch in einer Stadt wie London gar nicht möglich war, als einsamer Einsiedler zu leben. Tja, da irrt ihr euch aber gewaltig. Unser Master Gerrard konnte das.

Es ist nicht einfach für mich, den Eremiten zu beschreiben, denn immerhin wird er auch diese Seiten irgendwann lesen und mir gehörig den Kopf waschen. Zwar hat er von mir verlangt, immer bei der Wahrheit zu bleiben, aber nicht jede Wahrheit ist jedermanns Sache, wenn ihr wisst, was ich meine. Um es gleich vorwegzusagen: Master Gerrard war nicht gerade das, was man einen angenehmen oder liebenswerten Zeitgenossen nannte. Ganz im Gegenteil. Sicherlich habe ich ihm einiges zu verdanken – zum Beispiel, dass ich überhaupt lesen und schreiben kann –, aber es wäre eindeutig gelogen, wenn ich behauptete, ich hätte ihn besonders leiden können. Niemand konnte das. Und umgekehrt stand's genauso. Master Gerrard war ein fürchterlicher Griesgram und Sauertopf, dem alles und jedermann zuwider war. Nie konnte man es ihm recht machen, ständig hatte er was an einem auszusetzen, und stets schaute er drein, als sei ihm eine ganze Läuseschar über die Leber gelaufen. »Wenn Gott den Menschen nach seinem Ebenbild erschuf«, hat der Eremit mal zu mir gesagt, »dann ist das wahrlich kein Kompliment für unseren Vater im Himmel.« Solche Sachen sagte er, obwohl er ständig in der Bibel las. Oder eben weil er das tat, denn in der Bibel ging's oft ganz schön ruppig und unheilig zur Sache.

»Ein elender Knasterer«, so hat mein Vater ihn mal genannt, und auch wenn ich nicht genau wusste, was das Wort bedeutete, klang's doch sehr nach unserem werten Eremiten von St. Olave.

So, da steht's, soll er's doch wegstreichen, wenn's ihm nicht passt.*

Als ich vorhin sagte, in Southwark gäb's nur Wirtshäuser, Brauereien und Gefängnisse, war das natürlich geflunkert oder zumindest übertrieben, denn auch wenn unser Borough ein elender Sündenpfuhl war, so war's doch nicht gänzlich von Gott und den Pfaffen verlassen. Allein in nächster Nähe der London Bridge gab's drei Kirchen, jeweils nur einen Steinwurf voneinander entfernt, aber trotzdem mit eigener Pfarre. Da war zunächst St. Saviour auf der Westseite der Hauptstraße, dann St. George etwas weiter südlich und schließlich St. Olave östlich der Straße, direkt an der Themse. Unser Dark Entry lag zwar ebenfalls auf der Ostseite, gehörte aber zur westlichen Pfarre von St. Saviour. Fragt mich bloß nicht, wieso. Ich könnt's euch nicht beantworten.

Direkt neben der Kirche von St. Olave, sozusagen im Schatten des Kirchturms, gleich neben dem Friedhof, gab's eine alte Schule aus Backstein, die »St. Olave's Grammar School«, und oberhalb des Klassenraums befand sich eine winzige Dachmansarde, die früher einmal vom Pfarrer als Studierzimmer benutzt worden war. Hier lebte unser Eremit, und selten verließ er die Mauern seiner Einsiedelei. Es gab Leute, die behaupteten, er würde manchmal gegen Mitternacht aus seinem Kabuff kommen und wie ein Geist an der Themse entlangschlendern, aber tagsüber sah man ihn niemals außerhalb des Kirchengrundstücks.

Seit ein paar Jahren war Master Gerrard Lehrer in St. Olave, so genau ließ sich das nicht sagen, und niemand wusste, was er vorher gemacht hatte. Einige vermuteten, er sei ein Freund

* Nichts dergleichen werde ich tun. Zwar habe ich in Bezug auf Geoffreys unbeholfenen Stil und seine allzu unflätige Ausdrucksweise einige Korrekturen und Verbesserungen vorgenommen, doch weder seine inhaltlichen Aussagen noch seine mitunter kindischen Ansichten werde ich ändern oder streichen. So unsinnig oder unbedacht sie auch sein mögen. gez. Gerrard

oder Verwandter vom alten Reverend Braithwaite, aber das war längst nicht ausgemacht. Die einen hielten ihn für einen Puritaner oder Dissenter, die anderen für einen Papisten und manche sogar für einen Juden, was natürlich Unfug war, denn dann hätte er nicht ständig von seinem »Herrn Jesus« gesprochen. Irgendwie passte bei ihm nichts zusammen. Sein Gesicht war grob und faltig, die Haut vom Wetter gegerbt, obwohl sie kaum Sonne oder Wind abbekam. Für einen Lehrer wirkte er erstaunlich kräftig und muskulös, als hätte er früher mal Knochenarbeit verrichtet, aber dass er ein Gelehrter war, konnte man schon an den Büchern in seiner Kammer sehen und aus der manchmal verschrobenen Art schließen, wie er sich ausdrückte. Die Bibel schien er auswendig zu kennen, jedenfalls zitierte er ständig daraus und hielt Predigten wie ein Pfaffe, aber den Sonntagsgottesdienst in der Kirche schwänzte er wie ein ungehorsamer Schüler.

Und fragt mich bloß nicht, wie alt er war! Ich hab keine Ahnung, vielleicht war er fünfzig, vielleicht sechzig oder sogar mehr Jahre alt. Die strubbeligen Haare, die ihm wie Stroh vom Kopf standen, waren beinahe weiß, aber trotzdem glaube ich nicht, dass der Eremit ein alter Mann war. Also kein *richtig* alter Mann.

Ich hab ihn mal gefragt, warum seine Haare so weiß waren, und er hat geantwortet: »Aus Ärger über dumme und unnütze Fragen.«

Wenn die Leute über ihn redeten, so taten sie's mit einer Mischung aus Angst und Respekt. Er war ihnen unheimlich, obwohl sie ihn fast nie zu Gesicht bekamen. Oder gerade deswegen. Er war wie ein Gespenst. Jeder wusste von ihm oder hatte von ihm gehört, aber niemand kannte ihn. Jedenfalls keiner so gut wie ich.

An einem Sonntagnachmittag vor anderthalb oder zwei Jahren, kurz nachdem Edward unseren Vater mit einem eisernen Prügel verdroschen und anschließend das Weite gesucht hatte, hat mich mein Freund Glen Matlock in die Armenklasse von St. Olave mitgeschleppt. Erst wollte ich nicht, aber er meinte, es könnte nicht schaden, und Lesen hätte noch keinen umgebracht. Glen war ein Jahr jünger als ich und wohnte unten an der Themse, nahe Battle Bridge, und weil die im Kirchspiel von St. Olave lag, war's für ihn nichts Besonderes, von Master Gerrard im Lesen, Schreiben und Beten unterrichtet zu werden. Jedem Kind aus St. Olave war es erlaubt, sonntags dort hinzugehen, ohne auch nur einen Penny zu bezahlen. Angeblich war die Schule vor hundert Jahren von einem Bierbrauer aus der Nachbarschaft gestiftet worden, und der hatte in seinem letzten Willen drauf bestanden, dass auch die Armen dort unterrichtet wurden. Nur wer an den Werktagen zur Schule ging und auch Rechnen und Latein lernen wollte, musste vier Pence die Woche berappen. Dummerweise lag unser Dark Entry im Kirchspiel von St. Saviour – ihr erinnert euch vielleicht, wenn ihr aufgepasst habt –, wo's zwar ebenfalls eine Schule, aber keine Armenklasse gab, und deshalb hatte ich dort nichts zu suchen und hätte gleich wieder nach Hause gehen können. Vor allem als ich den finsteren Blick des Eremiten sah, den ich aus Glens Beschreibungen kannte und der in seiner dunklen Kutte hinter dem Pult stand und mich anstarrte, als hätte ich ihn mit meinem unerlaubten Erscheinen persönlich beleidigt.

»Wer bist du, Junge?«, fragte Master Gerrard, als ich mich schon wieder aus dem Klassenraum verdrücken wollte.

»Die Plage von Southwark, Master«, antwortete ich nach kurzem Zögern, »jedenfalls nennt mich mein Vater so.«

Die Klasse lachte oder kicherte leise.

»Ruhe!«, rief Master Gerrard und ließ die Rute aufs Pult knallen, dass alle Jungs schlagartig still waren. »Bist du ein Narr?«, wandte er sich dann wieder an mich. »Oder bloß ein Dummkopf?«

Ich hatte bislang nicht gewusst, dass es da einen Unterschied gab, und deshalb antwortete ich: »Würd's gern rausfinden, Master.«

Er schnaufte verächtlich und zog die buschigen Augenbrauen hoch, schien aber dennoch mit meiner Antwort zufrieden, denn er wies auf einen der Stühle, die mir eigentlich nicht zustanden, und befahl: »Setz dich, du Plage!«

So kam ich in die Sonntagsschule, und obwohl es häufig Stockhiebe setzte, wenn man Unsinn machte, ungefragt redete oder die falschen Antworten gab, ging ich jeden Sonntag hin und fand schließlich Gefallen dran, vor allem am Schreiben und Lesen. Glen hatte recht gehabt, es brachte einen nicht um. Nur auf das Beten und die Lektionen aus der Bibel hätte ich gut und gern verzichten können.

Wenig später befahl mir der Wirt vom »Boar's Head«, als Laufbursche das Essen und die Getränke auszutragen. Eigentlich war das die Aufgabe vom jungen Bernie Collins gewesen, aber der schien nicht sonderlich zuverlässig zu sein, wie er überhaupt ein verdammter Taugenichts war, und so schickte Master Collins mich nun auf die abendlichen Botengänge. Ich war ziemlich überrascht, als der Wirt mir auftrug, dem Lehrer von St. Olave jeden Abend sein Essen und Gerstenwasser aufs Zimmer zu bringen. Bier oder Branntwein trank der Eremit nicht, immer nur muffiges Gerstenwasser, das die Missis extra für ihn aus Gerstensud, Honig und Zitronensaft zusammenpanschte. Aber das nur nebenbei.

Auch Master Gerrard hat gestaunt, als ich plötzlich mit dem Essen vor ihm stand. »Man wird dich nicht los, was?«, hat er gesagt und den Kopf geschüttelt. »Eine wahrhaft biblische Plage.«

Obwohl er ständig brummte wie ein Bär, wenn er mich sah, schien der Eremit irgendwie einen Narren an mir gefressen zu haben. Weiß der Henker, wieso. Wenn ich das Essen abgeliefert hatte, stellte er mir Fragen, um zu überprüfen, ob ich das am Sonntag Gelernte auch behalten hatte, oder er hielt Vorträge, die immer ein wenig an Predigten erinnerten und vom Bösen in der Welt handelten. Seltsamerweise schien für ihn grundsätzlich alles von Übel zu sein. In einem Satz konnte er den König verdammen, im nächsten schimpfte er auf den Verräter Oliver Cromwell und das Commonwealth, und manchmal ließ er gleich darauf einen gotteslästerlichen Fluch folgen, als sei er ein unseliger Heide. Wenn man ihn »Master« nannte, dann sagte er, niemand sei eines anderen Herr und alle seien vor Gott gleich. Wenn man ihn aber nur mit »Sir« ansprach, dann konnte es einem passieren, dass er böse wurde, weil man den Lehrer nicht mit »Master« angesprochen hatte.

Manchmal gab er mir Aufgaben, die ich bis zum nächsten Tag gelöst haben sollte. Und wenn das nicht der Fall war, weil ich meine Zeit nämlich auch nicht gestohlen hatte, dann schimpfte er mit mir und nannte mich eine Heimsuchung und Strafe Gottes. So war er, unser Eremit, nie zufrieden, immer am Maulen und Zetern, aber anstatt einfach mit den Lektionen aufzuhören, gab er mir stets neue und verlangte, dass ich mich gefälligst anstrengte. Da blicke einer durch!

Doch ich schweife schon wieder ab, merke ich gerade, und bevor Master Gerrard mir auch diese Seiten um die Ohren haut, komm ich lieber auf den Tag zurück, an dem Jez verschwand und mein Vater starb. Denn darauf wartet ihr ja die ganze Zeit, oder? Nun, dann will ich euch den Gefallen tun.

Wo war ich stehen geblieben? Ach ja, Bernie Collins hatte Jez gesucht, Jez hatte einen Zettel geschrieben, und Vater lag im Sterben. Am Nachmittag dieses unseligen Tages musste ich zur Arbeit ins »Boar's Head«, ich konnte ja schlecht wegbleiben, sonst wäre sofort aufgefallen, dass was nicht stimmte. Und dann gnade dir Gott, Geoffrey Ingram! Also bin ich nur zwischendrin, wenn mal ein Augenblick Zeit war, ins Dark Entry, um nach dem Rechten zu sehen. Vaters Zustand war den ganzen Tag über beinahe unverändert: Er atmete noch, aber sein Körper war mittlerweile starr und leichenblass. Das Schütteln und Schwitzen hatte ein Ende. Es würde nicht mehr lange dauern.

Am Abend war ich dann wie üblich bei Master Gerrard,

aber als ich anklopfte, antwortete er nicht. Da ich leise Geräusche hörte und er die Tür nie abschloss, trat ich ohne Aufforderung ein, doch er bemerkte mich gar nicht. Er saß an seinem Schreibtisch vor dem Fenster, seufzte vor sich hin und hatte den Kopf in den Händen vergraben. Das geschah zwar öfter, aber diesmal war's irgendwie komisch. Vielleicht kommt mir das auch jetzt nur so vor, weil ich inzwischen weiß, dass was komisch war. Ist auch egal, jedenfalls reagierte er nicht, und ich stand wie ein Dämlack mit dem Essen rum.

»Die Sülze, Sir«, sagte ich, aber genauso gut hätte ich gegen eine Wand reden können. »Ich bring das Gerstenwasser«, versuchte ich es ein zweites Mal. Wieder nichts. Darum ein dritter Versuch: »Einmal Pferdeäpfel mit Hundepisse, Master Gerrard.«

»Ja, danke. Stell's auf den Tisch, Junge.«

Ich schüttelte den Kopf, tat aber, wie mir geheißen, und musste dafür den kleinen Tisch neben der Tür freiräumen, der mit handbekritzelten Papieren bedeckt war. Ich warf einen Blick auf das oberste Blatt, verstand aber nicht, was es mit dem Geschreibsel auf sich hatte. Jede Menge seltsamer Namen waren auf dem Papier vermerkt, darunter eng beschriebene Zeilen, die ich auf Anhieb nicht entziffern konnte, und ganz unten auf der Seite stand in Klammern: »Timon ab.«

Da ich erwartete, vom Eremiten abgefragt zu werden oder neue Aufgaben zu bekommen, blieb ich neben dem Tisch stehen, doch nichts geschah. Er starrte gebannt auf die Papiere, die auch auf seinem Schreibtisch wie Unkraut wucherten, und murmelte leise: »Du Elender!«

Erschrocken fragte ich: »Wer? Ich, Sir?«

»Hm?« Er schien wie aus einem Traum aufzuwachen, blickte über die Schulter zu mir und sagte: »Ach, nichts. Schon gut. Wie geht's der Familie?«

»Jezebel ist verschwunden.«

»Schön, schön«, sagte er in Gedanken verloren, kratzte sich mit der Feder den Nacken und starrte aus dem Fenster, das nach Norden ging und durch das man einen Blick auf den unteren Teil des Friedhofs und die im Abendlicht schimmernde Themse samt Brücke hatte. »Und der Vater?«

Da ich wusste, dass er überhaupt nicht zuhörte, antwortete ich: »Liegt im Sterben.«

»Braver Mann, braver Mann.« Damit versank er wieder in seinen Papieren, tauchte die Spitze des Gänsekiels ins Tintenfass und begann plötzlich wie ein Wilder mit der Feder übers Papier zu fahren. Mich schien er bereits wieder vergessen zu haben, und so verdrückte ich mich grußlos und ging zurück zur Schänke.

4. KAPITEL

Handelt von einer Bestattung und
dem Verschwinden einer Leiche

Weil's ein Feiertag war und Jezebel sich auch am Abend nicht im »Boar's Head« hatte blicken lassen, musste ich wegen dem Trubel hinterm Schanktisch aushelfen und kam erst kurz vor Mitternacht nach Hause. Obwohl es in der Stube stockfinster war und ich die Hand nicht vor Augen sehen konnte, hatte ich gleich das Gefühl, dass es mit unserem Vater aus war. Mir war, als könnte ich seinen entfleuchten Geist spüren. Ich wusste, dass er gestorben war, bevor ich eine Kerze angezündet und mich davon überzeugt hatte. Er rührte sich nicht, atmete nicht, starrte mit offenen, aber toten Augen an die Decke. Da ich ihn aus guten Gründen nicht mit den bloßen Händen anfassen wollte, stupste ich ihn mit einem Stock an. Doch das tat ich nur, um überhaupt etwas zu tun und nicht zur Säule zu erstarren. Dummerweise hielt ich in der Hand immer noch die Kerze, von der nun der Wachs tropfte. Ein Tropfen fiel auf das Gesicht meines Vaters, direkt auf die Stirn, und obwohl er's ja nicht mehr spüren konnte, wurde mir ganz übel bei dem Anblick. Und plötzlich musste ich weinen wie ein kleines Kind, ich kam mir ganz weibisch und blöde vor, aber ich konnte es nicht unterdrücken. Die Tränen liefen mir übers Gesicht, und ich versuchte gar nicht erst, sie wegzuwischen. Ich sagte mir, dass Paul Ingram es eigentlich nicht verdient hatte, dass man Tränen für ihn vergoss, aber das half auch nichts. Es hatte vermutlich nicht nur damit zu tun, dass ich um unseren toten Vater trauerte, ich fand es auch so ungerecht, dass ich das allein tun musste. Niemand war mehr da. Mutter hatte vor mehr als einem Jahrzehnt das Weite gesucht, Edward hatte es ihr vor zwei Jahren nachgemacht, und jetzt war auch Jezebel weg. Sogar Vater hatte sich davongestohlen und mich im Stich gelassen, so kam es mir jedenfalls vor. Auch wenn ich vorher nicht viel und noch weniger Gutes von ihm gehabt hatte. Es war dennoch zum Heulen, und darum tat ich's ausgiebig. Ihr könnt mich deshalb ruhig verspotten.

Ich weiß nicht, wie lange ich so dastand, heulend und schluchzend, ohne mich vom Fleck rühren zu können, aber nach einiger Zeit zwang ich mich, zur Besinnung zu kommen. Es musste schließlich was unternommen werden, und zwar rasch. Denn für das, was ich vorhatte, brauchte ich die finstere Nacht.

Den ganzen Tag hatte ich mir den Kopf zerbrochen, was ich mit Vater anstellen sollte. Er musste verschwinden, das war klar, denn sonst ging es mir an den Kragen. Aber wohin mit ihm? Und wie sollte ich ihn wegschaffen, ohne mir auch noch im letzten Moment die Pest einzuhandeln? Wenn ich mich nicht schon längst angesteckt hatte. Zunächst wickelte ich Vater vorsichtig in die löchrige und stinkende Decke, auf der er lag, dann holte ich eine weitere Decke aus festem Leinen, die ich in Jezebels Kammer gesehen hatte, und wickelte auch diese um ihn. Das Ganze verschnürte ich mit einem Seil und zog es zur Haustür. Den Strohsack, auf dem Vater gelegen hatte, würde ich später verbrennen. Jetzt galt es erst einmal, die Leiche fortzuschaffen. Dazu holte ich mir die Schubkarre, die im Hinterhof der Schänke an die Wand gelehnt stand, und den kleinen Spaten, mit dem Master Collins den Mist und Dung aus den Latrinen schaufelte. Zum Glück war Vater kein großer Mann, kaum größer als ich selbst, und nicht sehr schwer, vor allem da er in der letzten Zeit vermutlich kaum noch was Festes zu sich genommen hatte, und so war's ein Leichtes, ihn auf den Karren zu hieven. Das Schwere kam erst noch.

Ich war zu dem Beschluss gekommen, dass ich unseren Vater wie einen guten Christenmenschen in gesegneter Erde begraben wollte, also musste ich ihn zu einem der Friedhöfe in der Nähe schaffen und dort ein Loch für ihn schaufeln. Der Friedhof von St. Saviour war zwar der nächste, aber er lag auf der anderen Seite der Hauptstraße, und da überall zu Ehren des Königs Freudenfeuer abgebrannt wurden, war es nicht ratsam, es dort zu versuchen. Außerdem hatte der alte Rat in der Ruine an der Straße sein übliches Feuer entfacht, diesmal nicht wegen der Ratten, sondern wegen der Restauration, aber das versperrte mir den Zugang zur Straße. Blieb also der Kirchhof von St. Olave, den ich obendrein viel besser kannte und zu dem ein Schleichweg über die Hinterhöfe und durch dunkle Gassen führte, wie ich von meinen abendlichen Gängen zum Eremiten wusste. Zum Glück war es wenige Tage nach Neumond, sodass nur eine schmale Sichel am Himmel stand, die kaum Licht ins Dark Entry brachte.

Ungesehen und ohne große Probleme schaffte ich die Leiche meines Vaters bis zur Kirche von St. Olave. Keine Feuer brannten in dieser Gegend, das Lärmen und Treiben fand entlang der Hauptstraße und am Fuß der Brücke statt, denn dort befanden sich die Schänken und Spelunken. Das Kirchengelände fiel zur Themse hin ab, und um zum Friedhof im unteren Teil zu kommen, musste man auf dem schmalen Fußweg zwischen Kirche und Schule hindurch. Dass der Eremit mich ertappen könnte, war nicht zu befürchten, denn durch sein Fenster würde er bei der Dunkelheit nichts sehen können, und wegen des Gewimmels auf den Straßen würde er seine Einsiedelei bestimmt nicht zu einem seiner nächtlichen Spaziergänge verlassen. Umso entsetzter war ich, als sich die Tür zur Schule genau in dem Moment öffnete, als ich mit meinem Karren an dem gemauerten Durchlass zwischen Schule und Kirche angekommen war. Ein Mann trat aus der Tür und zuckte zusammen, als er mich vor sich stehen sah.

»Gott, Geoff, hast du mich erschreckt! Was treibst du denn mitten in der Nacht hier?«, fragte eine hohe, kieksende Stimme, die ich sofort als die von unserem Nachbarn Ray erkannte.

»Wer? Ich?«

»Seh sonst keinen hier«, antwortete Ray, trat aus dem Dunkel, stülpte sich seinen Schlapphut auf den Schädel und baute sich vor mir auf. »Was hast 'n da auf dem Karren?«

»Nichts!«

»Red keinen Unsinn, oder glaubste, ich bin blind?« Er klemmte sich eine Mappe oder Kladde unter den Arm, rammte mir den Ellbogen in die Seite und lachte dreckig. »Biste unter die Leichendiebe gegangen? Oder warum schleichst du mit Schaufel und Schubkarre aufm Friedhof rum?«

»Und selber?«, antwortete ich mit einer Gegenfrage. »Gehste in deinem Alter noch in die Schule, oder was?«

Wieder lachte er und stieß mich gleich noch mal verschwörerisch an. »Wo denkst du hin! Prügel von den Lehrern hab ich für mein Lebtag genug bekommen. Kein Mensch kriegt mich mehr auf die Schulbank.«

Als ich euch vorhin den alten Rat Scabies beschrieben hab, um zu erklären, was es mit den kranken Kreaturen im Dark Entry auf sich hat, da hätte ich genauso gut den dritten Bewohner unserer Gasse beschreiben können: Raymond Webster, oder »Rancid Ray«, wie er von allen genannt wurde, weil von ihm ein übler, ranziger Geruch ausging. Er wohnte seit ein paar Jahren in der Mitte des Dark Entry, in einem baufälligen und winzigen Bretterverschlag, der früher mal als Viehstall benutzt worden war und der nur deshalb nicht in sich zusammensackte, weil er von den auch nicht viel größeren Häusern am vorderen und hinteren Ende der Straße gestützt wurde. Ray war ein Halunke, wie er im Buche stand, niemand wusste genau, was er so trieb und wovon er lebte, aber alle ahnten, dass es nicht mit rechten Dingen zugehen konnte. Manche nannten ihn einen Beutelschneider und Taschendieb, andere hielten ihn für einen Falschspieler. Aber laut sagte das natürlich keiner. Einem ordentlichen oder anständigen Beruf ging Ray jedenfalls nicht nach, und das Tageslicht mied er wie eine Fledermaus. Ein bisschen sah er auch wie eine aus, im Gesicht meine ich. Seine Augen lagen in tiefen Höhlen, die Nase war flach und irgendwie schief dazwischen geklatscht, als würde sie nicht recht hineinpassen, und seine abstehenden Ohren waren die größten, die ich je bei einem Mann gesehen hatte. Er war etwa so alt wie unser Edward, also knapp zwanzig, aber nach seinem Gebiss zu urteilen, hätte er über sechzig sein müssen. Eine Schönheit war Ray bestimmt nicht, auch wenn er mit einem spitzen Kinnbart und einer riesigen Feder am Schlapphut davon ablenken wollte.

Obwohl er ein durchtriebener Gauner und hässlicher Vogel war, konnte ich Ray eigentlich gut leiden. Er war kein Dummkopf, obwohl er gern so tat und redete, als könnte er nicht bis drei zählen. Dabei konnte er lesen und schreiben. Ich hatte ihn mal mit einem Buch in der Hand erwischt, und er hatte so getan, als hätte er's auf der Straße gefunden. Bei Ray wusste man nie so genau, woran man war. Wenn er den Mund aufmachte, war jedes zweite Wort gelogen, und selten meinte er, was er sagte. Oder sagte er, was er meinte. Immerzu neckte er mich und machte Witze, die ich nicht verstand. Aber wenigstens war er nicht so langweilig wie die meisten anderen, und mich hatte er auch noch nicht übers Ohr gehauen. »Nachbarn betuppt man nicht«, hatte er mal gesagt, und es hatte geklungen, als würde er es auch so meinen.

»Also?«, fragte Ray.

»Also *was*?«

»Was ist in der Decke?« Er deutete auf den Holzkarren.

Da mir nichts Besseres einfiel, sagte ich: »'n toter Hund.«

»Das muss aber 'n Riesenvieh sein.«

»Dogge«, sagte ich und starrte verlegen zu Boden.

»Und was willste damit?«

»Was wohl?« Ich räusperte mich und murmelte: »Begraben, was sonst?«

»Begraben?« Sein Lachen klang wie eine Mischung aus Wiehern und Bellen. »Auf 'nem Friedhof? Bist du noch bei Trost?«

»Wofür ist 'n Friedhof denn sonst da?«

»Für getaufte Christenmenschen, Mann!« Er schüttelte den Kopf. »Mir soll's egal sein, für mich sind die meisten Menschen auch nicht viel besser als Vieh, aber wenn du 'nen verdammten Köter in gesegneter Erde begräbst, dann ist das Frevel, Geoff!

Gotteslästerung! Wem gehört die Töle überhaupt? Ihr habt doch überhaupt keinen Hund.« Er zerrte an der Decke und versuchte, einen Blick darunter zu erhaschen.

Ich schlug ihm auf die Finger und sagte: »Ist schon etwas verwest und stinkt wie die Pest. Hat ein paar Tage rumgelegen, bevor sie ihn gefunden haben. Ich würd an deiner Stelle lieber nicht nachschauen. Der Köter gehört meinem Freund Glen, unten an der Battle Bridge.«

»Der Sohn vom Müller?«

Ich nickte und sagte: »Weil Glen krank ist, kann er den Hund nicht selbst begraben, deshalb hab ich gesagt, dass ich's für ihn mache.«

Ray sah mich zweifelnd an, als würde er mich für einen Spinner halten. Oder einen verdammten Lügner. »Schmeiß ihn doch in die Themse«, schlug er schließlich vor und lächelte dabei seltsam, als wollte er mich auf die Probe stellen.

»Du bist widerlich, Ray.«

»Ach was«, schnauzte er, »was meinste, was heutzutage alles im Fluss landet. Kümmert keinen. Außerdem steht der Friedhof so oft unter Wasser, dass die Leichen über kurz oder lang ohnehin in der Themse landen.«

»Ich hab's Glen versprochen.«

»Unfug!« Dann jedoch hellte sich Rays Miene plötzlich auf, er gab mir einen kameradschaftlichen Klaps auf die Schulter und sagte: »Komm, Geoff! Ich hab 'ne Idee.« Damit ging er in Richtung Straße, hielt mich am Kragen fest und trieb mich mit dem Karren vor sich her.

»Wo willst 'n hin?«

»Wirste schon sehn.«

Am liebsten hätte ich Reißaus genommen und mich seitlich in die Büsche geschlagen, aber den Karren konnte ich ja nicht auf der Straße stehen lassen, also ging ich neben Ray auf der Straße in Richtung Brücke. Mitten hinein in den Feiertagstrubel.

»Wie geht's eigentlich deinem Alten?«, fragte Ray plötzlich.

»Keine Ahnung«, murmelte ich, »hab ihn seit Tagen nicht gesehen. Treibt sich wahrscheinlich in irgendwelchen Bierhäusern rum und trinkt auf das Wohl des Königs.«

»Tatsächlich?« Ray sah mich schief von der Seite an. »Ich dachte, ich hätt ihn heut Abend in eurer Bude krakeelen hören. Die Wände sind ja dünn wie Papier. Klang gar nicht gut. Als würde man ihn auf der Streckbank foltern.«

Da ich keine Ahnung hatte, was ich antworten sollte, blieb ich stumm und zuckte mit den Schultern. Zum Glück hatten wir inzwischen die Hauptstraße erreicht. Vor dem »Bear« am Fuß der Brücke war trotz der späten Stunde immer noch eine Menschenmenge versammelt. Es war die erste Kneipe auf Southwarker Seite und somit für viele Leute aus der City der nächstgelegene Anlaufpunkt. Auf dem Platz vor dem steinernen Brückentor brannte ein Feuer, und je näher wir kamen, desto lärmender wurde es.

»Ich glaub, ich schmeiß den Köter doch lieber in den Fluss«, sagte ich und wollte mich aus Rays Klammergriff befreien.

»Quatsch!«, rief er und spuckte mir dabei ins Gesicht. »Die arme Töle soll 'n richtiges Begräbnis bekommen.« Erst jetzt bemerkte ich, dass Ray eine Alkoholfahne hatte und ein wenig lallte. Er grinste ständig und ohne Grund, als würde er sich über irgendwas diebisch freuen. Vielleicht über einen Witz, den nur er verstand. Er grüßte einige Bekannte vor dem »Bear«, die natürlich wissen wollten, was wir mitten in der Nacht auf der Schubkarre transportierten.

»Wir haben 'ne Leiche auf dem Friedhof ausgegraben«, rief Ray lachend.

»Blöde Antworten kann ich mir auch selber geben.«

»Warum fragste dann?«, schnauzte Ray zurück.

Statt im »Bear« einzukehren, wie ich insgeheim gehofft hatte, schob Ray mich linker Hand die Hauptstraße hinauf, bis wir die schwarze Lücke zum Dark Entry erreicht hatten.

»Und jetzt?«, wollte ich wissen.

Er grinste und deutete auf das Feuer, das der alte Rat in der

Ruine des abgebrannten Hauses zu Ehren des Königs entfacht hatte. »Asche zu Asche, Ratte zu Ratte«, kicherte er und nahm mir kurzerhand den Karren aus der Hand. »Ein hübsches Feuer hat das alte Krätzengesicht entfacht, findest du nicht?«

»Was hast du vor?«, schrie ich ihn an, obwohl ich's genau wusste.

»Jetzt komm und pack mit an!«

Er hatte die Karre direkt bis ans Feuer geschoben, legte die Kladde, die er die ganze Zeit unter den Arm geklemmt hatte, in sicherer Entfernung ab, stocherte mit der Schaufel in der Glut herum und warf einige Bretter und Äste, die Rat an der Seite als Vorrat gestapelt hatte, ins Feuer, dass die Flammen in die Höhe schlugen. »Nun mach schon!«, schrie er mir durch das Knistern und Knacken zu und fasste das Bündel auf dem Karren am unteren Ende an. »Ich hab nicht ewig Zeit.«

Anders als bei dem Feuer vor der Brücke hatte sich hier keine Menschentraube gebildet. Schließlich kannten alle den alten Rat und seine verrückten Marotten, niemand kam ihm und seinen Rattenfeuern freiwillig zu nahe. Außerdem gab es keine Schänke im Dark Entry, und ein Freudenfeuer machte nur Spaß, wenn man es mit Bier und Branntwein begießen konnte. Obwohl ich wusste, dass es ein Fehler und Frevel war, fasste ich unsern Vater am Kopfende an, und auf Rays Kommando warfen wir das in Decken gehüllte Bündel in die Flammen. Mit einem lauten Krachen und einem riesigen Funkenstieben landete die Leiche im Feuer. Wie auf einem Scheiterhaufen, ging es mir durch den Kopf.

»Heda, verschwindet von meinem Feuer!« Wie ein angestochenes Schwein kam plötzlich der alte Rat quiekend aus seiner Behausung gerannt und stieß die absonderlichsten Flüche aus.

»Reg dich ab, Rat!«, fuhr Ray ihn an und schnappte sich die Kladde vom Boden. »Wir haben nur 'nen Hund bestattet.«

»Aber doch nicht in meinem Feuer«, protestierte Rat und tanzte wie ein Kobold auf der Stelle, »dort haben Hunde nichts zu suchen!«

»Er ist an der Pest eingegangen«, sagte Ray grinsend und sah mich dabei mit einem Augenzwinkern an. »Oder stimmt's etwa nicht, Geoff?«

Ich starrte ihn nur an, brachte keinen Ton über die Lippen und nickte.

Ray lachte laut und stutzte im nächsten Moment. Er sah erst mich, dann das brennende Bündel an und zuckte mit einem Mal zusammen, als hätte ihn einer auf den Rücken geschlagen. Wieder starrte er mich an, und mir kam's so vor, als würde er sich unauffällig die Hände an der Hose abwischen.

»Ach, wirklich?«, murmelte Rat, wiegte den bleichen Schädel und kratzte seine welke Haut. »Das ist natürlich was anderes. Die Pest muss brennen, da hast du völlig recht, Raymond. Aber du hättest mich ruhig fragen dürfen. Könnt ja sonst jeder kommen und fremde Leichen auf meinem Feuer ablegen.«

Die ganze Zeit stierte ich in die Flammen und wartete darauf, dass mich das Gesicht meines Vaters aus dem Scheiterhaufen heraus anstarrte. Doch das Feuer brannte lichterloh, und nichts als gelbrote Flammen, beißender Rauch und ein schwarz verkohltes Etwas waren darin zu erkennen. Erst als es anfing, nach verbranntem Fleisch und angesengten Haaren zu riechen, liefen mir die Tränen über die Wangen, und ich musste einen Brechreiz unterdrücken.

»Konntest den Köter gut leiden, was?«, fragte Ray, und zum ersten Mal in dieser Nacht grinste er nicht.

»Weiß nicht«, antwortete ich und wischte mir den Rotz von der Nase, »kannte ihn ja kaum.«

Ray nickte, klopfte mir auf die Schulter und tippte dann zum Abschied an die Krempe seines Schlapphuts. »Ich muss los, Kleiner.«

Als er sich umwandte und die Feder an seinem Hut zurechtzupfte, rutschte ihm die Kladde herunter und landete auf dem Boden. Einige lose Blätter fielen heraus, flogen durch die Luft und wurden durch die Hitze des Feuers herumgewirbelt. Eines davon konnte ich gerade noch erwischen, bevor es von den

Flammen erfasst wurde. Ich warf nur einen flüchtigen Blick darauf, doch ich erkannte es sofort wieder. Jede Menge seltsamer Namen waren auf dem Papier vermerkt, darunter eng beschriebene Zeilen, und ganz unten auf der Seite stand in Klammern: »Timon ab.«

»Gib her!«, rief Ray und riss mir das Blatt aus der Hand.

»Was 'n das?«, fragte ich grinsend. »Schulaufgaben?«

»Das geht dich gar nichts an«, fauchte er und stopfte die herumliegenden Papiere in die Kladde. »Kümmer dich um deinen eigenen Kram.« Dabei deutete er auf das Feuer und bedachte mich mit einem funkelnden, bösen Blick, der mir durch und durch ging.

»Pfui Deibel, stinkt das«, rief Rat und warf weitere Äste ins lodernde Feuer. »Was war 'n das für 'n Köter?«

»Dogge!«, riefen Ray und ich wie aus einem Mund.

Damit verschwand Ray in Richtung Hauptstraße, und ich ging mit der Schubkarre zu unserem Haus, um das Schlaflager und den Krempel unseres Vaters aufzuladen. Als ich mit dem Strohsack und einigen Lumpen zum Feuer zurückkehrte, stocherte Rat immer noch in den Flammen herum und redete dabei mit sich selbst. Er wirkte aufgeregt und beinahe wie von Sinnen. Ich verstand kein Wort, aber der Alte schien sich mit irgendjemandem, den nur er sehen konnte, lauthals zu streiten. Als ich den Sack ins Feuer werfen wollte, riss er ihn mir aus der Hand und fauchte: »Das mach ich selbst!«

»Aber«, wollte ich erwidern, doch er fuhr mir sofort über den Mund.

»Verschwinde, Geoff, sonst sag ich's deinem Vater!«

Obwohl mich diese Drohung selbst dann nicht beeindruckt hätte, wenn Vater noch unter den Lebenden geweilt hätte, gehorchte ich und ließ Rat allein am Feuer zurück. Sich mit dem verrückten Kauz anzulegen, danach stand mir wahrlich nicht der Sinn. Nicht in diesem Moment, nicht an diesem Ort! Und so ging ich nach Hause, stellte die Karre vor der Tür ab und legte mich dahinter auf die Lauer.

Wie ich vorhin bereits gesagt hab, war's meine Absicht gewesen, unseren Vater in gesegneter Erde zu begraben, und daran hatte sich auch nach der unvorhergesehenen Feuerbestattung nichts geändert. Außerdem mussten die Knochen verschwinden, damit sie nicht am nächsten Morgen von irgendwelchen Passanten oder herumtollenden Nachbarskindern entdeckt wurden. Also blieb mir nichts anderes übrig, als zu warten, bis das Feuer runtergebrannt und Rat in seiner Bude verschwunden war, um anschließend die Gebeine aus der Glut zu holen und wie geplant auf dem Friedhof zu verscharren. Dummerweise begann es im Osten bereits zu dämmern, und Rat schien es aus irgendwelchen Gründen nicht eilig zu haben, ins Haus zu gehen. Ebenso dumm war, dass ich kaum noch die Augen aufhalten konnte, bereits nach kurzer Zeit hinter der Karre einschlief und erst am helllichten Morgen von einem krähenden Hahn geweckt wurde. Ich weiß nicht genau, wie spät es war, aber auf der Hauptstraße fuhren bereits die ersten Kutschen und Lastkarren, und hinten im Hof des »Boar's Head« stritten sich Master und Missis Collins darüber, wo die Schubkarre geblieben war und wer sie zuletzt gesehen hatte. Schnell lief ich zum Feuer, das inzwischen niedergebrannt war und nur noch an wenigen Stellen glimmte, und stocherte mit dem Spaten in den Resten der verkohlten Äste und Bretter herum. Das Seltsame war jedoch, dass von Vater nichts übrig geblieben war. Keine Knochen fanden sich in der Asche, kein Totenschädel war zu sehen, nur eine Gürtelschnalle kam zum Vorschein, aber ich war nicht mal sicher, dass sie unserem Vater gehört hatte. Immer hektischer wühlte ich in der Asche und der Kohle, schließlich sogar mit beiden Händen – die ich mir dabei gehörig versengte –, doch außer ein paar Rattenschädeln und einigen winzigen Knöchelchen, die ich weder Mensch noch Tier zuordnen konnte, brachte ich nichts zutage. Vater war verschwunden.

»Geoffrey Ingram!«

Ich zuckte zusammen und richtete mich auf.

»Ay, Sir?«, antwortete ich und sah Master Collins vor unserem Haus stehen. Der hatte mir gerade noch gefehlt.

»Was hat das zu bedeuten?«, fragte er und deutete auf die Schubkarre.

Das wüsste ich auch gern, dachte ich und ging zu meinem Herrn, um mir eine ordentliche Tracht Prügel abzuholen.

5. KAPITEL

Bringt allerlei Neuigkeiten und
endet mit einem Versprechen

Den ganzen nächsten Morgen war ich müde wie ein Hund und musste ständig gähnen. Sobald Master Collins mich dabei erwischte, wie ich auf den Besen gelehnt dastand oder mich auch nur für einen Augenblick auf einer Bank ausruhte, schrie er mich an oder schleuderte irgendwelche Gegenstände nach mir. Die Ingrams seien allesamt Gesindel, aus dem Haus werfen sollte er uns, ins Schuldgefängnis gehörten wir, einer wie der andere. Die Mutter eine Hure, die ihre Familie im Stich gelassen hat, der Vater ein nichtsnutziger Säufer, der eine Sohn ein Schläger, der andere ein gemeiner Dieb. Und von der treulosen Tochter ganz zu schweigen! Nichts als Undank und Ärger. Er müsse sich unseren Vater mal zur Brust nehmen, meinte er und ließ einen gotteslästerlichen Fluch folgen.

»Vater ist verschwunden«, murmelte ich. »Hab ihn seit gestern nicht gesehen.«

»Der taucht schon wieder auf, wenn er was zu saufen braucht.«

»Mag sein«, sagte ich und trug die Spucknäpfe in den Hof.

Natürlich wusste ich, dass der Wirt nur deshalb so gereizt war, weil Jezebel das Weite gesucht hatte. Für den Rest der Familie interessierte er sich einen feuchten Dreck, aber dass ihm die Hauptattraktion seines schäbigen Wirtshauses abhanden gekommen war, wurmte Master Collins sichtlich. Wenn er Jezebel ein Miststück nannte und ihr die beulende Pestilenz auf den hässlichen Buckel wünschte, dann hieß das nur, dass er den Boden unter ihren Füßen küssen würde, wenn sie schleunigst zu ihm zurückkäme. Denn alle im »Boar's Head« wussten, dass der Wirt seit Langem ein Auge auf Jez geworfen hatte und sich in ihrer Gegenwart wie ein verliebter Gockel benahm. Selbst Missis Collins wusste das, aber es schien ihr nichts auszumachen, denn bei Jez konnte sie wenigstens sicher sein, dass die ihren Mann nicht an sich ranlassen würde. Nicht nur weil der Wirt ein fetter Kerl mit eitrigen Pickeln am ganzen Körper war, sondern auch weil meine Schwester und die Missis sich recht gut verstanden.

Nach dem Verschwinden unserer Mutter hatte Missis Collins uns in gewisser Weise unter ihre Fittiche genommen und auf uns aufgepasst. Mich hat sie mit Eselsmilch gefüttert. Wie eine Amme. Oder enge Verwandte. Nicht dass sie meine Mutter tatsächlich ersetzt hätte, aber sie hat sich gekümmert, wo es eben ging. Eine Zeit lang jedenfalls. Und Jez war immer ihr Liebling gewesen, selbst als sie zur Schönheit ranwuchs und vom Master ständig mit gierigen Blicken begafft wurde.

Master Collins waren Jezebels Reize natürlich nicht entgangen, und je älter sie wurde, desto schlimmer wurde es. Er machte ihr ziemlich unverhohlen den Hof und benahm sich manchmal wie ein liebeskranker Narr. Als er vor zwei Tagen so wütend dazwischengegangen war, als Jez mit dem Gentleman in der Ecke gesessen hatte, war das sicherlich auch aus Eifersucht geschehen. Und wenn meine Schwester von der sabbernden Meute im Schankraum begrapscht wurde, dann war das zwar gut fürs Geschäft und lockte die Gäste, aber wenn die Kerle zu aufdringlich wurden, griff der Wirt ein und setzte die geilen Strolche vor die Tür, als hätte ihn die heilige puritanische Wut gepackt.

An diesem Morgen war der Master besonders schlecht gelaunt, und wie nicht anders zu erwarten, ließ er es an mir aus. Dass er mich einen Dieb nannte, weil ich, ohne zu fragen, die Schubkarre ausgeliehen hatte, war noch zu verschmerzen. Aber ständig und ohne Grund gab's saftige Ohrfeigen oder Tritte in den Allerwertesten, und wenn ich mich beklagte, weil ich ja auch nichts dafürkonnte, dass Jez sich verdrückt hatte, dann keifte er: »Das hat mit deiner schweinsäugigen Schwester gar nichts zu tun, du verlogener Hurensohn! Und wehe, du behauptest das Gegenteil! Dann setzt es was!«

Zum Glück nahm diese missliche Lage am Nachmittag eine überraschende Wendung. Es war etwa gegen drei Uhr. Im Gasthof kehrte nach der Mittagszeit wieder etwas Ruhe ein, und ich war dabei, die Reste von den Tischen zu wischen, als ein Mädchen von vielleicht zehn Jahren den Schankraum betrat und sich unsicher umblickte. Sie war nicht ärmlich, aber doch sehr schlicht gekleidet und hatte ihre fransigen blonden Haare unter einer fleckigen Spitzenhaube verstaut. Sie war blass im Gesicht und sah irgendwie kränklich aus, als hätte sie seit Wochen keine Sonne zu Gesicht bekommen. Ich hatte sie noch nie im »Boar's Head« gesehen und fragte, ob ich helfen könnte.

»Ich soll zum Herrn des Hauses«, sagte sie und fingerte an einem kleinen Leinensäckchen herum. »Mr. Collins heißt er.«

»Und wer will mich sprechen?«, schallte die Bassstimme meines Herrn durch den Raum. Er stand hinterm Schanktisch und wischte sich die Finger an dem schmierigen Hemd ab, das sich über seinem dicken Bauch spannte.

»Mein Name tut nichts zur Sache, Sir«, antwortete das Mädchen, und es klang, als leiere sie etwas runter, das sie vorher auswendig gelernt hatte. »Ich soll Euch das hier geben.« Sie wies auf das Säckchen und reichte es über den Schanktisch.

Master Collins runzelte die Stirn. Er schaute hinein, riss plötzlich die Augen auf und fragte: »Wer schickt dich?«

»Auch das tut nichts zur Sache.« Das Mädchen räusperte sich, deutete auf mich und setzte hinzu: »Ich soll Euch das aushändigen und außerdem etwas ausrichten. Unter vier Augen.«

»Warum so geheimnisvoll?«

»Geht den da nichts an«, murmelte sie, deutete auf mich und zog einen Schmollmund.

»Dann komm!« Der Wirt schob das Mädchen in einen kleinen Lagerraum neben der Küche und gab mir mit einem Blick zu verstehen, ich solle mich verdrücken.

Gern hätte ich an der Tür gehorcht, doch leider war ich nicht allein im Schankraum. Missis Collins war der Auftritt des

Mädchens ebenfalls nicht entgangen, sie kam aus der Küche, sah mich mürrisch an und betrat dann ihrerseits die Abstellkammer. Als sie die Tür öffnete, sah ich meinen Herrn mit dem Säckchen in der linken Hand und einem breiten Grinsen im Gesicht. In seiner Rechten glaubte ich einige Silbermünzen zu erkennen.

»Was geht hier vor?«, fragte meine Herrin, bevor die Tür ins Schloss fiel.

Als die drei nach wenigen Minuten wieder im Schankraum auftauchten, wirkte der Wirt sehr nachdenklich, dafür lächelte seine Frau seltsam, und das Mädchen schaute drein, als sei ihr speiübel.

»Wer auch immer dein Herr ist, du kannst ihm sagen, dass ich einverstanden bin«, verabschiedete sie der Wirt und baute sich wieder hinterm Schanktisch auf. »Von mir aus kann sie bleiben, wo der Pfeffer wächst. Hat mich ohnehin nicht interessiert. Schankmädchen gibt's wie Sand am Meer. Sag ihm das!«

Das Mädchen schien etwas erwidern zu wollen, hielt dann inne und grinste. »Werd's ausrichten«, meinte sie schließlich und ging zur Tür.

Missis Collins war in der Zwischenzeit zu mir getreten, legte ihre schwielige Hand auf meine Schulter und flüsterte: »Brauchst dir um deine Schwester keine Sorgen zu machen. Es kümmert sich jemand um sie.«

»Kümmern?«, wunderte ich mich. »Wieso?«

Im selben Augenblick öffnete sich die Haustür mit einem lauten Scheppern und mein Freund Glen stand auf der Schwelle.

»Hast du irgendwelchen Blödsinn über unsern Köter erzählt?«, fuhr er mich an und drohte mir mit der Faust. »Rancid Ray hat mir vorhin was von Pest und Feuer erzählt und dabei wie 'n Idiot gelacht. Ob ich wieder gesund bin, hat er wissen wollen. Und als ich ihn gefragt hab, ob er sie noch alle beisammenhat, da hat er gemeint, das soll ich besser dich fragen.«

»Verdammter Gauner«, murmelte ich leise.

Im gleichen Moment wollte sich das Mädchen an Glen vorbei und zur Tür hinauszwängen, wurde aber von ihm zurückgehalten: »Grüß dich, Hum, was treibt dich denn her?«

»Nichts«, fauchte das Mädchen, stieß ihn unwirsch zur Seite und lief davon.

Wie aus einem Mund fragten Master und Missis Collins: »Du kennst die?«

»Kennen wär zu viel gesagt«, antwortete Glen, schaute dem Mädchen nach und räusperte sich verlegen. »Bin ihr 'n paarmal übern Weg gelaufen.«

»Und was weißt du über sie?«, wollte die Missis wissen.

»Nicht viel«, meinte Glen achselzuckend. »Sie wohnt unten in Lambeth. Bei den Sümpfen.« Nach einem kurzen Zögern fügte er hinzu: »Im ›Maiden Inn‹!«

»Sieh einer an, in diesem Sündenbabel!«, entfuhr es der Wirtin. »Bisschen jung für 'ne Hure, die Kleine. Und da bist du ihr über den Weg gelaufen, du Dreckfink?« Sie lachte und fragte: »Wie hast du sie genannt? Hum? Was ist denn das für ein komischer Name?«

»Eigentlich heißt sie Humble«, antwortete Glen und blickte zu Boden. »Aber alle nennen sie Hum.«

»Humble! Verdammte Puritaner!«, zischte der Wirt und wischte sich mit einem Tuch über die fettige Stirn. »Wie kann man seine Kinder nur so nennen? Penitence, Faith, Praise-the-Lord und wie die alle heißen! Man kommt sich ja vor wie in 'nem verdammten Gesangsbuch. Prügeln sollte man sie.«

»Ein unpassender Ort für ein gottesfürchtiges Puritanermädchen«, murmelte die Missis. »Das ›Maiden Inn‹, meine ich. Das ist doch seltsam, oder?«

»Ob Hum gottesfürchtig oder Puritanerin ist, kann ich nicht sagen«, antwortete Glen, »aber das Inn gehört ihrer Mutter, Mrs. Southwood.«

»Sieh einer an!«, rief diesmal der Master. »Unsere werte Mutter Southwood. Die hässliche Vettel!« Ein breites Grinsen machte sich auf seinem pickligen Gesicht breit, bis er dem finsteren Blick seiner Gattin begegnete und schleunigst in der Küche verschwand.

»Also?«, wandte sich Glen an mich. »Was hast du Ray erzählt?«

»Das ist 'ne lange Geschichte.«

»Ich habe Zeit.« Glen stemmte die Hände in die Seiten.

Ich drehte mich zur Herrin um und fragte: »Kann ich, Missis?«

»Verschwinde!«, meinte sie lächelnd. »Aber sei rechtzeitig vorm Abendessen wieder da. Sonst gibt's Senge.«

»Ay, Madam!«, sagte ich und folgte Glen nach draußen.

Nehmt es mir nicht übel, wenn ich an dieser Stelle kurz unterbreche, aber bevor ich von den weiteren Vorfällen dieses Tages und der nächsten Nacht erzähle, muss ich was loswerden, das mir schon lange unter den Nägeln brennt. Zwar wird's dem Eremiten von St. Olave gar nicht gefallen, weil ich mich wieder auf Abwege begebe, aber wenn ich's jetzt nicht aufschreibe, komme ich vielleicht später nicht mehr dazu. Und falls es euch nicht passt, dann könnt ihr ja einfach weiterblättern. Wäre euch nicht böse deswegen.

Es geht um die Puritaner. Oder vielmehr um das, was die Leute über sie sagten, wie beispielsweise Master Collins vorhin. Ich muss gestehen, dass mir diese Gottesnarren mit ihrem ständigen Gebete und Gesinge auch nicht nahestanden, aber wenn man den Leuten zuhörte, dann fragte man sich, wie die Puritaner jemals an die Macht hatten kommen können. Alle fluchten sie heute über Oliver Cromwell, alle verdammten die Hinrichtung des Königs und die Schreckensherrschaft der Rundköpfe, aber als die Puritaner das Sagen hatten und die Engländer zu Gottes auserwähltem Volk erklärt haben, da hat keiner das Maul aufgemacht. Jedenfalls keiner von denen, die sich heute aufregen und lustig machen. Alle hatten sie zu den Auserwählten zählen wollen, hatten mitgebetet und gesungen, sich die Haare abgeschnitten und jeden verraten, der in ihren Augen nicht gottesfürchtig genug gewesen war. Heute tun alle so, als hätten sie höchstpersönlich den Sohn des toten Königs aus Frankreich zurückgeholt und die Restauration herbeigekämpft. Über Cromwell will ich gar nichts sagen, vom Regieren und Kriegeführen hab ich ohnehin keine Ahnung, aber dass man seine Leiche nach Jahren wieder ausgegraben und in Tyburn zuerst gehenkt und dann geköpft hat, um seinen Kopf vor der Westminster Abbey aufzuspießen, fand ich nicht in Ordnung. Vor allem wenn man bedenkt, dass die blutgierige Meute, die bei dem grausigen Spektakel jubelte, den Lordprotektor wenige Jahre vorher als Helden auf Händen getragen hatte. Und wiederum dieselben Leute schimpfen heute auf den König, weil er ein eitler Hurenbock und verkappter Katholik ist. Das soll einer begreifen!

So, das musste mal gesagt werden. Doch jetzt zurück zur Geschichte.

Glen und ich saßen an unserem geheimen Treffpunkt an der Themse, gleich unterhalb vom südlichen Brückentor, dem sogenannten Verrätertor, auf dem die abgeschlagenen Köpfe der Hingerichteten auf Lanzen aufgespießt waren. Dort verrotteten sie, bis sie den Passanten vor die Füße fielen. Unter der Brücke gab es eine gemauerte Nische zwischen den Pfeilern, die man weder von den Häusern auf der Brücke noch vom Ufer aus einsehen konnte und die nur über einen schmalen und steilen Durchlass neben dem Brückentor zu erreichen war. In diesem Versteck trafen wir uns, wann immer es die Zeit erlaubte.

Als ich Glen erzählte, was in der vergangenen Nacht geschehen war und was es mit Rays seltsamen Andeutungen auf sich hatte, da hat er die Augen aufgerissen und gehörig gestaunt, wie ihr euch sicher denken könnt. Und obwohl's vermutlich wie ein Lügenmärchen klang, hat er nicht einen Moment daran gezweifelt, dass es die reine Wahrheit war. Glen und ich kannten uns schon ewig, länger als unser halbes Leben, und noch nie hatten wir uns angelogen. Jedenfalls nicht ohne Not oder guten Grund. Sein Vater, Mr. Matlock, arbeitete in der Southwarker Wassermühle am südlichen Ende der Brücke, und obwohl er sicherlich kein reicher Mann war, stammte er doch aus einer durchaus angesehenen Familie, soviel ich wusste. Dass Glen sonntags in die Armenklasse ging, hatte weniger mit der Not der Familie zu tun als mit Mr. Matlocks Meinung, dass Lesen und Schreiben noch keinen Müllerburschen reich gemacht hatten. Alles, was Glen wissen müsse, könne ihm sein Vater beibringen. Das sei nicht nur billiger, sondern obendrein auch besser. Mr. Matlock war ein äußerst sparsamer Mann, und wenn er auch kein knauseriger Schotte war, so drehte er doch jeden Penny zweimal um, bevor er ihn ausgab. Gegen Master Gerrards Armenklasse hatte er aber nichts einzuwenden, denn die kostete bekanntlich nichts.

Versteht mich nicht falsch, Mr. Matlock war ein wirklich feiner und anständiger Mann, auf den ich nichts kommen lasse. Schon mehrmals hatte er der Familie Ingram aus der Klemme geholfen. Als unser Vater vor acht Jahren nicht mehr als Fährmann hatte arbeiten dürfen, weil er im Suff seinen Kahn an einen der tückischen Pfeiler der London Bridge gesetzt hatte und dabei zwei Passagiere beinahe in den reißenden Fluten ums Leben gekommen waren, da hatte Mr. Matlock ihn als Gehilfen in der Wassermühle untergebracht. Seit dieser Zeit waren Glen und ich die besten Freunde. Vater hatte zwar nach einiger Zeit wieder gehen müssen, weil er auch im Müllerhandwerk nichts taugte und mehr Schaden anrichtete als Nutzen brachte, aber Mr. Matlock hat ihm anschließend Arbeit in einer Gerberei in den Feldern von St. George verschafft. In einer Gerberei war meines Wissens noch niemand entlassen worden, denn dort stank's derart nach Pferdepisse und beißender Säure, mit denen die blutigen Felle behandelt wurden, dass man froh war, wenn überhaupt jemand die eklige Drecksarbeit machte. Dass es bei unserem Vater trotzdem kein gutes Ende genommen hat, wisst ihr ja bereits, aber das hatte nichts mit dem Gestank oder dem blutigen Dreck zu tun, sondern mit einem Wort aus sechs Buchstaben: Brandy.

»Musstest du mich da unbedingt mit reinziehen?«, meinte Glen, als ich meinen Bericht beendet hatte. »Konntest du dir nicht 'ne andere Geschichte ausdenken?«

»Mir ist auf die Schnelle nichts Besseres eingefallen«, sagte ich und zuckte mit den Schultern. »Aber mach dir deswegen keine Gedanken. Ray wusste von Anfang an, dass ich ihn angeschwindelt hab. Was auch immer ich erzählt hätte, er hätt's ohnehin nicht geglaubt. Wie 'nen blöden Ochsen hat er mich an der Nase rumgeführt.«

»Glaubst du, Ray hat die Knochen aus dem Feuer geholt?«

»Bei dem weiß man nie«, sagte ich, schüttelte dann aber den Kopf, der von Läusebissen nur so juckte und brannte. »Warum sollte er das tun? Was hätte das für 'n Zweck? Ray ist ein komischer Vogel, aber kein Leichendieb.«

»Vielleicht war's Rat Scabies?«

Ich zuckte mit den Schultern und sagte: »Verrückt genug wär er.«

»Und jetzt?«, fragte Glen. »Wie willste deinen Alten wiederfinden?«

»Gar nicht«, sagte ich und kratzte mir die Kopfhaut, bis ich Blut unter den Fingernägeln hatte. »Der ist ein für alle Mal weg.«

»Aber irgendwo muss er doch geblieben sein.« Glen schüttelte verwirrt den Kopf und schaute auf die andere Seite der Themse, wo die vier Zwiebeltürme des Towers in die Höhe ragten. »Wer klaut denn 'ne verkohlte Leiche?«

»Vermutlich haben sich irgendwelche Straßenköter die Knochen geschnappt.«

»Dann war's aber 'n Festtagsbraten«, antwortete er und musste gegen seinen Willen lachen. »Zum Restaurationstag.«

»Verdammtes Schandmaul!«

»War nicht so gemeint.«

Damit hatte sich das Thema zwischen uns erledigt. Das dachten wir zumindest, weil wir's damals nicht besser wussten.

»Hast du eigentlich 'ne Ahnung, wer oder was ein Timon ist?«, wollte ich von Glen wissen, als wir uns wieder auf den Weg zur Schänke machten. »Hast du schon mal was davon gehört?«

»Nein«, antwortete er, »hört sich irgendwie ausländisch an, oder?«

Als ich dem Eremiten am Abend eine Portion Schweinsohren mit Haferbrei brachte, hab ich ihn ganz nebenbei nach Timon gefragt, ohne jedoch zu verraten, dass ich's auf einem seiner Papiere gelesen hatte. An seiner Miene konnte ich erkennen, dass es die falsche Frage zur falschen Zeit war, denn wenn Blicke töten könnten, wäre ich auf der Stelle rücklings umgefallen.

»Wer hat dir davon erzählt?«, schrie er mich an.

»Niemand«, stotterte ich und trat einen Schritt zurück.

»Willst du mich für dumm verkaufen?«, fauchte er und drohte mir mit der Faust. »Woher hast du den Namen?«

»Rancid Ray«, sagte ich, obwohl das nicht ganz der Wahrheit entsprach. »Ich hab ihn gestern Nacht hier gesehen. Auf dem Friedhof. Vor Eurer Tür.«

»Raymond Webster«, antwortete er seufzend, und ich war froh, dass er nicht fragte, was ich mitten in der Nacht auf dem Friedhof getrieben hatte. Er starrte wie entgeistert zum Tisch, auf dem ein halb mit Bier gefüllter Tonkrug stand. »Natürlich«, sagte er. »Das hätte ich mir denken können.«

Ich nahm den Krug näher in Augenschein und sah, dass die Umrisse eines Bären in den Ton gebrannt waren. Das Zeichen des Gasthofs »Bear« am Fuß der Brücke. Ließ sich Master Gerrard auch von dort Verpflegung bringen? Das wär mir neu gewesen und hätte mich gewundert. Vor allem da er ja kein Bier trank. Nicht einmal die dünne Plörre, die im »Bear« ausgeschenkt wurde.

»Geoffrey?«

»Ay, Master?«

Er sah mich lange an, seine Kiefer mahlten unter der faltigen

Haut, dann winkte er mich zu sich, legte seinen Arm um meine Schulter und flüsterte: »Du musst mir etwas versprechen, mein Junge.«

»Was, Master?«

»Sprich mit niemandem darüber! Tust du das? Mit niemandem!«

Obwohl ich nicht genau wusste, was er eigentlich meinte, nickte ich und sagte: »Meine Lippen sind versiegelt.«

»Wenn es Gott gefällt, dann hat die ganze Niedertracht bald ein Ende«, murmelte er und schob mich wieder von sich weg, als würde ich aus dem Mund stinken. »Lauter als die Trompeten von Jericho wird die Schande verkündet und mein Schicksal besiegelt. Dann wird der Fluch aufhören.«

»Welchen Fluch meint Ihr, Master Gerrard?«

»Den Sündenfall im Paradies, mein Junge, mit dem alle Laster und Frevel begonnen haben. Die ganze Erde ist verderbt, aber es liegt nicht in unserer Hand, der Sünde zu entsagen und die Strafe zu bestimmen. Wir sind alle verflucht. Nur der Herrgott kann's richten. Sein Wille geschehe!«

Euch mögen solche Worte vielleicht wundern, aber ich hatte mich längst dran gewöhnt, dass der Eremit so ein seltsames Zeug daherredete. Immer ging's bei ihm um das Übel auf der Welt und die Sünde, dann zeterte er gegen den biblischen Lord Esau und den elenden Mörder Kain. Und gegen die Menschen im Allgemeinen.

»Wenn alle Menschen verderbt sind«, fragte ich, »seid Ihr es dann auch?«

»Ich bin der schlimmste und übelste Geselle von allen, Geoffrey. Der niedrigste und widerlichste aller Würmer. Nur dazu da, zertreten zu werden, und zu schwach, sich selbst zu richten. Und jetzt lass mich allein, mein Junge!«

Was sollte ich darauf sagen? Ich zuckte mit den Schultern und ging.

6. KAPITEL

Bringt nasse Füße und einen Streit unterm Fenster

In der Kneipe war an diesem Abend wenig los. Die Schnapsdrosseln hatten am vergangenen Feiertag vermutlich so über die Stränge geschlagen, dass sie nun eine Trinkpause brauchten. Nur ein paar fahrende Händler und harmlose Reisende hockten an den Tischen und spielten Karten. Da Jez nicht da war und Bernie lieber in anderen Schänken das Geld verprasste, als im elterlichen »Boar's Head« auszuhelfen, hatte Master Collins die Küchenmagd Tracy zum Schankmädchen gemacht und sich eine neue Dienstmagd für den Herd besorgt. Tracy war ein pummeliges und unansehnliches Mädchen mit fettigen Haaren, das wie ein Bauerntrampel sprach und die Worte zerdehnte, als würde sie beim Reden einschlafen. Meine Schwester erwähnte der Wirt mit keinem Wort mehr, gerade so, als wäre sie ihm plötzlich völlig egal, und auch ich wurde nicht mehr mit Tritten und Kopfnüssen bedacht. Es war in jeder Hinsicht ein ruhiger Abend.

Das änderte sich jedoch schlagartig, als der Gentleman mit der Perücke und dem Spazierstock im »Boar's Head« auftauchte. Es war etwa eine Stunde nach Sonnenuntergang, die wenigen Gäste im Schankraum waren entweder auf den Bänken eingeschlafen oder machten sich zum Gehen bereit, als der Mann plötzlich in der Tür stand. Sein Blick wanderte durch den Raum, genau wie vor zwei Tagen, hin und her und wieder zurück, und landete schließlich auf mir. Was nicht verwunderlich war, weil ich mich in der Zwischenzeit direkt vor ihm aufgebaut hatte und ihn neugierig anstarrte.

»Könntest du mir sagen, wo ich Mistress Jezebel finde, mein Junge?«, erkundigte er sich höflich, aber mit einem seltsamen Akzent, den ich nicht auf Anhieb einordnen konnte. »Ich muss sie dringend sprechen. Sagst du ihr das, bitte?« Er sprach gutes und feines Englisch, aber es klang ein wenig abgehackt und gebellt, wie bei einem Deutschen oder Schweden.

»Würd's Euch schon sagen, wenn ich nur wüsste, wo sie steckt«, antwortete ich und fügte den Satz hinzu, den ich in den letzten Tagen so oft gesagt hatte: »Jez ist verschwunden, Sir.«

»Oh«, entfuhr es ihm. »Was heißt das?« Schweißtropfen bildeten sich unter seiner Nase und hingen an seinem schmalen Schnurrbärtchen.

»Was so was eben heißt. Sie hat die Biege gemacht, Sir.«

Wieder sagte er: »Oh!« Und setzte ein »Mein Gott!« hintendran. Dann kramte er plötzlich in seinem Gehrock herum und holte einige Silberpennys aus der Seitentasche. »Willst du dir etwas Geld verdienen?«

»Der Tunichtgut weiß von nichts«, ging Master Collins dazwischen, bevor ich auch nur Gelegenheit hatte, die Münzen in Augenschein zu nehmen oder gar anzufassen. »Ich hingegen könnte Euch weiterhelfen, Sir. Allerdings nicht für ein paar lausige Pennys, wenn Ihr versteht, was ich meine. Es sollte Euch schon einiges mehr wert sein, zu erfahren, wo unsere gute Jezebel abgeblieben ist, findet Ihr nicht, Sir?«

Der Mann schluckte, schien mit sich zu ringen und nickte schließlich. »Aber nur, wenn Ihr mir tatsächlich verratet, wo ich Mistress Jezebel finde.«

»Was wollt Ihr von ihr?«, rutschte es mir heraus. »Wegen Euch ist sie doch verschwunden!«

»Wie meinst du das, Junge?« Der Mann sah tatsächlich überrascht aus. Der Schweiß stand inzwischen auch auf seiner Stirn.

»Scher dich weg!«, knurrte der Wirt und gab mir eine Ohrfeige, die sich gewaschen hatte. »Das hat dich nicht zu kümmern, Hundsfott!«

»Nicht doch«, murmelte der Gentleman, wurde jedoch von meinem Herrn regelrecht am Schlafittchen gepackt und in den Vorratsraum geschleift, in dem heute schon einmal Geld den Besitzer gewechselt hatte. Wieder dauerte es nur wenige Augenblicke, und als die beiden aus der Kammer traten, strahlte mein Herr und verstaute etwas in der Hosentasche, und der Gentleman starrte drein, als sei er dem Leibhaftigen höchstselbst begegnet. Eilends verließ er die Schänke und verschwand im Dunkeln.

Da der Wirt mit seiner Beute in der Küche verschwand, um seiner Frau die Neuigkeit zu berichten, und Tracy mit den wenigen und nicht sehr durstigen Gästen auch allein zurechtkam, ging ich in den Hof hinaus, um dem Mann zu folgen. Doch als ich im Freien stand, war der Gentleman nicht mehr zu sehen, und auch auf der Hauptstraße konnte ich ihn nirgends entdecken. Die Nacht hatte ihn verschluckt. Nicht so schlimm, ging es mir durch den Kopf, denn ich wusste ja, wo er hinwollte.

Natürlich wisst auch ihr längst, wohin der Mann gegangen war, schließlich seid ihr ja nicht begriffsstutzig. Zum »Maiden Inn«, wohin sonst? Ebenso wisst ihr aus Glens Bemerkung, dass sich dieses Inn unten bei den Lambeth-Sümpfen befand, und die lagen bekanntlich südwestlich von Southwark. Was ihr aber vermutlich nicht wisst, ist, wie man von unserem Borough aus dort hingelangte. Es war nämlich so, dass die Südseite der Themse lediglich an der Southwarker Hauptstraße und in Flussnähe mit Häusern, Höfen und Fabriken bebaut war. Und nur wo Gebäude standen, gab es mit Kopfsteinen gepflasterte Wege. Von der London Bridge aus führte ein solcher Pfad am Südufer der Themse entlang, an der Bankside immer geradeaus in westlicher Richtung, vorbei am Winchester House und dem Clink-Gefängnis bis zur alten Windmühle von Lambeth, dort machte der Fluss plötzlich einen Bogen nach Süden, in Richtung Lambeth Palace. Und der Pfad auf der Südseite machte es genauso, er hieß hier Narrow Wall, weil's auf beiden Seiten in die Tiefe ging. Warum ich euch das erzähle? Nun, wenn man auf sicherem Grund von Southwark nach Lambeth wollte, musste man einen Umweg gehen, beinahe einen Halbkreis, immer am Fluss entlang, denn der direkte Weg nach Südwesten führte mitten durch die Felder von St. George und die Marschen von Lambeth. Nur ein paar entlegene Abdeckereien, Gerbereien und Seifenküchen gab's hier, sonst nichts als Weideland und mistnasse Brache. Kein Mensch traute sich nachts dorthin, nicht nur wegen des Gesindels, das sich in dem Gelände herumtreiben sollte. Man konnte sich leicht verlaufen, von verwilderten Hunden angefallen werden oder in einen der vielen Wassergräben oder Tümpel stürzen, wenn man sich nicht auskannte.

Da der Gentleman sich gewiss nicht in solche Gefahr begeben wollte, würde er vermutlich dem Flusspfad folgen. Und für mich war es somit ein Leichtes, ihm auf direktem Weg zuvorzukommen. Also ging ich nicht rechter Hand zur Themse, sondern geradeaus zum Deadman's Place, wo sich das Armenasyl und das Pesthaus befanden, und von dort aus schnurstracks über die angrenzenden Wiesen und Felder in Richtung Lambeth.

Obwohl ich die Gegend gut kannte und zumindest die erste Strecke auf schmalen Trampelpfaden zurücklegte, war es schon ein wenig unheimlich, denn der Mond war nicht mal halb voll, und man sah den Boden kaum. Etwa auf halbem Wege befand sich die Gerberei, in der unser Vater bis vor Kurzem gearbeitet hatte, und unmittelbar dahinter fing das Fenn an. Mit den Trampelpfaden hatte es sich damit. Dass ich mir in den Feuchtwiesen und Gräben nasse Füße und Hosenbeine holte, machte mir nichts aus, aber mehrmals schlängelte sich was Glitschiges an meinen Beinen entlang, und die Mücken stürzten sich auf mich, als hätten sie seit Tagen nichts zu beißen gekriegt. Als ich nach einer halben Stunde, etwa gegen Mitternacht, auf einen kleinen, von dichtem Buschwerk gesäumten Sandweg stieß, der linker Hand zum Palast des Erzbischofs von Canterbury führte, war ich am ganzen Körper mit Stichen übersät, als hätte ich die verdammten Windpocken. Außer den Blutsaugern war ich unterwegs aber keinem Lebewesen begegnet.

Das »Maiden Inn« war von hier aus nur einen Steinwurf entfernt und lag mitten im Marschland, dem sogenannten Lambeth Marsh, umgeben von einem breiten Wassergraben. Doch anders als erwartet war in der Richtung der Schänke kein Licht zu sehen. Und ringsum war's still wie in einer Gruft. Kein Kneipenlärm, keine Musik, kein Singen, kein Streiten. Nichts!

Ich hatte schon einiges von dem Inn munkeln gehört, war aber noch nie dort gewesen. Es lag schlichtweg zu weit ab vom Schuss, außerdem durften nur Erwachsene das Gelände betreten. Kinder und Halbwüchsige wurden gleich wieder nach Hause geschickt, das hatte Bernie Collins mal erzählt. Wie es hieß, wurden in einem Nebengebäude des Inns schweinische Theaterstücke aufgeführt, die sogar dem König die Schamesröte ins Gesicht treiben würden, was ich allerdings bezweifelte, denn wenn es wahr war, was man sich über König Charles erzählte, dann war der mit allen schmutzigen Wassern gewaschen. Um ins Theater zu gelangen, musste man sich von einem bulligen Türwächter beäugen lassen und eine Losung oder einen Bürgen nennen, sonst wurde man abgewiesen. Offiziell gab's nämlich gar keine Theater in London, die waren auf königlichen Befehl alle noch geschlossen. Wegen der Pest. Erst jetzt fiel mir ein, dass ich ganz vergessen hatte, Glen zu fragen, wie er's geschafft hatte, ins Inn zu gelangen. Oder hatte er sich bloß draußen in der Nähe herumgetrieben?

An diesem Tag jedoch waren sowohl die Schänke als auch das Theater geschlossen. Nichts rührte sich, die steinerne und an einigen Stellen ausgebesserte Brücke über den Wassergraben war mit einem Schlagbaum versperrt, alle Fensterläden und Türen waren zu. Auf einem Holzschild stand mit Kreide geschrieben: »Sabbat!«

Das »Maiden Inn« unterschied sich auffallend von den Kneipen an unserer Hauptstraße, der Hof war nicht ringsum von Gebäuden umgeben, es gab keine Toreinfahrt und auch keine Galerien und Emporen in den oberen Stockwerken, auf denen man herumwandern und dabei in den Hof hinuntergucken konnte. Eher erinnerte mich das Inn an einen alten Bauernhof, den man zur Schänke umgebaut hatte. Es gab ein freistehendes Farmhaus mit breitem Tor im Vordergiebel, in dem sich die Kneipe befand, wie man an dem Messingschild erkennen konnte, auf dem eine Frau mit langen Zöpfen und ein Bierkrug zu sehen waren. Außerdem standen verschiedene kleinere Gebäude auf dem Gelände herum, als wären sie wie zufällig aus einem Würfelbecher gepurzelt. Wahrscheinlich waren früher mal die Tiere, Geräte und das Gesinde in den Hütten untergebracht. Sämtliche Gebäude waren aus Fachwerk gemauert und anschließend geweißt, doch überall bröckelte der Putz ab, und die Feldsteine darunter kamen zum Vorschein. Das Inn hatte schon bessere Zeiten gesehen. An einem der kleineren Häuser hing ein weiteres Metallschild, es zeigte einen Hahn mit aufgestelltem Kamm und die Inschrift »Cocksparrer«.

Während ich noch das Hahnenschild anstarrte, hörte ich hinter mir hastige Schritte und das leise Räuspern eines Mannes. Ich konnte mich gerade noch in den dunklen Eingang der Hütte flüchten, bevor der Gentleman den Hof betrat und verwundert feststellte, dass das Inn geschlossen war. Nachdem er kurz gezögert, sich die Stirn abgetupft und den Sitz seiner Perücke in Ordnung gebracht hatte, ging er zum Haupthaus und klopfte mit dem Stock an die Tür. Eine Zeit lang geschah gar nichts, doch nachdem der Fremde eine weiteres Mal geklopft hatte, öffnete sich ein Fensterladen im Obergeschoss, und das verschlafene, aber hübsche Gesicht einer Magd erschien im Rahmen.

»Heute ist zu!«, rief sie in den Hof und wollte das Fenster wieder schließen.

»Wieso?«, wunderte sich der Mann. »Es ist Mittwoch.«

»Gestern hatte der König seinen Feiertag«, antwortete die Magd, »und heute feiern wir. Im ›Maiden‹ haben wir unsere eigenen Sabbatregeln.«

»Aber ich muss mit deiner Herrin sprechen«, sagte der Fremde und nahm den Hut vom Kopf. »Es ist wirklich sehr dringend.«

74

»Mutter Southwood schläft schon«, antwortete sie patzig.

»Mein Name ist Wenceslaus Hollar, sag das deiner verehrten Mistress.«

»Warum sollte Euer seltsamer Name irgendetwas daran ändern, dass das Inn geschlossen ist?«, erklang plötzlich eine krächzende Stimme hinter der Magd, und im nächsten Augenblick erschien ein Frauengesicht im Schein einer Talgkerze am Fenster.

Sowohl der Mann namens Hollar als auch ich zuckten zusammen, als wir das Gesicht der Frau sahen. Es war von unzähligen, rötlich leuchtenden Blatternarben derart durchfurcht, dass es an ein Schlachtfeld voller Krater erinnerte. Da das blasse Gesicht der Frau von unten durch die Kerze beleuchtet wurde, wirkte es noch entstellter. Gerahmt war es von einer wilden, gelblich angegrauten Löwenmähne. Die Haare waren von einer Farbe, für die es eigentlich keinen Namen gab. Man hätte auch beim besten Willen nicht sagen können, wie alt Mutter Southwood eigentlich war. »Die hässliche Vettel«, so hatte Master Collins die Wirtin des »Maiden Inn« genannt, und nun wusste ich, was er damit gemeint hatte. Mutter Southwood konnte einem leidtun oder Angst einjagen. Und als hätte es was damit zu tun, fingen plötzlich die Mückenstiche in meinem Gesicht zu jucken an.

»Ihr könnt den Mund wieder schließen, Sir«, rief Mutter Southwood. »Es ist nicht die Pest, falls Ihr das befürchten solltet. Und ansteckend ist es auch nicht mehr.«

»Nein, Madam, natürlich nicht, entschuldigt«, stammelte Mr. Hollar, räusperte sich und neigte den Kopf. »Ich wollte Euch nicht anstarren, es war nur … ich hatte …«

»Ja, ja, schon gut«, schnitt ihm die Wirtin das Wort ab. »Also? Was wollt Ihr?«

»Könnten wir das nicht drinnen besprechen?«

»Nein!«

Mr. Hollar hatte offensichtlich nicht mit so einer schroffen Antwort gerechnet, er kratzte sich verdutzt den Schädel und trat auf der Stelle, als hätte er eine übervolle Blase. Schließlich sagte er: »Ich komme wegen Mistress Jezebel Ingram.«

»Ingram?«, wiederholte Mutter Southwood, als hätte sie's an den Ohren. »Hab den Namen nie gehört. Was ist mit ihr? Ist sie Euch davongelaufen?« Sie lachte und fügte hinzu: »Seid Ihr nicht 'n bisschen zu alt, um jungen Mädels hinterherzurennen?«

»Sie ist nicht meine ... ähm ... *Mistress*, wenn Ihr das meint.«

»Ich meine gar nichts«, antwortete Mutter Southwood achselzuckend, »ich frag mich nur, was Ihr von mir wollt.«

»Ich suche Mistress Jezebel, das sagte ich doch.«

»Was hab ich mit der zu schaffen?«

»Sie ist hier.«

»Hier? Das wüsste ich aber.« Sie wandte sich an die Magd, die zur Seite getreten war. »Kennst du diese Mistress Jezebel, Penelope?«

»Nee«, antwortete die Magd, »wer soll 'n das sein?«

»Es ist nicht nötig, die Dumme zu spielen, Madam«, antwortete der Mann und setzte den Hut, den er die ganze Zeit in der Hand gehalten und zerknautscht hatte, wieder auf den Kopf. »Ich weiß, dass sie sich in diesem Inn befindet, und zwar aus sicherer Quelle.«

»Aus sicherer Quelle?« Die Wirtin schien Gefallen daran zu finden, alles zu wiederholen, bevor sie darauf antwortete. »Und wie heißt diese Quelle?«

»Mr. Bernard Collins«, antwortete Mr. Hollar, »der Wirt des ›Boar's Head Inn‹ in Southwark. Er sagte mir, Ihr hättet ihm Mistress Jezebel regelrecht abgekauft und in Eure Obhut genommen.«

»Abgekauft? Dass ich nicht lache.« Tatsächlich lachte sie und schüttelte ihre Löwenmähne, aber es klang gar nicht belustigt und sah auch nicht so aus. »Ich weiß nicht, was Ihr dem werten Mr. Collins für diese Information gezahlt habt, aber es war verschenktes Geld. Wir sind hier nicht auf dem Sklavenmarkt. Menschen kann man nicht kaufen, Mr. Hollar, vermutlich nicht mal in Böhmen oder wo immer Ihr herkommt. Ihr mögt vielleicht ein großer Künstler sein und Euch ›Zeichner des Königs‹ nennen, wie mir gesagt wurde, aber ...« Sie ließ den Satz unbeendet und presste die Lippen aufeinander.

»Ihr wisst demnach, wer ich bin?«

»Ich weiß genug über Euch, um Euch mit Freuden mitteilen zu können, dass Ihr Mistress Ingram nicht finden werdet. Nicht in diesem Inn und nirgends sonst. Sie hat London längst verlassen und sich in Sicherheit gebracht.«

»In Sicherheit?« Das mit den Wiederholungen schien ansteckend zu sein. »Aber ich will doch nur ihr Bestes. Hat sie Euch das nicht gesagt?«

»Das hat sie. Und noch viel mehr, werter Sir«, fauchte Mutter Southwood. »Und deshalb muss ich Euch bitten, meinen Hof auf der Stelle zu verlassen. Andernfalls müsste ich unseren George wecken, um Euch entfernen zu lassen, und glaubt mir, er hat ein diebisches Vergnügen daran, Leute zu verprügeln.«

»Das ist alles ein Missverständnis, Madam«, meinte Mr. Hollar und klang nun beinah weinerlich. »Mir liegt das Wohl von Mistress Jezebel am Herzen. Ich will doch niemandem schaden. Ganz im Gegenteil.«

»Ha!«, rief Mutter Southwood. »Und deshalb droht Ihr dem armen Mädchen mit Gefängnis, Pranger und Prügelstrafe? Wie könnt Ihr so herzlos sein!«

Mr. Hollar schwieg und schien nach den rechten Worten zu suchen. Dann wurde er plötzlich wütend und rief: »Zum Henker auch! Warum mischt Ihr Euch in Dinge ein, die Euch nichts angehen?«

»Wer sagt denn, dass sie mich nichts angehen?«

Mr. Hollar stutzte einen Augenblick, dann schimpfte er: »Das werdet Ihr noch bereuen, Madam!«

»Das wage ich allerdings zu bezweifeln«, antwortete die Wirtin, spuckte ganz undamenhaft in den Hof und schloss den Fensterladen.

Der Mann aus Böhmen blieb zunächst wie angewurzelt stehen, dann drosch er plötzlich mit seinem Stock auf eine Leiter ein, die an die Hauswand gelehnt stand, und stieß mit dem Fuß gegen einen steinernen Trog, wobei er sich jedoch die Zehen stauchte und anschließend auf einem Bein rumhoppelte. Ebenso abrupt erstarrte er wieder, schaute sich um, als hätte er Angst, jemand könnte sein Gehoppel gesehen haben, und verließ dann schleunigst, aber humpelnden Fußes das Inn.

Während der ganzen seltsamen Szene hatte ich in meinem Versteck gehockt und das Geschehen verfolgt, als wäre ich Zuschauer in einem Theater. Erst jetzt, nachdem die Akteure die Bühne verlassen hatten, kam ich wieder zu mir und erkannte, dass all das keine Einbildung gewesen war, dass der Mann namens Hollar und die Mutter Southwood über meine Schwester gesprochen hatten und dass ich nichts von alledem begriff. Jez hatte London verlassen, um sich in Sicherheit zu bringen, aber wieso und wohin? Was wollte dieser Mr. Hollar von ihr, wenn's nicht das war, was alle anderen Kerle von ihr wollten? Und was hatte das mit dem Gefängnis und der Prügel auf sich? Wer war der Kerl überhaupt? Seinen merkwürdigen Namen hatte ich noch nie zuvor gehört. Und was um alles in der Welt hatte die Wirtin des »Maiden Inn« mit der ganzen Sache zu schaffen? Ich sagte ja bereits, dass Jezebel eine verdammte Geheimniskrämerin war und ich kaum was von ihr wusste. Ein Buch mit sieben Siegeln war ein Dreck dagegen.

Doch ob ihr's glaubt oder nicht, die Nacht war noch nicht vorbei, und weitere Überraschungen folgten auf dem Fuß. Deshalb fang ich jetzt auch ein neues Kapitel an. Damit der Eremit nicht wieder schimpft und mir vorwirft, ich könnte keine Ordnung halten.

7. KAPITEL

Handelt von einem Theater und einem Verwalter

Nachdem Mr. Hollar das Inn verlassen hatte, war mein erster Gedanke, ihm zu folgen, um rauszukriegen, wo er wohnte. Doch dann überlegte ich's mir anders. Was nützte es schon? Über Jezebels augenblicklichen Aufenthaltsort wusste dieser Mr. Hollar offenbar ebenso wenig wie ich, und der Anblick seines Hauses würde mir nichts darüber verraten, was für seltsame Händel er mit meiner Schwester austrug. Nein, wenn ich schon mal hier in dieser Einöde war, dann wollte ich das »Maiden Inn« auch etwas genauer in Augenschein nehmen. So schnell würde ich nicht wieder herkommen – das dachte ich jedenfalls –, und einen Türwächter musste ich heute auch nicht fürchten. Zwar gab's in dieser Nacht keine Ferkeleien zu bewundern, aber dafür kostete es auch keinen Eintritt. Vielleicht fand ich ja irgendwo ein Fenster, das nicht mit einem Laden verriegelt war, auch wenn ich keine Ahnung hatte, was ich eigentlich dahinter zu sehen hoffte. Ich geb's ja zu: Wär's nicht das »Maiden Inn« gewesen, sondern irgendeine andere Kneipe, hätte ich mich gleich wieder auf den Heimweg gemacht, aber so war die Neugier stärker. Mein Herz pochte ganz schön, und ja, wenn ihr's denn unbedingt wissen wollt, ein bisschen prickelte es auch in der Lendengegend.

Da ich mich in den Eingang der »Cocksparrer«-Hütte geflüchtet hatte, versuchte ich es dort zuerst. Das Gebäude war sehr niedrig und hatte keinerlei Fenster, wie ich erst jetzt feststellte, deshalb drückte ich die Klinke runter, ohne wirklich damit zu rechnen, dass die Tür aufging. Erstaunlicherweise tat sie's dennoch, und ich nahm die unerwartete Einladung dankend an.

Im Innern war's so finster wie in einer Gruft, es gab buchstäblich nichts zu sehen. Kein Wunder, ohne Fenster. Ich ließ die Eingangstür geöffnet, damit wenigstens ein bisschen Mondlicht hereinkam, und als sich meine Augen an die Dunkel-

heit gewöhnt hatten, konnte ich erkennen, dass ich mich in so
einer Art Vorraum oder Korridor befand. Möbel gab's keine,
sah man einmal von einem kleinen Tisch in der Ecke und
ein paar Haken und Brettern an den Holzwänden ab. An einer
Seitenwand, unweit der Eingangstür und ein wenig vom schräg
einfallenden Mondlicht beschienen, hing ein Plakat im Folioformat, auf dem zu lesen war: »Die Hure von Malfi. Frei nach
der Tragödie von John Webster«. Darunter das Bild einer bar-
busigen Frau, die von zwei maskierten Männern unschicklich
drangsaliert wurde, um es mal vornehm auszudrücken.

Ich tastete mich durch den Raum und gelangte am hinteren
Ende zu einer weiteren, sehr niedrigen Tür. Als ich diese einen
Spaltbreit öffnete, merkte ich, dass ich nicht allein in der Hütte
war. Einen schwachen, gelblichen Lichtschein konnte ich sehen, und eine leise, etwas piepsige Stimme war zu hören, ohne
dass ich irgendwelche Worte verstand. Obwohl mir das Herz in
die Hose rutschte und ich kurz überlegte, ob ich nicht besser
Reißaus nehmen sollte, war die Neugierde wieder stärker, und
so betrat ich vorsichtig den angrenzenden Raum und schaute
mich um.

Es dauerte eine Weile, bis ich begriff, wo ich mich befand.
Der Raum hatte einen beinah runden Grundriss und fiel zur
Mitte hin steil ab. Auf mehreren Ebenen gab's Tribünen mit
Bänken und Geländern, einen Halbkreis zur Linken und einen
zur Rechten, und eine schmale Treppe führte durch diesen
ringsum geschlossenen Zuschauerraum abwärts zur Mitte, in
der sich auf der untersten Ebene ein kreisrunder, mit Palisaden
umzäunter Sandplatz befand. Eigentlich hätte mich der Name
auf dem Schild gleich drauf bringen müssen, aber erst jetzt begriff ich, dass dies ein ehemaliges »cockpit« war, eine Hahnengrube für Wettkämpfe. Deshalb war die Hütte auch so niedrig,
sie war nicht in die Höhe, sondern in die Tiefe gebaut. Der
Kampfplatz befand sich sozusagen im Keller. Doch statt der
Kampfhähne, die sich hier gegen Wetteinsatz vor lärmendem
Publikum an die Gurgel gingen, stand ein Mädchen in der

Grube, ein Windlicht neben sich auf dem Boden, und schien etwas vorzulesen oder aufzusagen. Ich trat ein wenig näher, blieb aber auf der obersten Ebene stehen, um nicht gesehen zu werden.

Das Mädchen erkannte ich sofort, es war Hum, die Wirtstochter. Sie trug ein weißes Nachtgewand aus grobem Leinen und ein buntes Wolltuch um die Schultern. Eine viel zu große, weiße Perücke saß schräg auf ihrem Kopf, während sie mit den Händen herumfuchtelte und seltsames Zeug daherredete:

»Ich dank Euch, süße Liebe,
und weil Ihr nicht als Schuldner zu mir kommen sollt,
sondern als mein Verwalter, zeichne ich auf Eure Lippen hier
Euer Quietus est.«

Sie fasste sich schmachtend ans Herz, seufzte tief, streckte plötzlich die Hände in die Höhe, genau in meine Richtung, und spitzte die Lippen, als wollte sie mich küssen. Sie umarmte ein unsichtbares Gegenüber, bewegte dabei die Lippen und schmatzte laut und übertrieben. Plötzlich jedoch zuckte sie zusammen und erstarrte, aus dem unechten Schmatzen wurde ein echtes Keuchen, als kriegte sie keine Luft mehr. Das Küssen ging in Husten über, es schüttelte sie regelrecht, sie bückte sich und hielt sich die Hände vor den Mund.

Erschrocken machte ich einen Schritt nach vorn, übersah die Stufe vor mir – die ich in der Dunkelheit gar nicht hätte sehen können – und musste mich am Geländer festhalten, um nicht kopfüber hinunterzupurzeln. Das Geländer wackelte und quietschte, eine Holzbohle knarrte, und Hums Husten verstummte schlagartig.

»Wer ist da?«, krächzte sie atemlos und griff nach ihrem Windlicht.

Ich wollte zuerst davonrennen, doch dann räusperte ich mich, stieg die Treppe hinab und sagte: »'tschuldigung, die Tür stand offen. Ich wollte dich nicht erschrecken.«

»Wer bist du?«, fragte sie und hustete in ihr buntes Tuch.

»Mein Name ist Geoff«, antwortete ich, als ich unten angekommen war und sie mich in Augenschein nehmen konnte. »Wir haben uns heut schon mal gesehen.«

»Du bist der Bursche aus dem ›Boar's Head‹, oder?«

Ich nickte.

»Und was willst du hier?«

»Bloß gucken.«

»Heut ist Ruhetag.«

»Ich weiß«, sagte ich und deutete auf die Perücke, die ihr bei dem Hustenanfall in den Nacken gerutscht war. »Was soll die Verkleidung?«

»Verstehst du eh nicht«, meinte sie schnippisch und zupfte an den gepuderten Haaren herum. »Das ist Theater. Nichts für dich. Und jetzt zieh Leine.«

»Jezebel ist meine Schwester«, sagte ich, ohne zu wissen, wieso.

»Tja, Pech!«, sagte sie, doch ihr neugieriger Blick widersprach ihren Worten.

Wir standen uns eine Weile reglos gegenüber und sagten keinen Ton. Sie beäugte mich wie einen bunten Hund und zog die Nase kraus. Schließlich wurde es mir zu blöde, ich nickte ihr zu, wandte mich um und sagte im Gehen: »Hat mir gut gefallen, dein Kuss.«

»Hm?«, machte sie.

»Das mit der süßen Liebe und den Lippen.«

»Wie lang hast 'n schon da oben gestanden?«

»Nicht lang.«

»Willst du zugucken?« Als ich stehen blieb und mich umdrehte, fügte sie hinzu: »Aber du musst mir versprechen, nicht zu lachen.«

»Meinetwegen«, sagte ich und setzte mich auf die Treppe. »Ist aber kein richtiges Theater hier, oder?«

»Theater ist da, wo Theater gespielt wird«, meinte sie wichtigtuerisch und stellte das Windlicht wieder auf den Boden.

»Spielst du in dem Stück von Malfi mit?«

»Leider nicht«, knurrte sie, »Mutter würd's nie erlauben. Ist nichts für Kinder, sagt sie. Außerdem heißt das Stück ›Die Tragödie der Herzogin von Malfi‹!«

»Auf dem Plakat stand was von 'ner Hure.«

»Huren verkaufen sich besser als Herzoginnen, sagt Mutter.«

»Und worum geht's in dem Stück?«

»Um eine Adelige und ihren heimlichen Geliebten«, sagte sie und hustete erneut ins Tuch, »aber eigentlich ist's gar nicht ihr Geliebter, weil sie nämlich verheiratet sind und sogar Kinder haben. Aber das weiß keiner, und darum halten ihre Brüder sie für eine Hure und schneiden ihr die Kehle durch, nachdem sie sie tüchtig gefoltert haben. Und ihre Kinder töten sie auch. Und den Mann auch. Eigentlich sterben am Ende alle, sogar die Mörder.«

»Himmel!«, entfuhr es mir.

»Liebe, Fleisch, Wahnsinn und Blut, so wollen's die Leute, sagt Mutter.«

»Ist sie eigentlich deine wirkliche Mutter?«, rutschte es mir heraus. »Ich meine, weil doch alle sie Mutter Southwood nennen.«

Hum nickte und meinte: »Klar.«

»Und dein Vater?«

»Tja!«, rief sie und zuckte mit den Schultern. »Er war bei der Marine. Mutter sagt, er ist im Krieg geblieben.«

»Im Krieg?«, wunderte ich mich, dann begriff ich. »Er ist tot?«

»Mein Vater ist gestorben, da war ich noch gar nicht geboren. Er ist ertrunken. Im Karibischen Meer.« Plötzlich schüttelte sie sich, als hätte sie eine Gänsehaut, und fragte: »Was ist jetzt, willst du quatschen oder zugucken?«

»Weder noch!«, erklang eine krächzende Stimme über uns.

Hum und ich fuhren zusammen, drehten uns um und schauten nach oben. Wir sahen Mutter Southwood am Rand der Grube stehen, sie hielt eine Kerze in der Hand und hatte ihre widerspenstige Mähne unter einem Tuch versteckt. Sie deutete mit dem Finger auf mich und fragte: »Was hat das zu bedeuten?«

»Keine Ahnung«, sagte ich, weil mir nichts Besseres einfiel.

»Wie oft hab ich dir gesagt, du sollst dich hier nicht rumtreiben?«, schrie sie ihre Tochter an und kam wie eine Furie die Treppe herab. »Und wie siehst du überhaupt aus? Läufst im Nachthemd herum, als wärst du nicht bei Sinnen. Nicht mal Pantinen hast du an, holst dir mit den bloßen Füßen ja den Tod! Du weißt, was der Doktor gesagt hat!«

»Ja, Mutter«, antwortete Hum und senkte den Kopf.

»Und wer bist du?«, fauchte sie mich an, als sie den Kampfplatz erreicht hatte. »Was schleichst du dich hier rum?« Mutter Southwood fasste mich an der Schulter, drehte mich ins Licht und hatte den Mund bereits geöffnet, um eine weitere Schimpftirade loszulassen, doch dann hielt sie plötzlich inne und sah mich lange an, als hätte sie vergessen, was sie sagen wollte. Den Mund wieder zu schließen, vergaß sie auch.

»Das ist Geoff«, sagte Hum, »Jezebels Bruder.«

Ein seltsames Lächeln huschte über Mutter Southwoods hässliches Gesicht, doch dann setzte sie wieder eine grimmige Miene auf, die irgendwie besser zu den Narben und der Krächzstimme passte, und knurrte: »Ist das wahr? Du bist Geoffrey?«

»Ay, Madam.«

»Und was willst du hier?«

»Bin dem ausländischen Gentleman gefolgt.«

»Dem Gentleman?« Sie kniff die Augen zusammen. »Hast du uns belauscht?«

Ich nickte und zuckte zusammen, weil ihre Finger sich regelrecht in meine Schulter bohrten.

»Dann weißt du ja, dass Jezebel nicht mehr in London ist.«

Wieder nickte ich und fragte: »Aber wo steckt sie?«

»In Sicherheit, mein Junge«, sagte sie und ließ mich los. »Sie ist bei Freunden auf dem Land. Mehr kann ich im Augenblick nicht sagen. Du wirst alles früh genug erfahren. Jezebel wird sich bei eurem Vater melden, wenn die Zeit reif ist.«

»Vater ist ... nicht da«, murmelte ich, rieb mir die Schulter und starrte zu Boden. Es war mir nicht möglich, der Wirtin ins Gesicht zu schauen, und das lag nicht nur daran, dass sie so vernarbt war, sondern auch an ihrem stechenden Blick. Sie beglotzte mich, als hätte ich zwei Nasen im Gesicht.

»Nicht da?«, wiederholte sie. Jetzt ging das wieder los. »Was heißt das?«

Da ich nicht wusste, was ich darauf antworten sollte, entschied ich mich für eine Gegenfrage: »Was geht Euch das eigentlich alles an, Madam? Was habt Ihr mit Jezebel zu schaffen?«

»Mit Jezebel?« Sie lachte, aber es klang nicht belustigt, sondern eher beängstigend. »Nichts.«

»Und warum schickt Ihr sie dann aufs Land und zahlt Master Collins ein Ablösegeld? Ihr braucht's gar nicht zu leugnen, ich hab's gesehen. Warum tut Ihr das, wenn Jez Euch gar nichts angeht?«

»Weil Edward mich darum gebeten hat.«

»Edward? Welcher Edward?« Vermutlich glotzte ich blöde aus der Wäsche, doch schließlich dämmerte es mir: »Doch nicht etwa *unser* Edward?«

»*Euer* Edward.« Mutter Southwood schnaufte verächtlich, als hätte ich was Blödes gesagt, und nickte dann. »Er ist mein Verwalter.«

»Und der Verwalter der Herzogin«, mischte sich Hum, die die ganze Zeit geschwiegen hatte, in das Gespräch ein. »Und ihr Mann natürlich, weil sie ja verheiratet sind. Aber das weiß keiner, weil's nämlich ein Geheimnis ist.«

Ich starrte sie an und begriff kein Wort.

»In dem Stück«, meinte Hum, »du weißt schon: ›Die Herzogin von Malfi‹. Edward spielt ihren heimlichen Geliebten, den Haushofmeister.«

»Mein Bruder ist Schauspieler? Im ›Cocksparrer‹?«

»Er ist nicht nur Schauspieler, Geoffrey«, sagte Mutter Southwood, »er leitet das Theater. Er *ist* das ›Cocksparrer‹.«

Und dann glotzte ich sie an, als hätte *sie* zwei Nasen im Gesicht.

Mutter Southwood erwiderte meinen Blick, ohne mit der Wimper zu zucken, dann nickte sie, nahm ihre Tochter an die Hand und stieg die Treppe hinauf.

»Wo ist Edward jetzt?«, rief ich ihnen hinterher. »Ist er hier?«

»Nein«, antwortete die Wirtin, drehte sich um und winkte mir zu. »Kommst du?«

Ich nahm das Windlicht, das Hum auf dem Sandplatz stehen gelassen hatte, und folgte den beiden nach oben und durch die Vorkammer nach draußen.

»Er ist bei Jez, oder?«, wollte ich wissen.

»Nicht mehr«, sagte sie und schüttelte den Kopf. »Deine Schwester braucht jetzt vor allem Ruhe.«

»Was heißt das jetzt wieder?«

»Du fragst zu viel, mein Junge.«

»Ich weiß«, antwortete ich und wollte ihr das Windlicht reichen. »Ich bin 'ne verdammte Plage. Aber das kommt nur davon, dass mir nie einer was sagt.«

»Behalte das Licht«, meinte Mutter Southwood und strich mir mit ihrer dürren und rissigen Hand über die Wangen. »Du brauchst es für den Weg nach Hause.«

»Wenn ich bloß wüsste, wo das ist«, entfuhr es mir.

Sie sah mich lange an, wollte was sagen, biss sich dann aber auf die Lippen und schüttelte den Kopf. »Das wird sich alles richten, mein Junge«, sagte sie schließlich und ging eilig ins Haus, ohne sich noch mal umzudrehen.

»Bis bald«, sagte Hum und folgte ihr.

»Gut möglich«, antwortete ich und verließ den Hof.

Auf dem Weg durchs Marschland gingen mir wirre Gedanken durch den Kopf. In nur zwei Tagen hatte ich eine Schwester verloren und um ein Haar wiedergefunden, einen Vater verloren und gleich noch mal verloren und zu guter Letzt einen verschollenen Bruder wiederentdeckt. Wir Ingrams waren wirklich eine seltsame Familie, dachte ich, aber was soll's: Man konnte sich seine Sippschaft eben nicht aussuchen.

ZWEITER TEIL

TWIN OAKS

»Your houses they pull down
to fright your men in town.
But the gentry must come down
and the poor shall wear the crown.
Stand up now, Diggers all!«

(»Eure Häuser reißen sie nieder,
um eure Leute in der Stadt zu schrecken.
Doch stürzen muss der Adel,
und die Armen sollen die Krone tragen.
Erhebt euch jetzt, ihr Digger alle!«)

»The Diggers' Song«

I

Jezebel hatte die Stadt noch nie zuvor verlassen. Zwar gehörte Southwark streng genommen gar nicht zur City von London, sondern zur Grafschaft Surrey, deren Grenzen sie also während ihrer Reise gar nicht überschritt, aber die Fahrt nach Oxshott, etwa zwanzig Meilen südwestlich von London im hügeligen Heideland gelegen, erschien ihr wie eine Reise um die Welt. Wie ein Abstecher in eine andere und ihr gänzlich fremde Welt.

Die ersten Meilen flussaufwärts an Westminster und Chelsea vorbei legten sie in einer einmastigen Jolle zurück. Edward hatte einen befreundeten Schiffer, einen ehemaligen Kollegen ihres Vaters, angeheuert, damit er sie nach Westen brachte. Den günstigen Tidenhub der Themse ausnutzend, hatten sie sich am Dienstagmorgen aufgemacht und waren gegen Mittag im Dorf Putney, am Südufer der Themse, an Land gegangen. Von dort aus fuhren sie auf einer breiten und gut ausgebauten Hauptstraße in südwestlicher Richtung mit einem Pferdewagen weiter, den Edward von einem hiesigen Bauern zur Verfügung gestellt bekam. Der Mann hieß Jeremiah, wobei nicht klar war, ob es sich um seinen Tauf- oder Familiennamen handelte. Er hatte ein Gesicht wie ein frisch gepflügter Acker, und seine riesige Nase erinnerte an eine verschrumpelte Runkelrübe. Welche Verbindung zwischen Edward und dem Bauern bestand, blieb Jezebel ein Rätsel, vielleicht war er ein guter Bekannter der Mutter Southwood.

Während der Fahrt auf dem Fluss und auch auf der Straße nach Kingston sprachen die Geschwister nur wenig miteinander, und vor allem Jezebel war sehr froh darüber. Natürlich wusste Edward von der misslichen Lage seiner Schwester, schließlich hatte sie ihm in der Nacht zuvor alles gebeichtet, aber er hatte zu allem eisern geschwiegen, sie lediglich wegen ihres Verlustes getröstet und sich schließlich unter vier Augen mit Mutter Southwood beraten. Auch jetzt stellte er keine peinlichen Fragen und machte Jezebel keinerlei Vorwürfe. Was geschehen sei, das sei geschehen und könne nicht rückgängig gemacht werden, sagte er und schaute sie dabei eindringlich an, als hätten seine Worte einen besonderen Hintersinn. Nun gelte es, sie vor den Nachstellungen des Mannes aus Böhmen in Sicherheit zu bringen, meinte er. Alles Weitere werde sich finden.

Auch Jezebel ließ Edward in Ruhe und bedrängte ihn nicht mit Fragen, wie es ihm in den letzten beiden Jahren ergangen war, was es mit seiner Arbeit im »Maiden Inn« auf sich hatte oder wie es zu seiner überaus freundschaftlichen Beziehung zu Mutter Southwood gekommen war. Es war nicht so, dass es Jezebel nicht interessiert hätte, ganz im Gegenteil, sie brannte darauf, alles über Edwards plötzliches Verschwinden und seine Erlebnisse zu erfahren. Vor allem hätte sie gern gewusst, was eigentlich vor zwei Jahren zwischen dem Bruder und dem Vater vorgefallen und wieso es dazu gekommen war, aber es hatte den Anschein, als hätten die beiden Geschwister ein Abkommen getroffen, die dunklen und unrühmlichen Flecken der Vergangenheit mit Stillschweigen zu übergehen und sich nur mit dem absolut Notwendigen und Gegenwärtigen zu befassen.

Dass Edward etwas mit dem »Cocksparrer« zu tun hatte und in den höchst freizügigen und drastischen Stücken auch selbst mitspielte, hatte Jezebel vor einigen Monaten erfahren, kurz nach dem Abklingen der Pest, wenige Tage nachdem die Hahnengrube ihre Pforten geöffnet hatte. Ausgerechnet ihr Nachbar Ray, der elende Halunke, hatte Jezebel darauf aufmerksam gemacht, dass es auf dem Gelände des »Maiden Inn« seit Kurzem ein Theater gebe und sie sich auf keinen Fall das derzeit laufende Stück entgehen lassen solle. Es handle von einer Hure aus Malfi. Und ihrem Verwalter.

»Die Theater sind geschlossen«, hatte Jezebel ihn abzuwimmeln versucht und unnötigerweise hinzugefügt: »Wegen der Pest.«

»Ich weiß«, hatte Ray geantwortet, »aber das ›Cocksparrer‹ ist kein normales Theater, und es ist nicht öffentlich. Nur für

Freunde und Vertraute, sozusagen privat.« Dabei hatte er sein albernes Gekicher von sich gegeben, das Jezebel immer an das Meckern einer Ziege erinnerte. »Es ist schon erstaunlich, was man heutzutage alles auf der Bühne zu sehen bekommt«, hatte er schließlich hinzugefügt. »Du wirst dich wundern, das kann ich dir versprechen. Sag am Eingang, ich hätte dich geschickt, dann lassen sie dich rein. Es lohnt sich.«

Obwohl sie sich geschworen hatte, auf Rays Gerede und seine schmierigen Andeutungen nichts zu geben, war sie eines Abends im Februar, direkt nach der Arbeit, zum »Maiden Inn« gegangen. Das Stück hatte bereits angefangen, wie sie an dem gedämpften Händeklatschen und Gelächter erkannte, das aus dem flachen Gebäude drang. Ein Gentleman stand vor dem Eingang, wurde aber von dem riesigen Kerl in der Tür am Eintreten gehindert.

»Mein Name ist Pepys«, sagte der Mann und warf sich in die Brust. »Samuel Pepys. Ich bin Sekretär im Flottenamt, mein Guter.«

»Und wenn Ihr der König persönlich wärt, mein Bester«, antwortete der Türsteher finster. »Hier gibt's kein Theater.«

»Und der Lärm?« Der Mann namens Pepys deutete auf das Gebäude. »Man kann deutlich den Applaus hören.«

»Eine Familienfeier. Nur für geladene Gäste.«

»Unverschämtheit!«, empörte sich der Gentleman, wandte sich brüsk um und richtete seine nächsten Worte an Jezebel: »Sitten sind das! Und der ganze weite Weg umsonst!«

Jezebel zuckte mit den Schultern, ließ den sichtlich erbosten Mann vorbei und wandte sich an den Türsteher: »Rancid Ray schickt mich.«

»Kenn ich nicht«, lautete die Antwort.

»Raymond Webster«, sagte Jezebel. »Er ist ein … guter Freund.«

Der Kerl lachte, wartete, bis der Gentleman außer Sichtweite war, nickte schließlich und ließ sie fürs halbe Eintrittsgeld passieren. »Dass Ray ranzig *ist*, wusste ich«, sagte er und hielt ihr die Tür auf, »aber dass er auch so *heißt*, war mir neu.« Wieder lachte er und gab ihr eine gutmütige Warnung mit auf den Weg. »Nicht erschrecken. Ist eigentlich nichts für 'ne hübsche junge Mistress.«

Damit hatte er nur zu recht. Es war ein fürchterliches Gezeter und Gegröle auf den Rängen und ein wahres Gemetzel auf der Bühne. Von der Handlung begriff Jezebel wenig, aber das war vermutlich auch nicht wichtig. Eine maskierte, nackte Frau, vermutlich die Hure aus Malfi, wurde von zwei spärlich bekleideten, aber unmaskierten Männern gefoltert und misshandelt. Nacheinander fielen sie über das gefesselte Weib her, verspotteten sie dabei und erdrosselten sie schließlich. Jezebel, die keineswegs die einzige Frau im Publikum war, wusste vor Entsetzen und Scham gar nicht, wo sie hinschauen sollte, doch die Meute in dem nach Erde und Schweiß stinkenden Rund feuerte die Akteure in der Hahnengrube regelrecht an und spendete höhnischen Beifall, als die geschändete Herzogin endlich unter schwerem Seufzen und Ächzen das Zeitliche segnete. Obwohl das alles nur Theater war und sowohl die Vergewaltigung als auch das Foltern nur gespielt waren, empfand Jezebel bei dem Schauspiel heftigen Ekel. Ray hatte nicht übertrieben, die Grausamkeit und die Liederlichkeit des Stücks waren kaum zu ertragen, aber Jezebel begriff nicht, warum ausgerechnet sie sich das antun sollte. Was hatte das abscheuliche Spektakel mit ihr zu tun?

Die Antwort auf diese Frage fand sie in der folgenden Szene, in der zwei Männer ein Duell miteinander ausfochten. Diesmal gab es kein nacktes Fleisch und keine maskierten Frauen zu sehen, nur einen ungleichen Kampf und einen infamen Mord. Doch beim Anblick des Geschehens auf der Bühne glaubte Jezebel, das Herz bliebe ihr stehen, und es verschlug ihr den Atem. Einer der Duellanten war Edward, ihr großer Bruder Edward, den sie seit anderthalb Jahren nicht gesehen und von dem sie bereits befürchtet hatte, er sei wie so viele der großen Pest zum Opfer gefallen. Und nun spielte er in diesem Schmierentheater mit, ließ sich auf der sandigen Bühne von einem Mann hinterrücks das Messer zwischen die Rippen rammen und starb mit großen Gesten einen unwürdigen Tod.

Während das Publikum erneut Szenenapplaus spendete, sprang Jezebel auf und rannte aus dem Theater. Sie wusste nicht, was sie mehr entsetzt hatte: der Anblick der nackten, scheinbar kopulierenden Leiber oder die Tatsache, dass ihr Bruder Teil dieses abstoßenden Treibens war. Wie konnte er nur?! Sie schämte sich für ihn und hoffte inständig, dass alles nur ein Missverständnis wäre. Niemand durfte erfahren, dass sie Edward gesehen hatte, weder der Vater, der vermutlich einen seiner Tobsuchtsanfälle bekommen würde, noch Geoff, auf dessen Verschwiegenheit sie nicht bauen konnte. Es musste ein Geheimnis bleiben, jedenfalls würde sie nichts unternehmen, um dieses Geheimnis zu lüften. Und sie schwor sich, das »Maiden Inn« nie wieder zu betreten. Eher wollte sie sterben, als ein zweites Mal einen Fuß in diese Lasterhöhle zu setzen. Ein Schwur, den sie bis zum gestrigen Montag gehalten hatte.

»Dort ist Kingston!« Edwards Worte rissen Jezebel aus ihren Grübeleien.

»Hm?«, machte sie und schaute sich gedankenverloren um.

Sie hatten einen kleinen Hügel erreicht, auf dem rechts am Weg ein Galgengerüst stand, an dem glücklicherweise im Augenblick niemand baumelte. Edward deutete nach Westen, wo in einer Senke die Stadt Kingston und die Themse zu sehen waren. Eine Brücke führte über den Fluss, und auf der gegenüberliegenden Seite erkannte Jezebel ein ausgedehntes Park- und Waldgebiet, in dem, wie Edward erklärte, der königliche Palast von Hampton Court stand.

»Hätten wir nicht besser auf dem Fluss bleiben können?«, wunderte sich Jezebel beim Anblick der Themse.

»Das wäre ein Umweg gewesen und hätte länger gedauert, vor allem flussaufwärts«, antwortete Edward und lenkte den Wagen durch das Stadttor, das mitten in den Feldern und weit vor den ersten Häusern der Stadt stand. »Wir werden in einem

Gasthaus einkehren und dem Pferd eine Pause gönnen. Das letzte Stück durch die Heide wird ungemütlich.«

»Ist gut«, antwortete Jezebel und sah ihren Bruder nachdenklich an.

Während sie in einer Schänke, die wegen des heutigen Restaurationstags gut gefüllt war, eine Kleinigkeit zu sich nahmen und das Pferd von einem Stalljungen versorgt wurde, rutschte Jezebel auf ihrer Bank hin und her, suchte den Blick ihres Bruders und stellte schließlich die Frage, die ihr auf dem Herzen lag: »Kennst du diese Mrs. Oldershaw?«

Edward legte den Kopf schräg, nickte dann und sagte: »Ja, ich kenne sie. Sie ist eine Freundin von Mutter Southwood. Du kannst ihr vertrauen. Sie und ihr Mann sind Bauern. Einfache, aber gute und vor allem verlässliche Leute.«

»Hat Mutter Southwood in Oxshott gelebt, bevor sie nach London kam?«

Wieder nickte Edward und starrte auf die Tischplatte. Er schien keine weiteren Fragen beantworten zu wollen und widmete sich seinem Eintopf, als hänge sein Leben davon ab. Zwischen zwei Bissen fragte er plötzlich: »Wie geht's Vater?«

»Schlecht«, antwortete Jezebel.

»Säuft er noch?«

»Mehr denn je.« Sie zögerte kurz und setzte dann hinzu: »Wenn du mich fragst, macht er's nicht mehr lange. Liegt nur noch in der Ecke und grunzt wie ein Eber. Ich hab seit Wochen kein vernünftiges Wort aus seinem Mund gehört. Eigentlich hab ich ihn kaum noch zu Gesicht bekommen, obwohl wir unter einem Dach wohnen. Morgens schläft er seinen Rausch aus, und wenn ich nachts nach Hause komm, ist er bereits wieder völlig betrunken. Manchmal kommt's mir so vor, als würde er sich vor uns verstecken.« Plötzlich lachte sie und spuckte etwas Beef Stew auf den Tisch. »Hat aber auch sein Gutes«, sagte sie, »er schlägt nicht länger um sich. Kommt gar nicht mehr auf die Beine.«

»Und Geoff?«

»Kennst ihn ja«, sagte Jezebel achselzuckend, »der kommt

schon klar und schlängelt sich so durch. Hat inzwischen sogar Lesen und Schreiben gelernt. Vorlaut und frech wie immer. Verdammte Nervensäge!«

»Nützlich wie ein Kropf.« Edward zündete sich eine Tonpfeife an und lachte. »Weiß er Bescheid? Hast du ihm erzählt, was passiert ist?«

»Gott bewahre!«, rief Jezebel und schüttelte den Kopf. »Geoff kann doch sein Maul nicht halten. Nein, er hat keine Ahnung. Von nichts. Ich hab nur auf einen Zettel geschrieben, dass ich verschwinde.«

»Vielleicht besser so«, meinte Edward und pustete den Rauch zur Decke.

Und damit war das Gespräch beendet.

Jezebel betrachtete ihren älteren Bruder und bemerkte zum wiederholten Male, wie sehr er sich in den letzten zwei Jahren verändert hatte. Nicht nur das Rauchen war neu, auch sein Aussehen hatte sich gewandelt. Zwar war er auch früher schon groß gewesen, dabei aber von schlaksiger Statur, inzwischen war er noch ein Stück gewachsen und sein Körper kräftig und muskelbepackt. Die lockigen Haare waren länger und dunkler, das typische Rotblond der Ingrams war zu einem hellen Braun geworden. Auch was sein Wesen betraf, hatte Edward sich auffallend verändert. Früher war er ein aufbrausender und streitsüchtiger Jüngling gewesen, der beim geringsten Anlass aus der Haut fuhr und sich über alles und jeden erboste. Der brutale und gewalttätige Streit mit dem um einen Kopf kleineren Vater, der zur Trennung von der Familie geführt hatte, war ein gutes Beispiel für den damaligen Edward. Heute wirkte er viel ruhiger, ausgeglichener und gefestigter. Die Hektik seiner Gesten und die sich überschlagende Stimme waren verschwunden. Aus dem rebellischen Bengel und Hitzkopf war ein erwachsener und in sich ruhender Mann geworden. Jezebel wunderte sich, dass so etwas in so kurzer Zeit möglich war.

Nach dem Essen ging es auf der Hauptstraße weiter gen Südwesten, zunächst am Ufer der Themse entlang und dann in Richtung Esher, wo sich, wie Edward erwähnte, eine alte Kutschstation befand. Kurz vor der Stadt lenkte er den Wagen jedoch plötzlich nach Süden und bog auf einen kleinen Pfad ein, der kaum als solcher zu erkennen war. Auf einer holprigen Rollbahn rumpelten sie durch einen dichten Wald und schaukelten über die Wurzeln der Kiefern und Birken, dass sie Mühe hatten, sich auf dem Kutschbock zu halten. Nach etwa einer Stunde, in der Jezebel jegliche Orientierung verlor, hatten sie das Ende des Waldes erreicht und sahen eine ausgedehnte Heidelandschaft vor sich. Der lehmige Boden wurde nun sandig und hügelig, und der immer schmaler werdende Pfad schlängelte sich um hohe Sandböschungen und grasbewachsene Dünen herum. Wieder erreichten sie eine kleine Anhöhe, und so weit das Auge reichte, gab es auf den umliegenden Hügeln und Böschungen niedriges Heidekraut, gelb blühenden Ginster und vereinzelte Sträucher von Besenkraut zu sehen. Auf den Hügeln im Osten erstreckte sich ein Kiefernwald entlang einer Senke, doch in der Senke selbst wuchs kaum ein Baum, lediglich Gestrüpp und Pfeifengras und einige wenige Wacholderbüsche. Eine gleichmäßig geschwungene, bräunlich grüne Heidedecke mit einzelnen gelben Punkten. Im Hochsommer, wenn die Heide in rötlich violetten Farben blühte, war diese Gegend vermutlich hübsch anzusehen, aber im Moment wirkte sie auf Jezebel lediglich trostlos und schwermütig. Eintönig und ohne Leben. Und hier sollte sie die nächsten Monate verbringen?

»Dort drüben ist Cobham.« Edward deutete nach Westen, wo sich der Fluss Mole durch die im Abendlicht schimmernde Heidelandschaft schlängelte. »Und hinter den Hügeln im Süden liegt Leatherhead.«

»Und wo ist Oxshott?«, wunderte sich Jezebel.

Edward wies auf eine kleine Lichtung direkt zu ihren Füßen, die am Hang des Hügels auf einer Art natürlicher Terrasse lag. Sie war umgeben von Kiefernwald, kargem Heidebrachland und einigen Feldern und Wiesen.

»Das da?« Jezebel kniff die Augen zusammen, als müsse sie

ein Trugbild verscheuchen. »Aber das ist überhaupt kein Ort. Nicht mal 'ne Kirche gibt's. Jedenfalls seh ich keinen Kirchturm. Nur 'n paar olle Höfe und Cottages.«

»Genau das, was du jetzt brauchst«, sagte Edward verärgert und deutete auf ihren Bauch. »Oder willst du das Kind lieber in einer Schaubude auf dem Southwark Fair bekommen? Dann können wir gerne umkehren.«

»Nein, natürlich nicht«, antwortete Jezebel kleinlaut.

»Du solltest froh sein, dass Mutter Southwood dir ihre Hilfe anbietet«, sagte Edward und lenkte den Wagen den Hügel hinab. »Du bist wahrlich nicht in der Lage, irgendwelche Ansprüche zu stellen. Und noch ist gar nicht gesagt, dass die Leute von ›Twin Oaks‹ dich aufnehmen. Die haben Besseres zu tun, als sich um fremder Leute Bastarde zu kümmern.«

»Tut mir leid«, murmelte Jezebel und schob den Unterkiefer vor. »Kann ja nichts dafür, dass es ein Bastard wird.«

Edward hob verwundert die Augenbrauen.

»Ja, ich weiß«, sagte Jezebel zerknirscht. »Natürlich kann ich was dafür, dass es ein Bastard wird, aber damit konnte ja keiner rechnen, dass …«

»Schon gut«, erwiderte Edward, suchte Jezebels Blick und drückte schließlich ihre Hand. »Lass uns nicht streiten.« Er deutete auf den Weg, der nun wieder etwas breiter und ebener wurde und schließlich zum Dorf führte. »Oxshott ist nicht Southwark, aber du wirst dich dran gewöhnen.«

»Sicher«, sagte Jezebel und versuchte sich an einem Lächeln.

Tatsächlich bestand Oxshott lediglich aus einer Handvoll Bauernhöfe, einer alten Schmiede und einigen kleineren Hütten und Cottages, die in der Weite der Wald- und Heidelandschaft verloren und einsam wirkten. Einen wirklichen Dorfkern gab es nicht, nur einen kleinen Platz mit einem Brunnen, an dem sich ein Hof befand, dessen Holzschild an der Tür darauf hinwies, dass es hier Bier und warmes Essen gab. Diesen Hof ein Gasthaus zu nennen, wäre allerdings eine maßlose Übertreibung gewesen. Jezebel konnte sich nicht vorstellen, dass es Gäste in diese Einöde verschlug. Jedenfalls nicht freiwillig. Der Ort lag fernab der befestigten Hauptstraßen und befahrbaren Flüsse, im Winter war er vermutlich gänzlich von der Außenwelt abgeschnitten.

Die »Twin Oaks Farm« befand sich etwa eine halbe Meile westlich und etwas unterhalb des Ortes in Richtung Cobham, inmitten der Heide. Auf den ersten Blick erinnerte Jezebel der Hof an das »Maiden Inn«, hier wie dort wirkten die verschiedenen Fachwerkgebäude wie zufällig angeordnet. Es gab getrennte Wohn- und Wirtschaftsgebäude, Mensch und Tier lebten nicht wie bei anderen Höfen unter einem Dach. Vermutlich war der Bauernhof mit der Zeit gewachsen, und die jeweils neuen Häuser und Ställe waren dort entstanden, wo gerade Platz oder Bedarf gewesen war. Anders als das »Maiden Inn« war die Farm jedoch nicht von einem Wassergraben umgeben, sondern von einer hohen Mauer mit einem breiten Torbogen auf der Südseite. Seinen Namen hatte der Bauernhof nach einer mächtigen Doppeleiche, die auf dem Hauptplatz des Hofs wuchs und die man beim ersten Anblick für nur *eine* Eiche halten konnte. Die beiden Stämme standen sehr eng beieinander und waren wie die Stränge eines Zopfes miteinander verflochten. Die Äste dieses seltsamen, knorrigen Doppelbaums ragten ohne Sinn und Ziel mal in diese, mal in jene Richtung, als hätten sie beim Wachsen die Orientierung verloren. Jezebel musste unwillkürlich an einen riesigen Krüppel denken, der nur deshalb nicht umstürzte, weil er von einem zweiten Krüppel gestützt wurde. Ein verwunschener Zauberbaum, der im zunehmenden Dämmerlicht wie eine unheimliche missgebildete Laune der Natur wirkte.

»Riechst du das?«, fragte Jezebel und rümpfte die Nase, als sie durch das Tor fuhren. Ein beißender und stechender Gestank lag über dem gesamten Gehöft. Es roch wie eine Mischung aus Schwefel, Salmiak und Kuhdung.

»Die Oldershaws sind Schweinebauern«, antwortete Edward.

»Oh, ich verstehe!« Mehr fiel ihr dazu nicht ein.

Im selben Augenblick trat eine etwa vierzigjährige Frau aus einem der Ställe, beäugte die Ankömmlinge eine Zeit lang, schien dann Edward zu erkennen, wischte sich die Hände an ihrem schmuddeligen Kittel ab und breitete sie zur Begrüßung aus. »Edward Ingram!«, rief sie und schloss Edward, der vom Kutschbock gestiegen war, in die Arme. »Wir haben uns ja eine Ewigkeit nicht gesehen. Was treibt dich her? Ist was mit Humble? Hatte sie einen Rückfall?«

»Hum ist noch etwas blass und mager, aber sonst geht's ihr gut.«

»Gott sei Dank. Das arme Kind. Und Nelly?«

»Mutter South...«, begann Edward, verbesserte sich aber sofort: »Nelly lässt sich nicht unterkriegen.«

»Das hat sie nie«, antwortete die Frau lachend und schaute zur Kutsche. Sie zuckte unmerklich zusammen, als sie Jezebel sah, strahlte aber im nächsten Moment wieder über das ganze Gesicht. »Und wer ist das hübsche Ding? Hast du etwa geheiratet?«

»Das ist meine Schwester Jezebel«, sagte Edward kopfschüttelnd, zwinkerte seiner Schwester zu und deutete auf die Bäuerin: »Mrs. Oldershaw.«

»Mildred«, verbesserte die Bäuerin. »So nennen mich meine Freunde.«

Noch nie im Leben hatte Jezebel eine derart dicke Frau gesehen. Alles an ihr war massig und voluminös und ausladend. Zwar hatte sie ihre ungeheure Fülle unter einem mantelartigen Kittel verborgen, doch an den wie geschwollen erscheinenden Händen und Füßen, die aus dieser Kutte herausragten, erkannte Jezebel, wie unbeschreiblich fett Mrs. Oldershaw war. Ihr Kopf war riesig und unförmig und saß auf einem Hals, der ebenso dick war wie der Schädel. Die Augen lagen so tief unter einem Wulst von Speck, dass Jezebel unwillkürlich an das Vieh denken musste, das auf diesem Hof gemästet wurde. Vielleicht hatte es auch damit zu tun, dass die Wimpern, die Brauen und das Haupthaar der Bäuerin von einem hellen Blond waren, das an die Borsten der Schweine erinnerte.

Jezebel fühlte sich beim Anblick der Frau wie vor den Kopf gestoßen und schluckte mehrmals, und als sie schließlich vom Kutschbock stieg und der Bäuerin die Hand reichte, tat sie das mit unverkennbarem Widerwillen und versteinertem Lächeln.

»Herzlich willkommen!«, rief die Frau, strahlte übers ganze Gesicht und breitete abermals die Arme aus. »Lass dich drücken, hübsches Kind!«

Bevor Jezebel sich wehren oder im Boden versinken konnte, landete sie in den schwabbeligen Armen und zwischen den enormen Brüsten der Bäuerin. Es verschlug ihr den Atem, nicht nur weil sie mit ihrer Nase in den weichen Fleischklops gedrückt wurde, sondern auch weil von Mrs. Oldershaw ein Schweißgeruch ausging, der nichts Menschliches mehr hatte, wie Jezebel fand. Vielleicht war es aber auch der Gestank der Schweine, der noch an der Bäuerin haftete.

»Kommt herein«, rief Mrs. Oldershaw mit lauter Stimme, als hätte sie es mit Schwerhörigen zu tun, und entließ Jezebel aus der Umklammerung. »Twin Oaks heißt die Ingrams willkommen. Ach, ist das schön! Ihr kommt grad recht zum Abendessen.« Nachdem sie einem kahlköpfigen Knecht befohlen hatte, sich um die Kutsche, das Gepäck und das Pferd zu kümmern, führte sie die Ankömmlinge ins Haus und in die Stube, in der sie von zwei neugierig lärmenden Kindern empfangen wurden.

»Sitzen!«, brüllte Mrs. Oldershaw.

Die Kinder, ein Mädchen von vielleicht zehn Jahren und ein etwas jüngerer Knabe, verstummten schlagartig und setzten sich an einen großen Eichentisch, der in der Mitte des Raums stand und auf dem eine Talgkerze ein trübes Licht und kleine Rußflocken von sich gab.

In der Stube war es erstaunlich warm, und es roch angenehm nach Fleischbrühe, wie Jezebel erfreut feststellte. In einer Ecke des Raums, über einer gemauerten, offenen Feuerstelle, hing ein riesiger Kessel, in dem ein bräunlicher Eintopf köchelte. Eine alte Magd rührte mit einem Holzlöffel darin herum und gab wie zum Kommentar schmatzende Geräusche von sich.

Beinahe gleichzeitig mit den Ingrams hatte ein Mann vom anderen Ende her den Raum betreten, nickte nun kurz, ohne irgendjemanden dabei anzusehen, nahm seine schmutzstarrende Mütze vom Kopf und setzte sich an den Tisch.

»Josh, mein Lieber«, wandte sich Mrs. Oldershaw an den Mann, »Edward ist zu Besuch und hat seine Schwester Jezebel mitgebracht.«

»Nelly und Humble lassen herzlich grüßen, Mr. Older… Joshua«, sagte Edward und neigte den Kopf. »Ich hoffe, wir kommen nicht ungelegen.«

»Hm«, knurrte der Mann und hob den Blick. Auch er stutzte beim Anblick Jezebels, schüttelte dann den Kopf, zog die Nase hoch und fragte mit Blick auf den Kessel: »Essen fertig, Jane?«

»Kann nicht hexen«, lautete die schnippische Antwort der Magd.

Jezebel konnte ihren Blick nicht von dem Bauern lassen, und nur mit Mühe unterdrückte sie ein Grinsen. Josh Oldershaw war in allem das genaue Gegenteil seiner Frau. Er war ein Hänfling, trotz seiner Holzpantinen nur wenig mehr als fünf Fuß groß und so dürr, dass man denken konnte, er hätte seit Wochen nichts zu essen bekommen. Auch in seiner Haltung und Mimik unterschied er sich merklich von seiner Gattin. Während bei ihr alles laut und fröhlich war und sie vor Überschwang und Mitteilungsdrang regelrecht zu platzen schien, sackte er geradezu in sich zusammen, hatte das Gesicht mürrisch verzogen und schwieg beharrlich. Seine schmalen Schultern hingen schlaff herab, und der Kopf mit dem darunter spitz herausragenden Adamsapfel erinnerte Jezebel an ein Klüversegel. Außerdem war der Bauer um einiges älter als seine Gattin und kniff ständig die Augenlider zusammen, als sei er kurzsichtig oder als leide er an entzündeten Augen.

»Und die beiden Schreihälse sind Mary und Joseph«, stellte Mrs. Oldershaw ihre Kinder vor. »Nur sind sie nicht so fromm und wohlerzogen wie ihre biblischen Vorbilder.« Sie lachte, klopfte zunächst Edward auf die Schulter und dann auf den Tisch und rief: »Setzt euch!«

Nachdem der Knecht mit Jezebels Tasche die Stube betreten und sich wortlos an den Tisch gesetzt hatte, trug die mürrische Magd das Essen auf. Mr. Oldershaw sagte ein entsetzlich langes und Jezebel unbekanntes Tischgebet auf, das seine Gattin schließlich mit einem donnernden »Amen!« beendete, und dann fielen alle wie die Wilden über den Eintopf her.

Während des gesamten Essens sprach keiner der Anwesenden ein Wort. Selbst Mrs. Oldershaw gab außer lautem Schmatzen und wohligem Grunzen keinen Ton von sich, während sie das Essen in sich hineinschaufelte, als habe sie zuvor jahrelang von Wasser und Brot gelebt. Jezebel konnte sich keinen Reim darauf machen. Entweder waren die beiden Ingrams, die von den Kindern wie wilde Tiere in einer Menagerie beäugt wurden, der Grund für das Schweigen, oder den Oldershaws war das Essen derart heilig, dass sie es nicht mit Worten entweihen wollten. Jezebel und Edward taten es ihnen gleich und öffneten den Mund nur, um den deftigen Schweineeintopf zu löffeln.

Kaum war das Essen jedoch beendet und ein weiteres ausgiebiges Dankgebet gesprochen, sprudelte es aus Mrs. Oldershaw heraus, als habe sie nur kurz Atem geholt: »Also, was treibt euch her? Ihr seid doch bestimmt nicht wegen der schönen Landschaft in Oxshott. Oder um den Geburtstag des Königs zu feiern. Was ist der Grund? Ist die Pest nach London zurückgekehrt?«

»Nein, zum Glück nicht.« Edward schüttelte den Kopf und reichte ihr einen versiegelten Brief. »Von Nelly. Lies selbst.«

Mrs. Oldershaw brach das Siegel, zog die Kerze zu sich heran, las das Schreiben schweigend und öffnete mehrmals staunend den Mund, ohne jedoch einen Kommentar abzugeben.

Der Brief schien lang zu sein, jedenfalls dauerte es eine Weile, bis die Bäuerin die Zeilen gelesen hatte. Immer wieder schüttelte sie den Kopf, betrachtete Jezebel und Edward aus den Augenwinkeln oder runzelte die Stirn. Ihr sonst so fröhliches Gesicht wurde zunehmend nachdenklich und sorgenvoll. Schließlich faltete sie das Schreiben zusammen, schob es sich unter den Kittel und schaute zunächst Jezebel und dann Edward lange an. In ihren Augen standen Tränen, die sie unwirsch mit dem Ärmel wegwischte. Dann schlug sie sich mit flachen Händen auf die massigen Oberschenkel und sagte: »Abgemacht.«

»Ihr seid einverstanden, Mrs. Oldershaw?«, fragte Jezebel, die zwar erleichtert war, aber nicht so richtig wusste, ob sie sich freuen sollte.

»Aber natürlich, mein Kind, bei uns ist Platz genug«, antwortete Mrs. Oldershaw, »und nenn mich bitte Mildred, wir sind schließlich unter Freunden. Auf diesem Hof reden wir uns beim Vornamen an.« Dann wandte sie sich an ihren Mann: »Jezebel wird die nächsten Monate bei uns bleiben. Sie braucht unsere Hilfe. Die Hilfe von Freunden.«

»Wenn du meinst«, knurrte Mr. Oldershaw, erhob sich schwerfällig und setzte seine Mütze auf. »Ich kümmer mich um die Ferkel und bring die Schweine in den Stall«, fügte er hinzu und befahl seinem Knecht: »Komm, Henry!« Gemeinsam mit dem Kahlkopf, der noch schweigsamer zu sein schien als sein Herr, verließ er schlurfend die Stube.

»Wann ist es so weit?«, fragte die Magd, als die Männer den Raum verlassen hatten, und durchbohrte Jezebel geradezu mit ihrem Blick.

Jezebel fuhr vor Schreck zusammen und brachte keinen Ton heraus.

»Die Geburt«, setzte die alte Jane hinzu und räumte den Tisch ab. »Wann rechnest du damit? Scheint mir nicht mehr lang hin zu sein.«

»Anfang September«, stotterte Jezebel. »Woher weißt du?«

»Jane hat lange Zeit als Hebamme gearbeitet«, antwortete

Mrs. Oldershaw anstelle ihrer Magd und lachte scheppernd. »Sie kann Schwangere drei Meilen gegen den Wind riechen.«

»Unfug! Sieht doch ein Blinder, dass da was unterwegs ist. Mit der Nase hat das nichts zu tun«, fauchte Jane und scheuchte die Kinder, die Jezebel nun noch neugieriger anstarrten, aus der Stube. »Ab ins Bett mit euch! Und vorher werden die Pfoten und Rotznasen gewaschen.«

»Eine Hebamme im Haus«, meinte Edward und zündete seine Pfeife an der Kerze an. »Das trifft sich gut.«

Mrs. Oldershaw starrte missbilligend auf die qualmende Pfeife und zählte etwas an den Wurstfingern ihrer rechten Hand ab. Sie stutzte plötzlich und fragte: »Wann ist der Vater des Kindes gestorben?«

»Im Dezember«, antwortete Jezebel. »Kurz vor Weihnachten.«

»Gütiger Gott!« Mrs. Oldershaw schüttelte ihren speckigen Schädel und setzte hinzu: »Unselige Pest! Ein Wunder, dass du dich nicht angesteckt hast.«

»Ein Wunder? Ich wünschte, ich wär mit ihm gestorben.«

»Sag so was nicht, Kindchen!«, rief Mrs. Oldershaw und sprang auf.

Ehe Jezebel sich's versah, landete sie zwischen den riesigen Brüsten der Bäuerin und krallte sich an den Fleischbergen fest, als sei sie eine Schiffbrüchige, die in reißenden Fluten nach einem Halt suchte. Heiße Tränen schossen ihr aus den Augen, ihre Nase begann zu laufen, und sie zitterte und bebte am ganzen Körper. Es tat ihr gut, sich einfach gehen zu lassen. Sich wie ein kleines Kind trösten zu lassen. Nicht einmal der strenge Schweißgeruch der Bäuerin störte sie. Jezebel nahm ihn gar nicht mehr wahr.

Auch Mrs. Oldershaw weinte und schluchzte, als sei es ihr eine wahre Freude und ein echtes Bedürfnis, das Leid und den Kummer der anderen zu teilen. Die beiden so unterschiedlichen und sich völlig fremden Frauen klammerten sich aneinander, als wollten sie einander nie wieder loslassen.

2

Jezebel machte in dieser Nacht kein Auge zu. Als es am Morgen zu dämmern begann, saß sie im Nachthemd am Fenster ihrer kleinen Dachkammer, hörte nebenan Edward schnarchen und starrte auf den Halbmond, der nur einen Fingerbreit über dem Horizont stand und ein diffuses milchiges Licht über der hügeligen Landschaft ausbreitete. Von ihrem Fenster aus konnte Jezebel einen Teil der tiefer gelegenen Heide, das dunkle Band des Flusses Mole und in der Ferne die bewaldeten Hügel der Gemeinde Cobham sehen, doch von alledem nahm sie kaum etwas wahr. Sie war völlig in Gedanken verloren und weit weg in Zeit und Raum. In der Hand hielt sie ein abgegriffenes Papier, auf dem eine an den Ecken verwischte Bleistiftzeichnung zu sehen war. Es handelte sich um ein Bildnis Jezebels. Und obwohl es nur aus wenigen hingekritzelten Strichen bestand, war die Ähnlichkeit verblüffend. Der Zeichner hatte nicht nur das Äußere, sondern auch das Wesen Jezebels eingefangen: den leicht spöttischen Blick, die immer etwas krause Nase, den etwas vorstehenden Unterkiefer. Für Jezebel war dieses Bild ein Schatz von unermesslichem Wert. Es war das Einzige, was sie von Jamie behalten hatte. Außer dem Kind in ihrem Bauch.

Diese Zeichnung trug sie stets und überall bei sich, seitdem sie Jamie zum ersten Mal gesehen hatte. Wie einen Talisman, auch wenn er ihr wenig Glück gebracht hatte. Sie wünschte sich, statt ihres eigenen Bildnisses ein Bild ihres Liebsten zu besitzen, denn ihr Erinnerungsvermögen spielte ihr immer öfter einen Streich, die Details gingen verloren oder verschwammen vor ihrem inneren Auge. Manchmal wunderte sie sich, dass das alles erst ein gutes halbes Jahr her war. Es kam ihr vor wie ein halbes Leben.

Es war im November des vergangenen Jahres gewesen, die Pest hatte die gesamte Stadt in ihrem Würgegriff gehabt, die roten Kreuze an den Häusern waren kaum noch zu zählen. Wachmänner mit Hellebarden überall, und alte Frauen, sogenannte

Totenbeschauerinnen, machten mit langen weißen Stäben die Runden und stellten die Todesursachen der Verblichenen fest. Mahnfeuer auf den verlassenen Straßen, kaum Boote auf der Themse, Unkraut und Unrat auf den Höfen und Plätzen. Die Beerdigungen fanden längst auch tagsüber statt, weil die Nächte nicht ausreichten, die vielen Pesttoten in den Massengräbern zu bestatten. Auch in Southwark, das anfangs nur wenige Tote beklagen musste, hatte sich lähmendes Entsetzen und Hoffnungslosigkeit breitgemacht, die Menschen starben wie verseuchtes Vieh und wurden wie solches auf Lastkarren gesammelt und fortgeschafft. Nur wenige Gasthöfe entlang der Hauptstraße waren noch geöffnet, manche standen unter Quarantäne, weil die Bewohner erkrankt waren, andere waren geschlossen, weil die Besitzer aufs Land geflohen waren. Nur die Gegend rund ums »Boar's Head Inn« war bisher verschont geblieben. Zwar waren auch hier die Menschen auf den Straßen krepiert, aber dabei hatte es sich um Passanten oder Reisende gehandelt. Die Bewohner der Gassen südlich von St. Olave waren bislang nicht der heimtückischen Seuche zum Opfer gefallen. Master Collins hatte im Sommer ein Holzschild an der Tür der Schänke angebracht, darauf stand:

ABRACADABRA
ABRACADABR
ABRACADAB
ABRACADA
ABRACAD
ABRACA
ABRAC
ABRA
ABR
AB
A

Obwohl er sonst kein abergläubischer Mensch war, schien er überzeugt davon zu sein, dass dieser Hokuspokus seine Familie und den Gasthof vor der Pest bewahrt hatte und weiter bewahren würde. Das Schild hatte er für teures Geld einem Quacksalber abgekauft, der behauptet hatte, das Holz stamme aus einem Reliquienschrein der Kathedrale von Canterbury. Dass heidnische Zaubersprüche in einer Kirche nichts zu suchen hatten und gotteslästerlich waren, schien dem Master entgangen zu sein.

Im »Boar's Head« herrschte seit Wochen wenig Betrieb. Die Schänken mussten laut Anordnung des Stadtrats um neun Uhr abends schließen, Bänkelgesänge und Festessen waren verboten, und die Wirte hatten darauf zu achten, dass nicht unmäßig gezecht wurde oder irgendwelche Spiele veranstaltet wurden, die zu Menschenansammlungen führten. Das war allerdings nicht der Grund für das Fernbleiben der Gäste. Sie hatten schlichtweg Angst vor Ansteckung, mieden den Kontakt zu anderen Menschen, sprachen wenig miteinander und ohne sich dabei anzuschauen, gingen in der Mitte der Straße, um niemanden anzurempeln oder den pestbefallenen Häusern auszuweichen, und selbst in den Kirchen blieben am Tag des Herrn viele Bänke und manche Kanzel leer. Southwark war wie die City und die westlichen Vororte zu einer Geisterstadt geworden.

Jezebel waren die vier jungen Gentlemen am Ecktisch neben dem Eingang sofort aufgefallen. Nicht nur war es ungewöhnlich, dass ein Tisch zur Abendstunde voll besetzt war und die Gäste die Köpfe ohne Furcht zusammensteckten. Die Männer waren auch erstaunlich gut gelaunt und lachten lauthals, als hätten sie noch nie etwas von der Pest gehört. Als Jezebel ihnen das Essen brachte, hörte sie einige Bruchstücke der Unterhaltung, und wie nicht anders zu erwarten, ging es um Frauen und Krieg. Der Seekrieg gegen die Niederlande bot den Männern Anlass zu allerlei Spott, vor allem einen gewissen Admiral de Ruyter hatten sie dabei im Visier. Dieser Halunke werde der englischen Flotte nicht noch einmal entwischen, tönten sie, und beim nächsten Mal würden die verdammten Holländer ordentlich Dresche beziehen.

Die Gentlemen waren wie vornehme Kavaliere gekleidet, allerdings mit einer auffälligen und beinahe betonten Nachlässigkeit, als sei ihnen ihr eitler Putz zuwider oder nur eine fadenscheinige und aufgezwungene Fassade. Jezebel konnte sich diesen seltsamen Widerspruch nicht erklären. Die eleganten Stulpenstiefel waren dreckig bis zum Schaft, die langen Rockschöße zwar aus feinstem Stoff, aber fleckig und mit Essensfett beschmiert, die üppigen Rüschenkragen knittrig und zerfranst. Und auch die Perücken, die zwei der Männer trugen, sahen aus, als seien sie mit voller Absicht vernachlässigt. Das Ganze machte auf Jezebel den Eindruck, als wollten die Männer ihre Herkunft oder ihren Wohlstand verbergen, weil sie sich dessen schämten. Oder aber als versuchten sie mit mäßigem Erfolg etwas darzustellen, was sie gar nicht waren: Edelmänner, die nicht edel sein wollten oder konnten.

Als Jezebel den Gentlemen nach dem Essen Dünnbier nachschenkte, unterhielten sich die Männer gerade über die zahlreichen Gespielinnen und das lüsterne Treiben des Königs. Charles fresse Lady Castlemaine regelrecht aus der Hand, er käme vor Geilheit kaum noch aus dem Bett und laufe wegen seines wunden Gemächts breitbeinig durch den Palast. Sein Bruder, der Herzog von York, sei übrigens nichts besser. Überhaupt seien alle Stuarts seit jeher Hurenböcke. Und verkappte Papisten. Was natürlich ein und dasselbe sei.

Als Jezebel sich mit dem Krug über den Tisch lehnte, gab ihr einer der Männer einen Klaps auf den Hintern und rief lallend: »Wollt Ihr nicht meine Castlemaine sein, hübsches Kind?«

»Nur wenn Ihr der König oder wenigstens sein papistischer Bruder seid«, antwortete Jezebel und knallte den Krug auf den Tisch. »Falls nicht, werdet Ihr beim nächsten Berühren meines Hinterteils diesen Krug an Eurem Kopf spüren, Sir.«

»Hört, hört! Wohl gesprochen«, lachte der Mann, kratzte

sich an der Perücke und lehnte sich zurück, um den Hintern genauer in Augenschein zu nehmen. »Aber ich muss gestehen, das wär's mir wert.«

Bevor der Perückenträger erneut ausholen konnte, griff ihm sein Tischnachbar in den Arm und zischte: »Nicht, John! Lass gut sein!«

»Du bist ein verdammter Spielverderber, Jamie«, knurrte der andere, machte eine wegwerfende Handbewegung, schnappte sich seinen Trinkbecher und rief: »Auf den schönsten Hintern von Southwark!«

»Prosit«, stimmten die anderen mit ein.

»Entschuldigt meinen Freund«, wandte sich der Mann namens Jamie an Jezebel, während seine Freunde ein frivoles Lied anstimmten. »John hat heute Geburtstag, und er verträgt keinen Alkohol. Jedenfalls nicht in den Mengen, in denen er ihn in sich hineinschüttet. Verzeiht uns, Madam, wir sind nur ein paar arme und unbedarfte Künstler!«

»Ihr wollt ein Künstler sein?« Jezebel betrachtete den Mann skeptisch und zog die Augenbrauen hoch. Er war etwa zwanzig Jahre alt und von mittlerem Wuchs, seine lockigen Haare waren dunkelbraun und fielen ihm auf die Schultern, die Augen waren von der gleichen Farbe wie die Haare, und unter den schmalen Lippen wuchs ihm ein Spitzbärtchen, das Jezebel an den Flaum eines Kükens erinnerte.

»James Hollar.« Er stand schwankend auf und verbeugte sich unter dem Grölen und Singen der drei anderen Gentlemen. »Zu Euren Diensten, Madam.«

»Dann beweist es!«

»Beweisen?«

»Dass Ihr ein Künstler seid«, sagte Jezebel, wandte sich ab und ging zurück zum Schanktisch, wo Master Collins sie mit finsterer Miene empfing.

»Wer sind 'n die?«, fragte er beiläufig, ohne jedoch seine Eifersucht verbergen zu können. »Warum machen die so 'n Radau?«

»Nur ein paar dumme Bengel, die Geburtstag feiern«, antwortete Jezebel achselzuckend.

Als die Männer wenig später zur Sperrstunde beim Wirt die Zeche zahlten und schwankend die Schänke verließen, hatte Jezebel den harmlosen Zwischenfall und die anschließende Unterhaltung bereits wieder vergessen, doch plötzlich stand James Hollar erneut im Schankraum, trat von einem Bein aufs andere, zupfte an seinem Rock und reichte Jezebel schließlich ein Stück Papier.

»Sicherlich kein Beweis meiner Kunst«, sagte er und räusperte sich, als müsse er die Worte herauswürgen. »Aber ein Beweis meiner aufrichtigen Wertschätzung und Hochachtung.« Er lächelte verlegen, verneigte sich und verließ eilends und ohne weiteren Kommentar die Schänke.

Das Papier entpuppte sich als eine Zeichnung von der Größe ihrer Handfläche, und als Jezebel das Bild betrachtete, versetzte es ihr einen Stich ins Herz. Sie sah sich selbst, aber nicht wie in einem kalten Spiegel, sondern durch die Augen des jungen Mannes. Und was sie darin erkannte, ließ sie überrascht lächeln und erröten.

Normalerweise war sie gegen die Nachstellungen junger wie alter Männer gefeit und wusste sich zu wehren. Mit der Zeit hatte sie Erfahrung darin bekommen, die aufdringlichen Kerle auf Abstand und sich vom Leib zu halten. Dass man sie hinter vorgehaltener Hand eine »eiserne Jungfer« nannte, was sich sowohl auf ihre Jungfräulichkeit als auch auf ihre Widerspenstigkeit bezog, war ihr durchaus bekannt und freute sie in gewisser Weise. Männer konnte man einfach nicht ernst nehmen, das hatte Jezebel früh erkannt, allerdings durfte man ihnen dies niemals zu verstehen geben. Wenn die Kerle handgreiflich wurden, dann reagierte sie ebenso rabiat; wenn sie ihr alberne Komplimente machten, dann lachte sie mit ihnen und über sie; und wenn sie pfiffen oder mit den Augen zwinkerten, dann streckte sie ihnen die Zunge heraus. Es war wie ein manchmal riskantes, aber einigermaßen kalkulierbares Spiel mit klaren

Regeln und bekannten Gegnern. Doch dieser junge Mann hatte sich nicht an die Regeln gehalten, er hatte nichts gesagt, nicht zugelangt, keine Grimassen gezogen. Er hatte ein Bild gezeichnet, das mehr als Worte sagte. Jezebel fand sein Verhalten zugleich unbeholfen und gewandt, lächerlich und rührend. Und ihr fiel nichts ein, was sie als Waffe dagegen hätte verwenden können.

»Jamie«, murmelte sie seinen Namen, versteckte das Bild vor den neugierigen Blicken des Wirts unter ihrem Brusttuch und wusste, dass sie den jungen Mann sehr bald wiedersehen würde.

»Jamie«, flüsterte sie auch jetzt und schaute aus dem Fenster ihrer Dachkammer. Der Mond war inzwischen untergegangen, der Tag graute merklich, und dichter Morgennebel stand über der Heide und den Wiesen. Abermals betrachtete sie das abgegriffene und verwischte Bildnis, während der Bauernhof zum Leben erwachte und sie durch ein Klopfen an der Tür aus ihren Gedanken gerissen wurde.

»Jez, schläfst du noch?«, hörte sie Edwards Stimme auf dem Gang.

»Komm rein«, antwortete Jezebel, legte die Zeichnung aufs Fensterbrett und warf sich ein Tuch über die Schultern.

»Ich muss los«, sagte ihr Bruder, als er die Kammer betrat, und setzte sich neben sie auf einen Hocker. »Das Pferd ist schon angeschirrt.«

»Kannst du nicht noch bleiben?«

Edward schüttelte den Kopf. »Das geht nicht. Heute treffe ich mich mit jemandem wegen eines neuen Theaterstücks.« Er schaute Jezebel besorgt an, nahm ihre Hand und fragte: »Was ist mit dir? Du bist blass. Geht es dir nicht gut?« Dabei deutete er mit einem Kopfnicken auf ihren Bauch.

»Das ist es nicht.« Jezebel rieb sich über den Bauch, den sie in den letzten Wochen so sorgsam mit strammen Wickeln kaschiert und unter weiten Kleidern verborgen hatte und der ihr plötzlich wie aufgeblasen erschien. »Ich weiß auch nicht, was mit mir los ist. Es ist alles so durcheinander und verfahren.«

»Die Oldershaws werden sich gut um dich kümmern«, sagte Edward und tätschelte ihren Handrücken. »Mildred ist eine Perle von Mensch.«

»Der Bauer kann mich nicht ausstehen«, antwortete Jezebel und entzog ihrem Bruder die Hand. »Hast du gesehen, wie finster er mich angestarrt hat? Wie eine lästige Mistfliege. Auch dich hat er angestarrt, als hättest du ihm was getan. Und keinen Ton hat er rausgebracht.«

»Das darfst du nicht persönlich nehmen«, erwiderte Edward achselzuckend. »Mr. Oldershaw mag ein wenig kauzig und wortkarg sein, aber er meint es nicht so. Du hast nichts von ihm zu befürchten, solange du ihn nicht reizt.«

»Hast du sein Tischgebet gehört?«, fragte Jezebel und musste gegen ihren Willen schmunzeln. »Ich dachte schon, der hört gar nicht mehr auf. Das war ja 'ne richtige Litanei. Was hatte der nur immer mit seinem ›inneren Licht‹ und dem ›inneren Christus‹? So ein seltsames Gebet hab ich noch nie gehört. Und dann immer das Gerede von den Freunden. Dabei kennen sie mich doch gar nicht. Ich glaube nicht, dass sie das Gleiche darunter verstehen wie ich.«

»Die Oldershaws sind sehr gläubig und sittenstreng.« Edward betrachtete das Bildnis auf dem Fensterbrett. »Aber keine Bange, sie werden nicht von dir verlangen, nach ihren Regeln und Geboten zu leben. Sie wollen niemanden missionieren oder bekehren. Du tust allerdings gut daran, dich nicht über ihren Glauben lustig zu machen.«

»Sie sehen gar nicht aus wie Puritaner.«

»Das sind sie auch nicht.«

Jezebel wartete auf eine weitere Erklärung, doch ihr Bruder verstummte, stand plötzlich auf und ging in der winzigen Kammer auf und ab, wobei er Mühe hatte, seinen Kopf vor einem sicherlich sehr schmerzhaften Zusammenprall mit den niedrigen Dachschrägen zu bewahren.

»Wie kommt es eigentlich, dass Mrs. Oldershaw und Mutter Southwood befreundet sind?«, fragte Jezebel und runzelte die Stirn. »Sie sind so unterschiedlich wie Tag und Nacht.«

Jezebel hatte Mutter Southwood in der Nacht von Montag auf Dienstag zum ersten Mal gesehen, kurz nachdem Jamies Vater im »Boar's Head« gewesen war und ihr so unverhohlen gedroht hatte. Da sie nicht gewusst hatte, an wen sie sich wenden sollte, und ihr niemand in den Sinn kam, der Verständnis für ihre peinliche Notlage hätte, brach sie den Schwur, den sie sich nach dem ersten Besuch des »Maiden Inn« gegeben hatte, und eilte noch in der Nacht zu Edward nach Lambeth. Schließlich war er ihr großer Bruder, der sich auch früher schon für sie eingesetzt und sie verteidigt hatte. Auf Jezebel ließ Edward nichts kommen, das wusste sie, und das galt vermutlich auch heute noch. Obwohl sie beinahe zwei Jahre nicht mit Edward gesprochen und er den Kontakt zur Familie vollständig abgebrochen hatte, glaubte sie felsenfest, dass er ihr helfen würde und einen Ausweg wusste. Und dass er ihr keine Vorwürfe machte.

Als sie in der Nacht plötzlich im »Maiden Inn« vor ihm stand, war Edward zunächst verwirrt und sprachlos, als fühlte er sich ertappt oder in die Enge getrieben. Das Wiedersehen mit seiner Schwester schien ihm unangenehm oder peinlich zu sein. Doch als Jezebel ihm erklärte, was ihr widerfahren war und weshalb sie seine Hilfe benötigte, atmete er beinahe erleichtert auf, nickte nur und brachte sie umgehend zu Mutter Southwood. Die Wirtin sei eine Frau der Tat und wisse, was zu tun sei. Jezebel war es zwar gar nicht recht, mit einer völlig Fremden über ihre Not zu sprechen, doch Edward ließ ihr keine Wahl und schleifte sie wie ein störrisches Kind hinter sich her.

Beim Anblick der von den Blattern entstellten Wirtin fuhr Jezebel ein gehöriger Schreck in die Glieder. Wie bei der ersten Begegnung mit Mildred Oldershaw fühlte sie sich wie vor den Kopf gestoßen. Doch während bei der Bäuerin das nicht gerade einnehmende Äußere durch ihre offene, herzliche und ungemein liebenswerte Art mehr als wettgemacht wurde, wurde das verunstaltete Aussehen Mutter Southwoods durch ihr hartes und schroffes Wesen noch verstärkt. Es schien Jezebel, als hätten die Blattern nicht nur äußerlich, sondern auch innerlich Narben hinterlassen. Mutter Southwood erinnerte sie an einen Rabenvogel, nicht nur wegen der großen Augen, die sie die ganze Zeit kritisch und herausfordernd anstarrten, sondern auch wegen der krächzenden Stimme, mit der sie ihre knappen Anordnungen traf. Als sie von Jezebels Notlage erfuhr, bot Mutter Southwood zwar umgehend ihre Hilfe an und ließ noch in der Nacht alle Vorbereitungen treffen, doch insgeheim schien sie Jezebel für eine liederliche Hure zu halten, der man eine Tracht Prügel verabreichen sollte, ehe man sie zum Teufel schickte. Jedenfalls legte ihr missbilligender und verächtlicher Gesichtsausdruck diesen Schluss nahe, auch wenn Mutter Southwood als Betreiberin einer Spelunke und eines Hurentheaters wahrlich keinen Grund hatte, sich über die vermeintlich mangelnde Moral anderer zu empören. Warum sie dennoch ihre Unterstützung anbot und Zeit und Geld aufwandte, blieb Jezebel ein Rätsel. Bevor sie die Wirtin zu Gesicht bekam, hatte Jezebel vermutet, Edward könnte – trotz des Altersunterschieds – ihr Geliebter sein, doch das glaubte sie nun nicht mehr. Mutter Southwood war in gewisser Weise ein Widerspruch in sich. Trotz ihrer Hilfsbereitschaft war sie kein Mensch, den man ohne Weiteres lieb gewinnen konnte oder der überhaupt geliebt werden wollte. Sie wirkte hart und unnahbar, hatte eine Mauer aus Kälte um sich herum gebaut, und deshalb unterschied sie sich so sehr von ihrer Freundin Mildred, die ihre unendliche Nächstenliebe in gleichem Maße auszuströmen schien wie ihren strengen Körpergeruch.

Das hatte Jezebel gemeint, als sie die beiden Frauen mit Tag und Nacht verglichen hatte. Man hätte sie niemals für Freundinnen halten können.

»Gegensätze ziehen sich bekanntlich an«, murmelte Edward, wandte sich um und stieß mit der Stirn gegen einen Dachbalken. Er presste schmerzverzerrt die Lippen aufeinander, rieb sich den Schädel und setzte dann hinzu: »Das sieht man an den beiden Oldershaws.«

»Das kannst du allerdings laut sagen«, meinte Jezebel und lachte, wobei sie selbst nicht wusste, ob sie sich über die Oldershaws oder über Edwards Missgeschick amüsierte. »Wissen sie eigentlich vom ›Maiden Inn‹?«

»Mehr oder weniger«, antwortete er und blieb an der Tür stehen. »Der Hof in Lambeth gehört der Familie Oldershaw. Ein Bruder des Bauern hat ihn früher bewirtschaftet. Mutter Southwood hat den Hof vor etwas mehr als zwei Jahren übernommen und daraus ein Gasthaus gemacht. Aber eigentlich gehört das Anwesen Josh Oldershaw, denn der hat es von seinem Bruder geerbt.«

»Die Oldershaws sind Landbesitzer?«, fragte Jezebel verwundert und stand ebenfalls auf. »Sie wirken gar nicht so.«

»Lass dich von dem ärmlichen Aussehen der ›Twin Oaks Farm‹ und dem schlichten Auftreten der Bauern nicht täuschen. Sie stammen aus einer sehr alten, ehrenwerten Familie von Freibauern und sind vermögende Leute, auch wenn sie wenig Wert darauf legen. Geld und Besitz bedeuten ihnen nichts. Sie bewirtschaften nur, was sie selbst zum Leben brauchen, und verpachten das übrige Land zu einem Spottpreis oder gegen einfache Handdienste an landarme Bauern.«

»Aber es gibt nur einen Knecht und eine alte Magd auf dem Hof.«

»Sie heuern Tagelöhner an oder bestellen ihre Pächter, wenn es nötig ist.« Edward räusperte sich und setzte hinzu: »Sie sind lieber unter sich und haben ungern Fremde auf dem Hof.«

»Aha«, meinte Jezebel und verdrehte die Augen. »Und warum bin ich hier?«

»Bei dir ist das etwas anderes«, behauptete er.

»Haben sie eigentlich eine Ahnung, was im ›Maiden Inn‹ vor sich geht?«, hakte Jezebel nach. »Ich meine, wissen sie vom

›Cocksparrer‹? Wie passen die Schweinereien auf der Bühne zu den sittenstrengen und gläubigen Bauern?«

»Es hat Josh sicherlich nicht gepasst, dass Mutter Southwood aus der Farm ein Inn gemacht hat, aber er hat sich damit abgefunden. Wohl oder übel. Es ist allerdings nicht nötig, dass du das Theater erwähnst«, setzte Edward hinzu und öffnete die Tür. »Die Oldershaws wissen nichts davon und würden es nicht verstehen.«

Wenigstens das habe ich mit ihnen gemeinsam, dachte Jezebel und fragte: »Woher weißt du eigentlich so viel über sie?«

»Du bist nicht der erste Mensch, der bei ihnen Unterschlupf findet.«

»Oh!« Jezebel sah ihren Bruder überrascht an. »Hier hast du dich vor unserem Vater versteckt? Kein Wunder, dass du dich so gut auskennst. Hat der Bauer dich deshalb so seltsam angeschaut?«

»Kommst du mit runter in den Hof?«, antwortete Edward, da er offensichtlich nicht weiter auf das Thema eingehen wollte. »Die anderen warten schon.«

Jezebel schüttelte trotzig den Kopf und schob den Unterkiefer vor.

Edward war zunächst erstaunt, nickte dann aber und sagte: »Mach's gut, Schwesterherz!«

Plötzlich warf sich Jezebel um seinen Hals, klammerte sich an ihn und drückte ihn so heftig, dass er keine Luft mehr bekam und sich befreien musste. »Du musst mich oft besuchen«, rief sie und drückte ihm einen feuchten Kuss auf die Wange, während ihr die Tränen hinunterliefen und an der Nasenspitze hängen blieben. »Versprichst du mir das?«

»Es wird alles gut«, sagte Edward ausweichend, riss sich regelrecht los und rannte eilig die schmale Treppe hinunter in den Flur.

Eine Tür knallte. Hühner gackerten erschrocken und flatterten davon. Dann war es still im Haus.

3

»Wir brauchen eine glaubhafte Geschichte, die wir den Leuten im Dorf auftischen können«, sagte Mildred Oldershaw nach dem üppigen Frühstück, das abermals schweigend zelebriert und mit einem nicht enden wollenden Gebet eingeleitet und beendet worden war. »Irgendetwas Unauffälliges, falls jemand neugierige Fragen stellt.«

»Ich werde nicht lügen«, knurrte ihr Mann, wischte sich mit dem Ärmel über den Mund und beäugte Jezebel, die kaum einen Bissen hinunterbekommen hatte und sich sichtlich unwohl in ihrer Haut fühlte. Die Müdigkeit nagte an ihr, sie hatte schwarze Ränder um die Augen und kam sich seit Edwards Abreise schrecklich verlassen und fehl am Platz vor. Wie ein Findelkind, das man auf der Schwelle eines fremden Hauses abgelegt hatte.

»Das wäre eine Sünde gegen die Wahrhaftigkeit«, setzte Mr. Oldershaw hinzu und zog die Nase hoch, wie es seine Angewohnheit zu sein schien. »Niemand kann das von mir verlangen. Damit will ich nichts zu tun haben.«

»Eine Sünde wäre es, einer Notleidenden unsere Hilfe zu versagen«, entgegnete Mrs. Oldershaw erbost, nahm Jezebels Hand und tätschelte sie wie die eines kleinen Kindes. »Außerdem wirst du nicht lügen müssen, weil kein Mensch dich fragen wird. Halt einfach den Mund, das wird dir ja nicht schwerfallen. Um den Rest kümmern wir uns!«

»Lüge gebiert Lüge«, knurrte der Bauer, pulte mit dem Zeigefinger zwischen seinen Zähnen herum und spuckte ein Stückchen Speck auf den Tisch. »Und Sünde gebiert Sünde.« Dann erhob er sich ächzend. Sein Knecht folgte seinem Beispiel, und gemeinsam und ohne ein weiteres Wort verließen die beiden Männer die Stube.

»Dickschädel!«, rief ihm seine Frau hinterher.

»In East Anglia ist die Pest ausgebrochen«, murmelte Jane, die alte Magd, während sie den Tisch abräumte und die

Brotkrümel für die herumlaufenden Hühner auf den Boden wischte.

»Das ist schlimm«, erwiderte Mrs. Oldershaw in Gedanken versunken.

»Die Leute fliehen in Scharen aus Norfolk und Suffolk, heißt es«, setzte Jane hinzu, strich der kleinen Mary mit ihrer knochigen Hand über den Kopf und sah der Bäuerin direkt in die Augen. »Bald sollen die großen Städte zugesperrt werden. Dann kommt keiner mehr rein und keiner mehr raus.«

Mrs. Oldershaw horchte auf, sie kniff die Augen zusammen, und plötzlich war ein breites Lächeln in ihrem speckigen Gesicht zu sehen. »Aber natürlich«, sagte sie und klatschte in die Hände. »Du hast recht, Jane. Was für eine blendende Idee!« Sie zeigte auf Jezebel und erklärte: »Das arme Mädchen ist vor der Pest geflohen. Meinetwegen aus Norwich. Das ist die größte Stadt dort oben. Ihr Mann, Gott hab ihn selig, ist im Dezember gestorben, natürlich nicht an der Pest, das würde nur Misstrauen wecken, sondern am Stickfluss. Der ist wenigstens nicht ansteckend. Und deshalb ist Jezebel jetzt bei uns.«

»Warum ausgerechnet hier?«, fragte Jezebel. »Woher kennen wir uns?«

»Ganz einfach. Du bist eine Verwandte.« Mrs. Oldershaw erhob sich schwerfällig von ihrer Sitzbank. »Die Tochter meiner verstorbenen Schwester.«

»Dann bist du meine Kusine«, rief Mary, sprang auf und klatschte vor Freude in die Hände. »Wie schön!«

»Meine auch«, sagte der kleine Joseph, obwohl er nicht recht wusste, wovon eigentlich die Rede war.

»Gibt es diese verstorbene Schwester?«, wandte sich Jezebel an die Bäuerin.

»Nein, aber das weiß ja außer uns niemand.« Mrs. Oldershaw stemmte ihre massigen Arme in die Seite. »So, genug geplaudert! Jetzt werden die Ferkel kastriert.«

»Kann ich helfen, Mildred?«, fragte Jezebel und bereute ihre Worte im selben Augenblick, da sie ihr über die Lippen kamen.

»Das ist nicht gerade appetitlich«, antwortete Mrs. Oldershaw zögernd, sah den erschrockenen Ausdruck in Jezebels Gesicht und schüttelte dann belustigt den Kopf. »Nein, nicht nötig, mein Kind. Mary!« Sie rief lauthals nach ihrer Tochter, obwohl diese direkt vor ihr stand. »Du zeigst Jezebel erst einmal das Dorf und die Gegend, damit sie sich zurechtfindet. Aber denk dran, was wir gerade besprochen haben.«

»Norwich.« Das Mädchen nickte eifrig. »Hab schon verstanden.«

»Kusine, Kusine!«, rief Joseph und hüpfte um Mary und Jezebel herum, während sie die Stube verließen und auf den Hof hinaustraten.

Zunächst spazierten die drei zum Dorfplatz, der etwas oberhalb des Hofes und am Fuße eines kleinen Kiefernwaldes lag. Die Sonne stand eine Handbreit über dem Horizont, die Bäume am Hang des Hügels warfen lange Schatten, und immer noch hing dichter Nebel über der tiefer gelegenen Heide. Als sie den Platz vor dem Brunnen erreicht hatten, deutete Mary auf das Bauernhaus mit dem Holzschild über der Tür und sagte: »Das ist ›Birdshill Farm‹, aber im Dorf nennen es alle nur das ›Alehouse‹, weil der alte Humphrey dort sein selbst gebrautes Bier ausschenkt. Henry geht manchmal dorthin, aber Papa schimpft dann mit ihm, weil das Trinken nämlich eine Sünde ist. Genauso wie das Rauchen und Tanzen.«

»Dein Vater kennt viele Sünden, was?«, fragte Jezebel und erinnerte sich an die missbilligenden Blicke, die Edward mit seiner Pfeife geerntet hatte.

»Und ob«, antwortete das Mädchen und blähte ihre Backen auf, sodass die Ähnlichkeit mit ihrer Mutter noch stärker hervortrat, auch wenn das Kind keineswegs so dick war wie Mrs. Oldershaw und höchstens als ein wenig drall und wohlgenährt beschrieben werden konnte. »Aber Mama sagt, dass auch die Sünden von Gott geschaffen wurden und deshalb nicht ganz schlecht sein können.«

»So was sagt deine Mutter?«, wunderte sich Jezebel.

»Ja, aber nur wenn Papa es nicht hört.«

»Wo befindet sich eigentlich die nächste Kirche?«, fragte Jezebel und schaute zu der baufälligen Schmiede, in der ein älterer Mann gerade dabei war, in der Feuerstelle herumzustochern und die Glut mit einem Blasebalg anzufachen.

»St. Andrew in Cobham, aber da gehen wir nicht hin.«

»Nicht? Aber irgendwo müsst ihr doch beten, oder?«

Das Mädchen schob die Unterlippe vor, als verstünde sie den Sinn der Frage nicht, und sagte: »Dafür braucht man doch keine Kirche.«

»Dein Vater bestimmt nicht«, murmelte Jezebel leise, »der betet vermutlich auch im Schweinestall.«

»Kusine, Kusine«, rief Joseph plötzlich aufgeregt und zupfte an Jezebels Ärmel. »Guck! Da!«

Während Mary, sowohl was ihr Aussehen wie auch ihren Mitteilungsdrang betraf, eher nach der Mutter geraten zu sein schien, war der Junge ein exaktes Abbild seines Vaters. Er war Josh wie aus dem Gesicht geschnitten, war ebenso klein und schmächtig und verfügte offenkundig über einen ähnlich reduzierten Wortschatz. Joseph deutete auf ein kleines, windschiefes Fachwerk-Cottage, das mit Stroh gedeckt war und im Vergleich zu den umstehenden Bauernhäusern recht ärmlich aussah, und wiederholte: »Da!«

Ein etwa vierzigjähriger, gebückt gehender Mann in zerschlissener Kleidung trat aus der niedrigen Eingangstür, setzte einen breiten Schlapphut auf, sah Jezebel mit den beiden Kindern beim Brunnen stehen und zog die Krempe des Hutes noch tiefer in die Stirn. Die untere Hälfte seines Gesichts war von einem dichten Rauschebart bedeckt, sodass der Mann wie vermummt aussah. Er griff nach einem Hirtenstab, der an die Wand gelehnt war, und pfiff nach seinem Hund. Das schwarze und zottelige Tier schien nur auf diesen Befehl gewartet zu haben und tänzelte neben seinem Herrn her, während dieser den sandigen Hügel hinaufstapfte und schließlich vom Kiefernwald verschluckt wurde.

»Das ist Nathaniel Holcombe«, flüsterte Mary bedeutungs-
voll und hob die Augenbrauen. »Er wohnt im ›Highwayman's
Cottage‹.«

»Highwayman‹?«, stutzte Jezebel und lachte. »Ist er ein Straßenräuber?«

»Nein, er arbeitet als Schäfer und Viehhirte für den Guts-
herrn von Cobham. Das Cottage heißt nur so, weil's wie 'ne
Räuberhöhle aussieht«, entgegnete Mary achselzuckend. »Aber
Nathaniel war früher tatsächlich ein Räuber.«

»So?«, erwiderte Jezebel grinsend.

»Das weiß jedes Kind in Oxshott.« Mary nickte eifrig. »Unten in Little Heath. Da hatte eine Räuberbande ihr Lager, und
Nathaniel war einer von ihnen.«

»Räuber«, bestätigte Joseph und deutete mit dem Finger
nach Westen.

»Vor dem verrückten Nathaniel Holcombe musst du dich in
Acht nehmen.« Mary verschränkte die Arme vor der Brust, um
ihren Worten mehr Gewicht zu verleihen. »Der redet kein Wort
mit einem, und wenn doch, versteht man nichts davon. Er
guckt immer nur, als wär er nicht bei Trost, aber wenn er allein
mit seinen Tieren ist, dann kriegt er das Maul nicht zu und erzählt ihnen lauter Geschichten. Das sagt jedenfalls Jane, und
die muss es wissen, schließlich ist er ihr Sohn.«

»Tatsächlich?«, antwortete Jezebel stirnrunzelnd und folgte
den beiden Kindern auf einem schmalen Trampelpfad, der sich
am Rande des Waldes nach Südwesten schlängelte. »Wo führt
ihr mich eigentlich hin?«

»Zu unserem Versteck«, sagte Mary.

»Hochsitz«, sagte Joseph und legte den Zeigefinger auf die
Lippen.

Je weiter sie sich vom Dorf entfernten, desto offener und
schöner wurde die Aussicht. Der Weg führte leicht bergauf, sodass sie schließlich zu einer kleinen Hügelkuppe gelangten und
einen freien Blick auf die Umgegend hatten. Rechter Hand
lag Oxshott immer noch im Schatten des Waldes; dahinter, im

Nordosten, türmte sich die Hügelkette auf, die sich bis nach Esher hinzog; links davon waren das Städtchen Cobham und der Fluss Mole zu sehen, und dazwischen erstreckte sich wie in einer flachen Wanne das Heidegebiet, über dem sich der Nebel allmählich lichtete. Etwas unterhalb des Trampelpfads, auf abschüssigem Gelände, stand eine einzelne alte Eiche, und in den knorrigen Ästen erkannte Jezebel einige morsche Bretter, die zu einer Art Plattform zusammengezimmert waren. Dies war das Versteck, von dem Mary gesprochen hatte, auch wenn es vom Pfad aus gut zu sehen war und man es nicht wirklich geheim nennen konnte. Die Kinder kraxelten wie Eichhörnchen am Baumstamm hinauf, kletterten von Ast zu Ast, gelangten schließlich zur Plattform, hoch oben in der Krone, und winkten Jezebel, sie solle ihnen folgen.

»Ich werde mich hüten.« Jezebel schüttelte den Kopf und blieb unter der Eiche stehen. »Die Äste sind morsch, und die Bretter scheinen uralt zu sein.«

»Der Hochsitz hat früher den Räubern gehört«, rief Mary strahlend und deutete nach Norden, wo auf einem Hügel die »Twin Oaks Farm« zu sehen war. »Da vorne beginnt Little Heath, das ist offenes Gemeindeland. Siehst du, gar nicht weit von unserem Hof. Aber obwohl es näher an Oxshott liegt, gehört es doch zu Cobham. Und von hier aus haben sie die Leute überfallen.«

»Wen sollten sie denn überfallen?«, fragte Jezebel erstaunt. Zwar war ihr bekannt, dass sich in der Heide und den Wäldern rings um London nicht selten Wegelagerer versteckten, so auch entlang der Straße nach Portsmouth, die durch Kingston, Esher und Cobham führte. Doch diese Hauptstraße war meilenweit entfernt und von dem Hochsitz aus nicht einmal mit einem Fernrohr zu sehen. »An dieser öden Stelle kommt doch kein Mensch vorbei«, sagte Jezebel skeptisch. »Räuber brauchen Straßen und Reisende, sonst gibt es nichts zu rauben.«

»Frag doch die Leute im Dorf, wenn du mir nicht glaubst«, antwortete Mary beleidigt. »Den Hochsitz haben die Räuber gebaut. Genauso wie die Hütten in der Heide. Von denen ist aber kaum was übrig geblieben. Alles niedergerissen und verbrannt.«

Bevor Jezebel etwas erwidern konnte, hörte sie Hufgetrappel hinter sich, und als sie sich umwandte, sah sie einen Reiter, der sich auf dem Trampelpfad von Süden her näherte und sein verschwitztes Tier an der alten Eiche zum Stehen brachte.

»Entschuldigt«, sagte der Mann auf dem Pferd und lüpfte den Federhut. »Ich komme von Leatherhead und befürchte, mich verirrt zu haben. Könnt Ihr mir verraten, wie ich am schnellsten nach Cobham Manor komme?«

Der Mann war noch recht jung, keine zwanzig Jahre alt, und wie ein eitler Stutzer gekleidet. Seine Beine steckten in bunten Pumphosen, um die Schultern hing ein grüner Samtumhang mit hochstehendem Kragen, und auf dem Kopf saß eine schwarze Lockenperücke. An der Seite trug der Mann einen Degen, der aber nur der Zierde diente und Jezebel an ein teures Spielzeug erinnerte. Eine große, mit bunten Stickereien versehene Reisetasche war hinter dem Mann auf der Kruppe des Pferdes festgeschnallt.

»Cobham ist dort drüben«, rief Mary aus dem Baum herunter und deutete nach Westen. »Das Haus des Gutsherrn steht südlich davon, direkt am Fluss, gleich neben der alten Wassermühle.«

»Und wie komme ich dorthin?«, fragte der junge Mann, ohne den Blick von Jezebel abzuwenden.

»Entweder auf dem Pfad zurück, ungefähr den halben Weg nach Leatherhead, und dann an der Weggabelung in Richtung Westen«, meinte Mary und deutete zum Fluss. »Die Abzweigung habt Ihr vorhin vermutlich verpasst.«

»Oder?«, fragte der Mann und schaute zum Hochsitz.

»Oder was?«

»Du sagtest: ›Entweder‹, und ich frage: ›Oder?‹«

»Oder mitten durch die Heide«, erwiderte das Mädchen und hob die Schultern. »Wenn Euer Pferd das mitmacht. Dort gibt es keine Wege. Nur Gebüsch und dichtes Gestrüpp. Ihr werdet Eure Kleider ruinieren, Sir.«

Der junge Mann wischte sich über das glatt rasierte Kinn, verzog missmutig das Gesicht, schien kurz mit sich zu ringen, setzte dann den Hut auf und rief: »Also wieder zurück!« Er packte die Zügel und wollte das Pferd herumreißen, hielt jedoch abrupt inne und wandte sich erneut an Jezebel, die während der ganzen Zeit keinen Ton gesagt und sich nicht von der Stelle gerührt hatte. »Vielen Dank für Eure Hilfe! Es hat mich gefreut, Euch kennengelernt zu haben. Auf ein baldiges Wiedersehen.«

»Gern geschehen!«, rief Mary und stieg mit Joseph vom Hochsitz herunter.

»Mein Name ist Farynor«, sagte der Mann und lüpfte erneut den Federhut. »Thomas Farynor der Jüngere, zu Diensten. Meine Freunde nennen mich Tom.« Er verneigt sich vor Jezebel und fragte: »Darf ich Euren Namen erfahren?«

»Hollar«, antwortete Jezebel und lächelte. »Mrs. James Hollar.«

»Oh«, entfuhr es dem Mann. Er räusperte sich und gab dem Pferd die Sporen.

Jezebel starrte dem Reiter nach, der in südlicher Richtung davongaloppierte und ebenso plötzlich verschwand, wie er gekommen war. »Was für ein alberner Geck«, murmelte sie und lachte.

»Aber einen hübschen Hut hatte er«, sagte Mary. »Was der wohl von Pfarrer Platt will?«

»Wer ist Pfarrer Platt?«

»Der Herr von Cobham Manor.«

»Also?«, unterbrach Joseph die beiden ungeduldig. »Wohin jetzt?«

»In die Heide«, antwortete Jezebel und klatschte in die Hände. »Ich möchte die Räuberhütten sehen.«

»Au ja!«, riefen die beiden Kinder beinahe gleichzeitig und hüpften lachend den Hügel hinab. Auf schmalen Trampelpfaden, die auf den ersten Blick kaum zu erkennen waren, führten sie Jezebel zwischen Sanddünen, dichtem Buschwerk und stachligem Heidekraut hindurch, bis sie die Senke von Little Heath erreicht hatten. Während das höher und nahe dem Dorf gelegene Land durch Hecken und Feldsteinmauern in Parzellen unterteilt war, lag die »Kleine Heide« gänzlich brach da. Kein Vieh stand auf den Weiden, keine Getreidefelder oder Graswiesen wurden bewirtschaftet, keine Obstbäume waren zu sehen. Das bräunlich grüne Heidekraut bedeckte den kargen Boden, hier und da wuchsen Wacholder und Stechginster, dazwischen nur wenige Birken und noch weniger Kiefern. Eine öde Gegend, wie Jezebel schon bei ihrer Ankunft in Oxshott bemerkt hatte, und Little Heath war gewissermaßen eine Ödnis in der Öde. Dass es hier Räuber gegeben haben sollte, wagte sie zu bezweifeln, denn die einzigen Lebewesen, die man berauben konnte, waren Insekten und Vögel.

»Wo ist denn nun das Räuberlager?«, fragte Jezebel und schaute sich um.

»Komm mit«, sagte Mary und nahm die »Kusine« bei der Hand.

Joseph wollte dem nicht nachstehen und ergriff Jezebels andere Hand. Gemeinsam näherten sie sich einem mit Pfeifengras und Dornensträuchern bewachsenen Hügel, auf dem eine Handvoll Kiefern im Halbkreis standen, als wollten sie sich gegen die unwirtliche Umgebung verbünden. Als die drei den Hügel hinaufgeklettert waren und sich dabei die Hände an Dornen und Stacheln zerkratzt hatten, sah Jezebel unter den mächtigen Kiefern, von Farnen und Brennnesseln überwuchert, die armseligen Überreste einiger Holzhütten, die nur noch als schwarz verkohlte, kaum kniehohe Gevierte zu erkennen waren. Jezebel zählte fünf oder sechs Vierecke, aber so genau war das nicht mehr auszumachen. Die Holzwände waren bis auf den Boden niedergebrannt und die Überreste völlig vermodert. Es hatte den Anschein, als seien die Hütten ebenfalls im Halbkreis und um einen Platz herum gruppiert gewesen.

Jezebel betrachtete verwundert diese merkwürdige Ansiedlung, deren Sinn ihr nicht einleuchtete. Wenn es sich um einen Unterschlupf von Räubern handelte, warum hatten sie die Hütten auf einem Hügel, an ausgesetzter und weithin sichtbarer Stelle errichtet? Und wenn es keine Räuberhöhlen waren, was für Jezebel zweifelsfrei feststand, welchem merkwürdigen Zweck dienten sie dann? Warum baute jemand Hütten auf ödem Brachland? Und wieso waren sie niedergebrannt?

»Was ist hier geschehen?«, wollte Jezebel von den Kindern wissen.

»Der Gutsherr und seine Männer haben die Räuber vertrieben«, antwortete Mary strahlend, »und ihre Hütten verbrannt.«

»Wann war das?«

»Da waren wir noch gar nicht geboren.« Das Mädchen hüpfte über einen auf dem Boden liegenden Balken. »So genau weiß ich das nicht. Jane sagt immer, damals wären andere Zeiten gewesen. Ohne König und so. Den hatte man nämlich gerade geköpft. Überhaupt haben alle Krieg geführt und sich gegenseitig die Köpfe eingeschlagen, sagt Jane.«

Jezebel schaute sich um, und ihr fiel auf, dass sämtliche Kiefernstämme mit V-förmigen Einkerbungen gezeichnet waren. An mehreren Stellen, jeweils in Hüfthöhe, war die Rinde entfernt worden, und an den unteren Enden der Einkerbungen hatten sich inzwischen versteinerte Nasen aus Baumharz gebildet. Vermutlich war genau das der Sinn und Zweck der V-Kerben gewesen, denn mit dem Harz der Kiefern ließ sich allerlei anstellen. Es diente zum Abdichten oder wurde zu Pech weiterverarbeitet, das unter anderem für Fackeln benutzt wurde.

»Guck!«, rief Joseph. Er schien tatsächlich nur wenige Wörter zu beherrschen und hatte in der ganzen Zeit noch keinen einzigen zusammenhängenden Satz hervorgebracht. Jezebel war sich nicht sicher, ob er nicht reden wollte oder geistig etwas zurückgeblieben war. Joseph hatte sich einige Schritte von den Hütten entfernt und deutete auf eine weiter hinten stehende Kiefer. »Da!«

Am Stamm der Kiefer, direkt über der verharzten Einkerbung, war ein aus schmalen Birkenästen zusammengefügtes Kreuz angenagelt, und als Jezebel sich dem Baum näherte, sah sie eine Inschrift in dem waagerechten Balken:

»A. D. 1650 – Ps. 58, 8 & 10«

»Das Kreuz stammt von den Räubern«, behauptete Mary, der es sichtlich Freude machte, Jezebel einen derart geheimnisvollen und verwunschenen Ort präsentieren zu können.

Jezebel fuhr mit den Fingern über die mit einem Messer eingeritzte Inschrift und schüttelte den Kopf. Zwar war eine Jahreszahl auf dem Kreuz angegeben, die mit Marys ungenauer Angabe »Da waren wir noch gar nicht geboren« übereinstimmte, doch Jezebel bezweifelte, dass diese Inschrift und das Kreuz entsprechend alt waren. Das Birkenholz war nicht verwittert oder vermodert, die Nägel waren nur leicht angerostet, und die Inschrift war noch gut lesbar. Das Kreuz mochte seit etlichen Monaten oder wenigen Jahren hier hängen, aber aus dem Jahr 1650 stammte es bestimmt nicht.

»Ein Grab«, sagte Joseph stolz und klopfte auf das Holz.

»Unsinn!«, entfuhr es Jezebel lauter, als sie es beabsichtigt hatte.

»Das hat uns Humphrey vom ›Alehouse‹ erzählt«, pflichtete Mary ihrem Bruder bei. »Deshalb spukt's hier in der Heide, und kein Mensch traut sich nachts her.«

»Und wer soll hier begraben sein?«, fragte Jezebel. »Und wo?«

»Keine Ahnung.« Mary zuckte mit den Schultern, und Joseph tat es ihr nach.

Jezebel betrachtete erneut die Inschrift des Kreuzes, um sich die Buchstaben und Zahlen einzuprägen. Nachdenklich strich sie über das Holz und versuchte, den Kloß in ihrem Hals hinunterzuschlucken.

Ein Totenkreuz ohne Grab!

Die Erinnerung an Jamie kam wie ein plötzliches Unwetter über sie. Wie gern hätte sie ein solches hölzernes Kreuz aufgestellt und einen Ort gehabt, wo sie ihres geliebten Jamie gedenken und um ihn trauern konnte. Doch sie hatte nie erfahren, wo man ihn begraben hatte. Vermutlich war er in aller Eile in einer der Pestgruben vor den Toren der Stadt verscharrt worden, zusammen mit unzähligen anderen Namenlosen, die der Seuche zum Opfer gefallen waren.

Kein Gedenkstein, kein Kreuz, keine Inschrift erinnerte an ihn. Und wäre Jezebel nicht zufällig Jamies Vater begegnet, so hätte sie wohl nie erfahren, dass er gestorben war. Zwei Wochen zuvor hatte sie sich von Jamie verabschiedet, weil er zu einer geschäftlichen Reise aufs Land aufbrechen wollte, um für einen reichen Gutsbesitzer einige Porträts anzufertigen. Solche Bilder waren keine Kunst und keine Herzensangelegenheit, wie Jamie betonte, aber sie beglichen die Miete und bescherten das tägliche Brot. Als Jezebel jedoch kurz vor Weihnachten zum verabredeten Wiedersehen vor Jamies Atelier in der Botolph Lane stand, da öffnete ihr sein Vater die Tür und berichtete mit bleicher und versteinerter Miene, Jamie habe London gar nicht verlassen und sei vor wenigen Tagen an der Lungenpest gestorben. Die Seuche habe ihn binnen weniger Tage dahingerafft. Hier in seiner Werkstatt sei er gestorben, inmitten seiner Bilder. Das habe ihm jedenfalls eine Dienstmagd erzählt, fügte Wenceslaus Hollar hinzu, denn er selbst habe seinen Sohn nicht mehr gesehen. Weder lebend noch tot. Niemand wisse, wohin man Jamies Leiche gebracht habe.

Jezebel stieß einen Schrei aus, sackte zusammen und hielt sich krampfhaft am Geländer fest, um nicht die Treppe hinunterzufallen.

»Wer seid Ihr?«, wollte Hollar wissen und schaute sie verwundert an. »Ich kenne Euer Gesicht. Wieso kenne ich Euer Gesicht?«

»Ich bin Jezebel«, antwortete sie, sprang wie in Panik auf und nahm Reißaus.

Jezebel hätte am liebsten laut geschrien oder sich die Haare ausgerissen. Und vielleicht tat sie es sogar. Die vergangenen zwei Wochen hatte sie nichts ahnend auf der anderen Seite des

Flusses verbracht, nicht einmal eine halbe Meile entfernt, und hatte sich auf ein Wiedersehen gefreut, während ihr Liebster ohne ihren Beistand mit dem Tode gerungen hatte. Jezebel konnte es nicht fassen und verfluchte Gott und die ganze ungerechte Welt. Und obwohl es dafür keinen vernünftigen Grund gab, machte sie sich Vorwürfe. Sie hatte ihn nicht auf seinem Krankenlager gepflegt, hatte nicht an seinem Totenbett geweint und ihn nicht zu seiner letzten Ruhestätte begleitet. Jamie war unter entsetzlichen Qualen gestorben, während sein Kind in Jezebels Leib heranwuchs. Ein Kind, das den Vater nie sehen würde und nun von Wenceslaus Hollar für sich beansprucht wurde. Dafür würde er sie sogar ins Gefängnis werfen lassen, hatte er gedroht.

»Warum weinst du?«, fragte Mary und zupfte an ihrem Ärmel.

»Tu ich doch gar nicht«, antwortete Jezebel und wischte sich die Tränen aus dem Gesicht. »Ich hab nur etwas Staub in die Augen bekommen. Lasst uns heimgehen, es ist Zeit fürs Mittagessen.«

Statt den Umweg über den Trampelpfad am Hang und den Dorfplatz zu nehmen, gingen sie geradewegs mitten durch die karge Heide. Jezebel merkte kaum, dass sie sich den Saum ihres Kleides an den Dornensträuchern zerriss und ihr das stachlige Heidekraut die Strümpfe ruinierte. Sie stapfte hinter Mary und Joseph her und achtete kaum auf den Weg. Auch als eine Schlange vor ihren Füßen über den sandigen Boden huschte, erschrak sie nicht und gab keinen Ton von sich, wie sie es unter normalen Umständen bestimmt getan hätte. Sie nahm alles verspätet und wie durch einen dichten Schleier wahr. Es schien beinahe, als habe die Schwermut der Heidelandschaft bereits auf sie abgefärbt.

»Bist du krank?«, fragte Mary besorgt, als sie Little Heath durchquert hatten und eine der Mauern erreichten, die die Schweineweiden der »Twin Oaks Farm« umgaben. »Du bist ganz blass um die Nase.«

»Es ist nichts«, murmelte Jezebel, setzte sich aber dennoch auf die Mauer, um ein wenig zu verschnaufen. Obwohl von der Schwangerschaft noch kaum etwas zu sehen war, fühlte Jezebel sich in letzter Zeit häufig müde und geriet leicht außer Atem. Außerdem steckte ihr die vergangene schlaflose Nacht noch in den Knochen. Sie fühlte sich matt und ausgebrannt.

»Humble war auch krank«, sagte Mary, setzte sich neben sie und plapperte munter drauflos: »Sie hat schlecht Luft bekommen und musste lange Zeit im Bett liegen, weil sie gehustet und Blut gespuckt hat. Aber Jane hat sie mit Knoblauch eingerieben und ihr Meerrettichwickeln auf die Brust gelegt, davon wurd's besser. Letztes Jahr war das, als die Pest in London war. Damit hat das aber nichts zu tun gehabt, sagt Mama. Später ist Humble viel im Wald und in der Heide herumspaziert, wegen der guten Luft. Aber gehustet hat sie immer noch. Und ihre Haut war ganz rot von den Rettichwickeln.«

»Humble?«, wunderte sich Jezebel und erinnerte sich, dass sich auch Mrs. Oldershaw bei ihrer Ankunft in Oxshott nach Humbles Befinden erkundigt hatte. »Meinst du die Tochter von Mutter Southwood?«

Mary nickte und fügte hinzu: »Jane sagt, die Krankheit heißt Schwindseuche.«

»Schwindsucht«, verbesserte Jezebel.

»Schwindseuche«, beharrte Mary.

Und Joseph sagte: »Kusine.«

»Ja?«, wandte Jezebel sich an den Jungen.

»Nein«, antwortete er kopfschüttelnd. »Humble! Unsere Kusine.«

Jezebel lachte. »Musstet ihr euch für sie auch eine glaubwürdige Geschichte ausdenken?«

Joseph starrte sie verwirrt an, überlegte eine Weile und sagte: »Nein!«

Nun war es an Jezebel, verdutzt dreinzuschauen. Sie wandte sich an Mary: »Was meint er damit?«

»Mutter Southwood, wie du sie nennst, ist unsere Tante«,

sagte das Mädchen nach kurzem Zögern. »Sie ist Mamas Schwester.«

»Tante Nelly«, bestätigte Joseph grinsend.

Jezebel war verwirrt. Warum hatte Edward gesagt, Mutter Southwood sei eine Freundin von Mildred Oldershaw, wenn er doch wissen musste, dass sie ihre Schwester war? Immerhin hatte er eine Zeit lang bei den Oldershaws gewohnt und sollte die Familienverhältnisse kennen. Das ergab keinen Sinn.

»Sag Papa nichts davon, dass du es weißt.« Mary sprang auf die andere Seite der Mauer, wo zwei Schweine mit den Schnauzen im Dreck wühlten und wohlig grunzten. »Sie können sich nicht so gut leiden. Also Papa und Tante Nelly. Er redet nicht über sie und will nichts mit ihr zu tun haben. Du solltest sie auch nicht Mutter Southwood nennen, das mag Papa überhaupt nicht. Wenn er den Namen hört, wird er fuchsteufelswild.«

»Warum?«

»Darum eben.« Mary zuckte mit den Schultern. »Papa hasst alles, was aus London kommt, weil's nämlich ein einziger Sündenpfuhl ist. Außer Humble natürlich. Die liebt er wie seine eigenen Kinder, also uns, hat er mal gesagt, und das, obwohl sie ein Kind der Sünde ist.«

»Ein Kind der Sünde?« Jezebel hatte einige Mühe, über die Mauer zu klettern, und blieb mit dem Kleid an einem Feldstein hängen.

»Na, du weißt schon«, sagte Mary und deutete auf Jezebels Bauch. »Ein Bastard eben. Genau wie deins.«

4

Ein Bastard! Ein Kind der Sünde! Mary hatte nur ausgesprochen, was alle Welt dachte oder bald denken würde. Doch Jezebel konnte und wollte es nicht so sehen. Sie wusste es besser.

Es war an einem kalten und regnerischen Abend im November gewesen, etwa zwei Wochen nach ihrer ersten Begegnung mit Jamie im »Boar's Head«. Jezebel hatte seither jeden Tag und jede Stunde an den jungen Maler gedacht und beinahe ebenso häufig das kleine Bild betrachtet, das sich inzwischen an den Rändern vom häufigen Anfassen wellte. Doch als die Tage dahingingen und zu Wochen wurden und er nicht wieder in der Schänke erschien, hatte Jezebel mit den Schultern gezuckt und sich damit getröstet, dass Männer ohnehin nichts taugten und man auf ihre blumigen Worte eben nichts geben durfte. Alles nur heiße Luft und dummes Geschwätz. Und für eilig angefertigte Bilder schien dies ebenfalls zu gelten. Vermutlich hatte Jamie unzähligen anderen Weibsbildern ebensolche Zeichnungen in die Hände gedrückt und dabei gestottert, als brächte er vor Aufregung keinen zusammenhängenden Satz hervor. Eine billige Masche, sonst nichts!

»Verzeiht, dass ich Euch hier so auflauere!«

Jezebel zuckte zusammen und stieß einen spitzen Schrei aus. Sie war gerade aus der Schänke getreten, hatte sich die Kapuze übergezogen und wäre beinahe mit Jamie zusammengestoßen, der offensichtlich im Hof darauf gewartet hatte, dass sie Feierabend machte.

»Gott, habt Ihr mich erschreckt!«, rief Jezebel und fasste sich an die Brust. Sie versuchte, sich die Freude nicht anmerken zu lassen, und machte eine finstere Miene. »Was wollt Ihr von mir?«, fragte sie und setzte beinahe boshaft hinzu: »Wer seid Ihr?«

»Ich ... ähm ... entschuldigt, Madam, ich wollte nicht ... ich dachte ...« Er räusperte sich, lächelte verlegen und sprudelte die folgenden Worte hervor, als habe er sie auswendig gelernt:

»Erinnert Ihr Euch nicht an mich? Ich habe das Bild für Euch gemalt, also gezeichnet. Vor zwei Wochen. Ich war mit meinen Freunden hier. Wir haben Geburtstag gefeiert. In der Schänke.«

»Ach ja«, sagte Jezebel und tat so, als müsse sie erst in ihrem Gedächtnis kramen. »Die betrunkenen Künstler mit der Vorliebe für weibliche Hinterteile.«

Statt einer Antwort starrte Jamie mit betretener Miene auf seinen Hut, dessen Krempe er wie einen Kuchenteig knetete. Da es regnete, war sein lockiges Haar triefend nass und klebte ihm an den vor Kälte roten Wangen.

»Und warum stellt Ihr mir nach?«, fragte Jezebel. »Wollt Ihr das Bild zurück?«

»Nein, o nein, natürlich nicht!« Jamie wedelte aufgeregt mit dem Hut herum und schüttelte den Kopf. »Ich dachte … ich wollte … ich würde Euch gern nach Hause begleiten.«

»Wie bitte?«, empörte sich Jezebel. »Was fällt Euch ein, Flegel!«

»Nein, Ihr versteht mich falsch«, stotterte er und bedachte sie mit einem flehenden Blick, dass es Jezebel ganz warm ums Herz wurde. »Nur für den Nachhauseweg, also den Weg … nach Hause … nicht *ins* Haus. Gott bewahre, wo denkt Ihr hin?«

»Ich hab es nicht weit«, sagte sie und konnte sich kaum ein Lächeln verkneifen.

»Umso eher seid Ihr mich wieder los«, erwiderte er und verneigte sich.

Jezebel wiegte den Kopf hin und her und schob den Unterkiefer vor. »Meinetwegen«, sagte sie schließlich achselzuckend und deutete zur Hauptstraße. »Aber bildet Euch bloß nichts ein.«

»Niemals«, murmelte er, setzte den Hut, in dem sich das Wasser gesammelt hatte, auf den Kopf und ging mit Jezebel zur Toreinfahrt hinaus. »Ich habe … jeden Tag an Euch gedacht.«

»Ihr wusstet, wo Ihr mich findet«, antwortete sie und

wandte sich nach rechts, in Richtung Brücke. »So groß kann Eure Sehnsucht also nicht gewesen sein.«

»Ich war auf Reisen«, sagte er entschuldigend. »Geschäftlich. Ein Porträt, also eine Auftragsarbeit … oben in Suffolk. Bin erst seit gestern wieder da.«

Jezebel vernahm es mit Genugtuung und nickte achtlos. Nach wenigen Schritten hatten sie die Baulücke und damit den Eingang zum Dark Entry erreicht. Obwohl es regnete, schürte der alte Rat Scabies sein Rattenfeuer, das wegen der Nässe qualmte und einen unbeschreiblichen Gestank verströmte. Es roch nach verbranntem Haar, verkohltem Fleisch und beißendem Rauch. Seit dem Ausbruch der Seuche war das Feuer nicht erloschen, und der verrückte Scabies verbrachte mehr Zeit damit, die Flammen mit Holz und Ratten zu füttern, als sich um seinen Broterwerb zu kümmern. Worin auch immer dieser Broterwerb bestehen mochte, denn bei der Arbeit sah man den Alten so gut wie nie. Da es rings um den Dark Entry kaum noch Ratten gab, streunte der arme Irre mittlerweile durch ganz Southwark und Lambeth, um die Pest auszurotten, wie er nicht müde wurde zu versichern.

»So, da wären wir.« Jezebel blieb stehen.

»Wo?«, fragte Jamie.

»Da«, antwortete sie und stieg über einige Mauerreste.

»Hier wohnt Ihr?«, wunderte er sich und starrte zu Scabies, der mit einem Stab in der qualmenden und zischenden Glut herumstocherte und nichts anderes wahrzunehmen schien. »Bei dem Kerl da?«

»Nein«, antwortete Jezebel lachend. »Rat wohnt hier vorne zwischen den Ruinen. Wir wohnen weiter hinten, bei den Latrinen.« Wieder lachte sie, obwohl sie es gar nicht wollte und die letzte Bemerkung gern zurückgenommen hätte. »Danke, dass Ihr mich gebracht habt.«

»Hier wohnt Ihr?«, wiederholte Jamie und schluckte.

»Ich sagte ja, dass ich es nicht weit habe.«

Jamie war so perplex, dass er wie zur Salzsäule erstarrt war.

»Wenn es Euch hier nicht vornehm genug ist, dann solltet Ihr Euch in Zukunft in feineren Gegenden herumtreiben, um jungen Frauen nachzustellen. Lebt wohl!« Damit wandte sie sich ab, verließ die Brandruine und betrat den dahinter gelegenen Dark Entry.

»Madam!«, rief er ihr nach.

Als sie sich zur Straße umwandte, stand Jamie immer noch wie angewurzelt an Ort und Stelle, das Gesicht vom Feuer erhellt, und starrte ins Dunkel.

»Ja?«, fragte Jezebel.

»Darf ich Euch wiedersehen?«

»Tut, was Ihr nicht lassen könnt.« Wieder wandte sie sich ab.

»Madam?«

»Was denn noch?«

»Euren Namen! Verratet mir Euren Namen!«

»Sie heißt Jezebel«, knurrte der alte Scabies, der sich plötzlich vor Jamie aufgebaut hatte und ihm einen glühenden Stecken unter die Nase hielt. »Und jetzt schleich dich, du feiner Pinkel, sonst verpass ich dir 'n Brandzeichen!«

»Ay, Sir«, rief Jamie erschrocken und verdrückte sich.

In der Haustür stieß Jezebel mit Geoff zusammen, der sich wieder einmal wie eine streunende Katze in der Gegend herumgetrieben hatte und vermutlich bei seinem seltsamen Eremiten von St. Olave oder mit seinem Freund Glen unter der Brücke gewesen war.

»Was grinst 'n so?«, fragte Geoff.

»Geht dich 'nen verdammten Kehricht an«, blaffte Jezebel zurück und ging hinauf in ihre Kammer. Sofort taten ihr die harschen Worte leid, aber Geoff konnte einem ganz schön auf den Geist gehen mit seinem ständigen Fragen und Bohren. Ihr kleiner Bruder war vermutlich der neugierigste und naseweiseste Rotzlöffel, dem Jezebel je begegnet war. Warum, wieso, weshalb? Immer wollte er alles ganz genau wissen, und wenn man eine seiner Fragen beantwortet hatte, dann folgten weitere auf dem Fuß und man wurde ihn nicht mehr los. Hinzu kam, dass Jezebel selten die Antworten auf seine abstrusen und abwegigen Fragen kannte. Deshalb hatte sie sich angewöhnt, ihm gar nichts mehr zu verraten. Denn Geoff war nicht nur neugierig und wissenshungrig, sondern auch fürchterlich geschwätzig und unbedacht. Er konnte nichts für sich behalten und tratschte wie die Waschweiber unten an der Themse. Es war schon erstaunlich, wie unterschiedlich Bruder und Schwester waren. Jezebel war eher verschlossen und hatte Probleme, sich anderen zu offenbaren, vor allem, wenn es um persönliche oder private Dinge ging. Sie machte alles mit sich selbst ab und schluckte vieles hinunter, egal ob es leicht verdaulich war oder nicht. Geoff hingegen trug sein Herz stets auf der Zunge und posaunte alles heraus, was ihn beschäftigte oder bedrückte.

Jezebel verriegelte ihre Kammer, legte sich aufs Bett und holte das Bildnis unter ihrem Brusttuch hervor. Obwohl sie in der Dunkelheit gar nichts erkennen konnte, starrte sie es an und presste es anschließend an ihre Brust. *Geschäftlich, Porträt, Auftragsarbeit*, wiederholte sie in Gedanken die Worte, mit denen Jamie sein langes Fernbleiben begründet hatte. Und diese Worte hatten für sie einen besonderen und wohltuenden Klang, denn sie drückten nicht nur aus, dass Jamie gern früher gekommen wäre, wenn es ihm möglich gewesen wäre, sondern sie bedeuteten auch, dass er kein Hallodri und Taugenichts war. Für Jezebel waren Künstler entweder Scharlatane, die mit den vermeintlichen Künsten lediglich wie mit einer hübschen Konkubine kokettierten, oder verzogene Sprösslinge reicher Eltern, die es nicht für nötig hielten, selbst für ihren Lebensunterhalt zu sorgen. Alle Künstler oder Dichter, die ihr bislang über den Weg gelaufen waren, hatten sich als aufdringliche Frauenhelden oder selbstverliebte Kavaliere entpuppt, denen das künstlerische Gehabe nur als fadenscheiniges Deckmäntelchen für ihren Müßiggang und ihre Ausschweifungen diente. Jamie Hollar jedoch malte Porträts, um sie zu verkaufen. Er arbeitete im Auftrag vermögender Gutsherren. Er war geschäftlich unterwegs.

Um das Geld oder das Ansehen ging es Jezebel nicht, wohl aber um die Tatsache, dass er seine Kunst ernst nahm und als Beruf begriff. In den zwei Wochen seit ihrer ersten Begegnung hatte sie stets befürchtet, sowohl das unbeholfene Stottern wie auch das Malen und Zeichnen könnten lediglich geschickte Hilfsmittel sein, um sich bei Frauen interessant zu machen und sie leichter verführen zu können. Nun hatte sie diese Sorge nicht mehr, und dies beruhigte sie ebenso sehr, wie es sie erregte.

Zwei Tage später stand Jamie abermals nach Feierabend vor dem »Boar's Head«. Diesmal bat er nicht darum, sie nach Hause begleiten zu dürfen, sondern ergriff grußlos und etwas ungelenk ihre Hand und sagte: »Kommt! Ich möchte Euch etwas zeigen, Mistress Jezebel.«

»Wohin führt Ihr mich?«

»Es ist nicht weit«, antwortete er und lächelte unsicher. »Nur ein paar Schritte.« Einen Steinwurf entfernt, vor der Kirche von St. Saviour, blieb Jamie plötzlich stehen und deutete zu dem eckigen Kirchturm mit seinen vier Spitzen. »Mein Vater war oft dort oben.«

»Auf dem Kirchturm?«, wunderte sich Jezebel. »Ist er Küster?«

»Nein«, lachte Jamie und zog sie hinter sich her zum Kirchhof. »Er ist Zeichner und Kupferstecher. Ein großer Künstler und Meister seines Fachs, aber er zieht die toten Dinge den lebenden Wesen vor.«

»Wie meint Ihr das?« Jezebel zögerte, als sie merkte, dass Jamie sie an der Kirche vorbei zum Friedhof führte. Die Pfarrkirche von St. Saviour war nicht nur die älteste, sondern auch die größte und schönste der Southwarker Kirchen. Zugleich aber war sie das geheimnisvollste und unheimlichste Gotteshaus weit und breit. Schon vor Jahrhunderten hatte an dieser Stelle eine Klosterkirche gestanden, und zahlreiche Geschichten und Legenden rankten sich um das alte Gemäuer.

Jeden Sonntag ging Jezebel zum Gottesdienst in die kreuzförmige Kirche mit ihren mächtigen Pfeilern, Gewölben und

Spitzbögen, den zahlreichen Denkmälern und steinernen Grab-
platten sowie dem herrlich anzuschauenden hölzernen Hoch-
altar im Chorraum, aber nach Einbruch der Dunkelheit war sie
noch nie auf dem Kirchengelände gewesen, schon gar nicht auf
dem Friedhof.

»Habt keine Angst!« Jamie deutete auf ein Familiengrab in
einer Ecke des Friedhofs, direkt an der steinernen Umfriedung.
»Dort ist es.«

»Ihr lockt mich auf einen Friedhof, um mir ein Grab zu
zeigen?«

Jamie schüttelte den Kopf und wies auf eine kleine steinerne
Skulptur in einer Ecke des Grabes. »Früher hat mich mein Vater oft mitgenommen, wenn er auf dem Kirchturm seine Skizzen gemacht hat«, sagte er und blickte hinauf zum Himmel.
»Von dort oben hat man einen wunderbaren Ausblick über
ganz London, vom Tower im Osten bis hinüber nach Westminster. Immer wieder hat er die Stadt und den Fluss gezeichnet und sie in Kupfer geätzt. Kirchen, Paläste, Gärten und Häuser. Und die Brücke natürlich. Ich sagte ja, er bevorzugt die
toten Dinge. Menschen wirken in seinen Bildern wie winzige
Ameisen. Manchmal glaube ich, er misstraut dem Leben und
allem Lebendigen.«

»Und was hat das mit der Statue zu tun?«

»Ich hab mich auf dem Turm gelangweilt und bin stattdessen in der Kirche oder auf dem Friedhof herumgelaufen«, erklärte Jamie und ging zur Umfriedung. »Und dabei bin ich auf
die Skulptur gestoßen. Ist sie nicht wunderbar?«

Da der Himmel kaum bewölkt war und der Mond unver-
hüllt und hell am Himmel stand, konnte Jezebel die Umrisse
zweier Menschen erkennen. Ein nackter Mann stand hinter
einer ebenfalls unbekleideten Frau und hielt sie mit den Händen umklammert, sodass ihre Brüste bedeckt waren. Dem
jungen, fast kindlich wirkenden Mann, der sehr ernst dreinschaute, wuchsen Flügel aus dem Rücken. Und die Frau, deren
Scham von einem Tuch verdeckt war, schmiegte sich an ihn,

gab sich dem Mann völlig hin und schaute ihn voller Liebe und Verzückung an.

»Wer ist das?«, fragte Jezebel.

»Amor und Psyche.« Jamie fuhr mit den Fingern über das Gesicht der Frau. »Ist Psyche nicht wunderschön?«

»Auf jeden Fall hat sie einen komischen Namen«, meinte Jezebel und kämpfte mit einer unsinnigen Eifersucht. »Was hat es mit den beiden auf sich?«

»Amor war ein griechischer Gott und Psyche eine hübsche Königstochter. Weil sie so unglaublich schön war, hat sie die Eifersucht der Göttin Venus erregt. Die Göttin der Liebe hat ihren Sohn Amor beauftragt, Psyche mit einem hässlichen Mann zu verheiraten. Doch als er ihr begegnete, hat Amor sich unsterblich in Psyche verliebt und sie auf ein fernes Schloss bringen lassen, wo er sie Nacht für Nacht aufgesucht hat.«

»Aufgesucht?«

»Na ja«, druckste Jamie herum. »Geliebt eben.«

»Dachte ich's mir doch«, sagte Jezebel und hob die Augenbrauen.

»In der Dunkelheit konnte Psyche ihren Geliebten nicht erkennen«, fuhr Jamie fort und nahm Jezebels Hand. »Und tagsüber hat er sie allein in dem Schloss zurückgelassen, sodass sie ihn nie zu Gesicht bekam und keinerlei Bild von ihm hatte. Er wollte verhindern, dass sie ihn erkannte.«

»Typisch Mannsbild«, murmelte Jezebel und versuchte, nicht auf das Kribbeln in ihrer Hand zu achten. »Und weiter?«

»Weil sie befürchtete, ihr Liebster sei womöglich ein hässliches Ungeheuer, hat sie ihn eines Nachts, als er schlief, im Schein einer Öllampe betrachtet und war von seiner Schönheit so ergriffen, dass sie zitterte und heißes Öl auf ihn tropfte. Amor wurde wach, fühlte sich hintergangen und floh.«

»Oh«, entfuhr es Jezebel, »und das war's?«

»Nein«, sagte Jamie und hielt Jezebels Hand nun mit beiden Händen umklammert. »Es ist eine sehr lange, sehr abenteuerliche und sehr schöne Geschichte. Psyche macht sich auf die

Suche nach ihrem Liebsten und muss allerlei Aufgaben für die eifersüchtige Venus erfüllen. Am Ende fällt Psyche in einen todesähnlichen Schlaf und wird von Amor, der sie immer noch liebt, mit seinem Flügelschlag geweckt.«

Jezebel betrachtete erneut die Skulptur und erkannte, dass der Künstler den Augenblick des Aufwachens eingefangen hatte. Und nun begriff sie auch, warum sich die recht freizügige und zudem heidnische Skulptur auf einem christlichen Grab befand. Sie symbolisierte die Auferstehung von den Toten. Jezebel atmete tief aus, ließ sich ihre Rührung jedoch nicht anmerken. Auch dass ihr Herz raste und ihre Hand regelrecht glühte, überspielte sie mit einer achtlosen Frage: »Und warum wolltet Ihr mir das zeigen, Mr. Hollar?«

»Meine Freunde nennen mich Jamie.«

»Meinetwegen«, flüsterte Jezebel und lächelte unmerklich. »Jamie.«

»Seit Jahren möchte ich ein Gemälde von Amor und Psyche malen«, erklärte er und führte Jezebels Hand an seine Lippen. »Ich sehe das Bild genau vor mir, wie diese Skulptur, in allen Einzelheiten. Doch bisher hat mir ein Modell für Psyche gefehlt. Ein weibliches Wesen, das selbst die Göttin der Schönheit vor Neid erblassen lässt.« Er seufzte tief und fügte hinzu: »Und dann bin ich Euch begegnet, Jezebel. Endlich habe ich meine Psyche gefunden.«

Jezebel lachte erschrocken auf und entzog ihm ihre Hand. »Und Ihr wärt dann natürlich Amor und würdet mich mit Eurem Flügelschlag verführen, nicht wahr? Oh nein, werter Herr, so leicht gehe ich Euch nicht auf den Leim!« Wieder lachte sie und schüttelte den Kopf. »Eines habt Ihr allerdings mit Amor gemein: Ich bekomme Euch immer nur nach Sonnenuntergang zu sehen.«

»Wollt Ihr meine Psyche sein?«, entfuhr es Jamie.

»Ich bin Jezebel, und die möchte ich auch bleiben.«

»Aber es ist doch nur ein Bild«, erwiderte er und wollte erneut nach ihrer Hand greifen. »Nur eine harmlose Geschichte.«

»Eben!«, rief Jezebel und hob abwehrend ihre Hände.

Jamie sah sie zunächst überrascht und verständnislos an, dann senkte er den Kopf und murmelte: »Es tut mir leid, falls ich Euch beleidigt habe.«

»Du bist ein Dummkopf, Jamie«, sagte sie und konnte nicht anders: Sie gab ihm einen Kuss auf die Wange, wirbelte auf der Stelle herum und lief davon. Das Herz schlug ihr bis zum Hals, ihr Kopf war heiß, die Hände waren kalt, und als sie atemlos im Dark Entry ankam, ahnte sie, dass sie entweder krank wurde oder zum ersten Mal in ihrem Leben verliebt war.

Bereits am folgenden Abend sahen sie sich wieder, doch keiner der beiden kam auf die Vorkommnisse auf dem Friedhof zu sprechen. Jamie vermied es, das Gemälde oder die Geschichte von Amor und Psyche auch nur zu erwähnen, und Jezebel tat so, als hätte es den Kuss nie gegeben. Allerdings redeten sie nun ganz vertraulich miteinander, ohne Madam, Mistress oder Mister, als würden sie sich bereits seit Monaten oder Jahren kennen. Jezebel hatte Angst, ihr Blick könnte ihre Gefühle verraten, deshalb starrte sie die meiste Zeit zu Boden und schaute Jamie nur an, wenn er eine Frage an sie richtete.

Sie gingen an der Themse spazieren, zunächst an der Bankside entlang, vorbei am Bear Garden, der hölzernen Bärenkampfarena, die wie alle Vergnügungsstätten wegen der Pest geschlossen war, und stiegen schließlich am Upper Ground die steinernen Treppen hinunter zum Fluss. Sie setzten sich auf eine Mauer, die wegen der Ebbe hoch aus dem Wasser ragte, und blickten auf den nächtlichen Strom mit seinen Fährbooten und zahlreichen Anlegestellen. Dies sei einer seiner Lieblingsorte am Fluss, sagte Jamie und deutete zur Kathedrale von St. Paul auf der anderen Seite der Themse, die nur als schwarze Silhouette zu erkennen war. Er erklärte ihr die Architektur der imposanten Kirche und erzählte etwas von Fassaden, Portalen, Spitzbögen, Stützpfeilern und einem Glockenturm, der seit einem Blitzschlag vor hundert Jahren ohne Spitze war. Viel interessanter als diese Details der alten Kirche waren für Jezebel allerdings die Informationen, die sie eher beiläufig und durch geschicktes Nachfragen über Jamies bisheriges Leben erhielt. So erfuhr sie nach und nach, dass er vor zweiundzwanzig Jahren in London geboren war, aber die meiste Zeit seiner Kindheit in Antwerpen verbracht hatte, wohin sein Vater im Jahr 1644 mit der Familie wegen des englischen Bürgerkriegs geflohen war. Erst acht Jahre später waren die Eltern mit den Kindern nach London zurückgekehrt, wo die kränkelnde Mutter wenig später gestorben war und auf dem Friedhof von St-Giles-in-the-Fields begraben lag.

»Ist dein Vater eigentlich ein Deutscher?«, unterbrach sie Jamies Ausführungen zur Architektur der Kathedrale, denen sie zwar andächtig gelauscht, von denen sie aber nur wenig begriffen hatte.

Jamie hielt überrascht und etwas pikiert inne, lachte dann nachsichtig und sagte: »Nicht direkt, Deutsch ist zwar seine Muttersprache, aber er stammt aus Böhmen. Er ist in Prag geboren.«

»Ist er ein berühmter Mann?«

»Hm«, machte Jamie und zuckte mit den Schultern. »Er ist ein Künstler. Ein großer zwar, aber was heißt das schon in diesen Zeiten, zumal er für die Engländer immer ein Ausländer bleiben wird. Früher hat er eine Zeit lang für den Herzog von York gearbeitet und den damaligen Prinzen von Wales unterrichtet, und im Haus des Grafen von Arundel hat er gewohnt und wurde wie ein Freund behandelt.« Jamie deutete auf die andere Seite des Flusses, wo sich im Westen die Gärten des Arundel House bis hinunter zur Themse erstreckten. »Aber sein einstiger Förderer ist längst tot. Und nach der Restauration haben die königlichen Herrschaften kaum Verwendung für einen kleinen böhmischen Kupferstecher gehabt, obwohl er im Krieg für sie gekämpft und sogar im Gefängnis gesessen hat. Zwar darf er sich seit einigen Jahren ›Zeichner des Königs‹ nennen, aber außer einem wertlosen Titel bringt ihm das nichts ein. Heute lebt er davon, Bücher zu illustrieren, und lässt sich von windigen und geizigen Verlegern über den Tisch ziehen.«

»Wohnst du noch bei ihm?«

Wieder lachte er, doch diesmal klang es eher verächtlich als belustigt. »Gott bewahre!«, rief er und hämmerte mit einem Stock auf der Mauer herum. »Keine zehn Pferde kriegen mich mehr in dieses Haus!«

»Warum nicht?«

»Meine Stiefmutter und ich verstehen uns nicht besonders«, antwortete Jamie und scheiterte mit dem Versuch, sich seine Verbitterung nicht anmerken zu lassen. »Und meine Halbschwestern sind verzogene Gören und Nervensägen.«

»Dein Vater hat wieder geheiratet?«

Statt einer Antwort schleuderte er den Stock in hohem Bogen in den Fluss und schnaubte wütend. »Er hat unsere Vermieterin geheiratet, um die Miete zu sparen«, sagte er schließlich und wischte sich mit einer Hand übers Kinn. »Da war Mutter kaum ein Jahr unter der Erde. Doch genug davon!« Er sprang plötzlich auf, klatschte in die Hände und half der überraschten Jezebel auf die Beine. »Es ist spät geworden. Ich bringe dich nach Hause.«

Schweigend, aber sich an den Händen haltend, gingen sie den Weg zur Hauptstraße zurück. Es war inzwischen nach Mitternacht und die Bankside an diesem Ende menschenleer. Als sie Winchester House, den ehemaligen und inzwischen verwaisten Bischofspalast gleich neben der Kirche von St. Saviour, erreicht hatten, zuckte Jezebel zusammen, als sie einen Schatten nahe den drei Türen unterhalb des Rosettenfensters in der Westfassade vorbeihuschen sah.

Jamie schien ebenfalls etwas bemerkt zu haben, legte wie zum Schutz seinen Arm um Jezebels Schultern und rief: »Wer ist da? Raus mit Euch!«

Nichts rührte sich.

»Wird's bald, sonst komme ich Euch holen!«

»Kein Grund, gleich Zeter und Mordio zu schreien«, antwortete eine brüchige Stimme, und im nächsten Moment erkannten sie das runzlige graue Krätzegesicht von Rat Scabies, das hinter einem Torbogen hervorlugte.

»Was schleicht Ihr hier herum?«, fuhr Jamie ihn an und hielt Jezebel noch fester umklammert, obwohl offensichtlich keine Gefahr mehr drohte.

Scabies trat aus dem Dunkel und zog einen beladenen Handkarren hinter sich her. »Ist ja nicht verboten, oder?«, rief er und deutete auf seine Fracht. »Hab gesammelt fürs Feuer. Willst du mal sehen, Jez?«

»Nein, danke, Rat!«, sagte Jezebel angewidert.

»Auch gut!«, fauchte Scabies, machte eine abfällige Handbewegung in Jamies Richtung und verschwand wieder auf dem weitläufigen und verwilderten Gelände des Palastes. Winchester House war früher einmal der Londoner Sitz des Bischofs von Winchester gewesen, und während des Commonwealth hatte es eine Zeit lang als Gefängnis für Royalisten und Verschwörer gegen die Republik gedient, doch nun stand es seit einigen Jahren leer. Zwar waren einige rückwärtige Gebäudeteile und Gärten inzwischen vermietet oder verpachtet, doch der Palast am Fluss mit seiner Großen Halle und den verwinkelten Gewölbekellern rottete langsam vor sich hin und war einer der bevorzugten Jagdplätze des Rattenfängers vom Dark Entry.

»Verrückter Hund!« Jamie schüttelte belustigt den Kopf.

»Verrückt, aber harmlos«, antwortete Jezebel und befreite sich aus Jamies allzu aufdringlicher Umarmung. »Auf bald!« Sie lief über die Hauptstraße, winkte ihm zum Abschied zu und wäre auf der Straße beinahe mit Master Gerrard zusammengestoßen, der mit gesenktem Kopf, vor der Brust gefalteten Händen und hastigem Schritt auf einer seiner nächtlichen Wanderungen war.

»Passt doch auf, wo Ihr hinlauft!«, rief Jezebel, obwohl sie ebenso wenig auf den Weg geachtet hatte wie der mit einem schwarzen Kapuzenmantel bekleidete Lehrer von St. Olave, den Jezebel schon einige Male und stets mitten in der Nacht an der Themse umherwandeln gesehen hatte.

Master Gerrard schien Jezebel überhaupt nicht wahrzunehmen, er schaute nicht auf, sagte keinen Ton und setzte seinen Weg fort, als hätte es die Begegnung gar nicht gegeben.

»Noch so ein Irrer«, murmelte Jezebel und schaute zu der Stelle, an der sie sich von Jamie verabschiedet hatte, doch von dem jungen Mr. Hollar war nichts mehr zu sehen. Sie zuckte ein wenig enttäuscht mit den Schultern und verschwand zwischen den Häusern.

Am folgenden Sonntag bekam Jezebel ihren Jamie zum ersten Mal bei Tageslicht zu Gesicht. Es war der 26. November 1665, ein sonniger, aber kalter Herbsttag. Jamie holte sie ohne vorherige Ankündigung am frühen Nachmittag im Dark Entry ab und begegnete dabei ihrem betrunkenen Vater in einem höchst ungünstigen Moment. Paul Ingram saß halb nackt und mit Schnapsflasche in der Hand am Tisch und stierte Löcher in die Luft. Seit Tagen war er nicht mehr nüchtern gewesen, die letzte Nacht hatte er sich regelrecht in Rage getrunken und dabei auf seinem Lager randaliert, und erst vor wenigen Augenblicken war er mit einem fürchterlichen Kater und ebensolcher Laune erwacht. Jezebel wäre vor Scham beinahe gestorben, als Jamie plötzlich in der Tür stand und augenblicklich vom lallenden und noch halb schlafenden Vater angegangen wurde.

»Scher dich zum Teufel, du Hurensohn«, schnauzte er, »die Schänke ist auf der anderen Seite vom Yard. Von mir kriegst du nichts!« Er hielt sich krampfhaft an der Flasche fest und machte sich bereit, sie mit dem Leben zu verteidigen.

»Entschuldigt mein Eindringen, Sir.« Jamie nahm den Hut vom Kopf und trat zögernd ein. »Ich wollte Eure Tochter abholen.«

»So weit kommt's noch«, brüllte der Vater und schlug mit der Hand auf den Tisch. »Hier wird niemand abgeholt. *Die* Zeiten sind Gott sei Dank vorbei!«

»Nein, nicht *so* abholen«, stammelte Jamie und schaute Hilfe suchend zu Jezebel. »Sondern ... also ... anders.«

»Nichts da! Dir werde ich die Hammelbeine langziehen, Halunke!«

»Lass uns gehen«, bat Jezebel flehentlich, warf sich ihren Kapuzenumhang über und bugsierte Jamie aus dem Haus. »Schnell!«

»Wo willst du hin?«, schrie der Vater und drohte mit der Faust. »Wer ist der Saukerl? Verdammte Brut! Wenn das deine Mutter wüsste, verdammte Rumtreiberin!« Einen Moment lang schien es so, als wollte er ihr die Flasche hinterherwerfen, dann besann er sich eines Besseren, setzte die Flasche an die Lippen und fauchte: »Verdammte Huren! Alle miteinander!«

Eilig gingen Jezebel und Jamie zur Hauptstraße und bogen rechter Hand um die Ecke. Erst als sie an dem großen Steintor der Brücke anlangten, blieben sie stehen, und Jamie fragte: »Das war dein Vater?«

Jezebel nickte und schaute beschämt zu Boden.

»Man kann sich seine Eltern leider nicht aussuchen«, meinte Jamie und lachte unsicher. Da er sah, dass Jezebel die Tränen über die Wangen liefen, nahm er sie in den Arm und drückte sie fest an sich.

Jezebel fuhren heiße Schauer über den Rücken, vor Scham und weil sie sich zugleich so geborgen fühlte. Der Ekel vor ihrem Vater und die Liebe zu Jamie rangen miteinander. Plötzlich jedoch riss sie sich los und rief: »Komm!«

»Wohin?«

»Willst du immer noch das Bild malen?«

»Welches Bild?«

»Amor und ... äh ... diese Frau.«

Jamie sah sie verwundert an, lächelte dann und sagte: »Psyche.«

Jezebel nickte, biss sich auf die Lippen, dann erwiderte sie mit funkelnden Augen seinen fragenden Blick und sagte: »Ich bin bereit, wenn du es bist!«

Seit drei Tagen war Jezebel nun schon auf der »Twin Oaks Farm«, und obwohl zumindest Mildred Oldershaw und die beiden Kinder sehr freundlich und hilfsbereit waren, kam Jezebel sich dennoch vor wie ein Eindringling und Parasit. Vor allem Josh Oldershaw ließ sie dies mit gelegentlichen spitzen Bemerkungen und abschätzigen Blicken spüren. Sie gehörte nicht hierher, hatte keine wirkliche Aufgabe, konnte sich weder an den strikten Tagesablauf noch an die trostlose Umgebung gewöhnen und fühlte sich wie ein umgepflanzter Baum, dessen Wurzeln allmählich verdorrten. Zwar ging sie der Bäuerin, wo immer es sich ergab und so gut es ihr möglich war, zur Hand und kümmerte sich um die beiden Kinder, aber eine nennenswerte Hilfe war sie nicht, und oft geschah es, dass Mary und Joseph ihr erklärten, was wann und wieso zu tun war.

Jezebels Kenntnisse und Fähigkeiten, die sie sich in den Gassen und Wirtshäusern Londons angeeignet hatte, waren auf einem Bauernhof in Surrey nicht gefragt. Und das Hüten und Versorgen von Schweinen war ihr mindestens genauso fremd wie die wilden Löwen und Affen, die in der Menagerie des Londoner Towers zu bestaunen waren. Auch konnte sie sich nur schwer daran gewöhnen, frühmorgens mit den Hühnern aufzustehen und bei Sonnenuntergang zu Bett zu gehen. In Southwark war sie stets erst am späten Morgen aufgestanden, um dann bis nach Mitternacht in der Schänke zu arbeiten. Diesen Rhythmus abzulegen war ihr unmöglich, und so saß sie noch weit nach Einbruch der Dunkelheit auf einem Lehnstuhl in der Stube und wartete ungeduldig darauf, müde zu werden, während die anderen Bewohner des Hauses längst auf ihren Strohmatratzen lagen und von guter Ernte und fetten Schweinen träumten. Nur der alten Jane schien es wie Jezebel zu gehen. Die Magd behauptete, sie brauche keine Nachtruhe und habe in ihrem Leben genug geschlafen, und so saß sie wie Jezebel stundenlang am niedergebrannten Herdfeuer, mit irgendwelchen Handarbeiten beschäftigt und dabei so stumm wie der kahlköpfige Knecht und so griesgrämig wie der kleinwüchsige Bauer.

Es war der Freitag vor Pfingsten, der erste Tag im Juni, und wie an den Abenden zuvor saßen die beiden so unterschiedlichen Frauen stumm und beinahe reglos in der Stube und hingen bei trübem Kerzenlicht ihren Gedanken nach. Seit Jezebels Ankunft auf »Twin Oaks« hatte Jane kein einziges Mal von sich aus das Wort an sie gerichtet, und auch auf gezielte Fragen antwortete sie zumeist ausweichend oder mit mürrischem Grunzen. Jane war eine drahtige kleine Frau mit schlohweißem Haar, das sie am Hinterkopf zu einem strengen Knoten gebunden hatte. Sie war etwa siebzig Jahre alt, ihre Haut war wie aus Pergament, durchscheinend und ledrig, von Altersflecken übersät, und die Falten und Furchen in ihrem sonnengegerbten Gesicht erinnerten Jezebel an eine ausgetrocknete Schlammpfütze.

»Ich hab vor einigen Tagen deinen Sohn gesehen«, sagte Jezebel, nachdem sie es leid geworden war, die Balken der Decke anzustarren und die Astlöcher zu zählen. »Oben am ›Highwayman's Cottage‹.«

»Nathaniel?«, fragte Jane, ohne ihre Handarbeit zu unterbrechen.

»Mary hat behauptet, er war früher einmal in einer Räuberbande«, antwortete Jezebel und lachte. »Die Kinder haben mir die angeblichen Räuberhütten in Little Heath gezeigt, aber ich hab ihnen kein Wort geglaubt.«

»Dumme Blagen«, knurrte Jane.

»Was hat es mit den Hütten auf sich?«, hakte Jezebel nach. »Wozu wurden sie gebaut?«

»Wozu wohl? Zum Wohnen.«

»Mitten in der Heide, wo nichts Anständiges wächst?«

Als Antwort schnaufte Jane abfällig und spuckte in die Glut des Herdfeuers.

Eigentlich wäre damit das Gespräch wie üblich nach kurzer

Zeit beendet gewesen, doch diesmal gab sich Jezebel nicht zufrieden. Sie ärgerte sich darüber, dass die alte Magd sie wie ein kleines, dummes Kind behandelte und es nicht für nötig hielt, auf ihre Fragen zu antworten. Deshalb bohrte sie weiter, und sei es nur, um Jane zu ärgern.

»Wer hat dort gewohnt?«

Jane überhörte die Frage geflissentlich und fuhr fort, einen Kattunflicken auf einen durchgescheuerten Joppenärmel zu nähen.

»Wer hat dort gewohnt?«, wiederholte Jezebel ungerührt.

»Die Digger!«, fauchte Jane.

»Digger?«, wunderte sich Jezebel. »Seltsamer Name. Nach was oder worin haben sie denn gebuddelt?«

»Na, worin wohl?« Die alte Magd verdrehte missbilligend die Augen und legte die Joppe beiseite. »In der Erde natürlich. Sie haben das Land gepflügt und Getreide und Gemüse angepflanzt.«

»Klingt nicht gerade nach gemeingefährlichen Räubern.« Jezebel richtete sich in ihrem Lehnstuhl auf und schaute die Alte neugierig an. »Und deshalb hat der Gutsherr von Cobham die Hütten niedergerissen und angezündet?«

»Pfarrer Platt ist ein Hornochse und gottloser Halunke.«

»Was wurde den Diggern vorgeworfen?«

»Sie haben das ›common land‹, das Gemeindeland, umgegraben.«

»Na, wenn's Gemeindeland war«, meinte Jezebel achselzuckend, »dann wird's wohl nicht verboten gewesen sein.«

»Es *heißt* nur ›common‹«, erwiderte Jane kopfschüttelnd, »tatsächlich *gehört* es aber den Gutsherren, das behaupten die jedenfalls seit Jahrhunderten. Und in diesem Fall hat Pfarrer Platt das Land für sich als Weideland beansprucht.«

»Das versteh ich nicht.«

»Wen wundert's!«, antwortete Jane giftig und griff wieder nach ihrer Handarbeit.

Jezebel verlor nun endgültig die Geduld. Sie sprang hoch,

baute sich direkt vor der Alten auf und rief: »Dann erklär's mir bitte! Wie soll ich etwas begreifen, wenn ihr gar nicht wollt, dass ich's verstehe? Nie macht einer den Mund auf, als hättet ihr Angst, es könnte euch reinregnen. Wer gibt euch das Recht, mich wie eine dumme Göre zu behandeln, nur weil ich nicht mit Schweinemist und Hühnerdreck aufgewachsen bin? Ihr haltet euch wohl für was Besseres, weil ihr was von Ackerbau und Viehzucht versteht! Und vor ›innerem Licht‹ nur so strahlt! Was hab ich euch eigentlich getan, dass ihr mich nicht leiden könnt? Stört es euch, dass ich einen Bastard unterm Herzen trage? Oder passt euch meine Nase nicht? Immer glotzt ihr mich an, als wär ich eine Hexe. Wenn ihr mich nicht hier haben wollt, dann seid wenigstens so ehrlich und sagt es!«

Jane schaute Jezebel eine Zeit lang wie versteinert an, dann zuckten ihre Mundwinkel, und sie fragte: »Hast du schon mal was von Bruder Winstanley gehört?«

»Bruder Winstanley?« Jezebel schüttelte den Kopf. »Ein Mönch?«

»Er war der Anführer der Digger und ein wahrer Mann Gottes.« Jane leckte einen Faden an, führte ihn durchs Nadelöhr und redete dann weiter, ohne Jezebel anzuschauen. Es hatte beinahe den Anschein, als führe sie ein Selbstgespräch. »Bruder Winstanley hatte göttliche Visionen und hat gepredigt, dass niemand Grund und Boden besitzen darf. Oder dass alle Menschen das Land als ihr Eigentum betrachten sollen, ganz wie man's nimmt. Seine Schriften sind sogar in London veröffentlicht worden. Er war wirklich ein kluger Kopf und ein heiliger Mann.«

»War er ein Pfarrer?«

»Nein, ein einfacher Viehhirte«, sagte Jane und rieb sich die dunkel geränderten Augen. »Früher war er Schneider in London, glaube ich, aber sein Geschäft ging wohl im Bürgerkrieg bankrott, und da hat sein Schwiegervater ihm die Anstellung als Kuhhirte in dieser Gegend besorgt.«

»Und diesem Kuhhirten hat Gott Visionen geschickt?«, wunderte sich Jezebel.

»Glaubst du etwa, Gott kümmert sich um Rang und Namen?«, empörte sich Jane. »Bruder Winstanley war Gottes Sprachrohr. Er hat gesagt, dass niemand dem anderen ein Herr und Gebieter sein darf und dass alle Menschen Brüder sind. Alles gehört allen, niemand hat das Recht, dem anderen etwas streitig zu machen oder vorzuenthalten. Wenn es nach ihm gegangen wäre, hätte es kein privates Eigentum, keinen Handel, kein Geld und keine Grundherrschaft mehr gegeben. Nur Brüder und Schwestern mit gleichen Rechten und Pflichten.«

»Das klingt aber nicht nach einer göttlichen Vision«, murmelte Jezebel erstaunt. »Eher nach Aufruhr und Rebellion. Kein Wunder, dass die Gutsherren nicht begeistert waren.«

»›Als Adam grub und Eva spann, wo war da der Edelmann?‹«, zitierte Jane einen alten Bauernspruch, der auch Jezebel schon zu Ohren gekommen war. »Bruder Winstanley hat alles mit der Heiligen Schrift belegt und begründet. ›Es steht geschrieben‹, hat er gesagt und aus der Bibel vorgelesen, dass die Erde allen Menschen zur gemeinsamen Schatzkammer dienen soll. Es soll keine Herren und keine Knechte mehr geben.«

»Und deshalb hat er mit seinen Diggern die Heide gepflügt?«

»Sie haben alles brüderlich geteilt, Arbeit wie Ernte, und jeder war willkommen, der Gemeinschaft beizutreten und ein Digger zu werden. Ihr Leitspruch lautete: ›Arbeitet miteinander, esst miteinander und tut dies überall kund!‹«

»Bis Pfarrer Platt sie vertrieben und die Hütten niedergerissen hat«, fügte Jezebel nachdenklich hinzu.

»Immer wieder hat es Angriffe und Überfälle auf die Siedlung gegeben. Pfarrer Platt hat seine Büttel und Pächter auf sie gehetzt. Und den Leuten im Dorf hat er verboten, mit den Diggern Handel zu treiben. Vors Gericht in Kingston wurden Bruder Winstanley und einige andere gezerrt. Sogar die Armee hat der Pfarrer gerufen, um die Digger aus der Heide zu vertreiben, aber Lord Fairfax hat gemerkt, dass Bruder Winstanley ein Mann Gottes ist, und ihn gewähren lassen.«

»Lord Fairfax? Der General?«

Jane nickte und fuhr fort: »Pfarrer Platt hat geschäumt und auf Lord Fairfax und die Soldaten geschimpft, und deshalb hat er seine eigenen Leute mit Hacken und Keulen in die Heide geschickt. Die Saat wurde zerstört, die jungen Pflanzen haben sie herausgerissen, die Digger wurden verprügelt, ihre Hütten angezündet.« Jane spuckte erneut in die Glut, dass es zischte. »Und von seiner Kanzel hat Pfarrer Platt gepredigt, das alles sei Gottes Wille und Auftrag. Unseliger Pharisäer!«

Jezebel dachte an den Hochsitz in der alten Eiche und glaubte zu begreifen, weshalb er von den Diggern errichtet worden war. Nicht dem Angriff auf harmlose Reisende hatte er gedient, sondern der Verteidigung gegen den Gutsherrn und seine Schergen.

»Und Nathaniel war einer der Digger?«, fragte Jezebel.

»Über hundert Leute hatte Bruder Winstanley zeitweilig um sich geschart, und mein Junge war bis zum bitteren Ende dabei, auch als nur noch ein paar Hütten übrig und die Felder längst verwüstet waren.« Wieder stierte sie ins Nichts und schien in Gedanken versunken. »Das waren andere Zeiten damals, das könnt ihr jungen Leute gar nicht begreifen. Der Bürgerkrieg war gerade erst vorbei und der König noch nicht lang geköpft. Irgendwie hatten alle gehofft, dass es nun besser würde, vor allem die Armen und Geknechteten haben das angenommen. Aber nichts da! Cromwell war doch um keinen Deut besser als der vermaledeite Stuart-König. Große Töne hat er gespuckt, solange er die kleinen Leute für seine Armee brauchte, aber als es drauf ankam, hat er den Schwanz eingekniffen, und alles war wie vorher. Plötzlich waren sie alle Puritaner, sogar reiche Leute und Heuchler wie Pfarrer Platt, aber insgeheim haben sie sich ins Fäustchen gelacht.« Sie gab einen Seufzer von sich und setzte hinzu: »Bruder Winstanley hat uns wenigstens eine Zeit lang träumen lassen, dass sich was ändert in England. War bloß 'n kurzer Traum.«

»Uns?«, wunderte sich Jezebel. »Warst du etwa auch in der Heide?«

»Hab mich nicht getraut«, antwortete Jane und biss sich auf die Lippen. »Ich hatte Angst und hab mich vom Pfarrer einschüchtern lassen. Aber meinen Jungen hab ich unterstützt, wo ich konnte. Hat nur nichts gebracht. Heute hütet Nathaniel das Vieh des verdammten Gutsherrn, und um seinen Verstand ist es nicht gut bestellt. Armer Tropf! Kein Mensch erinnert sich noch an die Digger, und die Kinder halten sie für eine Räuberbande.« Sie lachte verbittert und winkte ab, als sei alles nur ein böser Scherz. »Mein Nathaniel ein Räuber! So ein Unfug!«

»Wann genau war das eigentlich?«

»Neunundvierzig, fünfzig.« Jane griff wieder nach der Joppe, die sie für einen kurzen Moment aus der Hand gelegt hatte. »Gott, ist das lange her!«

Jezebel erinnerte sich an die Kürzel und die Jahreszahl auf dem Holzkreuz in Little Heath und fragte: »Ist einer der Digger bei den Angriffen zu Tode gekommen? Die Kinder haben behauptet, es gäbe ein Grab in der Heide.«

»Ein Grab? Nicht dass ich wüsste«, antwortete Jane und rieb sich das runzlige, mit weißem Bartflaum bedeckte Kinn. »Blaue Flecken und Knochenbrüche hat's gegeben, aber nichts Dramatisches. Bruder Winstanley hat stets darauf geachtet, dass seine Leute friedlich blieben. ›Liebet eure Feinde‹, hat er gepredigt. Selbst als die Hütten brannten, hat er sich nicht zur Wehr gesetzt. ›Der Herr wird sie strafen‹, hat er nur gesagt. ›Das Lamm wird dereinst zum Löwen werden.‹«

»Was ist aus diesem Bruder Winstanley geworden?«

»Ein, zwei Jahre lang musste er untertauchen, bis sich die Wogen geglättet hatten«, antwortete Jane achselzuckend. »Danach ist er bei seinem Schwiegervater in Cobham untergekommen, aber dort lebt er nicht mehr. Seine Frau war lange krank und bettlägerig, sie ist vor ein paar Jahren gestorben. Das war eine traurige Geschichte und hat ihn sehr mitgenommen. Armer Mann! In den letzten Jahren hat er sich sehr verändert. Ein Jammer!« Sie räusperte sich und setzte schließlich hinzu: »Vermutlich hat er es nie verwunden.«

»Was verwunden? Die Krankheit seiner Frau oder die Vertreibung der Digger?«

»Beides«, antwortete die Magd. »Kurz nachdem seine Frau gestorben ist, hat er Cobham jedenfalls verlassen. Keine Ahnung, wohin es ihn getrieben hat.«

»A. D. 1650 – Ps. 58, 8 und 10«, kramte Jezebel die Zahlen und Buchstaben aus ihrem Gedächtnis hervor und schaute die Alte fragend an. »Hast du eine Ahnung, was das bedeuten soll?«

Jane schob die Unterlippe vor und schüttelte den Kopf. »Wo hast du denn das aufgeschnappt?«, fragte sie und hob die Augenbrauen.

»Das hab ich auf einem Kreuz in der Heide gelesen. Auf dem Kiefernhügel, wo die Hütten gestanden haben.«

»Ps. 58?«, fragte die Magd und legte die Handarbeit beiseite. »Bring mir mal die Bibel. Dort drüben auf dem Eckschrank steht sie.«

Jezebel wusste, wo sich die Bibel befand. Oft genug hatte sie Josh und Mildred darin blättern sehen. Jeden Abend vor dem Zubettgehen lasen sie sich und den Kindern daraus vor, als handelte es sich um die »London Gazette« mit den neuesten Nachrichten und Verlautbarungen aus dem Königreich. Überhaupt war es erstaunlich, dass im Hause Oldershaw jeder lesen konnte, selbst die Magd und der Knecht, auch wenn es nur darum ging, die Bibel zu verstehen oder nachzuplappern. Als Jezebel den Folianten nun in den Händen hielt, fiel ihr das schmucklose Titelbild auf, wodurch das dicke Buch sich deutlich von der reich verzierten und mit allerlei Illustrationen und Ornamenten versehenen Bibel unterschied, die sie aus der Kirche von St. Saviour oder dem Haushalt von Master Collins kannte. »Geneva MDLX« stand unten auf dem schlichten

Deckblatt: Genf 1560, und entsprechend alt schien das Buch zu sein. Jezebel verstand zwar nicht viel von Religion oder Kirchenpolitik und interessierte sich nicht übermäßig für derlei Dinge, aber wenn sie sich nicht irrte, war die »King-James-Bibel«, die seit der Restauration als einzig zulässige Schrift galt, erst zu Beginn des Jahrhunderts entstanden. Dieser Foliant jedoch war um einiges älter und stimmte vermutlich stellenweise mit der offiziellen Lehre der Kirche von England nicht überein.

Jane hatte Jezebels skeptischen Blick bemerkt, war ebenfalls aufgestanden und riss ihr die Bibel regelrecht aus der Hand. »Gib schon her!«, fauchte sie und blätterte in den rissigen und vergilbten Seiten. »Hier!«, rief sie, als sie das Gesuchte gefunden hatte, und deutete mit dem Zeigefinger auf eine bestimmte Stelle. »Psalm 58,8. Lies selbst!«

Die Magd hatte die Psalmen des Alten Testaments aufgeschlagen, und Jezebel überflog den Psalm 58, über dem Janes Finger wie ein Raubvogel kreiste. Es dauerte eine Weile, bis sie Vers 8 gefunden hatte, doch auch als sie ihn mühsam entziffert hatte, begriff sie den Sinn der Worte kaum.

»Was ist? Kannst du nicht lesen?« Jane wurde ungeduldig und trug den entsprechenden Text laut vor: »›Lass sie vergehen wie eine Schnecke, die schmilzt, wie die unzeitige Frucht einer Frau, die nie die Sonne sieht.‹« Sie hob erstaunt die Augenbrauen, setzte sich ächzend und legte die Bibel in ihren Schoß. Ihr anfangs spöttischer Gesichtsausdruck hatte sich merklich geändert, sie wirkte nun nachdenklich und beinahe verstört.

»Unzeitige Frucht?«, fragte Jezebel. »Was soll das heißen?«

»Eine Fehlgeburt«, murmelte Jane nachdenklich, schüttelte dann heftig den Kopf und fragte: »Und das stand auf einem Kreuz in der Heide?«

Jezebel nickte.

»Welche Nummer hatte der zweite Vers?«

»Auf dem Kreuz stand: ›Ps. 58, 8 und 10‹«, antwortete Jezebel.

»Psalm 58,10.« Janes Zeigefinger zitterte, als er beim Lesen über die Zeilen fuhr:»»Der Gerechte wird sich an der Rache erfreuen, seine Füße soll er im Blut des Frevlers baden.«

»Kannst du dir einen Reim darauf machen?«, fragte Jezebel. Jane verharrte regungslos und antwortete nicht, dann klappte sie das Buch zu und fauchte:»Alles Unsinn! Da hat sich jemand einen dummen Scherz erlaubt.« Sie mied Jezebels Blick, während sie sich mühsam aufrichtete, stellte die Bibel zurück an ihren Platz und wandte sich zur Tür. »Es wird Zeit für mich«, murmelte sie und verließ hastig die Stube. Jezebel kam es beinahe so vor, als hätten diese letzten Worte einen verborgenen Hintersinn. Plötzlich tauchte Janes Kopf wieder im Türrahmen auf, sie räusperte sich geräuschvoll und sagte:»Mach dir um dein Kind keine Sorgen! Niemand wird dich gering schätzen, weil dein Balg keinen Vater hat. Nicht auf diesem Hof! Du bist unter Freunden.«

»Danke«, war alles, was Jezebel erwidern konnte.

»Unfug«, knurrte die Magd, dann war sie verschwunden.

Jezebel war gewiss nicht besonders klug oder gescheit, und niemand wusste das besser als sie selbst. In dieser Hinsicht machte sie sich nichts vor. Sie war weder so pfiffig und gewitzt wie der kleine Geoff, noch hatte sie einen so scharfen und kühlen Verstand wie ihr älterer Bruder Edward. Doch dass sie nun in der misslichen Lage war, den Bankert eines Verstorbenen in sich zu tragen, hatte nichts mit Dummheit oder fehlender Intelligenz zu tun. Nein, sie bereute nichts und betrachtete es nicht als einen törichten Fehler, sondern als einen ebenso unvorhersehbaren wie ungerechten Schicksalsschlag. Es war aus Liebe geschehen, und an dieser Liebe hatte sich nichts geändert, auch wenn Jamie inzwischen gestorben war. Hätte ihn die Lungenpest nicht dahingerafft, wäre Jezebel jetzt mit ihm verheiratet: Mrs. James Hollar, die Frau des Malers.

»Meine schöne Muse.« So hatte Jamie sie genannt, als Jezebel ihm an jenem 26. November 1665 zum ersten Mal in seinem Atelier Modell gestanden hatte. »Meine geliebte Frau«, sagte er zwei Wochen später, als sie die erste und einzige Nacht gemeinsam verbracht hatten und sich frühmorgens voneinander verabschiedeten, ohne zu ahnen, dass es kein Wiedersehen geben würde.

Jamies Atelier befand sich in einer winzigen und schäbigen Dachmansarde über dem »King's Head Inn« in der Botolph Lane, einer schmalen Querstraße der Thames Street, unweit der London Bridge. Nur einen Katzensprung waren Jezebel und Jamie voneinander entfernt gewesen, lediglich die Themse und ein paar Ufergassen lagen zwischen seiner Werkstatt in der City und dem Dark Entry in Southwark.

»Hübsch hast du's hier«, bemerkte Jezebel spöttisch, als sie die Kammer an jenem Sonntag zum ersten Mal betrat und sich in dem Wirrwarr von Bildern, Rahmen, Staffeleien, Malutensilien und altersschwachen Möbeln umschaute. »Und ausgerechnet *du* mokierst dich über unser dreckiges Dark Entry?«

Sie wies auf eine durchgelegene und fleckige Matratze auf dem Boden: »In diesem Saustall schläfst du?«

»Nur wenn ich spät arbeite, was allerdings oft vorkommt.« Jamie beeilte sich, die Matratze beiseitezuräumen und den gröbsten Dreck mit dem Fuß unter einen Kleiderschrank in der Ecke des Raumes zu befördern. »Eigentlich wohne ich mit einem Freund in einem kleinen Cottage am Holborn Hill, draußen vor der Stadt, hinter den Gärten von Ely House, aber der Weg dorthin ist mir im Dunkeln oft zu mühsam und unsicher.«

Ein beißender, öliger und harziger Geruch hing in der Luft, und es kam Jezebel so vor, als rieche es nach verfaulten Eiern. Jamie sah, wie Jezebel die Nase rümpfte, und erklärte: »Der Gestank ist leider nicht zu vermeiden. Die Eier brauche ich zum Mischen der Farben. Zusammen mit Leinöl und Baumharz.«

»Von frischer Luft ist noch keiner gestorben.« Jezebel trat an eines der beiden erstaunlich großen Fenster, durch die man einen Blick auf die Dächer der Nachbarhäuser und bis zur London Bridge und den Lagerhäusern an der Themse hatte. Das Haus in der Botolph Lane überragte die umstehenden Häuser um mindestens ein Stockwerk, sodass man einen freien Blick hatte und das Zimmer überraschend hell war. Sie öffnete das Fenster, lehnte sich hinaus und schaute hinunter in einen engen Hof, der durch eine hohe Mauer in zwei Hälften unterteilt war. Die diesseitige Hälfte schien zum »King's Head Inn« zu gehören, jedenfalls waren in einer Ecke Weinfässer, gläserne Karaffen und Tonkrüge gestapelt. Auf der anderen Seite der Mauer sah Jezebel einige kleinere Steinöfen, mehrere Haufen Reisig zum Anheizen sowie ein gemauertes Geviert, aus dessen Spitzdach ein mehrschlotiger Schornstein ragte.

»Was ist das?«

»Eine Bäckerei«, antwortete Jamie, der sich hinter sie gestellt hatte und ihr über die Schulter blickte. »Aber der Zugang ist drüben in der Pudding Lane. Morgens riecht's hier nach frischem Brot und geröstetem Zwieback, dass man schon mit knurrendem Magen aufwacht.«

»Besser als abgestandenes Bier und kalter Rauch«, meinte Jezebel und deutete auf das Inn zu ihren Füßen. »Glaub mir, ich weiß, wovon ich rede.«

»Komm«, sagte Jamie und zog sie vom Fenster fort, »lass uns beginnen.«

Er kramte hinter dem Schrank in einem Alkoven, in dem verschiedene halb fertige Gemälde, großformatige Skizzenblätter und frisch bespannte Leinwandrahmen in unterschiedlichsten Größen herumstanden, und schnaufte ärgerlich, weil er das Gesuchte nicht zu finden schien. In der Zwischenzeit hatte Jezebel eine Staffelei bemerkt, die direkt neben den Fenstern stand und mit einer Stoffplane verhängt war. Sie hob einen Zipfel der Plane an und sah das Bildnis einer nackten Frau, die unter einem Baum im Gras lag, einen Apfel in der Hand hielt und den Betrachter herausfordernd, ja beinahe aufreizend und lüstern anschaute.

»Die Vertreibung aus dem Paradies«, sagte Jamie und nahm das Gemälde von der Staffelei. »Das Bild ist noch nicht fertig, es fehlt die Schlange im Baum.« Er deutete auf die obere rechte Ecke der Leinwand, die noch nicht mit Ölfarbe bedeckt war, sondern nur eine Art weißer Grundierung mit kleinen Kreidemarkierungen und Bleistiftzeichnungen aufwies. »Ich bin mir nicht sicher, welche Form und Farbe die Schlange haben soll.«

»Wer ist sie?«

»Die Schlange?«, fragte Jamie und grinste. »Der Teufel natürlich.«

»Nein, ich meine die Frau. Wer ist sie?«

»Eva«, lachte er. »Adams Frau. Wer sonst?«

»Dummkopf«, erwiderte sie und runzelte die Stirn. »Sag schon, Jamie, wer hat dir Modell gestanden?«

»Keine Ahnung«, meinte er achselzuckend, »ich hab ihren Namen vergessen. Eine Dienstmagd oder Wäscherin aus der Nachbarschaft. Ich hab sie unten in der Schänke aufgelesen. Für ein paar Pennys oder ein warmes Essen lassen sich viele Frauen nur zu gern malen.«

»Auch nackt?«, wunderte sich Jezebel. »Für einen völlig Fremden?«

»Sicher«, antwortete er arglos, »warum nicht? In gewisser Hinsicht sind Künstler wie Pfarrer. Man kann sich ihnen vorbehaltlos anvertrauen, denn sie hüten das Beichtgeheimnis.«

»Indem sie die Sünderinnen auf die Leinwand bannen?« Jezebel betrachtete den üppigen Busen der jungen Frau, die vollen Hüften und die durch den roten Apfel nur leidlich verdeckte Scham und schluckte. Dann sah sie in die dunklen Augen Evas, die fast spöttisch dreinschauten, und bemerkte das dralle Gesicht und den sinnlichen Mund mit den vollen Lippen, die bereits zum Biss in den Apfel geöffnet waren. »Sie ist hübsch, deine Eva.« Jezebel räusperte sich verlegen und setzte hinzu: »Etwas zu dick und ein bisschen vulgär, aber hübsch!«

Jamie lachte laut und drehte die Leinwand zur Wand. »Nur eine pummelige Eva, aber keine göttliche Psyche«, sagte er und stellte eine andere, ebenso großformatige Leinwand auf die Staffelei. Auch dieses Bild war bereits in Arbeit, aber noch nicht fertiggestellt. Ein in der Luft schwebender Amor war darauf zu sehen, mit winzigen Flügeln auf dem Rücken und einem gespannten Bogen in der Hand. Sein liebliches und knabenhaftes Antlitz ähnelte Jamies Gesicht, auch wenn es nicht direkt ein Selbstportrait des Malers war. Es hätte sein jüngerer Bruder sein können. Zu Amors Füßen, wo eigentlich die soeben erwachende Psyche liegen und zu ihrem hehren Retter aufschauen sollte, befand sich ein weißer Fleck. Zunächst glaubte Jezebel, der Fleck sei ebenfalls ein noch unbemaltes, lediglich grundiertes Stück Leinwand, doch dann erkannte sie, dass es weiße, mit grobem Pinselstrich aufgetragene Ölfarbe war, mit der Jamie eine darunter liegende Farbschicht übertüncht hatte.

»Was ist aus der letzten Psyche geworden?«, fragte Jezebel und erntete einen verständnislosen Blick. »Du hast sie übermalt.« Sie deutete auf den weißen Fleck. »Warum?«

»Sie war nicht die Richtige.« Jamie machte eine wegwerfende Handbewegung und rückte eine gepolsterte Sitzbank vor das Fenster. »Leg dich auf die Bank! Mit dem Kopf zum Fenster, damit dein Gesicht im Licht ist. Schau her, ich zeig's dir.« Er erklärte Jezebel, wie sie sich platzieren, in welche Richtung sie blicken und wie sie ihre Hände halten solle. Da sie nicht auf Anhieb begriff, was er eigentlich von ihr wollte, fasste er sie um die Taille und den Hals und hantierte an ihr herum, bis sie die gewünschte Position einnahm. Vor Aufregung und Herzrasen blieb ihr beinahe die Luft weg, sie spürte jede seiner Berührungen wie einen Schnitt mit einem glühenden Messer, der jedoch einen lustvollen Schmerz auslöste.

»Gut«, sagte er schließlich und lächelte zufrieden. »Und jetzt das Gesicht.«

»Das ist, wie es ist. Oder soll ich eine Maske tragen?«

»Du bist nicht Jezebel, sondern Psyche«, sagte er und stellte sich wie Amor hinter sie. »Viele Jahre hast du vergeblich auf Amor gewartet. Du musstest unendlich viel erdulden und wärst beinahe gestorben. An deiner Liebe hat das aber nichts geändert, eher im Gegenteil. Dann ist Amor endlich da, erlöst dich, rettet dich mit seinem Flügelschlag und zeigt dir, dass auch er dich liebt.«

»Recht so?«, fragte Jezebel, riss die Augen auf und versuchte mit aller Macht, wie eine liebende Königstochter und baldige Göttergattin dreinzuschauen.

»Nicht so verkrampft!« Er strich zärtlich mit der Hand über Jezebels glühende Wangen. »Sei ganz natürlich und schau so, als seist du unsterblich verliebt. Stell dir vor, ich bin Amor und liebe dich. Und du bist Psyche und …« Jamie verstummte, ein Strahlen legte sich auf sein Gesicht, und er klatschte begeistert in die Hände. »Genau so! Wunderbar! Nicht bewegen, Jezebel! Bleib, wie du bist!«

Nichts leichter als das, dachte sie und lächelte.

Am Montag, den 11. Dezember, musste Jamie für zwei Wochen zu einem Gutsherrn nach Croydon, südlich von London, um dessen Familie samt herrschaftlichem Anwesen zu malen. Da er das Bild von Amor und Psyche unbedingt bis dahin fertigstellen wollte, Jezebel aber nur an den Sonntagen tagsüber Zeit hatte, ihm Modell zu stehen, blieben Jamie außer jenem letzten Sonntag im November genau zwei Tage, um das Werk zu vollenden: der 3. und 10. Dezember. Natürlich hätte er auch nachts bei Kerzenschein malen können, doch das kam für ihn nicht infrage. Licht und Schatten spielten eine wichtige Rolle in seinem Gemälde, erklärte er, schließlich befänden sich Amor und Psyche unter freiem Himmel und es sei auch so schon schwierig genug, die passenden Lichtverhältnisse zu schaffen. Jezebel schlug vor, er könne doch im Freien malen, irgendwo draußen in den Feldern vor der Stadt, doch das lehnte er rundweg ab. Das sei ganz unmöglich. Undenkbar. Warum das so war, begriff Jezebel erst einige Zeit später.

In der Woche vor ihrem Abschied trafen sich Jamie und Jezebel mehrmals spätabends unten an der Themse, schlenderten am Ufer entlang und plauderten über Gott und die Welt. Allerdings schien es ihr, als sei Jamie nachdenklicher als sonst, er war wortkarg und geistesabwesend und verlor mitunter mitten im Satz den Faden. Jezebel befürchtete bereits, er sei ihrer Gesellschaft überdrüssig, doch als sie ihn darauf ansprach, bestritt er das vehement und versuchte sich an einem Lächeln, das gequält wirkte. Das unfertige Bild ginge ihm im Kopf herum, behauptete er, es fehle ihm einfach die Zeit, um ein Meisterwerk zu schaffen, wie es ihm vorschwebte. Am Sonntag zuvor, dem 3. Dezember, hatte es die ganze Zeit geregnet, der Himmel war wolkenverhangen und das Atelier so düster wie ein Keller gewesen. Jamie hatte einige lustlose Pinselstriche auf die Leinwand gekleckst, nach kurzer Zeit enttäuscht den Pinsel beiseitegelegt und das Gemälde mit einem Tuch zugehängt.

»Es geht nicht«, hatte er mit finsterer Miene gesagt und die verdutzte Jezebel nach Hause geschickt. »Versuchen wir es ein anderes Mal.«

»Vielleicht klart es bald auf.«

»Es geht nicht!« Der Tonfall und seine Miene waren unmissverständlich gewesen, und so war sie mit bangem Herzen nach Hause gegangen.

Das Bild hatte Jezebel seit ihrem ersten Besuch im Atelier nicht mehr zu Gesicht bekommen. Jedes Mal wenn sie einen Blick darauf werfen wollte, hatte Jamie es ihr verboten und sie auf ihre Bank neben dem Fenster zurückgeschickt. Erst am 10. Dezember, einem sonnigen Wintertag mit idealen Lichtverhältnissen, gestattete Jamie seiner Muse, das Gemälde zu betrachten. Jamies Laune hatte sich mit dem Wetter merklich gebessert, das schüchterne Lächeln, das Jezebel so an ihm liebte, war zurückgekehrt, und die Arbeit ging ihm zügig von der Hand. Wie besessen pinselte er auf der Leinwand herum, trat schließlich einen Schritt zurück und sagte: »So! Willst du's sehen?«

»Fertig?«, fragte Jezebel.

»Fast.«

Jezebel, die einige Stunden wie in Stein gemeißelt auf der Bank gelegen und ihre zunehmenden Rückenschmerzen tapfer ertragen hatte, geriet bei dem Anblick geradezu in Verzückung und vergaß auf Anhieb jeden Schmerz.

Das Antlitz der Psyche, das zugleich Jezebels Gesicht war und doch ein völlig anderes, war fertiggestellt, und als Jezebel sich selbst als aus dem Todesschlaf erwachende Königstochter betrachtete, stockte ihr der Atem. Wie wunderschön Psyche war! Wie begehrenswert und zugleich begehrlich! Wie liebreizend und voller Liebe. Eine wahre Göttin! Jezebel sah nicht sich selbst in dem Bild, sondern ein idealisiertes und vollkommenes Wesen, für das sie nur als äußere Schablone gedient hatte. Alles was anmutig, bezaubernd und verführerisch an Psyche war, hatte nichts oder nur wenig mit Jezebel zu tun. Das redete sie sich jedenfalls ein. Vielleicht wollte sie nicht wahrhaben, dass es womöglich genau andersherum gewesen war und Jamie die mythische Gestalt der Psyche als Schablone benutzt hatte, um Jezebels Schönheit und Liebreiz einzufangen.

»Jetzt hast du es mir bewiesen«, sagte sie lächelnd und ergriff Jamies Hand.

»Was bewiesen?«

»Dass du ein Künstler bist.«

»Noch ist das Bild nicht fertig«, antwortete er geschmeichelt, führte ihre Hand an seine Lippen und deutete mit einem Kopfnicken auf Psyches Körper, dessen Umrisse zwar zu erkennen, von dem aber außer den grazilen Armen und Beinen noch nichts mit Form und Farbe gefüllt war. »Du erinnerst dich an die Statue auf dem Friedhof?«, fügte er hinzu und schaute Jezebel eindringlich an.

Jezebel sah in Gedanken eine kaum bekleidete steinerne Psyche, deren Scham von einem dünnen Tuch bedeckt war und deren Brüste von einem über ihr schwebenden Amor umklammert waren. »Du willst, dass ich mich ausziehe?«, fragte sie. »Du willst mich nackt malen?«

»Nicht unbedingt«, antwortete er achselzuckend.

»Was heißt das?«

»Nur wenn du es willst.«

»Und wenn nicht?«

»Dann werde ich Ada fragen.«

»Ada?«, entfuhr es ihr. »Wer zum Teufel ist Ada?«

Jamie deutete zu dem Eva-Gemälde, das noch immer umgedreht an der Wand stand, und sagte: »Die Verbannung aus dem Paradies.«

»Du hast behauptet, du kannst dich an ihren Namen nicht erinnern«, rief Jezebel aufgebracht. »Irgendeine Magd oder Wäscherin, hast du gesagt.«

»Sie heißt Ada«, murmelte Jamie und grinste unbeholfen.

»Nur eine pummelige Eva, aber keine göttliche Psyche«, wiederholte Jezebel seine Worte von damals und zitterte vor Empörung. »Du willst ihre dicken Brüste und ihren plumpen Schwabbelbauch auf unsere Psyche malen? Das ist nicht dein Ernst! Damit vergehst du dich an deinem Kunstwerk. Das kannst du nicht wollen!«

»Du weißt, was ich will«, sagte er und ließ ihre Hand los. Jezebel schluckte. Oh ja, sie wusste, was er wollte. Sie wusste, weshalb er in der vergangenen Woche so nervös und abwesend, ja beinahe abweisend gewesen war und weshalb er sie nicht draußen in den Feldern hatte malen wollen. Ja, sie wusste, was er wollte. Und das Schlimme war: Sie wollte es auch.

Jezebel schaute zu den Fenstern und stellte beruhigt fest, dass nur die Tauben und Spatzen auf den Dächern Zeugen sein würden. Die Sonne stand bereits tief über dem Horizont und berührte die Schornsteine des nördlichen Brückenhauses. Bald würde es dämmern, und bei dem diffusen Licht war an Malen nicht mehr zu denken. Jezebel dachte nicht ans Malen. Sie öffnete das Mieder, löste das Gürtelband um ihre Taille und ließ den Rock zu Boden fallen. Dann öffnete sie die Schnüre vor der Brust und zog sich den Unterrock über den Kopf.

»Du weißt, dass ich dich liebe«, sagte sie, während sie wie eine Eva vor ihm stand.

Er lächelte und nickte. »Ich weiß«, sagte er und küsste sie zärtlich. Dann sanken sie gemeinsam zu Boden, auf die fleckige Matratze, die wie durch Zauberhand plötzlich wieder aus der Versenkung aufgetaucht war.

Es war aus Liebe und nicht aus Dummheit geschehen. Davon war Jezebel überzeugt. Auch wenn es nicht wenige Leute gab, die behaupteten, das sei ein und dasselbe.

Im Februar begann die Übelkeit. Als sie sich zum ersten Mal übergeben musste, glaubte sie noch, es habe mit dem ekelerregenden Spektakel zu tun, dessen Zeugin sie gerade geworden war. Sie befand sich auf dem Heimweg vom »Maiden Inn« und konnte noch immer nicht fassen, was sie vor nicht einmal einer halben Stunde gesehen hatte. »Die Hure von Malfi.« Ihr Bruder Edward als Darsteller in einem schweinischen Theaterstück! Ihr großer Bruder, zu dem sie immer wie zu einem Vorbild aufgeschaut und um dessen Wohl sie in den letzten beiden Jahren, in denen er verschollen gewesen war, so gebangt hatte. Bei dem Gedanken ans »Cocksparrer« krampfte sich ihr Magen zusammen, und die Galle schoss ihr in den Mund. Sie hatte gerade die Abzweigung erreicht, wo der Trampelpfad vom »Maiden Inn« auf den befestigten Uferweg stieß. Hier ging der Narrow Wall in den Upper Ground über, und unten an der Themse befand sich eine Anlegestelle, die sich nach einem alten Kahnschuppen »Old Barge House« nannte. Sie rannte die Treppen hinunter, sank hinter dem Holzschuppen auf die Knie und erbrach sich in den Fluss.

»Alles in Ordnung, Mistress Ingram?«, hörte sie eine Männerstimme hinter sich, nachdem sie ihren Magen entleert und sich mit dem Themsewasser das Gesicht gewaschen hatte. Als sie sich erschrocken umwandte, starrte sie in das schrundige Gesicht des Eremiten von St. Olave, der offensichtlich die ganze Zeit in unmittelbarer Nähe gehockt hatte, ohne sich zu rühren oder einen Laut von sich zu geben.

»Teufel auch, Ihr könnt einen vielleicht erschrecken, Master Gerrard!«, schimpfte sie. »Was treibt Ihr mitten in der Nacht am Fluss? Habt Ihr kein Zuhause?«

»Das Gleiche könnte ich Euch auch fragen«, antwortete er und half ihr wieder auf die Beine. »Was macht Ihr hier?«

»Ich hab gekotzt, das seht Ihr doch!«, giftete sie ihn an, riss sich los und rannte davon. »Schwachkopf!«

Die Begegnung mit dem nächtlichen Geist von St. Olave hatte sie bald wieder vergessen, zu viele Verrückte und komische Vögel trieben sich in London herum, um sich lange und ausgiebig mit ihnen zu befassen. Aber als sie sich nach wenigen Tagen erneut ohne Grund übergeben musste und die Übelkeit mit der Zeit zum ständigen Begleiter wurde, da dämmerte ihr, dass die Liebe zu Jamie und das zärtliche Intermezzo an jenem Sonntag im Dezember weitergehende Folgen gehabt hatte als ein paar Blutstropfen auf der Matratze, einen nur langsam abklingenden Schmerz in den unteren Regionen ihres Körpers und einen Liebesbiss am Hals. Jamie hatte sie erst zur Frau gemacht, dann hatte er sie zur Witwe gemacht, und nun würde er sie posthum zur Mutter machen.

Im März glaubte sie ein kleines Bäuchlein zu entdecken, das vorher nicht zu sehen gewesen war. Eigentlich nicht der Rede wert, doch für Jezebel ein weiterer untrüglicher Beweis. Dass ihre Monatsblutungen zuletzt ausgeblieben waren, hatte sie zwar bemerkt, aber zunächst nicht für wichtig erachtet, da die Blutungen seit jeher unregelmäßig stattgefunden hatten. Doch als Master Collins sie scherzhaft neckte, sie solle nicht so viel fettes Schweinefleisch essen, sonst werde ihr Bauch bald ebenso rund sein wie der seine, da schnürte sie sich das Mieder enger oder trug wallende Kleider, unter denen die zunehmende Rundung ihres Leibes nicht weiter auffiel. Vorerst jedenfalls.

Jezebel hatte von einer Bäuerin in Camberwell gehört, die mithilfe von Stinkwacholder und Mutterkorn schon so manches ungewollte Kind aus dem mütterlichen Leib geholt hatte, doch darüber dachte sie nur einen kurzen Moment lang nach und entschied sich bald dagegen. Zwar hatte sie nicht die leiseste Ahnung, was sie mit einem Kind anfangen und welche Schande es ihr einbringen würde, aber sie wollte es unter keinen Umständen töten, das stand für sie fest. Es war Jamies Kind. Das Einzige, was ihr von ihm geblieben war. Sie würde dieses Kind bekommen, auch wenn es sie in Teufels Küche brächte.

Die ersten Wochen nach Jamies Tod hatte sie wie unter Schock verbracht. Wie betäubt. Nach außen hin hatte sie sich nichts anmerken lassen, sie war noch schweigsamer und verschlossener geworden, hatte aber ihren üblichen Rhythmus beibehalten und sich hinter einer unsichtbaren Maske versteckt. Sie aß, sie schlief, sie ging zur Arbeit, sie plauderte mit den Gästen in der Schänke über Belanglosigkeiten oder klopfte ihnen auf die Finger, wenn sie aufdringlich wurden. Sie benahm sich, als sei nichts geschehen, und merkte doch, dass sie sich verändert hatte. Manchmal kam es ihr vor, als stünde sie neben sich und schaute sich dabei zu, wie sie ihrer Umwelt vorspielte, Jezebel zu sein. Sie hörte wie durch Watte, sah wie durch trübes Glas, fühlte wie durch einen Panzer, der sie von Kopf bis Fuß umhüllte. Und erst die fürchterliche Erkenntnis, dass sie schwanger war, brachte sie in die Gegenwart und ins Leben zurück.

Wenn sie verzweifelt und leise weinend in ihrer Kammer lag und das ungerechte Schicksal oder den böswilligen Gott im Himmel verwünschte, dann holte sie das kleine Bildnis heraus, das Jamie am Tag ihrer ersten Begegnung gezeichnet hatte, und sofort ging es ihr besser. Auch wenn ihr nun erst recht die Tränen aus den Augen schossen. Wie schade war es doch, dass sie das Gemälde nicht besaß! *Ihr* Gemälde. Was wohl aus »Amor und Psyche« geworden war? Mit einem Mal ging ihr eine Bemerkung durch den Kopf, die Jamies Vater bei ihrem flüchtigen Zusammentreffen vor Jamies Atelier gemacht hatte: »Ich kenne Euer Gesicht. Wieso kenne ich Euer Gesicht?« Und erst jetzt begriff Jezebel, was diese Worte bedeuteten. Wenceslaus Hollar hatte das Gemälde gesehen und war deshalb bei Jezebels Anblick so verwirrt gewesen.

Plötzlich stand ihr Entschluss fest. Sie wollte dieses Bild haben! Sie hatte einen Anspruch darauf, das Gemälde war Jamies Vermächtnis an sie, so unfertig es auch geblieben war. Jezebel wusste, dass das, was sie vorhatte, jeglicher Vernunft spottete und nicht ohne Weiteres durchgeführt werden konnte.

Wo sollte sie ein so großes Gemälde aufhängen? Und wie und wo sollte sie es beschaffen? Jamie war seit über drei Monaten tot, das Atelier vermutlich inzwischen geräumt. Womöglich waren die Bilder wegen der Pestgefahr verbrannt worden. Oder Vater Hollar hatte sämtliche Gemälde in seinen Besitz übernommen. Aber wieso sollte er »Amor und Psyche« einer völlig Fremden überlassen? Nur weil sie dafür Modell gestanden hatte? Vermutlich würde er sie auslachen.

Jetzt erst recht, sagte sie sich und stampfte trotzig mit den Füßen auf.

Und so machte sie sich auf die Suche. Ein bedauernswerter Beschluss und dummer Fehler, wie sich bald herausstellen sollte, aber es war ihre Art und einzige Möglichkeit, von Jamie Abschied zu nehmen.

Zunächst ging sie zur Botolph Lane, doch wie sie bereits vermutet hatte, war die Dachkammer längst wieder vermietet, und der derzeitige Bewohner hatte nicht die geringste Ahnung, wovon Jezebel eigentlich sprach und was sie von ihm wollte. In der Kammer habe es keine Bilder gegeben, sagte er, weder Zeichnungen auf Papier noch Gemälde auf Leinwand. Nur ein paar dreckige Stofffetzen und einen zerbrochenen Holzrahmen in dem Alkoven hinter dem Kleiderschrank. Vom Schicksal seines Vormieters wusste der Mann nichts, und Jezebel ersparte ihm die beunruhigende Nachricht von Jamies Pesttod. Der neue Mieter berichtete, er sei im Januar eingezogen und habe in dem Zimmer außer einem leeren Schrank, einem Tisch und einer Matratze nur Schmutz und Unrat vorgefunden. Die Matratze habe er verbrannt, fügte er hinzu, weil sie so gestunken habe und völlig verdreckt gewesen sei.

Jezebel war enttäuscht, aber nicht entmutigt. Sie ging hinunter ins Erdgeschoss und erkundigte sich beim Wirt des »King's Head Inn«, was aus den Gemälden des verstorbenen James Hollar geworden sei.

Als Antwort erhielt sie ein Achselzucken.

»Aber Ihr seid doch der Vermieter der Dachkammer, oder etwa nicht?«

»Der bin ich.«

»Jemand muss die Bilder abgeholt haben.«

»Scheint so.«

»Wer?«

Wieder folgte ein Achselzucken. Widerstrebend setzte der Wirt schließlich hinzu: »An einem Tag waren sie da, am nächsten Tag waren sie weg. Hab keinen gesehen, der sie geholt hat. Aber weg waren sie.«

»Über Nacht?«

Er überlegte lange, spitzte die Lippen und murmelte: »Mag sein.«

Jezebel wollte bereits wieder gehen, als sie plötzlich stutzte und innehielt. Irgendetwas stimmte hier nicht, dachte sie, und beinahe im selben Augenblick wusste sie, was es war.

»Master Hollar ist an der Pest gestorben, nicht wahr?«

»Ay, Mistress. So wurde es mir gesagt.«

»Wie kommt es dann, dass Euer Haus nicht unter Quarantäne gestellt und verschlossen wurde?«, fragte Jezebel und erntete einen alarmierten Blick.

»Nun ja«, druckste der Wirt herum, fuhr sich verlegen über das stoppelige Kinn und setzte schließlich hinzu: »Das verdanke ich Ada.«

»Ada?«, rief Jezebel.

»Meiner ältesten Tochter«, erklärte der Mann und räusperte sich.

»Eure Tochter?« Jezebel schluckte und biss sich auf die Lippen. Vor gar nicht langer Zeit war die dralle Schönheit auf dem Eva-Gemälde eine namenlose Dienstmagd gewesen, dann hatte sie wie beiläufig den Namen Ada erhalten, und nun entpuppte sie sich als Tochter des Wirts und Vermieters. Jezebel fragte sich, was sie noch alles über die geheimnisvolle Ada in Erfahrung bringen würde.

»Sie hat als Schankfrau im Gasthaus gearbeitet«, fuhr der

Wirt fort und machte eine verdrießliche Miene, deren Grund für Jezebel rätselhaft blieb. »Ada hat die Leiche gefunden und auf der Stelle hinunter zum Botolph Wharf an der Themse gebracht. Kluges Kind! Wenn sie's gemeldet oder eine Leichenbeschauerin geholt hätte, wären wir alle eingesperrt worden. Und die Schänke hätte man geschlossen. Es war mitten in der Nacht, und keiner hat Ada dabei beobachtet. Deshalb blieb das Haus mit all seinen Bewohnern verschont. Ist ja auch niemand weiter an der Pest gestorben. Wir haben Glück gehabt.«

»Habt Ihr Eurer Tochter dabei geholfen?«

»Wobei?«

»Die Leiche aus dem Haus zu schaffen.«

Der Wirt schüttelte den Kopf. »Hab's erst am nächsten Morgen von Ada erfahren. Da war der Kerl längst auf einem Leichenkarren abtransportiert und in irgendeiner Pestgrube vor den Stadttoren verscharrt worden.«

»Eure Tochter hat ihn allein aus der Dachkammer heruntergetragen und zum Fluss geschleppt?«, wunderte sich Jezebel. »Wieso? Und wie?«

»Sie ist ein kräftiges Mädchen.« Der Wirt blies die Backen auf, um ein fülliges Gesicht zu imitieren, und spannte die Muskeln seiner Oberarme an. »Ein wirklich kräftiges Mädchen, meine Ada.«

Oh ja, das war sie, dachte Jezebel und sah plötzlich ein rundes Gesicht, zwei große Brüste und einen mächtigen Hintern vor sich. »Kann ich Ada sprechen?«, fragte sie. »Es ist wirklich sehr wichtig für mich.«

»Ada ist nicht mehr da.«

»Nicht mehr da?« Jezebel stockte der Atem. »Was ist mit ihr geschehen?«

»Unser Gasthaus war ihr wohl nicht gut genug«, antwortete der Wirt, »Ada hat sich schon immer für was Besseres gehalten. Das hat sie von ihrer Mutter. Jedenfalls arbeitet sie nicht mehr hier. Hat sich nicht mal bei uns verabschiedet und ist einfach auf und davon.«

»Wie die Bilder.«

Der Wirt schaute verwirrt, nickte dann und wiederholte: »Wie die Bilder.«

Weil Jezebel eine erneute Übelkeit in sich aufsteigen fühlte, ließ sie den verdutzten Wirt stehen und rannte hinaus auf die Straße an die frische Luft. Sie überquerte die Thames Street, eilte zum Botolph Wharf und schaute sich am Kai um. Dies musste die Stelle sein, an der die Wirtstochter Jamies Leiche abgelegt hatte.

»Mitten in der Nacht«, wiederholte sie die Worte des Wirts, »und keiner hat Ada dabei beobachtet.« Dann ging ihr die Galle über.

Als Nächstes trieb es Jezebel zum Ely House am Holborn Hill. Jamie hatte gesagt, er wohne mit einem Freund in einem Cottage hinter den Gärten des ehemaligen Bischofspalastes. Jezebel kannte die Straßen westlich des Stadttores von Newgate nur flüchtig, auch wenn sie natürlich wusste, dass dies die Gegend war, die die zum Tode Verurteilten auf ihrem Weg vom Newgate-Gefängnis zum Galgen von Tyburn passierten. Jezebel hasste Hinrichtungen und hatte sich stets geweigert, den abscheulichen Spektakeln beizuwohnen. Nicht die Hinrichtungen an sich waren ihr zuwider – Strafe musste schließlich sein –, wohl aber das lärmende Ergötzen der Menschenmeute an dem Unglück der Todgeweihten. Anders als Geoff verschlang sie auch nicht die gedruckten Beichten der Verurteilten, die für einen Penny unterm Galgen verkauft wurden. Was allerdings auch daran lag, dass sie nicht so gut lesen konnte wie ihr kleiner Bruder.

Als sie am Holborn Hill ankam, stellte sie erstaunt fest, dass von dem Bischofssitz nur ein paar heruntergekommene Bauten, eine riesige, aber ebenfalls beschädigte Halle sowie die ehemals katholische Kirche von St. Etheldreda übrig geblieben waren. Ely House hatte schon bessere Zeiten gesehen. Die für ihre Erdbeeren weithin berühmten Gärten befanden sich auf der Nordseite des Anwesens, gleich hinter der Kirche. Doch in unmittelbarer Umgebung der üppigen Grünanlage mit ihren Bäumen, Rasenflächen, Tümpeln, Brunnen und Nutzgärten standen derart viele Cottages und kleinere Häuschen, dass es Jezebel ganz unmöglich schien, die richtige Kate zu finden. Offensichtlich war ein Teil der weitläufigen Ely-Gärten vor nicht allzu langer Zeit in ein Neubaugebiet umgewandelt worden, und so betrachtete Jezebel ratlos das Gewimmel von einstöckigen Hütten und Häusern und hätte vor Enttäuschung und Ohnmacht beinahe geweint. Ihr war, als suchte sie die sprichwörtliche Nadel im Heuhaufen.

Es war der Morgen des 8. April 1666, der Sonntag vor Ostern, und in den Gärten wimmelte es von elegant herausgeputzten Bürgern oder einfachen Dienstleuten, die gemächlich umherflanierten, auf dem Weg zur Kirche waren, in kleinen Gruppen unter den Bäumen zusammenstanden oder es sich auf dem Rasen gemütlich machten. Ein sonniger und zu Geselligkeit einladender Frühlingstag, wie man ihn sich noch vor Kurzem, zur Zeit der schlimmsten Pest, nicht hatte vorstellen können. In einer Ecke des Parks, sozusagen im Schatten des baufälligen Ely House, befand sich ein alter Gasthof namens »Ye Old Mitre«, vermutlich eine Anspielung auf die Kopfbedeckung des Bischofs von Ely. Zwar war die Schänke noch geschlossen, doch auf den Bänken vor dem schmalen und windschiefen Fachwerkhaus schliefen einige Trunkenbolde den Rausch der letzten Nacht aus. Zwei junge Männer in schwarzen und zerknitterten Mänteln rappelten sich gerade auf, streckten sich unsicher, hakten sich beieinander unter, als könnten sie nicht allein gehen, und kamen schwankend auf Jezebel zu, ohne sie überhaupt wahrzunehmen. Im letzten Moment konnte sie den torkelnden Kerlen ausweichen, und als einer der Männer den Schlapphut zog und sich lallend bei ihr entschuldigte, traf es sie wie ein Schlag.

»Master John?«, rief sie und wusste selbst nicht, wieso sie sich an den Namen des Mannes erinnerte, den sie nur einmal in ihrem Leben gesehen hatte.

»Kennen wir uns, Mistress?«, wunderte sich der Angesprochene und machte ein Gesicht, das ihn nicht nur betrunken, sondern auch dümmlich aussehen ließ. Er rückte seine verrutschte und leicht zerfleddert aussehende Perücke gerade und sagte: »Das würde mich zwar wundern, aber erfreuen.«

»Kennen wäre zu viel gesagt«, antwortete Jezebel und fügte atemlos und beinahe stotternd hinzu: »Wir sind uns einmal begegnet. Im November. In Southwark. Im ›Boar's Head Inn‹. Ihr habt Euren Geburtstag gefeiert.«

Der Mann stutzte und lallte: »Stimmt, ich hab im November Geburtstag, aber ich kann mich an den Tag nur dunkel erinnern. Southwark, sagtet Ihr?« Er kniff ein Auge zu, fuhr sich mit der Zunge unter die Oberlippe und machte schließlich ein schnalzendes Geräusch. »Oh ja! Ich hab's!«, rief er und breitete die Arme aus, als wolle er einen alten Kumpel begrüßen. »Der schönste Hintern von Southwark. Meine unnahbare Lady Castlemaine.«

»Ihr wart damals mit einem Freund namens James Hollar in der Schänke«, sagte Jezebel und trat vorsorglich einen Schritt zurück.

»Richtig, Jamie«, sagte John, ließ die Arme sinken und nickte bedächtig. »Armer Kerl.« Er wandte sich an seinen Zechkumpanen, der einer Ohnmacht nahe schien, und erklärte: »Jamie Hollar. Du weißt schon.«

»Traurige Geschichte«, sagte der andere mit holländischem Akzent und hatte Mühe, sich auf den Beinen zu halten.

»Habt Ihr nicht mit ihm zusammengewohnt?«, sagte Jezebel aufs Geratewohl und wie beiläufig, ohne jedoch ihre Aufregung verbergen zu können. »In einem Cottage hier am Holborn Hill?«

Der gerade noch so leutselige und redselige John wurde mit einem Mal vorsichtig und reagierte regelrecht alarmiert. »Woher wisst Ihr das? Wer hat Euch das gesagt? Was wollt Ihr von Jamie?«

»Er ist tot«, antwortete Jezebel verwundert.

»Ich weiß. Deshalb frage ich ja.« Er trat so nah an Jezebel heran, dass sie seine Alkoholfahne und seinen ranzigen Körperschweiß riechen konnte. »Lasst ihn endlich in Ruhe, ihr Aasgeier. Es gibt nichts mehr zu holen. Es ist alles weg. All seine Kleider, seinen Schmuck, sogar seine Möbel haben sie mitgenommen.«

»Wovon redet Ihr?«

»Von seinen Schulden, wovon sonst?«

»Oh«, war alles, was Jezebel erwidern konnte.

John schien zu begreifen, dass Jezebel nicht als Gläubigerin an Jamies Hinterlassenschaft interessiert war, und wiederholte seine Frage von vorhin: »Was wollt Ihr von Jamie?«

»Ich suche eines seiner Gemälde. Ein ganz bestimmtes. Ich hab dafür Modell gestanden. Es war sein letztes Bild, bevor die Pest ...«

»*Ihr* seid die geheimnisvolle Psyche?«, rief John und hob die Augenbrauen. »Dann wird mir so manches klar.«

»Er hat Euch von mir erzählt?«, antwortete Jezebel, und ihr Herz raste.

»Nicht viel. Nur dass er endlich seine Psyche gefunden hat, nach der er so lange gesucht hat, und dass er sein halb fertiges Bild vollenden kann. Hab aber Jamie zuletzt selten gesehen, er war in den Wochen vor seinem Tod kaum noch zu Hause. Entweder ist er durch die Gegend gereist, um feine Lords zu malen, oder er hat wie besessen in seiner Werkstatt gearbeitet, als hätte er geahnt, dass es mit ihm zu Ende geht. Im Atelier soll er auch gestorben sein, das hat jedenfalls sein Vater gesagt.«

Jezebel nickte und fragte: »Könnt Ihr mir sagen, was aus dem Gemälde geworden ist?«

John schüttelte den Kopf. »Jamie war immer sehr eigen mit seinen Bildern. Hab's nie zu Gesicht bekommen. Leider.«

»Lass uns gehen, John!« Der holländische Zechkumpan zerrte an Johns Ärmel und schaute drein, als müsse er sich jeden Moment übergeben. »Komm schon! Mir ist schlecht.«

»Gleich, Samuel!« Dann wandte sich John nochmals an Jezebel: »Versucht's doch mal beim Vater. Vielleicht hat er die Bilder in seinem Gewahrsam. Wahrscheinlich ist es nicht, denn Jamie und sein alter Herr kamen nicht sonderlich gut miteinander aus. Aber einen Versuch wär's wert.«

»Ihr wisst nicht zufällig, wo ich Master Hollar finde?«

»Wo er wohnt, weiß ich nicht«, antwortete John und grinste, »aber seine Werkstatt hat er in St. Clement Danes, am Clare Market, im Haus eines Wundarztes. Jamie hat dort eine Zeit lang gewohnt, nachdem er sich mit seiner Stiefmutter überworfen hat. Aber mit seinem Vater war's auch kein Zuckerschlecken. Der alte Wenceslaus lebt in der Vergangenheit und kann sich nicht damit abfinden, dass sich die Zeiten ändern.«

»Wie meint Ihr das?«

»Findet es selbst heraus«, schlug John vor, verneigte sich zum Abschied, hakte sich bei seinem Freund ein und torkelte von dannen, wobei ihm die zottelige Perücke ins Gesicht rutschte.

Am folgenden Karfreitag fand Jezebel endlich Zeit, das »Boar's Head« nach dem Mittagessen für einige Stunden zu verlassen und sich zum Clare Market aufzumachen. Statt sich mit einem Boot auf die andere Seite der Themse übersetzen und das stinkende Rinnsal des Fleet hinaufrudern zu lassen, sparte sie lieber das Fährgeld und ging zu Fuß über die London Bridge und in westlicher Richtung durch die City, vorbei an St. Paul und durchs Ludgate-Torhaus, bis sie den hölzernen Torbogen von Temple Bar erreichte, der nicht nur das Ende der Fleet Street, sondern auch die Grenze der Stadt London markierte. Nur einen Steinwurf entfernt befand sich die Kirche von St. Clement Danes, und rechter Hand führte eine schmale Gasse zum Clare Market. Die unlängst erbaute und üppig ausgestattete Markthalle befand sich mitten auf einem quadratischen Platz und bestand aus hohen, mit Bögen und Pfeilern versehenen Mauern, auf denen zwei mächtige Dachgewölbe ruhten. Da kein Markttag war, waren die beiden Haupteingänge verschlossen, doch rings um die Halle wimmelte es von kleinen Läden und Verkaufsständen, wo wegen des Feiertages vor allem Fisch, Gemüse und kleinere Fastenspeisen angeboten wurden.

Das Haus des Wundarztes, von dem John gesprochen hatte, fand Jezebel am nordöstlichen Ende des Platzes. Über der Tür hing ein Messingschild, auf dem ein Aderlassbecken zu erkennen war. Das Zeichen der Wundärzte. Als sie an die Tür klopfte und die Dienstmagd, die ihr öffnete, nach Wenceslaus Hollar fragte, wurde sie durch einen seitlichen Torbogen in einen engen Hinterhof geführt. Dort befand sich eine alte Remise, die in auffälligem Gegensatz zu dem frisch verputzten Fachwerkhaus am Marktplatz stand und kaum die Bezeichnung Hütte verdiente.

»Da lang«, sagte die Magd und wies auf den baufälligen Schuppen. »Aber ich weiß nicht, ob Master Hollar da ist. Er kommt und geht, wie's ihm passt. Die Tür steht immer offen. Geht nur hinein, Mistress.«

Als Jezebel die hölzerne Remise betrat, schlug ihr ein beißender Gestank entgegen, der ihr den Atem nahm und sie würgen ließ. Obwohl ähnlich penetrant, unterschied er sich merklich von dem Geruch in Jamies Atelier. Hier roch es nicht nach Öl und Harz, sondern nach Essig und ätzenden Säuren, deren Ausdünstungen einem die Tränen in die Augen trieben. Beinahe wie in einer Gerberei. Auch der Anblick des Raumes überraschte Jezebel. Vergeblich suchte sie nach Leinwänden oder Holzrahmen, es gab keine Staffeleien, bunten Farben und Pinsel, außerdem war es wegen der winzigen Fenster und des Hinterhofs so dunkel, dass selbst bei Tage die Kerzen brannten. Da sie von der Herstellung von Grafiken oder Drucken nicht die geringste Ahnung hatte, begriff sie nicht, weshalb es in der Remise wie in der Werkstatt eines Handwerkers aussah. Große Kupfer- oder Zinkplatten standen an den Wänden herum oder lagen, mit Wachs oder Fett bestrichen, auf riesigen, mit Winden und Schraubstöcken versehenen Tischen. Hölzerne Apparaturen, die mit ihren Walzen und Kurbeln an Trockenpressen oder Wäschemangeln erinnerten, beherrschten das Bild. Wasserbottiche, Zinnkübel, große Schabeisen, allerlei spitze Gerätschaften aus Metall und schwarz gefärbte Leinentücher vervollständigten den sonderbaren Eindruck.

Master Hollar stand gebückt über einem der Tische und ritzte im Schein einer rußenden Talgkerze mit einer Art Nagel oder Metallstift kleine Striche in die mit Wachs bedeckten Platten. Als er ein Geräusch hinter sich hörte, fuhr er herum, starrte Jezebel mit wirrem Blick an und rief: »Was ist denn?«

Beinahe hätte sie Jamies Vater gar nicht erkannt. Anders als bei ihrer ersten Begegnung in der Botolph Lane hatte Wenceslaus Hollar diesmal keine Perücke auf dem Kopf, und so sah Jezebel auf seinem Schädel ein Gestrüpp von kurzen, grauen Borsten, die an einigen Stellen in Büscheln ausgefallen oder herausgerissen waren wie bei einem gerupften Vogel. Da Hollar keinen Gehrock trug und nur in Hemd und Hose vor ihr stand, erkannte Jezebel zudem, wie schmächtig und abgemagert der Mann war. Er schien in den wenigen Monaten seit Dezember um Jahrzehnte gealtert zu sein. Man hätte ihn für einen Mann von siebzig Jahren halten können.

»Was wollt Ihr hier?«, fauchte er sie mit leichtem, aber nicht zu überhörendem Akzent an. »Wer seid Ihr? Warum stört Ihr mich?«

»Entschuldigt, Master Hollar. Mein Name ist Jezebel, ich bin … ich war …«

Schlagartig änderte sich sein Gesichtsausdruck, die grimmige Miene verschwand, und ein neugieriges, aber freundliches Lächeln erschien auf seinen Lippen.

»Wir sind uns schon einmal begegnet«, unterbrach er sie und trat näher. »Vor Jamies Atelier. Ich erinnere mich. Entschuldigt, ich habe Euch nicht gleich erkannt.« Er wischte sich die verschmierten Hände an einem der schwarzen Tücher ab und machte sie dadurch noch schmutziger. »Wart Ihr eine Freundin meines Sohnes?«

Jezebel nickte, zögerte einen Augenblick und sagte dann: »Ich habe ihm Modell gestanden.«

»In der Tat«, erwiderte Hollar. »Ich habe das Bild in seinem Atelier gesehen. Sehr schön.« Er ließ offen, ob er das Gemälde oder Jezebel meinte, und setzte hinzu: »Was kann ich für Euch tun, Mistress Jezebel?«

»Meine Frage wird Euch vermutlich wundern.«

»Nur zu!«

»Wisst Ihr, was aus Jamies Bildern geworden ist?«

»Leider, nein«, antwortete Hollar und hob die Achseln. »Seine Gemälde und Zeichnungen sind so unauffindbar wie seine Leiche. Kein Mensch weiß, wo sie geblieben sind. Oder besser gesagt: Niemand will es verraten.«

»Aber am Tag vor Weihnachten …«, begann Jezebel stockend und wusste plötzlich nicht weiter, weil sie Angst hatte, erneut wie damals auf der Stelle zusammenzusacken.

»Waren die Bilder noch in seiner Kammer«, setzte Hollar den Satz fort und führte Jezebel zu einer Holzbank an der Wand, auf der sie dankbar Platz nahm. »Sonst hätte ich ja nicht gewusst, dass Ihr ihm Modell gestanden habt. Amor und Psyche, nicht wahr?«

»Es war noch nicht ganz fertig«, murmelte Jezebel und war im selben Moment froh darüber, dass Jamie an jenem Sonntag nicht mehr dazu gekommen war, die nackte Psyche zu vollenden. Der Gedanke, dass sein Vater sie womöglich nackt hätte sehen können, ließ ihr einen Schauer über den Rücken fahren.

Hollar nickte, nahm seine Perücke von einem Nagel an der Wand, setzte sie auf und lächelte entschuldigend. »Wollt Ihr etwas trinken?«, fragte er. »Die Frau des Wundarztes bringt etwas, wenn ich sie darum bitte.«

»Nein, danke, ich bleibe nicht lange«, antwortete Jezebel und sah ihr Gegenüber forschend an. »Fahrt bitte fort.«

»Als ich kurz nach Weihnachten wieder in der Botolph Lane war, gab es keine Bilder mehr. Sämtliche Gemälde waren verschwunden. Der Wirt behauptete, er wisse von nichts, und die Tochter tat es ihm gleich, aber ich glaube ihnen kein Wort. James hatte Mietschulden, wie ich inzwischen weiß, und vermutlich hat der Wirt die Bilder bei einem Pfandleiher oder Trödler versetzt.« Die Miene des Mannes verfinsterte sich, Tränen sammelten sich in seinen Augen, und leise setzte er hinzu: »Nichts ist mir von meinem einzigen Sohn geblieben. Gar nichts!«

Ein Kloß steckte in Jezebels Hals, doch sie zwang sich zu reden: »Habt Ihr mit Ada gesprochen?«

»Wer ist das?«, fragte er und rieb sich die Nasenwurzel, die entzündet war und rote Druckstellen aufwies. Dann wischte er sich die Tränen aus den Augenwinkeln.

»Die Wirtstochter«, antwortete Jezebel.

Hollar nickte und sagte: »Sie hat mir berichtet, dass sie ihn im Atelier gefunden und zum Fluss hinuntergetragen hat. Angeblich war er nicht lange krank und ist binnen weniger Tage gestorben.«

»Das ist seltsam, oder?«

»Bei der Lungenpest kann es mitunter sehr schnell gehen.«

»Nein«, erwiderte Jezebel kopfschüttelnd, »ich meine die Tochter. Diese Ada.«

»Weil sie James zur Themse geschafft hat?«, antwortete er verwundert. »Wer will's ihr vorwerfen? Vermutlich hätte jeder andere ähnlich gehandelt.«

»Mag sein«, sagte Jezebel und war dennoch nicht überzeugt. »Aber warum erzählt sie Euch das? Wieso setzt sie einerseits alles daran, Jamies Tod im Atelier vor der Welt zu verheimlichen, und berichtet Euch dann andererseits als Erstes mit völliger Offenheit alles, was geschehen ist? Das ergibt doch keinen Sinn.«

»Immerhin bin ich sein Vater«, antwortete Hollar und verbesserte sich sofort: »Ich war es. Trotz allem.«

»Ihr hattet Euch mit ihm zerstritten?«

Anstelle einer Antwort zuckte er mit den Schultern.

»Was war der Grund für den Streit?«

»Er hat sein Talent vergeudet!«, stieß Hollar hervor, und schlagartig änderte sich sein Gesichtsausdruck. Der gutmütige Alte verwandelte sich unvermittelt in einen Tobsüchtigen und fuchtelte mit den Armen herum. »James war ein Meister der Radierung, ein unglaubliches Talent, dem selbst ich in einigen Jahren nicht das Wasser hätte reichen können. Und was macht der Dummkopf? Porträtiert lieber eitle Grundbesitzer mit ihren lächerlich ausstaffierten Gattinnen und malt mythische Szenen, auf denen möglichst viel nacktes Fleisch zu sehen ist. Und warum? Wegen der Farben und der Frauen. Es ist eine Schande!«

Jezebel zuckte zusammen. »Wie meint Ihr das?«

Hollar wandte sich ab und murmelte: »Ich meine gar nichts.«

»Ich habe keine Ahnung von der Kunst«, sagte sie und rieb sich die schweißnassen Hände. »Aber ich fand seine Bilder sehr schön.«

»Schön? Ja, vielleicht«, entgegnete er und fuhr herum. »Aber keine Kunst. Er war ein meisterlicher Radierer und hat es vorgezogen, ein mittelmäßiger Maler zu sein. Zusammen mit den Banausen und Gecken, die er seine Freunde nannte.«

»Vielleicht wollte er nicht in Eure Fußstapfen treten, weil die zu groß waren.«

»Unsinn!«, fauchte er und deutete mit dem Zeigefinger auf Jezebels Nase. »Der verfluchte Junge hat sich an sich selbst versündigt.«

»Ihr sprecht von Eurem toten Sohn!«, empörte sich Jezebel und sprang auf.

»Den ich abgöttisch geliebt habe, auch wenn er es nicht verdient hat«, antwortete Hollar und sah Jezebel zugleich abschätzig und vorwurfsvoll an. Seine Augen funkelten, und sein Kiefer mahlte unruhig. »Allerdings weiß ich immer noch nicht, welches Interesse Ihr an meinem Sohn habt und mit welchem Recht Ihr mich aushorcht, als wärt Ihr ein Konstabler oder Friedensrichter. Wer zum Henker seid Ihr, dass Ihr all diese Fragen stellt?«

»Niemand«, antwortete Jezebel und wandte sich zum Gehen. »Ich werde Euch nicht weiter belästigen.«

»Wart Ihr eine seiner Mätressen? Seine Hure?« Die Freundlichkeit, mit der Hollar die ihm fremde Jezebel noch vor wenigen Augenblicken behandelt hatte, war wie weggeblasen, und
beinahe schien es ihr, als bereitete es ihm ein abartiges Vergnügen, sie zu verletzen. Es war, als hätte der Mann zwei wi-
derstreitende Seelen in seiner Brust, die jeweils abwechselnd
und völlig unvorhersehbar zutage traten und sein Handeln bestimmten.

»Ihr habt Euren Sohn wahrlich schlecht gekannt, Master
Hollar.«

»Was wisst denn Ihr?«, schrie Hollar ihr ins Gesicht, dass
ihm der Speichel aus dem Mund sprühte. »Nur weil er Euch gemalt hat, glaubt Ihr, ihn gekannt zu haben? Weil er Euch be-
sprungen hat, seid Ihr die Beschützerin seiner Ehre? Für wen
haltet Ihr Euch, dass Ihr mir Vorwürfe macht und mich einen
schlechten Vater schimpft?«

»Für die baldige Mutter Eures Enkelkindes«, dachte Jezebel
und merkte kaum, dass sie die Worte aussprach. Sie erschrak
und presste sich die Hand auf den Mund, als könne sie damit
ihre Aussage rückgängig machen. Dann rannte sie davon.

»Wie?«, entfuhr es Hollar. »Was heißt das?«

Jezebel hastete hinaus in den Hof und durch den Torbogen
auf den Markplatz. Als sie sich umblickte, sah sie Wenceslaus
Hollar vor der Remise stehen und wild mit den Händen gesti-
kulieren. Er hatte nun eine Brille auf der Nase und rief ihr etwas nach, doch sie verstand kein Wort. Dann verschwand sie
im Gewimmel der Marktstände und eilte völlig kopflos durch
die Gassen und Torwege, bis sie sich vollends verirrt hatte.

»Du blöde Kuh!«, schalt sie sich, als sie sich in einer Sackgasse wiederfand und ringsum nur hohe Mauern sah.

Was um alles in der Welt hatte sie getan? Warum hatte sie
nicht ihren Mund halten können? Wie hatte sie nur so dumm
sein können? Nur weil Hollar sie beleidigt und eine Hure genannt hatte? Weil er Jamie verflucht und einen mittelmäßigen
Maler geschimpft hatte? Was kümmerten sie die im Zorn ge-

sprochenen Worte eines verbitterten alten Mannes? Sie wusste, dass sie ihre Unbedachtheit noch bitter bereuen würde.

Tatsächlich dauerte es nur wenige Wochen, bis Hollar sie ausfindig gemacht hatte. Vermutlich hatte er sich irgendwann im Cottage am Holborn Hill erkundigt und von dem »Banausen« John den entscheidenen Hinweis erhalten: »Versucht's im ›Boar's Head Inn‹ in Southwark.«
Und so war er Ende Mai in der Schänke aufgetaucht und hatte Ansprüche auf das ungeborene Kind geltend gemacht. Zunächst noch ganz freundlich, dann aber mit Nachdruck. Schließlich sei es nur zum Wohl und Besten des Kindes. Jezebel könne doch nicht wollen, dass Jamies Kind in diesem unwürdigen Umfeld aufwachse. Als Jezebel sich weigerte, das Kind nach der Geburt dem Großvater zu überlassen, hatte Hollar plötzlich sein hässliches Gesicht gezeigt und ihr mit Gefängnis und Schande gedroht. Immerhin sei er nach wie vor »Zeichner des Königs« und habe Beziehungen bis in die höchsten Kreise. In die allerhöchsten! Er werde schon Wege finden, sie gefügig zu machen. Wenn sie ihm das Kind nicht geben wolle, so würde er es eben mit Gewalt nehmen.

»Den Geist der Wahrheit, den die Welt nicht empfangen kann, weil sie ihn nicht sieht und nicht kennt!« Die donnernde und beinahe wütend klingende Stimme des Pfarrers riss Jezebel aus ihren Gedanken und holte sie in die Gegenwart und in das Heideland von Surrey zurück. »Ihr aber kennt ihn, denn er bleibt bei euch und wird in euch sein.«

Jezebel befürchtete, für einen Moment eingenickt zu sein, setzte sich aufrecht hin, rieb sich die Augen und starrte zur Kanzel, auf der Reverend Platt – der im Hause Oldershaw stets nur abwertend »Pfarrer Platt« genannt wurde – aus dem Evangelium des Johannes las, als gelte es, den Heiligen Geist allein durch die Lautstärke der verkündeten Worte zu verbreiten. Der Geistliche beugte sich über die Brüstung, riss die Augen auf, deutete mit dem ausgestreckten Zeigefinger wie zufällig auf Jezebel und rief: »Ich werde euch nicht als Waisen zurücklassen, ich komme zu euch!«

Obwohl Jezebel wusste, dass diese Stelle des Evangeliums vom offiziellen Gebetbuch der Kirche von England, dem »Book of Common Prayer«, für den heutigen Pfingstsonntag vorgeschrieben war, schien es ihr, als seien die mahnenden, ja drohenden Worte vor allem für sie bestimmt. Vielleicht lag es daran, dass sie eine Fremde in der Gemeinde war oder dass die übrigen Bewohner der »Twin Oaks Farm« dem Gottesdienst ferngeblieben waren. Die Oldershaws waren bereits am frühen Morgen aufgebrochen, ohne zu sagen, wohin sie gingen, oder Jezebel zu fragen, ob sie sie begleiten wollte. Sie waren ganz in Schwarz oder Grau gekleidet gewesen, hatten feierlich und ernst dreingeschaut und lediglich angekündigt, gegen Mittag wieder zurück zu sein. Die alte Jane hatte Jezebel wenig später nach Cobham zur Kirche von St. Andrew begleitet, war aber vor dem Eingang zum Kirchhof auf dem Absatz umgekehrt, als sei sie dem leibhaftigen Beelzebub begegnet. In Richtung des Pfarrers, der an der Kirchenpforte die Gemeindemitglieder be-

grüßte, hatte sie ein weithin hörbares »Scheinheiliger Pharisäer!« gezischt. Dann war sie in heiligem Zorn durch die Heide
nach Oxshott davongeeilt und hatte sich die Hände an ihrem
Kittel abgewischt, als habe sie sich beschmutzt.

Beim Betreten der Kirche hatten die Mitglieder der Gemeinde Jezebel mit einer Mischung aus Überraschung und
unverhohlener Missbilligung beäugt und hinter ihrem Rücken
getuschelt. Vielsagende Blicke wurden ausgetauscht, Augenbrauen ruckten hoch, und Nasen wurden gerümpft. Natürlich hatte sich längst herumgesprochen, dass Jezebel eine Nichte
der Oldershaws und zu Gast auf der »Twin Oaks Farm«
war. Neuigkeiten verbreiteten sich in kleinen Dörfern rasend
schnell, umso mehr, wenn es sich um neue Gesichter handelte.
Ähnlich erging es Tom Farynor. Er war den Einheimischen genauso fremd wie Jezebel. Jedoch hatte er sich für den heutigen
Feiertag wie ein eitler Pfau herausgeputzt und saß in der ersten
Reihe, direkt vor dem Altarraum, als zähle er zu den alteinge-
sessenen Honoratioren der Stadt.

Vor der Kirche hatte Jezebel einige flüchtige Worte mit Farynor gewechselt. Der junge Mann hatte etwas verlegen neben
dem streng dreinblickenden Pfarrer gestanden, als sei er dessen
Messdiener. Der Anblick der beiden so unterschiedlichen Männer hatte Jezebel belustigt. Während Reverend Platt in seinem
schwarzen Talar, mit der steifen Halskrause und den kurz ge-
schorenen grauen Haaren darauf bedacht war, sich mit einer
Aura aus Ehrbarkeit und Autorität zu umgeben, erinnerte Tom
Farynor in seinem bunten Kostüm und den geschlitzten Pumphosen an einen Jahrmarktsclown, der nichts als Schabernack im
Sinn hatte. Ihm fehlte nur eine Narrenkappe mit Glöckchen.

»Ihr habt also den Weg zum Haus des Gutsherrn gefunden?«, fragte Jezebel schmunzelnd. »Ich hoffe, Ihr habt Euch
die Kleider nicht ruiniert.«

»Guten Morgen, Mistress Hollar«, antwortete der junge
Mr. Farynor und verneigte sich. »Dank Eurer gütigen Hilfe
habe ich Reverend Platt samt Cobham Manor ausfindig ge-

macht. Wie ich sehe, seid Ihr allein. Euren Mann habt Ihr nicht mitgebracht?«

»Mein Mann ist tot«, antwortete Jezebel, ließ die beiden Männer grußlos vor der Pforte stehen, betrat die Kirche und setzte sich in die hinterste Bank.

Die Kirche von St. Andrew war ein altes, unscheinbares und niedriges Gebäude aus grauem Naturstein, mit einem Haupteingang in der Westfassade und einem quadratischem Turm, der das Langhaus nur um wenige Fuß überragte. Auch im Inneren war die Kirche nicht sehr üppig ausgestattet, alles wirkte karg, kalt und leblos. Lediglich die bunten Glasfenster brachten etwas Farbe, wenn auch nicht viel Licht in die Kirche. Direkt über dem Rundbogen der Eingangstür befanden sich zwei reich verzierte, bleiverglaste Fenster, welche die Verkündigung Mariä und die Geburt Christi zeigten. Je länger der Gottesdienst dauerte und je lauter der Pfarrer seine Worte durch die Kirche schallen ließ, desto intensiver betrachtete Jezebel die beiden Fensterbilder und ließ ihre Gedanken abschweifen. Empfängnis und Geburt! Beinahe schien es ihr, als werde sie stets und überall an ihren Zustand erinnert, der allgemein als Schmach betrachtet wurde, den sie jedoch nicht als Schmach akzeptieren wollte. Wieder betrachtete sie die bunten Fensterbilder. War nicht auch Jesus von Nazareth ein Kuckuckskind gewesen? Ein Bankert?

Ein flaues Gefühl machte sich in ihrer Magengegend breit, Schweiß trat ihr auf die Stirn, sie zitterte, und das Atmen fiel ihr schwer.

»Fortan werde ich nicht viel mit euch reden«, fuhr der Pfarrer in seiner Lesung aus dem Evangelium fort und deutete mit einer theatralischen Geste zum Himmel. »Denn der Fürst dieser Welt wird kommen. Aber die Welt soll wissen, dass ich den Vater liebe und tue, wie mir der Vater aufgetragen hat. Steht auf, lasst uns fortgehen von hier!«

Als wolle Jezebel der Aufforderung aus dem Evangelium nachkommen, sprang sie im gleichen Augenblick auf und hielt sich die Hand vor den Mund. Die Anfälle von Übelkeit hatten in den letzten Wochen zwar merklich nachgelassen, doch die stickige Luft, die dunkle Beengtheit in der Kirche, die neugierigen Blicke der Gemeindemitglieder und ihre eigenen wirren Gedanken trugen das Ihrige dazu bei, dass Jezebel eiligst aus der Kirche stolperte, zur Rückseite des Gebäudes lief und sich gerade noch hinter einen Mauervorsprung rettete, bevor sie das üppige Frühstück erbrach.

»So schlecht fand ich die Bibelstelle nun auch wieder nicht«, hörte sie eine bekannte Stimme hinter sich. »Etwas laut und aufdringlich vorgetragen vielleicht, aber doch nicht gar so unverdaulich.« Als Jezebel sich umwandte, blickte sie in Farynors grinsendes Gesicht. »Darf ich Euch aufhelfen?«, fragte er und reichte ihr ein mit Spitzen besetztes Leinentuch.

»Die Luft.« Jezebel wischte sich mit dem parfümierten Tuch über den Mund. »In der Kirche. Die Luft. So stickig.«

»Sicher«, antwortete Farynor, lächelte nachsichtig und wehrte mit der Hand ab, als Jezebel ihm das Tuch zurückgeben wollte. »Kommt, setzt Euch hierher«, sagte er und geleitete sie zu einer steinernen Bank am Rande des Kirchhofs. »Ihr seid also ebenfalls eine Fremde in Cobham? Man hört so einiges munkeln. Meine Wenigkeit und Eure Schönheit sind bereits Dorfgespräch.«

»Meinem Onkel gehört die ›Twin Oaks Farm‹ in Oxshott«, antwortete Jezebel, ohne auf das plumpe und selbstgefällige Kompliment einzugehen. Sie setzte sich und betrachtete den rückwärtigen Teil des Kirchhofs, auf dem zahllose Grabsteine wie zufällig und ohne erkennbare Ordnung herumstanden. Jezebel erschrak, als sie bemerkte, dass sie sich direkt neben einem Grabstein übergeben hatte. Anders als auf dem südlichen Teil des Kirchhofs, der dem Fluss und der Straße zugewandt war, wirkte der Friedhof auf der Nordseite, im Schatten der Kirche, ein wenig verwildert und vernachlässigt. Die meisten Grabsteine waren verwittert und mit Moos bedeckt, einige sogar umgefallen oder zerbrochen. Offensichtlich waren hier die ärmeren Verstorbenen begraben, nur den Wohlhabenden wurde eine Ruhestatt auf der Sonnenseite zuteil.

»Und woher stammt Ihr?«, fragte Farynor.

»Norwich«, antwortete Jezebel knapp und betont unfreundlich.

»Nein, so ein Zufall«, rief er und klatschte in die Hände. »Dort hab ich auch eine Zeit lang gewohnt. Als in London die Pest ausbrach, hat mein Vater mich zu Verwandten nach Norwich gebracht, aber ich hab's nicht lange dort ausgehalten und bin lieber durch die Lande gereist. Reisen bildet ja, wie es heißt, und ich wollte etwas für meine geistige Erbauung tun.« Er lachte laut auf, als hätte er einen Witz erzählt, und setzte hinzu: »Vater hat getobt, aber inzwischen ist er froh, dass ich Norwich den Rücken gekehrt habe. In East Anglia soll die Pest immer noch ihren Tribut fordern.«

Jezebel nickte und fragte: »Ihr kommt aus London?«

»Mein Vater hat eine Bäckerei in der Pudding Lane. Er backt Kekse und Zwieback für die Marine und darf sich deshalb königlicher Bäcker nennen.«

Jezebel stutzte. Wieso erschien ihr diese Information bedeutsam? Ihr fiel jedoch keine Begründung ein. Stattdessen fragte sie ihren neuen Bekannten: »Dann seid Ihr auch Bäcker?«

»Mein Vater sähe es ganz gern, aber das Bäckerhandwerk ist nichts für mich. Nein, ich möchte mein Leben nicht in der Backstube verbringen.«

»Und was verschlägt Euch nach Cobham?«, erkundigte sie sich und betrachtete Farynors stutzerhafte Kleider. »Ihr seht nicht aus wie ein Bauer oder Kirchenmann.«

»Danke für das Kompliment«, antwortete er vergnügt und verneigte sich. »Der hiesige Gutsherr, Reverend Platt, hat mich zu sich rufen lassen.«

»Eine geschäftliche Angelegenheit?«, fragte Jezebel, ohne sich wirklich für die Antwort zu interessieren. Sie hatte am hinteren Ende des Friedhofs, im Schatten der Sakristei, etwas entdeckt, das ihre Aufmerksamkeit erregte. An einem der Gräber stand Nathaniel Holcombe, der Sohn der alten Jane. Jezebel erkannte ihn an seinem Rauschebart und dem breiten Schlapphut, außerdem war der zottelige schwarze Hund an seiner Seite. Es schien, als lege Nathaniel etwas auf dem Grab ab oder zupfe an den Pflanzen herum. Erst jetzt erkannte Jezebel, dass es keine Blumen waren, sondern irgendein stacheliges Heidegestrüpp. Eine unpassende Pflanze für ein Grab.

»Ganz wie man es nimmt«, sagte Farynor. »Es geht um seinen Sohn Robert, vielmehr seinen Stiefsohn, Robert Gavell.«

»Hm«, brummte Jezebel abwesend und ohne den anderen anzuschauen.

»Robert Gavell ist tot.«

»Aha.«

»Er wurde ermordet.«

»Ermordet?« Jezebel fuhr herum und starrte Farynor mit großen Augen an. »Und was habt Ihr damit zu tun?«

»Ich wusste doch, dass ich Euch damit von dem komischen Waldgeist ablenken kann«, rief Farynor und deutete auf Nathaniel Holcombe, der regungslos neben dem Grabstein hockte und den Schlapphut in der Hand hielt. »Ja, er wurde ermordet und ausgeraubt. Ich war dabei, als es geschah.« Da er Jezebels verstörten Blick sah, setzte er hinzu: »Nur als Augenzeuge, versteht sich.«

»Wann war das?«

»Vor fast zwei Jahren, im August '64.«

»Und was will Reverend Platt nach all der Zeit von Euch?«

»Er hat lange gebraucht, um mich ausfindig zu machen«, antwortete Farynor achselzuckend. »Kurz nach dem Vorfall hab ich London verlassen und war selten länger als ein paar Wochen am gleichen Fleck. Meinem Vater hab ich wohlweislich nicht verraten, wo ich mich herumtreibe.«

»Und weshalb seid Ihr jetzt hier?«

»Der Räuber und Mörder wurde nie gefasst, trotz einer hohen Belohnung und mehrerer Konstabler und Friedensrichter, die sich um den Fall kümmerten. Der Reverend und seine Frau möchten nun, dass sich an diesem unbefriedigenden Zustand etwas ändert.«

»Und wie wollen sie das bewerkstelligen?«

»Mit Hilfe eines Malers aus London«, antwortete Farynor und klopfte sich auf die Brust. »Und meiner Wenigkeit natürlich.«

Jezebel fuhr bei den Worten »eines Malers aus London« sichtlich zusammen und konnte Farynor nur entsetzt anstarren.

»Was ist mit Euch?«, fragte der junge Mann alarmiert und rutschte auf der Bank etwas näher, wobei er wie beiläufig seine Hand auf ihren Rücken legte. »Müsst Ihr Euch wieder übergeben?«

»Nein, nein«, winkte Jezebel ab. »Erzählt bitte weiter!«

»Ich habe den Mörder gesehen, wie ich Euch jetzt sehe.« Die Hand auf Jezebels Rücken wanderte langsam nach oben. »Von Angesicht zu Angesicht. Und ich würde den Kerl jederzeit wiedererkennen. *Mir* wäre er auch nicht entkommen.«

Jezebel nickte, obwohl sie nicht recht verstand, was er damit meinte, und fragte: »Und was hat das mit dem Maler aus London zu tun?«

»Reverend Platt hat diesen Maler oder Zeichner engagiert, um ein Porträt des Mörders anfertigen zu lassen. Nach meiner Beschreibung, versteht sich.«

»Ein Porträt des Mörders?«, wunderte sich Jezebel und rückte zur Seite, da die Hand des anderen inzwischen ihren Nacken erreicht hatte. »Ist das nicht ein wenig … ungewöhnlich und pietätlos?«

»Ganz im Gegenteil«, erwiderte Farynor und räusperte sich. »Das Bild soll als Vorlage für einen Steckbrief dienen, den man überall aushängen kann. Zur Ergreifung des Mannes.«

»Ein ungeheurer Aufwand«, murmelte Jezebel. »Der Reverend scheint seinen Stiefsohn sehr geliebt zu haben.«

»Nun ja«, druckste Farynor herum. »Das ist ja das Seltsame.«

»Was meint Ihr?«

Farynor wackelte mit dem Kopf und schien mit sich zu hadern. Dann beugte er sich zu ihr und flüsterte ihr ins Ohr: »Ich weiß, dass ich mich auf Euer Stillschweigen verlassen kann, darum kann ich es Euch erzählen.« Er schaute über seine Schulter, als habe er Angst, belauscht zu werden. »Der Stallknecht des Gutshofes hat mir erzählt, dass Reverend Platt und sein Sohn sich spinnefeind waren. Der Pfarrer ist ein sittenstrenger und tugendhafter Mann, ein verkappter Presbyterianer, wie es heißt. Sein Stiefsohn war allerdings aus anderem Holz geschnitzt und hat oft und gerne über die Stränge geschlagen. Ein Trunkenbold und Weiberheld!« Er hob bedeutsam die Augenbrauen, und wieder ging sein Blick über die Schulter. »Angeblich hat Mrs. Platt den Maler beauftragt, ohne Wissen und sehr zum Missfallen ihres Mannes. Die Eheleute scheinen überhaupt nicht besonders gut miteinander auszukommen.«

Jezebel wunderte sich über die beinahe schadenfrohe Indiskretion des jungen Mannes und fragte: »Warum?«

»Wie der Stallknecht erzählte, hat der Reverend seinen Stiefsohn vor die Tür gesetzt, und nur deshalb ist Robert vor einigen Jahren nach London gezogen. Wo er dann später ermordet wurde.«

»In London? Wo genau?«

»In Lambeth. Direkt an der Themse.« Farynor erhob sich plötzlich, weil der Gottesdienst beendet war und Reverend Platt mit den Kirchgängern auf dem Vorplatz erschien. »Ich muss los«, fügte er hinzu und deutete mit dem Kopf zum Pfarrer, der ihn ungeduldig und unwirsch zu sich winkte. »Vielleicht kann ich Euch ein anderes Mal von meinem kleinen Abenteuer erzählen.«

»Wer weiß«, erwiderte Jezebel. »Lebt wohl, Mr. Thomas Farynor der Jüngere.«

»Tom«, erwiderte er und verbeugte sich.

Jezebel zuckte mit den Schultern.

»Auf Wiedersehen, Mistress …« Er wartete darauf, dass sie ihren Vornamen sagte, doch Jezebel entgegnete: »Hollar.«

»Sicher, Mrs. Hollar, ich weiß.« Tom Farynor räusperte sich, wandte sich brüsk ab, drehte sich jedoch plötzlich wieder um. »Das mit Eurem Mann tut mir aufrichtig leid.«

Lügner, dachte Jezebel und sagte: »Mir auch.«

Nachdem Tom Farynor sich der Gesellschaft vor der Kirche angeschlossen und gemeinsam mit dem Pfarrer den Kirchhof verlassen hatte, schaute Jezebel wieder zu dem mit Heidekraut geschmückten Grab am östlichen Ende des Friedhofs. Nathaniel Holcombe und sein Zottelköter hockten noch in der gleichen Stellung am Grab, als wären sie in Stein gehauen. Jezebel stand auf, ließ wie unbeabsichtigt Farynors Tuch auf der Bank liegen und ging zu dem Grabstein. Der Hund schaute kurz auf, als Jezebel sich dem Grab näherte, schien sich aber nicht weiter für sie zu interessieren. Weder fletschte er die Zähne noch schwänzelte er. Das Tier strafte sie mit Missachtung. Das Gleiche tat der sonderliche Mr. Holcombe, er rührte sich nicht und war derart in Gedanken versunken, dass er anscheinend nichts von dem wahrnahm, was in seiner nächsten Umgebung geschah.

Verwundert betrachtete Jezebel die Grabbepflanzung mit den dürren Erikagewächsen und stacheligen Zwergsträuchern. Ihr fiel auf, dass in dem Heidegestrüpp allerlei Steine, abgebrochene Kiefernzweige und winzige Sandhaufen verstreut waren, als habe jemand sie absichtlich darin versteckt. Außerdem war der Grabstein weder verwittert noch im Geringsten verschmutzt, und das, obwohl sich das Grab direkt an der Kirchenmauer auf schattigem Grund befand. Auf dem Stein las Jezebel:

Susan Winstanley
geb. King
1623–1664

Ehe Jezebel begriff, vor wessen Grab sie stand, wandte Holcombe sich plötzlich um, streckte sich und brummte mit tiefer Bassstimme: »Nichte?«

»Was?«

»Die Nichte«, wiederholte Holcombe und klopfte seinem Hund auf den Rücken, als wolle er damit seine Aussage unterstreichen. »Mutter hat's gesagt. Meine Mutter … Ay. Hat's gesagt. Hat sie … Ay.« Dann zuckte er mit den Schultern und ging wieder in die Hocke.

Jezebel hätte beinahe laut gelacht. Was für ein Schwachkopf! »Um seinen Verstand ist es nicht gut bestellt«, hatte die Magd über ihren Sohn gesagt. »Armer Tropf!« Dem konnte Jezebel nur beipflichten. Als Nathaniel Holcombe sie angestarrt hatte, da war es ihr so vorgekommen, als sei er gar nicht anwesend, als befinde er sich in einer anderen Welt. Sein Blick war leer gewesen, völlig leer, wie bei einem Blinden.

»Habt Ihr das Grab bepflanzt?«, wollte Jezebel wissen.

»Little Heath«, antwortete Holcombe nickend, stand auf und setzte den Schlapphut wieder auf. »Susan hat sie geliebt. Ay. Hat sie. Obwohl …«

Jezebel wartete auf mehr, aber offensichtlich hatte der Mann seinen Satz beendet. Sie schüttelte verwundert den Kopf, schaute auf den Grabstein und las laut: »Su-san Win-stan-ley.« Erst als sie den Nachnamen aussprach, erinnerte sie sich an das, was Jane ihr vor zwei Tagen erzählt hatte, und verstand. »Die Frau des Diggers?«

»Digger, ay. Heide«, sagte er und gab seinem Hund das Zeichen zum Aufbruch.

»Und Ihr kümmert Euch um das Grab?«

»Hab's ihm versprochen. Ay, hab ich. Versprochen …« Er beruhigte den Hund, der freudig um ihn herumtänzelte. »Susan liebte.«

Da Jezebel ahnte, dass sie nicht erfahren würde, wen oder was Susan geliebt hatte, fragte sie: »Woran ist sie gestorben?«

»Woran?«

»Ja, woran?«

Holcombe hob die Achseln und zog die Stirn kraus. »War lange krank … Susan. Sehr lange. Krank. Lange. Seit …«

Jezebel fuhr beinahe aus der Haut. Nathaniel Holcombes Marotte, die Sätze zu beginnen und mit dem ersten Wort gleich wieder zu beenden, brachte sie zum Rasen. »Seit *wann*?«, fuhr sie den Viehhirten an.

»Wann?«

»Seit wann war sie krank?«, wiederholte sie ihre Frage und sprach so langsam und überdeutlich, als habe sie es mit einem kleinen Kind zu tun.

»Little Heath«, sagte Holcombe verstört und schaute Jezebel an, als zweifle er an *ihrem* Verstand. »Hab ich doch gesagt.«

Jezebel begriff, dass er nur deshalb so bruchstückhaft und holperig redete, weil er die Worte und Sätze zwar in seinem Kopf formte, sie jedoch nicht vollständig über die Lippen brachte. Offenkundig war ihm das gar nicht bewusst. Wie hatte die kleine Mary gesagt?: »Der redet kein Wort mit einem, und wenn doch, versteht man nichts davon.«

Da Jezebel keine Lust hatte, sich weiter auf diese anstrengende Weise mit dem sonderlichen Mann zu unterhalten, wollte sie sich von ihm verabschieden, doch Holcombe fasste sie plötzlich an der Schulter und sagte ohne jeden erkennbaren Zusammenhang: »Das Kind war tot.«

»Was meint Ihr damit?«

»Ist nicht drüber weggekommen. Susan. Nay! Ist sie nicht. Krank …«

»Ihr Kind ist gestorben?«

»Nay. War schon tot. Mutter …«

»Welche Mutter?«

»Meine.«

»Jane?«

»Tot.«

Jezebel atmete tief durch und versuchte, das verworrene Gestammel zu einem sinnvoller Ganzen zusammenzusetzen. Und mit einem Mal glaubte sie zu verstehen, was das alles bedeutete. Die Gedanken, Bilder und Worte griffen wie Zahnräder ineinander: Jane Holcombe, eine ehemalige Hebamme. Der Psalm 58. Die unzeitige Frucht einer Frau, die nie die Sonne sieht. Ein Kind, das schon tot war. Die Gemeinde der Digger in Little Heath. Und ein Grab in der Heide, das es eigentlich gar nicht gab. »Eine traurige Geschichte«, hatte Jane gesagt. »Er hat's nie verwunden.«

»Susan Winstanley hat ihr Kind verloren?«, fragte Jezebel. »Sie hatte eine Fehlgeburt?«

Statt einer Antwort bückte sich Holcombe, schob das Heidekraut neben dem Grabstein zur Seite und deutete auf eine kleine Platte aus Feldstein, die darunter verborgen war. Eine kurze und etwas krakelige Inschrift war darauf zu entziffern:

Gerry
1650

»Hab ich gemacht«, sagte Holcombe und strich liebevoll über den Stein.

»Ein Junge?«

»Gerry.«

Obwohl Jezebel diese Susan Winstanley und ihren Mann gar nicht gekannt hatte und sie mit diesen Leuten nichts verband, fühlte und litt sie plötzlich mit ihnen, als seien sie ihr nahe und verwandt. Als spüre sie selbst den Verlust. Vielleicht lag es daran, dass Jezebel schwanger war und erst vor Kurzem erfahren hatte, wie nahe Tod und Geburt sein konnten. Oder es war der leidende, ja verzweifelte Ausdruck in Nathaniel Holcombes bärtigem Gesicht, der sie so unerwartet rührte.

»Habt Ihr das Holzkreuz in der Heide aufgestellt?«, fragte sie.

»Holz?«, antwortete Holcombe verständnislos. »Nay. Stein.« Und wieder deutete er auf die Platte. »Hab ich selbst ... Für Susan.«

Jezebel erinnerte sich an den zweiten Psalm, dessen Kürzel auf dem Kreuz in der Heide eingeritzt war: »Der Gerechte wird

sich an der Rache erfreuen, seine Füße soll er im Blut des Frevlers baden.«

Sie verstand nicht, was »die unzeitige Frucht« des einen
Psalms mit der »gerechten Rache« des anderen zu tun hatte.
Worin bestand der Frevel, der mit Blut gesühnt werden sollte?
Und worauf bezog er sich: auf die Fehlgeburt oder die Vertrei-
bung der Digger aus der Heide?

»Unfug!«, hatte die alte Jane gerufen, und vermutlich hatte
sie recht. Das war alles dummes Zeug. Jezebel hatte schließlich
genug eigene Sorgen und Nöte. Was kümmerten sie die längst
vergangenen Leiden der anderen?

Doch so seltsam und unbegreiflich es auch war: Es kümmerte sie.

---◆---

DRITTER TEIL

OLD BARGE HOUSE

»I account this world a tedious theatre,
For I do play a part in't 'gainst my will.«

(»Mir ist diese Welt ein langweiliges Theater,
Denn ich spiele darin gegen meinen Willen.«)

John Webster, »The Duchess of Malfi«

---◆---

Ray liebte Southwark. Für ihn war es der schönste Ort der Welt, das verlorene Paradies auf Erden, auch wenn der eine oder andere über diese Beschreibung den Kopf schütteln mochte. Nicht wenige nannten das Borough ein elendes Gaunerviertel und einen stinkenden Sündenpfuhl und rümpften die Nase, wenn sie es bei Tageslicht passierten. Doch in der Nacht sah man sie allesamt in den zahlreichen Kaschemmen und Hurenhäusern hocken und ihr mühsam erspartes oder erschuftetes Geld verprassen. Dass die feinen Herrschaften aus der Londoner City und die reisenden Tölpel vom Lande anschließend wieder etwas zu lamentieren und sich über das verruchte Southwark zu beschweren hatten, dafür sorgte unter anderem er, Raymond Webster: Beutelschneider, Taschendieb und Bauernfänger. Ein ebenso bescheidener wie gewitzter Diener des schlechten Rufes seiner innig geliebten Heimat.

Ray war vor zwanzig Jahren als jüngster Sohn eines Schnallenmachers und einer Waschfrau an der Bankside zur Welt gekommen. Seine Eltern waren seit vielen Jahren tot, und auch seine Geschwister hatten ihrem Geburtsort längst den Rücken gekehrt, doch Ray war seinem geliebten Borough treu geblieben, hatte höchstens die Straße, nie aber den Bezirk gewechselt. Wenn der gnädige Herrgott es für richtig befand, würde er in hoffentlich ferner Zukunft in Southwark sterben, denn nirgendwo sonst wollte er begraben sein.

Ebenso wie seine Heimat liebte Ray seinen Beruf, denn Ersteres wie auch Zweiteres gewährten ihm Freiheiten, die er sonst oder anderswo niemals hätte genießen können. In gewisser Weise hatte die Ausübung seiner Profession auch dazu beigetragen, dass er überhaupt in die geheimnisvollen Vorgänge verwickelt wurde, von denen hier die Rede sein soll. Denn wäre er einem normalen Broterwerb nachgegangen und hätte sich nicht nächtens in der Gegend herumgetrieben, wäre er niemals

Zeuge der Bluttat geworden, mit der für ihn diese Geschichte ihren Anfang genommen hatte.

Es war vor etwas mehr als zwei Jahren gewesen, am 15. August 1664, einem Montag. Den ganzen Tag hatte eine schwüle und unerträgliche Hitze wie eine Dunstglocke über der Stadt gelegen, und Ray hatte den brütenden Sommertag damit zugebracht, auf dem kargen Strohlager seiner ärmlichen Bretterbude dem Sonnenuntergang entgegenzudösen. Sein Tagwerk begann erst mit Einbruch der Nacht, und für diesen Montag hatte er sich vorgenommen, ein neues Betätigungsfeld zu erkunden. Im Lambeth Marsh, mitten im Sumpfland und unweit des erzbischöflichen Palastes, hatte vor Kurzem ein Wirtshaus eröffnet, von dem man sich manches erzählte und noch mehr zuraunte. Die Schänke nannte sich »Maiden Inn«, allerdings war zu bezweifeln, dass sich viele Jungfrauen darin aufhielten. Das Wirtshaus lag mitten im Nirgendwo und war von Southwark aus nur über Umwege entlang des Flusses oder durch feuchtes Marschland zu erreichen. Es hieß, früher habe das Anwesen als Bauernhof gedient, doch dann habe es nach dem Tod des Bauern einige Zeit brachgelegen und sei verfallen, und nun habe eine gewisse Mutter Southwood das seltsame Inn eröffnet. Von der Wirtin erzählte man sich, sie sei so hässlich wie die Nacht und so unwirtlich wie die morastige Umgebung. Sie verlasse selten das Inn und verstecke auf der Straße ihr Gesicht unter einer Kapuze oder sogar hinter einer Maske. Obwohl die ungünstige Lage des Inns und die kratzbürstige Person der Wirtin ein baldiges Ende der Schänke prophezeiten, war das Gegenteil der Fall: der Laden brummte wie ein Bienenstock und warf reichen Gewinn ab. Vielleicht war es gerade das Abseitige und Entlegene, das die Gäste lockte. Es galt als schick und »en vogue«, die Mühsal des Wegs und die Mückenstiche im Sumpfland auf sich zu nehmen, um sich im »Maiden Inn« von einer hässlichen Vettel beschimpfen zu lassen.

Wo sich die spendierfreudige Kundschaft in Scharen sammelte, da durfte ein Gauner namens Ray Webster natürlich nicht fehlen, und so hatte er sich für diesen Montag vorgenommen, das Feld zu erkunden und seinen angemessenen Anteil an dem blühenden Geschäft einzustreichen.

Als er gegen Sonnenuntergang und umgeben von einem blutrünstigen Schwarm Stechmücken das Inn erreichte, war er überrascht, wie unscheinbar und vernachlässigt das Gasthaus aussah. Es wirkte immer noch wie ein etwas verfallener Bauernhof, in dessen Ställen nun statt Kühen und Schweinen die zahlenden Gäste mit Speisen und Getränken versorgt wurden. Der Putz fiel von den Wänden, die Steine bröckelten, das löchrige Schindeldach war provisorisch mit Stroh geflickt, und lediglich ein kleines Schild an der Brücke, die über einen Wassergraben zum Eingang führte, wies darauf hin, dass hier ein Gasthaus zum Verweilen einlud. Auf dem Gelände befand sich neben dem Haupthaus und einigen verwaisten Ställen oder Geräteschuppen auch ein seltsames Gebäude, dessen Zweck ihm zunächst nicht einleuchtete. Es war kreisrund, fensterlos und sehr niedrig, was die Verwendung als Stauraum oder Speicher ausschloss. Erst beim zweiten Hinsehen erkannte Ray, dass es sich um eine Hahnengrube handelte. Offensichtlich hatte der Bauer, dem der Hof gehört hatte, sein Einkommen durch Wettkämpfe aufgestockt. Vermutlich hatte er die Kampfhähne selbst gezüchtet und trainiert, ein durchaus einträgliches Geschäft, wie ihm ein Züchter einmal versichert hatte. Inzwischen war das Gebäude jedoch genauso verfallen und heruntergekommen wie der Rest des Inns.

Auch im Inneren der Schänke sah es ähnlich ärmlich und karg aus, die Gäste saßen auf grob gezimmerten Bänken an wackligen Tischen, der Boden bestand aus gestampftem Lehm, der bei feuchtem Wetter vermutlich zu Schlamm zerfloss, und an den Wänden befand sich keinerlei Schmuck oder Verzierung, sah man einmal von dem getrockneten Dung ab, der noch von dem Vieh stammte, das hier einst untergebracht war. Auch der Geruch in der Kneipe war alles andere als einladend und wahrlich keine Werbung für die Küche des Hauses. Das »Maiden Inn« war als Gasthaus eine Zumutung für Augen und Nase, und dennoch war es an diesem Montag bis auf den letzten Platz gefüllt.

Warum dies so war, sollte Ray bald einleuchten. Denn kaum hatte er sich an einem der roh behauenen Tische niedergelassen, gesellte sich schon eine hübsche, schwarz gelockte Maid zu ihm, hielt ihm die wohlgeformten und spärlich bedeckten Brüste unter die Nase und sagte mit säuselnder Stimme: »Mein Name ist Penelope, was kann ich dir Gutes tun?« Dabei fuhr sie mit ihren Fingernägeln an seinem Nacken entlang, sodass ihm ein heißer Schauer direkt zwischen die Beine fuhr.

Ray schluckte, bestellte einen Krug Starkbier und schaute sich erneut in dem Inn um: Diesmal jedoch achtete er nicht auf die Ausstattung oder Einrichtung, sondern auf das Personal, und ihm verschlug es den Atem. In dem Schankraum wimmelte es von hübschen oder üppigen, auf jeden Fall aber freizügig gekleideten Persönchen mit weiß gepuderten Gesichtern, die sich rührig und auf höchst schamlose Weise um ihre Gäste kümmerten. Sie setzten sich auf die Oberschenkel, ließen sich begrapschen, wackelten mit ihren Hintern und Brüsten, tätschelten die Wangen und Bäuche der durchweg männlichen und offensichtlich gut betuchten Kundschaft und kicherten gefällig über jede Bemerkung der wollüstigen Kerle. Zwar hatte er nicht den Eindruck, sich in einem Hurenhaus zu befinden, denn keines der Mädchen verließ in Begleitung eines der Herren den Schankraum, und auch die Annäherungsversuche und Handgreiflichkeiten blieben in gewissen, wenn auch großzügig bemessenen Grenzen, doch dass die reizvollen Aufmerksamkeiten der Mädchen zum Programm des Inns gehörten, war offenkundig. Niemand kam wegen des schlechten Essens oder des warmen Biers ins »Maiden Inn«. Sie alle saßen hier, um sich beim Verdauen des ungenießbaren Fraßes von jungen Schönheiten das Doppelkinn kitzeln zu lassen.

»Hier ist dein Starkbier, mein Großer«, wurde er durch das

Säuseln einer Stimme und eine zärtliche Berührung am Hals aus seinen Gedanken gerissen. »Das macht drei Pence, Süßer.«

»Drei Pence?«, entfuhr es ihm, und er verschluckte sich an dem Bier, das er wegen der Hitze gleich mit dem ersten Schluck zur Hälfte geleert hatte. »Dafür bekomm ich anderswo 'ne ganze Gallone.«

»Aber anderswo gibt's mich nicht dazu, mein Hübscher.«

Ihr Kompliment schmeichelte Ray, auch wenn er natürlich nicht so vertrottelt war, die Berechnung dahinter zu überhören. Dass er mit seiner schiefen Nase, den abstehenden Ohren und den tief liegenden Augen keine Schönheit war, war ihm durchaus nicht entgangen. Ja, er war sogar recht froh darüber, denn seine Unansehnlichkeit war in seiner Profession von Vorteil. Ein Schönling erregte immer Verdacht, vor allem bei seinen Geschlechtsgenossen, einem hässlichen Vogel hingegen nahm man es nicht krumm, wenn er sich Kontakt suchend unters Volk mischte. Es war stets vorteilhaft, wenn sich das Opfer dem Angreifer überlegen fühlte. Deshalb gab er sich meist auch dümmer und ungebildeter, als er tatsächlich war. Es konnte nie schaden, für einen Idioten gehalten zu werden.

»Tut mir leid, hübsche Penelope«, sagte Ray und kramte die letzten Münzen aus seinem Geldbeutel. »Aber ich befürchte, auf Dauer werde ich mir deine Begleitung nicht leisten können.« Er deutete auf seine zerschlissene Kleidung und das löchrige Schuhwerk und krempelte seinen geleerten Geldbeutel um. »Dieses Bier wird wohl mein erstes und letztes bleiben.«

Sie zuckte mit den Schultern, machte einen Kussmund und wandte sich einem neuen Gast zu, der sich etwas verloren und Hilfe suchend im Raum umschaute: »Na, Schätzchen, mein Name ist Penelope, wie kann ich dir den Abend versüßen?«

Ray tat es ihr nach und machte sich ebenfalls an die Arbeit, die an diesem Abend einigen Gewinn abwarf. Je betrunkener die Menschen waren, desto einfacher waren sie zu überlisten, und im »Maiden Inn« wimmelte es von Volltrunkenen, die sich anschließend sogar noch bedankten, wenn man ihnen dabei half, den vermeintlich verlorenen Geldbeutel wiederzufinden, oder ihnen zum Trost ein Bier von ihrem eigenen Geld spendierte. Branntwein und Dummheit waren Rays liebste Verbündete, und der junge Gauner hatte oft genug erfahren, dass sie gern Hand in Hand gingen. Und im »Maiden Inn« kam Lüsternheit als weiterer nützlicher Freund hinzu.

Die Wirtin des Inns, jene ebenso berüchtigte wie eigenwillige Mutter Southwood, bekam Ray an diesem Abend zum ersten Mal zu Gesicht, und ihr Anblick schreckte ihn ab und faszinierte ihn zugleich. Endlich mal ein Mensch, dem er sich in puncto Hässlichkeit überlegen fühlen konnte! Wenn man die Blatternarben in ihrem Gesicht und an den Händen sah und sich vorstellte, dass der Rest des Körpers genauso verschandelt war, dann konnte man an der Existenz eines gütigen und gerechten Gottes zweifeln. Was mochte diese Frau verbrochen haben, dass der Herr im Himmel sie derart bestraft hatte? Kein Wunder, dass sie dreinschaute und sich benahm, als hadere sie nicht nur mit ihrem Schicksal, sondern mit der ganzen Welt. Und ebenfalls kein Wunder, dass sie auf der Straße ihr Gesicht vor fremden Blicken verbarg. Im Inn jedoch trug sie weder Schleier noch Maske, sie zeigte allen ihr verwüstetes Antlitz. Irgendwie erinnerte sie Ray an eine Trauerweide, vielleicht auch wegen der ausladenden und widerspenstigen Frisur, die durch keine Haube zu bändigen gewesen wäre und deshalb ungehindert den Kopf der Wirtin umwucherte. Mutter Southwood stand den ganzen Abend hinter dem Schanktresen, lenkte ihre Bediensteten wie eine Puppenspielerin, schickte sie mal zu jenem, mal zu einem anderen Gast, kassierte die Gelder ein und blaffte die Gäste an, wenn sie sich in ihren Augen ungehörig oder unverschämt benahmen. Nicht ein einziges Mal sah Ray sie lächeln, stets waren ihre Mundwinkel nach unten gezogen und ihre Augen zugekniffen. Sie war ein seltsamer und schreiender Widerspruch zu der wohltuenden Schönheit und Heiterkeit, die sie offensichtlich von ihren weiblichen Bediensteten verlangte.

Wie eine Spinne in ihrem Netz saß Mutter Southwood hinter dem Schanktisch und beäugte das ebenso lustige wie lukrative Treiben in ihrer Schänke, als sei es ihr zuwider oder eine kaum zu ertragende Qual. Nur wenn die Kundschaft zu sehr über die Stränge schlug und ihr Gehilfe und Türsteher, ein wahrer Riese in Menschengestalt, der auf den Namen George hörte, anderweitig beschäftigt war, kam Mutter Southwood hinter der Theke hervor und regelte die jeweilige Angelegenheit eigenhändig. Als gegen Mitternacht ein Gast schwankend auf den Tisch stieg, seine Hose herunterließ und die anwesenden Frauen dazu aufforderte, seinem schlaffen Johannes ein Ständchen zu blasen, kam Mutter Southwood wie eine Berserkerin hinter der Theke hervorgeschossen und baute sich vor dem Mann auf. In der Hand hielt sie ein langes Messer, und im nächsten Moment hatte der nackte Gast die Schneide an seinem welken Gemächt.

»Raus mit dir, du Saukerl, aber sofort!«, rief Mutter Southwood. »Sonst kannst du dich von deinem armseligen Johannes verabschieden und ohne deinen kleinen Freund nach Hause gehen.«

Während die Menge vor Vergnügen tobte und der arme Betrunkene vor Angst und Schrecken beinahe rückwärts vom Tisch fiel, war der Blick der Wirtin zur Seite gewandert, und der finstere Ausdruck ihrer großen Augen hatte sich merklich geändert. Sie schaute überrascht drein, ließ das Messer sinken und nickte schließlich kaum merkbar. Ray folgte ihrem Blick und erkannte, dass ihr Nicken einem jungen Mann in der Eingangstür galt, der ihr ein bestätigendes Handzeichen gab und sich im nächsten Moment nach draußen verdrückte. Obwohl er ihn nur für einen kurzen Augenblick gesehen hatte, war Ray sich sicher, seinen Nachbarn Edward Ingram erkannt zu haben. Das war deshalb so erstaunlich, weil Edward eigentlich verschwunden und untergetaucht war, seitdem er vor einigen Wochen seinen Vater halb tot geschlagen hatte. Vater Ingram hatte die Tat bei der Obrigkeit zur Anzeige gebracht und alles darangesetzt, seinen ältesten Sohn hinter Gitter, wenn nicht gar an den Galgen zu bringen, doch weder er noch die Konstabler des Sprengels hatten Edward zu fassen bekommen, und so wurde vermutet, er habe das Weite gesucht und London den Rücken gekehrt.

Die Ingrams wohnten wie Ray im Dark Entry, sie hausten quasi Wand an Wand und kannten sich daher recht gut. Edward war etwas jünger als Ray und schon immer ein Heißsporn und leicht aufbrausender Zeitgenosse gewesen, doch warum er seinem Vater, der zugegebenermaßen ein heilloser Säufer und brutaler Wüterich war, mit einem eisernen Prügel die wenigen verbliebenen Zähne ausgeschlagen und etliche Rippen und Knochen gebrochen hatte, war allen in der Nachbarschaft ein Rätsel. Das Mitgefühl für Paul Ingram hielt sich jedoch in Grenzen, und nicht wenige murmelten hinter vorgehaltener Hand, der verdammte Trunkenbold habe nur eine verdiente Abreibung erhalten.

Direkt nach dem Vorfall war Edward spurlos verschwunden, und jetzt tauchte er ausgerechnet im »Maiden Inn« auf und machte der Wirtin heimliche Handzeichen, als sei er mit ihr bekannt und vertraut. So sehr vertraut, dass Mutter Southwood sich kurz darauf ebenfalls aus der Schänke empfahl und ihren Platz hinter der Theke dem hünenhaften Gehilfen überließ.

Ray zuckte mit den Schultern und mischte sich wieder unters Volk.

2

Gegen zwei Uhr morgens, als sein Geldbeutel ordentlich gefüllt war und er sein Diebesglück zur Genüge strapaziert hatte, begab sich Ray auf den Heimweg nach Southwark. Draußen war es immer noch schwül und stickig, die Nacht hatte kaum Abkühlung gebracht, die Hitze war nur feuchter geworden. Gewitterwolken türmten sich mittlerweile am Himmel, verdeckten die schmale Mondsichel und ließen die Umgebung des Inns, in der kaum ein Haus stand und kein Licht brannte, schwarz wie Pechkohle erscheinen. Auf der Brücke vor dem Inn stieß Ray beinahe mit einem jungen Mann zusammen, der ihm bereits in der Schänke aufgefallen war und den er als potenzielles Opfer zunächst auserkoren und dann wieder verworfen hatte. Der Kerl war etwa in Rays Alter und wie ein eitler Geck gekleidet, seine Beine steckten in bunten Pumphosen und weiten Stulpenstiefeln, sein Oberteil war nach französischer Mode geschnitten und mit allerlei Firlefanz verziert, und der Federschmuck an seinem breitkrempigen Hut war übertrieben ausladend. In der Schänke war er großspurig wie ein Marktschreier aufgetreten und hatte sich ausgiebig mit den hübschen Frauen amüsiert, ohne jedoch dabei allzu spendabel zu sein. Er bestellte und bezahlte stets nur für sich und wechselte die Gespielinnen, wenn sie zu unverhohlen darauf drängten, von ihm eingeladen zu werden. Nachdem Ray ihn einige Zeit beobachtet hatte, war er zu dem Schluss gekommen, dass der Kerl zwar fein betucht, aber finanziell nicht allzu gut ausgestattet war, und hatte ihn nicht weiter beachtet. Nun stand er also auf der steinernen Brücke und hatte Mühe, sich auf den Beinen und fern vom Wassergraben zu halten. Einerseits war es so dunkel, dass man kaum die eigenen Füße sehen konnte, und andererseits war der Kerl im wahrsten Sinn des Wortes sturzbetrunken. Vermutlich war er ein unerfahrener Trinker und hatte das eigene Stehvermögen überschätzt.

»Vorsicht!«, rief Ray, als der Buntgekleidete mit dem rechten

Bein ins Leere trat und beinahe kopfüber in die stinkende Kloake plumpste. Das Geländer der Steinbrücke war an einigen Stellen geborsten oder weggebrochen, und an einer solchen Lücke stand der Betrunkene schwankend und ruderte mit den Armen. Ray bekam ihn gerade noch am Kragen zu fassen und hievte ihn zurück auf die Brücke, wobei er ihm ganz nebenbei in die Seitentasche fasste. Der Geldbeutel darin war so leer und leicht wie Rays Gewissen, und er gratulierte sich zu seiner guten Menschenkenntnis und Beobachtungsgabe.

»Oh, hoppla«, lallte der Mann und hatte Mühe, sein Gleichgewicht wiederzufinden. »Wär doch nicht nötig gewesen.«

»Hat aber auch nicht geschadet«, antwortete Ray, hakte sich bei ihm unter und geleitete ihn zu dem Trampelpfad, der sich direkt vor dem Gasthaus gabelte. Linker Hand ging es zum Lambeth Palace und zu den »Stangate Stairs«, der Anlegestelle gegenüber von Westminster, und rechter Hand führte der schmale und schlammige Weg durchs Marschland nach Norden, wo er irgendwann auf den befestigten Uferweg stieß.

»Wohin soll's gehen?«, fragte Ray.

»Nach Hause«, murmelte der andere. »Pudding Lane.«

»In die City also«, murmelte Ray, der einige Kneipen in der Nähe der Pudding Lane aus beruflicher Erfahrung kannte, und setzte hinzu: »Wir können zusammen gehen. Ich muss auch zur Brücke.« Er schien selbst über seinen Vorschlag überrascht, und als bräuchte er einen weiteren Vorwand für seine Hilfsbereitschaft, fügte er hinzu: »Fängt gleich an zu schütten. Da bleibt man im Sumpfland besser zusammen.«

»Mein Name ist Tom«, stellte der andere sich vor und verbeugte sich unbeholfen, wobei er gleich wieder die Balance verlor und sich mit den Händen auf dem Boden abstützen musste.

Ray unterließ es wohlweislich, seinen Namen zu nennen, legte Toms Arm um seine Schulter und sagte: »Na, dann los, mein Freund, bevor wir nasse Füße bekommen!«

Leider hatte der heilige Petrus kein Erbarmen mit ihnen. Das Gewitter brach genau in dem Augenblick über sie herein,

209

als sie das Marschland durchquert und die Themse erreicht hatten. Wäre Ray allein unterwegs gewesen, wäre er vermutlich trockenen Fußes nach Hause gekommen, doch sein schwankender Begleiter erwies sich als hinderlicher und zeitraubender Ballast, vor allem auf dem glitschigen und morastigen Untergrund, sodass der prasselnde Regen sie auf freiem Feld erwischte. Selten hatte Ray solche Sturzbäche gesehen, und er konnte sich an wenige Gewitter erinnern, deren Donnerschläge ähnlichen Lärm verursacht hatten. Es schüttete und krachte und blitzte, dass einem Hören und Sehen verging. Binnen weniger Sekunden waren sie bis auf die Haut durchnässt. Während Ray die feuchte Abkühlung lediglich als unangenehm und ärgerlich empfand und er seinen trunkenen Begleiter insgeheim verfluchte, schien Tom von dem Regenguss wieder wach und annähernd nüchtern zu werden.

»Nanu!« Er schüttelte und reckte sich, als habe er geschlafen, und fragte: »Wo ist mein Pferd?«

»Du hattest ein Pferd dabei?« Sie mussten schreien, weil sie sich sonst nicht verstanden hätten. »Bist du sicher?«

Tom überlegte, schob die Unterlippe vor und sagte: »Keine Ahnung.« Er lachte, schien plötzlich hellwach zu sein und rief: »Was war das?«

»Was meinst du?«, fragte Ray.

»Da hat jemand geschrien«, behauptete Tom.

»Unsinn!«, fauchte Ray und betrat den Uferweg, der in Richtung Westen Narrow Wall und nach Osten hin Upper Ground hieß. Zwar hatte auch er etwas gehört, aber bei dem infernalischen Lärm des Gewitters waren einzelne Geräusche kaum zu unterscheiden. »Das war nur der Donner.«

»Ach was, dafür war's nicht laut genug, und außerdem hat es vorher gar nicht geblitzt!«

»Es blitzt und donnert doch andauernd«, erwiderte Ray erstaunt. »Man versteht ja sein eigenes Wort nicht.«

Tom schüttelte störrisch den Kopf und riss sich von Ray los. »Nein, das war ein Schrei!«

Im gleichen Moment schlugen auf der anderen Seite der Themse zwei Blitze dicht nebeneinander ein und erhellten für die Dauer eines Wimpernschlags das jenseitige und diesseitige Ufer. Eine steinerne Treppe führte vom Uferweg hinunter zum Fluss und zu einer um diese Uhrzeit verwaisten Anlegestelle, die man »Old Barge House« nannte, weil dort ein alter, ausgedienter Kahnschuppen stand. Unmittelbar neben dem Schuppen sah Ray die Umrisse zweier Männer, die im doppelten Blitzlicht wie in Stein gehauen wirkten. Der eine stand gebückt und zusammengekauert da und hob abwehrend die Hände, der andere beugte sich über den ersten und streckte die Arme in die Höhe, als wolle er sich an eine höhere, nicht irdische Instanz wenden. Dann war alles wieder dunkel, und der zweifache Donner krachte.

»Hast du das gesehen?«, fragte Tom, als der Lärm vorüber war.

»Hab ich«, war alles, was Ray erwidern konnte.

Wenig später schlug erneut ein Blitz in der Nähe ein, diesmal auf der Southwarker Seite, und wieder wurde die Szenerie für kurze Zeit in gleißendes Licht getaucht. Tom und Ray fuhren vor Schreck zusammen, als sie das Gesicht eines Mannes direkt vor ihrer Nase sahen. Es war nicht nur die Überraschung, die sie zusammenzucken und aufschreien ließ, sondern auch der Ausdruck in dem Gesicht des Mannes. Er schien wie von Sinnen, hatte die Augen weit aufgerissen und starrte sie an, als wolle er sich im nächsten Augenblick auf sie stürzen. Der Kerl war vielleicht fünfzig oder sechzig Jahre alt, hatte schulterlanges, dunkles Haar, buschige Augenbrauen und einen verfilzten Vollbart. In dem unwirklichen Licht war sein Gesicht bleich wie der Mond.

Obwohl es im nächsten Moment bereits wieder finstere Nacht war, glaubte Ray gesehen zu haben, dass der Mann an ihnen vorbei nach Osten davongerannt war. In Richtung Southwark.

»Der hatte es aber eilig«, brummte Tom und nahm den Federhut vom Kopf, als habe er vergessen, dass es nach wie vor in Strömen regnete.

»Vermutlich nicht ohne Grund«, murmelte Ray, stieg die Treppen zur Themse hinab und ging zu der Stelle neben dem Kahnschuppen, an der die beiden Männer gestanden hatten. Und tatsächlich, genau an dem Fleck, an dem der eine Mann gekauert hatte, lag nun eine leblose Gestalt bäuchlings im Schlamm. Zwischen zwei Wolkentürmen schaute die Sichel des zunehmenden Mondes für kurze Zeit hervor, und als Ray den Mann auf den Rücken drehte und sein bleiches Gesicht und die erschlafften und verzerrten Züge darin sah, wusste er, dass hier kein Wundarzt mehr helfen konnte. Das Messer in seiner Brust, das er erst jetzt bemerkte, bestätigte lediglich, was ohnehin unverkennbar war.

»Ist er …?«, fragte Tom, der ihm gefolgt war und über die Schulter schaute.

»Ja«, antwortete Ray und sprang auf. »Bleib du hier! Ich schnapp mir den Kerl.«

»Hierbleiben? Bei der Leiche? Spinnst du?!«

»Der Tote beißt schon nicht«, knurrte Ray.

»Warum willst du dem Mörder hinterher? Bist du lebensmüde?«

»Sein Mordwerkzeug hat er ja dagelassen«, rief Ray und rannte die Treppe hinauf. Als er den Upper Ground betrat und nach Osten schaute, sah er nichts als tiefe Schwärze, die nur noch durch vereinzelte Blitze aufgehellt wurde, dennoch lief er los und hielt zugleich nach beiden Seiten Ausschau, falls sich der Mörder in den Sträuchern und Büschen am Wegesrand versteckt hatte.

Der Upper Ground führte geradewegs am Themseufer entlang, zunächst über freies Feld und ungesäumt von irgendwelchen Bauten, sah man einmal von den Treppen ab, die in unregelmäßigen Abständen zum Fluss hinunterführten. Nach einiger Zeit tauchten die ersten Häuser und Höfe auf, und schließlich ging der Weg in die mit einer Ufermauer versehene

Bankside über, auf der sich Häuser, Schänken und kleine Gewerbehöfen dicht aneinanderdrängten. Von dem Mann war auf der gesamten Strecke nichts zu sehen gewesen, und ihn hier im Häuserlabyrinth von Southwark noch ausfindig zu machen, erschien Ray höchst unwahrscheinlich. Vermutlich hockte der Kerl längst in einer der Schänken, die noch geöffnet waren, oder er versteckte sich in einem dunklen Hinterhof, wo er vor Entdeckung sicher war. Ray stand am östlichen Ende der Bankside, etwa auf der Höhe des Gasthauses »Castle on the Hoop«, hatte keinen trockenen Fetzen mehr am Leib und wollte nicht länger nach einer Nadel im Heuhaufen suchen. Er überlegte bereits, ob er auf direktem Weg nach Hause gehen, im »Castle« noch ein Bier trinken oder zum alten Kahnschuppen zurückkehren sollte, als er eine Gestalt in seltsamer Hockstellung in der Nähe des Clink-Gefängnisses entdeckte. Dass es sich um den Mörder handelte, hielt Ray für unwahrscheinlich. Warum sollte er mitten auf dem Weg niederknien, die Arme seitlich ausstrecken und mit der Stirn den Boden berühren? Denn genau das tat diese Person.

Als ein Blitz hinter der Kirche von St. Saviour über den Himmel zuckte und den Schatten des Kirchturms auf die Bankside warf, hatte Ray einen Moment lang den Eindruck, als liege dort ein Mönch zum innigen Gebet auf dem Boden ausgebreitet. Er näherte sich vorsichtig und glaubte bereits, den nächsten Trunkenbold vor sich zu haben, als der Kerl plötzlich aufsprang und sich drohend vor ihm aufbaute. Ray hatte sich getäuscht: Es war der Mörder! Der irre Blick war unverkennbar und ging ihm durch Mark und Bein, wieder starrten ihn die dunklen Augen des Mannes unter buschigen Brauen an, als sei er ein lästiges Ungeziefer, das es auszurotten gelte. Eine Zeit lang standen sie sich wie zu Salzsäulen erstarrt gegenüber, ohne Bewegung, ohne Worte. Nur der faulige Atem des Mannes schlug Ray entgegen, und er konnte seine Alkoholfahne riechen. Auch wenn er auf Ray nicht den Eindruck eines Betrunkenen machte.

Plötzlich stieß der Kerl einen unmenschlichen Schrei aus und rammte ihm die Faust in den Magen, dass er zusammenklappte und rücklings zu Boden ging. Während Ray sich auf dem nassen Pflaster wälzte und nach Luft rang, rannte der andere am Winchester House vorbei und bog am Dock von St. Mary Overy rechts ab, um auf dem Friedhof der alten Kirche zu verschwinden.

»Wir sehen uns wieder, du Hurensohn!«, rief Ray ihm hinterher, jedenfalls wollte er das rufen, doch es kam nur ein tonloses Fiepen über seine Lippen. Er blieb auf dem Hosenboden sitzen, massierte sich den Magen und starrte ins Leere. Der Blick des Mannes ging ihm nicht aus dem Kopf und ließ ihn immer noch erschauern. Der verrückte und gehetzte Ausdruck in seinen Augen hatte Ray an ein wildes Raubtier erinnert, das in die Enge getrieben war und zum Angriff ansetzte. Dieser Blick hatte gesagt: »Zweimal sind wir uns begegnet, Fremder, beim dritten Mal muss ich dich töten!« Und Ray verspürte keinerlei Lust, es darauf ankommen zu lassen. Dafür war ihm sein nutzloses Leben zu lieb und teuer. Sollte der Kerl doch bleiben, wo der Pfeffer wuchs.

Eigentlich wäre das nächtliche Abenteuer damit für ihn beendet gewesen, doch der Gedanke an den betrunkenen und hilflosen Tom, der vermutlich immer noch bei der Leiche Wache stand, hielt Ray davon ab, die wenigen Schritte nach Hause oder in die Schänke zu gehen. In seinem Zustand war Tom womöglich neben dem Ermordeten eingeschlafen und von Passanten als vermeintlicher Mörder festgesetzt worden. Wie sollte er beweisen, dass er nicht der Täter war? Und wer wollte ihm glauben? Oder er bibberte vor Angst und heulte wie ein Schlosshund, weil er sich vom Geist des Toten heimgesucht wähnte. In Gedanken malte Ray sich die absonderlichsten Szenarien aus, und obwohl er den Geck in seinen albernen Pluderhosen gar nicht kannte und ihn heute zum ersten und vermutlich letzten Mal gesehen hatte, wollte er doch sichergehen, dass ihm nichts Schlimmes widerfahren war. Selbst ein Gauner wie

Ray Webster besaß schließlich ein Herz. Nasser konnte er ohnehin nicht werden, und die Müdigkeit hielt sich nach der Aufregung der letzten Minuten in Grenzen. Deshalb machte er kehrt und ging zurück zum »Old Barge House«.

3

Im Osten begann es bereits zu dämmern, als Ray den Kahnschuppen erreichte. Der Regen hatte nachgelassen, es tröpfelte
nur noch ein wenig, das Blitzen und Donnern hatte aufgehört,
und die Wolken lichteten sich von Westen her. Das Gewitter
hatte insgesamt vielleicht eine halbe Stunde gedauert und sich
dann verzogen. In dem diffusen Dämmerlicht erkannte er vom
Upper Ground aus, dass sich eine Handvoll Menschen, allesamt Männer, vor dem Kahnschuppen an der Themse versammelt hatte. Vermutlich waren weitere späte Heimkehrer vom
»Maiden Inn« auf dem Uferweg entlanggegangen und von
Tom auf den Vorfall und den Toten aufmerksam gemacht worden. Als Ray die Treppen hinabstieg, hörte er ihn lauthals und
gestenreich von seinem Abenteuer erzählen, wobei er größtenteils bei der Wahrheit blieb und nur den eigenen Anteil am
Geschehen aufwertete und ausschmückte. Wenn man ihm zuhörte, konnte man den Eindruck gewinnen, Tom habe sich
dem Koloss von Mörder wagemutig in den Weg gestellt und sei
nach einem heftigen Kampf nur wegen des vor Blut triefen-
den Messers in der Hand des Schurken zurückgewichen. Dass
das Tatwerkzeug immer noch in der Brust des Opfers steckte,
schien den Zuhörern nicht aufzufallen, zu sehr waren sie darauf
erpicht, grausige und gruselige Einzelheiten des Verbrechens zu
vernehmen. Und Tom, dessen Trunkenheit einer erstaunlichen
Redseligkeit gewichen war, tat sein Bestes, den Wünschen seines Publikums zu entsprechen.

»Da ist er ja!«, rief Tom erfreut und zugleich erleichtert, als
er Ray sah. »Da ist mein Freund, von dem ich euch erzählt hab.
Er hat alles gesehen und kann's bezeugen.« Er lief auf ihn zu
und fragte: »Hast du den Kerl erwischt?«

»Er ist mir in Southwark entkommen«, antwortete Ray kopfschüttelnd.

»Zu dumm«, erwiderte Tom. »Na, macht nichts. Die Konstabler werden ihn schon zu fassen bekommen.«

»Welche Konstabler?«

»Es ist schon jemand mit dem Pferd unterwegs zur Pfarre von St. Mary in Lambeth«, antwortete Tom und richtete seine Worte zugleich an die Umstehenden, die Ray neugierig und ein wenig misstrauisch aus der Entfernung beäugten. »Das ist der zuständige Pfarrbezirk, hat der Mann gesagt, darum ist er gleich runter nach Lambeth, um die Konstabler zu alarmieren.«

»Dann werde ich ja nicht mehr gebraucht«, murmelte Ray, senkte den Blick und wollte sich verdrücken. »Ich bin müde und muss schleunigst ins Bett.«

»Nichts da!«, rief Tom und hielt ihn am Ärmel fest. »Du wirst schön bleiben und meine Aussage bestätigen. Wir sind immerhin Zeugen eines Mordes.«

»Ein Zeuge reicht völlig«, antwortete Ray und riss sich los. »Wie ich gerade gehört habe, fällt es dir nicht schwer, die Geschichte ebenso wahrheitsgemäß wie mitreißend zu erzählen.«

»Du bleibst!«, rief Tom und klammerte sich regelrecht an Ray fest. Entweder hatte er tatsächlich Angst, als Mörder bezichtigt zu werden, oder er war immer noch betrunkener, als es nach außen hin den Anschein hatte.

Bei dem Gerangel, das nun entstand und Ray ziemlich albern erschien, musste er all seine Kraft aufwenden, um sich aus der Umklammerung zu befreien. Dabei bekam seine Hand einen harten Gegenstand in der rechten Seitentasche von Toms Gehrock zu fassen. Es fühlte sich an wie ein mit großen Münzen gefüllter Geldbeutel. Derselbe Geldbeutel, der vor Kurzem noch so dürr und klapprig wie ein Windhund gewesen war. Für einen kurzen Moment befürchtete Ray, einem geschickten Kollegen seiner Zunft aufgesessen zu sein, und stieß ihn mit aller Macht weg. Hatte Tom ihn nur umklammert, um ihm das Geld aus der Tasche zu ziehen? Panisch griff Ray nach seinem Geldbeutel und stellte erleichtert fest, dass er an Ort und Stelle war und nicht an Umfang oder Gewicht verloren hatte. Überrascht schaute er Tom an, der ihn seinerseits verdutzt anglotzte. Dann ging Rays Blick zu dem Toten und allmählich dämmerte es ihm. Als er vorhin den Tatort verlassen hatte, hatte der Mann auf dem Rücken gelegen. Nun lag er auf der Seite, und sein langer Umhang war geöffnet und nach hinten geklappt.

»Schäm dich, Tom«, flüsterte Ray und grinste.

»Was meinst du?«

»Einem Toten in die Taschen zu greifen«, antwortete Ray und schüttelte halb belustigt, halb erstaunt den Kopf. »Pfui, dir ist wohl gar nichts heilig.«

Tom zuckte zurück, als hätte man ihn geschlagen, schien einen Augenblick lang unschlüssig zu sein, dann gestikulierte er plötzlich wild mit den Armen und wandte sich an die gaffenden Männer, die das seltsame Schauspiel verfolgt hatten, ohne ein Wort zu verstehen. »Dann haut doch ab, Sir!«, rief er. »Ihr habt wohl was zu verbergen, was? Oder warum habt Ihr solche Angst vor den Konstablern? Steckt Ihr mit dem Mörder unter einer Decke, Sir? Verschwindet, bevor ich's mir anders überlege!«

Wäre Tom ein Schauspieler auf der Bühne gewesen, hätte Ray ihm vermutlich Beifall geklatscht. So beließ er es bei einem geflüsterten: »Zu Befehl, du Halunke. Und auf Nimmerwiedersehen.«

Im gleichen Moment rief jemand: »Da kommen die Konstabler.«

Ein Einspänner näherte sich von der Windmühle im Westen, gefolgt von einem einzelnen Reiter, und sämtliche Anwesenden fuhren herum. Tom bedachte Ray mit einem letzten Grinsen, das man durchaus als durchtrieben bezeichnen konnte, wandte sich dann ebenfalls um und rannte die Treppe hinauf.

»Hierher!«, rief Tom und wedelte mit den Armen, als hätten die Konstabler nicht längst die Menschenmenge vor dem Schuppen gesehen. »Hier ist der Mord geschehen! Ich kann Euch genau berichten, was passiert ist. Ich war Zeuge und hab den Mörder mit eigenen Augen gesehen!«

Ray nahm die Gelegenheit beim Schopf, schlug sich unbemerkt seitwärts in die Büsche, krabbelte die Böschung hinunter zur Themse und lief am Wasser entlang in östlicher Richtung, bis er die Anlegestelle am Paris Garden erreicht hatte. Dass er sich im schlammigen Fluss nasse Füße holte, kümmerte ihn nicht weiter. Er triefte ohnehin am ganzen Körper.

Als er wenig später Southwark erreichte, kam er erneut am Clink-Gefängnis vorbei, und da inzwischen der Morgen angebrochen war, sah er, an welcher Stelle der Mörder niedergekniet und den Boden mit der Stirn berührt hatte. Nur wenige Fuß entfernt befand sich der Pranger, ein dunkler Holzpflock, der mit schweren Ketten und Ringen versehen war und an dem die armen Büßer ihre Schande zur Schau stellen mussten. Es mag ein Zufall gewesen sein, dass der Mann ausgerechnet hier auf dem Boden gelegen hatte, direkt neben dem Schandpfahl und im Schatten der Kirche von St. Saviour. Vielleicht aber auch nicht.

Bereits am nächsten Tag war der Mord am »Old Barge House« in aller Munde und das vorrangige Gesprächsthema in allen Southwarker Schänken und Läden. Allerlei Gerüchte kursierten, jeder kannte irgendjemanden, der angeblich irgendetwas wusste oder mit dem Vorfall zu tun gehabt hatte. Die beiden Konstabler des Sprengels von St. Mary befragten unter anderem die Gastwirte an der Bankside, die wiederum die mit einem solchen Kapitalverbrechen völlig überforderten Konstabler ausfragten, um anschließend ihren neugierigen Gästen etwas erzählen zu können. Zeugenaussagen wurden gesammelt und wieder aussortiert, Mutmaßungen und Halbwissen ersetzten die kaum vorhandenen Fakten. Nach wenigen Tagen des Tratschens und Hörensagens hatte sich eine sozusagen offizielle Version der Ereignisse herausgeschält, die zwar nur bedingt etwas mit der Wahrheit zu tun hatte, die aber von allen als glaubhaft akzeptiert und eifrig weitergegeben wurde:

In den frühen Morgenstunden des 16. August 1664 wurde in der Nähe der Anlegestelle »Old Barge House« am Südufer der

Themse, im Kirchspiel St. Mary zu Lambeth ein etwa 35-jähriger Mann von einem Straßenräuber überfallen, ausgeraubt und niedergestochen. Durch das beherzte und unerschrockene Eingreifen eines Passanten, Sohn eines königlichen Bäckers in der Pudding Lane, wurde der Mörder zwar in die Flucht geschlagen, jedoch war das Leben des Überfallenen nicht mehr zu retten. Das Tatwerkzeug, ein zweischneidiger Dolch mit schmucklosem Holzgriff, steckte beim Eintreffen der zuständigen Konstabler noch bis zum Heft in der Brust des Toten. Ein zweiter Passant, ebenfalls Zeuge des Mordes und womöglich Komplize des Meuchlers, entzog sich der Befragung durch die Konstabler. Der Name des Mannes war dem Zeugen unbekannt, und auch sein Aussehen konnte von dem Bäckersohn nur unzureichend beschrieben werden: etwa zwanzig Jahre alt, nicht groß, nicht klein, unauffällig gekleidet und ohne besondere Merkmale. Trotz intensiver Fahndung konnte der Mann nicht ausfindig gemacht werden.

Die Identität des Toten wurde hingegen sehr bald und nicht zuletzt aufgrund der Aussage seiner Vermieterin festgestellt. Es handelte sich um einen Gentleman namens Robert Gavell, Stiefsohn des Grundherrn und Pfarrers des Kirchspiels Cobham in der Grafschaft Surrey, wohnhaft am St. Margaret's Hill in der St. George Pfarre zu Southwark. Wenige Stunden vor der Tat war Gavell in der Schänke »Castle on the Hoop« an der Bankside gesehen worden, wie der Wirt des Inns glaubhaft versicherte. Etwa gegen zwei Uhr verabschiedete sich Gavell vor der Schänke von zwei Zechkumpanen und wandte sich nach Westen. Danach wurde er nicht mehr lebend gesehen. Ob der Mörder seinem Opfer auf der Straße nach Lambeth oder bereits an der Bankside aufgelauert hatte, ließ sich nicht mehr ermitteln. Dem Toten wurden bei der Tat sowohl der Geldbeutel wie auch einige wertvolle Ringe und eine silberne Schnupftabaksdose gestohlen.

Der entkommene Raubmörder, über dessen mutmaßlichen Aufenthaltsort nichts in Erfahrung gebracht werden konnte, wurde von dem oben genannten Zeugen wie folgt beschrieben: etwa vierzig Jahre alt, von kräftiger Statur, mindestens sechs Fuß groß, mit dichten Augenbrauen, stechenden Augen, schulterlangem dunklem Haar und üppigem Vollbart.

Dass der Mörder bei dieser in Teilen grob irreführenden Beschreibung nicht aufgespürt wurde, konnte nicht wirklich verwundern. Weshalb der brave Tom den Mann jünger und größer gemacht hatte, als es tatsächlich der Fall gewesen war, darüber ließ sich nur spekulieren. Entweder war ihm der Mörder in seinem betrunkenen Zustand tatsächlich um Jahrzehnte jünger und einige Inches größer erschienen, oder er hatte das Alter und die Statur des Täters absichtlich verändert, um den eigenen Wagemut zu unterstreichen.

Die Tatsache, dass Tom sich bei der Beschreibung des zweiten Zeugen alle Mühe gab, vage und unbestimmt zu bleiben, ließ sich hingegen leicht erklären. Es konnte ihm schließlich nicht daran gelegen sein, dass man Ray fand und zu den Vorkommnissen befragte. Zu peinlich und belastend hätte Rays Aussage ausfallen können. Also verschwieg Tom, dass sie sich bereits vor dem »Maiden Inn« getroffen hatten und Ray nicht nur ein flüchtiger Passant gewesen war. Und er ließ sowohl Rays abstehende Ohren als auch seine schiefe Nase unerwähnt. Ray konnte das nur recht sein, nicht nur aus Eitelkeit, und so dankte er es dem anderen mit Verschwiegenheit. Keiner der übrigen Anwesenden hatte Ray aus der Nähe gesehen, und er hatte darauf geachtet, seinen Kopf gesenkt zu halten, sodass nicht zu befürchten stand, dass er noch einmal in dieser Angelegenheit behelligt würde.

Zwar setzte die Familie des Ermordeten ein stattliches Kopfgeld auf die Ergreifung des infamen Meuchelmörders aus, und die harmlosen Konstabler aus Lambeth holten sich Verstärkung bei ihren ebenso harmlosen Kollegen der Nachbargemeinden, doch von dem Mörder verlor sich jede Spur. Oder genauer gesagt: Es fand sich niemals eine brauchbare. Robert

Gavell hatte am frühen Abend seine Wohnung am St. Margaret's Hill verlassen, war gegen Mitternacht an der Bankside gesehen und drei Stunden später am »Old Barge House« erdolcht worden. Mehr ließ sich nicht sagen, nichts weiter wurde herausgefunden.

Ende der Geschichte.

4

Das Jahr 1665 kam, und mit ihm kam die Pest. Das große Sterben begann und hörte das ganze Jahr nicht mehr auf. Ihren Anfang genommen hatte die Seuche im November 1664 in der Drury Lane, oben im Sprengel von St. Giles vor den Toren der Stadt, und eingeschleppt wurde sie von zwei französischen Matrosen, wie es hieß. Ray hatte keine Ahnung, ob das Gerücht zutraf, aber gewundert hätte es ihn nicht. Den verdammten Franzmännern war schließlich alles zuzutrauen.

Wie es oft bei Katastrophen geschah, brachte auch die Pest vor allem das Böse und Hässliche in den Menschen zum Vorschein. Davon war Ray fest überzeugt, jedenfalls hatte er diese Erfahrung immer wieder machen müssen. Egal, was andere, nachsichtiger oder milder gestimmte Zeitgenossen behaupten mochten. Ärzte und Apotheker flohen aufs Land und leugneten ihre Profession. Pfaffen packten die Koffer und verließen ihre Sprengel, nachdem sie kurz zuvor noch das Gleichnis vom guten Hirten und verlorenen Schaf gepredigt hatten, Flussschiffer verdreifachten das Fährgeld, Pferdekarren kosteten plötzlich das Fünffache des regulären Preises, die Pferde dazu waren unerschwinglich, vermeintliche Wundermittel wurden von Quacksalbern zu Wucherpreisen feilgeboten und brachten den Menschen den Tod, bevor die Seuche es tun konnte. Hokuspokus und Aberglauben hielten Einzug, Angst und Misstrauen regierten, und der Wahnsinn folgte auf dem Fuß.

Es gab Verrückte wie den Prediger Solomon Eagle, der nackt durch die Straßen lief, sich blutig geißelte, heiße Asche über sein Haupt schüttete, die Menschen wortgewaltig zu Reue und Buße aufrief und das baldige Ende Londons und der ganzen Welt verkündete. Oder Schwachköpfe wie Rays Nachbarn Rat Scabies, um dessen Verstand es schon vor der großen Pest nicht gut bestellt gewesen war, der sich nun jedoch als absoluter Vollidiot entpuppte.

Der selbst ernannte Pestbekämpfer und Rattenfänger von

Southwark ließ die armen Nager schmoren und in Flammen aufgehen, weil er glaubte, mit den pelzigen Viechern lasse sich auch die Seuche ausrotten. Seine Rattenfeuer hatte er schon immer entzündet, soweit Ray sich erinnerte, doch mit dem Ausbruch der Pest nahm seine Zündelei ein Ausmaß an, das nur noch als krankhaft bezeichnet werden konnte. Seinem Beruf als fahrender Händler kam er kaum noch nach, selten sah man ihn mit seinem Bauchladen in den Straßen oder auf den Märkten. Dafür schlurfte das alte Krätzegesicht ständig mit seinem Handkarren durch die Gegend, um neue Nahrung für sein Feuer zu beschaffen. Durchaus möglich, dass er die Viecher sogar verspeiste. Im Dark Entry roch es jedenfalls Tag und Nacht derart penetrant nach verbranntem Rattenfleisch, dass es einem den Magen umdrehte. Und wehe man kam seinem Feuer zu nahe, dann ging er mit der Forke auf einen los. Beinahe so verhasst wie die Ratten waren dem alten Scabies die Angehörigen des anderen Geschlechts, auch wenn die Frauen, in denen er anscheinend durchweg babylonische Huren sah, natürlich nicht auf seinem Feuer landeten. Früher war er mal verheiratet gewesen, doch angeblich war er nie über den Tod seiner Frau Eliza – sie war während der Pest vor vierzig Jahren gestorben – hinweggekommen, sodass er nun auf alle anderen Weiber schimpfte und sie mitunter auf offener Straße anspuckte. Wenn er nicht gerade den verflohten Ratten hinterherjagte oder jammernd in der Ecke hockte und den Krätzwürmern unter seiner Haut zu Leibe rückte. Ein armer Irrer!

Ein weiterer Wahnsinniger, der in diesem Jahr 1665 auftauchte, aber nicht mit Predigten oder Rattenfeuern, sondern mit einem Messer von sich reden machte, war der Schlitzer von der Southbank:

Die Kirchsprengel am Südufer der Themse waren bis zum Juni weitgehend von der Pest verschont geblieben. Während in den westlichen Vororten die Leute bereits wie die Fliegen starben und die Pest auch in die ummauerte City eingedrungen war, gab es in Lambeth, Southwark und Bermondsey kaum

Tote zu beklagen. Das änderte sich im Sommer, und beinahe gleichzeitig wurden die ersten Frauenleichen aus der Themse gefischt. Bis zum Ende des Jahres mussten fünf oder sechs Frauen dran glauben, und alle hatten sie eines gemeinsam: Sie waren entweder Straßenhuren oder Schankfrauen gewesen und hatten sich nachts allein in den Gassen südlich der Themse herumgetrieben. Nachdem der »Slasher« mit ihnen fertig war, sollen ihnen diverse Körperteile gefehlt haben, aber darüber gingen die Mutmaßungen weit auseinander. Manche behaupteten, der Mörder habe sinnlos auf die Frauen eingestochen, andere waren sich sicher, er habe sie regelrecht fachmännisch in Stücke zerlegt. Wieder andere meinten, jeder der Frauen habe ein Körperteil gefehlt, allerdings jeweils ein anderes, und der Mörder habe den Frauen zudem das Haar abgeschnitten. Schwarz sei es gewesen, das Haar, schwarz wie die Nacht. Ray kannte all die Gerüchte und Geschichten, aber da er keines der Opfer persönlich gekannt hatte, interessierten sie ihn nicht weiter. Seit dem Ausbruch der Pest hatte er mit ganz anderen Sorgen und Nöten zu kämpfen.

Als Beutelschneider und Taschendieb hatte Ray es mit der Zeit zu einiger Meisterschaft gebracht, doch auch dem talentiertesten Ganoven nützte das größte Geschick wenig, wenn sich die Opfer und Gelegenheiten rar machten. Mit der Ausbreitung der Pest und der zunehmenden Angst der Bürger vor Ansteckung blieben die Gasthöfe, Bierhäuser, Märkte und Vergnügungsstätten mehr und mehr verwaist. Menschenansammlungen wurden gemieden, jegliches Gedränge wurde umgangen, fremde Gesichter wurden kritisch beäugt. Solange sich dies auf die Vororte nördlich und westlich der Themse beschränkte, konnte Ray das egal sein, doch mit dem Überschwappen der Seuche auf die Südseite machten sich auch dort Argwohn und Abschottung breit. Die Leute hatten Angst vor der Pest und hielten sich gleichzeitig und beinahe ungewollt auch die Diebe vom Hals. Selbst eine Erscheinung wie Ray konnte sich nicht mehr ungehindert und unauffällig unters

Volk mischen. Um Leuten in die Tasche greifen zu können, musste diese Tasche in Reichweite sein, was leider nicht mehr so häufig der Fall war.

Wirklich besorgniserregend wurde die Lage, als am 1. Juli in ganz London die Pestverordnungen in Kraft traten: »Anordnungen, beschlossen und erlassen vom Lord Bürgermeister und dem Stadtrat der Stadt London, die Verseuchung durch die Pest, 1665, betreffend.« Ein langer Name für ein großes Ärgernis, wie Ray fand. Denn darin wurde nicht nur befohlen, dass befallene Häuser verriegelt und bewacht, Kranke gemeldet und abgesondert, Tote bei Nacht in Pestgruben bestattet und Unrat und Müll auf der Stelle beseitigt werden sollten, es gab auch eine sogenannte »Verordnung, lose Personen und müßige Ansammlungen betreffend«, die für Ray und seine Zunft schmerzliche finanzielle Folgen hatte. Alle Vergnügungen, Tierkämpfe, Theateraufführungen, Glücks- und sonstige Spiele, die zu Menschenansammlungen führten, wurden verboten. Festveranstaltungen in Gasthäusern oder Bierhallen waren ab sofort untersagt. Vor allem aber wurden den Trinkhäusern neue Schließzeiten verordnet: »Keine Gesellschaft oder Einzelperson darf nach neun Uhr abends in einer Schänke, einer Bierhalle oder einem Kaffeehaus bleiben oder einkehren, um zu trinken.« Schon früher hatten der Stadtrat oder die Kirchenoberen versucht, das ausufernde nächtliche Treiben in den Schänken einzudämmen, damit aber keinen dauerhaften Erfolg gehabt. Da nun aber die Schließzeiten genauestens kontrolliert und Zuwiderhandlungen unter drastische Strafen gestellt wurden, hielten sich alle Wirte daran. Nach Einbruch der Dunkelheit ging ohnehin kaum noch jemand auf die Straße, geschweige denn in Gasthäuser. Und nicht nur den Kneipen, auch den Gaunern ging die Kundschaft aus.

Die Diebe, Räuber und Ganoven gehörten zu den Ersten, die von der Pest heimgesucht wurden, denn die meisten von ihnen lebten in den übervölkerten Armensiedlungen der Stadt, in denen sich die Seuche rasend schnell ausbreitete. In St. Giles, wo die Pest als Erstes ausgebrochen war, gab es die berüchtigte »Rookery«, ein Armen- und Verbrecherviertel voller dunkler Sackgassen und Hinterhöfe, das man so nannte, weil die Langfinger, Bettler und Dirnen darin wie in einer Vogelkolonie nebeneinanderhockten. Als die Pest mit dem Sprengel fertig war, lebte in der »Rookery« nur noch jeder fünfte Bewohner. Und die überlebenden Gauner mussten ihr angestammtes Revier verlassen oder sich andere Beschäftigungen suchen. Manche gingen dazu über, die wegen der Pest verlassenen oder verwaisten Häuser zu plündern oder die auf der Straße liegenden Leichen und Halbtoten nach Wertgegenständen zu durchsuchen, was nicht gerade der Gesundheit der betreffenden Halunken zuträglich war. Andere entdeckten die Quacksalberei für sich oder stellten Talismane und gefälschte Reliquien her, die sie den abergläubischen Dummköpfen für ein Heidengeld verkauften.

Für Ray kam so etwas nicht infrage, auch wenn er die Auswirkungen der Pest am eigenen Leib und im eigenen Geldbeutel schmerzhaft zu spüren bekam. Statt sich unter die Aasgeier zu begeben, verwandelte er sich lieber von einer Nachteule in einen Habicht. Er wurde tagaktiv.

Da die Bierhäuser und Schänken nur noch spärlich besucht wurden, widmete er stattdessen den Märkten der Stadt seine Aufmerksamkeit. Denn anders als auf Bier und Branntwein konnten die Menschen auf tägliche Lebensmittel nicht verzichten, und auch wenn die Arbeit wegen des Tageslichts und der mangelnden Trunkenheit der Opfer zeitraubender und heikler wurde, warf sie doch genug für seinen bescheidenen Lebensunterhalt ab. Als die Pest schließlich immer schlimmer wütete, wagten sich die Bauern der umliegenden Dörfer nur noch selten mit ihren Waren auf die Londoner Märkte, und so wurden provisorische Marktstände auf den freien Feldern am Stadtrand errichtet. Die Landleute verkauften das Brot, das Gemüse, den Käse und das Fleisch direkt an den Einfallstraßen, ohne dabei Londoner Pestgebiet betreten zu müssen. Einer dieser behelfsmäßigen Märkte befand sich auf den Feldern von St. George in Southwark, an der Straße nach Kingston und Portsmouth, wo lediglich einige Abdeckereien und Seifensiedereien angesiedelt waren und sich ansonsten Fuchs und Hase Gute Nacht sagten. Auf diesem Markt kam es im Juli 1665 zu einem überraschenden Wiedersehen mit einem Verschollenen.

Es war gegen zehn Uhr morgens an einem Mittwoch, und Ray hatte sich mit Mühe von seinem verwanzten Strohlager erhoben, um seinem Tagwerk – das nun tatsächlich eines war – nachzugehen. Die Händler und Bauern aus der direkten Nachbarschaft Southwarks waren schon seit dem frühen Morgen auf den Feldern und boten ihre Waren feil, doch auch jetzt noch kamen Bauern mit Pferde- und Ochsenkarren aus den weiter entfernten Dörfern Surreys, um ihre Erzeugnisse direkt vom Wagen zu verkaufen und anschließend schleunigst das Weite zu suchen.

Einer dieser Karren fiel Ray auf, weil auf der Ladefläche etliche gepökelte und von Fliegen umschwärmte Schweinehälften an einem Holzgestell hingen. Offensichtlich wollte sich der Bauer nicht die Mühe machen, die Schweine weiter zu zerteilen, da dies den Verkauf und damit seinen Aufenthalt in der Nähe des Pestzentrums in die Länge gezogen hätte, oder die Lieferung war für die Metzger der Stadt bestimmt. Auch der Bauer selbst war eine auffällige Erscheinung, er war ganz in Schwarz gekleidet und trug einen breitkrempigen Strohhut auf dem Kopf. Sein Gesicht erinnerte an die schrundige Borke einer Eiche und seine ausgeprägte Nase an eine runzlige Rübe. Selten hatte Ray einen derart wuchtigen Zinken in einem menschlichen Gesicht gesehen, und auf Anhieb war ihm der Mann sympathisch.

Das eigentlich Überraschende allerdings war der junge Kerl, der neben dem Landmann auf dem Kutschbock saß und den Ray seit beinahe einem Jahr nicht mehr gesehen hatte: sein ehemaliger Nachbar Edward Ingram. Seine lockigen Haare waren nun um einiges länger und wallten ihm bis auf die Schultern, auch erschienen sie Ray dunkler und nicht mehr von dem leuchtenden Fuchsrot, das den Hitzkopf verriet. Edward hatte Gewicht zugelegt und wirkte nicht mehr so schlaksig, sondern kräftiger und muskulöser. Gekleidet war er wie ein einfacher Landmann, in grobem Leinen und mit hölzernen Pantinen an den Füßen, und er paffte nachdenklich eine Pfeife. Das Rauchen hatte sich seit dem Ausbruch der Pest sehr verbreitet, da es hieß, der Tabaksqualm sei eine wirkungsvolle Abwehrwaffe gegen den tödlichen Pesthauch. Was allerdings noch zu beweisen war.

Der Pferdekarren kam in Rays unmittelbarer Nähe zum Stehen. Instinktiv zog Ray seinen Schlapphut in die Stirn und stellte sich hinter die Leinwand des nächsten Marktstandes. So konnte er das Gespräch der beiden auf dem Kutschbock belauschen und ihre Aktivitäten verfolgen, ohne selbst gesehen zu werden.

»Hab Dank, Jeremiah!« Edward nahm ein kleines Bündel in die Hand und sprang vom Bock.

»Überleg's dir noch mal«, antwortete der Bauer und kletterte auf die Ladefläche. »Es wäre besser, wenn du nachher mit zurückkommst. Sobald die Schweine verkauft sind, ist Platz genug auf dem Wagen.«

Edward schüttelte entschieden den Kopf und sagte: »Hab was zu erledigen.«

»Ausgerechnet jetzt? In Oxshott wärst du wenigstens sicher.«

»Ich bin den Oldershaws lang genug zur Last gefallen.«

»Es ist wegen Joshua, nicht wahr?«

Edward antwortete mit Schweigen und Achselzucken.

»Joshua mag ein eigenwilliger Kerl und harter Brocken sein«, sagte der Bauer. »Aber er meint es nur gut. Du solltest es dir nicht so zu Herzen nehmen.«

»Du hast recht, Jeremiah, er meint es gut, aber das ist auf Dauer kaum zu ertragen.« Edward zögerte einen Augenblick und setzte dann hinzu: »Glaub mir, es ist besser so. Für Josh Oldershaw und für mich.«

»Wenn du meinst.«

Edward nickte und hob die Hand zum Gruß. »Wann fährst du zurück nach Putney?«

»Sag Nelly, dass ich bis zum Mittag bleibe. Wenn sie und die Kleine bis dahin nicht hier sind, fahre ich ohne sie nach Hause. Ich hab keine Lust, mir die Pestbeulen einzufangen. Und sag ihr, sie soll die Gesundheitszeugnisse nicht vergessen, sonst lassen sie uns nicht aus London heraus.«

»Nelly wird da sein. Und Humble mit ihr.«

»Die Landluft wird der Kleinen guttun. Frieden sei mit dir, Edward.«

»Frieden auch dir, Jeremiah.«

Damit war das Gespräch beendet. Der Bauer reichte Edward zum Abschied beide Hände und wandte sich dann den Kunden zu, die sich bereits vor seinem Wagen versammelt hatten. Edward zog sich die Mütze tief ins Gesicht, warf sich das Bündel über die Schulter und eilte in westlicher Richtung durch die Wiesen davon, als habe er Angst, verfolgt zu werden. Er konnte nicht wissen, wie berechtigt seine Angst war.

Die Felder von St. George bestanden nur aus Feuchtwiesen, Wasserlachen und Weideland, kaum ein Haus oder Baum behinderte die Sicht auf die Brache und Ödnis, und so wäre es Ray kaum möglich gewesen, Edward zu verfolgen, ohne sofort von ihm bemerkt zu werden. Eine Verfolgung war auch gar nicht nötig, denn Ray wusste ja, wohin der andere wollte. So blieb er noch eine halbe Stunde auf dem Markt, ging seinen Geschäften nach, die an diesem Tag eher schleppend und unbefriedigend verliefen, und machte sich gegen elf Uhr auf zum »Maiden Inn«. Die Neugier hatte ihn gepackt.

Da es außer dem Uferweg an der Southbank keinen befestigten Weg zwischen dem Borough und dem Lambeth Marsh gab, musste Ray wie Edward mitten durchs Feuchtgebiet stapfen und holte sich nicht nur nasse Füße, sondern auch einen ordentlichen Vorrat an Mückenstichen, der eigentlich für den Rest des Sommers hätte reichen sollen. Als er schließlich das einsame Gehöft erreichte, das er zum ersten Mal bei Tage zu Gesicht bekam und das im unbarmherzigen Sonnenschein noch ärmlicher und verfallener wirkte, stellte er erstaunt fest, dass es geschlossen und verwaist war. Ein Schild auf der Brücke verkündete: »Sabbat«. Dabei war heute gar kein Fasten- oder Feiertag.

Ray überquerte die Brücke, deren Geländer inzwischen mit Holzbrettern ausgebessert war, und betrat den Hof genau in dem Moment, da sich die Tür zum Haupthaus öffnete. Er konnte sich gerade noch hinter dem verfallenen flachen Gebäude verstecken, das einst als Hahnengrube gedient hatte, bevor vier Personen auf den Hof hinaustraten. Edward, inzwischen wieder in einer Kleidung, die sich für einen anständigen Stadtbürger ziemte, umarmte eine Frau im dunklen Kapuzenumhang, die Ray an der grauen Löwenmähne als Mutter Southwood erkannte. Neben den beiden stand der Riese George mit einer Reisetasche in der Hand und ein Mädchen von vielleicht zehn Jahren, das Ray noch nie gesehen hatte, dessen Anblick ihm aber durch Mark und Bein ging. Trotz der Mittagshitze war das Mädchen wie im Winter gekleidet, mit einem Drillichumhang über der Joppe und einem Wollschal, den sie um Hals und Kopf gewickelt hatte, als müsste sie sich gegen Sturm oder Regen schützen. Was von ihrem Gesicht zu sehen war, hatte die Farbe von Frischkäse, und das, obwohl seit Wochen und Monaten die Sonne schien und sich der Sommer von seiner besten Seite zeigte. Was vor allem die Pest freute.

Bei dem Mädchen handelte es sich vermutlich um Mutter Southwoods Tochter Humble, von der Ray schon hatte reden hören. Um zu erkennen, dass sie sehr krank und von schwacher Konstitution war, musste man kein Arzt sein. Sie hielt sich ein weißes Tuch vor Mund und Nase und hustete bellend und würgend hinein, dass ihm ganz übel wurde. Zwar stand er einige Yards vom Haupthaus entfernt, doch bildete er sich ein, Blutflecken auf dem Tuch zu erkennen.

Während George in einem der Nebengebäude verschwand, verabschiedete sich Edward von dem Mädchen, das nun hemmungslos weinte, mit einer ebenfalls herzlichen Umarmung. »Dir wird es bei Onkel Josh und Tante Mildred gefallen«, sagte er und streichelte ihre Wange. »Du kennst sie ja.«

»Ich mag keine Schweine«, winselte das Mädchen. »Die stinken.«

»Aber Mary und Joseph freuen sich schon auf dich. Dann hast du endlich wieder Spielkameraden.«

George kehrte derweil mit einem klapprigen Gaul auf den Hof zurück, band die Reisetasche auf der Kruppe fest, hob das weinende Mädchen in den Sattel und führte das Pferd am Zaumzeug zur Brücke.

Im Obergeschoss des Haupthauses öffnete sich in diesem Augenblick ein Fenster, und zwei Frauenköpfe schauten heraus.

»Mach's gut, Hum!«, rief eine der Frauen, die Ray als die hübsche Penelope mit der Säuselstimme erkannte. »Werd schnell wieder gesund, dann bist du ruck, zuck wieder hier!«

Das Mädchen wandte den Kopf, winkte mit beiden Händen und rief schluchzend: »Bis bald, Penelope! Auf Wiedersehen, Sarah!«

»Schluss mit dem Unsinn!«, fauchte Mutter Southwood und scheuchte die beiden Frauen mit einer brüsken Handbewegung vom Fenster fort. »Los! Wir haben nicht den ganzen Tag Zeit!«, fuhr sie ihren Gehilfen George an, zog sich die Kapuze über den Kopf, dass nichts mehr von ihrem Gesicht zu sehen war, und drehte sich dann zu Edward um: »Du kümmerst dich um alles?«

»Kannst dich auf mich verlassen«, antwortete Edward und folgte den dreien zur Brücke. »Hast du die Gesundheitszeugnisse? Jeremiah sagt, dass sie niemanden mehr ohne Passierschein aus der Stadt lassen.«

Mutter Southwood nickte und sagte: »Sicher. Die Papiere haben mich immerhin ein Heidengeld gekostet.«

Das beantwortete Rays Frage, wie die kranke Hum ein Gesundheitszeugnis erhalten hatte. Auch wenn sie vermutlich nicht an der Pest, sondern an irgendeinem Lungenleiden erkrankt war. Vermutlich hatte Mutter Southwood Fälschungen anfertigen lassen oder jemanden vom Magistrat bestochen. Gesundheitszeugnisse waren in diesen Tagen Gold wert.

»Wir sehen uns nächsten Mittwoch, wenn Jeremiah wieder in der Stadt ist«, sagte Edward. »Grüß Mildred und die Kinder von mir.« Er winkte ihnen nach, bis sie den Wassergraben überquert hatten und an der Weggabelung nach rechts abgebogen waren. Offensichtlich wollten sie zur Bankside und dann auf der Southwarker Hauptstraße zu den Feldern von St. George gehen.

Ray wartete, bis sie außer Sichtweite waren, und trat dann hinter dem Gebäude hervor. Als Edward sich umwandte und ins Haus zurückkehren wollte, stieß er beinahe mit ihm zusammen. Edward erstarrte, brauchte offensichtlich eine Weile, bis er begriff, wen er vor sich hatte, und rempelte Ray zur Seite, als sei er gar nicht vorhanden. Er lief einige Schritte in Richtung Haus, blieb dann abrupt stehen, drehte sich um, kam zurück und fragte: »Was willst du?«

»Hallo Edward«, antwortete Ray, »freut mich, dich wiederzusehen.«

»Was willst du?«, wiederholte Edward seine Frage.

»Warst lange weg«, sagte Ray und deutete auf das Inn. »Bist du jetzt hier der Herr im Haus? Scheinst ja mit Mutter Southwood dick befreundet zu sein.«

»Ich hab dich was gefragt, Ray.«

»Was ich will?« Ray zupfte an seinem Bärtchen, als müsste er ernsthaft darüber nachdenken, und sagte dann: »Nichts.«

»Dann verschwinde!«

»Weiß deine Familie eigentlich, wo du steckst?«

Edward sah Ray lange schweigend an und schien mit sich zu ringen, seine Augen funkelten, und sein Kiefer mahlte unruhig. Ray ging bereits in Deckung, da er befürchtete, Edward könnte jeden Augenblick zuschlagen, doch dann lächelte er seltsam und sagte: »Wenn du mich verpfeifen willst, nur zu! Ich werde dich nicht daran hindern.«

»Es ist keinerlei Kopfgeld auf dich ausgesetzt«, antwortete Ray wahrheitsgemäß und wunderte sich darüber, wie gefasst und ruhig Edward blieb. »Was hätte ich davon? Nein, Edward, ich bin weder ein Verräter noch ein Spielverderber. Und dein Vater kann mich mal. Wenn du dich hier verstecken willst, dann hast du meinen Segen.«

Edward nickte überrascht und fragte: »Also?«

»Also was?«

»Warum bist du hier?«

Ray zuckte mit den Schultern, und tatsächlich hatte er keine Ahnung, was er wollte. Die reine Neugier hatte ihn hergelockt, und auch wenn sie nicht wirklich gestillt, sondern eher noch angefacht worden war, gab's eigentlich keinen Grund, weshalb er hätte herkommen sollen. Er ließ den Blick über den Hof schweifen und starrte schließlich zu der Hahnengrube. Ray wusste selbst nicht, wieso, aber plötzlich musste er an den König denken.

»Cockpit«, murmelte er.

»Hm?«, machte Edward.

»Das Privattheater des Königs im Palast von Whitehall«, sagte Ray und grinste. »Das ›Royal Cockpit‹. Es ist in einer Hahnenkampfarena untergebracht und wurde erst später zum Theater umgebaut.«

»Na und?«, fragte Edward. »Wovon redest du eigentlich?«

»Hast du hier was zu sagen? Ich meine im ›Maiden Inn‹?«

»Kommt drauf an. Wieso?«

»Ich hab da eine Idee.«

Und nicht nur das. Ray hatte sogar schon einen Namen: Cocksparrer!

»Von eitlem Geschwätz ist noch kein Theaterstück geschrieben worden, Sir.« Mutter Southwood starrte Ray abschätzig und beinahe angewidert an, als wäre er eine Mistfliege auf einem Dunghaufen. »Ihr seht mir nicht aus wie ein Mann der Feder. Um ganz ehrlich zu sein, kommt Ihr mir nicht einmal vor wie jemand, der des Lesens und Schreibens in ausreichender Weise kundig ist.«

»Es erstaunt mich, dass ausgerechnet Ihr nach dem äußeren Anschein urteilt, Madam«, erwiderte Ray und bemühte sich, nicht in ihr entstelltes Gesicht zu sehen.

Sie zuckte wie unter einem Schlag zusammen und schleuderte ihm wutentbrannt entgegen: »Ich trau Euch nicht über den Weg, das ist alles!«

»Dann traut meinem Namen!«

»Rancid Ray?«, mischte sich Edward lachend ein und schüttelte sich, dass ihm beinahe das Windlicht aus den Händen fiel. »Das ist allerdings ein vertrauenswürdiger Name.«

»Mein Nachname, du Blödmann!«

»Was soll das für ein Name sein?«, fragte Mutter Southwood und setzte sich auf eine Stufe der ausgetretenen Treppe, die steil nach unten zur Grube führte.

»Webster«, sagte Ray, hockte sich ungefragt neben sie und starrte zu den Löchern in der Holzdecke, durch die man einige Sterne und den Mond sehen konnte. »Der Name eines großen Dichters, Madam.«

Beinahe vier Wochen waren seit jenem Mittwoch im Juli vergangen, und erst jetzt hatte sich Mutter Southwood bereit erklärt oder genauer gesagt herabgelassen, Ray zu treffen und seinen Vorschlag anzuhören. Obwohl er Edward bereits alles bis ins kleinste Detail und in leuchtendsten Farben ausgemalt hatte und dieser von der Idee durchaus angetan gewesen war, schien er bei Mutter Southwood nicht wirklich offene Ohren gefunden zu haben. Zwar hatte sie zugestimmt, Ray eine Art

Lokaltermin zu gewähren und sich in der Hahnengrube anzuhören, was er zu sagen hatte, aber sie quittierte seine Ausführungen und hochtrabenden Pläne mit stoischem Blick und unverhohlener Ablehnung. Wobei ihm nicht klar war, ob das an den Vorschlägen oder an seiner Person lag. Vermutlich konnte sie das eine nicht vom anderen trennen.

»Webster?«, fragte sie ungerührt. »Nie gehört. Wer soll das sein?«

»John Webster, Madam. Ein Zeitgenosse William Shakespeares und Christopher Marlowes und ein gefeierter Autor der Bühne. Ein Genie, wie nicht wenige meinen. Kennt Ihr ›Die Herzogin von Malfi‹? Ein wunderbares Stück, wie geschaffen für unsere Zwecke.«

»Hm«, machte Mutter Southwood.

»Ich versteh nicht ganz, worauf du hinauswillst.« Edward stieg hinunter zum Rund des Kampfplatzes, rüttelte an der morschen Balustrade und fragte: »Was hat das mit dir zu tun?«

»John Webster war mein Großvater.«

»Tatsächlich?«, fragten Edward und Mutter Southwood wie aus einem Munde. Bei ihm klang es überrascht und anerkennend, bei ihr beinahe höhnisch.

»Er ist zwar einige Jahre vor meiner Geburt gestorben«, antwortete Ray und sah Mutter Southwood eindringlich an, deren vernarbtes Gesicht im flackernden Kerzenlicht noch durchfurchter aussah. »Aber das ändert nichts an der Tatsache. Ich bin ein Enkel John Websters. Und der einzig lebende Nachfahre obendrein.«

Das war natürlich blanker Unfug, aber die Mär vom berühmten Dichter-Opa war eine der Geschichten, die Ray sich im Laufe der Jahre zurechtgelegt hatte, um die Aufmerksamkeit der Gäste in Schänken und Festzelten auf sich zu ziehen. Aus Erfahrung wusste er, dass sich die Leute am einfachsten schröpfen und über den Tisch ziehen ließen, wenn man ihnen gleichzeitig eine hübsche Anekdote oder ergreifende Lebensbeichte auftischte. Die Menschen wollten auf komische Weise unterhalten oder mit Spannung gefesselt werden, und tat man ihnen den Gefallen, so dankten sie es einem mit mangelnder Wachsamkeit und geradezu kindlicher Naivität.

Dass es in London diesen Dichter gleichen Namens gegeben hatte, hatte Ray durch Zufall erfahren, als er im »Three Bibles«, einem Buchhändler auf der Brücke, auf ein zerfleddertes Exemplar der »Herzogin von Malfi« gestoßen war und es auf nicht ganz reguläre, aber kostenlose Weise erstanden hatte. Nach der Lektüre dieses Werks war er ebenso erstaunt wie beeindruckt gewesen. Ein Namensvetter von ihm hatte vor etwa fünfzig Jahren ein damals sehr erfolgreiches Stück geschrieben, das derart frivol, boshaft und grausam war, dass es Ray fortan noch mehr Freude bereitete, den Namen Webster zu tragen. Zum Glück wusste man zwar einiges von den allesamt blutrünstigen Dramen dieses Mannes, aber nur wenig über sein privates Umfeld oder sein späteres Leben. John Webster schien wie ein Phantom zu sein, hier und da tauchte sein Name auf, aber keiner wusste so genau, was aus ihm geworden war. Er war tot, so viel stand fest, gestorben vor nunmehr dreißig Jahren, aber ob er Frau und Kinder gehabt hatte, ließ sich nicht mit Bestimmtheit sagen. Ray nahm die Einladung dankend an und adoptierte ihn als seinen Großvater.

»Das hast du mir gar nicht erzählt«, sagte Edward und zündete sich an dem Windlicht seine Pfeife an.

»Du hast mich nie nach meiner Familie gefragt«, erwiderte Ray.

Edward zuckte mit den Schultern und nickte dann.

»Und warum haust Ihr wie ein Bettler in einem Schweinestall, wenn Euer Vorfahr ein berühmter und gefeierter Mann war?«, fragte Mutter Southwood und sah dabei geflissentlich an ihm vorbei.

Ray warf Edward einen bösen Blick zu und entgegnete: »Berühmt war er, aber nicht wohlhabend. Und kein Günstling des Hofes. Wahre Kunst macht niemanden reich. Er ist mittellos gestorben und hat seinen Nächsten nicht einen Penny

vermacht.« Zum Glück hatte Ray seine erfundene Familienge-
schichte gut einstudiert und konnte das tragische Schicksal des
Dichters und seiner bedauernswerten Angehörigen wie aus der
Pistole geschossen zum Besten geben: »Es ist eine wirklich traurige Geschichte, die ich Euch gern ...«

»Alles schön und gut«, unterbrach ihn Mutter Southwood
ungehalten. »Aber selbst wenn es so wäre, was ich nicht glaube,
was nützt es Euch, der Enkel eines Dichters zu sein? Und was
nützt es uns? Habt Ihr sein Talent geerbt?«

»Das wird sich zeigen«, antwortete Ray und versuchte sich
an einem geheimnisvollen Lächeln. »Auf jeden Fall aber habe
ich seine Stücke geerbt.«

Beide sahen ihn überrascht an.

»Wie ich bereits sagte, bin ich der einzige Nachfahre meines
Großvaters, und somit gehören mir von Rechts wegen seine
Werke. Ich kann sie in Buchform veröffentlichen oder auf der
Bühne aufführen lassen. Ich darf sie nach Gutdünken ändern
und den jeweiligen Gegebenheiten anpassen. Und genau das
habe ich mit der ›Herzogin‹ vor.«

Selbstverständlich war auch das purer Unsinn. Nicht nur
war Ray nicht der Enkel oder Erbe irgendeines Dichters, er
hatte auch keine Ahnung, ob man ein gespieltes Drama oder
einen geschriebenen Text überhaupt vererben konnte. Womöglich durfte jeder Beliebige mit einem Theaterstück machen, was er wollte. Von derlei Dingen wusste er nicht das Geringste, aber das Gleiche galt auch für Edward und Mutter
Southwood, und so schauten sie ihn an, als wäre er im Besitz
des Steins der Weisen.

»Will heißen?«, fragte Edward und stellte sich in die Mitte
des Kampfplatzes, als wolle er bereits die Bühnentauglichkeit
testen.

»Das Stück ist grausam und brutal, es fließt viel Blut, und
am Ende wimmelt es von Leichen, aber es fehlt das nackte
Fleisch. Ich werde die ›Herzogin‹ bearbeiten, dass sie dem gei-
fernden Publikum gefallen wird, überlasse euch dann das Stück

für eine gewisse Zeit und kassiere dafür pro Besucher ein paar Pennys. Oder eine pauschale Summe für einen bestimmten Zeitraum. Ganz wie's beliebt. Meine Ansprüche sind bescheiden.«

»Mit weiblichen Schauspielern?«, wunderte sich Edward.

»Das ist seit einigen Jahren durchaus üblich«, erklärte Ray. »Den König scheint's nicht zu stören. Ganz im Gegenteil.«

»Die Theater sind geschlossen, Sir«, wandte Mutter Southwood ein.

»Richtig«, antwortete Ray und stand auf, da die Feuchtigkeit des Lehmbodens durch seine Hose drang. »Aber es wird ja kein Theater geben. Öffentliche Veranstaltungen sind nicht geplant, nur private Gesellschaften, zu denen ausschließlich Eingeweihte und Freunde eingeladen sind. Wie bei einer Familienfeier.« Er wartete auf Widerspruch, doch da dieser ausblieb, fuhr er fort: »Zwar ist es im Moment keine gute Zeit, eine solche Unternehmung zu starten, da wegen der Angst vor der Pest niemand kommen würde. Aber wenn die Seuche erst mal abgeklungen ist, was vermutlich im Herbst der Fall sein wird, dann könnte das ›Cocksparrer‹ seine geheimen Pforten öffnen. Und die Leute werden herbeiströmen, das kann ich schon jetzt versprechen.«

»Aber schau dir doch die Bruchbude an!« Edward deutete zu den Löchern in der Decke und den schiefen Zuschauerrängen, an denen die Brüstungen in sich zusammengesackt waren. »Natürlich könnte man das flicken und reparieren, aber ein einladender Ort sieht anders aus. Es gibt nicht mal Fenster in diesem Schuppen.«

»Umso besser«, lachte Ray und winkte ab. »Niemand wird auf das Gebäude achten, je unscheinbarer und abweisender es ist, desto geeigneter ist es für unser Vorhaben. Die Leute werden nicht kommen, um einem kulturellen Ereignis beizuwohnen, sondern um sich an den Ferkeleien zu ergötzen. Das Theater ist nur eine Fassade, ein Schleier. Deshalb wird es auch nicht schwierig sein, Schauspieler zu finden. Das Talent der Darsteller ist nebensächlich, solange sie … nun ja … gut gebaut sind und was zu zeigen haben. Das gilt übrigens für die Frauen wie für die Männer.«

»Wir sind kein Hurenhaus, Mr. Webster!«, schnaufte Mutter Southwood verächtlich.

Darüber ließe sich streiten, dachte Ray, sprach es aber nicht aus.

»Es ist doch nur Theater«, sagte Edward. »Nur ein Schauspiel.«

»Trotzdem«, erwiderte sie, stand auf und wischte sich den Schmutz von ihrem Rock. »Es ist und bleibt eine Schnapsidee!«

»Was habt Ihr zu verlieren, Madam?«, fragte Ray. »Die Hahnengrube steht leer und verrottet zusehends. Warum sie nicht nutzen? Wovor habt Ihr Angst? Ihr wollt mir doch hoffentlich nicht erzählen, dass Ihr moralische Bedenken habt und Euch um Euer Ansehen Sorgen macht.«

»Ansehen? Moralische Bedenken?« Sie lachte krächzend, schüttelte ihre Mähne und piekste Ray mit ihrem knorrigen Zeigefinger in die Brust. »Die Moral kann mir gestohlen bleiben, junger Mann. Sie ist eine Erfindung von Lügnern und falschen Propheten.« Plötzlich wurde sie laut und spuckte ihm beim Schreien den Speichel ins Gesicht. »Ich pfeife auf Anstand und Sitte. Und auf alle frommen Heuchler mit ihrem scheinheiligen Getue! Zur Hölle mit ihnen! Reden von Gott und dem inneren Licht und machen sich vom Acker, wenn's brenzlig wird!«

Verwundert starrte Ray sie an. Wer hatte sich wann und wo vom Acker gemacht? Und was meinte sie mit dem inneren Licht? Auch Edward schien peinlich berührt, er räusperte sich und versuchte, das Gespräch wieder in ruhige und sachliche Bahnen zu lenken: »Wovon handelt das Stück, Ray?«

»Von einer italienischen Herzogin, die heimlich ihren Haushofmeister heiratet und ihm drei Bastarde schenkt. Die Brüder der Herzogin …«

»Redet mir nicht von Bastarden, Sir!«, giftete Mutter Southwood ihn an und piekste wieder mit dem Zeigefinger auf ihn ein. »Untersteht Euch, von Bastarden zu reden! Was fällt Euch ein?«

»Aber eben darum geht es in dem Stück«, versuchte Ray zu erklären und wich vor dem Gepiekse zurück. »Die hinterhältigen Brüder der Herzogin wollen die Schwester bestrafen und töten nicht nur sie und ihren heimlichen Gatten, sondern auch zwei der drei Kinder, die in ihren Augen Bastarde sind.«

»Und was sind Bastarde, Mr. Webster?«

»Uneheliche Kinder oder Nachkommen aus nicht standesgemäßen Verbindungen«, erklärte Ray, was eigentlich nicht erklärt werden musste.

»Falsch!«, spuckte Mutter Southwood ihm entgegen. »Sind die vielen Kinder des Königs Bastarde? Nicht eines von ihnen stammt von der Königin, ihre Mütter sind Mätressen und Huren, aber nennt man die Kinder deswegen Bastarde? Nein, sie bekommen Adelstitel geschenkt und nennen sich Herzog von Monmouth!«

»Bastard bleibt Bastard«, rutschte es Ray heraus, und er bereute es im nächsten Augenblick.

»Schwein!« Mit einem lauten Klatschen landete die Hand der Wirtin in seinem Gesicht, und ihre langen Fingernägel rissen ihm die Wange auf.

»Nelly!«, rief Edward entsetzt und ging dazwischen, als hätte er Angst, Ray könnte sich wehren und zurückschlagen. Oder er befürchtete, Mutter Southwood könnte erneut zulangen.

Ray war viel zu perplex, um überhaupt zu reagieren. Er hielt sich die Wange, von der das Blut tropfte, starrte Mutter Southwood verwirrt an und sagte: »Wenn ich Eure Ohrfeige recht verstehe, lautet Eure Antwort: Nein! Das hättet Ihr mir auch auf andere Weise mitteilen können, Madam.« Er setzte seinen Hut auf und verneigte sich. »Es war nur ein Vorschlag. Nichts für ungut, Mutter Southwood. Wünsche eine Gute Nacht!«

»Wartet!«, rief sie ihm nach, haderte einen Moment mit sich

und wandte sich dann an Edward: »Du hältst diesen Unfug für eine gute Idee?«

»Es wäre einen Versuch wert«, antwortete er achselzuckend.

»Dann tu, was du nicht lassen kannst.« Sie hob die vernarbten Hände in die Höhe, als ergebe sie sich einer höheren Macht. »Aber ich möchte mit der ganzen Sache nichts zu tun haben. Macht mit der Hahnengrube, was ihr wollt. Das geht mich nichts an, und ich werde mich nicht einmischen. Aber denk daran, du bist dafür verantwortlich, Edward! Du allein.«

Damit stapfte sie die Treppe hoch und verschwand durch die Tür.

»Was war denn das?«, fragte Ray und wischte sich mit dem Hemdsärmel über die blutige Wange. »Was ist bloß in sie gefahren?«

»Du hast ihre Tochter beleidigt.«

»Welche Tochter? Humble?« Es dauerte eine Weile, bis Ray begriff, dann nickte er und setzte hinzu: »Es gibt also keinen Vater Southwood?«

»Southwood ist …«, begann Edward und schüttelte dann den Kopf. »Nein, es gibt keinen Vater Southwood. Es hat nie einen gegeben.«

»Verstehe«, sagte Ray.

»Das bezweifle ich«, antwortete Edward und ging hinaus.

Aus der »Herzogin von Malfi« eine »Hure« zu machen und dem ohnehin drastischen Stück einige pikante Szenen und schlüpfrige Details hinzuzufügen bedurfte keiner sonderlichen Anstrengung oder irgendwelchen schriftstellerischen Talents. Selbst ein Dilettant wie Ray war dieser Aufgabe gewachsen, vor allem da das Stück dankenswerterweise ohne Reime auskam. Es kostete ihn nur wenige Wochen und ein paar liederliche Gedanken, um der Tragödie eine gewisse Würze zu verleihen, die zwar nicht der Bühnenkunst, wohl aber der Lüsternheit des Publikums förderlich war.

Auch das »Cocksparrer« war binnen kurzer Zeit so weit hergerichtet, dass es vorzeigbar und theatertauglich war. Das Dach wurde ausgebessert, die Zuschauerränge erhielten neue Balustraden und Holzverschalungen, die ausgetretenen Treppen wurden gerichtet, die bröckelnden Mauern verputzt, und die Grube wurde entwässert, mit Kies grundiert und mit Sand aufgeschüttet. Sogar ein kleines Messingschild, auf dem ein Hahn mit aufgestelltem Kamm zu sehen war, hatte Edward anfertigen lassen. Spätestens im Oktober wollten sie mit der Auswahl der Darsteller und den ersten Proben beginnen. Alles war bereit. Nur die Pest machte ihnen einen dicken Strich durch die Rechnung.

Mit seiner Vorhersage, im Herbst sei das Schlimmste überstanden, hatte Ray gründlich danebengelegen. Die Monate August bis Oktober waren die schlimmsten seit dem Ausbruch der Pest. Die Seuche wütete inzwischen in ganz London, zu Tausenden starben die Menschen, überall lagen Kranke und Leichen auf den Straßen oder in den Hauseingängen. Tag und Nacht wurden die Toten auf Leichenkarren zu den riesigen Pestgruben geschafft, die roten Kreuze an den Türen und die Wächter vor den Häusern konnten kaum noch gezählt werden. Die anfängliche Angst hatte sich in Panik oder Lethargie gewandelt, und die sprichwörtliche Zuversicht der Londoner war einer dumpfen Hoffnungslosigkeit gewichen. Beinahe jedes Gewerbe war zum Erliegen gekommen; wer es sich leisten konnte, war aufs Land geflohen; die Zurückgebliebenen waren ihrer Arbeit beraubt und schränkten ihre Lebenshaltung auf das unbedingt Notwendige ein. Keine gute Zeit für unsittliche Zerstreuungen!

Dass sich die Pforten des »Cocksparrer« allerdings erst im Februar des folgenden Jahres den Lüstlingen öffnen würden, hätte Ray niemals für möglich gehalten. Niemand hätte das vorhersehen können. Doch bis dahin hatte Rays schriftstellerische Laufbahn längst eine überraschende Wendung genommen:

Es war an einem Donnerstag im November 1665. Ray hatte den Abend im »Maiden Inn« verbracht und mit Edward die auf Eis liegenden Theaterpläne besprochen. Er hatte ihm von einem weiteren Stück John Websters vorgeschwärmt. Es hieß »Der weiße Teufel« und handelte von einer ebenso hübschen wie durchtriebenen Kurtisane, die allen Männern den Kopf verdrehte, sie in den Wahnsinn trieb und zu Mördern oder Mordopfern machte. Ray schlug vor, dieses Drama als nächstes für ihre Zwecke zu bearbeiten, doch Edward nickte nur und winkte dann ab. Da sie noch nicht einmal das erste Stück aufgeführt hätten, habe es keinen Sinn, bereits das zweite in Angriff zu nehmen. Und so kamen sie bei dieser Zusammenkunft wie bei den vorherigen zu dem stets gleichen ernüchternden Resultat: Sie waren zur Untätigkeit verurteilt und konnten nichts anderes tun, als auf einen strengen Winter und starken Frost zu hoffen, damit der Pest, die im Sommer und Herbst wie ein Flächenbrand durch London gerast war, bald die Puste ausging. Die wöchentlichen Zahlen der Sterberegister gingen zwar inzwischen deutlich zurück, aber von einer Entwarnung konnte keine Rede sein. Zu oft hatte sich in den vergangenen Monaten die Hoffnung auf eine Besserung grausam zerschlagen. An eine Theaterpremiere, selbst im privaten Kreis, war zum jetzigen Zeitpunkt nicht zu denken.

In der Schänke saßen nur wenige Männer vereinzelt an den Tischen, allerdings kamen die hübschen Wirtsmägde den Kerlen nicht zu nahe. Das lustige Geturtel und Scharwenzeln hatte vorerst ein Ende gefunden, da kaum einer der Gäste von fremden Weibsbildern befingert werden wollte, und mochten sie noch so appetitlich und verlockend aussehen. Da die Bedienung keine Extrabehandlung mehr beinhaltete, hatten sich auch die Preise im »Maiden Inn« normalisiert. Die Pest wirbelte den Markt durcheinander; während einige Waren und Dienste zu Wucherpreisen feilgeboten wurden, verkamen andere zu Ladenhütern. Liebkosungen zählten eindeutig zur letzteren Kategorie.

Mutter Southwood stand an diesem Abend nicht hinter dem Tresen, sie war am Mittwoch, dem wöchentlichen Ruhetag, nach Oxshott aufgebrochen, um ihre kleine Tochter zu besuchen, und hatte ihre Rückkehr für den kommenden Sonntag angekündigt. Wie bereits mehrmals in der letzten Zeit hatte der rübennasige Bauer namens Jeremiah sie auf seinem Marktkarren nach Surrey mitgenommen. In der Zwischenzeit führte Edward die schlecht gehenden Geschäfte, ohne jedoch hinter dem Tresen in Erscheinung zu treten. Diese Arbeit übernahm der Hüne George, Edward wirkte im Hintergrund und ließ sich nur selten in der Schänke blicken. Die Wirtin schien ihm jedenfalls rückhaltlos zu vertrauen, vielleicht weil in dieser Zeit ohnehin nicht viel zu verdienen war. Auch was das »Cocksparrer« betraf, hielt sie ihr Versprechen und mischte sich nicht in Edwards und Rays Belange ein. Sie wollte nichts davon wissen und hören, und das war durchaus wörtlich gemeint. Nur eine einzige Bedingung stellte sie: Das Theater, sollte es denn jemals eröffnet werden, hatte wie die Schänke mittwochs geschlossen zu bleiben. Warum Mutter Southwood auf diese seltsame und in Rays Augen unsinnige Sabbatregel pochte, blieb ihm ein Rätsel. Religiöse Gründe kamen dafür kaum infrage, weder schien ihm die Wirtin besonders gottesfürchtig zu sein, noch hatte er jemals von einem solchen Kirchengebot gehört. Zwar fielen die vom König wegen der Pest angeordneten Fastentage auf den Mittwoch, aber das galt nur für den ersten Mittwoch im Monat. Als er Edward nach dem Grund für diese Vorschrift fragte, antwortete er, das habe persönliche Gründe. Mehr könne er nicht sagen und es habe keinen Zweck, mit Mutter Southwood darüber zu streiten.

An diesem Donnerstag schloss das »Maiden Inn«, wie vom Lord Bürgermeister angeordnet, um neun Uhr abends, doch als Ray seine Zeche zahlen und die Schänke verlassen wollte, hielt Edward ihn plötzlich am Ärmel fest, lächelte eigenartig und meinte: »Warum so eilig, mein Freund? Lass uns noch einen Krug Bier leeren! Du bist herzlichst eingeladen, Ray. Wir trinken auf die guten alten Zeiten.«

Ray hatte keine Ahnung, welche Zeiten er meinte, und schaute ihn verwundert an. Obwohl sie in gewisser Weise Geschäftspartner waren oder in Kürze sein würden, wäre es völlig verfehlt gewesen, sie Freunde oder Vertraute zu nennen. Insgeheim teilte Edward die geringschätzige Meinung der Mutter Southwood über Ray, das ließ er immer wieder durch kleine Spitzen oder abfällige Blicke durchscheinen. Er hielt Ray für einen Kretin und Nichtsnutz. Auch als Edward noch im Dark Entry gewohnt hatte, waren sie nie besonders gut miteinander ausgekommen. Eigentlich war Edward mit niemandem gut ausgekommen. Zwar hatte sich sein aufbrausendes Wesen seit seinem Verschwinden sichtlich gewandelt und er suchte nicht wie früher unentwegt mit jedermann Streit, doch besonders ans Herz gewachsen war er Ray nicht. Das war auch gar nicht nötig. Ray betrachtete ihre Beziehung als eine ausschließlich geschäftliche, und deshalb machte ihn Edwards vertrauliches Getue stutzig.

»Ein Bier trinke ich immer gern«, antwortete er und schüttelte Edwards Hand ab. »Aber das Gegurre kannst du dir schenken. Was willst du, Edward?«

»Ein bisschen plaudern.«

»Und warum wartest du damit, bis das Inn geschlossen ist? Hast du Angst vor Zeugen?«

Edward lächelte gekünstelt, ließ sich von George, der den Schanktisch reinigte, einen Bierkrug reichen, stellte ihn auf den Tisch, setzte sich und fragte leise: »Hast du mit Vater über mich gesprochen?«

Ray schüttelte den Kopf, setzte sich ihm gegenüber und schenkte ein.

»Mit Jez oder Geoff?«

Wieder schüttelte Ray den Kopf.

»Sie wissen nicht, dass ich hier bin?«

»Zumindest nicht von mir. Wieso fragst du?«

»Wie geht es ihnen?«, antwortete Edward mit einer Gegenfrage.

»Wie immer, glaube ich.« Ray nahm einen kräftigen Schluck und sah keinen Grund, ihm nicht zu antworten. »Dein Alter säuft sich zu Tode und liegt die meiste Zeit auf seinem Strohsack in der Wohnstube.«

»In der Stube?«

»Im Suff ist er von der Stiege gefallen, darum schläft er jetzt unten neben dem Herd. Das hat mir Geoff erzählt.«

»Was treibt der Lausebengel?«

»Schuftet immer noch für Master Collins im ›Boar's Head‹. Und sonntags geht er in die Schule, wie ich gehört habe. Ein pfiffiges Kerlchen, aber so lustig wie ein Trauerspiel.«

»Und Jez?«

»Das fragst du den Falschen«, sagte Ray und lehnte sich zurück. »Deine Schwester behandelt mich wie Luft. Rümpft ihre hübsche Nase, wenn sie mich sieht. Hält sich wahrscheinlich für was Besseres.«

»Vielleicht mag sie deinen Geruch nicht«, lachte Edward.

Ray ließ ihm seinen Spaß und sagte: »Jez hat einen Verehrer.«

»Tatsächlich?«, horchte Edward auf.

»Ich hab sie letztens mit 'nem Kerl an der Bankside herumschlendern sehen, mitten in der Nacht.«

»Wer ist der Bursche?« Edwards Augen funkelten neugierig.

»Keine Ahnung. Hab ihn noch nie gesehen. Niemand aus dem Borough.« Da Ray sah, wie sich Edwards Blick verfinsterte, setzte er hinzu: »Ein hübscher Kerl. Hatte was von 'nem Stutzer oder Kavalier. Mit Silberschnalle und Straußenfeder am Hut. So 'n feiner Pinkel aus der City, der es lustig findet, sich auf der falschen Seite des Flusses herumzutreiben. Und Jez hing an seinem Ärmel, als könnte sie sich nicht alleine auf zwei Beinen halten. Wie zwei Turteltauben.«

Edward verfiel in düsteres Schweigen und starrte auf die Tischplatte.

»Warum fragst du mich überhaupt?«, wollte Ray wissen und leerte seinen Becher. »Geh zu ihnen und frag sie selbst. Ich finde, du solltest dich mit deinem Alten versöhnen. Er wird dir schon nicht den Kopf abreißen. Ist doch schon so lange her.«

»Es geht nicht um mich.«

»Sondern?«

Statt einer Antwort griff er plötzlich in die Seitentasche seiner Joppe und holte einen ledernen Beutel heraus. »Ich weiß, man sollte einem Taschendieb kein Geld anvertrauen«, sagte er und hielt Ray die Börse hin. »Aber würdest du mir einen kleinen Gefallen tun?«

»Wen nennst du hier einen Taschendieb?«

Edward hob abwehrend die Hände. »Lass gut sein, Ray. Ich wollte dich nicht beleidigen, ich bitte dich um einen Gefallen.«

»Wie soll der aussehen? Für wen ist das Geld bestimmt?«

»Leg's ihnen einfach auf den Tisch!«

»Einfach so? Ohne Nachricht?« Ray nahm den Geldbeutel an sich, erkannte an dem Gewicht, dass sich nicht nur kleine Münzen darin befanden, und gab zu bedenken: »Dein Vater wird alles versaufen. Deine Geschwister werden nichts davon haben. Du kannst es genauso gut in die Themse werfen!«

»Und wenn schon!«

»Dummkopf!« Da offensichtlich war, dass Edward seine Meinung nicht ändern würde, zuckte Ray mit den Schultern, stand auf, steckte den Geldbeutel ein und ging zur Tür. Einem plötzlichen Impuls folgend, wandte er sich wieder um und fragte: »Warum hast du ihn damals niedergeschlagen?«

Vermutlich überraschte ihn Rays Frage. Oder er war nicht auf der Hut. Jedenfalls antwortete Edward, ohne zu überlegen: »Weil er ein Lügner ist.«

»Weil er ein Lügner ist?« Ray traute seinen Ohren nicht. »Deswegen ziehst du ihm 'nen Eisenprügel über den Schädel und brichst ihm die Knochen? Nur weil er ein verdammter Lügner ist?«

»Ja«, sagte Edward und schaute den anderen seelenruhig an. »Genau deswegen.«

Ray schüttelte den Kopf und ging grußlos hinaus.

Nach der seltsamen Unterredung mit Edward verließ Ray das
»Maiden Inn« nicht in nördlicher, sondern in südlicher Richtung. Da es in den Tagen zuvor ausgiebig geregnet hatte, war
der Untergrund im Lambeth Marsh derart schlammig und
sumpfig, dass er es vorzog, zum Lambeth Palace und von dort
auf dem Uferweg nach Hause zu gehen. Vor der Kirche von
St. Mary, gleich neben dem Bischofspalast, brannte eine La-
terne, und er nutzte deren trübes Licht, um einen Blick in den
Geldbeutel zu werfen. Wie Ray bereits geahnt hatte, befanden
sich keine Farthings oder Pennys in der Börse, sondern verschiedene Shilling-Münzen, mehrere Half-Crowns, einige Sil-
ber-Crowns sowie zwei der goldenen Guineas, die erst vor Kurzem im Königreich eingeführt worden waren. Alles in allem
eine beträchtliche Summe und eine unglaubliche Verschwendung. Paul Ingram würde sich von diesem Geld für geraume
Zeit die Brandyzufuhr sichern. Zugleich fragte Ray sich, woher
Edward so viel Geld hatte. Wenn es denn überhaupt von ihm
stammte.

Ray hatte es nicht eilig, nach Southwark zu kommen. Womöglich war es die unschöne Vorstellung, die gut gefüllte Geld-
börse auf dem Tisch der Ingrams abzulegen, die seinen Schritt
hemmte und ihn immer wieder verharren und seinen Blick
über den Fluss schweifen ließ. Er schlenderte auf dem Narrow
Wall entlang und betrachtete im Mondlicht die Westminster
Abtei, das nahe gelegene Parlamentsgebäude und etwas weiter
nördlich den verlassenen Königspalast von Whitehall. Die Pest
hatte den Hof und die Regierung längst aus Westminster vertrieben. An der alten Windmühle von Lambeth knickte der
Weg schließlich nach Osten hin ab, und Ray sah auf der anderen Seite des Flusses die mächtige Kathedrale von St. Paul mit
ihrem baufälligen Turm über der geplagten Stadt thronen. Direkt vor ihm begann der Upper Ground, und rechter Hand
führte der Trampelpfad ins Marschland von Lambeth.

Genau an dieser Stelle war Ray im August des vergangenen Jahres dem Mörder des Pfarrersohns Robert Gavell begegnet. Er schaute hinunter zum »Old Barge House«, dem Ort des Verbrechens, und ein Schauer jagte ihm über den Rücken, als er eine schwarze Figur vor dem Schuppen knien sah. Zuerst dachte er, seine müden Augen und die Dunkelheit spielten ihm einen Streich, doch dann erkannte er, dass die Gestalt sich aufrappelte und die Treppen zum Upper Ground hinaufstieg. Es kam ihm vor, als unternähme er eine Reise durch die Zeit, als müsste er alles noch einmal erleben. Nur dass es diesmal nicht regnete oder blitzte und er allein an der Weggabelung stand.

Der Mann trug einen schwarzen Kapuzenmantel und hatte den Blick auf seine Füße gerichtet. Er schien völlig in sich und seinen Gedanken versunken und murmelte etwas, das wie ein Gebet oder eine Litanei klang. Erst als er direkt vor Ray stand und beinahe mit ihm zusammenstieß, schaute er auf, zuckte zusammen und rief: »Großer Gott!«

Vermutlich hätte Ray ihn gar nicht erkannt, wenn der Mann ihn nicht angestiert hätte, als sei er, entgegen seines Ausrufs, der leibhaftige Satan. Wenig erinnerte an den dunkelhaarigen Mann mit dem zotteligen Vollbart. Die Haare, die unter der Kapuze hervorschauten, waren weiß wie Schnee, Kinn und Wangen hatte er sich rasiert, und der Kerl wirkte insgesamt nicht so verlottert und verwahrlost. Nur der irre Blick unter den buschigen Augenbrauen war geblieben. Und daran erkannte Ray ihn.

Sie starrten einander an und rührten sich nicht vom Fleck. Als hätte jemand die Zeit angehalten und alles zum Stillstand gebracht. Wie vor einem Jahr. Dann schnellte der Kerl plötzlich hoch, machte auf dem Absatz kehrt und war im nächsten Augenblick davongelaufen. Wieder einmal.

Doch diesmal beging er einen Fehler. Anders als vor einem Jahr flüchtete der Mann nicht über den Upper Ground in Richtung Southwark, sondern stürzte die Treppen hinunter zum Fluss, um sich am Ufer entlang nach Osten durch die Büsche zu schlagen. Aus eigener Erfahrung wusste Ray, wie beschwerlich das war. Da er auf dem befestigten Weg viel schneller war und zudem ahnte, wo er auf den anderen warten musste, war es für Ray kein Problem, ihm den Weg abzuschneiden. Und so rannte er los. Nach kurzer Zeit hatte er die Bankside erreicht und lief bis zum Bankend und dem Clink-Gefängnis, um sich dort hinter einem am Wegesrand abgestellten Karren zu verbergen.

Tatsächlich musste er nicht lange ausharren. Bereits nach kurzer Zeit erschien der Mann im Kapuzenmantel in der Clink Street und hielt nach allen Seiten Ausschau. Allerdings wirkte es nicht so, als befürchtete er, beobachtet zu werden, sondern als suche er etwas oder warte auf jemanden. Als der Kerl das Gefängnis erreicht hatte, blieb er plötzlich vor dem Pranger stehen, genau an der Stelle, an der er ein Jahr zuvor gekniet hatte, und wieder schaute er sich suchend um und wartete.

Einen kurzen Augenblick lang überlegte Ray, ob er aus seinem Versteck hervortreten sollte, doch dann erinnerte er sich, was beim letzten Mal am Pranger geschehen war, und rieb sich unbewusst den Magen. Diesmal wollte Ray ihm keine Gelegenheit geben, ihn mit einem Fausthieb niederzustrecken, und so blieb er an Ort und Stelle und hielt sich verborgen, bis der Mann des Wartens überdrüssig wurde und sich in Bewegung setzte. Ray wollte wissen, wo er wohnte und mit wem er es zu tun hatte, bevor er weitere Schritte unternahm.

Es dauerte eine geraume Zeit, bis der Kerl die Geduld verlor und in östlicher Richtung weiterging. Beinahe schien es Ray, als sei er verärgert oder enttäuscht, denn er brummte leise vor sich hin und schüttelte unentwegt den Kopf. Dann zog sich der Mann die Kapuze tief ins Gesicht und trottete davon. Er ging bis zum Dock von St. Mary Overy und betrat wie beim letzten Mal den Kirchhof durch den Hintereingang. Ray folgte ihm und ohne von ihm wahrgenommen zu werden, was nicht besonders schwierig war, da der andere sehr langsam ging, den Kopf gesenkt hielt und ausschließlich darauf zu achten schien, wohin er seine Füße setzte. Er überquerte in aller Seelenruhe den Friedhof, verließ das Kirchengelände durch das Portal an der Southwarker Hauptstraße und wandte sich dann nach Norden. Zunächst glaubte Ray, er wolle über die Brücke zur City gehen, doch kurz vor dem Verrätertor, auf dem die Köpfe anderer Mörder aufgespießt waren und sich in unterschiedlichem Zustand der Verwesung befanden, bog er plötzlich rechts in die St. Olave's Street ab und verschwand in der Dunkelheit. Überrascht rannte Ray zu dem Platz vor der Brücke, und ehe er sich fragen konnte, wo es den Mann hintrieb, erhielt er auch schon die Antwort. Nur einen Steinwurf von der Kreuzung entfernt befand sich die Kirche von St. Olave, und genau dorthin lenkte der Mann seine Schritte. Er betrat den Kirchhof und ging geradewegs auf das Gotteshaus zu, doch statt es zu betreten, verschwand er in der kleinen backsteinernen Schule, die im Schatten der Kirche stand. Und mit einem Mal wusste Ray, wer der Mörder war: der Eremit von St. Olave!

Er hatte schon viel von dem seltsamen Lehrer der Armenklasse in der »St. Olave's School« gehört, ihn aber noch nie zu Gesicht bekommen. Es hieß, Master Gerrard sei ein Freund von Pfarrer Braithwaite, der zugleich der Hauptlehrer der regulären Schule war, und verschanze sich wie ein Einsiedler auf dem Kirchengelände, das er nur nachts verlasse, um einsam an der Themse entlangzuschlendern. Nicht einmal zum sonntäglichen Gottesdienst erscheine er, und lediglich den mittellosen Kindern des Sprengels sei es vergönnt, ihn bei Tageslicht und aus nächster Nähe zu sehen. Obwohl Ray die unterschiedlichsten und absurdesten Gerüchte über den Eremiten gehört hatte und ihm sein Verhalten höchst ungewöhnlich vorgekommen war, hatte er zu keinem Zeitpunkt eine Verbindung zwischen ihm und dem Mord am »Old Barge House« hergestellt. Nie wäre er auf die Idee gekommen, der Mörder könnte sich in einer Kirche verstecken und mittellose Kinder im Lesen und Schreiben unterrichten. Wer hatte je so etwas Unsinniges gehört?

Doch als er nun darüber nachdachte, ergab es plötzlich einen Sinn. Die Armenklasse von St. Olave war wenige Wochen nach

dem Mord ins Leben gerufen worden, wenn Ray sich recht erinnerte, und auch die nächtlichen Spaziergänge des Eremiten
erschienen für ihn jetzt in einem anderen Licht. Offensichtlich
trieb es den Mörder Nacht für Nacht an den Ort des Verbrechens zurück. So was hatte man schon öfter gehört. Entweder
plagte ihn die Schuld und es war eine Art Buße, oder er legte es
insgeheim darauf an, gefasst zu werden. Was allerdings nicht
sehr plausibel klang.

Die wichtigste Frage, die sich Ray in diesem Augenblick
stellte, war eine ganz andere: Wie sollte er es bewerkstelligen,
das Kopfgeld, das auf den Mörder ausgeschrieben war, in seinen Geldbeutel zu lenken? Zwar wusste er, wer der Täter war
und konnte ihn der Justiz nennen, doch gleich mehrere Hin-
dernisse stellten sich ihm in den Weg. Einerseits hätte er eingestehen müssen, der verschwundene zweite Zeuge und mut-
maßliche Komplize zu sein, und sich dem Verdacht ausgesetzt,
lediglich seinen mörderischen Kumpan anzuschwärzen, um
sich selbst zu bereichern. Und andererseits entsprach Master
Gerrard so gar nicht der Beschreibung des Täters, die auf den
Steckbriefen zu lesen war. Das lag nicht nur daran, dass der
gute Tom das Alter und die Größe des Gesuchten aus höchst
eigennützigen Gründen verändert hatte, sondern auch an der
Tatsache, dass der Mörder in den vergangenen fünfzehn Monaten schlohweißes Haar bekommen und sich den verfilzten
Rauschebart rasiert hatte. Nur die stechenden Augen und die
buschigen Augenbrauen reichten wohl kaum, ihn des Mordes
zu überführen. Und auf ein freiwilliges Geständnis des Mörders zu hoffen, erschien Ray nicht ratsam.

Da er die Identität und den Aufenthaltsort des Mannes
kannte und nicht zu befürchten stand, dass er in nächster Zeit
das Weite suchen würde, war keine besondere Eile geboten.
Ray beschloss daher, zunächst einmal Tom aufzusuchen und
vorsichtig auszuloten, was dieser von der Sache hielt. Zwar war
Ray sich keineswegs sicher, wie er sich verhalten würde, da
er in diesem Fall einiges zu verbergen hatte, aber vielleicht bot

sich Ray ja eine Möglichkeit, zumindest einen Teil der Belohnung einzustreichen, ohne selbst aktiv in Erscheinung treten zu müssen.

Der Gedanke an die Belohnung brachte ihn fürs Erste ins Hier und Jetzt zurück und weckte die Erinnerung an Edwards Geldbeutel, der ihm immer noch wie eine unerträgliche Bürde in der Tasche und auf dem Herzen lag. Und so ergab er sich dem Schicksal, ging nach Hause und entledigte sich der Börse und des Auftrags, indem er dem schnarchenden und – dem Gestank nach – volltrunkenen Ingram das Geld auf den Tisch legte. Nicht jedoch, ohne vorher die beiden Goldmünzen aus dem Beutel als Entgelt für seine Mühen herauszusuchen und in die eigene Tasche zu stecken.

Jeder Großmut hatte schließlich irgendwo seine Grenzen.

Tom ausfindig zu machen stellte, wie erwartet, keine Schwierigkeit dar. Ray wusste, dass er in der Pudding Lane wohnte und Sohn eines königlichen Bäckers war. Der Rest war ein Kinderspiel. Am letzten Sonntag im November, einem kalten und sonnigen Herbsttag, begab er sich in die City und brauchte nicht lange, um das entsprechende Haus zu finden. Es war ein altes, mehrgeschossiges Fachwerkhaus, dessen obere Stockwerke in die Gasse hinausragten und beinahe mit den Erkern auf der anderen Straßenseite zusammenstießen, sodass man den Himmel nur durch einen winzigen Spalt zu sehen bekam. Das Haus befand sich am südlichen Ende der Pudding Lane, einer schmalen und steil ansteigenden Gasse direkt oberhalb der lärmenden und stets mit Sänften, Schubkarren und Pferdedroschken verstopften Thames Street, und es traf sich, dass eine alte Hausmagd gerade mit einem Korb voller Zwieback und Keksen aus der Toreinfahrt trat.

»Entschuldigt, Ma'am!«, wandte sich Ray an die Alte und zog seinen Federhut. »Darf ich fragen, wer Euer Herr ist?«

»Mr. Thomas Farynor«, antwortete sie und zog die Nase kraus. »Wer will das wissen?«

»Ein alter Freund seines verehrten Sohnes.« Wieder verneigte er sich.

»Ihr wollt ein Freund von Master Tom sein?« Sie sah ihn abschätzig von oben bis unten an. »Wer's glaubt!«

»Freund, Kamerad, Zechkumpan«, antwortete Ray achselzuckend. »Nennt es, wie Ihr wollt. Ich hab ihn lange nicht gesehen und würde ihn gern besuchen. Ist er im Haus?«

Sie schüttelte den Kopf, verscheuchte einige Hühner, die vor ihren Füßen Körner aus dem Dreck pickten, und ging an Ray vorbei die Gasse hinunter in Richtung Fluss.

»Wo kann ich ihn finden?«, fragte er und folgte ihr.

»Das wüssten wir auch zu gern«, brummte sie.

»Was heißt das?«

Sie seufzte und sagte: »Eigentlich sollte der Bengel in Norwich bei einer Schwester des Herrn sein, aber dort ist er schon lange nicht mehr, wie wir inzwischen erfahren haben. Hat sich verdrückt, ohne jemandem Bescheid zu geben. Verdammter Tunichtgut!«

»Norwich?«, wunderte er sich.

»Wegen der Pest«, antwortete sie und schien ihre anfängliche Reserviertheit vergessen zu haben. Sie blieb stehen, tippte sich mit dem Zeigefinger an die Nasenspitze und flüsterte: »Als die Seuche über die Stadtmauern schwappte, dachte der Herr, dass es gut wäre, den Sohnemann zur Tante nach Norfolk zu schaffen.« Sie lachte abfällig, schnippte mit den Fingern und setzte hinzu: »Und jetzt ist er über alle Berge und meldet sich nicht. Master Farynor und Mistress Hannah machen sich Sorgen, aber wenn Ihr mich fragt …« Sie wedelte mit der Hand und hob vielsagend die Augenbrauen.

»Das sähe ihm ähnlich«, bestätigte Ray und lachte.

»Er wird sich schon wieder melden, wenn ihm das Geld ausgeht«, sagte die alte Magd und setzte sich wieder in Bewegung. »Die jungen Leute von heute! Manchmal wünscht man sich Cromwell und seine Rundköpfe zurück, damit wieder Ordnung herrscht. So was hätt's früher nicht gegeben.« Sie winkte missbilligend ab, überquerte die Thames Street, die gerade blockiert war, weil einige Schweine die Straßenmitte für eine kurze Ruhepause nutzten, und ging zur nahe gelegenen Kirche von St. Magnus am Fuß der Brücke. Dort begann sie, das Gebäck unter den Armen und Kranken zu verteilen, die dort vor dem Portal herumlungerten und auf Almosen hofften.

Da Ray vorerst nichts weiter in Erfahrung bringen konnte und seine nächsten Schritte in Ruhe überlegen wollte, verabschiedete er sich und schlenderte nachdenklich zur Brücke, um den Heimweg anzutreten. Weil die Londoner Brücke auf beiden Seiten mit Häusern bestanden war und der Weg dazwischen recht schmal war, vor allem wenn sich die Passanten vor den Auslagen der Geschäfte sammelten oder Pferdekarren im Weg standen, war es sehr mühselig, den Fluss zu überqueren. Ständig stieß man mit Entgegenkommenden zusammen oder bekam die Fußspitzen der Nachfolgenden in die Hacken. Auch jetzt blockierte ein Mann den Weg, doch er schien es gar nicht zu bemerken und hatte nur Augen für seine Begleiterin.

»Meine Psyche!«, hörte Ray seine säuselnde Stimme.

»Nicht so voreilig, großer Künstler!«, antwortete die Frau an seiner Seite.

Normalerweise hätte Ray nicht weiter darauf geachtet, doch da ihm die Frauenstimme bekannt vorkam, betrachtete er neugierig das Pärchen, das ihm aus Southwarker Richtung entgegenkam. Der Mann hatte den Arm um die Frau gelegt und lächelte wie jemand, der sich seiner Sache sehr sicher ist, und die Frau hatte sich an ihn geschmiegt, als habe sie Angst, ihn im Gewimmel auf der Brücke zu verlieren. Bei der Frau handelte es sich um Edwards Schwester Jezebel, und der Mann war ebenjener Verehrer, den Ray bereits vor einigen Tagen an der Bankside in ihrer Begleitung gesehen hatte.

»Du wirst deinen Entschluss nicht bereuen«, sagte der Mann.

»Das hoffe ich«, antwortete Jez lächelnd und mit hochroten Wangen. »Sonst haue ich dir das Bild um die Ohren, darauf kannst du dich verlassen.« Sie hatte nur Augen für ihren Liebsten und beachtete Ray nicht, obwohl sie ihn beinahe mit dem Ellbogen streifte.

Einem plötzlichen Impuls und seiner angeborenen Neugier nachgebend, zog Ray sich die Krempe in die Stirn, trat schleunigst zur Seite und folgte den beiden Verliebten. Sie gingen auf der Thames Street in östlicher Richtung, passierten die Pudding Lane und bogen nach links in die Botolph Lane ein, die ebenso schmal und düster war und steil anstieg wie die Nachbarstraße. Nach wenigen Schritten betraten sie das »King's Head Inn«, eines der zahlreichen Gasthäuser in dieser Gegend. Ray wartete eine Weile vor der Tür, betrat dann über einen dunklen Korridor das Inn und war nicht wenig überrascht, als er weder Jez noch ihren Verehrer an einem der Tische im Schankraum sitzen sah.

»Kann ich helfen?«, fragte der Wirt hinter dem Tresen.

»Das junge Paar, das gerade hereingekommen ist …«, begann Ray und schaute sich erneut verdutzt um.

»Hier ist keiner reingekommen«, antwortete der Wirt kopfschüttelnd.

»Gibt's noch einen zweiten Gastraum?«

Wieder schüttelte der Wirt den Kopf.

»Tja, dann«, murmelte Ray verwirrt, verließ den Schankraum und trat hinaus in den Korridor, durch den man nach links die Straße und nach rechts den Hof erreichte. Da sich seine Augen inzwischen an das schummrige Licht gewöhnt hatten, entdeckte er sofort die schmale Stiege, die am hinteren Ende des Korridors, gleich neben der Hoftür, zu den oberen Stockwerken führte. Er wunderte sich, ging zurück in den Schankraum und fragte den Wirt: »Wohin führt die Treppe im Korridor?«

»Zu unseren Mietstuben.« Da der Wirt den überraschten Ausdruck in Rays Gesicht sah, erklärte er: »Dies waren früher mal zwei Häuser. Weil unser Inn zu klein wurde, habe ich das Nachbarhaus übernommen und umbauen lassen. Deswegen gibt es zwei Stiegen, eine im Korridor und eine weitere hinter dem Schankraum.« Er deutete mit dem Daumen über seine Schulter und fragte: »Warum wollt Ihr das wissen?«

»Aber dann wisst Ihr gar nicht, wer sich gerade in Eurem Inn befindet«, wunderte sich Ray, ohne auf die Frage des Wirts einzugehen. »Jedermann könnte die Treppe im Korridor benutzen, ohne dass Ihr es mitbekämt.«

»Warum sollte dieser jedermann das tun?«, erwiderte der Wirt achselzuckend. »Die Kammern in den oberen Stockwerken sind abgeschlossen. Wer keinen Schlüssel hat, kommt nicht rein. Was schadet's also?« Und wieder setzte der Wirt hinzu: »Was kümmert Euch das eigentlich? Wer seid Ihr?«

»Niemand«, antwortete Ray und verneigte sich zum Abschied. »Nur ein neugieriger Vogel.« Er trat hinaus auf den Korridor und starrte abermals auf die Treppe, die zu den Gasträumen führte.

»Jez, Jez!«, murmelte er und pfiff leise zwischen den Zähnen. »Die eiserne Jungfer auf Abwegen.« Er musste daran denken, wie der Mann sie vorhin genannt hatte: »Meine Psyche!« Zwar hatte er keine Ahnung, was damit gemeint war, aber als er jetzt die Treppe hinaufstarrte und ein Lachen und ein quietschendes Geräusch zu hören glaubte, hielt er es für höchst wahrscheinlich, dass sich dort etwas abspielte, das aus gutem Grund die Öffentlichkeit scheute.

8

Noch am Abend desselben Tages stand Ray vor der Schule von St. Olave und erkundete das Gelände. Der alte Friedhof erstreckte sich von der St. Olave's Street bis hinunter zur Themse, deren Ufer an dieser Stelle nicht befestigt war und die bei Hochwasser immer wieder den unteren Teil des Kirchhofs überflutete. Außer der Kirche mit dem Viereckturm und der winzigen Schule, die neben dem stattlichen Gotteshaus mit seinen Säulengängen wie eine vernachlässigte Remise aussah, gab es kein weiteres Gebäude auf dem Gelände. Das Haus des Pfarrers befand sich auf der anderen Seite der Straße, wo in absehbarer Zeit ein neuer Friedhof und ein größeres Schulhaus errichtet werden sollten. Es war gegen neun Uhr und die Sonne seit Stunden untergegangen. Dass der Eremit von St. Olave sich in seiner Dachmansarde aufhielt, erkannte Ray an dem schwach erleuchteten Fenster auf der Nordseite und dem Schatten, der von Zeit zu Zeit an den Vorhängen vorbeihuschte. Erstaunlicherweise war das zweiflüglige Eingangstor im Erdgeschoss nicht verschlossen, und als Ray die steile Treppe zur Dachkammer hinaufgeschlichen war, stellte er überrascht fest, dass auch die niedrige Tür zur Mansarde sperrangelweit offen stand. Auf einem Tisch neben der Tür befanden sich ein leerer Holzteller und ein irdener Krug, aus dem sich der Eremit gerade etwas Gerstenwasser nachschenkte. Er schien völlig in Gedanken versunken und murmelte etwas vor sich hin, das Ray von der Treppe aus nicht verstehen konnte. Er näherte sich auf Zehenspitzen der Tür und fluchte innerlich, als die Bohlen unter seinen Füßen knarrten.

»Geoffrey, bist du das?«, fragte Master Gerrard. »Hast du was vergessen?«

Ray räusperte sich, trat ins Licht und stellte sich in die Tür, um dem anderen den Fluchtweg abzuschneiden.

»Oh, Ihr seid es«, war alles, was der Eremit sagte. Er nahm in aller Ruhe einen Schluck Gerstenwasser, als sei Ray gar nicht anwesend, wandte sich ab, ging zu einem mit Papieren beladenen Schreibtisch unter dem Fenster und fügte hinzu: »Ich habe Euch schon früher erwartet, Sir.«

»Tatsächlich?«

»Allerdings hatte ich nicht damit gerechnet, dass Ihr allein hier auftaucht.« Master Gerrard setzte sich auf einen Schemel und starrte Ray unentwegt an, ohne sich irgendeine Gefühlsregung anmerken zu lassen. »Oder warten die anderen unten?«

»Wenn Ihr die Konstabler oder den Friedensrichter meint, so muss ich Euch enttäuschen.« Ray blieb in der Tür stehen und schaute sich in der Kammer um, da ihm das Verhalten des Eremiten nicht einleuchten wollte und er einen Hinterhalt befürchtete. Der Raum war kärglich eingerichtet; außer einer Bettstelle in der Ecke, dem mit handschriftlichen Papieren und Büchern beladenen Schreibtisch und dem besagten kleinen Tisch neben der Tür gab es keinerlei Möbel in dem Raum. Sah man einmal von den Regalen an den Wänden ab, die ebenfalls zum Bersten mit Folianten, losen Blattsammlungen und kleineren Büchern gefüllt waren. An drei Haken neben der Tür hingen der schwarze Kapuzenmantel und einige wenige Kleidungsstücke, aber einen Schrank oder eine Wäschetruhe suchte man vergeblich. Da der Eremit das Haus nur nachts verließ, musste er auf seine Kleidung und seine äußere Erscheinung nicht achten. Oder es gehörte zu seinem Einsiedlerdasein, wie ein Bettelmönch in der immer gleichen Kutte herumzulaufen.

»Warum?«, fragte der Eremit.

»Warum ich ohne Konstabler komme?« Da Ray ihm die wahren Gründe nicht nennen konnte und nicht zu erkennen geben wollte, dass er im Moment wenig gegen ihn in der Hand hatte, behalf er sich mit Ausflüchten: »Ich wollte Euch die Möglichkeit geben, Euch zu rechtfertigen.«

»Rechtfertigen?« Master Gerrard lachte höhnisch. »Euch gegenüber?«

»Wieso habt Ihr den Mann getötet?«

»Nicht, um ihn auszurauben, wie man fälschlicherweise behauptet.«

»Ich weiß«, erwiderte Ray. »Warum also?«

»›Der Herr ist ein gerechter Richter‹, sagt die Heilige Schrift, ›ein Gott, der täglich zürnend straft.‹«

Obwohl Ray nicht recht verstand, was der Mann damit meinte, fragte er: »Ihr gesteht also den Mord? Ihr werdet ein Geständnis ablegen?«

»Nicht den Menschen gegenüber, die sich Richter schimpfen, aber das Recht mit Füßen treten.«

»Wie soll ich das verstehen?«

»Wie ich es gesagt habe«, antwortete der Eremit und nippte erneut an seinem Becher, als ginge ihn dies alles nur am Rande etwas an. »Ich erkenne die irdische Gerichtsbarkeit nicht an. Das habe ich in der Vergangenheit nicht getan, als man mich einen Dieb und Vagabunden schimpfte, und werde es auch in Zukunft nicht tun, falls man mich des Mordes anklagen sollte. Holt die Konstabler und sagt ihnen, was Ihr zu sagen habt. Es ist mir egal. Das geht mich nichts an.«

»Es geht Euch nichts an?«, entfuhr es Ray. »Ihr habt den Mann erstochen!«

»Psalm Davids: ›Denn er, der Blutschuld rächt, vergisst nicht den Notschrei der Armen.‹« Er stierte Ray mit seinen stechenden Augen an und setzte hinzu: »Es ist an der Zeit, das normannische Joch abzustreifen.«

Ray verstand kein Wort und konnte sich des Verdachts nicht erwehren, es tatsächlich mit einem Irren zu tun zu haben. »Wovon redet Ihr eigentlich?«

»Von den Königen, Lords, Richtern, Amtsvorstehern und Grundherren, die allesamt vom Normannenbastard William abstammen, den sie den Eroberer nennen, weil er den Engländern ihr angestammtes Land geraubt hat. Das Wort dieser normannischen Schergen zählt für mich nicht, ihre Strafe kann mich nicht schrecken. Nur der Herr im Himmel wird über mich richten.«

»Ein Gott, der täglich zürnend straft«, wiederholte Ray die Worte aus der Bibel. »Was für eine Blutschuld meintet Ihr?«

»Robert Gavell hat seine verdiente Strafe bekommen«, sagte der Eremit und wiegte nachdenklich den Kopf. »Die meine erwartet mich im Jenseits.«

»Wohin man Euch schon bald befördern wird, wenn Ihr am Galgen landet.«

»Gottes Wille geschehe.« Der Eremit sah Ray herausfordernd an und lächelte eigenartig, als wolle er ihn auf die Probe stellen. »Ich werde Euch nicht daran hindern, mich zu verraten, aber Ihr werdet es mir verzeihen, dass ich Euch auch nicht dabei behilflich sein kann. Tut, was Ihr nicht lassen könnt!«

Ray schnaufte verhalten und fragte: »Ist Gerrard Euer richtiger Name?«

Der Eremit zögerte einen Augenblick, nickte dann und sagte: »So wurde ich getauft.«

»Und was ist mit Eurem Haar geschehen? Vor einem Jahr hattet Ihr dunkle Haare, und jetzt sind sie weiß wie Schnee.«

Master Gerrard zuckte mit den Schultern und wiederholte: »Gottes Wille geschehe.«

»Euer Kainsmal?«, lachte Ray spöttisch. »Sind Euch vor Schreck die Haare ergraut? Oder sind sie vor Schuld erbleicht? Soll's alles schon gegeben haben.«

»Wenn Ihr so wollt«, entgegnete der andere ernst. »Auch wenn ich diese Schuld nicht anerkenne.«

Ray stieß einen Seufzer aus und fragte: »Was hat Robert Gavell Euch angetan, dass er den Tod verdient hat?«

»In Schande und Schimpf sollen fallen, die mir nach dem Leben trachten!«, ließ der Eremit ein weiteres Bibelzitat folgen. »So steht es geschrieben.«

»Ihr versteckt Euch wie ein Feigling hinter dem Wort Gottes«, sagte Ray und näherte sich dem Schreibtisch.

»Es gibt kein besseres Versteck«, erwiderte Master Gerrard und schloss die Augen. »Eine andere Antwort kann ich Euch nicht geben.«

»Und weshalb unternehmt Ihr Nacht für Nacht die Bußgänge zum ›Old Barge House‹, wenn Ihr Euch nur gegen jemanden verteidigt habt, der Euch nach dem Leben trachtete?
Wenn Ihr nur eine Blutschuld gerächt habt!« Ray hatte inzwischen den Schreibtisch erreicht und blätterte in einer aufge-
schlagenen und abgegriffenen Kladde im Quartformat, die mit
handschriftlichen Notizen gefüllt war. Die aus winzigen Buchstaben bestehenden Zeilen waren wie Verse jeweils in der Mitte
des Notizblattes und wie Strophen eines Liedes in Blöcken angeordnet.

»Ich habe in jener Nacht vor Gott einen Schwur abgelegt.«
Der Eremit schlug die Augen auf, entriss Ray die Kladde und
klappte den Deckel zu.

Ray erinnerte sich an seinen Kniefall vor dem Pranger, zu
Füßen der Pfarrkirche von St. Saviour, und glaubte, Zeuge dieses Schwurs gewesen zu sein. Er fragte: »Ihr wart damals betrunken, nicht wahr?«

»Was nichts begründet und nichts entschuldigt«, antwortete
Master Gerrard. »Ich war ein Verdammter und bin es immer
noch, auch wenn ich dem Alkohol abgeschworen habe. Es liegt
nicht in unserer Macht, den Lauf der Dinge zu ändern. Das
habe ich inzwischen begriffen. Die ganze Erde ist verderbt, und
sie kann nicht durch Menschenhand gereinigt werden, denn
alle Kreaturen sind vom Fluch gezeichnet und dürsten nach Erlösung, und je mehr sie sich mühen, desto tiefer versinken sie
im Schlamm.«

»Ihr seid mir ein komischer Heiliger!« Ray deutete auf das
Notizbuch, auf dessen Deckel der Name »Timon« zu lesen war,
und setzte hinzu: »Und ein Dichter obendrein, wie ich sehe.
Oder was sind das für Verse?«

»Schert Euch zum Teufel!«, zischte der Eremit.

»Wollt Ihr, dass ich die Konstabler hole?«

»Wenn Euch der Sinn danach steht. Aber irgendetwas sagt
mir, dass Ihr längst mit ihnen hier wärt, wenn es Euch möglich oder gelegen wäre.« Er lächelte und nippte wieder an dem

Gerstenwasser, das er auf dem Tisch abgestellt hatte. »Ihr wollt die Belohnung, die auf meinen Kopf ausgeschrieben ist, aber Ihr wisst nicht so recht, wie Ihr sie ergattern könnt.«

»Immerhin war ich Zeuge des Mordes.«

»Und seid anschließend geflohen, als hättet Ihr etwas auf dem Kerbholz. Auf den Flugblättern war etwas von einem möglichen Komplizen zu lesen. Und Ihr seht mir nicht aus wie ein Mann, dessen Wort vor Gericht viel zählt.«

»Es gibt einen weiteren Zeugen.«

»Der Sohn des königlichen Bäckers.« Der Eremit nickte und schaute sich um, als müsse er sein Zimmer erkunden. »Ich sehe ihn nicht. Hat er sich versteckt, oder ist er unsichtbar?«

»Er hat London wegen der Pest verlassen«, antwortete Ray und ärgerte sich zugleich über die selbstgefällige Art des anderen und sein eigenes Zurückweichen. »Aber er wird bald zurückkommen und meine Aussage bestätigen.«

»Na dann, auf baldiges Wiedersehen!« Master Gerrard hob die Achseln und breitete die Hände aus, als wolle er Ray zum Abschied seinen Segen geben. »Entschuldigt mich, ich habe zu arbeiten.«

Der Eremit war sich seiner Sache zu sicher und nicht auf der Hut, und das bot Ray die Gelegenheit, ihm die Antwort zu geben, die er sich redlich verdient hatte und die Ray ihm seit ihrer Begegnung am Clink-Gefängnis schuldete. Mit einem ebenso gezielten wie wuchtigen Faustschlag in die Magengrube schickte er den überraschten Eremiten von St. Olave zu Boden, wo er keuchend und sich krümmend landete. Ray konnte der Versuchung nicht widerstehen und trat ihm mit dem Fuß in die Seite, dass er wie ein Fallsüchtiger zusammenzuckte und das Gerstenwasser erbrach, das er zuvor so genüsslich zu sich genommen hatte.

»Auch ich hab in jener Nacht einen Eid geschworen«, fauchte Ray und angelte sich die Kladde vom Schreibtisch. »Dass ich Euch den hinterhältigen Faustschlag mit gleicher Münze heimzahle. Jetzt sind wir quitt, Master Gerrard. Vorerst jedenfalls.«

Der Eremit stöhnte, wischte sich den Mund ab und rappelte sich schwerfällig auf. »Was wollt Ihr von mir?«, fragte er.

»Das wird sich zeigen.«

»Wenn Ihr es auf Geld oder Sachen von Wert abgesehen habt, dann muss ich Euch enttäuschen. Ich besitze nichts und bin so arm wie eine Kirchenmaus. Irdischer Besitz ist der Keim allen Übels, Eigentum gebiert die Sünde, Lord Esau mit Namen!«

Ray achtete nicht auf den biblischen Unfug, den der andere von sich gab, blätterte stattdessen in dem Quartbüchlein und stellte erstaunt fest, dass er ein Theaterstück in den Händen hielt. Es trug den Titel »Timon von London«, behandelte »die Geschichte einer Blutschuld«, wie es im Untertitel hieß, und spielte zur Zeit Cromwells und des Commonwealth – »in den Tagen der Republik«. Das Stück war noch in Arbeit und umfasste bislang nur ein gutes Dutzend Seiten. Auf der letzten Seite brach der Text mitten im Satz ab. Offensichtlich hatte er den Eremiten beim Schreiben gestört.

»Ein Dichter der Bühne!«, rief Ray erfreut, während er gleichzeitig darauf achtete, dass ihm der Eremit nicht zu nahe kam.

»Es ist nicht für die Bühne bestimmt.« Master Gerrard atmete schwer und setzte sich breitbeinig und gebückt auf einen dreibeinigen Hocker. »Und es ist nicht für fremde Augen gedacht.«

»Dummes Zeug!«, entgegnete Ray. »Wenn es nicht fürs Theater ist, warum schreibt Ihr dann in Versen?«

»Mein Theater ist hier drinnen.« Er tippte sich mit dem Zeigefinger an die Stirn.

»Wovon handelt es?«

»Kennt Ihr Timon von Athen?«

»Nur dem Namen nach«, antwortete Ray, »ein Stück des guten alten Will Shakespeare, nicht wahr? Hab davon gehört, es aber nie gesehen.«

»Kein Wunder«, sagte Master Gerrard und rieb sich die Magengegend. »Es ist niemals gespielt worden, obwohl es als Buch veröffentlicht wurde. Kein gutes Stück, unbeholfen und voller Sprünge, aber angeblich nach einer wahren Begebenheit. Es handelt von einem reichen Mann, der die Menschen hassen lernt, weil er begreift, dass seine sogenannten Freunde nur auf den eigenen Vorteil aus sind und den ehemals Reichen fallen lassen, sobald er in Not gerät und ihrer Unterstützung bedarf. Also zieht er sich in die einsamen Wälder zurück, findet dort einen Schatz und rächt sich an den Menschen, indem er seinerseits die Hilfe verweigert, als Not und Elend in Athen ausbrechen.«

»Ein Eremit?«, fragte Ray und begriff erst in dem Moment, da er es aussprach, was es bedeutete. Er schaute sein Gegenüber an und rief: »*Ihr* seid Timon von London! Ein Mann, der die Menschen hasst und sich an ihnen rächt.«

»Ich sagte bereits, es ist nicht für fremde Augen bestimmt.«

»Die Geschichte einer Blutschuld.« Ray schlug die erste Seite auf und las: »Erster Aufzug, erste Szene. Little Heath: Vor Timons Hütte.«

»Bitte quält mich nicht!«, bat Master Gerrard, und seine Stimme klang so jämmerlich und eindringlich, dass Ray die Kladde schloss und auf den Schreibtisch legte.

»Was oder wo ist Little Heath?«

»Ein Heidegebiet in Surrey.«

Ray erinnerte sich an die Beschreibung des Mordopfers in den Steckbriefen und zitierte sie aus dem Gedächtnis: »Robert Gavell, Stiefsohn des Grundherrn und Pfarrers des Kirchspiels Cobham in der Grafschaft Surrey.«

»Stiefsohn, ja! Sie waren nicht blutsverwandt, dabei glichen sie sich wie ein Ei dem anderen und waren sich auch im Wesen ähnlicher, als ihnen lieb war. Sie hassten sich nämlich wie die Pest, konnten sich nicht ausstehen und machten doch gemeinsame Sache, wenn es darum ging, die Armen zu drangsalieren und das Recht mit Füßen zu treten. Zwei verrottete Äpfel desselben Baumes, schäbige Abkömmlinge Lord Esaus.«

»Jetzt hört endlich mit Eurem Lord Esau auf!«, entfuhr es Ray, und er schlug mit der Faust auf den Tisch. »Ihr habt nicht Lord Esau oder sonst eine Gestalt aus der Bibel umgebracht, sondern den Sohn eines Landpfarrers. Und ich wüsste gern, wieso!«

»Keinerlei Mitleid sollst du kennen‹, spricht der Herr, ›Leben um Leben, Auge um Auge, Zahn um Zahn, Hand um Hand, Fuß um Fuß.‹« Seine Augen funkelten wild, während er Ray die Worte entgegenspuckte. »Beantwortet das Eure Frage, Mr. Webster?«

»Ihr kennt meinen Namen?«

»Euren Namen, Euren jämmerlichen Wohnort und Euren widerwärtigen Beruf!«, rief der Eremit und sprang auf, ohne sich Ray jedoch zu nähern. »Eure hässliche Visage ist in Southwark ebenso bekannt wie Euer penetranter Geruch. Es war nicht schwer, einiges über Euch zu erfahren.«

»Haben die Schulkinder gepetzt?«, fragte Ray belustigt. »Wie es scheint, muss ich mit dem kleinen Ingram ein ernstes Wörtchen reden. Vorlauter Bengel!«

»Lasst den Jungen in Ruhe!«, fauchte Master Gerrard und ging auf Ray los, hob jedoch sofort abwehrend die Hände, als Ray sich in Kampfposition brachte und die Fäuste ballte. »Entschuldigt, es war ein Fehler, Euch zu schlagen, und ich werde die Hand nicht wieder gegen Euch erheben. Ich bitte Euch in aller Form um Verzeihung. Ich frage Euch jedoch ein weiteres Mal: Was wollt Ihr von mir? Meine Taschen sind leer, einen Geldbeutel besitze ich nicht, und außer alten Büchern ist bei mir nichts zu holen.«

»Das wäre immerhin ein Anfang«, murmelte Ray und schielte zu der Kladde mit dem unvollendeten Theaterstück. »Vielleicht kommen wir ja auf andere Weise miteinander ins Geschäft.«

»Ich wüsste nicht, welche Geschäfte ich mit Euch führen wollte.«

»Von ›wollen‹ kann keine Rede sein, Master Gerrard«, antwortete Ray, wandte sich ab und ging zur Tür. »Ich werde mich bei Euch melden, wenn es so weit ist.« Und mit einem Augenzwinkern setzte er hinzu: »Entschuldigt mich, verehrter Meister, Ihr habt zu arbeiten.«

Es war offensichtlich, dass Master Gerrard nicht begriff, wovon Ray sprach, und das konnte diesem nur recht sein. Sollte der Eremit seinen »Timon« in gebührender Ruhe und ungestört beenden. Im Moment hatte Ray für das Stück, dessen Inhalt ihn brennend interessierte, noch keine Verwendung. »Es ist nicht für die Bühne bestimmt«, hatte der Eremit gesagt. Aber das »Cocksparrer« besaß ja auch keine Bühne, nicht im eigentlichen Sinn. Und sollte das Stück Rays hohen Erwartungen nicht standhalten, so blieben ihm immer noch Tom Farynor und die Konstabler.

9

Das Jahr 1666 kam und brachte das Ende der Pest. Nicht sofort und vollends, aber doch spürbar und an den wöchentlichen Zahlen des Sterberegisters abzulesen. Der kalte und lange Winter hatte den erhofften Effekt, und als der königliche Hof von Oxford nach Westminster zurückkehrte, war allen Londonern klar, dass das Schlimmste überstanden war. Zwar starben auch in diesem Jahr etliche Bewohner der Hauptstadt an der Pest, wie es schon vor der großen Seuche der Fall gewesen war, aber das Massensterben war vorüber, das Entsetzen wich, und in London begann das Leben sich wieder zu normalisieren.

Auch im »Maiden Inn« wurden alte Gepflogenheiten wieder aufgenommen. Das Geturtel und Gezwitscher der Schankmädchen setzte wieder ein, die läufige Kundschaft kam zurück, und die Preise für Speisen und Getränke schnellten katapultartig in die Höhe. Für Edward war dies das Zeichen, sein Glück – und Rays obendrein – mit dem »Cocksparrer« zu versuchen.

Zunächst galt es, die Darsteller auszusuchen, was sich schwieriger gestaltete als anfangs angenommen. Für die männlichen Rollen, deren Anzahl Ray in der freizügigen Bearbeitung drastisch reduziert hatte, fanden sich ausreichend Freiwillige, zu denen einige wenige gehörten, die der englischen Sprache zumindest ansatzweise mächtig waren. Die ungleich wichtigeren und schwierigeren Frauenrollen waren hingegen kaum zu besetzen. Nur zwei geeignete Darstellerinnen standen Ray und Edward zur Verfügung: die hübsche Penelope aus dem »Maiden Inn« sowie ihre Freundin Ada, eine stramme und hochmütige Person, die früher einmal in einem Gasthaus in der City gearbeitet hatte, seit einigen Wochen arbeitslos war und nun dringend eine wie auch immer geartete Beschäftigung suchte. Da es jedoch mehr als zwei Frauenrollen in dem Stück gab, kam Edward auf die grandiose Idee, den Darstellerinnen Gesichtsmasken zu verpassen, sodass sie in verschiedenen Rollen auftreten konnten. Die Masken sorgten zudem dafür, dass

Penelope und Ada unerkannt blieben und sich um ihren Ruf keine Sorgen machen mussten. Was sie vermutlich ohnehin nicht getan hätten.

Eigentlich hatte Penelope, die weitaus Hübschere der beiden, die Herzogin von Malfi spielen sollen, doch da ihr Aussehen wegen der Maske keine Rolle spielte und Ada über üppigere weibliche Rundungen und mehr schauspielerisches Talent verfügte, bekam sie die Hauptrolle. Penelope spielte stattdessen die Kammerfrau, die Mätresse des Kardinals, die Hebamme sowie sämtliche Hofdamen.

Im Januar begannen die Proben, und bereits im Februar erfolgte die Premiere vor spärlichem, aber ausgesuchtem Publikum. Die ersten Aufführungen fanden tatsächlich in beinahe familiärem Kreis statt und kamen künstlerischen Desastern gleich. Den Darstellern war es nicht möglich, die einfachsten Sätze fehlerfrei vorzutragen, ganze Textpassagen fielen wegen der Vergesslichkeit der Agierenden unter den Tisch, sodass es schwer war, dem Gang der Handlung zu folgen. Und der gestische und mimische Ausdruck beschränkte sich auf wildes Herumfuchteln mit den Armen und ein kaum zu ertragendes Grimassenspiel. Eigentlich hatte Ray lediglich als Souffleur in der ersten Reihe die Stichworte geben sollen, doch es endete damit, dass er quasi als Erzähler und Vorleser auftrat und die Darsteller dazu die Lippen bewegten und unkoordiniert herumhampelten. Nur Edward, der es sich nicht nehmen ließ, den Geliebten der Herzogin und einzig positiven Helden des Dramas zu mimen, war einigermaßen textsicher, konnte aber das Debakel nur bedingt abmildern. Da zudem kein Bühnenbild von dem dilettantischen Trauerspiel ablenkte, blieb es der Hüllenlosigkeit der Schauspielerinnen vorbehalten, die Gunst des staunenden Publikums zu erobern. Zunächst schienen die Zuschauer von dem frivolen und drastischen Inhalt des Stücks irritiert und pikiert, was sich vor allem in nervösen Lachern und häufigem Geräusper ausdrückte. Doch mit der Zeit fanden die Leute Gefallen an dem jämmerlichen Schauspiel, auch und gerade an dem Unvermögen der spärlich bis gar nicht bekleideten Darsteller, und am Ende gab es statt der befürchteten Buhrufe ein donnerndes »Da capo!« und stehende Ovationen. Um dem Wunsch des Publikums nachzukommen, wurde die Folter- und Sterbeszene der Herzogin ein zweites Mal zum Besten gegeben.

Da Ray und Edward keinerlei Werbung betrieben und außerhalb des Inns keine Plakate aushängten oder Flugblätter verteilten, um den Schein der privaten Veranstaltung nicht zunichte zu machen, mussten sie auf die Mundpropaganda des Publikums vertrauen. Und sie wurden nicht enttäuscht. Bald ging es wie ein Lauffeuer, nein eher wie ein Schwelbrand durch Lambeth und Southwark, dass im »Maiden Inn« ein höchst eigentümliches Spektakel zu bestaunen sei. Nur hinter vorgehaltener Hand wurde über das »Cocksparrer« geredet, niemand wollte selbst dort gewesen sein, alle hatten lediglich davon gehört oder kannten jemanden, der angeblich Zeuge des abstoßenden Treibens gewesen war. Die absurdesten Gerüchte gingen um, sogar von Orgien, zügellosen Ausschweifungen und schwarzen Messen war die Rede.

Nach und nach drang die Neuigkeit auch auf die andere Seite des Flusses, und der Hof in Westminster bekam Wind von den sittenwidrigen Vorgängen, wie Edward aus gut unterrichteten Kreisen zugeflüstert wurde. Als eines Abends der Herzog von York incognito im einfachen Bürgergewand vor dem »Cocksparrer« stand und die für den Abend ausgegebene Parole aussprach, blieb Edward und Ray das Herz stehen. Sie unterrichteten die Darsteller und beschworen sie, ihr Bestes zu geben, doch Ada lachte nur, fasste sich an die Brüste und sagte: »Die beiden waren noch jedem gut genug! Herzog hin oder her!«

Nach der Aufführung verließ der Bruder des Königs in sichtlich guter Laune den Hahnenkampfplatz und raunte seinem ebenfalls verkleideten adeligen Begleiter zu, der gute alte John Webster werde sich vermutlich im Grab rumdrehen, aber die Herzogin von Malfi habe »ein *derrière* zum Anbeißen«. Und damit wussten die Theatermacher, dass ihnen aus dieser Richtung keine Gefahr drohte.

Dennoch blieben sie vorsichtig und hielten das Prinzip der Parole und der persönlichen Empfehlung aufrecht. Immer wieder mussten sie einige um Einlass Bittende, darunter manch hochrangige Persönlichkeit, an der Tür abweisen und nach Hause schicken, was mitunter böses Blut erzeugte und wüste Verwünschungen nach sich zog, aber ihre Glaubwürdigkeit und ihren Reiz stärkte. Die meisten der schmählich Zurückgewiesenen kamen kurze Zeit später mit dem Kennwort oder einer Empfehlung wieder und vergaßen die erlittene Schmach spätestens dann, wenn Ada und Penelope ihnen die blanken Hintern entgegenstreckten.

Obwohl Edward und Ray alles gemeinsam geplant und ausgeführt hatten, ließ Edward doch keinen Zweifel daran, dass er das »Cocksparrer« als sein alleiniges Kind betrachtete. Zwar war es Rays Idee gewesen, den Kampfplatz zum Theater umzubauen, und auch die »Hure von Malfi« war seiner Feder – oder der seines imaginierten Großvaters – entsprungen, doch Edward wies ihn immer wieder darauf hin, dass er nichts zu melden, nichts zu entscheiden und überhaupt seinen Mund zu halten hatte. Zwar gab er Ray den verabredeten Anteil des Eintrittsgeldes, aber das hinderte ihn nicht daran, seinen ehemaligen Nachbarn für eine stinkende Ratte zu halten, und je erfolgreicher und gewinnbringender das »Cocksparrer« wurde, desto deutlicher ließ er Ray seine Verachtung spüren.

Nur um sich für diese rüden Zurechtweisungen und überheblichen Abkanzelungen zu rächen, flüsterte Ray eines Abends Jezebel zu, sie solle sich doch mal im »Maiden Inn« blicken lassen und das eigenwillige Schauspiel verfolgen, das dort an drei Abenden in der Woche gegeben wurde. Ray wusste nicht, ob sie seiner Einladung gefolgt war – gesehen hatte er sie im Hahnenrund jedenfalls nicht –, aber als er sie das nächste Mal im »Boar's Head« traf, bekam sie einen roten Kopf und beantwortete sein Schelmengrinsen mit einem erschrockenen Gesichtsausdruck. Sie hielt sich die Hand vor den Mund, als müsse sie sich übergeben, und rannte hinaus in den Hof.

Von ihrem Verehrer aus dem »King's Head Inn« sah Ray übrigens nie wieder etwas. Vermutlich hatte Jez ihn, wie alle anderen Männer vor und nach ihm, mit ihrer ausgesprochen spröden Art vertrieben.

Auch Tom Farynor blieb verschollen. In unregelmäßigen Abständen fragte Ray in der Pudding Lane nach dem Bäckersohn, doch die greise Hausmagd, die auf den Namen Rose hörte und ihn mit der Zeit wie einen alten Bekannten behandelte, konnte ihm jeweils nur mitteilen, der Junior sei noch nicht zurückgekehrt und es fehle jegliche Nachricht von ihm. Irgendwann im Februar oder März berichtete Rose dann, der gute Tom sei wieder bei seiner Tante in Norwich und habe den Vater um Geld gebeten, um die Heimreise ins nunmehr pestfreie London antreten zu können. Doch als Ray kurz darauf der Pudding Lane erneut einen Besuch abstattete, schüttelte Rose lediglich ihren verwelkten Kopf und sagte: »Wieder ausgebüxt, der Schlawiner! Das Geld hat er per Boten bekommen, aber den Heimweg hat er nicht gefunden. Vermutlich hat er Schiss vor der Tracht Prügel, die ihn erwartet. Ich hab noch zum Herrn gesagt, er soll persönlich nach Norwich reisen und den Schlingel am Schlafittchen packen, damit er nicht wieder die Biege macht, aber Master Farynor wollte nicht auf mich hören. Jetzt muss er sich nicht wundern!«

Den Eremiten von St. Olave hatte Ray ebenfalls einige Male aufgesucht, um sich in Erinnerung zu bringen und dabei unauffällig nach dem Stand der Dinge zu erkundigen, und jedes Mal waren ihre Begegnungen ähnliche Katz-und-Maus-Spiele wie beim ersten Mal. Master Gerrard gab sich unzugänglich und entschlossen, warf mit düsteren Bibelzitaten und obskuren normannischen Verschwörungen um sich, ohne jedoch die Angst vor einer möglichen Festnahme gänzlich verbergen zu können, und Ray versuchte es mit einer Mischung aus Drohungen und Schmeicheleien, um dem anderen die Geheimnisse seines Theaterstückes und die Geschichte seines eigenbrötlerischen Lebens zu entlocken. Beides ohne großen Erfolg. Das einzig Wissenswerte, das Ray aus ihm herausbekam, war, dass er seit einigen Jahren Witwer und Reverend Braithwaite ein Onkel seiner verstorbenen Frau war. Über den Ort Cobham, seine Zeit in Surrey und die ihm so verhasste Familie des Pfarrers ließ sich der Eremit kein Sterbenswörtchen entlocken. Ray wollte nicht zu neugierig erscheinen und baute darauf, dass er ohnehin bald alles erfahren würde, wenn er erst einmal das fertige Manuskript in seinen Händen hielt. Doch die Arbeit an dem Stück schien sich schwieriger und zeitraubender zu gestalten, als Ray gehofft und der Eremit erwartet hatte. Als Ray Master Gerrard einmal nach »Timon von London« fragte, schnauzte dieser ihn an und brummte schließlich: »Der Herrgott straft mich mit tauben Händen und leerem Verstand. Es ist alles in meinem Kopf, aber nichts davon will aufs Papier. Es weigert sich, geschrieben zu werden.«

»So kompliziert ist es?«

»So unerträglich, Mr. Webster«, antwortete Master Gerrard. »Unerträglich und monströs.«

Da Ray jedes Mal ohne Tom Farynor und die Konstabler bei ihm auftauchte und ein ums andere Mal mit leeren Händen wieder abzog, nahm Master Gerrard ihn und seine Drohungen vermutlich irgendwann nicht mehr ernst. Das vernichtende Damoklesschwert, das er bereits über sich gewähnt hatte, bekam mit der Zeit eine stumpfe Klinge. Womöglich hielt er Ray für ebenjenen dummen Schwätzer und gaffenden Maulaffen, den auch der Rest des Boroughs in ihm sah. Was Ray allerdings nicht unlieb war.

Mitte Mai bekam er schließlich Gelegenheit, sich mit eigenen Augen davon zu überzeugen, dass »Timon von London« kurz vor seiner Fertigstellung stand. Als er eines Abends den Eremiten unangemeldet aufsuchte und ohne Anklopfen in sein Zimmer trat, sah er die besagte Kladde auf dem kleinen Tisch neben der Tür liegen. Master Gerrard saß regungslos an seinem Schreibtisch, den Kopf tief in Papieren vergraben. Erst als Ray das leise Schnarchen hörte, erkannte er, dass der Eremit nicht schrieb, sondern schlief, und so nutzte er die sich bietende Gelegenheit, nahm die Kerze und hockte sich mit dem Manuskript in den Türrahmen. Die gesamte Kladde war inzwischen bis auf die letzte Seite beschrieben und endete mit den Worten: »Alle ab. Ende des fünften Aktes«. Der Eremit hatte ein weiteres Blatt lose eingefügt, auf dem aber außer der Überschrift »Epilog« noch nichts geschrieben stand.

Das Unerträgliche und Monströse hatte also doch noch den Weg aufs Papier gefunden, und lediglich der letzte Vorhang fehlte zum Abschluss des Stückes. Ray begann mit der Lektüre und war binnen Kurzem derart gefesselt, dass er nicht mitbekam, wie der Eremit aufwachte.

Plötzlich stand er über ihm, riss ihm das Manuskript aus den Händen und fauchte: »Wer hat Euch erlaubt, hier herumzuschnüffeln? Verschwindet!«

Da Ray in Gedanken immer noch in der Heide von Surrey war, rappelte er sich mühsam auf, sah den Eigenbrötler verwirrt an, deutete auf das Notizbuch und fragte: »Ist das tatsächlich geschehen? Ich meine die Sache in Little Heath.«

Master Gerrard zuckte achtlos mit den Schultern und schnaufte leise. »Alles nur Theater. Die Freiheit der Narren und Dichter.«

Ray nickte, sah den verbitterten und traurigen Ausdruck in seinen Augen und glaubte ihm kein Wort. Von wegen *Theater*!

»Und jetzt raus mit Euch!«, rief der Eremit und schlug Ray die Tür vor der Nase zu.

Zufrieden verließ Ray die Schule und ging über den Friedhof zur Straße. Er hatte nur etwa ein Drittel des Stückes gelesen, doch die Kostprobe hatte ihm gereicht, um ihn vollends von der Qualität des Schauspiels zu überzeugen. Master Gerrard verfügte über einen wunderbar direkten und drastischen Stil, zwar schoss er mitunter übers Ziel hinaus und verstieg sich in allzu düsteren Drohgebärden und flammenden Predigten, doch der Inhalt seines Dramas war nicht anders als spannend und ergreifend zu nennen. Wie eine Geschichte aus dem Alten Testament: Kain und Abel, Jakob und Esau, Sodom und Gomorrha. Und dass die Handlung, wie Ray wusste, zwangsläufig zum Mord am »Old Barge House« führte, versprach manches für den Fortgang der Geschichte.

Ein Drama nach seinem Geschmack. Wie geschaffen für das »Cocksparrer«.

Dort lief »Die Hure von Malfi« zwar immer noch mit einigem Erfolg, doch sowohl Edward als auch Ray hatten das Gefühl, dass demnächst etwas Neues und Besonderes hermusste, um die abflauende Neugier des Publikums erneut zu entfachen. Womöglich hatte das Abflauen auch mit der Tatsache zu tun, dass die Darsteller inzwischen ihre Texte weitgehend fehlerfrei aufsagen konnten und dem Stück dadurch die unfreiwillige Komik genommen wurde. Zwar war es kein Problem, dem einen Webster-Stück das zweite folgen zu lassen, und Ray hatte bereits begonnen, »Die weiße Teufelin« nach ihren Vorstellungen zu bearbeiten, doch Edward gab zu bedenken, dass ein zweiter Aufguss niemals eine starke Wirkung habe. Sie bräuchten etwas Atemberaubendes.

Und so berichtete Ray ihm in groben Zügen von *seinem* »Timon« und fasste den Inhalt folgendermaßen zusammen: »Liebe, Wahnsinn, Rebellion, Mord und Rache. Aber keine Fabel aus dem fernen Italien, sondern aus unserer Nachbarschaft. Für jeden wiedererkennbar. Eine Geschichte aus der Heimat.«

»Wann wirst du es fertig haben?«

»Ende des Monats«, schätzte Ray.

»Gut. Dann besprechen wir die Einzelheiten, wenn es so weit ist. Schaffst du es bis zum Restaurationstag?«

»Zu Ehren des Königs«, antwortete Ray und nickte.

Dummerweise war er bis zum Feiertag am 29. Mai des Manuskripts noch nicht habhaft geworden. Es hatte sich einfach keine Gelegenheit ergeben, dem Eremiten das Stück zu entwenden oder abzupressen. Auch war Ray sich nach wie vor nicht sicher über seine Vorgehensweise. Tom Farynor blieb verschwunden, was eine Erpressung ausschloss, und ein sonstiges Druckmittel stand ihm nicht zur Verfügung. Dem Eremiten das Manuskript mit schnöder Gewalt zu entreißen, erschien Ray schäbig und unpassend, denn irgendwie war ihm der alte Mann ans Herz gewachsen. Zwar war er ein Stinkstiefel und Miesepeter, aber immerhin ein Original. Und davon gab es bekanntlich nie genug.

Als Ray an jenem Dienstagabend im »Maiden Inn« vorsprach, um Edward auf einen späteren Termin zu vertrösten, empfing ihn die kleine Humble Southwood mit der Nachricht, Edward sei gar nicht in London und komme erst am nächsten Tag wieder. Humble war seit etwa zwei Monaten wieder in Lambeth und hatte sich auf dem Lande dem Anschein nach gut erholt. Zwar hustete sie immer noch und sah blass aus, doch sie spuckte kein Blut mehr und keuchte nicht länger, als glühten ihr die Lungen. Die Tochter von Mutter Southwood war übrigens eine begeisterte Anhängerin des »Cocksparrer« und des Theaterstückes, und das, obwohl – oder gerade weil – sie »Die Hure von Malfi« noch gar nicht zu Gesicht bekommen hatte. Jedenfalls nicht mit Wissen der Mutter, die dem Ganzen trotz des Erfolgs immer noch unversöhnlich und abweisend gegenüberstand. Zu gern hätte Hum in dem Stück mitgespielt, und tatsächlich kannte sie den gesamten Text, den Ray ihr unvorsichtigerweise zu lesen gegeben hatte, auswendig, doch an eine Mitwirkung des zehnjährigen Mädchens war natürlich nicht zu denken. Und so begnügte sie sich damit, Penelope und Ada Löcher in den Bauch zu fragen und deren beschönigende und entschärfende Worte für bare Münze zu nehmen.

»Wo steckt denn Edward?«, wollte Ray von Hum wissen.

»In Oxshott.«

»Und was macht er da?«

»Das darf ich nicht sagen.«

»Wieso nicht?«

»Weil Jezebel sonst nicht in Sicherheit ist.«

»Jezebel? Was ist mit ihr? Was meinst du mit ›in Sicherheit‹?«

»Das darf ich nicht sagen.« Sie presste bedeutsam die Lippen aufeinander, verschränkte die spindeldürren Arme vor der Brust und schaute drein, als hänge ein Leben davon ab.

»Verdammte Geheimniskrämerei«, murmelte Ray und sah plötzlich vor seinem inneren Auge eine dunkle Gestalt im Kapuzenmantel am Südufer der Themse knien. Der Eremit von St. Olave auf seinem allnächtlichen Bußgang zum »Old Barge House«. Er schlug sich mit der flachen Hand vor die Stirn und fluchte: »Dummkopf!«

Hum sah ihn erschrocken an.

»Richte Edward aus, dass ich morgen wiederkomme!«, rief Ray und wandte sich zum Gehen. »Und sag ihm, dass ich das neue Stück dabeihaben werde.«

»Ein neues Stück? Fürs Theater?« Sofort war Hum Feuer und Flamme und rannte hinter ihm her. »Wie heißt es? Worum geht's? Von wem ist es?«

»Das darf ich nicht sagen«, antwortete Ray und verließ das Inn.

10

Da es noch einige Stunden bis Mitternacht dauerte, beschloss Ray, vor dem »Bear« am Fuß der Brücke auf das Erscheinen des Eremiten zu warten und sich die Wartezeit mit einigen Humpen Starkbier zu verkürzen. Auf dem Platz vor dem Verrätertor brannte ein großes Freudenfeuer zu Ehren des Königs, dessen Geburtstag und Rückkehr aus dem französischen Exil an jedem 29. Mai begangen wurde, und eine dicht gedrängte und ausgelassen feiernde Menschenmenge hatte sich um das prasselnde Feuer versammelt. Manch bekanntes Gesicht aus der Nachbarschaft sah Ray unter den Umstehenden, aber auch viele Fremde, die aus der City herübergekommen waren, um im sündigen Southwark über die Stränge zu schlagen. Viele von ihnen waren angetrunken, torkelten durch die Gegend und erleichterten Ray mit ausladenden Gesten, die ihre Geldbeutel und Manteltaschen freilegten, seine spezielle Art des Geldverdienens. Nicht umsonst war der Restaurationstag mit seinen Freudenfeuern und Saufgelagen vor allem ein Festtag für Beutelschneider, Bauernfänger und Falschspieler.

Vor lauter Arbeitseifer und weil ihm das Bier an diesem Abend trefflich mundete, hätte Ray den Eremiten beinahe verpasst. Er hatte sich gerade einen weiteren Krug im Schankraum besorgt und trat hinaus auf den Platz, als er einen Mann im schwarzen Kapuzenmantel bemerkte, der von der St. Olave's Street kommend auf die Hauptstraße einbog, dem Trubel vor dem Brückentor in weitem Bogen auswich und rechter Hand auf dem Kirchhof von St. Saviour verschwand. Auf Master Gerrard war wahrlich Verlass, man hätte eine Turmuhr nach ihm stellen können.

Da während der nächsten Stunde nicht mit seiner Rückkehr zu rechnen war, blieb Ray ausreichend Zeit, in seiner Dachkammer nach dem Manuskript zu suchen. Mit dem gefüllten Bierkrug in der einen Hand und dem Stummel einer Talgkerze, den er aus dem »Bear« entwendet hatte, in der anderen schlenderte Ray die wenigen Schritte bis zur Kirche von St. Olave. Kein Mensch kam ihm entgegen, und niemand beachtete ihn, als er den Friedhof betrat und dem Pfad hinab zur Schule folgte. Wie Ray vermutet oder zumindest gehofft hatte, war das Schulgebäude nicht verschlossen, denn außer Tintenfässern und Schulbänken gab es dort nichts zu entwenden, aber höchst erstaunt war er, als er vor der Dachmansarde stand und feststellte, dass der Eremit die Tür zu seiner Einsiedelei nicht verriegelt hatte. Er schien wirklich unendliches Gottvertrauen zu besitzen.

Ray betrat die Kammer, stellte das Bier auf dem kleinen Tisch ab und leuchtete mit der Kerze in alle Ecken. Da das Fenster nach Norden ging, in Richtung Themse, war nicht zu erwarten, dass irgendjemand das Licht bemerkte. Und selbst wenn, wen würde es wundern oder stören? Obwohl ihm gar nicht danach war, musste Ray unentwegt kichern, als ginge ihm etwas Albernes durch den Kopf. Vermutlich hatte er zu viel Bier getrunken oder es allzu hastig hinuntergestürzt. Er nahm sich vor, den Krug nicht weiter zu leeren, und machte sich auf die Suche nach der Kladde.

Wieder erlebte er eine Überraschung. Eine eingehende Suche war gar nicht nötig, da das Manuskript überhaupt nicht versteckt war. Es lag auf dem Schreibtisch, zwar unter allerlei Papieren und Büchern begraben, aber keineswegs unauffindbar. Als wartete es nur darauf, von Ray entwendet zu werden. Er schlug die Kladde auf und vergewisserte sich, dass der Eremit den Epilog beendet hatte. Etliche lose Blätter waren inzwischen in die Kladde eingelegt worden, und die letzte Seite schloss mit den Worten: »Alle ab. Ende.«

Gut gelaunt klemmte Ray sich das Manuskript unter die Achseln, legte die Papiere und Bücher an ihren ursprünglichen Ort auf dem Schreibtisch, blies die Kerze aus, hastete die Treppe hinunter, trat auf den Kirchhof hinaus und bekam einen Mordsschreck, als ihm Edwards Bruder Geoffrey in dem schmalen Durchlass zwischen Schule und Kirche geradezu in die Arme lief. Er balancierte ein großes, in Decken gehülltes Bündel vor sich auf einem Schubkarren und schrie laut auf, als er Ray erblickte. Auf Rays Frage, was er um diese gottlose Zeit auf dem Friedhof treibe, erwiderte Geoff, er wolle die halb verweste Dogge seines Freundes begraben. Diese Antwort war so absurd und lachhaft, dass sie unmöglich erfunden sein konnte.

Geoff war ein rotblonder und grünäugiger Bengel von etwa zwölf oder dreizehn Jahren, der für sein Alter viel zu ernst und nachdenklich war. Selten sah man ihn lachen, und oft wirkte er auf Ray wie ein gehetztes Tier, das immer auf der Hut war und sich stets und überall bedroht oder in die Enge gedrängt fühlte. Kein Wunder bei der Familie! Die Mutter hatte sich direkt nach seiner Geburt aus dem Staub gemacht, der Vater prügelte ihn abwechselnd grün und blau, als mache er den Kleinen für das Verschwinden der Mutter verantwortlich, die Schwester betrachtete ihn mit dem gleichen Interesse, wie man Schmutz in der Gosse zur Kenntnis nahm, und auch Edward hatte ihn früher stets wie eine lästige und unnütze Plage behandelt. Alle hackten auf ihm herum. Ray jedoch gefiel Geoffs eigenwillige, manchmal verstockte Art. Er war ein neugieriger kleiner Kerl, der einem Löcher in den Bauch fragen konnte und alles Wissen wie ein Schwamm aufzusaugen schien. Nur der Humor war seine Stärke nicht, Witze prallten unverstanden an ihm ab, Albernheiten und Scherze lagen ihm nicht, Ironie war ihm gänzlich fremd und suspekt. Er nahm alles für bare Münze und begriff nicht, dass man etwas sagen konnte, ohne es tatsächlich zu meinen. Geoffrey Ingram war eine echte Herausforderung für jeden professionellen Spaßmacher. Und so hatte Ray es sich in der Vergangenheit zur Gewohnheit gemacht, den kleinen Naseweis bei jeder sich bietenden Gelegenheit zu necken und zu foppen. Und sei es nur, um sich an dem todernsten und grüblerischen Gesicht zu ergötzen, mit dem er jeden noch so groben Scherz quittierte. Wie beispielsweise den Unfug, einen stinkenden, toten Köter auf Rat Scabies' Rattenfeuer zu braten.

Die durch Trunkenheit beflügelte Lust am Schabernack war

jedoch nicht der einzige Grund, warum Ray den kleinen Geoff am Kragen packte und mit allerlei Ausflüchten samt Schubkarren zur Hauptstraße und zum Dark Entry lotste. Er wollte unter allen Umständen verhindern, dass der Eremit bei seiner Heimkehr den Jungen auf dem Friedhof sah und Geoff womöglich ausplauderte, er habe Ray aus der Schule kommen sehen. Ray ging davon aus, dass Master Gerrard nach seinem mitternächtlichen Bußgang augenblicklich zu Bett gehen und den Verlust des Manuskripts nicht vor dem nächsten Morgen entdecken würde. So bliebe ihm ausreichend Zeit, den Text des Dramas in seiner Bretterbude abzuschreiben, bevor er dem Eremiten das Quartbüchlein am Morgen möglichst unbemerkt wieder auf den Schreibtisch schmuggelte. Es war schließlich nicht nötig, dass er überhaupt von dem Diebstahl erfuhr.

Also bugsierte Ray den völlig überrumpelten und sich hilflos sträubenden Jungen samt Karren zu Rats niedergebranntem Feuer, das er mit herumliegenden Ästen und Brettern wieder entfachte, und unter stiebenden Funken landete das in Tüchern verhüllte und wie ein Paket verschnürte Bündel in den Flammen. Die Idee mit Rats Rattenfeuer war Ray ganz spontan gekommen, aber je länger er darüber nachdachte, desto origineller erschien sie ihm. Vielleicht fand er sie auch deshalb so lustig, weil Geoff beim Anblick des lodernden Scheiterhaufens vor Schreck der Mund offen stand und er dreinblickte, als müsse er sich jeden Moment übergeben oder als solle er selbst in den Flammen landen.

Rat Scabies war ebenfalls nicht begeistert, kam aus seinem Verschlag gestolpert und tanzte wie ein irischer Kobold um sein Feuer herum, das er wie eine heilige Reliquie hütete. Doch als Ray ihm die Lüge auftischte, der arme Hund sei an der Pest eingegangen, gab er schließlich Ruhe. »Das ist natürlich was anderes«, kicherte er. »Die Pest muss brennen, da hast du völlig recht, Raymond.«

Während Ray in die Flammen blickte und ihm der Ekel erregende Geruch verbrennenden Haars in die Nase stieg, dachte er an das Theaterstück, das er in sicherer Entfernung auf dem Boden abgelegt hatte. Auf den wenigen Seiten, die er bislang gelesen hatte, hatte Feuer eine wichtige Rolle gespielt. Hölzerne Bauernhütten waren in der Heide von Surrey angezündet worden, und das Vieh war in den Ställen verbrannt. Obwohl die Hauptfigur des Stücks auf den Namen Timon hörte, war Ray sich sicher, dass Master Gerrard seine eigene Geschichte erzählt hatte und nur den Namen des Shakespeare'schen Helden angenommen hatte, um die eigene Identität zu verschleiern. Plötzlich musste Ray an ihr erstes Gespräch vor einem halben Jahr denken, und eine Ungereimtheit fiel ihm auf, die er damals gar nicht bemerkt oder nicht für wichtig erachtet hatte. Er hatte den Eremiten gefragt, ob Gerrard sein wirklicher Name sei, und der Master hatte geantwortet: »So wurde ich getauft.« Das Seltsame daran war, dass man bei der Taufe einen Vornamen und nicht den Vatersnamen erhielt. Den besaß man seit der Geburt.

Ray schwirrte der Schädel. Die Gedanken gingen wild durcheinander und schlugen Purzelbäume. Vatersnamen! Christlicher Name! Taufname! Timon von London! Gerrard von Little Heath! Vielleicht war es die Hitze des Feuers, oder das Starkbier setzte ihm mehr zu, als er gedacht hatte. Schwindel befiel ihn. Und zu allem Überfluss begann Geoff neben ihm plötzlich zu weinen. Zunächst dachte Ray, ihm sei der Rauch in die Augen gestiegen, doch dann sah er, dass Geoff wie ein Windspiel zitterte und regelrecht schluchzte. Er starrte mit weit aufgerissenen Augen in die Flammen, als sei ihm ein Geist erschienen.

Wieder purzelten die Gedanken: Vatersnamen! Im Namen des Vaters. Vater, Sohn und Heiliger Geist. Der Geist des Vaters!

»Wie geht's eigentlich deinem Alten?«, hatte Ray den Jungen auf der Straße gefragt.

»Keine Ahnung«, hatte Geoff geantwortet, »hab ihn seit Tagen nicht gesehen.«

Dabei hatte Ray den elenden Paul Ingram am Abend in seinem Haus krakeelen und markerschütternd schreien hören. Als werde er am Spieß gebraten. Als sterbe er tausend Tode.

»Oh, mein Gott!«, murmelte Ray, stierte ins Feuer und wischte sich unwillkürlich die Hände an den Hosenbeinen ab. Mit einem Mal ergab alles einen Sinn und zugleich ein völlig anderes Bild. Das heimliche Begraben einer Dogge auf dem Friedhof. Das fest in Leinen verschnürte Paket. Die grässlichen Schreie im Nachbarhaus. Geoffs entsetzter Gesichtsausdruck beim Anblick des Feuers. Seine Tränen für einen Hund, der nicht einmal der seine war. Das jämmerliche Schluchzen des Jungen.

Sie hatten Geoffs Vater dem Feuer übergeben! Und es war naheliegend, woran er gestorben war: »Die Pest muss brennen«, hatte Rat gesagt und gekichert. »Da hast du völlig recht, Raymond!«

»Du konntest den Köter gut leiden, nicht wahr?«, fragte Ray.

»Weiß nicht«, antwortete Geoff und wischte sich die Tränen aus den Augen. »Ich hab ihn ja kaum gekannt.«

Ray war übel, er wollte schleunigst nach Hause. Nur weg von hier. Er klopfte Geoff auf die Schulter und sagte: »Ich muss los, Kleiner.«

Dann schnappte er sich die Kladde vom Boden und wollte zu seiner Bude, als er plötzlich irritiert innehielt. Irgendwas fehlte. Etwas war nicht an seinem Platz. Er hatte etwas übersehen oder vergessen. Und im selben Moment dämmerte es ihm: Der Bierkrug! Ray hatte ihn in der Dachkammer des Eremiten stehen gelassen. Verdammt!

Master Gerrard war inzwischen vermutlich längst nach Hause gekommen, hatte den Krug auf dem Tisch entdeckt, sich gewundert und gefolgert, dass er Besuch gehabt hatte. Wahrscheinlich hatte er sich sofort alarmiert umgeschaut und das Fehlen des Manuskripts bemerkt. Zwar überführte ihn der Krug nicht zwangsläufig als Dieb, doch der Eremit war keinesfalls so dumm, nicht die richtigen Schlüsse zu ziehen. Und es war abzusehen, dass er binnen kurz oder lang vor Rays Tür stehen würde.

Da er Master Gerrard lieber aus dem Weg gehen wollte, solange er das Stück noch nicht kopiert hatte, fuhr Ray abrupt herum und wandte sich zur Straße. Dabei fielen die losen Blätter aus der Kladde. Durch die Hitze des Feuers wurden die Papiere durch die Luft gewirbelt und wären beinahe in den Flammen gelandet, wenn Geoff sie nicht im letzten Moment aufgefangen hätte. Er schaute sich die Seiten an und seine Augen weiteten sich erstaunt, als erkenne er sie wieder.

»Was ist denn das?«, fragte Geoff. »Schulaufgaben?«

»Das geht dich gar nichts an«, fauchte Ray, riss ihm die Papiere aus der Hand und stopfte sie in die Kladde. »Kümmer dich um deinen eigenen Kram.« Dabei deutete er auf das Feuer.

»Pfui Deibel, stinkt das«, rief Rat und warf weitere Äste in die Flammen. »Was war denn das für ein Köter?«

»Dogge!«, riefen die beiden wie aus einem Mund.

Dann stapfte Ray eilig über die Hauptstraße davon.

Zum zweiten Mal an diesem Tag lenkte er seine Schritte in Richtung Lambeth Marsh. Ray hatte beschlossen, im »Maiden Inn« die Abschrift des Theaterstücks in Angriff zu nehmen. In einem der verwaisten Geräteschuppen, die ihm Edward – mit Erlaubnis der Wirtin – zur Verfügung gestellt hatte, hatte er sich eine Schlafstelle aus Stroh hergerichtet und einen wackligen Arbeitstisch samt Hocker aufgestellt. Dort hatte er bereits mehrmals nach durchzechter Nacht seinen Rausch ausgeschlafen oder tagsüber an der Überarbeitung der Theaterstücke gesessen, und in Lambeth würde ihn Master Gerrard gewiss nicht vermuten.

Als Ray den Hof des Inns betrat, war es bereits einige Stunden nach Mitternacht. Er ließ die Schänke links und das »Cocksparrer« rechts liegen und begab sich zu dem abseitsstehenden Geräteschuppen, der übrigens seiner Bruchbude im Dark Entry auffallend ähnelte. Kerzen, Tinte und Papier hatte er noch vorrätig, und so machte er sich umgehend an die Arbeit: »Erster Aufzug, erste Szene. Little Heath: Vor Timons Hütte.«

Ray vermochte nicht genau zu sagen, wann ihn die Müdigkeit übermannte und auf dem Schreibtisch niederstreckte, aber als er aus dem Schlaf hochschreckte, war die Kerze niedergebrannt, und fahles Dämmerlicht drang durch die Ritzen des Verschlags. Es war jedoch nicht das Licht gewesen, das ihn geweckt hatte, sondern ein seltsames Fiepen oder Quieken, das er nicht sofort einordnen und lokalisieren konnte. Erst nach geraumer Zeit begriff er, dass das Geräusch aus dem Nachbarverschlag herüberdrang und keineswegs von einer Ratte oder einer quietschenden Tür stammte. Denn allmählich wurde das Quieken zu einem rhythmischen Keuchen, und schließlich flüsterte eine Frau mit gepresster Stimme: »Ja, gut so! Mach weiter!«

»Mhm«, keuchte eine zweite, tiefere Stimme. »Bück dich tiefer, Ada!«

Nur eine dünne Bretterwand trennte Ray von dem Geschehen im Nachbarschuppen, und er konnte der Versuchung nicht widerstehen und schaute durch ein Astloch über seiner Bettstelle nach nebenan. Zunächst sah er gar nichts, dann bewegte sich etwas hin und her, das allerdings so nah vor seinem Auge war, dass er erst mit Verzögerung begriff, dass es sich um eine weibliche Brust handelte. Genauer gesagt: um die ihm sattsam bekannte Brust der üppigen Ada, die wie eine Glocke vor und zurück schwang. Offensichtlich stand Ada vornübergebeugt da, stützte sich mit den Händen an der Wand ab und wurde von hinten genommen. Wie die »Hure von Malfi« in ihrer Sterbeszene, schoss es Ray durch den Kopf, nur dass es aus freien Stücken geschah und der Mann das Eindringen nicht nur spielte. Um wen es sich handelte, konnte er nicht erkennen, da ihm Adas Körper jede Sicht auf ihren Liebhaber nahm. Auch die Stimme, die immer mal wieder ein »Ah« oder »Oh« oder »Ja« hervorstieß, war ihm unbekannt. Wenn es überhaupt möglich war, einen Mann am bloßen Keuchen zu erkennen. Vermutlich war es einer der Darsteller, der nach der Aufführung nachholte, was er auf der Bühne nur andeuten durfte.

Ray hatte wenig gesehen, aber genug gehört, und da es ihm undenkbar schien, bei der Geräuschkulisse mit seiner Arbeit fortzufahren oder sich schlafen zu legen, schlug er die Kladde leise zu, versteckte sie unter dem Stroh des Bettlagers und schlich auf Zehenspitzen nach draußen, wo dichter Morgennebel das umliegende Marschland verhüllte. Die Sonne war noch nicht aufgegangen, aber im Osten dämmerte es bereits über den Feldern von St. George. Da es hell genug war, nahm er für den Heimweg die Abkürzung durch die sumpfigen Felder, vorbei an den Abdeckereien, Seifensiedereien und Gerbereien, die Southwark wie ein Schutzwall umgaben.

Als er am Deadman's Place südlich der Bankside wieder festen Boden unter den Füßen hatte und sich den Schmutz von den Hosenbeinen klopfte, sah er eine Gestalt mit Handkarren, die von der Southwarker Hauptstraße kommend direkt auf die Gärten des alten Bischofspalastes zusteuerte. Beinahe glaubte Ray, Geoff sei erneut mit seiner Schubkarre unterwegs, doch dann erkannte er Rat Scabies, der wie üblich mit sich selbst redete, den rechten Arm wie ein Prediger in die Höhe streckte und unflätig schimpfte. Ray erreichte ihn, als er gerade unter lautem Gezeter durch einen kleinen Durchlass auf das rückwärtige Gelände des verfallenen Winchester House einbog.

»Wo willst du denn hin?«, rief Ray ihm zu.

»Du wirst es nicht glauben, Raymond!«, fauchte Scabies und deutete auf den mit einer Plane verdeckten Handkarren. »Eine fremde Leiche war im Feuer!«

»Eine fremde Leiche?«, wunderte sich Ray. »Meinst du die Dogge?«

»Dogge? Von wegen! Eure verdammte Dogge hat sich in 'nen Menschenkadaver verwandelt. In meinem Feuer.«

»Nein! Wie ist denn so was möglich?«

»Der Satan steckt dahinter!«, rief Scabies und zog die Plane zur Seite, dass die verkohlten Überreste eines Menschen auf dem Handkarren zum Vorschein kamen. »Der Leibhaftige nimmt oft die Gestalt eines Hundes an. Das ist allgemein bekannt. Und mein Feuer hat den teuflischen Spuk beendet.«

»Jesus!«, entfuhr es Ray. Er vermochte nicht zu sagen, was ihn mehr abstieß, der schauerliche Anblick oder der beißende Geruch nach verkohltem Fleisch. Jedenfalls stieg ihm die Galle in die Kehle, und er musste sich die Hand vor Mund und Nase halten, um nicht vor Rat Scabies auf die Straße zu spucken.

Der alte Scabies nickte, als hielte er Rays Ekel für eine Bestätigung seiner absurden Erklärung. Er kratzte sich am Hinterkopf und kramte dann in dem verbrannten Haufen herum, bis er den schwarz verkohlten Schädel des armen Paul Ingram in den Händen hielt.

»Bitte nicht!«, bat Ray. Doch es war bereits zu spät, die Galle fand ihren Weg.

»Das ist keine Dogge!«, schnauzte Scabies ungerührt. »Keine verdammte Dogge!«

»Was hast du vor?«, wollte Ray wissen, nachdem sich sein Magen entleert hatte und er wieder Luft bekam. »Wo bringst du die Knochen hin?«

»Zu den anderen«, antwortete Scabies, legte den Schädel zurück auf den Karren, deckte die Leichenteile mit der Plane zu und deutete zum Palast.

»Welche anderen?«

»Die Ratten!«, frohlockte Scabies. »Alles Ratten! Was dachtest du denn?«

»Du bringst deine Ratten ins Winchester House? Warum?«

»Weil dort alles angefangen hat.«

»Im Palast des Bischofs?«

»Unter dem Palast«, kicherte er und fuhr sich über die bleiche Haut am Kinn, die vom vielen Kratzen blutig verschorft war.

»Unter?« Ray verstand kein Wort und starrte den Alten fragend an.

»Unter!«, wiederholte Scabies, drehte sich um, hob zum Abschied die Hand und verschwand samt Karren auf dem Brachgelände.

»Verdammter Schwachkopf!«, knurrte Ray, machte sich wieder auf den Weg und bemühte sich, keinen weiteren Gedanken an den alten Spinner und seine widerlichen Ratten zu verschwenden. »Zum Teufel mit ihm!«

Als Ray schließlich den Dark Entry erreichte, sah er Geoff Ingram hinter seiner Schubkarre auf dem Boden hocken. Er war im Sitzen vor dem Haus eingeschlafen und hatte den Kopf an den Türrahmen gelehnt. Sein Unterkiefer war heruntergeklappt, und er gab leise Schnarchgeräusche von sich.

Armer Kerl! Wenn er wüsste!, dachte Ray und überlegte, ob er ihn wecken sollte, überließ den Jungen dann aber seinen hoffentlich angenehmen Träumen.

Sie hatten sich alle etwas Schlaf verdient.

11

Am Abend des folgenden Tages, es war Mittwoch, der 30. Mai 1666, stattete Ray dem Eremiten von St. Olave einen letzten Besuch ab. Und als Abschiedsgeschenk hatte er die Kladde mit dem Manuskript unterm Arm.

Wie üblich saß Master Gerrard in seiner unverschlossenen Kammer am Schreibtisch und schien den Eintretenden gar nicht wahrzunehmen. Zunächst glaubte Ray, der Eremit sei erneut im Sitzen eingeschlafen, doch dann wandte sich Master Gerrard plötzlich um, beäugte ihn wie ein lästiges Insekt und begrüßte ihn mit den Worten: »Ich habe Euch erwartet, Mr. Webster. Ihr habt letzte Nacht etwas vergessen.«

»Ja, leider«, antwortete Ray, trat näher und legte die Kladde auf dem Schreibtisch ab. »Habt Dank für die spannende Lektüre.«

Master Gerrard beachtete das Manuskript nicht weiter, stand auf und hielt Ray den tönernen Bierkrug aus dem »Bear« entgegen, den dieser in der Nacht in der Dachkammer stehen gelassen hatte. Doch als Ray den Krug in die Hand nehmen wollte, schüttete der Eremit ihm den Inhalt ins Gesicht. Es hatte beinahe den Anschein, als habe er das abgestandene Bier nur deshalb nicht weggeschüttet, um Ray auf diese Weise demütigen zu können.

»Ihr seid ein Schwein!«, schrie Master Gerrard. »Ein erbärmlicher Dieb!«

»Wohl dem, der die Wahrheit spricht«, erwiderte Ray und wischte sich mit dem Ärmel das Gesicht ab. »Ihr habt recht, ich bin ein Dieb. Und Ihr seid ein freier Mann.«

Der Eremit sah ihn überheblich und zugleich erstaunt an.

Ray deutete auf das Manuskript, verneigte sich vor dem anderen und sagte: »Ihr habt von mir nichts mehr zu befürchten.«

»Ich hatte nie etwas von Euch zu befürchten, Mr. Webster«, fauchte Master Gerrard und machte eine wegwerfende Handbewegung. »Das wisst Ihr so gut wie ich. Ihr seid ein bellender Hund ohne Zähne. Ein Phrasendrescher und Wichtigtuer.«

»Mag sein, Master Gerrard.« Ray zuckte mit den Schultern und setzte lächelnd hinzu: »Oder sollte ich sagen, Mr. Gerrard Winstanley?«

Das selbstgefällige Grinsen im Gesicht des Eremiten fiel in sich zusammen, er öffnete den Mund, doch er brachte keinen Ton über die Lippen.

»Kennt Ihr das ›Three Bibles‹?«, fragte Ray.

»Den Buchhändler auf der Brücke?« Der Eremit atmete schwer und ließ sich auf seinen Hocker fallen. »Was ist damit?«

»Es ist erstaunlich, was dort in den verstaubten Regalen zu finden ist.« Ray griff in seine Manteltasche und holte das kleine Pamphlet heraus, das er direkt nach der Abschrift des »Timon von London« in der Buchhandlung gefunden hatte. »Euer Stück hat mich neugierig gemacht, und deshalb hat es mich ins ›Three Bibles‹ verschlagen.«

»Es ist bloß Dichtung, nicht Wahrheit.«

Ray schüttelte den Kopf und sagte: »Ihr hättet nicht nur den Namen des Helden, sondern auch den des Ortes ändern sollen. Euer Timon ist ein fleißiger Schreiber von Büchern und Pamphleten, und als ich den Buchhändler nach irgendwelchen Kampfschriften umstürzlerischer Bauern in Surrey fragte, hat er nicht lange suchen müssen.« Ray deutete auf die Flugschrift der sogenannten »Digger« und las, was auf der Titelseite des Traktats vermerkt war: »»Aufruf an alle Engländer, sich zwischen Knechtschaft und Freiheit zu entscheiden, vorgelegt von denen, die einst auf dem Georgshügel in Surrey zu graben begannen und jetzt auf der kleinen Heide der Gemeinde Cobham ihr gemeinnütziges Werk fortführen.«« Ray blätterte um und nannte das Datum, das unter den zahlreichen Autoren des Pamphlets vermerkt war: »26. März 1650.«

»Das ist lange her«, knurrte Master Gerrard und presste die Lippen aufeinander. Er schien mit sich zu ringen, ob er alles abstreiten oder lieber schweigen sollte. Doch dann schüttelte er den Kopf und sagte: »Wir waren Narren! Alle miteinander.«

»Was Ihr damals zu sagen hattet, Mr. Winstanley, klingt in meinen Ohren ganz vernünftig. Ein wenig anmaßend und überheblich vielleicht, aber deswegen nicht dumm oder töricht. Ein Himmelreich auf Erden, erbaut nach Gottes Wort, auf dem Fundament der Vernunft.«

»Sprecht mir nicht von der Vernunft!« Der Eremit schnaufte abfällig und stützte die Ellbogen auf die Oberschenkel. »Ich habe lange geglaubt, dass die Vernunft obsiegen wird und alle Menschen die Wahrheit sehen und verstehen werden, wenn sie denn erst einmal ausgesprochen ist. Ja, ich habe geglaubt, dass Gott und Vernunft ein und dasselbe sind. Aber das war ein bedauerlicher und folgenschwerer Irrglaube, Mr. Webster. Der Herr im Himmel hat Adam nicht nur aus dem Paradies vertrieben und ihn der Unterdrückung durch Seinesgleichen preisgegeben, er hat ihm gleichzeitig die Überzeugung eingepflanzt, all das Unrecht geschehe zu seinem eigenen Besten. Und so mordet Kain seit jeher den Abel, Esau unterdrückt weiterhin den Jakob, und die Normannen nehmen den Engländern das angestammte Land und zwingen sie unter ihr Joch. Doch niemand unternimmt etwas dagegen, niemand findet etwas daran, denn der zürnende Gott schlägt sie mit Blindheit und Dummheit. ›Entsetzliches und Abscheuliches geschieht im Land‹, spricht der Herr, ›die Propheten weissagen im Dienst der Lüge, die Priester lehren auf eigene Faust, und mein Volk liebt es so.‹ Oh nein, Mr. Webster, wir waren Narren damals. Wer an die Vernunft des Menschen glaubt, steht auf verlorenem Posten. Wir haben versagt, allesamt und in allen Belangen. Unsere Dummheit wurde bitter bestraft, und das Joch ist erdrückender als je zuvor.«

»Immerhin habt Ihr Euch gerächt«, sagte Ray.

»Ich rede nicht von Robert Gavell«, rief Master Gerrard. »Er war ein elender Wurm, der zertreten wurde.«

»Es mag sein, dass er den Tod verdient hat«, sagte Ray achselzuckend. »Allerdings verstehe ich nicht, warum Ihr ihn nicht schon früher zur Rechenschaft gezogen habt. Wieso ausgerechnet jetzt, nach all den Jahren?«

»Ein Zufall, wenn Ihr so wollt. Oder Schicksal.« Der Eremit hustete krächzend und raufte sich die Haare. »Vor Jahren hätte ich vermutlich von göttlichem Willen gesprochen.«

»Haltet Ihr Euch tatsächlich für ein Werkzeug Gottes?«

»Ich werde nicht mit Euch darüber sprechen!« Master Gerrard sprang auf, wandte Ray jedoch den Rücken zu und starrte aus dem Fenster auf die erleuchtete Brücke. »Ihr glaubt vermutlich, dass Ihr mich kennt, weil Ihr das Stück gelesen habt. Aber Ihr irrt Euch, Mr. Webster. Nichts wisst Ihr. Gar nichts.«

»Wie Ihr meint«, sagte Ray, verneigte sich erneut und wollte sich verabschieden. »Ich werde Euch nicht länger belästigen.«

»Einen Augenblick!«, hielt der andere ihn zurück und hob die rechte Hand. »Als Ihr vorhin sagtet, ich wäre ein freier Mann, was meintet Ihr damit?«

»Timons Geheimnis ist bei mir in guten Händen.« Ray schmunzelte, da eine Kopie des Manuskripts tatsächlich in seinen Händen war, und setzte hinzu: »Solange Ihr Tom Farynor nicht in die Hände lauft, werdet Ihr unbehelligt bleiben. Wenn Ihr das überhaupt wünscht, Mr. Winstanley.«

Master Gerrard fuhr herum und sah ihn erstaunt an.

»Ihr schreit und lechzt doch geradezu danach, zur Rechenschaft gezogen zu werden«, sagte Ray und setzte seinen Federhut auf. »Eure nächtlichen Spaziergänge zum ›Old Barge House‹ dienen diesem Zweck. Selbst wenn Euch das gar nicht bewusst ist. Ihr wollt gefasst werden und habt zugleich eine Heidenangst davor. Euer Geschwätz von der Bestrafung des Menschen, die nur dem Herrgott im Himmel zusteht, ist ein bloßer Deckmantel für Eure Feigheit. Auch das Theaterstück deutet in diese Richtung. Warum sonst solltet Ihr Euch solch eine Mühe machen, die Geschichte halbherzig zu verschlüsseln, wenn Euch nicht daran gelegen wäre, das Geheimnis wieder zu enträtseln? Ihr schreibt nicht für Euch, sondern für die Welt. Oder die Nachwelt.«

»Ihr redet wirres Zeug!«

»Das glaube ich nicht.«

»So viel zu Eurem Glauben!«, rief der Eremit erbost, griff nach der Kladde auf dem Schreibtisch und riss sie wütend entzwei. Da Ray nur ein müdes Lächeln für diese theatralische Geste übrig hatte, nahm der Eremit die Kerze vom Tisch und hielt sie unter das Manuskript. Sofort fingen die Seiten Feuer. Rußflocken wirbelten durch die Kammer. Sein Gesicht hatte wieder diesen verrückten und gehetzten Ausdruck, der Ray bereits mehrmals durch Mark und Bein gegangen war. Diesmal jedoch verfehlte er seine Wirkung.

»Lebt wohl, Mr. Winstanley oder Master Gerrard oder wie immer Ihr in Zukunft heißen wollt!«, sagte Ray kopfschüttelnd und verließ die Dachstube. »Lebt wohl!«

Hinter sich hörte er das leise Knistern des Feuers und ein seltsames Lachen, das zugleich verzweifelt und erleichtert klang. Das Lachen eines Schuldigen. Oder eines Entkommenen.

Sein Manuskript hatte Gerrard Winstanley verbrannt, und tatsächlich wurde niemals ein Stück mit dem Titel »Timon von London« aufgeführt oder veröffentlicht. Dem Drama, das am Abend des 1. September 1666 im »Cocksparrer« zu Lambeth seine Premiere feierte, hatte Ray den etwas griffigeren Titel »Der Mord am Old Barge House« gegeben.

Eine zweite Aufführung sollte es allerdings nie geben. Denn in derselben Nacht ging London in Flammen auf.

VIERTER TEIL

LAMBETH MARSH

»And have not we affections,
Desires for sport, and frailty, as men have?
Then let them use us well: else let them know,
The ills we do, their ills instruct us so.«

(»Und haben wir nicht Zuneigung,
nicht Hang zum Spaß und Schwachheit gleich den Männern?
Drum mögen sie uns gut behandeln: Sonst sollen sie wissen,
Wenn wir Böses tun, hat uns ihr Böses dies gelehrt.«)

William Shakespeare, »Othello«

1. KAPITEL

Handelt von einer Rückkehr und einem Abschied

Da bin ich wieder. Vermutlich habt ihr mich längst vergessen oder nicht damit gerechnet, ich könnte mich noch mal zu Wort melden. Nun ja, so kann man sich irren. Wie der Eremit von St. Olave schon sagte: Ich bin wie eine biblische Plage. Man wird mich einfach nicht los. Außerdem wurde ich mittendrin unterbrochen, und es ist ziemlich unbefriedigend, wenn man etwas nicht zu Ende bekommt. Wahrscheinlich hatte Master Gerrard fürs Erste genug von meinem wirren Kraut-und-Rüben-Geschreibsel, denn er sagte, es sei nun an der Zeit, das Ganze von einem anderen Blickwinkel aus zu betrachten. Was er damit meinte, damit wollte er nicht rausrücken. Ist auch egal. Soll er seine Geheimnisse für sich behalten. Was kümmert's mich?

Jedenfalls wäre ich jetzt wieder an der Reihe, hat er gemeint, und ich solle erzählen, wie's mit mir und Edward und Jezebel und den Southwoods und allen anderen im »Maiden Inn« weiterging. Denn ob ihr's glaubt oder nicht, meine Tage in Southwark waren gezählt. Als Letzter der Ingrams verließ auch ich schließlich unseren Taubenschlag im Dark Entry und wurde Zeuge der seltsamen Wiedervereinigung der Familie Ingram.

Bevor ich jedoch von meinem Wiedersehen mit Edward, dem Umzug nach Lambeth, der Rückkehr und dem erneuten Verschwinden Jezebels und den erstaunlichen Enthüllungen und Verwicklungen berichte, die ich bis zum heutigen Tag nicht ganz begreife, will ich erzählen, wie es mit mir im Dark Entry zu Ende ging.

Vom Tod meines Vaters und dem seltsamen Verschwinden seiner Leiche hab ich bereits berichtet, ebenso von meiner Schwester Jezebel, die am selben Tag Hals über Kopf die Stadt verließ und sich vor einem Künstler namens Wenceslaus Hollar in Sicherheit brachte. So blieb ich also allein im Haus zurück, arbeitete wie zuvor im »Boar's Head Inn« und brachte dem Eremiten jeden Abend sein Essen aufs Zimmer. Sonntags besuchte ich die Armenschule von St. Olave und übte wenn möglich das Lesen und Schreiben, wobei es dem Eremiten vermutlich nicht gefallen hätte, wenn er gewusst hätte, dass ich vor allem die Galgenbeichten der Hingerichteten und die blutrünstigen Moritaten der Bänkelsänger las, die manchmal im »Boar's Head« liegen blieben. Die restliche Zeit lungerte ich mit meinem Freund Glen an der Hauptstraße oder in unserem Versteck unter der Brücke herum.

Obwohl ich nicht behaupten konnte, von meinem Vater jemals gut behandelt worden zu sein oder meiner Schwester besonders nahegestanden zu haben, fehlten mir die beiden. Es war einfach nicht mehr dasselbe wie früher. Nicht dass ich mich nach Vaters Prügel oder Jezebels schnippischen Worten sehnte, das nun grade nicht, aber traurig war's doch irgendwie. Besonders nach Einbruch der Dunkelheit, wenn ich in meinem Verschlag unter dem Dach lag und das Haus wie ausgestorben wirkte. Manchmal wachte ich mitten in der Nacht auf, weil ich glaubte, Vaters Schnarchen in der Stube zu hören. Womöglich wandelte er inzwischen als Geist zwischen den Welten umher und kehrte an den Ort zurück, an dem er seinen letzten Atemzug getan hatte. Doch wenn ich unten nachschaute, stammte das Geräusch entweder von einer quietschenden Tür oder dem Wind, der durch die Ritzen pfiff.

Außer mir schienen sich nur Master Collins und seine Missis für den verschwundenen Rest der Familie Ingram zu interessieren. Der Wirt fragte in regelmäßigen Abständen, ob ich meine Schwester gesehen oder was von ihr gehört hätte, doch da dem nicht so war, schüttelte ich nur jedes Mal den Kopf oder hob die Achseln. Ich behielt für mich, dass Jez mit Hilfe von Mutter Southwood die Stadt verlassen hatte, und ließ den Master in dem Glauben, meine Schwester sei nach wie vor im »Maiden Inn«. Ob er sich jemals selbst in Lambeth nach Jez erkundigt hat, kann ich nicht sagen, aber es würde ihm ähnlich sehen. Verliebter Gockel, der er war!

Das Schicksal meines Vaters hingegen kümmerte den Master einen Dreck, sieht man einmal von den Mietschulden ab, die sich inzwischen angehäuft hatten und die er mir immer wieder unter die Nase rieb. Dafür war es die Missis, die sich mehr als einmal bei mir und anderen erkundigte, wo Paul Ingram geblieben sei. Es schien beinahe so, als mache sie sich Sorgen um ihn oder würde ihn gar vermissen. Was kaum denkbar war, da sie ihn ja in der letzten Zeit so gut wie nie zu Gesicht bekommen haben dürfte, weil er immer sturztrunken auf seinem Strohsack gelegen und das Haus kaum noch verlassen hatte. Ich antwortete ihr mit dem gleichen Kopfschütteln und Achselzucken, mit dem ich auch dem Master geantwortet hatte, und beließ es bei vagen Vermutungen: Womöglich sei unser Vater irgendeinem Weibsbild begegnet und habe sich deswegen aus dem Staub gemacht, oder er habe sich außerhalb unseres Boroughs zu Tode gesoffen und sei längst in einem namenlosen Grab auf einem Armenfriedhof in Bermondsey oder Rotherhithe beerdigt.

Seltsamerweise war es ausgerechnet unser Nachbar Ray, der eines Tages behauptete, er hätte unseren Vater gesehen. Wohlgemerkt, *nach* dessen Tod!

Es war an einem Abend im Juni, glaube ich, und Missis Collins fragte wieder einmal die Gäste im »Boar's Head«, ob jemand den verschollenen Ingram zu Gesicht bekommen hätte und ob's nicht langsam an der Zeit sei, die Konstabler zu rufen oder sich im nahe gelegenen St. Thomas' Hospital zu erkundigen.

Ray, der gut gelaunt in einer Ecke des Schankraums saß und von dessen Tisch ich gerade die Überreste einer geschmorten Rindszunge abräumte, plusterte sich plötzlich auf, zupfte an seinem Ziegenbärtchen und meinte: »Nicht nötig, Madam! Gestern erst hab ich den alten Mistkerl gesehen. Unten in Camberwell.«

Ich fuhr zusammen und starrte ihn wie blöde an, beinahe wäre mir der Teller aus der Hand gefallen. Camberwell war ein kleines Dorf südlich von Southwark, in dem sich Fuchs und Hase Gute Nacht sagten und wo es außer ein paar Bauernhütten und Wasserquellen nichts zu sehen gab.

»Camberwell?«, wunderte sich die Missis. »Was sollte einer wie Paul Ingram wohl in so einem Kuhkaff zu suchen haben?«

»Die Heilquellen?«, meinte ein Stammgast und lachte.

»Aber nur wenn Branntwein draus sprudelt«, ergänzte ein anderer.

»Auf dem Rückweg von Clapham hab ich dort Rast gemacht«, sagte Ray mit seiner piepsigen Stimme und lehnte sich behaglich zurück. »In der Dorfschänke hab ich ihn gesehen. Sternhagelvoll war er und nicht mehr in der Lage, gerade auf den Beinen zu stehen. Er hat mich nicht mal erkannt und mich wie ein Vagabund angebettelt. Erbärmlich!«

»Camberwell liegt nicht an der Straße nach Clapham, Sir«, bemerkte ein Bauer aus der Umgegend, der unserem Master einige Hühner verkauft hatte und das Gespräch interessiert verfolgte.

»Na, dann war's eben Peckham«, entgegnete Ray unwirsch. »Ist doch egal.«

»Bist du sicher, dass es mein Vater war?«, fragte ich und hielt den Teller krampfhaft in den Händen, als hätte ich Angst, man könnte ihn mir entreißen.

»Ich werd ja wohl deinen Vater von 'ner verfluchten Dogge unterscheiden können, oder etwa nicht?« Er lachte wiehernd und zwinkerte mir zu, als hätte er einen Witz gemacht. »Es war dein Vater, Geoff, wie er leibt und lebt. Den bringt so leicht nichts unter die Erde. Nicht mal die gottverdammte Pest.«

»Wie … was?«, brabbelte ich und biss mir auf die Unterlippe.

Ich weiß nicht genau, wie ich dreinschaute, aber als Ray mir ins Gesicht blickte, prustete er los und schüttelte sich vor Lachen. »Lass gut sein, Kleiner! Hab keine Bange!« Erneut folgte das Gewieher und Gezwinker.

»Wird Zeit, dass der Mistkerl wieder auftaucht«, knurrte

Master Collins hinter dem Schanktisch. »Mit der Miete ist er im Rückstand, etliche Zechen sind noch offen, Jez hat sich davongemacht, und wenn ich nicht bald Geld sehe, werd ich dich auf die Straße setzen müssen.« Dabei deutete er mit seinem dicken und beringten Zeigefinger auf mich und kniff ein Auge zusammen.

»Lass den Jungen in Frieden!«, schnauzte die Missis und schaute ihren Gatten tadelnd an. »Ingram hat uns doch grad erst seinen Geldbeutel gegeben.«

»Grad erst?« Master Collins lachte bedrohlich und wedelte mit der rechten Hand. »Das ist ein halbes Jahr her, meine Liebe, und ›gegeben‹ trifft es nicht ganz. Hätte ich nicht zufällig in seine stinkende Bude geschaut und mir den Beutel einfach vom Tisch genommen, würd ich jetzt noch auf mein Geld warten.« Der Master spuckte knapp neben den Blechnapf, der für diesen Zweck auf dem Boden stand, und wischte sich anschließend mit dem Hemdsärmel über den Mund. »Das Geld wär nicht seins, hat Ingram behauptet, und er wüsste gar nicht, wie es auf seinen Tisch käme. Er hätte den Beutel in seinem Leben noch nicht gesehen und deshalb könnte er mir das Geld nicht geben, weil's ihm ja nicht gehörte und er nach dem rechtmäßigen Besitzer Ausschau halten müsste. Ha! So ein versoffener Halunke. Dem hab ich aber was gehustet!«

»Was denn für ein Geldbeutel?«, wunderte ich mich.

»Ja, was für ein Geldbeutel?«, wiederholte Ray.

»Ach, kaum der Rede wert«, knurrte der Wirt und winkte ab. »Waren ohnehin nur 'n paar Pennys drin. Der lederne Beutel war mehr wert als der Inhalt.«

»Verdammter Lügner«, flüsterte Ray so leise, dass der Master es nicht hörte, und zupfte erneut an seinem Spitzbart. »Aber immerhin hat er's nicht versoffen.«

Ich glotzte abwechselnd Ray und den Master an und verstand kein Wort. Mir dröhnte der Schädel, als wollte er jeden Moment platzen, und ich hatte das Gefühl, mit dem Unfug und all den Lügen aufhören zu müssen. Jetzt und sofort. Ein für alle Mal. Deshalb ließ ich den Holzteller zu Boden fallen und schrie, so laut ich konnte: »Vater ist tot! Hört ihr? Er ist tot, tot, tot!«

Zunächst starrten mich alle Anwesenden entsetzt an. Niemand gab einen Mucks von sich. Dann fluchte der Master: »Jetzt sieh dir die Sauerei auf dem Boden an, du Missgeburt! Das machst du sofort sauber!«

Im selben Moment stürzte die Missis auf mich zu, nahm mich in die Arme, wie sie es früher oft getan hatte, als ich noch ein kleiner Junge gewesen war, streichelte mir über die Haare und flüsterte: »Sag so was nicht, Geoffrey! Sag doch so was nicht. Es wird alles wieder gut.«

»Das wird es nicht«, beharrte ich und kämpfte gegen die Tränen an.

»Dummkopf!«, knurrte Ray. »Halt den Schnabel!«

»Sch-sch!«, machte die Missis und tätschelte meinen Hinterkopf.

Ich schlang meine Arme um ihren Hals und weinte hemmungslos wie das kleine Kind, das sie einst nach dem Verschwinden meiner Mutter versorgt hatte. Ich selbst konnte mich natürlich nicht daran erinnern, aber Edward hatte mal was davon erzählt. »Wie eine verdammte Amme«, hatte er gesagt und dabei verächtlich geschnauft. »Du warst ihr kleiner Liebling, Geoff. Und Jez natürlich, weil sie so putzig und niedlich war. Ich war ihr völlig egal, mir hat sie höchstens ein paar Ohrfeigen gegeben, aber euch beide hat sie verzärtelt und gehütet wie einen Schatz. Bis sie sich mit Vater verkracht hat und er ihr gesteckt hat, dass sie uns gefälligst in Ruhe lassen und sich um ihre eigene missratene Brut kümmern soll.«

Jetzt hing ich also wieder an ihrem Hals, als wäre es der meiner leiblichen Mutter. Und mit meinem Geständnis war's natürlich Essig.

Vermutlich besser so.

In unserer Nachbarschaft ging ansonsten alles seinen üblichen Gang, sah man einmal davon ab, dass Rat Scabies zusehends verrückter wurde und er es nun nicht nur auf Ratten, sondern auch auf Hunde abgesehen hatte. Ständig brabbelte er davon, dass er irgendeinem Hundedämon begegnet sei und dass das ein Zeichen des Himmels gewesen sei. Ein böses Omen. Wie in der Schrift. Weil nämlich der Hundedämon sich in einen Menschen verwandelt habe, genauso wie sich Gott in einen Menschen verwandelt habe und am Kreuz gestorben sei. Deswegen gäb's bald eine Katastrophe, behauptete er, wir alle würden ans Kreuz genagelt oder auf andere Art ums Leben kommen. Und zwar sehr bald. Dabei hat er die Zähne gefletscht und gejault, als hätte er sich von einem Menschen in einen tollwütigen Köter verwandelt.

Als ich ihn so reden hörte, begann ich zu ahnen, wer die Leiche meines Vaters aus der Asche des Feuers geholt hatte und welchen Schreck Rat beim Anblick der verbrannten Menschenknochen bekommen haben musste. Was er allerdings anschließend mit den Knochen und dem Schädel gemacht hatte, blieb mir ein Rätsel. Und ich hatte keine Lust, ihn danach zu fragen.

Neben Rat Scabies, dem die verwandelte Dogge auf seinem Scheiterhaufen den letzten Rest Verstand geraubt hatte, war der Eremit von St. Olave der Einzige, der sich nach dem Tod meines Vaters seltsam oder zumindest anders als zuvor verhielt. Dabei wusste er überhaupt nichts von der ganzen Sache und hatte mit dem Verschwinden der Leiche nun wahrlich nichts zu tun. Vielleicht war's nur ein Zufall, aber auffällig war's dennoch.

Am Dienstag, dem Geburtstag des Königs, war unser Vater gestorben. In der folgenden Nacht war seine Leiche auf Rats Feuer gelandet und anschließend spurlos verschwunden. Am Mittwochabend hatte ich Master Gerrard verraten, dass ich Ray auf dem Friedhof von St. Olave begegnet war. Und als ich dem Eremiten am Donnerstag sein Essen und Gerstenwasser brachte, glich seine Kammer einer Räuberhöhle. Einer verlassenen Räuberhöhle, denn vom Master war weit und breit nichts zu sehen.

Sämtliche Bücher und Papiere waren aus den Regalen genommen und lagen verstreut auf dem Boden oder Schreibtisch herum. Einige Folianten waren entzweigerissen, andere Bücher bestanden nur noch aus dem ledernen Einband, lose Blätter und zerknüllte Zettel bedeckten den gesamten Fußboden, einige Papiere hatte Master Gerrard zu winzigen Schnipseln zerpflückt, andere waren über und über mit Tinte oder Farbe beschmiert. Das Merkwürdigste aber war ein Brandfleck von knapp zwei Fuß Durchmesser mitten auf dem Holzboden, der am Tag zuvor noch nicht dort gewesen war. Als hätte Master Gerrard ein Lagerfeuer in seinem Zimmer entfacht.

Da der Master nicht da war, stellte ich das Essen und den Krug auf den kleinen Tisch neben der Tür und wollte wieder gehen, als ich plötzlich ein leises Scharren und Klopfen hörte. Das Geräusch kam von draußen, hinter dem Haus, und als ich an das Fenster auf der Nordseite trat, sah ich den Eremiten unweit der Kirche, im Schatten eines Stützpfeilers, auf dem Friedhof stehen. Es war bereits nach acht Uhr, aber die Sonne stand noch eine Handbreit über dem Verrätertor der Brücke. Die Schatten der aufgespießten Köpfe fielen auf den unteren Teil des Friedhofs, als wollten sie sich über die dort ruhenden Toten lustig machen. Master Gerrard stand gebückt neben dem Pfeiler, hielt eine Schaufel in den Händen, füllte gerade ein Loch im Boden mit Erde und klopfte anschließend die aufgeworfene Oberfläche glatt. Es sah aus, als hätte er etwas ein- oder ausgegraben. Ein leerer Eimer stand neben dem Master auf der Erde, und einige angesengte Papiere wurden vom Wind in Richtung Themse geweht.

Eigentlich hatte es mich nicht zu kümmern, was der Eremit auf dem Friedhof trieb, schließlich wohnte er hier und konnte tun und lassen, was er wollte. Doch meine Neugier war wieder mal stärker, und so öffnete ich das Fenster und rief hinunter: »Master Gerrard?«

Der Eremit zuckte zusammen, als hätte ich ihn bei etwas Unrechtem ertappt. Er sah erschrocken zum Fenster hoch, hielt die Hand gegen die tief stehende Sonne und sagte dann erleichtert: »Ach, du bist es, Geoffrey! Was gibt es?«

»Euer Essen, Sir!«, rief ich und fragte dann: »Was macht Ihr dort?«

»Was ein Digger am besten kann«, antwortete er und lachte ohne erkennbaren Grund. »In der Erde graben.«

Ich hatte keine Ahnung, was er damit meinte, und fragte: »Und was grabt Ihr?«

»Ein Grab, Geoffrey.« Wieder lachte er, und erneut verstand ich nicht, was daran so lustig war. »Ich vergrabe mein Leben. Oder alles, was davon übrig geblieben ist.« Er deutete auf den Boden und setzte hinzu: »Erde zu Erde, Asche zu Asche, Staub zu Staub.«

»Das verstehe ich nicht, Master.«

»Sei froh, mein Junge!« Er schüttelte den Kopf, hob den Eimer hoch, schulterte die Schaufel und verließ den Friedhof, ohne eine weitere Erklärung abzugeben.

Auch in den folgenden Tagen und Wochen verhielt sich der Eremit recht merkwürdig und eigenartig. Einerseits war er noch stiller und nachdenklicher als sonst, starrte oft Löcher in die Luft und hatte manchmal ein seltsames Lächeln auf den Lippen, das ich mir nicht erklären konnte. Andererseits interessierte er sich plötzlich für Dinge, die ihn zuvor kaltgelassen hatten. Den Krieg gegen Holland beispielsweise und die mehrtägige Seeschlacht, die sich unsere Flotte vor Kurzem mit den gottlosen Holländern geliefert hatte, oder das ungewöhnlich heiße und trockene Wetter, das den Bauern zu schaffen machte und die Preise für Wasser und Getreide in London in die Höhe trieb. Früher hatte er sich für derlei Dinge nicht interessiert. Auch das Predigen und Zetern hatte er beinahe völlig drangegeben. Er zitierte nur noch selten aus der Bibel, fluchte nicht mehr auf die räuberischen Normannen oder den bösen Lord

Esau und schien insgesamt versöhnlicher oder milder gestimmt zu sein. Es wäre eine Übertreibung gewesen, ihn gut gelaunt zu nennen, aber seine finstere Miene hatte sich ein wenig aufgehellt und wenigstens schimpfte er nicht mehr ständig über alles und jeden. Hatte er früher alle Menschen als dumm, gemein und bösartig verhöhnt, so hielt er sie jetzt nur noch für dumm. So hat er's jedenfalls gesagt. Aber diese Dummheit sei von Gott gewollt, meinte er, und deshalb könne sie nicht schlecht sein. Der Mensch wisse es eben nicht besser. Er könne nichts dafür, weil Gott dem Adam im Paradies nun mal verboten habe, vom Baum der Erkenntnis zu essen. Und er, Master Gerrard, sei der Gemeine und Bösartige gewesen, weil er sich für was Besseres gehalten und andere nach eigenem Belieben gerichtet habe. Doch das sei nun vorbei.

»Gottes Wille geschehe«, sagte er immer wieder. »Wie im Himmel also auch auf Erden!« Das hatte er auch früher schon oft gesagt, doch dabei hatte er stets ein Gesicht gemacht, als erwarte er einen himmlischen Blitz, der ihn auf der Stelle niederstreckte. Jetzt aber lächelte er, als seien ihm diese Worte ein Trost.

Das Erstaunlichste aber war, dass der Eremit nach und nach sein Einsiedlerdasein aufgab und sich unter die Leute begab. Mitten am Tag wurde er auf der Hauptstraße oder vor der Brücke gesichtet, dafür schien er jedoch seine mitternächtlichen Spaziergänge an der Themse eingestellt zu haben. Es war nicht so, dass er die Nähe der Menschen suchte, aber er ging ihnen nicht länger aus dem Weg. Sogar im sonntäglichen Gottesdienst wurde er gesehen, und als sei dies eine Anspielung auf sein Erscheinen, soll Reverend Braithwaite an jenem Tag in der Predigt von der Auferstehung des heiligen Lazarus gesprochen haben. Nur dass der Eremit gar nicht tot gewesen war.

Ende Juni, etwa eine Woche nachdem Rancid Ray von seiner angeblichen Begegnung mit meinem Vater in Camberwell berichtet hatte, stand Master Gerrard eines Nachmittags im

»Boar's Head Inn« und teilte dem Wirt mit, er wolle fortan sein Abendessen im Gasthaus zu sich nehmen.

Ich starrte ihn verwundert an und fragte: »Warum?«

»Alles ändert sich, Geoffrey«, antwortete er und presste die Lippen aufeinander. »Das Leben geht weiter, und wir müssen uns ihm stellen. Wir können uns weder verstecken noch davonlaufen. Aber du kannst natürlich auch in Zukunft zu mir kommen, wann immer du willst. Wenn du es denn möchtest.«

Ich nickte stumm.

»Wie Ihr meint, Master Gerrard«, knurrte der Wirt und hob gleichgültig die Schultern. »Ist mir ganz einerlei. Aber wo wir grad von ändern sprechen …« Dabei schaute er plötzlich mich an, schnappte nach mir und packte mich am Kragen. »Auch für dich wird sich einiges ändern, du Rotzlöffel.«

»Ay, Sir?«, stotterte ich und senkte den Blick, da mir nichts Gutes schwante.

»Dein Vater ist jetzt seit fast einem Monat verschwunden«, sagte er und hielt mich wie ein Kaninchen am Nacken fest. »Deine Schwester treibt sich wie eine Dirne in der Gegend rum, und dein bisschen Arbeit reicht vorne und hinten nicht. Ich muss schließlich auch sehen, wo ich bleibe.«

In diesem Moment ging die Tür zum Hof auf, ein großer Mann trat ein, und für einen kurzen Augenblick drang mit dem gleißenden Licht auch die sommerliche Hitze in die Schänke. Dann wurde die Tür wieder geschlossen und der Schankraum war schummrig wie zuvor.

»Was wollt Ihr damit sagen, Mr. Collins?« Master Gerrard griff dem Wirt in die Hand, die mich gekrallt hatte.

»Dass ich Besseres zu tun habe, als faule Bettler und Taugenichtse durchzufüttern und zu beherbergen. Wer seine Miete nicht zahlt, fliegt raus! So einfach ist das.« Er schaute sich um, als befürchtete er die Schelte seiner Frau, doch die Missis war in den Keller hinuntergegangen, um ein Fässchen Wein aus dem Lager zu holen. Der Master piekste mir mit dem Finger in die Brust und sagte: »Ich hab neue Mieter für das Haus. Zahlende

Mieter! So kann's schließlich nicht weitergehen. Ab morgen schläfst du hinten unter der Treppe.« Sein Daumen deutete über die Schulter zum Stiegenhaus, wo sich unter dem Treppenabsatz eine winzige Nische befand, in der sich allerlei Gerümpel und Unrat angesammelt hatte. »Da ist allemal Platz genug für einen Nichtsnutz wie dich! Du kannst froh sein, dass ich nicht noch Geld dafür verlange.«

»Das wird nicht nötig sein, Mr. Collins!« Die Stimme kam von der Tür und gehörte dem Mann, der vorhin die Schänke betreten hatte. »Ihr könnt Euch Eure Wohltaten schenken. Geoff kommt mit mir.«

Alle starrten zur Tür. Obwohl mir die Stimme bekannt vorgekommen war und er sich äußerlich nicht wirklich verändert hatte, dauerte es eine Weile, bis ich begriff, dass mein Bruder Edward vor mir stand. Das lag nicht nur an den langen Haaren, die ihm nun lockig über die Schultern fielen. Er schien in den letzten zwei Jahren ein gutes Stück gewachsen zu sein, auch wirkte er nicht nur älter, sondern auch kräftiger. Ein richtiger Muskelprotz!

»Na, hol mich der Teufel!«, rief Master Collins. »Der verlorene Sohn!«

»Was ist denn hier los?«, wunderte sich die Wirtin, die mit dem Wein hinter dem Schanktisch erschienen war. »Von wem sprichst du?«

»Edward Ingram«, sagte der Master und deutete zur Tür. »Der entflohene Schläger und Raufbold.«

»Komm, Geoff!«, befahl Edward und winkte mit der Hand. »Wir gehen!«

»Wieso?«, fragte ich und blieb unschlüssig stehen. »Wohin?«

»Ins ›Maiden Inn‹«, antwortete er und öffnete die Tür. »Wo du hingehörst.«

»Nichts da!« Die Missis kam plötzlich hinter dem Schanktisch hervorgestürmt und baute sich mit verschränkten Armen vor Edward auf. »Du wirst den Jungen nicht in diese sündige Lasterhöhle bringen. Das verbiete ich dir!«

»Ihr, Madam? Ausgerechnet *Ihr*?!« Edward starrte die Wirtin an, als wolle er ihr im nächsten Augenblick eine Ohrfeige verpassen. Er hatte die Hand bereits erhoben, doch dann deutete er nur mit dem Zeigefinger direkt auf ihre Nase und fauchte: »Ihr habt mir gar nichts zu verbieten, Mistress Collins. Ihr als Allerletzte!« Er spuckte auf den Boden und lachte ihr dann ins Gesicht. »Auch wenn Ihr Euch mit Sünden und Lastern natürlich auskennt wie keine Zweite! Verdammte Metze!«

Die Missis wurde bleich und sagte keinen Ton. Sie starrte Edward an, die Augen traten ihr beinahe aus den Höhlen, dann klappte ihre Kinnlade herunter, und sie wich erschrocken einen Schritt zurück.

»Also, was ist?«, fragte Edward in meine Richtung.

Weder verstand ich, was zwischen den beiden vorgegangen war, noch wusste ich, wie ich mich zu verhalten hatte. Daher wandte ich mich Hilfe suchend an Master Gerrard, der die ganze Szene mit finsterer Miene verfolgt hatte: »Soll ich, Master?«

»Das Leben geht weiter, Geoff«, antwortete er und lächelte nachdenklich. »Du musst dich ihm stellen. Verstecken oder Weglaufen nützt nichts.«

»Ay, Master!« Ich wusste nicht, ob er mich oder sich selbst mit seinen Worten meinte, dennoch nickte ich und ging zur Tür.

»Was hat das zu bedeuten?«, fragte Master Collins, dessen Blick verwundert zwischen Edward und seiner zur Salzsäule erstarrten Frau hin und her ging. »Und was ist mit meiner Miete? Wer zahlt mir die Schulden? Wo ist mein Geld?«

»In dem Geldbeutel, den Ihr unserem Vater gestohlen habt, Sir«, antwortete Edward und hielt mir die Tür auf. »Ihr könnt froh sein, dass ich Euch die Konstabler nicht auf den Hals hetze und Euch nicht an den Schandpfahl bringe.«

»Unverschämter Kerl!«, fauchte der Wirt, blieb aber wie angewurzelt stehen.

»Was ist nur mit dir geschehen, Edward?«, murmelte die

Missis kopfschüttelnd und immer noch fassungslos. »Warum bist du so? Was haben wir dir bloß getan?«

»Das wisst Ihr besser als ich, Madam«, antwortete er, verneigte sich wie zum Spott, legte seinen Arm um meine Schulter und führte mich hinaus.

2. KAPITEL

Bringt Wunderliches über die Familie Southwood

Vermutlich fragt ihr euch die ganze Zeit, warum ich nicht längst zu Edward ins »Maiden Inn« gegangen war, nachdem ich vier Wochen zuvor von Mutter Southwood erfahren hatte, dass er ihr Verwalter war und das dortige Theater leitete. Warum blieb ich nach dem Tod unseres Vaters und dem Verschwinden meiner Schwester mutterseelenallein im Dark Entry, wenn mein älterer Bruder nur eine halbe Stunde Fußwegs entfernt wohnte? Was hielt mich davon ab, Edward zu besuchen oder gleich ganz zu ihm zu ziehen? Die Antwort mag euch idiotisch erscheinen, aber sie ist dennoch die einzige, die ich geben kann: Ich war stinksauer auf Edward und wollte ihn nicht sehen, gerade *weil* er sich in der Nähe aufhielt! Solange ich gedacht hatte, Edward hätte London verlassen, um sich vor unserem Vater und der drohenden Gefängnisstrafe zu verstecken, hatte ich geradezu danach gelechzt, ihn wiederzusehen und mit ihm zu sprechen. Nicht nur um zu erfahren, was eigentlich zwischen ihm und Vater vorgefallen war. Doch als Mutter Southwood mir mitteilte, Edward sei ihr Verwalter, da war ich nicht etwa froh oder erleichtert, sondern wütend und enttäuscht. Warum hatte er sich nicht bei Jez und mir gemeldet oder uns irgendein Lebenszeichen gegeben? Wieso ging er uns wie zwei Pestkranken aus dem Weg, wenn er seit Monaten quasi in der Nachbarschaft wohnte? Glaubte er etwa, wir würden unserem Vater verraten, dass Edward im »Maiden Inn« zu finden war? Für wen oder wie dämlich hielt er uns? Und wie unwichtig waren wir ihm, dass er es nicht für nötig hielt, uns von seiner Rückkehr nach London zu unterrichten? Während wir uns um ihn sorgten und bereits das Schlimmste befürchteten, vergnügte er sich nur einen Steinwurf entfernt mit schweinischen Theaterstücken und nackten Schauspielerinnen. Das war mir unbegreiflich!

Vielleicht hatte es was mit Stolz oder Trotz zu tun, dass ich Edward nicht in Lambeth aufgesucht hatte. Schließlich war *er* vor zwei Jahren spurlos verschwunden und hatte uns im Stich gelassen, also musste *er* auch zurückkommen und sich bei uns melden! Nicht umgekehrt. Ich jedenfalls hatte keine Lust, ihm wie ein dämlicher Köter hinterherzuhecheln.

Das waren in etwa die Gedanken, die mir durch den Kopf gingen, während ich neben Edward den Deadman's Place in westlicher Richtung überquerte und wir den Bear Garden und die angrenzenden Felder von St. George erreichten. Weil der Sommer bislang sehr trocken und heiß gewesen war, hatten sich kaum Wasserlachen auf der Brache gebildet. Wir würden den Lambeth Marsh trockenen Fußes erreichen.

»Mutter Southwood hat mir berichtet, dass du vor einigen Wochen im ›Maiden Inn‹ warst«, sagte Edward nach einer Weile und paffte eine weiße Tonpfeife. Und als habe er meine Gedanken gelesen, fügte er hinzu: »Warum bist du nicht zu mir gekommen? Ich hab auf dich gewartet.«

»Ich war beschäftigt«, antwortete ich.

»Beschäftigt?« Er lachte ungläubig, schüttelte den Kopf und fuhr mir mit der Hand durch die Strubbelhaare. »Womit?«

»Seit wann bist du wieder in London?«, antwortete ich mit einer Gegenfrage und wehrte seine Hand ab. »Oder warst du die ganze Zeit in Lambeth?«

»Anfangs war ich auf einem Bauernhof in Surrey«, antwortete er. »Seit knapp einem Jahr bin ich wieder hier.«

»Und wieso hast du dich nicht bei uns blicken lassen?«

»Du weißt, wieso.«

»Nein, das weiß ich eben nicht!«, schrie ich ihn plötzlich an und blieb stehen. Wir befanden uns mitten in den Feldern, nur wenige Schritte entfernt lag die Gerberei, in der unser Vater zuletzt gearbeitet hatte. Als er noch lebte. Und zur Arbeit fähig gewesen war. Der Gestank nach Pisse und Verwesung war bestialisch, dennoch rührte ich mich nicht vom Fleck.

»Komm schon, Geoff, sei nicht so bockig!«

»Ich will endlich wissen, was los ist!« Ich öffnete das kleine Bündel, das ich vorhin in aller Eile geschnürt hatte, holte den

Zettel mit Jezebels Nachricht heraus und reichte ihn Edward, während mir vor Zorn die Tränen über die Wangen liefen. »Ich will wissen, warum du unseren Vater beinahe umgebracht hast. Wohin du gegangen bist. Wieso du nicht zurückgekommen bist. Warum du dich nicht gemeldet hast. Ich will wissen, wieso Jez so plötzlich verschwunden ist. Wo sie sich versteckt hält. Was ihr beiden mit der hässlichen Mutter Southwood zu schaffen habt. Und ich will wissen, wieso du vorhin die Missis so angeschnauzt hast. Ich will es wissen!«

»Du wirst alles erfahren«, sagte er, las den Zettel, lächelte wegen der vielen Fehler in den wenigen Worten und legte mir die Hand auf die Schulter. »Wenn die Zeit gekommen ist, werden wir dir alle Fragen beantworten. Das versprech ich dir. Aber du musst dich noch ein wenig gedulden.«

»Wieso?«

»Weil es nicht allein von mir abhängt.«

»Wann sagst du es mir?«

»Bald.« Er räusperte sich und setzte hinzu: »Und nenn Mutter Southwood gefälligst nicht hässlich! Sie hat eine Menge durchgemacht. Und damit meine ich nicht nur die Blattern.«

Ich wischte mir die Tränen aus dem Gesicht, putzte mir dann die Nase und fragte: »Wieso ausgerechnet jetzt?«

Er sah mich verwirrt an, stieß eine Rauchwolke aus und fragte: »Was meinst du damit?«

»Warum soll ich ausgerechnet jetzt zu dir ins ›Maiden Inn‹ kommen? Warum nicht vorige Woche, warum nicht nächsten Monat? Was ist geschehen? Du hast dich im ganzen letzten Jahr auch nicht um uns gekümmert.«

»Ray hat mir erzählt, dass Vater verschwunden ist und Master Collins dich auf die Straße setzen will.«

»Rancid Ray? Was hast du denn mit dem zu schaffen?«, wunderte ich mich. »Früher hast du ihn nicht ausstehen können und dich ständig mit ihm gestritten.«

»Daran hat sich nichts geändert. Ich kann ihn nicht ausstehen und streite mich ständig mit ihm.«

Diesmal sah ich ihn verwirrt an und sagte: »Ihr spinnt doch, alle miteinander!«

»Mag sein«, antwortete er achselzuckend und sah mich lange an. Dann fragte er: »Stimmt es, dass Vater tot ist?«

»Hat Ray das behauptet?«

Edward nickte, klopfte seine Pfeife an den Stulpenstiefeln aus, die ihm bis über die Knie reichten, und sagte: »Er hat es angedeutet. Bei Ray weiß man ja nie, ob er lügt oder die Wahrheit sagt.«

»Hast du dich nur deshalb nach Southwark getraut? Weil Vater tot ist?«

»Also stimmt es? Er ist gestorben?«

»Die Pest hat ihn geholt und behalten.« Ich schulterte das Bündel und stapfte an Edward vorbei nach Westen. Durch die kahlen und vertrockneten Felder, über denen die Luft flirrte, als würde sie brennen.

Die Glocke der Kirche von St. Mary in Lambeth schlug zur Abendandacht, als wir das »Maiden Inn« betraten, doch sowohl auf den Bänken im Hof als auch in der Schänke selbst befanden sich nur wenige Gäste. Anders als im »Boar's Head« begann hier der Trubel erst nach Einbruch der Dunkelheit, zum Abendessen oder Feierabendbier fand sich offensichtlich niemand ein. Hungrige Reisende oder fahrende Händler wie an der Hauptstraße von Southwark gab es in dem unwirtlichen und abseits gelegenen Marschland nicht. Die Gäste schienen sich auch wenig um die Küche des Hauses zu scheren und nur Appetit auf die spärlich bekleideten Schankmädchen zu haben, die im Moment aber noch nicht sehr zahlreich vertreten waren.

Da ich die Schänke zum ersten Mal von innen sah, schaute ich mich neugierig um und war erstaunt. Ich weiß nicht genau, was ich erwartet hatte, aber sicherlich nicht einen nur notdürftig zum Schankraum umgebauten Kuhstall. Die Möbel waren aus billigem Holz gezimmert, an den Wänden gab es weder Bespannungen aus Stoff oder Papier noch sonstigen Schmuck.

Die vom Rauch geschwärzte und durch mächtige Balken ge-
stützte Decke war so hoch, dass man sie in dem trüben Licht
kaum ausmachen konnte, und der unebene Lehmboden war
mit altem Stroh bedeckt. Eine unansehnliche und nicht gerade
einladende Kaschemme! Und dies sollte der berühmt-berüch-
tigte Sündentempel sein, zu dem die Leute sogar aus Westminster und der City pilgerten? Kaum zu glauben. Was auch immer
Mutter Southwood mit dem Geld machte, das sie vermutlich
scheffelte, in die Renovierung und Verschönerung ihrer Bruchbude steckte sie es bestimmt nicht.

Hinter dem Schanktisch stand ein Riese von Kerl, den Edward mit »George« ansprach. Ich erinnerte mich an das nächtliche Gespräch von Mutter Southwood mit dem böhmischen
Künstler Hollar, in dem sie von einem George gesprochen
hatte, der eine diebische Freude daran hätte, andere Leute zu
verprügeln. Als ich den muskelbepackten Riesen mit seinen be-
haarten Pranken sah, glaubte ich ihr jedes Wort.

»Da seid ihr ja!«, hörte ich eine krächzende Stimme hinter
mir, und als ich mich umwandte, schaute ich in das rot vernarbte Gesicht und die stechenden Augen der Wirtin, die mit
einem grauen und fleckigen Bauernkittel bekleidet war. Ich
weiß nicht, ob es der Anblick von Mutter Southwood war oder
die Tatsache, dass sie die Arme ausgebreitet hatte, als wolle
sie mich umarmen, jedenfalls wich ich unwillkürlich zurück
und stieß gegen Hum, die sich von der anderen Seite genähert
hatte.

»Entschuldige, Geoffrey«, sagte Mutter Southwood, ließ die
Arme sinken und machte ein Gesicht, als hätte ich sie zu Tode
beleidigt. »Ich wollte dich nicht erschrecken. Ich vergesse immer wieder, wie ich …« Statt den Satz zu beenden, bedachte sie
mich mit einem schiefen Lächeln.

Ich starrte sie wie gebannt an und brachte keinen Ton
heraus.

»Was glotzt du denn so?«, meinte Hum und rammte mir den
Ellbogen in die Seite.

»Sei nicht so unhöflich, Geoff!«, knurrte Edward und drückte meinen Kopf mit der Hand nach unten.

»Lass gut sein, Edward! Das ist alles ein bisschen viel für ihn. Er muss sich erst mal zurechtfinden.« Mutter Southwood presste die Lippen aufeinander, als hätte sie Angst, was Falsches zu sagen, und wandte sich dann plötzlich an ihre Tochter. »Zeig Geoffrey seine Kammer, Hum! Und dann kommt runter zum Vespermahl. Es gibt Linseneintopf.« Sie machte auf dem Absatz kehrt und verschwand hinter dem Schanktisch, ohne mich noch eines Blickes zu würdigen. Was mir allerdings nur recht war.

»Na, dann komm, du Hornochse!«, sagte Hum, nahm eine Kerze und zog mich wie ein ungezogenes Balg hinter sich her zu der hölzernen Treppe, die neben einer offenen Feuerstelle zu einer Art Empore im Obergeschoss führte. »Die Kammern sind unterm Dach.«

Vom oberen Ende der Treppe schaute ich mich erneut um, und mein erster Eindruck, dass dies einmal ein Farmhaus gewesen war, bestätigte sich. Der Schankraum des Inns hatte früher als Dreschplatz oder Viehstall gedient, und die Schlafkammern befanden sich auf dem einstigen Heuboden, der lediglich durch Bretterwände und leinene Vorhänge in kleinere Parzellen aufgeteilt war. Nur entlang der Empore an der Stirnseite des Hauses gab es zwei gemauerte Kammern, der Rest des Dachbodens erinnerte wegen der Segeltücher und Planen, die die Türen ersetzten, an ein Feld- oder Zeltlager.

»War deine Mutter früher Bäuerin?«, fragte ich. »Hier sieht's aus wie auf 'ner Farm und … deine Mutter ist so gekleidet.«

»Ja, das war sie, aber nicht in Lambeth«, antwortete Hum und deutete auf die erste der beiden Kammern an der Empore. »Hier schlafen Mutter und ich.«

»Wo war sie denn Bäuerin?«

»In Oxshott, das ist in Surrey«, sagte sie und deutete auf die zweite Kammer. »Hier schläft Edward.«

»Und dieser Hof?«, wollte ich wissen und kratzte mir den Schädel, weil die Läuse heute wieder besonders eifrig waren. »Wer war hier der Bauer?«

»Der Hof gehört Onkel Josh, allerdings erst, seitdem Onkel Joseph tot ist. Das war der Bruder von Onkel Josh.«

»Aha«, sagte ich.

»Es gibt noch einen Onkel«, fuhr Hum fort, »Onkel Abe, aber der ist nicht tot, sondern in Amerika. Bei den Wilden. Und deswegen hat Onkel Josh Mutter den Hof in Lambeth gegeben. Weil Mutter mit ihm verheiratet war.«

»Mit Onkel Josh?«

»Nein, mit Onkel Abe. Onkel Josh ist doch mit Tante Mildred verheiratet. Das ist Mutters Schwester, also meine Tante.« Sie schüttelte den Kopf und schob die Unterlippe vor, als halte sie mich für dämlich, weil ich vor lauter Onkeln und Tanten kaum noch durchblickte. Dann deutete sie zum hinteren Teil des Dachbodens und sagte: »Da hinten schlafen George und seine Frau Margaret, hier vorne Penelope und Sarah. Und du kannst diese Kammer haben.« Sie deutete mit der Kerze nach rechts, wo eine Leinwand zur Seite geschoben war und ich eine winzige und fensterlose Kammer sah, die meinem Taubenverschlag im Dark Entry nicht unähnlich war. »Wenn's dir nachts wegen dem Lärm unten in der Schänke zu laut ist, kannst du auch vorne in Edwards Zimmer schlafen. Edward wird das zwar nicht passen, aber Mutter sagt, das wär schon in Ordnung. Oder du legst dich in einen der Ställe draußen. Ada macht das so, weil sie lieber für sich ist, wenn sie nicht arbeitet. Die Ställe und Schuppen zeig ich dir später. Oder morgen.«

Ich hatte kaum zugehört, weil mich die Verwandtschaftsverhältnisse der Familie Southwood immer noch beschäftigten und verwirrten. Deshalb fragte ich: »Warum nennst du ihn *Onkel* Abe, wenn deine Mutter mit ihm verheiratet war? Und wieso ist er nicht bei euch? Oder warum seid ihr nicht bei ihm in Amerika? Bei den Wilden.«

»Ich hab gesagt, dass Mutter mit Onkel Abe verheiratet

war«, antwortete sie spitz. »Ich hab nicht behauptet, dass er mein Vater ist.«

»Ich versteh kein Wort«, brummte ich. Und auch mein Schädel brummte. Nicht nur wegen der Läuse.

»Ist doch ganz einfach«, sagte sie und betrat die Kammer, die für die nächste Zeit mein Zuhause sein sollte. Sie stellte die Kerze auf den Boden und setzte sich aufs Bett. »Es gibt drei Brüder Oldershaw. Onkel Joseph aus Lambeth ist tot, Onkel Josh lebt mit Tante Mildred in Oxshott, und Onkel Abe ist in Amerika.«

»Und dein Vater?«

»Ist im Krieg geblieben. Hab ich dir doch letztes Mal schon gesagt.«

»Richtig, der Seemann«, sagte ich und nickte. »Ich erinnere mich.« So ganz begriff ich's zwar immer noch nicht, aber das war vermutlich auch nicht wichtig.

»Kommt ihr?«, krächzte es von unten. »Der Eintopf steht auf dem Tisch.«

Hum stieß mich an und hob auffordernd die Augenbrauen.

Ich nickte und rief: »Ay, Ma'am! Wir kommen.«

Auf dem Weg von Southwark nach Lambeth hatte Edward mich in aller Kürze über den Tagesablauf und die Gepflogenheiten im »Maiden Inn« informiert. Wie es schien, hatte Mutter Southwood eine Vorliebe für seltsame Regeln und feste Rituale, und Edward beschwor mich, ihre Hausordnung einzuhalten und mich nicht darüber hinwegzusetzen oder lustig zu machen.

Die merkwürdigen Sabbatregeln, die mir schon bei meinem ersten Besuch des Inns vor vier Wochen aufgefallen waren, gehörten beispielsweise zu dieser Hausordnung. Das »Maiden Inn« war nämlich nicht nur wie die meisten anderen Schänken am Tag des Herrn geschlossen, sondern auch an jedem Mittwoch des Jahres, obwohl es eigentlich keinen Anlass dafür gab. Jedenfalls keinen, den Edward mir verraten wollte. Es sei was Persönliches von Mutter Southwood, meinte er achselzuckend, und daran sei nicht zu rütteln. Mittwoch sei der Tag der Buße und der inneren Einkehr. Das habe aber nichts mit Religion oder so zu tun. Was auch immer das nun wieder heißen mochte.

Zu den Ritualen im »Maiden Inn« gehörte auch das sogenannte »Vespermahl«. Jeden Abend gegen sechs, während es im Haus noch ruhig und friedlich war, trafen sich die Bediensteten des Gasthauses in der Küche, um mit der Herrin eine gemeinsame Mahlzeit einzunehmen. Dazu zählten nicht nur das Gesinde und die Schankmädchen, die auf dem Hof wohnten, sondern auch diejenigen, die nur zur Arbeit dort erschienen. Allerdings blieben die meisten »Auswärtigen« dem Vespermahl fern, da es etliche Stunden vor dem eigentlichen Dienstbeginn stattfand. Das galt auch für die Schauspieler des »Cocksparrer«, die nicht im Inn arbeiteten. Denn es war keine Pflicht, bei dem Essen zu erscheinen. Meist gab es irgendeinen Stew, wie etwa den Linseneintopf an meinem ersten Abend, der in einem gusseisernen Topf mitten auf dem riesigen Küchentisch serviert wurde. Edward hatte mir gesagt, das Vespermahl sei eine alte bäuerliche Sitte, die Mutter Southwood von irgendwoher übernommen habe. Während des Essens gebe es weder Herrin noch Knecht, jeder sei jedem gleichgestellt und alle könnten sagen, was immer sie wollten. Niemand würde deswegen geringer geachtet, und kein Wort, das bei Tisch gesprochen werde, verlasse die Kochstube. Das sei übrigens eine weitere eherne Regel, meinte Edward. Beim »Vespermahl« gehe es zudem ganz ungezwungen und oft sehr fröhlich zu und alle würden sich nur mit Vornamen ansprechen. Was diese kurzzeitige Gleichmacherei für einen Sinn hatte, wenn nach dem Essen alles beim Alten und der Knecht wieder Knecht und die Herrin Herrin war, wollte mir nicht einleuchten. Aber das behielt ich lieber für mich, denn Edward schien diesen Unfug für eine tolle Sache zu halten.

Als Hum und ich an diesem Abend die geräumige Küche im hinteren Teil des Hauses betraten, war der Tisch bereits gedeckt und voll besetzt, und Mutter Southwood stellte mich der versammelten Menge als »Edwards kleiner Bruder Geoffrey« vor, woraufhin alle beifällig nickten und einige sogar applaudierten, als hätte ich mich durch irgendwas Besonderes ausgezeichnet. Was ich übertrieben fand und mir ein bisschen peinlich war. Zum Glück hatten die Mädchen sich noch nicht aufreizend gekleidet und geschminkt, sie trugen Brusttücher über dem Mieder oder hatten breite Schals um die bloßen Schultern gelegt, sodass nur wenig nacktes Fleisch zu sehen war, sonst wäre mein Kopf noch röter angelaufen, als er es vermutlich ohnehin schon war.

Mir wurde der Stuhl zwischen meinem Bruder und Mutter Southwood am Kopfende des Tisches zugewiesen, und nachdem ich mich hingesetzt hatte, ging die Suppenkelle wie auf einen unhörbaren Befehl hin reihum. Mir war unwohl in meiner Haut und flau in der Magengegend, denn ich befürchtete, alle Anwesenden könnten mich wie ein fünfbeiniges Kalb beäugen oder mit Fragen löchern. Aber dem war nicht so. Hin und wieder ein aufmunterndes Nicken oder Lächeln, das war's. Niemand sprach mich an, keiner glotzte blöde. Als hätten sie meine Angst und Unsicherheit gespürt, widmeten sie sich dem Essen oder den Gesprächen mit den Tischnachbarn und beachteten mich nicht weiter. Vermutlich hatte Mutter Southwood sie vorher mit einem »Er muss sich erst mal zurechtfinden« auf meine Anwesenheit vorbereitet.

Während des Essens, bei dem es sehr geräuschvoll und lebendig zuging, blieb mir ausgiebig Zeit und Gelegenheit, meinerseits die Anwesenden zu beäugen, die mir Edward nacheinander namentlich vorgestellt hatte. Insgesamt saßen dreizehn Personen am Tisch. Rechts von mir saß Edward, links Mutter Southwood und Hum, direkt daneben der haarige Hüne George, der im Inn vor allem als Türsteher und Mann fürs Grobe benötigt wurde, und seine Frau Margaret, die für den Herd und die Küche zuständig war und sich von ihrem Mann nur dadurch unterschied, dass sie keinen Bart trug. Selten hab ich eine so große, derbe und kräftige Frau gesehen. Zu ihrer Linken saßen das Schankmädchen Penelope, eine sehr hübsche und lustige Person mit pechschwarzen Locken, die ich bereits von meinem letzten Besuch kannte, und die Magd Sarah, die eher die niederen Dienste im Haus verrichtete und sich auffallend still verhielt. Sie lachte mit den anderen, hörte aufmerksam zu, sagte aber keinen Ton. Auf der anderen Seite des Tisches, direkt neben Edward, hockten die beiden Schankfrauen Emma und Alberta, die aus der Nachbarschaft in Lambeth oder Southwark stammten und nicht im Inn wohnten. Ihnen zur Seite hockte der Stallknecht Rupert, der von allen Bediensteten nicht nur der älteste, sondern auch der lauteste und lustigste war und in einem fort plapperte und schmatzte und lachte, mal abwechselnd, mal alles gleichzeitig. Eine weitere Wirtsmagd saß am hinteren Ende der Längsseite, sie hieß Frances, wurde von allen aber nur Fanny genannt. Hinter vorgehaltener Hand flüsterte Edward mir zu: »Fatty Fanny.« Warum sie diesen wenig schmeichelhaften Spitznamen bekommen hatte, war unschwer zu erkennen. Sie hatte den Hintern eines Kutschpferdes, Brüste so groß wie Kohlköpfe und Arme und Beine, die an kleine Weinfässer erinnerten. Bei den Gästen sei Fanny sehr beliebt, meinte Edward grinsend und machte eine Handbewegung, als knete er einen Brotteig.

Wenn ihr mitgezählt habt, dann habt ihr sicher bemerkt, dass noch eine Person fehlte, um auf die Zahl dreizehn zu kommen. Bei dieser Person handelte es sich um das Schankmädchen Ada, das Hum vorhin bereits erwähnt hatte. Ihr will ich einen eigenen Absatz widmen, nicht nur, um Master Gerrard zu beweisen, dass ich Ordnung halten kann, sondern weil sie sich von den anderen Bediensteten auf eine ganz spezielle Art unterschied und offensichtlich eine besondere Rolle im Inn spielte.

Ada war eine hübsche dralle Person von etwa zwanzig Jahren. Nicht so hübsch wie Penelope und bei Weitem nicht so drall wie Fatty Fanny, aber was ihr im Gesicht oder an den Hüften fehlte, das machte sie durch ihren Blick und ihre Haltung mehr als wett. Ada schaute einen stets herrisch und von oben herab an, als könne man ihr nicht das Wasser reichen oder als würde man sie bei irgendwas Wichtigem stören, und sie hielt sich immer aufrecht und gerade, als sei sie eine Königin oder wenigstens von hohem Adel. Mit ihren kalten Augen und der herausgestreckten Brust hielt sie die anderen auf Abstand, und das war durchaus wörtlich zu nehmen. Ada saß am gegenüberliegenden schmalen Ende des Tisches, am Fußende, wenn man es aus Mutter Southwoods Sicht betrachtete, am Kopfende, wenn man Adas Benehmen zum Maßstab nahm. Sowohl zu Sarah auf ihrer rechten als auch zu Fanny zu ihrer linken Seite hatte sich eine Lücke gebildet, und das schien Ada nur recht zu sein. Sie beteiligte sich nicht an den Gesprächen, schaute die anderen kaum an, lachte nicht, setzte stattdessen eine mürrische Miene auf und starrte sichtlich angeekelt auf ihren Teller, als sei einfacher Linseneintopf weit unter ihrer Würde. Widerlicher Bauernfraß! Überhaupt schien sie wenig von dem »Vespermahl« zu halten, immer wieder schickte sie geringschätzige oder missbilligende Blicke über den Tisch. Manchmal lächelte sie auch, aber dieses Lächeln wirkte überheblich und gönnerhaft, als halte sie alle anderen für dumme Kinder. Nur meinen Bruder schien sie nicht ganz so abfällig zu betrachten, ja beinahe wirkte es so, als suche sie seinen Blick, aber das konnte ich mir auch einbilden. Edward schien es jedenfalls gar nicht zu bemerken. Er hatte nur Augen für Penelope, die ihm direkt gegenübersaß und ihrerseits seine Blicke zu ignorieren schien.

»Sie ist ein verdammtes Biest«, murmelte Edward.

»Wer? Penelope?«

»Nein!«, entfuhr es ihm, und er schaute mich an, als hätte ich den Herrn Jesus einen Hurensohn genannt. »Ada natürlich!«, fügte er flüsternd hinzu. »Du solltest sehen, wie sie die Gäste schikaniert und niedermacht. Als Schankfrau ist sie eine Zumutung und eigentlich nicht zu gebrauchen. Aber sie ist eine gute Schauspielerin. Eine Königin auf der Bühne.« Und lachend setzte er hinzu: »Zumindest ist sie mit einem königlichen Hintern gesegnet.«

»Vielleicht ist sie eine gute Schauspielerin, *weil* sie ein Biest ist«, antwortete ich, ohne mir die Worte wirklich überlegt zu haben.

Edward schaute mich überrascht an und verschluckte sich beinahe am Stew. Er nickte dann und sagte: »So hab ich das noch gar nicht gesehen.«

»Nun, Geoffrey«, wandte sich Mutter Southwood von der anderen Seite an mich. »Wie gefällt dir unsere Jungfrauen-Schänke? Wahrscheinlich ist es ganz anders als das Gasthaus von Mr. Collins?«

Ich nickte stumm.

»Na, du wirst dich dran gewöhnen. Und an uns hoffentlich auch.«

»Ay, Ma'am«, war alles, was ich hervorbrachte.

»Nelly.«

»Ma'am?«

»Mutter heißt Nelly, du Hornochse«, mischte sich Hum ein. »Beim Vespermahl gibt's keinen Sir und keine Madam. Keinen Master und keine Mistress. Wir sind alle eine große Familie. Nicht wahr, Mutter?«

Ein unterdrücktes abfälliges Lachen war aus Adas Richtung zu hören.

»Aha«, machte ich, nickte und betrachtete Mutter Southwood, die wie entgeistert auf die Tischplatte stierte und deren Mundwinkel zuckten. Der Anblick ihres entstellten Gesichts ließ mich immer wieder zusammenfahren. Ich hatte schon einige Blatternarben und sonstigen Ausschlag gesehen, zuletzt erst die Pestbeulen meines Vaters, aber was die Blattern in ihrem Gesicht angerichtet hatten, war kaum mit Worten zu beschreiben. Es hatte den Anschein, als seien die eitrigen Pusteln und brandigen Blasen nicht nur in sich vernarbt, sondern miteinander verwachsen. Das Gesicht sah aus wie verbrannt.

Ein kräftiger Schubser von rechts holte mich aus meiner Starre.

»Ähm, ja, Nelly«, räusperte ich mich und trat Edward unter dem Tisch gegen das Schienbein. »Kommt der Name von Helen?«

»Nein, von Eleanor«, sagte Mutter Southwood und tätschelte meinen Unterarm mit ihrer rechten Hand. Ich zwang mich, den Arm nicht wegzuziehen oder sonst eine verräterische Bewegung zu machen.

»Schöner Name«, murmelte ich und versuchte zu lächeln. »Unsere Mutter hieß auch Eleanor, nicht wahr, Edward?«

»Ja«, antwortete er und kramte nach seiner Tonpfeife, obwohl noch ein voller Teller Linseneintopf vor ihm stand. »So hieß sie wohl.«

»Was ist mit ihr?«, wollte Hum wissen. »Ist sie tot?«

Diese Frage wunderte mich, denn schließlich lebte Edward bereits seit einem Jahr im »Maiden Inn«, und ich fand es seltsam, dass er in der ganzen Zeit offenbar nichts über unsere Familie preisgegeben hatte. Zumindest nichts über unsere Mutter und ihr schändliches Verschwinden.

»Keine Ahnung«, antwortete ich achselzuckend. »Ist mir auch egal. Sie hat uns im Stich gelassen, da war ich nur ein paar Wochen alt. Vermutlich nicht schade drum. Mir wär's ehrlich gesagt lieber, ich könnte wie du behaupten, sie wär im Krieg geblieben.«

»Was soll das heißen?« Mutter Southwood sprang auf und schlug mit der flachen Hand auf den Tisch. »Was fällt euch ein? Wie könnt ihr es wagen?!« Sie schaute erst mich und dann Hum an, als wollte sie sich gleich auf uns stürzen, dann fauchte sie: »Ich verbiete euch, so zu reden!«

Sämtliche Gespräche brachen auf der Stelle ab, betretenes Schweigen herrschte ringsum, alle Anwesenden starrten Mutter Southwood überrascht und auch ein wenig entsetzt an.

»Was haben wir denn gesagt?«, murmelte Hum so leise, dass es kaum zu hören war.

»Undankbare Gören!«, rief Mutter Southwood, und es sah aus, als würde sie jeden Augenblick einen Tobsuchtsanfall bekommen. Die Narben in ihrem Gesicht leuchteten blutrot, und ihre Augen waren stechend wie die eines Raubvogels. Dann wandte sie sich plötzlich ab, hielt sich die Hand vor den Mund, als würden ihr die Linsen hochkommen, und lief aus der Küche.

»Was, zum Teufel, war denn das?«, fragte Ada und schüttelte halb verächtlich, halb belustigt den Kopf.

»Ich dachte, beim Vespern könnte jeder sagen, was er wollte«, wandte ich mich an Edward. »Warum war sie so sauer?«

»Mutter Southwood ist etwas dünnhäutig, wenn es um Humbles Vater geht«, antwortete er und sog heftig an seiner Pfeife.

»Aber ich hab doch gar nichts gegen ihn gesagt«, protestierte ich. »Nur dass er im Krieg geblieben ist. Was ist daran so schlimm?«

»Das mit dem Krieg hab ich ihm gesagt«, mischte sich Hum ein.

»Es ging doch gar nicht um Hums Vater«, meinte Ada und machte eine wegwerfende Handbewegung.

»Sondern?«, fragte ich.

»Schluss jetzt!«, befahl Edward und stand auf. »Die Gäste warten. Das Vespermahl ist zu Ende. Alle raus!«

»Ich bin noch nicht fertig«, meinte Rupert und langte nach der Suppenkelle.

»Ich sagte: Alle raus!« Edward riss dem Stallknecht die Kelle aus der Hand und deutete damit zur Tür. »An die Arbeit, aber schnell! Schluss mit dem Unfug!«

Murrend und sichtlich verunsichert erhoben sich alle von den Bänken, trotteten widerwillig hinaus und warfen sich dabei verständnislose Blicke zu. Es war offensichtlich, dass sie etwas Derartiges noch nicht erlebt hatten.

»Das hast du ja toll hingekriegt«, fauchte Edward mich an und knallte die Suppenkelle auf den Tisch. »Ein großartiger Einstand. Mach nur weiter so!« Damit verschwand er aus der Küche.

»Hab nicht drum gebeten, hier zu sein«, rief ich hinter ihm her und blieb auf meinem Hocker sitzen. »Ich kann jederzeit zu Master Collins zurück. Mein Bündel ist schnell gepackt.«

»Unsinn, Hornochse!«, rief Hum und stieß mich kichernd an. »Mutter kriegt sich schon wieder ein. Morgen hat sie's bestimmt vergessen.«

»Nenn mich nicht immer Hornochse, du dumme Kuh!«

»Blödmann!« Hum streckte mir die Zunge raus und folgte Edward hinaus.

Ich blieb wie angekettet hocken und rührte mich nicht vom Fleck.

»Schade um die Linsen«, maulte die Köchin Margaret und brachte den Eintopf hinaus, um ihn an die Schweine zu verfüttern.

Als letzte der Schankmägde verließ Ada die Küche, doch als

sie in der Tür stand und wir allein im Raum waren, drehte sie sich plötzlich um und sagte: »Glaub ihr kein Wort!«

»Wem?«

»Mutter Southwood«, antwortete sie und zog ihr Brusttuch aus dem Mieder. »Wenn sie denn so heißt.«

»Was meinst du damit?«, fragte ich und starrte auf die aus ihrem stramm gebundenen Mieder hervorquellenden Brüste.

»Nichts weiter«, sagte sie und blies bedeutsam die Backen auf. »Trau ihr einfach nicht über den Weg. Sie lügt, wenn sie ihr hässliches Maul aufmacht.«

»Warum arbeitest du für sie, wenn du sie nicht ausstehen kannst?«, wunderte ich mich.

»Als hätte man die Wahl«, antwortete sie. »Außerdem arbeite ich nicht für sie, sondern für Master Edward. Und für mich.« Sie wedelte mir mit ihrem Brusttuch zu, machte einen Kussmund, lachte spöttisch und ließ die Tür mit einem Scheppern ins Schloss fallen.

Eine weitere Regel im »Maiden Inn« besagte, dass nach Einbruch der Dunkelheit den Schankraum nur betreten durfte, wer zahlender Gast war oder als arbeitende Kraft dort eingeteilt war. Das bedeutete, dass nicht nur dem Stallknecht Rupert oder der Köchin Margaret, sondern auch Hum und mir der Zutritt untersagt war, denn wir arbeiteten nicht im Schankraum. Edward hatte behauptet, diese Regel solle sicherstellen, dass sich die Gäste wohlfühlten und nicht durch den Anblick von schmuddeligem Hofgesinde oder kleinen Kindern von den Reizen der weiß geschminkten und leicht bekleideten Schankmädchen abgelenkt wurden. Ich vermutete jedoch, dass es Mutter Southwood allein darum ging, ihre Tochter von dem unsittlichen Treiben fernzuhalten.

Wie dem auch sei. Als Edward mir am ersten Abend mitteilte, dass es nicht zu meinen Aufgaben zählte, Gäste zu bedienen, Tische abzuräumen oder Spucknäpfe zu leeren, starrte ich ihn verwundert an und fragte: »Was dann?«

»Auf dem Hof und in der Schänke gibt's tagsüber genug zu tun. Die Schweine und Hühner müssen gefüttert werden, der Schankraum wird morgens gereinigt, und in der Küche wartet auch genügend Arbeit. Dann die Gänge zum Markt oder zu den umliegenden Bauern, um Essen oder Trinken zu besorgen. Außerdem ist immer irgendwo etwas auszubessern oder zu reparieren. Der Hof ist ein bisschen runtergekommen. Du wirst dich schon nicht langweilen, Geoff.«

»Und nachts?«, fragte ich.

»Sollst du schlafen.«

»Ich werd bald dreizehn, Edward! Ich bin kein kleines Kind mehr.«

»Mutter Southwood will es so«, lautete seine Antwort, die er mir noch häufiger geben sollte. Immer wenn er nicht mehr weiterwusste oder ihm die Antworten auf meine Fragen ausgingen, dann nannte er mich naseweis oder vorlaut und kam mir mit Mutter Southwood und dass sie es eben so beschlossen habe.

»Aber warum?«

»Warum, warum!«, maulte er. »Darum! Weil es eben so ist.«

»Nichts ist einfach so, alles hat eine Ursache und einen Grund. Und sobald man diesen Grund kennt, kann man was dran ändern.«

»Wer sagt denn so was?«

»Der Eremit von St. Olave. Er hat gesagt, dass Gott den Menschen die Vernunft gegeben hat, um Nutzen draus zu ziehen. Nur weil etwas so ist, muss es nicht ewig so bleiben. Und gut und sinnvoll muss es erst recht nicht sein. Deshalb ist es notwendig, alles zu hinterfragen und anzuzweifeln. Denn wer über andere herrscht und sich als alleiniger Lehrmeister aufspielt, der tötet den Geist ab, und wenn der Geist erst mal tot ist, dann werden wir alle Knechte sein. Das aber kann nicht Gottes Wille sein.«

Edward glotzte mich an, als hätte ich ihm was von fliegenden Kühen erzählt. »So einen aufrührerischen Unsinn hat der Kerl dir in den Kopf gesetzt?«, rief er und packte mich an den Schultern. »Schlag dir das gleich wieder aus dem Kopf, Geoff! Das gibt nur böses Blut. Hier wird nichts hinterfragt und angezweifelt.«

»Das hab ich gemerkt.«

»So hab ich das nicht gemeint.«

»Aber ich!«

Eine Zeit lang sahen wir uns stumm und trotzig an, dann senkte ich den Kopf und sagte: »Von mir wirst du keine Fragen mehr hören.«

Die Antworten würde ich dennoch bekommen, das schwor ich mir im selben Augenblick. Denn wie hatte Master Gerrard mal gesagt: »Es gibt stets mehr als einen Weg, in den Besitz der Wahrheit zu gelangen. Man darf nur sein Ziel nicht aus den Augen verlieren.« Und schon bald sollte sich zeigen, dass ich

eine sehr hilfreiche Freundin und mitteilsame Verbündete hatte:
Humble Southwood!

Bereits in der zweiten Nacht in Lambeth, während ich auf meiner hölzernen Pritsche lag, missmutig zur Decke starrte und gleichzeitig den gedämpften Stimmen und dem trunkenen Gelächter aus dem Erdgeschoss lauschte, stand Hum plötzlich mit einer Kerze in meiner Schlafkammer. Sie biss sich auf die Lippen und machte ein finsteres Gesicht. Falls das überhaupt möglich war, so bleich wie es immer war. Hum trug noch ihr leinenes Tagkleid, eine fleckige Haube auf dem Kopf und einen breiten Wollschal um die Schultern.

»Was gibt's?«, fragte ich.

Hum schob die Unterlippe vor und sagte: »'tschuldigung!«

»Wofür?«

»Dass ich dich Hornochse genannt hab.«

Ich winkte ab und fragte: »Hat deine Mutter dir gesagt, dass du dich entschuldigen sollst?«

Hum nickte und sagte: »Ich war nicht nett zu dir.«

»Lass gut sein!«, antwortete ich, setzte mich auf und hätte beinahe laut losgelacht. Nicht nur weil Hum dreinschaute, als hätte sie gerade einen Schluck Essig getrunken, sondern auch weil mir die Situation so lächerlich vorkam. Mutter Southwood schickte ihre Tochter, um sich für eine Lappalie zu entschuldigen, aber sie selbst brachte es nicht fertig, sich für die peinliche Szene vom Vortag zu entschuldigen. Denn es war Mutter Southwood gewesen, die »nicht nett« zu mir gewesen war. Wieder kamen mir Adas Worte in den Sinn: »Trau ihr nicht über den Weg!« Und eine weitere Bemerkung des Schankmädchens fiel mir ein.

Ich fragte: »Ist Southwood eigentlich euer wirklicher Name?«

»Wie kommst 'n jetzt darauf?«, wunderte sich Hum.

»Nur so«, antwortete ich. »Oder darfst du nicht darüber sprechen?«

»Ich darf alles, was ich will«, erklärte sie mit Nachdruck und verschränkte die Arme vor der Brust. »Warum willst du das wissen?«

»Ada hat gesagt ...«

»Ada ist 'ne hinterhältige Schlange«, unterbrach sie mich.

»Sagt wer?«

»Sagen alle.«

Ich zuckte mit den Schultern und wiederholte: »Also? Ist Southwood euer wirklicher Name?«

»Nein«, antwortete Hum, »eigentlich heißen wir Oldershaw. Wie Onkel Abe.«

»Und wer oder was ist Southwood?« Ich klopfte neben mir auf die Bettkante, und nachdem sie kurz mit sich gerungen hatte, setzte Hum sich neben mich.

»Die ›Southwood Farm‹ liegt auf halbem Weg zwischen Cobham und Esher, ganz in der Nähe von Oxshott«, sagte sie und stellte die Kerze auf dem Boden ab. »Der Hof hat Onkel Abe gehört. Aber als er nach Amerika gegangen ist, wollte Mutter nicht mehr Oldershaw heißen, drum hat sie sich Southwood genannt. Weil der Hof doch unser Zuhause war. Trotz allem.«

»Warum ist sie nicht dageblieben, wenn's ihr so gut gefallen hat?«

»Ich hab nicht gesagt, dass es ihr gut gefallen hat.«

Ich schaute sie verwundert an und wiederholte: »Also warum?«

»Wegen der Leute. Weil's nicht mehr auszuhalten war. Sie haben uns behandelt, als hätten wir die Pest. Wir wurden nicht mehr gegrüßt, einige Dörfler verließen die Läden, wenn wir kamen, und Mutter wurde auf der Straße sogar angespuckt. In Surrey ist es anders als in London, Geoff. Auf dem Dorf zerreißen sie sich gern das Maul und stecken ihre Nase in Dinge, die sie gar nichts angehen. Und nach dem, was passiert ist ...« Sie biss sich auf die Lippen und verfiel in Schweigen.

»Nun erzähl schon!«, forderte ich sie auf. »Zier dich nicht so!«

Nach erneutem Zögern und langem Kopfwiegen gab sie schließlich nach, beschwor mich aber, ihrer Mutter nichts davon zu verraten.

»Versprochen«, sagte ich.

Und dann berichtete sie mir, was es mit den vielen Namen, Onkeln und Vätern auf sich hatte und wieso Hum und ihre Mutter die »Southwood Farm« verlassen hatten:

Als Humbles leiblicher Vater, der Seemann Hilary Haberdasher, an einem Mittwoch im Mai 1655 während der Eroberung von Jamaika verwundet über Bord seines Schiffes ging und in der Bucht von Port Royal ertrank, lebte Mutter Southwood, die sich damals natürlich noch nicht so nannte und stattdessen auf den Namen Nelly hörte, in einer elenden Bruchbude am Hafen von Portsmouth, wartete sehnsüchtig auf die Rückkehr ihres Liebsten und hatte gerade erfahren, dass sie ein Kind des Marinesoldaten unter ihrem Herzen trug. Vom Tod ihres Geliebten erfuhr Nelly erst Wochen später, als die ersten Schiffe der siegreichen Flotte nach England zurückkehrten und Nelly von einem Kameraden des Verstorbenen erfuhr, Hilary »sei im Krieg geblieben«. Leider hatten Hilary und Nelly es versäumt, vor dem Auslaufen der Flotte zu heiraten, und so kam das kleine Mädchen im Herbst des Jahres als Kind der Sünde auf die Welt, dem die Mutter wenn schon nicht den Nachnamen, so doch den Vornamen des Vaters gab: Hilary.

Zunächst versuchte die mittellose und alleinstehende Mutter, sich ohne fremde Hilfe in Portsmouth durchzuschlagen, doch da das Kind von schwacher Konstitution und oft krank war und Nelly sich keine Amme leisten konnte, blieb sie ohne feste Anstellung, hielt sich mehr schlecht als recht mit allerlei Gelegenheitsarbeiten oder Almosen über Wasser und nagte bald am Hungertuch. Als das Kind schließlich zwei Jahre alt war und erneut ernsthaft erkrankte, sah Nelly ein, dass es so nicht weiterging, und begab sich schweren Herzens zu ihrer jüngeren Schwester Mildred nach Oxshott, wo diese vor wenigen Jahren den Schweinebauern Joshua Oldershaw geheiratet hatte. Die verarmte Nelly und ihre kränkelnde Tochter baten um Hilfe und wurden auf der »Twin Oaks Farm« mit offenen Armen, heilender Fürsorge, kräftigendem Essen und wahrhaft christlicher Nächstenliebe aufgenommen.

»Warum waren deine Eltern nicht verheiratet?«, unterbrach ich Hum erstaunt. »Wollten oder durften sie nicht heiraten? Oder kannten sie sich erst seit Kurzem?«

»Das nicht«, meinte sie. »Aber es waren andere Zeiten damals.«

»Ja, eben«, wunderte ich mich, »puritanische Zeiten. Damals konnten Leute am Pranger oder am Galgen landen, wenn sie in Sünde lebten.«

Als Antwort zuckte sie mit den Schultern und schob die Unterlippe vor.

»Und wieso nennt man dich Humble«, hakte ich nach, »wenn dein wirklicher Name Hilary ist?«

»Dazu komm ich gleich, wenn du mich nicht dauernd unterbrichst. Sei nicht so ungeduldig!« Sie hob missbilligend die Augenbrauen und fuhr in ihrer Erzählung fort:

Ein jüngerer Bruder des Bauern, Abe Oldershaw, lebte auf einem nahe liegenden Hof in der Heide und hatte vor einigen Monaten seine Frau und die beiden Kinder verloren. Sie waren an einem unerklärlichen und bösartigen Schweißfieber gestorben – zunächst hatte es die dreijährige Tochter dahingerafft, dann waren der neugeborene Sohn und schließlich die noch im Kindbett liegende Mutter gefolgt. Abe verstand diese Schicksalsschläge offensichtlich als göttliche Prüfung und ertrug sie ohne großes Lamentieren. Da er eine neue Frau und Bäuerin für seinen Hof suchte und Nelly es sich als alleinstehende Mutter nicht leisten konnte, auf Dauer ohne Ehemann zu bleiben, beschlossen die Oldershaws, Nelly und Hilary sollten zu Abe auf die »Southwood Farm« ziehen und aus zwei halben Familien wieder eine ganze machen. Immerhin war Nelly die Schwester der Schwägerin Mildred und damit selbst eine Art Schwägerin. Und wie im Alten Testament verstand es Abe Oldershaw als seine heilige Pflicht, die mittellose Verwandte zu heiraten und deren Tochter an Kindes statt anzunehmen. Dass Nelly eine überaus schöne und begehrenswerte Frau war, spielte in Abes Überlegungen vermutlich eine nicht unwesentliche Rolle. Allerdings war es ihm ein unerträglicher Gedanke, das kleine Mädchen beim Namen ihres illegitimen Vaters zu nennen, und so bestand Abe darauf, dem Kind einen neuen und passenderen Namen zu geben. »Hilary« bedeutete schließlich »fröhlich«, und das erschien Abe, der ein sehr gottesfürchtiger, frommer und sittenstrenger Mann war, kein gottgefälliger Name für eine uneheliche Halbwaise. Daher erhielt Hilary den Namen Humble und wuchs bei ihrem Stiefvater auf der »Southwood Farm« auf.

5. KAPITEL

Handelt von zitternden Freunden und
einem schrecklichen Verdacht

»War Abe Oldershaw ein Puritaner?«, wollte ich wissen.

»Nein, ein Freund.«

»Was soll denn das nun wieder bedeuten?«

»So heißen sie: Gesellschaft der Freunde«, erklärte Hum achselzuckend. »Manche nannten sie auch Bibberer oder Quäker, aber Onkel Abe und Onkel Josh konnten diese Schimpfnamen nicht leiden. Sie sagten lieber: Freunde der Wahrhaftigkeit. Oder Freunde des Lichts.«

Von diesen seltsamen Quäker-Leuten hatte ich schon gehört. Angeblich hießen sie so, weil sie bei ihren Versammlungen und Gottesdiensten vor Erregung bebten und wie Fallsüchtige zitterten. Natürlich wurden sie im Königreich wie alle sogenannten Nonkonformisten verfolgt und drangsaliert, aber was hieß das schon? In England hatten sich so viele Sekten und Kirchen gebildet, dass es schwerfiel, überhaupt noch durchzublicken. Es gab Baptisten, Papisten, Presbyterianer, Quäker, Wiedertäufer, Puritaner und weiß der Teufel wen noch. Und je rabiater man die angeblichen Gotteslästerer verfolgte, desto mehr Zulauf bekamen sie.

»Wart ihr auch Quäker?«, fragte ich. »Deine Mutter und du?«

»Sicher«, antwortete sie. »Sonst hätte Onkel Abe Mutter gar nicht heiraten dürfen. So eine Heirat unter Freunden darfst du dir aber nicht wie eine richtige Hochzeit vorstellen. Die Freunde dürfen nämlich nicht schwören und auch keinen Eid ablegen. Man sagt, dass man ab sofort Mann und Frau ist, und die Versammlung nickt dazu, und schon ist man verheiratet.«

»Ist das überhaupt erlaubt?«

»Keine Ahnung.«

»Und seid ihr's immer noch?«

»Was?«

»Quäker. Also ... Freunde.«

»So genau lässt sich nicht sagen, wer ein Freund ist und wer nicht. Es gibt da keine klaren Regeln.«

»Wieso nicht?«

»Bei den Freunden gibt's keine Taufe oder so was«, sagte Hum. »Auch keine Priester oder Gemeindevorsteher, die einen aufnehmen oder abweisen. Es gibt keine festen Gebete oder Glaubensbekenntnisse. Niemand sagt einem, was man zu glauben oder beten hat. Natürlich lesen sie viel in der Bibel, aber wenn man's nicht tut, stört's auch keinen, weil sie sagen, dass Gott größer ist als irgendeine Schrift. Eigentlich kann jeder tun und denken, was er will, solange er Gott in sich hat. Alle sind eingeladen, zur Gemeinschaft zu gehören. Jeder kann das innere Licht und den Samen Gottes in sich spüren.«

»Den Samen Gottes?«, wunderte ich mich.

»Nicht was du jetzt wieder denkst!«, fuhr sie mich an. »Hornochse!«

»Lass das nicht deine Mutter hören«, antwortete ich und hob den Zeigefinger. »Sonst musst du dich wieder entschuldigen.«

Sie zog eine Schnute, musste aber schließlich lächeln und erzählte weiter:

Das Leben auf der »Southwood Farm« war beschwerlich und nicht gerade ein Honigschlecken, aber durchaus zu ertragen. Anders als sein Bruder von der etwas größeren »Twin Oaks Farm« besaß Onkel Abe nur wenig Land, daher mästete er keine Schweine, sondern besaß Ziegen und Schafe, die er in der Heide und auf den Gemeindeweiden grasen ließ. Hum liebte die Schafe, weil sie friedlicher waren als die Ziegen und nicht so stanken wie die Schweine. Außerdem gefiel es ihr, die Hirten zu begleiten und mit den Tieren in der Heide und unter freiem Himmel zu sein. Auch ihrer angeschlagenen Gesundheit kam das Leben auf dem Lande sehr zugute, zwar blieb sie schwach auf den Lungen und zierlich im Wuchs, aber die gute Luft und das deftige Essen verfehlten ihre Wirkung nicht.

Mit ihrem Stiefvater verstand sich Hum weder gut noch schlecht, zumindest hatten sie selten Streit, und nicht ein einziges Mal hat er seine Hand gegen sie erhoben. Wie überhaupt alle Quäker die friedlichsten Leute waren, die Hum je zu Gesicht bekommen hatte. Zwar konnte sie sich nicht erinnern, jemals ein freundliches oder persönliches Wort aus dem Mund ihres Stiefvaters gehört zu haben, aber sie hatte wenigstens nicht unter ihm zu leiden. Und nie warf er ihr die Tatsache vor, dass sie ein unehelicher Bastard war. Onkel Abe war so fromm und harmlos wie die Lämmer, die er züchtete, er las oft und lange in der Bibel, war sonst sehr schweigsam und meldete sich eigentlich nur bei den sonntäglichen Versammlungen zu Wort, wenn ihn das »Licht Gottes durchflutete«, wie er es nannte. Diese Zusammenkünfte der Freunde fanden an wechselnden Orten statt und waren mit den üblichen Gottesdiensten nicht zu vergleichen. Es wurden keine Lieder gesungen, keine Predigten gehalten, keine Bibelstellen vorgelesen. Jedem war es gestattet, seine Gedanken den anderen mitzuteilen, denn ein jeder war ein Teil von Gott, und Gott war in einem jeden von ihnen. Da es aber keine Pflicht war, sich zu melden, verliefen manche der Versammlungen völlig stumm. Wer nichts zu sagen hatte, hielt den Mund. Und manchmal hatte eben niemand etwas mitzuteilen.

Was Hums Mutter von ihrem neuen Gatten, dem Leben als Bäuerin und den Freunden der Wahrhaftigkeit hielt, blieb der Tochter weitestgehend verborgen. Hum war noch zu jung, um wirklich zu verstehen, was zwischen der Mutter und dem Stiefvater vor sich ging. Manchmal hörte sie nachts laute Stimmen aus der Wohnstube, und meistens war es die Mutter, die sich über irgendetwas beklagte oder ihrem Gatten heftige Vorwürfe machte. Aber am nächsten Tag war alles wie immer, und über die Vorfälle der Nacht wurde kein Wort verloren. Onkel Abe sprach ohnehin kaum mit der Stieftochter, und auf Hums Fragen antwortete die Mutter lediglich, sie sollten froh sein, überhaupt ein Zuhause zu haben und nicht als Vagabunden und

Bettler umherziehen zu müssen. Froh schien sie selbst allerdings nicht zu sein, und manchmal hatte Hum den Eindruck, die Mutter wäre gern auf Wanderschaft gegangen, nur um von Abe und den Schafen fortzukommen. Liebe empfand sie für ihren Mann gewiss nicht, und manchmal hatte Hum den Eindruck, als würde sie sich vor ihm ekeln.

Wenn Nelly – die von den Oldershaws und den Freunden stets nur Eleanor genannt wurde – der Tochter allerdings von ihrem leiblichen Vater und ihrer gemeinsamen Zeit in Portsmouth erzählte, dann leuchteten ihre Augen und ihre Stimme zitterte. Hilary Haberdasher, der – wie der Nachname schon sagte – aus einer Familie von Kurzwarenhändlern stammte, war in Nellys Augen ein Held, nicht nur weil er als ruhmreicher Soldat für die Republik gefallen war, sondern weil sie ihn vergöttert hatte wie noch keinen Menschen zuvor. Sie betrachtete ihn als ihren Mann, auch wenn sie nicht verheiratet gewesen waren.

Hum hingegen vermisste weder ihren Vater, den sie nie kennengelernt hatte, noch ihre Geburtsstadt Portsmouth. Auf der »Southwood Farm« mangelte es ihr an nichts, und so lauschte sie den verzückten Worten ihrer Mutter, ohne ihnen wirklich folgen zu können. Auch ihren jetzigen Namen Humble, den die Mutter gegen Abes Willen abgekürzt hatte, fand sie sehr schön. Um nichts in der Welt hätte sie wieder Hilary heißen wollen. Geschweige denn Haberdasher. Aber das sagte sie der Mutter lieber nicht.

So gingen die Jahre relativ ereignislos und gleichmäßig ins Land. Die Zeit der Puritanerherrschaft unter Cromwell ging vorüber, die Restauration brachte die Rückkehr des Königs und der Kirche von England, doch für die Oldershaws änderte dies wenig. Als Freunde der Wahrhaftigkeit galten sie unter den einen wie den anderen Machthabern als merkwürdige Außenseiter oder gefährliche Spinner, was sie jedoch mit erstaunlichem Gleichmut ertrugen. Wurden sie auf die eine Wange geschlagen, so hielten sie den Peinigern auch die andere hin. Das

Leben als Bauern verlief eintönig, aber friedlich. Alle Bewohner der »Southwood Farm« arbeiteten wochentags von Sonnenaufgang bis Sonnenuntergang, wobei kein Unterschied zwischen Herr und Knecht oder Herrin und Magd gemacht wurde, sämtliche Tätigkeiten wurden gemeinsam verrichtet, und an den Sonntagen ging es zu den Versammlungen der Freunde, die mal auf diesem, mal auf jenem Hof in der Umgegend stattfanden. Wie alle Quäker-Kinder wurde Hum im Lesen und Schreiben unterrichtet, denn für die Freunde waren Erziehung und Wissen die Voraussetzung für alles, an das sie glaubten: Freiheit des Glaubens, Gleichheit vor Gott, Frieden auf Erden und Einfachheit des Lebens.

Nur der letzte Punkt, die Einfachheit, störte Hum ein wenig, denn Onkel Abe bestand darauf, dass sie alle wie Bettler in schäbigen und abgewetzten Kleidern herumliefen, obwohl er wahrlich kein armer Mann war. Seltsamerweise war es ausgerechnet seine Frau Nelly, die ihn in diesem Punkt vehement unterstützte.

»Das mit den zerschlissenen Kleidern ist mir schon aufgefallen«, sagte ich und dachte an den Bauernkittel, in dem Mutter Southwood ständig zu sehen war.

»Wahre Schönheit kommt aus dem Herzen, sagt Mutter.«

»Mag sein«, murmelte ich und zweifelte sogleich daran. Vermutlich blieb Mutter Southwood gar nichts anderes übrig, als so was Albernes zu sagen, dachte ich, schließlich war bei ihr keine Schönheit zu finden. Weder im Gesicht noch anderswo. Erst recht nicht im Herzen.

Was Hum von ihrer Mutter berichtete, bestätigte in gewisser Weise, was mir an Mutter Southwood bereits aufgefallen war: Sie steckte voller seltsamer Widersprüche und Ungereimtheiten. Einerseits benahm sie sich wie eine herrische Matrone und regierte über das »Maiden Inn« wie eine eitle und unnachgiebige Königin, andererseits gefiel sie sich als republikanische Gleichmacherin, spielte sich als Freundin ihrer Bediensteten auf und erfand das scheinheilige Ritual des Vespermahls, das offensichtlich ein Überbleibsel ihrer Quäker-Zeit war. Sie scheffelte Unmengen an Geld, nahm horrende Wucherpreise und trieb ihre Schankmädchen an, möglichst viel aus den Gästen herauszupressen, aber gleichzeitig kleidete sie sich wie eine Bäuerin, ließ ihre Tochter wie eine Vogelscheuche herumlaufen und kümmerte sich nicht um den erbärmlichen Zustand des Hofs. Was wollte sie mit dem ganzen Geld, wenn sie es nicht ausgab? Wofür sparte sie es? Oder hatte sie vor, es mit ins Grab zu nehmen?

Auch ihr unsteter Lebenswandel wollte mir nicht einleuchten. Zunächst war sie die innige Geliebte eines republikanischen Soldaten, dann die leidenschaftslose Gattin eines weltfremden und gottesfürchtigen Bauern, und schließlich wurde sie die bärbeißige und kratzbürstige Herrin eines zwielichtigen Gasthauses in London, das von seinem schlechten Ruf lebte, sich aber gleichzeitig etwas darauf einbildete, kein Hurenhaus zu sein.

Ebenso seltsam und widersprüchlich war ihr Name: Warum nannte sie sich nach einem Bauernhof, auf dem sie nicht glücklich gewesen war und den sie, wenn man Hum glauben durfte, unter Schimpf und Schande verlassen hatte? Wieso nahm sie nicht den Namen ihres ersten Mannes an, wenn sie ihn so verehrte? Oder ihren Mädchennamen? Wie auch immer der heißen mochte. Eine äußerst rätselhafte und widersprüchliche Person, unsere Mutter Southwood! Entweder war es ihr egal, was sie unternahm oder welche Ansichten sie vertrat. Und mit wem und an welchem Ort sie dies tat. Oder das genaue Gegenteil war der Fall. Ich stieg bei ihr einfach nicht durch.

»Warum musstet Ihr die Farm verlassen?«, stellte ich die Frage, die mir schon die ganze Zeit unter den Nägeln brannte. »Hatte es was mit den Blattern zu tun?«

»Ja und nein«, antwortete Hum und stand plötzlich auf, als sei ihr das Thema unangenehm. Sie schaute hinaus in den Gang, horchte kurz und sagte dann: »Onkel Abe hat uns nicht verlassen, weil Mutter durch die Narben entstellt war, wenn es das ist, was du meinst. Das hätte ihm nicht ähnlich gesehen. Aber geholfen hat es sicherlich auch nicht.«

»Wann ist sie an den Blattern erkrankt?«

»Das ist jetzt fünf oder sechs Jahre her. Es war kurz nach der Rückkehr des Königs.« Hum lachte bitter und fügte hinzu: »Die Restauration war wie ein böses Omen, auch wenn's natürlich nichts damit zu tun hatte. Beinahe wär Mutter gestorben, wochenlang hat sie im Fieber gelegen und sich wie eine Wahnsinnige die Pusteln aufgekratzt, sodass es im ganzen Haus nach fauligem Eiter stank.«

»Oh Gott!«, entfuhr es mir. »Sei froh, dass du dich nicht angesteckt hast.«

»Ich nicht«, antwortete sie und kratzte sich den Unterarm, als würde allein der Gedanke daran jucken. »Aber Onkel Abe wurde krank. Das meinte ich mit ›ja und nein‹. Er hat es zwar nie gesagt, aber vermutlich hat er Mutter nie verziehen, dass sie ihm die Blattern eingebrockt hat. Zwar ist er nicht daran gestorben, aber danach war nichts mehr wie zuvor.«

»Deshalb hat er euch verlassen und ist nach Amerika gegangen?«

Hum schüttelte heftig den Kopf und sagte: »Vielleicht wär alles anders gekommen, wenn Mutter das Kind behalten hätte.«

»Was meinst du damit?«

Nach einem erneuten Blick nach draußen erklärte sie es mir:

Als Nelly zu Beginn des Jahres 1658 Abe Oldershaw nach Quäkerbrauch heiratete, war sie zwar noch ein schönes und begehrenswertes Weib, aber bereits fünfunddreißig Jahre alt. Da sich in den ersten Jahren ihrer Ehe keine Kinder einfanden, machte sich Onkel Abe allmählich mit dem schmerzlichen Gedanken vertraut, keine Nachkommen in die Welt zu setzen. Zwar hatte er Hum als Tochter angenommen, und bei den Freunden galten die Frauen nicht geringer als die Männer, aber sie war eben nicht sein leibliches Kind.

Nachdem Abe und Nelly an den Blattern erkrankt waren, erklärte er sich das Ausbleiben von Schwangerschaften auch mit den Folgen der Krankheit. Vielleicht hatte das Fieber Nellys Fruchtbarkeit verbrannt. Oder seinen Samen verdorren lassen. Als bei Hums Mutter im Herbst 1663 die Blutungen ausblieben, dachte jedenfalls niemand daran, sie könnte schwanger sein. Nelly war immerhin vierzig Jahre alt und wechselte hinüber in die unfruchtbaren Jahre, so dachten alle. Doch im Winter war nicht mehr zu übersehen, dass sich in Nellys Bauch ein neues Leben entwickelte. Und während Onkel Abe vor Freude schier zu zerspringen schien, wirkte Nelly eher erschrocken als erleichtert oder beglückt.

Weder die Freude noch das Erschrecken hielten jedoch lange an. Im Januar 1664 verlor Nelly das Kind, weil sie sich an verseuchtem Getreide vergiftet hatte. Offensichtlich war der Roggen, den sie zu Mehl und Schrot verarbeitet hatte, mit giftigem Mutterkorn befallen gewesen. Sie bekam plötzlich hohes Fieber und wurde von fürchterlichen Krämpfen geschüttelt, sodass man sie zeitweilig im Bett festbinden musste, damit sie nicht herausfiel. Wahnvorstellungen suchten sie heim, Nelly fühlte sich plötzlich von Geistern und Teufeln verfolgt und ließ niemanden, nicht einmal ihre Tochter, an sich heran. Schließlich wurde sie vom heftig juckenden Antoniusfeuer gepeinigt, sodass sie sich in einem fort die ohnehin vernarbte Haut aufkratzte und ihre tauben Finger zerbiss. Die Krämpfe lösten vorzeitige Wehen aus und führten zum Tod des noch unfertigen Kindes. Es war ein Junge, der noch am selben Tag beerdigt wurde.

Solche Vergiftungen mit Mutterkorn waren durchaus nicht unüblich und kamen immer wieder vor. War das unreine Getreide erst einmal gemahlen, so war das Gift kaum mehr zu erkennen und führte in manchen Gegenden zu regelrechten Seuchen, die auch Todesopfer forderten. Das Seltsame an Nellys

Erkrankung war jedoch, dass niemand sonst auf der »Southwood Farm« das Antoniusfeuer bekam, obwohl alle dasselbe Brot und denselben Brei gegessen hatten. Allein die Bäuerin wurde vergiftet und ihr Kind getötet.

»Glück im Unglück«, meinte ich und wurde erst dann stutzig. Ich schaute Hum fragend an und bekam als Antwort ein Achselzucken.

»Du meinst …?«, begann ich.

»Im Dorf haben sie sich das Maul zerrissen und sich ihren eigenen Reim drauf gemacht«, sagte sie und horchte erneut zur Tür hinaus. »Eine Hexe und Engelmacherin, so haben sie Mutter genannt und sie geschnitten oder bespuckt. Und ich glaube, dass Onkel Abe einen ähnlichen Verdacht hatte.« Sie zögerte und setzte dann hinzu: »Nein, ich *weiß*, dass er einen Verdacht hatte.«

»Aber warum sollte sie so etwas tun?«, wunderte ich mich. »Schließlich hätte nicht nur das Kind, sondern auch sie selbst daran sterben können. Hast du deine Mutter mal gefragt?«

»Wo denkst du hin?!«, rief Hum. »Sie spricht nicht darüber. Nie!«

Mir wollte das nicht einleuchten. Verachtete Nelly Oldershaw ihren Gatten so sehr, dass sie ihm kein Kind schenken wollte? Oder war ihr das Leben, das sie führte, derart zuwider, dass sie sich nicht mit einem Kind daran binden wollte? Vielleicht hatte sie sich gar nicht selbst vergiftet, um das Kind loszuwerden, sondern war vergiftet worden? Aber von wem und wieso? Das ergab keinen Sinn, und so sah es auch Hum, die immer wieder die Schultern hob und trotzig sagte: »Es war ein Unfall. Das war es ganz bestimmt.«

Dann stieß mir etwas auf, das sie gerade gesagt hatte, und ich fragte: »Was meintest du mit: ›Ich *weiß*, dass er einen Verdacht hatte‹?«

»Sie haben sich fürchterlich gestritten«, antwortete sie zögernd und trat von einem Bein aufs andere, als hätte sie kalte

Füße. »Unten in der Stube. Da war Mutter erst seit wenigen Tagen wieder auf den Beinen. Es war an einem Mittwoch, spätabends, und ich lag schon im Bett, als ich durch das Gebrüll geweckt wurde. Doch diesmal war es Onkel Abe, der geschrien hat. Er hat wie ein Wilder getobt und Mutter eine Mörderin und eine Teufelin genannt und sie ...« Hum wollte weiterreden, aber es verschlug ihr die Stimme, und sie schüttelte den Kopf.

»Was ist passiert?«

»Er hat sie verbrüht«, presste sie hervor. »Mit kochendem Wasser.«

»Jesus!«

»Mutter wollte sich gerade heiße Umschläge gegen die Schmerzen in ihrem Bauch machen, und er hat ihr den Topf mit dem heißen Wasser aus der Hand geschlagen. Dabei hat sie sich das Gesicht und die Hände verbrüht.« Sie holte tief Luft und setzte hinzu: »Ich hab noch nie jemand so schreien hören.«

Edwards Worte vom Vortag fielen mir wieder ein: »Sie hat eine Menge durchgemacht. Und damit meine ich nicht nur die Blattern.« Jetzt wusste ich, worauf er angespielt hatte.

»Deshalb also die roten Striemen in ihrem Gesicht?«, fragte ich. »Das sind nicht nur Blatternarben?«

Hum nickte und presste die Lippen zusammen. Für einen kurzen Augenblick wurde der Lärm aus der Schänke lauter, als habe jemand die Tür zum Treppenhaus geöffnet, dann waren die Geräusche wieder gedämpft.

»Und Onkel Abe?«, wollte ich wissen.

»Ist noch in derselben Nacht verschwunden.«

»Nach Amerika?«

Statt einer Antwort fuhr Hum plötzlich zusammen, ließ die Kerze auf dem Boden stehen und hastete ohne ein weiteres Wort aus der Kammer. Sie rannte an der Empore entlang, an Edwards Kammer vorbei, zu ihrem Schlafzimmer und hatte die Tür gerade hinter sich geschlossen, als auch ich begriff, was das kurzzeitige Lauterwerden des Lärms zu bedeuten hatte.

Plötzlich stand Mutter Southwood auf dem obersten Treppenabsatz, horchte an der Schlafzimmertür und wollte bereits die Tür öffnen, als sie das flackernde Kerzenlicht bemerkte, das aus meinem Verschlag in den Gang schien.

»Geoffrey?«, fragte sie und kam näher.

»Ay, Ma'am«, stotterte ich.

»Warum schläfst du nicht?«

»Hab schlecht geträumt«, sagte ich, und es kam mir nicht mal wie eine Lüge vor.

»Leg dich hin und mach das Licht aus«, befahl Mutter Southwood und schaute prüfend in meine Kammer. »Sonst fackelst du uns noch das Dach überm Kopf ab. Und dann gnade uns Gott!«

»Ay, Ma'am«, wiederholte ich und blies schleunigst die Kerze aus.

Doch trotz der Dunkelheit und selbst als ich die Augen schloss, hatte ich ihr Narbengesicht wie ein leuchtendes Phantom vor Augen.

6. KAPITEL

In dem ein Lüftungsrohr eine
gewisse Rolle spielt

»Schläfst du, Geoff?«

Mit einem Schrei fuhr ich aus dem Schlaf auf.

»Sch-sch«, machte Hum, die direkt vor meiner Pritsche hockte und mir den Zeigefinger auf die Lippen legte. »Leise!«

»Was machst du hier? Wie spät ist es? Was willst du?« Ich rieb mir die Augen und hatte Mühe, mich in Ort und Zeit zurechtzufinden. Meine Haare waren klitschnass, und mein Kopf fühlte sich an wie zersprungen.

»Du hast noch nicht lang geschlafen, aber böse geträumt«, antwortete Hum und zog die Stirn kraus. »Ich konnte dich drüben schreien hören.«

»Unfug!«, zischte ich.

»Wenn du meinst«, antwortete sie achselzuckend. »Mutter ist jedenfalls wieder unten. Sie kommt in der Nacht mehrmals hoch, um zu kontrollieren, ob ich schlafe. Aber jetzt haben wir ein, zwei Stunden Zeit.«

»Zeit?«, wunderte ich mich. »Wofür? Noch ein paar Gräuelgeschichten?«

Hum schüttelte den Kopf, dass ihre fransigen Haare umherflogen. Sie hatte ihre Haube abgelegt, trug aber immer noch das Leinenkleid und den Wollschal, außerdem lederne Schlupfschuhe an den Füßen. Sie stand auf, verließ meine Kammer, wies mit einem Kopfnicken zur Seite und grinste schelmisch. »Komm mit! Du wirst staunen. Oder hast du Angst?«

»Angst? Ich? Wie kommst du 'n darauf?!« Ich stieg in meine Hosen, setzte meine Mütze auf und folgte ihr barfuß hinaus. »Warte! Wo willst du hin?« Immer noch halb im Schlaf erkannte ich, dass sie zum hinteren Ende des Heubodens ging und auf Georges und Margarets Kammer deutete, die als einzige eine Holztür zum Gang besaß.

»Nach draußen«, sagte sie und kicherte leise. »Keine Bange,

George steht unten am Schanktisch, und Margaret räumt in der Küche auf.«

Mir waren nur zwei Ausgänge im »Maiden Inn« bekannt. Der eine war das breite Tor unterm südlichen Vordergiebel, das vom Hof aus direkt zum Schankraum führte, der zweite war der Hintereingang zur Küche an der Nordseite des Hauses. Doch beide waren vom Dachboden aus nur über die Empore und das Treppenhaus zu erreichen.

Deshalb staunte ich nicht schlecht, als Hum die unverschlossene, ebenfalls fensterlose, aber geräumige Kammer betrat und eine winzige Luke in der nördlichen Außenmauer öffnete, die mir von außen bislang gar nicht aufgefallen war. Vielleicht weil ich mich in den zwei Tagen nur selten hinter dem Haus aufgehalten hatte. Dort gab es außer einem Misthaufen, ein paar Obstbäumen und dem stinkenden Schweinestall nichts zu sehen.

Hum deutete nach unten: »Die Leiter ist etwas morsch, und pass auf, dass Margaret dich nicht sieht. Die Küche ist gleich nebenan.«

Ich wusste nicht genau, wozu die Luke früher gedient hatte, aber jetzt erwies sie sich als direkter Zugang zu Georges und Margarets Kammer als äußerst praktisch. So konnte die Köchin von der Küche aus direkt nach oben gelangen, und auch der Muskelprotz war in wenigen Sekunden auf dem Hof, ohne sich erst über den Dachboden, an der Empore entlang, die Treppe hinunter und durch den Schankraum zu kämpfen.

»Und jetzt?«, fragte ich, als wir am Küchenfenster vorbei und bis zum Schweinestall geschlichen waren. »Du willst mir hoffentlich keine Schweine zeigen.«

»Schweinisch ist es schon irgendwie«, sagte sie, kicherte und huschte davon.

In geduckter Haltung folgte ich ihr vom Schweinestall zu den Scheunen und ehemaligen Stallungen, in denen sich außer ein paar Hühnern, einigen Kaninchen und einem altersschwachen Gaul nur der Stallknecht Rupert aufhielt. Der Knecht teilte sich die Schlafstatt mit der klapprigen Mähre, die er wie ein Schoßtier verhätschelte und liebevoll seine »Rosinante« nannte. Was auch immer er damit meinte. Als Ackergaul war das Tier nicht mehr zu gebrauchen und auch als Lastentier war es nur von geringem Nutzen. Beim Pferd sparte Mutter Southwood ebenso am falschen Ende wie bei den Gebäuden und den Möbeln. »Wer Füße hat, braucht keinen Rappen«, sagte sie, und vermutlich meinte sie das sogar ernst.

Vom Pferdestall aus hatte man eine gute Sicht zum Hof, auf dem sich die betrunkenen und lärmenden Gäste auf den Bänken entlang des Hauses herumlümmelten. Trotz der späten Stunde war es immer noch angenehm warm, ein Wetter wie im Hochsommer.

»Bis zum Geräteschuppen haben wir keine Deckung«, sagte Hum und deutete auf das flache Gebäude, das sich auf der Südseite des Hofes befand und in unmittelbarer Nähe der runden Hahnengrube stand.

Ich schaute zum Himmel, der zwar sternenklar war, an dem der zunehmende Mond aber nur eine schmale Sichel bildete. »Bei der Dunkelheit wird uns niemand sehen. Sind ja alle beschäftigt. Wo willst du überhaupt hin?«

»Dreimal darfst du raten.«

Als wir die Seitenwand des Geräteschuppens erreicht hatten, ohne von irgendjemand bemerkt worden zu sein, glaubte ich, vor der Remise eine hagere Gestalt zu sehen. Von meinem morgendlichen Rundgang auf dem Hof wusste ich, dass sich in dem Schuppen drei Verschläge befanden. Der vordere stand voller Gerümpel und diente den auswärts wohnenden männlichen Schauspielern als Schlafkammer, falls sie nach den Aufführungen keine Lust hatten, durchs Marschland nach Hause zu stiefeln. Der mittlere Verschlag, der als einziger verriegelt war, wurde von der eigensinnigen Ada bewohnt, und in dem hinteren Schuppen hatte sich Rancid Ray einen »Arbeitsraum« eingerichtet, wie mir Edward mitgeteilt hatte. Dass Ray der Enkel eines berühmten Dichters sein sollte und dessen Stücke fürs

»Cocksparrer« bearbeitete, wie mir von mehreren Seiten versichert wurde, wollte mir immer noch nicht in den Kopf. Es sah ihm nicht ähnlich, und vermutlich steckte wieder irgendeine Gaunerei dahinter.

»Siehst du das?«, flüsterte ich, hielt Hum an der Schulter fest und deutete zu dem Platz vor der Remise.

Die hagere Gestalt war inzwischen im mittleren Verschlag verschwunden, und obwohl es so dunkel war, war ich mir sicher, dass es nicht Ada gewesen sein konnte. Denn die war alles andere als hager. Außerdem hatte es sich um einen Mann gehandelt, zumindest der Kleidung nach zu urteilen.

»Was denn?«, fragte Hum. Sie wickelte sich den Schal um den Hals, als würde sie trotz der lauen Sommernacht frieren.

»Ist Ada in ihrer Kammer?«, murmelte ich.

»Ach was«, antwortete Hum, »die ist doch in der Schänke. Oder schon auf der Bühne. Falls sie bereits angefangen haben.« Damit lief sie zur Hahnengrube, die sich von uns aus gesehen genau zwischen Remise und Haupthaus befand. Statt jedoch nach links zum Eingang des »Cocksparrer« zu gehen, machte sie ein paar Schritte nach rechts, winkte mir zu und war im nächsten Augenblick wie vom Erdboden verschluckt.

Ich stutzte, lief zu der Stelle, an der Hum verschwunden war, und sah sie in einer Art Erdloch direkt an der Außenwand des »Cocksparrer« hocken. Zunächst dachte ich, sie sei versehentlich in das Loch gefallen, doch dann flüsterte sie: »Komm runter! Wenn wir uns dünn machen, passen wir beide hinein.«

»Was ist das?«, wollte ich wissen.

»Ein Luftloch.«

»Ein Luftloch?« Ich kletterte zu ihr hinunter, zwängte mich neben sie, und ein modriger Geruch stieg mir in die Nase. »Ein Stinkloch, wenn du mich fragst.«

»Das kommt von der Hahnengrube, weil's drinnen so klamm ist«, sagte sie und deutete auf ein Rohr zu unseren Füßen, das von dem Erdloch schräg nach unten führte. »Von den Dingern gibt's insgesamt drei Stück. Durch die Rohre kann die

Feuchtigkeit raus, sonst würde drinnen alles verschimmeln und vor sich hin gammeln.«

»Ein Lüftungsrohr?«, fragte ich. »Wie bei 'nem Ofen?«

»Nur dass kein Rauch rauskommt, sondern Feuchtigkeit.«

»Aber so regnet's doch rein, oder?«

»Eigentlich ist 'ne Klappe über dem Loch«, sagte sie und schlang die Hände um die Knie, als müsste sie sich wärmen. »Die fehlt aber. Hat nur noch keiner gemerkt. Glück für uns.«

»Ziemlich großes Erdloch für so 'n kleines Rohr«, wunderte ich mich.

»Ich hab mit dem Spaten ein wenig nachgeholfen.«

Ich nickte und fragte: »Und was wollen wir hier?«

»Lauschen! Heute beginnen die Proben zu dem neuen Stück.« Sie lachte und stieß mich verschwörerisch an. »Edward und Ray glauben, dass ich keine Ahnung hab, was sie auf der Bühne treiben und worum's in den Stücken geht, aber so dämlich bin ich auch nicht. Ich hab ›Die Herzogin von Malfi‹ gelesen, aber ich weiß auch, warum Ray aus der Herzogin eine Hure gemacht hat. Es geht ganz schön zur Sache! Das werd ich ihnen natürlich nicht unter die Nase reiben, denn ich bin auch eine Schauspielerin und kann mich verstellen. Viel besser als Penelope oder Ada.« Wieder lachte sie, doch im nächsten Moment überfiel sie ein Hustenreiz, und sie schüttelte sich, als sei ihr ein Schauer über den Rücken gefahren.

»Ist dir kalt?«

Statt einer Antwort hustete sie erneut, legte den Finger auf die Lippen und deutete auf das Rohr, aus dem in diesem Augenblick leise und gedämpfte Stimmen zu uns drangen.

»Warum müssen wir immer in diesem feuchten Loch proben?« Adas übellaunige Stimme. »Hier holt man sich ja den Tod.«

»Du weißt, wieso.« Das war Penelope.

»Ja, ja«, knurrte Ada. »Die alte Schachtel will nichts damit zu tun haben und am liebsten nichts davon mitkriegen, wenn wir den Schweinkram veranstalten. Aber dass wir ihr die Gäste in ihr verfallenes Inn holen, dagegen hat sie nichts einzuwenden. Verdammte Heuchlerin!«

»Sie achtet halt auf den Ruf ihres Hauses.«

»Wie bitte?!« Adas Lachen klang wie das Klirren von Ketten. »Es ist doch gerade der schlechte Ruf, der die Leute herlockt. Ohne das Theater wär die Schänke längst dicht. Nur das bisschen Geturtel und Gefummel im Wirtshaus lockt die geilen Böcke auf Dauer nicht in die Sümpfe. Es gibt schließlich genug Hurenhäuser andernorts, wo man sich keine nassen Füße holt und keinen blutigen Husten, dass man aussieht wie der wandelnde Tod.«

Neben mir zuckte Hum zusammen, als hätte man sie geohrfeigt.

»Sei ruhig, sie kommen!«, zischte Penelope.

»Ach, da seid ihr ja.« Edwards Stimme. »Gut, dann können wir anfangen.«

»Wo sind die anderen?«

»Die brauchen wir heute noch nicht.«

Es folgte ein undeutliches Gemurmel, das nicht zu verstehen war. Irgendetwas quietschte, dann raschelte es, und schließlich sagte Edward: »Dann wollen wir mal. Ray?«

»Wie ihr wisst, fangen wir heute mit dem neuen Stück an.« Rays piepsige Stimme war unverkennbar.

»Nachschub von deinem seligen Opa?«, lachte Penelope.

»Nachschub aus der Wirklichkeit«, fiepte Ray.

»Ich dachte, wir spielen Theater«, maulte Ada.

»Dieses Stück ist anders«, sagte Edward.

»Wie anders?«, höhnte Ada. »Keine Titten, keine Ärsche? Keine Schweinereien? Kein Blut?«

»Sei unbesorgt!«, antwortete Ray. »Du wirst genug Gelegenheit haben, deine besten Stücke zu präsentieren. Und Blut fließt ebenfalls reichlich.«

»Dann bin ich ja beruhigt«, lachte Ada. »Von wem ist das Stück?«

»Der Dichter steht vor euch«, sagte Ray.

»Ha!«, meinte Ada. »Wer's glaubt!«

»Wie heißt es?«, fragte Penelope.

»›Der Mord am Old Barge House‹.«

»Kommt mir bekannt vor. Meinst du den Kahnschuppen am Upper Ground? Ich kann mich dunkel erinnern, dass da mal was war mit 'nem Mord.«

»Du sagst es, Penelope«, kicherte Ray. »Diesmal geht es nicht in ferne Länder und vergangene Zeiten, sondern in unsere direkte Nachbarschaft. Ins Hier und Jetzt. Das ist das Besondere daran. Ein Drama aus der Heimat. Und das wird die Leute in Scharen herlocken.«

»Was war das für ein Mord?«, wollte Ada wissen.

»Vor zwei Jahren wurde ein Mann an der Themse erstochen«, erklärte Edward. »Oben am alten Kahnschuppen. Den Mörder hat man nie zu fassen bekommen, obwohl zwei Zeugen ihn auf frischer Tat ertappt haben. Er ist ihnen entwischt.«

»Na und?«, sagte Ada. »In London wird doch alle naselang einer ermordet. Wegen nichts und wieder nichts. Wen soll 'n das interessieren?«

»Wer wurde am Kahnschuppen ermordet?«, fragte Penelope.

»Der Sohn eines Gutsbesitzers und Pfarrers aus Cobham.«

»Wo ist 'n das?«

»Unten in Surrey.«

Cobham? Hatte Hum nicht vorhin erzählt, die »Southwood Farm« hätte auf halbem Weg zwischen Cobham und Esher gelegen? Ich schaute Hum fragend an, sie schaute überrascht zurück und zuckte mit den Schultern.

»Und genau dort fängt unser Stück an«, sagte Ray. »Im beschaulichen Cobham. Mitten in der kargen Heide.«

»Gott, wie langweilig!«, knurrte Ada.

»Von wegen«, sagte Edward.

»Du wirst anders denken, wenn du das Stück gelesen hast«, meinte Ray.

»Und wen spiele ich?«, fragte Ada.

»Die Hauptrolle natürlich«, antwortete Ray. »Die Frau des Mörders.«

»Spielt nicht der Mörder die Hauptrolle?«, wunderte sich Penelope. »Oder das Mordopfer?«

»Wäre diese Frau nicht gewesen, hätte es den Mord nie gegeben.«

»Aus Liebe oder aus Hass?«, fragte Ada.

»Beides«, antworteten Edward und Ray wie aus einem Mund.

»Na, immerhin«, sagte Ada und lachte dreckig. »Zeig her!«

Im selben Augenblick bekam Hum einen Hustenanfall. Sie krümmte sich, als hätte sie einen Faustschlag in den Bauch bekommen. Sie rang nach Luft und hielt sich an mir fest, während sie sich gleichzeitig die Lungen aus dem Leib böllerte. Aus dem Lüftungsrohr hörte ich Edwards Stimme: »Hum? Bist du das? Wo steckst du?«

»Verdammte Spionin!«, zischte Ada. »Ständig schleicht sie durch die Gegend und lauert einem auf. Die braucht mal 'ne ordentliche Tracht Prügel.«

»Halt's Maul, Ada!«, fauchte Penelope erbost.

Ich sprang auf, zog Hum aus dem Erdloch, packte sie an den Schultern und schaffte sie rasch über den Hof und zur Remise, wo wir uns hinter eine Bretterwand hockten. Sie hielt sich den Zipfel des Wollschals vor den Mund und hustete und spuckte, dass mir ganz übel wurde. Als der erste Anfall nachließ und sie völlig ermattet ihren Kopf an meine Schulter lehnte, erkannte ich, dass sich der Wollschal dunkel verfärbt hatte.

»Oh Gott, Hum!«, rief ich und deutete auf den Schal. »Das ist Blut!«

»Sag Mutter nichts davon«, antwortete sie und weinte plötzlich bitterlich.

»Warum nicht? Du bist krank. Wir müssen einen Arzt holen.«

»Ich will nicht nach Oxshott«, jammerte sie und hielt meine Hand umklammert. »Sie schicken mich wieder zu Tante Mildred und Onkel Josh. Das haben sie schon mal getan. Dann packen sie einen in Meerrettichwickel, dass man denkt, man verbrennt am lebendigen Leib. Nein, das will ich nicht. Außerdem ist es dort öde und langweilig. Alle benehmen sich wie die Heiligen. Und es stinkt bestialisch nach Schweinen.«

»Die Landluft würde dir guttun«, antwortete ich und strich ihr über den Kopf. »Hast du nicht selbst gesagt, dass du als kleines Kind krank in der Heide ankamst und bald darauf gesund warst? Ada hat recht, das feuchte Marschland ist nicht gut für dich. Hier holt man sich nur 'nen blutigen Husten.«

»Ada kann mich nicht leiden«, keuchte sie.

»Ada kann niemanden leiden.«

»Außer Edward«, sagte sie und holte tief Luft. Der Hustenanfall schien vorüber zu sein, die Angst und die Verzweiflung, die gerade noch in ihrem Gesicht gestanden hatten, waren wie weggeblasen, und sie grinste nun, als hätte sie noch nie in ihrem Leben Blut gespuckt. »Dein Bruder muss sich vor Ada in Acht nehmen. Sie hat's auf ihn abgesehen, und dann gnade ihm Gott.«

»Mir doch egal«, sagte ich. »Er kann auf sich selbst aufpassen.«

»Wenn du meinst.« Sie stieß plötzlich meine Hand weg, die immer noch auf ihrem Scheitel lag, und neckte mich: »Was fummelst 'n immer an mir rum? Willste was von mir?«

Hum war tatsächlich eine gute Schauspielerin. Nur kurz und unabsichtlich hatte sie durchblicken lassen, wie es tatsächlich um sie bestellt war, doch nun spielte sie wieder die unbeschwerte, freche Göre und machte blöde Witze.

»Lass gut sein, Hum«, sagte ich und legte meinen Arm um ihre Schulter. »Du musst mir nichts vormachen.«

»Hornochse!«, schrie sie und sprang erbost auf. »Bild dir bloß nichts ein!«

Damit ließ sie mich hinter der Remise sitzen und verschwand im Dunkeln.

»Arme Hum«, murmelte ich, starrte zum Himmel und

lauschte in die Nacht. Doch das einzige Geräusch, das ich wahrnahm, war ein leises Schnarchen aus der Remise, und ich erinnerte mich an den schlaksigen Kerl, den ich vorhin vor Adas Verschlag gesehen hatte. Wenn es stimmte, dass Ada es auf Edward abgesehen hatte, wer war dann der Schläfer in ihrer Kammer? Und wieso hatte ich ihn tagsüber noch nie auf dem Hof gesehen?

»Ich arbeite nicht für Mutter Southwood«, hatte Ada gestern gesagt. »Sondern für Master Edward. Und für mich.«

Hums Erzählungen über ihre Mutter und ihre Väter kamen mir wieder in den Sinn, und auch davon begriff ich nach wie vor nur die Hälfte. Ich hatte den Eindruck, dass sich mit jeder Antwort eine neue Frage aufgetan hatte. Und die wichtigsten Fragen hatte ich noch gar nicht gestellt.

Eine Antwort hatte ich allerdings heute erhalten, obwohl ich gar nicht danach gefragt hatte. Ich glaubte nun zu wissen, was es mit Mutter Southwoods seltsamer Sabbatregel auf sich hatte. Hatte Hum nicht erzählt, ihr leiblicher Vater sei an einem Mittwoch ertrunken? Und ebenfalls an einem Mittwoch hatte Abe Oldershaw seine Frau mit kochendem Wasser verbrüht und das Weite gesucht.

»Ein Tag der Buße und inneren Einkehr«, hatte Edward gesagt.

Der Mittwoch schien wahrlich nicht Mutter Southwoods Glückstag zu sein! Deshalb hatte sie ihn aus ihrem Kalender gestrichen.

7. KAPITEL
Handelt von einem Geschenk

Der 30. Juli 1666 war ein Montag. Warum ich das so genau weiß? Weil's mein Geburtstag war. Der Tag, an dem ich dreizehn Jahre alt wurde. Der Tag, der alles veränderte und nichts in seiner bisherigen Ordnung beließ. »Die Welt ist auf den Kopf gestellt«, hatte Master Gerrard früher oft gesagt, als er noch mit allem gehadert und alles bekrittelt hatte, und an diesem 30. Juli begriff ich, was er damit gemeint hatte. Alles spielte verrückt.

Ob ihr's glaubt oder nicht, aber bereits beim Aufwachen ahnte ich, dass dies ein besonderer Tag sein würde. Nicht weil's mein Geburtstag war oder mir irgendein böses Omen erschienen wäre, beispielsweise ein Kalb mit zwei Köpfen, ein flammender Stern am Himmel oder eine Wolke in der Form eines Kreuzes oder so. Nein, ich wusste einfach, dass irgendwas nicht stimmte. Dass ich an diesen Tag noch lange zurückdenken würde.

Seit mehr als vier Wochen wohnte ich nun im »Maiden Inn«, aber wirklich zu Hause fühlte ich mich immer noch nicht. Beinahe jeden Tag sehnte ich mich nach Southwark und dem Dark Entry zurück, auch wenn's mir in Lambeth viel besser erging und ich mich im Grunde genommen über nichts und niemanden beklagen konnte. Sogar meine Läuse war ich losgeworden, weil im »Maiden Inn«, zumindest bei den Bewohnern, sehr auf Sauberkeit geachtet wurde. Weil ich mir ständig die Kopfhaut kratzte, schickte mich Edward zur Köchin Margaret, die sich mit Kräutern gut auskannte und mir die Haare mit einem stinkenden Sud aus Insektenblume und Schwefelmilch bepinselte. Anschließend brannte meine Haut tagelang und war feuerrot, außerdem fielen die Haare in Büscheln aus, aber den Läusen schien die Prozedur ebenfalls den Garaus gemacht zu haben.

Dennoch fühlte ich mich irgendwie, als wäre ich an einem völlig falschen Ort. Vielleicht fehlte mir der Trubel auf den

Straßen, das Lärmen und Toben der Menschen, das Gequieke und Gegrunze der Tiere, die sich in den Höfen und Gassen herumtrieben, der süßliche Gestank der Abdecker und Brauereien, die Nähe zur Brücke und zur City von London. Mir fehlte mein bisheriges Leben, so schmutzig, stinkend und anstrengend es auch gewesen sein mochte. Sogar die Läuse erschienen mir jetzt, da sie mich nicht mehr plagten, gar nicht so übel. Und natürlich sehnte ich mich nach meinem Freund Glen, nach unseren Gesprächen im Versteck unter der Brücke und sogar nach dem Eremiten von St. Olave und seinen verrückten Predigten. Hätte nie gedacht, dass ich das mal sagen würde.

Lambeth Marsh erschien mir manchmal wie ein Friedhof, nichts regte sich hier, kaum ein Mensch wohnte in der Nachbarschaft, nur ein paar Cottages und Hütten entlang des Weges, niemanden zog es von außerhalb her, zumindest nicht tagsüber. Es gab keine Sänften oder Pferdedroschken auf den Wegen, keine Wachmänner verkündeten nachts die Stunden, Spielleute und Händler mieden die Gegend, weil sie keinen Verdienst versprach. Es gab nur Nässe ringsum, die allerdings in diesen heißen Wochen des Sommers 1666 merklich nachgelassen hatte. Das »Maiden Inn« erschien mir manchmal wie ein Schiff auf hoher See, abgeschnitten vom Rest der Welt, gelenkt von einem Kapitän, der zwar auf Gedeih und Verderb mit der Besatzung verbunden war, dem diese Verbundenheit aber überhaupt nicht schmeckte.

Mutter Southwood, die anfangs noch so getan hatte, als würde sie sich für mich interessieren, schien mir mehr und mehr aus dem Weg zu gehen. Als wäre ihr mein Anblick so unangenehm, wie mir der ihre zuwider war. Nicht nur wegen der Narben. Und je mehr sie auf Distanz ging, desto reservierter verhielt ich mich. Oder umgekehrt. Wie in einem Teufelskreis, aus dem man nicht ausbrechen konnte. Manchmal wünschte ich mir, Hum hätte mir in jener Nacht nichts über ihre Mutter erzählt, denn was ich erfahren hatte, hatte mich nicht gerade für

Nelly Southwood eingenommen. Obwohl sie zugegebenermaßen viel erlitten und erduldet hatte und das Schicksal es nicht gut mit ihr gemeint hatte. Vielleicht lag es daran, dass es mir nach wie vor nicht in den Kopf wollte, wieso sie ihr ungeborenes Kind getötet hatte. Denn das stand, nach dem was ich gehört hatte, für mich fest. Auch wenn Hum das Gegenteil behauptete.

Es lag mir fern, sie einen Teufel zu nennen oder zu verdammen, aber ich begriff nicht, wie sie einerseits ihre Tochter Hum so abgöttisch lieben und gleichzeitig den Sohn in ihrem Bauch derart hassen konnte, dass sie ihn mit Mutterkorn vernichtete? Was ihre seltsamen Muttergefühle anging, hielt dieser Tag allerdings noch einige Überraschungen parat.

Wäre nicht Hum gewesen, die mir seit jener Nacht richtig ans Herz gewachsen war und die mich ebenfalls mehr und mehr wie einen Vertrauten oder Freund behandelte, so hätte ich vermutlich längst Reißaus genommen und wäre zurück zum »Boar's Head Inn« gegangen. Selbst wenn mir dort der Platz unter der Treppe drohte. Hum war die Einzige, die mich als eigenständige Person akzeptierte und leiden konnte, die wirklich herzlich und aufrichtig zu mir war, auch wenn sie das hinter betont schroffem Verhalten und blöden Bemerkungen versteckte. Penelope und der Stallknecht Rupert waren zwar nett und freundlich und bedachten mich dann und wann mit einem Lächeln, aber für sie war ich lediglich Edwards kleiner Bruder. Ein Anhängsel, das für sich allein gar nicht zählte. Die anderen Bediensteten und Bewohner sahen nicht einmal das in mir, sie nahmen mich wie einen Straßenköter hin und beachteten mich nicht weiter. Sah man einmal von Adas überheblich spöttischen Blicken ab.

Auch die Anwesenheit meines Bruders war mir weder Trost noch Hilfe. Zwar schikanierte Edward mich nicht, wie er es früher oft getan hatte, und gab mir nicht dauernd zu verstehen, dass er mich für einen Schwachkopf oder Plagegeist hielt. Aber als gleichwertigen Partner betrachtete er mich ebenfalls nicht, was unschwer daran zu erkennen war, dass er kaum mit mir redete und wir nur Belanglosigkeiten austauschten. Es lagen eben zu viele Jahre zwischen uns; er war schon ein Mann, der seinen Platz im Leben gefunden hatte, ich noch ein halbes Kind, das danach suchte. Und die beiden letzten Jahre, die wir vollends voneinander getrennt gewesen waren, machten es nicht einfacher. Sie waren wie ein Graben, den wir nicht überspringen konnten. Daher beließen wir es beim Austausch von Nichtigkeiten und alltäglichen Banalitäten. Weder kam Edward auf sein Versprechen zurück, das er mir auf dem Weg nach Lambeth gegeben hatte, noch weihte er mich in die Dinge ein, die ihn wirklich bewegten. Unsere Schwester erwähnte er beispielsweise so gut wie nie, er sagte lediglich, sie sei bei Freunden auf dem Land und somit in guten Händen. Alles andere hätte mich nicht zu kümmern oder würde ich schon früh genug erfahren. Da ich durch Hum aufs Beste über die Freunde und Verwandten von Mutter Southwood Bescheid wusste, ahnte ich, dass Jez in Oxshott war, auf dem Bauernhof der Oldershaws. Jez bei den frommen Quäkern. Und bei den stinkenden Schweinen! Die Vorstellung amüsierte mich.

Über das »Cocksparrer« und das Theaterstück, das sie dort probten, verlor Edward ebenfalls kein Wort. Das sei nichts für mich, war alles, was ich ihm entlocken konnte. Er hatte keine Ahnung, dass ich mehr über das Stück und seinen Verfasser wusste, als ich zu erkennen gab. Nicht nur weil ich regelmäßig mit Hum am Lüftungsrohr lauschte.

Als Ray bei der ersten Probe von »Der Mord am Old Barge House« behauptet hatte, er selbst habe das Stück geschrieben und es diesmal nicht nur von seinem angeblichen Großvater entliehen, da hatte ich bereits meine Zweifel gehabt. Doch als ich bei den folgenden Proben ein wenig von der Handlung und den Personen des Stücks erfuhr, erinnerte ich mich plötzlich an die Nacht, in der wir die Leiche meines Vaters auf Rat Scabies Feuer verbrannt hatten. Damals war Ray mit einer Kladde unter dem Arm aus der Schule von St. Olave getreten, und als ihm wenig später eine Seite daraus zu Boden gefallen war, hatte ich bemerkt, dass es dieselbe Seite war, die ich am Abend zuvor auf dem Tisch in Master Gerrards Dachstube gesehen hatte. »Timon ab«, hatte unten auf der Seite gestanden. Eine Theateranweisung, wie ich jetzt wusste: Timon trat von der Bühne ab. Und was glaubt ihr, wie die Hauptfigur des Mörders in Rays Stück hieß? Richtig geraten: Timon! Später allerdings wurde er von Edward, der ihn auf der Bühne spielen sollte, in Simon umgetauft, weil mein Bruder meinte, dass kein Engländer Timon heiße. Schon gar nicht in Surrey!

Zwar begriff ich nicht, warum ausgerechnet der tugendhafte Master Gerrard für oder mit Rancid Ray ein schweinisches oder reißerisches Theaterstück schrieb und was der Eremit mit dem Mord am Old Barge House zu schaffen hatte, aber dass er der Dichter des Stücks war oder zumindest daran mitgewirkt hatte, stand für mich fest. Denn es ging darin um die sogenannten »Digger«, eine Art Bauernkommune oder Sekte, die eine Zeit lang die Kleine Heide bei Cobham beackert hatte. Und genau diese Digger hatte der Eremit erwähnt, als ich ihn beim Graben auf dem Friedhof von St. Olave gesehen und nach seinem Tun gefragt hatte. »Was ein Digger am besten kann«, hatte er geantwortet, »in der Erde graben!«

Erde zu Erde, Asche zu Asche, Staub zu Staub.

Ich merke gerade, dass ich schon wieder vom Thema abschweife, und entschuldige mich dafür, doch bevor ich auf meinen Geburtstag zu sprechen komme, muss ich noch eine Begebenheit erwähnen, die direkt mit meinem Bruder Edward zu tun hat und die später noch eine gewisse Rolle spielen wird. Es geht um Penelope. Und um ihre Beziehung zu meinem Bruder.

Bei Tisch war mir ja bereits aufgefallen, dass Edward die hübsche Penelope mit gierigen Blicken geradezu bombardierte, und auch später schien mir manchmal ein dümmliches Grinsen auf Edwards Gesicht zu liegen, wenn er ihr begegnete oder mit ihr redete. Da das Schankmädchen diese Blicke und das Gegrinse gar nicht wahrzunehmen schien oder vielleicht auch geflissentlich ignorierte, hatte ich mir nichts dabei gedacht. Vermutlich hatte sie sich an solche Blicke längst gewöhnt, wie man sich auch an Läuse oder Flöhe mit der Zeit gewöhnte. Doch in der Nacht vor meinem Geburtstag ging mir schließlich auf, dass auch Penelope eine Schauspielerin und somit eine Meisterin der Verstellung war.

Es war nach einer Probe im »Cocksparrer«, die ich zusammen mit Hum am Lüftungsrohr verfolgt hatte. Hum war bereits früher ins Haus zurückgekehrt, weil sie befürchtete, ihre Mutter könnte in der Kammer nach ihr sehen, doch ich lungerte noch eine Weile auf dem Hof herum und hockte mich neben die Remise. Das Wetter war herrlich und hochsommerlich. Die Hitze des Tages war inzwischen einer angenehmen Wärme gewichen, und ich wollte unter freiem Sternenhimmel die Mitternacht und damit meinen Geburtstag erwarten, als ich plötzlich zwei Gestalten unweit der Hahnengrube sah, die sich inniglich umarmten und mit den Mündern übereinander herfielen, als wollten sie sich gegenseitig auffressen. Obwohl die beiden kein Wort sprachen und ich sie nur als Schattenrisse sah, erkannte ich sie dennoch als Edward und Penelope.

Glaubt bloß nicht, dass ich eifersüchtig war oder so. Ich beglückwünschte Edward lediglich in Gedanken zu seinem guten Geschmack und bedauerte Penelope für ihren schlechten. Nachdem die beiden sich ausgiebigst mit Küssen und Liebkosungen bedacht hatten, holte Edward plötzlich etwas aus seiner Jackentasche und überreichte es seiner Liebsten. Diese brauchte eine Weile, um zu erkennen, was er ihr schenkte, und gluckste dann vor Freude.

»Oh Edward, wie hübsch! Das kann ich doch nicht annehmen.« Was sie jedoch nicht davon abhielt, sich das unannehmbare Geschenk von Edward um den weiß gepuderten Hals hängen zu lassen.

Als wir am nächsten Morgen – und damit sind wir endlich bei meinem Geburtstag angelangt – beim zweiten Frühstück zusammensaßen, bei dem auch die Schankmädchen nach der langen Nacht zugegen waren, hing in Penelopes Ausschnitt ein geschliffener, in Silber gefasster und nicht gerade winziger Karfunkelstein an einer ebenfalls silbernen Kette. Der Stein war leuchtend rot und bestimmt nicht billig gewesen. Auf die erstaunten Fragen der Anwesenden, welchem reichen Geck sie diese Kostbarkeit verdankte, antwortete Penelope mit einem Achselzucken und der vieldeutigen Entgegnung: »Der Herr hat's gegeben, der Herr hat's genommen.«

Was »der Herr« im Tausch gegen diese hübsche Gabe von ihr genommen hatte, schien allen am Tisch klar zu sein. Allgemeines Gelächter und einige obszöne Handbewegungen machten die Runde. Nur Edward, dessen Gesicht puterrot war, verschluckte sich an seinem Haferbrei und griff wie in einem unbedachten Reflex nach seiner Tonpfeife. Dann besann er sich, räusperte sich und holte plötzlich aus einer Tasche seiner Joppe ein Jagdmesser mit Hirschhorngriff, das er mir neben den Holzteller legte.

»Hier«, sagte er, »zum Geburtstag.«

Diesmal war ich es, der sich verschluckte.

»Für mich?«

»Dieses Messer hat unser Vater mir geschenkt, als ich dreizehn wurde.« Dabei klopfte er mir auf die Schulter und fügte hinzu: »Das einzige Geschenk, das er mir je gemacht hat. Außer den Ohrfeigen und Nasenstübern natürlich.«

Ich starrte das Messer an und glaubte, noch nie in meinem Leben etwas Schöneres gesehen zu haben. Zwar war die breite Klinge nicht mehr ganz scharf und an den Rändern verrostet, aber das Heft aus Hirschhorn lag wunderbar in der Hand und war sehr schön gearbeitet.

»Danke, Edward«, stotterte ich.

»Hättest ja mal 'nen Ton sagen können«, beschwerte sich Hum, lachte jedoch im nächsten Moment und rief: »Hurra, Geoff! Alles Gute!«

»Hurra!«, riefen die anderen wie zum Echo.

Und plötzlich saßen zwei Ingrams mit puterroten Köpfen am Tisch.

Mutter Southwood, die bereits beim ersten Hahnenschrei mit dem Hofgesinde gefrühstückt hatte und dem zweiten Frühstück ferngeblieben war, kam gerade zur Tür herein, als die anderen mich hochleben ließen. Sie trat an den Tisch, nahm mir das Messer aus der Hand, begutachtete es, als handele es sich um heidnischen Schnickschnack, und verzog missbilligend das Gesicht.

»Waffen erlaube ich nicht in diesem Haus«, murmelte sie, legte das Messer auf den Tisch und verließ die Küche.

»Tja, Margaret«, wandte sich Ada höhnisch an die Köchin. »Das war's dann wohl mit deinen Küchenmessern. Waffen sind hier nicht erlaubt!«

»Hör ich 's erste Mal«, knurrte die Köchin.

Ich nahm das Jagdmesser in die Hand und stieß damit in die Luft, als wollte ich einen Angreifer abwehren. Plötzlich hatte ich das Gesicht der Hausherrin vor Augen. Und ich stieß gleich noch mal zu.

»Sachte, sachte«, sagte Edward. »Das ist kein Spielzeug! Du hast gehört, was Mutter Southwood gesagt hat.«

»Das hab ich«, antwortete ich, »sehr genau sogar.«

8. KAPITEL

Bringt späte Erkenntnis und
führt zu einem Grabhügel

Als ich wenig später vom Füttern der Schweine zum Haus zurückkehrte, um Sarah beim Ausfegen des Schankraums und
Leeren der Spucknäpfe zu helfen, hörte ich Edward und Mutter Southwood hinter dem Haus lauthals miteinander streiten.
Sie standen unweit des Misthaufens, mit dem Rücken zum Inn,
und schienen gar nicht mitzubekommen, dass ihre Stimmen
über den Hof schallten.

»Du hast seinen Geburtstag vergessen?«, rief Edward aufgebracht und hob ungläubig die Hände in die Luft. »Und deswegen machst du mein Geschenk madig?«

»Wie könnte ich ihn wohl vergessen!«, antwortete Mutter
Southwood und piekste mit dem Finger auf Edward ein, wie es
so ihre Art war. »Ich hab nur nicht daran gedacht. Das ist was
anderes.« Sie hielt kurz inne und setzte dann hinzu: »Außerdem
will ich keine Sachen von Paul in diesem Haus. Das weißt du.«

»Aber es ist Geoffs Geburtstag!«, sagte Edward, wandte sich
um und sah mich auf dem Hof stehen. Sein Unterkiefer klappte
nach unten.

»Wem sagst du das!«, fauchte sie zurück, sah Edwards irritierten Blick, drehte sich ebenfalls um und erstarrte zu Stein.

»Geoff!«, murmelte mein Bruder.

Ich blieb wie angewurzelt stehen und starrte die beiden regungslos an. In meinem Kopf jedoch ging es drunter und drüber. Gedanken schossen wie Blitze umher. Lose Wortfetzen
setzten sich zu ganzen Sätzen zusammen. Begebenheiten kamen mir in den Sinn und reihten sich plötzlich wie Perlen an
einer Kette aneinander. Das Durcheinander schien sich zu ordnen.

Und endlich begriff ich.

Bevor ich etwas sagen oder mich auch nur rühren konnte,
schoss Mutter Southwood plötzlich an mir vorbei, hob drohend

die Faust und schrie: »Was wollt Ihr denn hier? Schert Euch zum Teufel! Hab ich Euch beim letzten Mal nicht deutlich zu verstehen gegeben, dass Ihr hier nicht erwünscht seid?«

Ihr Gekeife galt einem Mann, der das Gelände gerade über die Brücke betreten hatte und zum Eingang des Inns ging. Wie Mutter Southwood erkannte auch ich sofort Wenceslaus Hollar, den Mann aus Böhmen, der sich vor zwei Monaten nach Jezebel erkundigt hatte.

»Entschuldigt, Madam«, sagte er, nahm den Hut ab und verneigte sich tief. »Dürfte ich Euch einen Moment sprechen? Es geht um Mistress Jezebel. Ich wollte Euch bitten …«

»Seid Ihr taub? Fort mit Euch!«

»Aber ich will nur reden«, antwortete Mr. Hollar, lächelte unbeholfen und hob abwehrend seinen Spazierstock, als Mutter Southwood sich wie eine Furie auf ihn stürzte.

»Droht Ihr mir etwa mit dem Stock?«, fauchte sie und riss ihm kurzerhand die vermeintliche Waffe aus den Händen. »Was fällt Euch ein?«

»Aber nein, Madam, nein!«, wimmerte der Mann. »Ein Missverständnis.«

»Keineswegs! Einen Unhold erkenne ich, wenn er vor mir steht. Macht, dass Ihr fortkommt!« Sie warf ihm den Stock vor die Füße und spuckte aus. »Ihr werdet von mir nichts erfahren, Sir! Und Ihr werdet Jezebel nicht zu fassen bekommen. Niemals!«

»Deswegen bin ich doch hier«, sagte Mr. Hollar mit ausländischem Akzent und machte erneut einen Bückling, sodass ihm die nicht besonders elegante und stellenweise platt gedrückte Perücke ins Gesicht rutschte. »Ich weiß inzwischen, wo Mistress Ingram sich aufhält, und wollte Euch sagen, dass mir meine damaligen Worte leidtun. Sie waren im Zorn gesprochen und völlig inakzeptabel. Ich bitte demütig um Verzeihung und biete meinerseits Versöhnung an. Ich schwöre bei meinem seligen Sohn, dass weder Mistress Jezebel noch das Kind etwas von mir zu befürchten haben.«

»Dafür werde ich schon sorgen!«, rief Mutter Southwood und wandte sich an George, der wie einige andere Bedienstete aus dem Inn getreten war und gebannt das Wortgefecht verfolgte. »George, schaff mir den Kerl aus den Augen! Sofort! Egal wie.«

»Aber es geht doch um mein Enkelkind!«, flehte der Böhme und wandte sich nun Hilfe suchend an die Umstehenden. »Ich will keinen Unfrieden. Nichts liegt mir ferner. Ich wünsche mir nur …«

Er kam nicht mehr dazu, seinen Wunsch zu formulieren, denn George fasste den Mann am Arm, drückte ihm den Spazierstock in die Hand und schob ihn wie ein kleines Kind vor sich her.

»Fass mich nicht an, Kerl!«, rief Mr. Hollar aufgebracht, und für einen kurzen Augenblick kam der Jähzorn zum Vorschein, der mir schon beim letzten Mal an dem sonst so friedlichen Mann aufgefallen war.

»Macht bitte keinen Ärger, Sir!«, sagte George, und es hätte beinahe mitfühlend geklungen, wenn er dabei nicht so triumphierend gegrinst hätte. »Sonst muss ich Euch wehtun. Und glaubt mir, das wollt Ihr nicht.«

Der Mann, dem nun die Tränen der Wut oder der Verzweiflung über die Wangen liefen, setzte seinen Hut auf und ließ sich ohne Gegenwehr über die Brücke führen. Dort gab ihm der Hüne einen letzten Schubs und klatschte anschließend in die Hände, als müsste er sie von Unrat befreien.

Wenceslaus Hollar schüttelte fassungslos den Kopf und ging in südlicher Richtung davon, nachdem er sich ein letztes Mal zum »Maiden Inn« umgewandt hatte. Mutter Southwood, die ihn so gedemütigt und wie menschliches Ungeziefer behandelt hatte, war längst mit lautem Türknallen im Inneren der Schänke verschwunden.

Ich hatte die Szene zwischen der Wirtin und dem Mann aus Böhmen aus einiger Entfernung und in völliger Erstarrung verfolgt, immer noch in meinen eigenen Gedanken gefangen und

Mutter Southwoods Worten nachhängend: »*Wem sagst du das?*«
Doch als George den armen Mr. Hollar so rüde vom Hof bugsierte hatte, war ich zusammengezuckt, als hätte man mich selbst am Kragen gepackt, und ich war den beiden unwillkürlich gefolgt.

»Aber es geht doch um mein Enkelkind!«

Ich stand auf der Brücke und starrte dem davonstapfenden Mann hinterher, bis mir eine Brombeerhecke die Sicht auf ihn nahm.

»Komm!«, hörte ich plötzlich Edwards Stimme hinter mir. Und im nächsten Augenblick lag seine Hand auf meiner Schulter.

»Lass mich!«, fauchte ich, wischte seine Hand fort und griff nach dem Messer in meinem Hosenbund. Eine Zeit lang starrten wir uns herausfordernd an, wie in einem Duell, bei dem derjenige verlor, der sich zuerst regte oder etwas sagte. Am liebsten hätte ich laut geschrien. Oder meinen Bruder mit Blicken erdolcht. Doch stattdessen rannte ich davon. Dem Mann aus Böhmen hinterher.

Kurz hinter der nächsten Biegung, wo rechts des Pfades ein kleines Cottage lag und linker Hand ein etwas breiterer Weg zum Palast des Erzbischofs und zur Kirche von St. Mary abzweigte, hatte ich Mr. Hollar eingeholt. Er stand mitten auf der Kreuzung, schien mit sich selbst zu reden, fuchtelte mit dem Spazierstock herum und zuckte zusammen, als ich ihn ansprach.

»Was?«, schrie er und hielt den Stock drohend in meine Richtung.

»Ich muss mit Euch sprechen, Sir«, sagte ich. »Über Jez.«

Er ließ den Stock sinken und meinte: »Ich kenne dich. Du bist der Bursche aus dem ›Boar's Head Inn‹, nicht wahr?«

»Vor allem bin ich Jezebels Bruder«, antwortete ich ungeduldig. »Und deshalb müssen wir reden.«

»Oh«, sagte er und nickte überrascht. »Gewiss! Sprich!«

»Nicht hier, Sir.« Ich deutete zu dem Cottage, das von einem Schäfer und seiner Frau bewohnt wurde, und wies dann auf die andere Seite des Weges, wo ein kleiner Buchenhain stand. Dort gab es eine Lichtung auf einem Hügel, wie Hum mir einige Tage nach meiner Ankunft in Lambeth verraten hatte.

Mr. Hollar zuckte nur mit den Schultern und folgte mir in das kleine Wäldchen. Von dem Hügel aus konnte man sowohl die Südseite des »Maiden Inn« wie auch das Schäfer-Cottage und den Weg nach Lambeth im Auge behalten, ohne selbst gesehen zu werden. In den letzten Wochen hatte mir dieser Hain oft als Zuflucht gedient, wenn ich allein sein wollte oder mir im Inn die Decke auf den Kopf fiel. Hum hatte behauptet, der Hügel heiße Grave Mound, weil er ein Grabhügel sei, aber das war vermutlich Unfug, denn weit und breit gab es keinen Friedhof. Dennoch war es ein guter Platz, um sich »tot zu stellen«.

»Also?«, fragte ich und ließ mich auf den mit einem dicken Moospolster bedeckten Erdboden sinken. »Was hat das mit dem Enkelkind zu bedeuten?«

»Deine Schwester bekommt ein Kind. Und mein Sohn ist der Vater.«

Ich dachte an Jezebels Doppelkinn, an ihre mollige Figur, die bei den Kerlen so gut ankam, und ich konnte mich plötzlich an verschiedene Situationen erinnern, in denen sich Jez übergeben hatte, als hätte sie was Verdorbenes gegessen. Deshalb nickte ich und fragte: »Und wo ist Euer Sohn, Sir?«

»Unter der Erde«, antwortete er und setzte sich neben mich. »Oder im Himmel.« Er ließ seinen Worten einen langen Seufzer folgen und fügte hinzu: »Er ist an der Pest gestorben. Wie so viele im vergangenen Jahr.«

»Wie so viele«, wiederholte ich. »Tut mir leid, Sir.«

»Mir auch, mein Junge.«

»Jez ist in Oxshott, nicht wahr?«

Er nickte und sagte: »So wurde es mir berichtet.«

»Geht es ihr gut?«

»Körperlich ja.« Zum ersten Mal lächelte er und hielt die Hände in einigem Abstand vor dem Bauch verschränkt, als wolle er die Ausmaße der Schwangerschaft andeuten. »Aber sie fühlt sich sehr einsam.«

»Woher wisst Ihr das?«

»Ich weiß es, das muss dir genügen.«

»Wieso ist Jez überhaupt vor Euch geflüchtet?«

»Weil ich ein verbohrter Dummkopf war. Jamie war mein einziger Sohn, musst du wissen, und weil er doch tot ist, wollte ich …« Statt den Satz zu beenden, sagte er: »Ich weiß selbst nicht, was ich wollte. Ich war töricht und selbstsüchtig.«

Ich erinnerte mich an Mr. Hollars nächtliche Unterhaltung mit Mutter Southwood vor zwei Monaten und sagte: »Ihr habt gedroht, meine Schwester ins Gefängnis werfen lassen. Weshalb? Das versteh ich nicht. Mit welchem Recht wolltet Ihr Jez das Kind wegnehmen? War sie Euch nicht gut genug? Weil sie bloß ein Schankmädchen war?«

Statt einer Antwort schnaufte er leise und wischte sich eine Träne aus dem Augenwinkel. Vielleicht war ihm ein Sandkorn ins Auge geraten.

»Seid Ihr tatsächlich mit dem König bekannt, Sir?«

»Das ist lange her«, antwortete er und schüttelte den Kopf. »Damals war er noch nicht der König, sondern der Prinz von Wales. Aber am Hof will man nichts mehr von mir wissen. Niemand will das. Nirgends gehöre ich hin. Es gibt keine Zeit und keinen Ort für mich. Ich hab das mit dem König nur gesagt, um Mistress Jezebel einzuschüchtern. Um ihr Angst zu machen. Ich sagte ja, ich war ein Dummkopf.«

Jezebels Nachricht auf dem Zettel fiel mir ein, und ich meinte: »Ihr habt ihr einen ganz schönen Schrecken eingejagt. Sie hat Eure Drohung offensichtlich für bare Münze genommen. Sonst wär sie nicht Hals über Kopf davongerannt.«

»Ich möchte es liebend gern wiedergutmachen.« Er schlug sich heftig mit dem Spazierstock auf die Oberschenkel, dass ich zusammenzuckte und mir die blauen Flecken vorstellte, die er davontragen würde. »Aber Mutter Southwood wird das nicht zulassen. Du hast ja gehört, was sie gesagt hat.«

»Was kümmert Euch Mutter Southwood? Warum fahrt Ihr nicht einfach nach Oxshott? Wer hindert Euch, Sir?«, wunderte ich mich und schaute zum »Maiden Inn«, wo sich zwei Gestalten auf der Südseite des Geländes unweit der Geräteschuppen aufhielten und sich dem Wassergraben näherten. »Wieso besucht Ihr Jezebel nicht und erklärt ihr alles?«

»Weil ich ihr nicht erneut Angst einjagen will. Nicht in ihrem Zustand.«

Mir schien es eher so, als sei *er* derjenige, der Angst hatte. Aber das sagte ich nicht und schaute stattdessen zum »Maiden Inn«. Die beiden Gestalten hatten inzwischen den Graben erreicht. Es handelte sich um eine Frau und einen Mann, die sich erst umarmten und dann zum Abschied zuwinkten. Während die Frau zum Haus zurückging, kroch der Mann auf einem Baumstamm, den ich vorher an dieser Stelle noch nicht gesehen hatte, über den Wassergraben. Zunächst dachte ich, die Frau sei Penelope und der Mann Edward, doch warum sollte mein Bruder auf einem Baumstamm über den Graben krabbeln, wenn er die Brücke auf der Westseite benutzen konnte?

»Wie lautet dein Name, Junge?«, wurde ich aus meinen Gedanken gerissen.

»Geoffrey Ingram, Sir! Aber meine Freunde nennen mich Geoff.«

»Ich heiße Wenceslaus«, sagte Mr. Hollar.

»Man kann sich seinen Namen eben nicht aussuchen«, murmelte ich achselzuckend und schaute gebannt zu dem Mann in der Ferne, der in gebückter Haltung durch die Feuchtwiesen lief und direkt auf den Buchenhain zuhielt. Er war ziemlich hager und nicht sehr groß, um die Schultern trug er einen dunklen Umhang und auf dem Kopf einen Kavaliershut mit Federschmuck. Eine breite Silberschnalle an der Hutkrone glitzerte in der Sonne.

»Was starrst du so, Geoff?«

»Der Mann kommt mir bekannt vor«, sagte ich und deutete nach Norden, wo der Fremde inzwischen auf halber Strecke zwischen dem Inn und dem Grave Mound stehen geblieben war. Bei dem Kerl handelte es sich vermutlich um den hageren Mann, den ich in jener Nacht vor Adas Verschlag gesehen hatte, doch damals hatte ich ihn nur flüchtig und als dunklen Schatten gesehen. Wieso kam er mir also bei Tageslicht so bekannt vor?

»Wer ist das?«, wollte Mr. Hollar wissen und holte einen Zwicker aus der Jackentasche, den er sich auf den Nasenhöcker klemmte.

»Keine Ahnung, Sir«, antwortete ich und wusste im selben Augenblick, dass es der Hut mit der Silberschnalle war, der mich an irgendwas oder irgendjemanden erinnerte.

Als hätte der Hagere meine Gedanken gelesen, ohne mich überhaupt sehen zu können, nahm er in diesem Moment den Hut mit der breiten Krempe vom Kopf und fuhr sich mit einem weißen Tuch über die Stirn. Lange braune Locken klebten schweißnass an seinen Schläfen. Kein Wunder, bei der Hitze.

»Grundgütiger!«, schrie Mr. Hollar neben mir so laut, dass nicht nur mir die Ohren klingelten, sondern auch der Mann in den Feldern erschrocken zum Hügel blickte. Er setzte schleunigst den Hut wieder auf und eilte mit großen Schritten nach rechts zum Trampelpfad davon.

»Was ist mit Euch, Sir?«, wollte ich von Mr. Hollar wissen, doch der war gerade wie von einer Tarantel gebissen aufgesprungen, den moosigen Hügel hinuntergerutscht und zum Rand des Buchenhains gelaufen. Als ich ihn eingeholt hatte und ihm die Brille reichte, die ihm von der Nase gefallen war, machte er ein Gesicht, als wäre ihm ein Gespenst erschienen.

»Kennt Ihr den Mann?«, fragte ich und hielt nach dem Fremden Ausschau. Doch der Kerl war verschwunden. Zumindest befand er sich nicht auf dem höher gelegenen Narrow Wall, der weithin sichtbar nach Norden an der Themse entlangführte. Entweder war der Mann in Richtung Lambeth gegangen oder geradeaus zum Fluss, zu den »Stangate Stairs«, einer Anlegestelle gegenüber von Westminster Abbey. Er schien es offensichtlich sehr eilig gehabt zu haben.

Mr. Hollar starrte ins Nichts und schüttelte den Kopf. Allerdings nicht als Antwort auf meine Frage, sondern vor Erregung, denn im nächsten Moment rief er: »Natürlich! So ist das also. Deine Schwester hatte recht.« Und dann kicherte er, als sei es endgültig um ihn geschehen.

»Recht? Womit?«

»Es *war* seltsam«, antwortete er, während ihm die Tränen über die Wangen liefen. »Das war es tatsächlich!« Bevor ich irgendetwas sagen konnte, klopfte er mir auf die Schultern, grinste wie irr und rannte davon. Dabei rief er Worte, die überhaupt keinen Sinn ergaben: »Ganz allein. Mitten in der Nacht!«

Erst als er die Kreuzung am Schäfer-Cottage erreicht hatte, hielt er inne und schien unschlüssig, in welche Richtung er laufen sollte. Wieder fuchtelte er wie vorhin mit den Armen und ließ den Spazierstock durch die Luft sausen. Schließlich entschied er sich für Lambeth, gab mit dem Stock die Richtung vor und rannte nach Süden. Ich an seiner Stelle wäre nach Westen zur Anlegestelle gelaufen. Denn dort legte die Pferdefähre nach Westminster ab.

Aber mich ging das alles ja nichts an. Auf mich wartete ganz anderes Ungemach. Und ich erinnerte mich an die Worte von Master Gerrard, die er mir vor Wochen mit auf den Weg gegeben hatte: »Verstecken oder Weglaufen nützt nichts.« Also kehrte ich zum »Maiden Inn« zurück und wurde von Edward bereits auf der Brücke erwartete. Er rauchte seine Pfeife und schaute nachdenklich drein. Es hatte den Anschein, als hätte er sich die ganze Zeit nicht vom Fleck bewegt.

»Hast du mit dem Ausländer gesprochen?«, fragte er.

»Er heißt Mr. Hollar.«

»Was hat er gesagt?«

»Seit wann weißt du es?«, antwortete ich mit einer Gegenfrage.

»Von Jez' Schwangerschaft?« Edward zuckte mit den Schultern. »Seit zwei Monaten.«

»Nein, das meine ich nicht«, sagte ich und schaffte es nicht, ihn dabei anzusehen. »Ich rede von unserer Mutter!« Ich schluckte und setzte widerwillig hinzu: »Oder sollte ich sagen: von unserer Mutter Southwood?«

9. KAPITEL

Spielt sich in einem Hinterzimmer ab

Ich weiß genau, was ihr jetzt sagen werdet: »War doch klar gewesen! Wie konnte er nur so dumm sein? Hätte er sich doch gleich denken können. Lag ja auf der Hand.« Ja, und ihr habt jedes Recht, mich einen Dummkopf zu nennen. Wenn ich heute darüber nachdenke, dann will's mir selbst nicht in den Kopf, dass ich nicht früher drauf gekommen bin. Spätestens nach dem seltsamen Vorfall beim Vespermahl hätte ich es wissen müssen. Mutter Southwood war an jenem Abend nicht derart aus der Haut gefahren, weil ich Hums verstorbenen Vater beleidigt hatte, sondern weil ich mir gewünscht hatte, unsere Mutter wäre ebenfalls tot. Klar, dass sie das nicht gern gehört hat. Heute ärgere ich mich, weil ich nicht gleich durchschaute, was doch so offensichtlich war. Aber um euch die Wahrheit zu sagen: Ich hatte keinen Schimmer! Nicht mal der gleiche Name war mir verdächtig erschienen. Ich hatte sogar noch gesagt: »Hübscher Name. Unsere Mutter hieß auch Eleanor.« Ja, lacht nur über mich!

Vielleicht lag's einfach daran, dass Mutter Southwood so gar nicht aussah, wie ich mir meine Mutter immer vorgestellt hatte. Stets hatte es geheißen, unsere Schwester sei unserer Mutter wie aus dem Gesicht geschnitten, und deshalb hatte ich mir unsere Mutter wie eine gealterte Jez ausgemalt: eine in die Jahre gekommene Schönheit mit kuhfladengroßen Sommersprossen, rotblondem Haar und vorstehendem Unterkiefer. In all den Jahren hatte ich stets und überall Ausschau nach einer Frau gehalten, die dieser Beschreibung entsprach, und mehr als einmal war mir der Atem weggeblieben, wenn ich einer solchen Frau auf der Straße oder im »Boar's Head Inn« begegnet war. Denn glaubt bloß nicht, dass ich mich nicht nach meiner Mutter gesehnt hätte. Auch wenn sie uns im Stich gelassen und vermutlich längst vergessen hatte.

Und nun stellte sich heraus, dass das Bild in meinem Kopf überhaupt nichts mit der Wirklichkeit zu tun hatte. Dass ich unserer Mutter, die mir Nacht für Nacht wie eine Mischung aus guter Fee und böser Hexe in meinen Träumen erschien, längst leibhaftig begegnet war und sie nicht erkannt hatte. Wer hätte aber auch damit rechnen können, dass die Blattern und kochendes Wasser jede Familienähnlichkeit zunichte gemacht hatten? Ich jedenfalls nicht.

Natürlich hatte ich mich mehr als einmal gefragt, warum Mutter Southwood der ihr völlig unbekannten Jezebel geholfen und den unerfahrenen Edward zu ihrem Verwalter gemacht hatte, aber womöglich hatte ich die naheliegende Antwort nicht sehen wollen. Die bloße Vorstellung, Mutter Southwood könnte meine Mutter sein, wäre mir ein unerträglicher Gräuel gewesen. Nicht weil sie so hässlich und unansehnlich wie eine Vogelscheuche war, glaubt jetzt bloß nichts Falsches, sondern wegen ihres harschen, widerborstigen und nicht gerade liebevollen Wesens. Mutter Southwood hatte so gar nichts von einer guten Fee, trotz ihrer Hilfe für Edward und Jez. Und beinahe wünschte ich mir, ich hätte die Wahrheit nie erfahren.

Während ich hinter Edward das »Maiden Inn« betrat, dachte ich an das, was ich von Hum über ihre Mutter erfahren hatte. Und erneut jagte es mir einen unangenehmen Schauer über den Rücken. Diesmal jedoch aus einem ganz anderen Grund. Gleichzeitig kam mir jedoch in den Sinn, dass ich mit Mutter Southwood nicht nur eine Mutter, sondern mit Hum auch eine Halbschwester bekommen hatte. Die Familie Ingram war sozusagen über Nacht gewachsen. Auch wenn ich mir nicht sicher war, ob der Name Ingram den beiden neuen Familienmitgliedern gefallen würde.

»Lass uns dort rübergehen«, sagte Edward und deutete in die hintere linke Ecke des Schankraums, wo zwei der Tische mit schweren Vorhängen voneinander und vom Rest des Raums abgetrennt waren. Wegen der hölzernen Gestelle und der roten Damastvorhänge, die ringsum daran hingen, erinnerten diese Separees an herrschaftliche Bettstellen. Die Schankmädchen nannten sie schelmisch »Hinterzimmer«. Hier wurden die besonders reichen oder hochrangigen Gäste verwöhnt. Fatty Fanny hatte einmal behauptet, sogar der Herzog von York und der Herzog von Buckingham hätten die Vorzüge der »Hinterzimmer« bereits zu spüren bekommen. Beide waren ja, was Frauen betraf, bekanntlich keine Kostverächter und standen dem lüsternen König in dieser Hinsicht in nichts nach.

»Sarah, sag bitte Mutter Southwood Bescheid«, wandte sich Edward an die Dienstmagd, die gerade damit beschäftigt war, den Schanktisch zu säubern. »Wir warten in einem der Hinterzimmer.«

»Seit wann weißt du es?«, wiederholte ich die Frage von vorhin.

»Was?«

»Dass sie unsere Mutter ist!«

»Ach so«, antwortete Edward und winkte ab, als hätte ich ihn nach dem Wetter gefragt. Gleichzeitig aber schaute er sich vorsichtig um, als hätte er Angst, uns könnte jemand belauschen. Er hielt mir den Vorhang zu dem linken der beiden Separees auf und setzte hinzu: »Ich weiß es seit gut zwei Jahren. Seitdem ich ihr im Dark Entry begegnet bin.«

»Im Dark Entry?«, rief ich. »Wieso weiß ich davon nichts?«

»Nicht so laut«, flüsterte er und legte den Zeigefinger auf die Lippen. »Setz dich, dann erzähl ich's dir.«

»Und wieso vor zwei Jahren?«, fragte ich leise. Ich hockte mich in die hintere Ecke, rechnete in Gedanken die Jahre zurück, zählte dann eins und eins zusammen und kam zu dem Schluss: »Deswegen hast du dich mit Vater gestritten? Wegen Mutter?«

Er setzte sich mir gegenüber, nickte und erzählte: »Vermutlich hätte ich Nelly gar nicht bemerkt, wenn der alte Rat Scabies mich nicht auf sie aufmerksam gemacht hätte. Damals war er noch nicht ganz so verrückt wie heute und lief mit seinem Handkarren voller Tand und Kleinkram durch die Straßen. Irgendwann im Frühsommer, glaub ich, hat er mich gefragt, ob ich die seltsame Kapuzenfrau kennen würde, die immer wieder um unser Haus und ums ›Boar's Head‹ herumschleiche. Sie käme immer am frühen Morgen, meinte er, seit Wochen schon, sie würde stehen bleiben und glotzen. Und dann würde sie ebenso plötzlich wieder verschwinden.«

»Das war Mutter Southwood?«

Wieder nickte Edward. »Ich hab mir erst nichts dabei gedacht und es für eine von Rats Spinnereien gehalten, vor allem weil er behauptete, die Frau hätte kein Gesicht und wär bestimmt ein Gespenst aus dem Jenseits. Du weißt ja, dass der alte Scabies seit jeher Angst hat, seine tote Frau Eliza könnte ihn als Geist heimsuchen, weil er sie und die Kinder damals vor vierzig Jahren nicht vor der Pest gerettet hat. Er ist ja auch davon überzeugt, dass Eliza ihm die Kratzwürmer auf den Leib gehetzt hat. Armer Tropf!«

Das war mir neu, aber ich sagte nichts, um meinen Bruder nicht zu unterbrechen. Edward schnaufte nachdenklich, lächelte dann eigentümlich und fuhr fort: »In gewisser Weise hatte Rat sogar recht. Nelly war so was wie ein Gespenst, aber nicht aus dem Jenseits, sondern aus der Vergangenheit. Und dann bin ich ihr schließlich selbst begegnet. Es war eines Morgens, kurz nach Sonnenaufgang, ich war die Nacht über in den Bierhäusern an der Bankside gewesen und hatte ordentlich gezecht. Vermutlich hatte ich mich wieder wund und blutig geprügelt, das weiß ich nicht mehr so genau, aber wahrscheinlich sah ich ziemlich mitgenommen aus. Ich hatte bereits das Gefühl gehabt, dass mir jemand von der Bankside gefolgt war, und plötzlich stand sie vor mir, mit der Kapuze tief ins Gesicht gezogen. Sie legte ihre Hand auf meine Schulter und sagte: ›Edward, mein Edward, was machst du nur aus dir?‹«

»Komische Frage«, sagte ich.

»Fand ich auch«, antwortete er und zündete seine Tonpfeife an. »Und nach dem ersten Schrecken hab ich ihr ins verhüllte Gesicht gelacht. Aber dann hat sie plötzlich ihre Kapuze vom Kopf genommen und mich angestarrt, und mir ist das Lachen schlagartig vergangen.«

»Weil sie so hässlich war?«

»Nein«, antwortete er und stieß den Tabaksrauch aus, »weil ich sie erkannt hab.«

»Erkannt? Woran?«, wunderte ich mich. »Sie sieht uns überhaupt nicht ähnlich. Nicht mal die Haarfarbe ist die gleiche. Und von ihrem Gesicht ist wegen der Narben gar nichts übrig geblieben. Wie willst du sie da wiedererkannt haben?«

»Hast du Nelly mal in die Augen geschaut, Geoff?«

Nein, das hatte ich nicht. Zumindest nicht lange und immer nur mit Widerwillen. Ihr stechender Blick hatte stets dafür gesorgt, dass ich meine Augen niedergeschlagen hatte, wenn sich unsere Blicke getroffen hatten. Und das war ein Fehler gewesen.

»Grün wie Smaragde«, sagte Edward. »Echte Ingram-Augen. Daran hab ich sie sofort erkannt. Und weil sie mich ›mein Edward‹ genannt hatte. Ich hab es ihr direkt ins Gesicht gesagt. Es blieb ihr gar nichts anderes übrig, als sich mir zu erkennen zu geben.«

»Wie schön für euch!«, knurrte ich, rutschte rückwärts auf der Bank bis an die Wand und zog die Knie an. »Schade nur, dass ich nichts von eurem herzlichen Wiedersehen erfahren habe. Sie ist schließlich auch meine Mutter.«

»So einfach ist das nicht.«

»Doch, ist es!«, beharrte ich trotzig.

»Ist es nicht! Glaubst du, ich hätte Vater halb tot geschlagen, wenn alles nur ein simples Kinderspiel gewesen wäre? Denkst du wirklich, das wäre *einfach* gewesen? Wie gern würde ich es ungeschehen machen!«

»Warum hast du Vater halb tot geschlagen?«

»Weil er uns belogen hat, Geoff. Weil wir unser Leben lang betrogen und hinters Licht geführt wurden. Weil man uns die Mutter genommen und anschließend ihr Andenken verunglimpft hat. Lug und Trug! Sie haben uns einen Bären aufgebunden, Geoff! Alle miteinander.«

»Weiß Jez Bescheid?«

Edward schüttelte den Kopf und hob im nächsten Augenblick die Achseln: »Vielleicht ahnt sie etwas, aber gesagt hab ich ihr nichts. Niemand weiß davon. Nur ich. Und du.«

Im Separee nebenan hörte ich ein kratzendes oder schabendes Geräusch, doch das musste wohl eine Täuschung sein, denn im nächsten Moment wurde der Vorhang am vorderen Tischende zur Seite geschoben, und Mutter Southwood stand vor uns. Sie schaute mich lange an, und diesmal hielt ich dem unangenehm bohrenden Blick ihrer Raubvogelaugen stand.

Ja, grün wie Smaragde, verdammt!

»Den Rest wird dir Nelly erzählen«, sagte Edward.

»Warum nennst du sie nicht Mutter, wenn sie's doch ist?«

»Ich konnte euch in all den Jahren keine Mutter sein«, antwortete Mutter Southwood an seiner Stelle, zog den Vorhang hinter sich zu und setzte sich neben Edward. »Und ich will euch nicht vorschreiben, wie ihr mich zu nennen habt. Wir können die Zeit nicht zurückdrehen und Verlorenes nicht zurückholen. Uns bleibt nur die Zukunft.«

»Warum hast du uns damals im Stich gelassen?« Es fiel mir schwer, sie mit »du« anzureden, und in Gedanken nannte ich sie nach wie vor »Mutter Southwood«. Auch machte ich keine Anstalten, aus meiner Ecke zu kriechen, und klammerte beide Arme um die Knie, als müsste ich sonst von der Bank fallen. »Oder bist du etwa nicht verschwunden, kaum dass ich auf der Welt war? Ist das auch Lug und Trug?«

»Was haben sie dir erzählt, Geoffrey?«, antwortete sie.

Ich schaute Edward Hilfe suchend an, doch der wiederholte die Frage, statt mir bei der Antwort zu helfen: »Was, Geoff?«

»Dass du mit den Rotröcken über alle Berge gegangen bist, als ich noch ein Säugling war«, schleuderte ich ihr feindselig entgegen. »Dass du lieber ein Soldatenliebchen geworden bist, statt dich um deine Kinder zu kümmern.«

»Glaubst du das wirklich?« Sie lächelte, aber um ihre Lippen lag ein trauriger Zug, als müsste sie die Tränen zurückhalten. »Glaubst du, dass eine Mutter ihre Kinder im Stich lassen kann? Dass sie ihr Neugeborenes einfach so zurücklässt, nachdem sie es monatelang in ihrem Bauch getragen hat?«

Unwillkürlich dachte ich an Hums Erzählung und an das, was eine Mutter mit ihrem Ungeborenen anstellen konnte, wenn sie den Vater des Kindes nur ausreichend verabscheute. Doch das behielt ich natürlich für mich. Ich hatte Hum versprochen, niemandem zu verraten, was ich von ihr erfahren hatte. Deshalb biss ich mir auf die Lippen und sagte gar nichts.

»Willst du wissen, was wirklich geschehen ist?«, fragte Edward.

Ich nickte, obwohl ich mir da gar nicht so sicher war.

»Dein Vater war einmal ein lustiger Kerl«, begann Mutter Southwood – es war mir einfach nicht möglich, sie Mutter oder Nelly zu nennen, sosehr ich mich auch dazu zwingen mochte – und faltete die Hände auf der Tischplatte. »Das hat man ihm später vielleicht nicht mehr angemerkt, und du hast ihn wahrscheinlich ganz anders erlebt, aber früher hat er mich oft zum Lachen gebracht. Er war kein groß gewachsener Mann und auch nicht besonders hübsch, aber bei den Frauen war Paul dennoch sehr beliebt, weil er immer ulkige und absonderliche Geschichten zum Besten geben konnte. Wie alle Flussschiffer und Fährmänner. Ein echter Possenreißer.«

Diese unterhaltsame und ulkige Seite unseres Vaters war mir tatsächlich entgangen. Auf mich hatte er immer wie ein giftiger und galliger Zwerg gewirkt, dessen einzige Freude darin bestand, allen anderen das Leben zur Hölle zu machen und sich selbst mit Branntwein bis zur Besinnungslosigkeit zuzuschütten.

Als hätte sie meine Gedanken gelesen, sagte Mutter Southwood: »Getrunken hat er auch damals schon sehr viel und oft, aber eigentlich hat es nur seine gute Laune befördert und ihn noch lustiger gemacht. Meistens jedenfalls. Er war zwar jähzornig, aber ein sehr geselliger Mensch. Damals.«

»Warum erzählst du mir das?«, wollte ich wissen. »Was hat das mit deinem Verschwinden zu tun?«

»Ich erzähle das nur, weil du sonst vielleicht nicht verstehst, warum es zwischen Paul und Marjory ...«

»Marjory?«, unterbrach ich sie. »Wer ist denn das nun wieder?«

»Marjory Collins«, sagte Edward und blies mir dabei unabsichtlich den Rauch ins Gesicht. »Bernards Frau.«

»Missis Collins?« Ich hustete und brauchte eine Weile, um zu begreifen. »Was hat denn die Missis damit zu tun?« Doch dann sah ich in Gedanken meinen vor Zorn schäumenden Bruder im »Boar's Head« stehen und hörte ihn die Wirtin anfauchen: »Verdammte Metze!«

Ich schnappte nach Luft, schaute Edward fragend an, und er antwortete mit einem ernsten Nicken.

Mutter Southwood fuhr leise und bedächtig fort: »Ich hatte es schon lange geahnt, aber nicht wahrhaben wollen. Frauen können ganz schön blind und dämlich sein, wenn es um die Treue ihrer Ehemänner geht. Ich hab immer gedacht und gehofft, ich würde mir das alles nur einbilden: die Blicke, das Geturtel, die versteckten Berührungen. Paul hat mich ausgelacht, wenn ich ihn darauf angesprochen habe. Hirngespinste, hat er behauptet.«

»Vater hat dich mit der Missis betrogen?«, entfuhr es mir. »Das glaub ich nicht.«

»Weil du dich nur an die Zeit erinnerst, als Vater sich mit Mrs. Collins überworfen hatte. Oder sie sich mit ihm«, meinte Edward und hielt seine Pfeife in eine andere Richtung. »Mir ging's genauso wie dir. Ich konnte es nicht glauben, weil ich Vater und die Missis immer nur als keifende Streithähne erlebt habe.«

»Aber jetzt glaubst du es?«

Er nickte, zog die Stirn kraus und setzte hinzu: »Was meinst du, warum ich ihm den Eisenprügel über den Schädel gezogen habe? Er hat mir ins Gesicht gelacht und mich einen verdammten Heuchler genannt. Die Weiber seien alle Huren, eine wie die andere! Nichts als Abschaum! Und unsere Mutter sei die schlimmste von allen gewesen. Das war alles, was er gesagt hat, als ich ihm vorhielt, was Nelly mir erzählt hat. Es war dumm von mir, ihn niederzuknüppeln, aber ich konnte nicht anders. Er hat's geradezu herausgefordert.«

»Aber ausgerechnet Missis Collins?«

»Ich hab Paul und Marjory auf frischer Tat ertappt«, sagte Mutter Southwood und rang die gefalteten Hände, als wollte sie das Blut herauspressen. »Da warst du gerade geboren, Geoffrey. Im Stall hinter der Schänke habe ich sie gesehen, zwischen den Pferden. Wie die Tiere.«

Ich schaute sie nur an, schüttelte den Kopf und blieb stumm. Wieder glaubte ich ein leises Kratzen von nebenan zu hören. Wahrscheinlich Mäuse, die sich auf dem Tisch über irgendwelche Essensreste hermachten.

»Es war eine schwierige Schwangerschaft«, fuhr sie schließlich fort. »Ich war bereits sehr früh und über lange Zeit ans Bett gefesselt, weil immer wieder Wehen und Blutungen einsetzten, und beinahe hätte ich dich verloren. In dieser Zeit konnte ich Paul natürlich nicht geben, wonach er als Mann verlangt hat. Also hat er es sich eben woanders geholt.«

»Während Nelly schwanger und bettlägerig war«, setzte Edward kopfschüttelnd hinzu, als müsste er ihre Worte für seinen begriffsstutzigen Bruder übersetzen.

»Wahrscheinlich dauerte die ganze Geschichte schon viel länger«, sagte sie nickend und presste die Hände flach nebeneinander auf die Tischplatte. »Aber das hab ich nie erfahren. Ich wollte es auch gar nicht wissen. Es hat mich alles so angewidert.«

Mir wollte das Ganze immer noch nicht einleuchten. Es passte einfach nicht zu dem, was ich bislang gehört und geglaubt hatte. Was ich mir in den schillerndsten und schlimmsten Farben ausgemalt hatte. Nacht für Nacht.

Vermutlich weil sie meinen skeptischen Blick sah, sagte Mutter Southwood: »Ich habe die beiden ertappt, Geoffrey. Die Situation war eindeutig, und sie haben es auch gar nicht abgestritten. Im ersten Augenblick jedenfalls.«

»Ja, aber …«, begann ich und suchte nach Worten. »Warum bist du dann mit den Soldaten fortgegangen?«

»Das bin ich nicht«, antwortete sie und fuhr sich mit dem Handrücken über die rot vernarbten Augenwinkel, als wollte sie die Tränen wegwischen. »Es waren doch gar keine Soldaten vor Ort, denen ich mich hätte anschließen können. Der Bürgerkrieg war längst vorbei, in London jedenfalls. Die Schlachten wurden ganz woanders geschlagen. In Irland oder Schottland. Oder auf dem Meer.«

»Lug und Trug, Geoffrey«, sagte Edward und klopfte seine inzwischen erloschene Pfeife am Tischbein aus. »Vergiss alles, was man dir erzählt hat. Es war erstunken und erlogen.«

Ich schaute hilflos zwischen beiden hin und her und verstand kein Wort. »Aber wie?«, fragte ich verwirrt. »Warum? Was hat das alles zu bedeuten?«

»Sie haben den Spieß ganz einfach umgedreht, mein Junge.« Mutter Southwood schüttelte es plötzlich, als laufe ihr ein Schauer über den Rücken, und sie hielt sich an den Oberarmen fest, um das Zittern zu unterdrücken. »Sie haben behauptet, dass *ich* die Metze war, die Geliebte eines Soldaten, die ihrem Mann seit Jahren immer wieder Hörner aufsetzte. Dabei war es Paul, der mich betrogen hat. Während ich im Kindbett lag.«

»Wieso?«, wunderte ich mich. »Ich meine, weshalb haben sie das behauptet?«

»Es waren andere und härtere Zeiten damals«, antwortete sie und lächelte wieder ihr seltsames Lächeln, das alles andere als erfreut wirkte. »Die Puritaner hatten das Sagen. Und Cromwells Gesetze waren harsch und unnachgiebig. Auf Ehebruch stand die Todesstrafe. Vermutlich haben die beiden es mit der Angst zu tun bekommen. Oder es erschien ihnen die beste Art der Verteidigung: Wenn eine Ratte in die Enge getrieben wird, dann beißt sie. Das ist wie ein Reflex. Und Paul und Marjory sind damit durchgekommen.«

»Warum hast du dich nicht an Master Collins gewandt?« Statt einer Antwort lachte sie mir ins Gesicht.

»Was ist daran so lustig?«

»Tut mir leid, Geoffrey!« Sie hob entschuldigend die Hände und sagte: »Ich hab mich ja an Master Collins gewandt, und das hat alles nur noch schlimmer werden lassen. Wahrscheinlich hat gerade das dazu geführt, dass sie ihre dreckigen Lügen über mich verbreitet haben. Um mir den Wind aus den Segeln zu nehmen. Um mich in seinen Augen unglaubwürdig zu machen.«

»Was hat Master Collins gesagt?«

»Bernard war schon immer ein Waschlappen! Und er hat seiner Marjory wie ein zahmer Vogel aus der Hand gefressen. Er mag sich Master nennen, aber sie hat das Sagen.« Sie machte eine wegwerfende Handbewegung und setzte hinzu: »Er hat mir kein Wort geglaubt und meine Geschichte als Wahnvorstellungen im Kindbettfieber bezeichnet. Mr. Collins hat mich noch nie leiden können. Wahrscheinlich hab ich ihm einmal zu viel auf die Finger gehauen, wenn er mir unter den Rock fassen wollte. Und als Marjory ihm das Ammenmärchen von dem Soldaten erzählte, da hat er mich aus dem Haus geworfen. Einfach so. Auf die Straße gesetzt!«

»Ohne uns?«, fragte ich. »Ohne deine Kinder?«

»Sie haben mir jeden Umgang mit euch verboten. Als hätte ich die Pest und könnte euch anstecken. Sie haben mich eine Hure und Ehebrecherin genannt und mir mit dem Galgen gedroht, wenn ich nicht augenblicklich die Stadt verlasse. Mir blieb keine andere Wahl, als zu gehen.«

»Sie haben uns die Mutter geraubt«, fügte Edward hinzu.

Mein Schädel dröhnte, als seien darin Hummeln unterwegs. Alles drehte sich vor meinen Augen. Wenig begriff ich, nichts erschien mir sinnvoll. Vor allem das Verhalten meines Vaters wollte mir nicht einleuchten. Das konnte alles nicht wahr sein. Und wenn es doch der Wahrheit entsprach, dann war's nur umso schlimmer. Ich vergrub den Kopf zwischen den Knien und war froh, dass weder Edward noch Mutter Southwood etwas sagten. Dafür hörte ich nebenan ein leises Keuchen. Kaum vernehmlich, aber ich täuschte mich gewiss nicht. Und das waren keine Mäuse, denn die keuchten bekanntlich nicht. Ich ahnte schon, wer dort hinter dem Vorhang in der Ecke saß und heimlich lauschte. Mir war's einerlei. Immerhin hatte ich von Hum die Geheimnisse *ihrer* Mutter erfahren. Nun erfuhr sie auf diese Weise alles über *meine* Mutter. Seltsam nur, dass es beide Male um dieselbe Frau ging.

Der Gedanke an meine Halbschwester ließ mich die nächste Frage stellen: »Aber Hums Vater war doch Soldat, oder etwa nicht?« Ich versuchte, die eine Geschichte mit der anderen zu verbinden und fand die Nahtstelle nicht. Deshalb setzte ich hinzu: »Hum ist nur zwei Jahre jünger als ich.«

»Hums Vater habe ich in Portsmouth kennengelernt«, antwortete Mutter Southwood und starrte auf die Tischplatte. »Das heißt, kennengelernt habe ich ihn schon früher, denn er war ein Freund von Paul. Ein alter Freund der Familie. Er war der Einzige, auf dessen Hilfe ich zählen konnte, und deshalb bin ich zum Hafen von Portsmouth, wo er als Marinesoldat stationiert war. Ich wusste nicht, wohin sonst. Und Hilary hat sich als wahrer Freund erwiesen.«

»Hilary?«, tat ich erstaunt und wunderte mich zugleich über ihre Ausdrucksweise: *ein wahrer Freund.* Weil er sie bei sich aufgenommen hatte? Oder weil er sie nur wenig später geschwängert und mit einem vaterlosen Bastard zurückgelassen hatte?

»Hilary Haberdasher«, antwortete sie, und ihre Stimme klang für einen Moment sehr weich und gar nicht krächzend. »So hieß Hums Vater.«

Hums *unehelicher* Vater, setzte ich in Gedanken hinzu. Denn an eine Heirat war nicht zu denken gewesen. Jedenfalls nicht vor einem Magistrat des Commonwealth. Nicht solange Nelly offiziell mit Paul Ingram verheiratet gewesen war. Dass sie später dennoch den Bauern Abe Oldershaw geheiratet hatte, lag vermutlich nur daran, dass diese Hochzeit nach Quäker-Art ohne jeden Schwur oder Eid vollzogen worden war. Und damit für alle anderen null und nichtig war. Als hätte es keine Heirat gegeben. Die Frage war nur, ob Abe Oldershaw wusste, dass Nelly bereits verheiratet war! Kaum anzunehmen.

Was für ein heilloses Durcheinander!

»Weiß Hum davon? Dass sie ältere Geschwister hat?«

Mutter Southwood schüttelte den Kopf, und Edward sagte: »Sie wird's schon früh genug erfahren. Sag ihr bitte nichts davon.«

»Was ist mit Hums Vater passiert?«, fragte ich, ohne auf ihre Bitte einzugehen. »Ist er im Krieg gestorben?«

Mutter Southwood nickte andeutungsweise, stand aber plötzlich auf, wischte sich die Hände am Kittel ab und sagte: »So, nun weißt du alles, Geoffrey. Es ist keine schöne Geschichte, mein Junge, und sie trifft dich vermutlich allzu plötzlich. Aber was gewesen ist, können wir nicht ändern. Wir müssen uns damit abfinden und das Beste daraus machen.« Sie schien keinerlei Interesse daran zu haben, über Haberdasher und ihre Zeit in Portsmouth zu reden. Geschweige denn über Abe Oldershaw, von dem sie nicht ahnen konnte, dass er mir ein Begriff war. »Ich will dich nicht weiter bedrängen und verwirren«, schloss sie ihre Ausführungen und öffnete den Vorhang zum Schankraum. »Du brauchst Zeit, um über alles nachzudenken. Wir reden heute Abend weiter.«

Es ärgerte mich, dass Mutter Southwood das Gespräch so einfach und schlagartig für beendet erklärte und mir keine weiteren Fragen gestattete. Denn Unbeantwortetes und Fragwürdiges gab es zur Genüge. Beinahe schien es so, als habe sie sich bloß einer unliebsamen Pflicht entledigt. Es war ihr kein wirkliches Bedürfnis gewesen, sich mir als Mutter zu offenbaren. Oder sich wie eine Mutter zu verhalten: Sie kam nicht auf mich zu, schenkte mir kein Lächeln, keine zärtliche oder auch nur aufmunternde Berührung. Stattdessen wandte sie sich ab, als sei sie froh, es hinter sich zu haben.

Deshalb rief ich ihr hinterher: »Du scheinst uns in Portsmouth nicht sonderlich vermisst zu haben! Dein Hilary hat dich schnell auf andere Gedanken gebracht.«

Wie schon beim Verspermahl fuhr sie wie unter einem Schlag zusammen, schlug mit der Faust auf den Tisch und schrie: »Untersteh dich, Geoffrey!«

»Ist doch wahr!«, redete ich mich in Rage. »Warum hast du dich nie bei uns gemeldet? Warum hast du uns kein Lebenszeichen zukommen lassen?« Die gleichen Fragen hatte ich vor Kurzem auch Edward gestellt, schoss es mir durch den Kopf. Und ich setzte hinzu: »Wieso hast du uns vergessen?«

»Vergessen? Du hast keine Ahnung, wie sehr ich gelitten habe. Wie sehr ich mich nach meinen Kindern gesehnt habe. Aber was blieb mir denn anderes übrig, als mich zu fügen?« Sie richtete sich plötzlich auf und sah mich eindringlich an. »Wenn du mich verachten willst, weil ich nicht für euch da sein konnte, dann kann ich das nicht ändern, auch wenn es wehtut. Aber wirf mir bitte nicht vor, dass ich ein Leben danach geführt habe. Es hätte niemandem genützt, wenn ich mir einen Strick genommen hätte. Euch nicht. Und Hum umso weniger!«

Ich schluckte, starrte auf meine Füße und nickte betreten.

Gleichzeitig war ein heiseres Krächzen oder Glucksen aus dem zweiten »Hinterzimmer« zu hören. Als habe sich jemand verschluckt oder müsse ein Lachen unterdrücken.

Edward hatte das Geräusch ebenfalls gehört. Er riss den Damastvorhang zur Seite, der die beiden Separees voneinander trennte, doch es war nicht Hum, die dort hockte und horchte, sondern Rancid Ray, der uns verschlafen und verwirrt anstarrte und fragte: »Was soll 'n der Lärm, verdammt?!«

»Was macht Ihr dort, Mr. Webster?«, fuhr ihn Mutter Southwood an.

»Meinen Rausch ausschlafen, Ma'am«, sagte Ray, richtete sich auf und räkelte sich, wobei eine Welle ranzigen Geruchs zu uns herüberwehte. »Das heißt, wenn man mich ließe. In meinem Verschlag ist's zu laut, weil Ada nebenan quiekt, als würde 'ne ganze Herde Bullen über sie herfallen. Und hier geht's auch zu wie auf 'nem Markt. Kein Wunder, dass mir bald der Kopf platzt.«

»Dann schert Euch gefälligst nach Hause, wo ihr hinge-hört!«

»Hast du gelauscht?«, fragte Edward.

Ray schüttelte unwirsch den Kopf.

»Was habt Ihr gehört?«, hakte Mutter Southwood nach.

»Nichts«, antwortete der Gauner achselzuckend und mit einem Grinsen im Gesicht. »Nur dass irgendjemand Ports-mouth vermisst und Geoffrey sich unterstellen soll.« Er schaute zur Tür, die einen Spaltbreit offen stand, und fragte gähnend: »Regnet's draußen?«

Edward und Mutter Southwood sahen sich düster und schweigend an, nicht sicher, ob sie seinen Worten glauben soll-ten. Ray nutzte die Gelegenheit, um sich schleunigst aus dem Staub zu machen. Ehe ihn jemand daran hindern konnte, war er aufgesprungen und zur Tür hinaus. Und er hatte plötzlich gar nicht mehr müde oder verwirrt ausgesehen.

»Ich trau dem Kerl nicht über den Weg!«, zischte Mutter Southwood. »Er kocht sein eigenes Süppchen, und das will mir nicht schmecken.« Dann wandte sie sich an mich: »Wir reden später, Geoffrey.«

»Ay«, sagte ich und hätte beinahe »Mutter« hinzugefügt, doch dann wandelte ich es im letzten Moment in »Ma'am« ab.

Auf das angekündigte Gespräch wartete ich allerdings ver-geblich. Als ich am Abend mit Mutter Southwood sprechen wollte, hieß es nur, sie sei beschäftigt. Und auch in den folgen-den Tagen kam sie mit keinem Wort auf unsere Unterredung zu sprechen. Sie ging mir zwar nicht direkt aus dem Weg, aber sie suchte auch nicht meine Nähe. Eigentlich verhielt sie sich mir gegenüber genauso wie zuvor, gerade so, als hätte ich die Wahrheit über sie nie erfahren.

Wenn es denn die Wahrheit gewesen war.

Als ich Hum wenig später erzählte, was ich im »Hinterzim-mer« erfahren hatte – denn ich fand, dass sie ein Anrecht darauf hatte –, schien sie nicht wirklich überrascht zu sein. Sie hörte sich alles schweigend an, nickte manchmal und hob schließlich die Achseln. »Hab ich mir gleich gedacht«, sagte sie und lachte ein wenig gekünstelt. »War doch klar gewesen!«

»Mir nicht«, sagte ich.

»Hornochse!«, lachte sie und nahm mich in den Arm. Dann verbesserte sie sich: »Bruder Hornochse!«

10. KAPITEL

Handelt von einer Heimkehr

Am Tag meines Abschieds aus Southwark hatte Master Gerrard zu mir gesagt: »Du kannst natürlich auch in Zukunft zu mir kommen, wann immer du willst. Wenn du es denn möchtest.« Doch obwohl mich das Heimweh ordentlich geplagt hatte, war ich der Aufforderung des Eremiten in der ganzen Zeit nicht ein einziges Mal nachgekommen. Ich hatte Southwark gemieden, als befürchtete ich, das Borough nicht ein zweites Mal verlassen zu können. Oder als hätte ich Angst, etwas zu Ohren oder Gesicht zu bekommen, was mir nicht gefallen könnte. Weder war ich sonntags zur Armenschule von St. Olave gegangen noch hatte ich mich spätabends mit Glen in unserem Versteck unter der Brücke getroffen, wie wir es früher oft getan hatten. Vermutlich war Glen inzwischen stinksauer auf mich und hielt mich für einen treulosen Verräter, weil ich mich nicht mal von ihm verabschiedet hatte. Das plötzliche Verschwinden schien eine weitere Spezialität der Ingrams zu sein. Und was inzwischen im Dark Entry oder »Boar's Head« vor sich ging, daran wagte ich nicht mal zu denken. Es hätte mir vermutlich die Tränen in die Augen getrieben. Vor Wehmut oder Zorn. Auch jetzt, nach jenem denkwürdigen Geburtstag mit seinen für mich erstaunlichen Neuigkeiten, dauerte es mehr als zwei Wochen, bis ich endlich den Mut fand, das Naheliegende zu tun.

Es war Sonntag, der 12. August, ein fürchterlich heißer Tag. Seit Wochen war kein Tropfen Regen gefallen, alles war trocken wie Zunder, selbst das Marschland in Lambeth und die Felder von St. George waren wie ausgedörrt. Wo noch im Frühjahr kleine Bäche und morastige Lachen gewesen waren, da gab's nun nichts als rissigen und getrockneten Lehm, der unter meinen Schritten zu Staub wurde. Eine Bullenhitze lag über dem Land, und ich bedauerte, dass ich ausgerechnet zur Mittagszeit losgegangen war.

Als ich endlich das trostlose Brachland hinter mir hatte und die ersten Wohnhäuser am Deadman's Place erblickte, schlug mein Herz höher. Selbst das verlassene und heruntergekommene Winchester House mit seinem verwilderten Garten erschien mir schöner und lebendiger als jedes Gebäude in Lambeth. Sogar schöner als der Lambeth Palace des Erzbischofs.

Um nicht direkt am Dark Entry auf die Hauptstraße zu stoßen, ging ich vom ehemaligen Pesthaus, das inzwischen als Armenhaus benutzt wurde, hinüber zur Kirche von St. Saviour und überquerte den Friedhof auf der Nordseite, um die Hauptstraße unmittelbar an der Brücke zu betreten. Als ich all die vertrauten Häuser, Schänken und Kirchtürme sah und mir der Gestank des Flusses in die Nase stieg, da liefen mir tatsächlich die Tränen über die Wangen. Ich war wieder zu Hause.

Obwohl ich mir geschworen hatte, es nicht zu tun, weil ich nicht wusste, was oder wen ich dort erblicken würde, schielte ich hinüber zum Dark Entry und stellte erstaunt fest, dass vor dem »Boar's Head Inn« allerlei Material oder Gerümpel auf der Straße gestapelt war: geteerte Holzbalken, Bretter in verschiedenen Größen, riesige Tonkübel und einige Stapel mit Back- und Naturstein. Allerdings war mir nicht klar, ob etwas gebaut oder abgerissen wurde. Am Ende lag gar unser altes Haus in Schutt und Asche?

Schnell wandte ich den Blick ab und lief auf die andere Seite der Straße. Zunächst wollte ich zur Schule von St. Olave, um an der sonntäglichen Armenklasse teilzunehmen. Und sei es nur als Vorwand. Oder Ablenkung. Vermutlich würde ich dort Glen antreffen, wenn er das Lernen inzwischen nicht drangegeben hatte. Und ich könnte gleichzeitig herausfinden, wie es Master Gerrard in den letzten Wochen ergangen war. Der Begegnung mit dem Eremiten, der mittlerweile kein Eremit mehr war, fieberte ich einerseits entgegen. Andererseits hatte ich einen fürchterlichen Bammel davor. Denn seitdem ich das Theaterstück »Der Mord am Old Barge House« kannte, das Anfang September zum ersten Mal im »Cocksparrer« aufgeführt werden sollte, hatten sich so viele Fragen in meinem Kopf angesammelt, dass ich völlig durcheinander war und gar nichts mehr verstand. Ich wollte von Master Gerrard aus erster Hand erfahren, was ich bislang nur als blutrünstiges Bühnenstück kannte. Aber ich war mir nicht sicher, ob ich den Mut haben würde, die entsprechenden Fragen zu stellen. Oder ob er darauf antworten würde.

Ich betrat das Schulgebäude gegen zwei Uhr, kurz nach Beginn des Unterrichts. Der Klassenraum im Erdgeschoss war bereits geschlossen, und durch die Tür hörte ich eine tiefe Männerstimme. Das war nicht die mir vertraute Stimme des Masters, und als ich die Tür öffnete und den Raum betrat, hätte ich beinahe auf dem Absatz kehrtgemacht. Geradeso wie bei meinem ersten Schulbesuch vor zwei Jahren.

»Ja, was gibt's?« Der alte Reverend Braithwaite stand hinterm Pult und sah mich streng an. Da er mich nicht zu kennen schien, fragte er: »Wer bist du?«

»Die Plage von Southwark«, rief Glen aus der letzten Reihe und winkte mir eifrig zu. Die anderen Jungen lachten schallend. Alles wie gehabt.

»Ruhe!«, donnerte die Stimme des Reverends durch den Raum.

»Ist Master Gerrard nicht da, Sir?«, fragte ich und nahm die Mütze vom Kopf.

»Siehst du ihn irgendwo?«, knurrte der Reverend und wies auf den freien Platz neben Glen. »Setz dich! Oder verschwinde! Du störst den Unterricht.«

»Ay, Reverend«, sagte ich und zögerte. Ich nickte Glen verstohlen zu. Dann setzte ich die Mütze wieder auf und schloss die Tür von außen. Auf eine Lektion durch den ollen Reverend Braithwaite hatte ich nun wahrlich keine Lust.

»Na, das wurd aber auch Zeit!« Kaum war ich in den Vorraum hinausgetreten, schon hatte sich die Tür hinter mir wieder quietschend geöffnet, und Glen stand im Rahmen. »Wo hast 'n die ganze Zeit gesteckt?«

»Weißte doch«, sagte ich und ging hinaus auf den Kirchhof. »In Lambeth. Ich dachte, du kommst mich mal besuchen. Hast dich ja früher auch oft dort rumgetrieben, hat Hum erzählt. Sie hat gemeint, dass sie dich erwischt hat, wie du heimlich durchs Fenster gelugt hast.«

»Früher ja«, sagte Glen und lachte dreckig. »Aber irgendwann bin ich meinem Alten vorm ›Maiden‹ begegnet, und er hat mich verdroschen, als hätt ich's vor seinen Augen mit 'ner Hure getrieben. Dabei ist er derjenige, der was vor unserer Mutter zu verbergen hat. Nicht nur wegen der Schankmädchen, die er im Inn begrapscht. Zu Hause dreht er jeden Penny zweimal um, bevor er ihn ausgibt, aber die Preise im Inn scheinen ihn nicht zu stören. Elender Heuchler!« Glen trat gegen einen Stein, der in hohem Bogen über den Friedhof flog. »Er hat gesagt, dass er mich totprügelt, wenn er mich noch einmal in Lambeth erwischt. Deshalb hab ich mich nicht mehr getraut.« Glen hatte mich inzwischen eingeholt und hielt mich am Ärmel fest. »Wie ist's denn so, im ›Maiden Inn‹?«

»Um ehrlich zu sein: todlangweilig!«

»Lügner!«, kicherte er und stieß mich neckisch an. »Bei den Weibern, die dort rumlaufen, würd's mir bestimmt nie langweilig werden.«

»Hast du 'ne Ahnung«, antwortete ich achselzuckend. »Ich wünschte, es wär alles wieder wie früher. Als Vater noch lebte. Gehen wir zur Brücke?«

»Klar«, sagte er, »wohin sonst?«

Wir waren mittlerweile beim »Bear« am Fuß der Brücke angelangt, das am heutigen Sonntag geschlossen war, und gingen in Richtung Verrätertor. Der Platz vor der London Bridge war nicht so voll wie werktags, keine Händler waren unterwegs, kaum Fuhrwerke oder Handkarren waren zu sehen, die Läden und Kontore auf der Brücke waren geschlossen, nur wenige Kirchgänger überquerten den Platz, und das übliche Kleinvieh scharrte im staubigen Dreck nach Fressbarem. Wir wollten gerade durch den schmalen Durchlass zu unserem Versteck unter der Brücke hinabklettern, als ich Ada sah, die vom Friedhof von St. Saviour aus mit großen Schritten zur Brücke hastete. Sie trug einen scharlachroten Samtumhang mit Pelzkragen, unter dem sie vermutlich fürchterlich schwitzte, und schien es sehr eilig zu haben. Sie machte eine finstere Miene, zog einen Mann an der Hand hinter sich her, der Mühe hatte, ihr zu folgen, und schaute sich immer wieder um, als hätte sie Angst, verfolgt zu werden. Obwohl ich den schwarz gekleideten Mann nur sehr kurz sah und er den Kopf gesenkt hielt, erkannte ich den bunten Federschmuck und die silberne Hutschnalle an seinem Kavaliershut. Adas heimlicher Besucher! Der Mann, dessen Anblick Mr. Hollar so entsetzt hatte.

»Was glotzt du denn so?«, fragte Glen.

»Ach, nichts«, log ich und folgte ihm zu der gemauerten Nische, die außer uns nur den Flussratten und einigen streunenden Hunden bekannt war. »Ich dachte, ich hätte jemanden gesehen. Hab mich wohl geirrt.«

Nachdem wir uns unter den gemauerten Brückenpfeiler gehockt und eine Zeit lang schweigend auf den Fluss gestarrt hatten, sagte Glen plötzlich: »Master Gerrard hat oft nach dir gefragt. Der hat sich ganz schön verändert, Geoff. Würdest ihn vermutlich gar nicht wiedererkennen. Seine Kutte ist futsch, er läuft jetzt in normalen Straßensachen rum. Kniehosen, Hemd, Wams, wie alle anderen auch. Er zeigt sich tagsüber auf der Straße und redet sogar mit den Leuten, wenn die sich trauen, ihn anzusprechen. Und die Haare sind auch kürzer.« Er hielt die Handkante ans rechte Ohrläppchen. »Fast wie bei den Puritanern früher. Wie 'n neuer Mensch! Als hätt ihn jemand verhext.«

»Wo steckt er denn?«, fragte ich. »Ist er krank?«

»Nee«, antwortete er und kramte eine Tonpfeife aus der Hosentasche. »Seit 'n paar Wochen ist er weg. Ich hab keine Ahnung, wo er sich rumtreibt.«

»Du rauchst?«, wunderte ich mich.

»Sicher, machen doch jetzt alle.«

»Weiß dein Vater davon?«

»Wo denkst du hin?« Er grinste, blies die Backen auf, stopfte Tabak in die Pfeife und zündete sie mit Feuerstein und Zunder an, die er aus einem kleinen Holzschächtelchen geholt hatte. »Hättest du gedacht, dass Reverend Braithwaite der Onkel vom Eremiten ist?«

Ich schüttelte überrascht den Kopf.

»Ist aber so«, fuhr Glen fort und sog so stark an der Pfeife, dass er sich verschluckte. »Der Onkel seiner Frau, um's genau zu nehmen.« Keuchend setzte er hinzu: »Wusstest du, dass der Master verheiratet war?«

Gewusst nicht, dachte ich, aber geahnt. »*Die Frau des Mörders.*« Das hatte Ray zu Ada bei der Probe im »Cocksparrer« gesagt. »*Wäre die Frau nicht gewesen, hätte es den Mord nie gegeben.*« Und ohne Mord kein Timon!

Da ich nicht antwortete, sagte Glen: »Seine Frau ist tot, und deswegen ist er auch weg. Zu ihrem Grab, das hat er jedenfalls behauptet. Um sich zu verabschieden. Als wär sie nicht schon seit Jahren tot. Seltsam, oder?«

»Wann kommt er zurück?«

»Hat er nicht gesagt.« Glen hielt mir die Pfeife hin und fragte: »Willste mal?«

Ich winkte ab und schaute hinüber zur anderen Flussseite, wo der White Tower im gleißenden Sonnenschein leuchtete, dass ich die Augen zusammenkneifen musste. Etwas weiter westlich lag Custom House, das alte Zollamt, und gleich daneben der Fischmarkt von Billingsgate. Links neben dem Markt begann die lange Kaimauer, die beinahe bis zur Kirche von St. Magnus gleich neben der Brücke führte. Auf diesem Kai sah ich einen leuchtend roten Fleck, rot wie Scharlach. Und daneben eine Gestalt in Schwarz.

»Siehst du die Frau im roten Umhang?«, fragte ich Glen und deutete über den Fluss, auf dem es von Skullbooten und kleineren Seglern nur so wimmelte. »Was ist da drüben? Fresh Wharf?«

»Was du alles siehst«, wunderte sich Glen. »Ich hätte nicht mal erkannt, dass das 'n Weibsbild ist.« Er kratzte sich am Kopf, paffte nachdenklich seine Pfeife und sagte dann: »Fresh Wharf ist weiter im Westen, näher an der Brücke. Ich glaube, das ist Botolph Wharf. Warum fragst du?«

»Einfach so«, log ich erneut, »wollt's nur wissen.« Der rote und der schwarze Fleck waren inzwischen verschwunden, und ich fragte wie beiläufig: »Warst du in der letzten Zeit mal im Dark Entry?«

»Das 'n Ding, was? Wer hätte das gedacht«, antwortete er und spuckte vom Tabak braunen Speichel auf den Boden. »Der arme Scabies. Andererseits war's ja nicht anders zu erwarten. Verrückt, wie der immer schon war.«

»Wovon redest du?«

»Weißt du denn von gar nichts?«, war Glen sichtlich erstaunt.

Ich schüttelte nur den Kopf und fragte: »Meinst du die Bauarbeiten?«

»Komm«, antwortete er und packte mich an der Jacke, als er merkte, dass ich mich freiwillig nicht vom Fleck rührte. »Oder haste Schiss?«

»Schiss?«, empörte ich mich. »Wovor?«

»Eben«, sagte er und zog mich wie einen störrischen Esel hinter sich her. »Wovor solltest du auch Schiss haben?«

11. KAPITEL

Handelt von einem Schmied und
einem Kurzwarenhändler

Der Dark Entry war nur einen Steinwurf entfernt, doch der Weg dorthin schien sich unendlich vor mir auszudehnen. Vielleicht lag's daran, dass Glen paffend neben mir herschlenderte und unentwegt auf mich einquasselte, dass mir der Rauch und die Worte regelrecht zu Kopf stiegen. Glen berichtete, Rat Scabies sei seit einiger Zeit verschollen, nachdem ihn Master Collins von einem Tag auf den anderen vor die Tür gesetzt habe. Anscheinend habe es der alte Rat mit seinen Feuern und Spinnereien übertrieben und damit den Unmut des Hausherrn erregt. Ich hatte euch ja bereits erzählt, dass Rat nach dem Tod meines Vaters nicht nur den Ratten auf den Pelz gerückt war, sondern sich auch von einem Hundedämon verfolgt fühlte, der sich angeblich vor seinen Augen in einen Menschen verwandelt hatte. Jedenfalls sei Rat, so meinte Glen, in den letzten Wochen dazu übergegangen, herrenlose Hunde zu erschlagen und auf seinem Feuer zu braten, samt Fell und Innereien, was im ganzen Borough zu einem fürchterlichen Gestank geführt habe. Rat sei ums Feuer herumgehüpft und habe allerlei düstere Prophezeiungen von sich gegeben, in denen die Zahl 666 und irgendein Tier aus der Bibel eine wichtige Rolle spielten.

Auch ich hatte schon von diesen Visionen gehört, die man sich mancherorts zuraunte und die für das Jahr 1666 einen Feuerregen vorhersagten, wie er in der Heiligen Schrift beschrieben wurde. Angeblich sei dieses Tier mit der Zahl 666 niemand anderes als der leibhaftige Satan und imstande, Feuer vom Himmel zu werfen, um die Menschen ins Verderben zu stürzen. Damals habe ich darüber bloß gelacht und es als Schabernack abgetan, heute weiß ich es besser.

»Außerdem hat Rat die weiblichen Gäste im ›Boar's Head‹ belästigt«, fügte Glen hinzu, fasste sich in den Schritt und machte eine obszöne Geste. »Und den Mietzins soll er auch seit

Monaten nicht gezahlt haben, wovon auch, er hat ja seit ewigen Zeiten nicht mehr gearbeitet. Master Collins blieb gar nichts anderes übrig, als ihn hochkant aus seiner Bruchbude zu werfen.«

»Aber Rat hat doch schon immer gezündelt«, antwortete ich verwundert. »Und mit der Miete war er bestimmt auch schon länger im Verzug. Warum setzt ihn der Master ausgerechnet jetzt vor die Tür?«

»Weil er im Weg war«, meinte Glen und blieb stehen. »Guck!«

Wir waren am Dark Entry angekommen, doch der »dunkle Eingang« war durch eine Baugrube versperrt. Da, wo noch vor wenigen Wochen die Ruine des abgebrannten Hauses gestanden und wo Rat Scabies seine Rattenfeuer entflammt hatte, war nun auf der ganzen Breite ein Kellerloch ausgehoben. Bei den Holzbalken, die mir aus der Ferne als geteert erschienen waren, handelte es sich in Wahrheit um die verbrannten Bohlen des alten Hauses, von dem nun nichts als die gestapelten Steinhaufen auf der Straße übrig war. Auch Rats baufälliger Schuppen, in dem er jahrzehntelang wie ein Wilder gehaust hatte, war dem Erdboden gleichgemacht.

»Was soll 'n das werden?«, fragte ich und starrte in das Loch und zu den beiden übrig gebliebenen Häusern im Dark Entry, die nun nicht mehr von der Straße aus, sondern nur übers »Boar's Head Inn« zu erreichen waren.

»Vater meint, dass Master Collins seine Schankstube zu 'nem ›Coaching Inn‹ machen will. Deshalb braucht er zusätzliche Ställe und eine Schmiede für die Kutschen und Pferde. Die sollen hier entstehen. Und Gasträume natürlich.«

»Aber es gibt doch schon genügend Poststationen an der Hauptstraße«, wunderte ich mich. »So viele Kutschen und Reisende kommen gar nicht zusammen, dass all die Herbergen davon leben könnten.«

»Was fragste mich?«, antwortete Glen und blies die Backen auf. »Euer altes Haus hat der Master jedenfalls 'nem Hufschmied vermietet. Das ist bestimmt kein Zufall.«

»Deshalb hat er mich aus dem Haus verscheucht?«

»Klar!« Glen lachte, verschluckte sich an dem Rauch seiner Pfeife und setzte hinzu: »Außerdem hat der Schmied zwei hübsche Töchter, und die ältere arbeitet jetzt als Schankmagd im ›Boar's Head‹. Sie hat Jezebels Stelle eingenommen, und Master Collins, der alte Hurenbock, hofft wahrscheinlich, dass er bei ihr erfolgreicher ist als bei deiner Schwester.« Er räusperte sich und fragte: »Wo steckt Jez eigentlich? Haste das rausgefunden?«

»Die kriegt 'n Kind«, antwortete ich. »Sie ist auf dem Land, unten in Surrey.«

»Falsch, Kleiner!«, hörte ich eine hohe, kieksende Stimme hinter mir, und als ich mich erschrocken umwandte, sah ich Rancid Rays grinsendes Fledermausgesicht direkt vor mir.

»Musst du dich immer so anschleichen?«, rief Glen, dem vor Schreck die Pfeife aus der Hand gefallen war. »Verdammter Strauchdieb!«

»Vorsicht, Hosenscheißer!« Mit einem Fußtritt beförderte Ray die Pfeife ins Kellerloch. »Sonst fliegste gleich hinterher!«

»Wieso falsch?«, fragte ich. »Was soll 'n das heißen?«

»Jez ist in Lambeth, im ›Maiden Inn‹«, sagte Ray und lachte scheppernd, sodass mir nicht klar war, ob er's ernst meinte oder sich nur über mich lustig machte. »Sie ist zurück.«

»Das wüsst ich aber«, erwiderte ich ungläubig. »Schließlich wohn ich da. Jez ist in Oxshott. Auf 'nem Bauernhof. Das hat mir Mr. Hollar bestätigt.«

»Deinen Mr. Hollar kenn ich nicht, aber ich komm grad aus Lambeth«, antwortete er und schüttelte den Kopf. »Glaub mir, Geoff, deine Schwester ist vor nicht mal 'ner Stunde aufgetaucht, klitschnass und wie in Schweiß gebadet. Sie hatte 'nen hochroten Kopf und 'nen prallen Bauch, dass man befürchten musste, sie fällt vornüber. Jez hat 'nen Riesenaufstand gemacht und rumkrakeelt, als wär sie nicht bei Sinnen. Keine Ahnung, was mit ihr los war, aber sie hat uns alle ganz schön erschreckt. Wahrscheinlich hatte sie Fieber. Und dann ging's plötzlich los, sie hat geprustet und gezappelt und sich gekrümmt und ist an Ort und Stelle zusammengesackt.«

Ich konnte ihn nur wortlos anstarren.

»Zusammengesackt?«, fragte Glen, der ins Loch hinuntergeklettert war und seine verdreckte Pfeife putzte. »Warum denn das?«

»Dreimal darfst du raten, du Schlaumeier!«, rief Ray ihm zu und wandte sich wieder an mich: »Vielleicht bist du in diesem Moment schon Onkel, Geoff.«

»Sie kriegt das Kind?«, rief ich. »Jetzt? Im ›Maiden Inn‹?«

»Sieht ganz so aus«, meinte er und rieb sich die riesigen Ohren. »Und es hörte sich auch so an. Aus dem Inn kam jedenfalls ein Kreischen und Schreien und Fluchen, als würd sie am Spieß gebraten. Ich hab lieber Reißaus genommen. Das ist nichts für unsereins, da sollen sich die Weiber drum kümmern.«

»Aber warum?«, fragte ich.

»Warum *was*?«, antwortete Ray.

»Warum kommt sie nach London, wenn die Geburt so kurz bevorsteht?«, sprach ich meine Gedanken aus. »So 'ne Fahrt übers Land und über die holprigen Straßen ist doch viel zu anstrengend und gefährlich. Kein Wunder, dass sie Fieber kriegt und außer Puste ist. Warum bleibt sie nicht in Oxshott und kommt erst zurück, wenn das Kind da ist?«

»Frag sie selbst«, sagte Ray stirnrunzelnd, »wenn sie wieder ansprechbar ist. So 'ne Geburt kann ganz schön lange dauern, vor allem in ihrem geschwächten Zustand.«

Glen war inzwischen aus dem Loch geklettert und legte seine Hand auf meine Schulter, als müsse er mich trösten oder mir Mut zusprechen.

»Ich geh dann mal«, sagte ich.

»Mach das«, meinte Glen und klopfte mir auf den Rücken.

Ich hatte die Hauptstraße bereits zur Hälfte überquert, als ich plötzlich Rays Quiekstimme hinter mir hörte: »Ach, Geoff?«

Als ich mich umwandte und sein Gesicht sah, ahnte ich,

dass Ray sich was Wichtiges für zuletzt aufbewahrt hatte. Sozusagen als Leckerei zum Abschied.

»Was ich dir schon die ganze Zeit sagen wollte«, begann er und wartete geduldig, bis ich zur Baugrube zurückgekehrt war. »Wenn du die Wahrheit wissen willst, dann frag den alten Scabies.«

»Die Wahrheit?«, wunderte ich mich. »Worüber?«

»Deine Familie«, sagte er.

»Meinst du meinen Vater?« Ich winkte ab und sagte: »Weiß ich doch längst. Hab mir schon gedacht, dass Rat die Knochen aus dem Feuer geholt hat. Ich will gar nicht wissen, was er damit angestellt hat.«

»Kluger Junge!«, meinte Ray und grinste verschmitzt. »Aber ich meinte nicht deinen Vater, sondern deine Mutter.«

»Welche Mutter?«, mischte sich Glen ein und machte ein dummes Gesicht.

Ich starrte Ray an und rief: »Du hast gar nicht geschlafen! Im ›Hinterzimmer‹, meine ich. Du hast jedes Wort gehört, nicht wahr?«

Er hob grinsend die Schultern und meinte: »Frag Rat Scabies, was es mit diesem Hilary Haberdasher auf sich hat.«

»Was sollte Rat wohl von dem wissen?«

»Mehr, als du ahnst«, kicherte Ray.

»Wer zum Teufel ist denn Haberdasher?«, entfuhr es Glen.

»Endlich mal ein vernünftiges Wort aus deinem ungewaschenen Mund«, kiekste Ray und tätschelte Glens Hinterkopf. »Wer ist Hilary Haberdasher?«

»Hums Vater«, sagte ich. »Ein Matrose der englischen Marine.«

»Richtig«, nickte Ray. »Und ebenso war er der Enkel von Rat Scabies. Oder sein Großneffe. So genau weiß ich das nicht.«

»Wie … was … wieso?«, brabbelte ich.

»Hast du dich nie gefragt, wie Rat tatsächlich heißt? Oder wie er hieß, bevor er die Krätze bekam und auf Rattenfang ging?«

Da ich nicht den Eindruck hatte, dass Ray auf eine Antwort aus war, blieb ich stumm und wartete gebannt auf Weiteres.

»Rats Name ist Humphrey Haberdasher«, sagte Ray, »von Beruf Kurzwarenhändler, wie sein Vater und Großvater vor ihm, eine alte Familie von Haberdashern. Deswegen heißen sie so.«

»Und Hilary war sein Enkel?«

»Oder Großneffe«, antwortete Ray. »Rats Kinder sind ja damals bei der Pest gestorben. Einen Enkel wird's also vermutlich nicht geben. Ist ja auch egal. Auf jeden Fall waren sie verwandt.«

»Woher weißt du das?«, wollte ich wissen. »Niemand kennt den wirklichen Namen von Rat Scabies. Vermutlich nicht mal er selbst.«

»Mein Vater war ein Schnallenmacher, wie du vielleicht weißt. Oder auch nicht. Er ist ja schon lange tot. Wir haben damals weiter stadtauswärts gewohnt, kurz vor den Feldern von St. George. Jedenfalls hat Vater seine Schnallen an fliegende Händler verkauft, die sie dann auf den Straßen und Märkten feilboten. Und einer dieser Händler war Humphrey Haberdasher. Inzwischen besser bekannt unter dem Namen Rat Scabies. Schon damals ein komischer Kauz, aber lange nicht so verrückt wie heute.«

»Und Hilary?«

»War sein Ein und Alles«, meinte Ray und zupfte an seinem Spitzbart. »Ein großer Held und tüchtiger Soldat. Ständig hat er von ihm erzählt und mit ihm geprahlt. Ich selbst hab ihn nie gesehen, war ja noch 'n Lausebengel damals. Aber an den Namen Hilary kann ich mich gut erinnern, weil ich als Kind immer fand, dass ein Kriegsheld nicht den Namen einer Frau haben durfte. Ich hatte keine Ahnung, dass das auch ein Männername war.«

»Was willst du mir damit sagen?«

»Nichts«, antwortete er und lachte. »Ich sag nur: Frag Rat Scabies!«

»Der ist verschollen«, mischte sich Glen in das Gespräch ein. »Weißte doch, Ray.« Er deutete auf die Stelle, an der bis vor Kurzem Rats baufällige Behausung gestanden hatte.

»Tja, das ist Pech«, meinte Ray und grinste breit, dass ich ihm am liebsten in seine hässliche Visage geschlagen hätte.

»Nun rück schon damit raus!«, schrie ich ihn an und holte mit der Hand aus, ohne jedoch wirklich zuzuschlagen.

»Gemach, gemach!« Ray schien das alles für einen Witz zu halten und setzte augenzwinkernd hinzu: »In den Gärten von Winchester House wachsen leckere Äpfel an den Bäumen. Kann ich nur empfehlen. Solltest du auch mal probieren, Geoff. Ist eigentlich schade, dass das hübsche alte Gebäude leer steht, oder? Wär mal an der Zeit, dass sich ein neuer Bischof in dem Palast breitmacht.«

Bevor ich irgendetwas auf diesen Unsinn erwidern konnte, hörte ich eine vertraute Stimme von der anderen Seite der Straße rufen: »Hab ich's mir doch gedacht, dass du dich hier rumtreibst!«

Gleich gegenüber vom Dark Entry führte die Foul Lane, eine schmale, verdreckte Gasse, die ihrem Namen alle Ehre machte, zum Armenhaus am Deadman's Place. Genau dort stand Edward, oder besser gesagt, dort stand Rosinante, der alte Klepper, und Edward saß obendrauf.

»Wenn man dich einmal braucht, bist du nicht da!«, rief er verärgert und stieß dem Gaul die Hacken in die Flanken. »Das ganze Marschland haben wir nach dir abgesucht. Und wo steckst du? In Southwark. Verdammter Nichtsnutz!«

»Was hab ich denn jetzt wieder verbrochen?«

»Komm mit!«, befahl Edward, als er bei uns angekommen war, und rückte auf dem ungesattelten Pferd nach vorne. »Wir haben keine Zeit zu verlieren.«

»Was ist denn los?«, fragte ich und blieb störrisch an Ort und Stelle stehen. »Stimmt es, dass Jez wieder da ist? Ray hat's gerade erzählt. Ist das Kind schon geboren? Warum guckst du so komisch, Edward?«

»Wenn du deine Schwester noch mal lebend sehen willst, dann würd ich mich an deiner Stelle beeilen!«

»Was meinst du damit?«, fragte ich erschrocken. »Was ist mit ihr?«

Edward streckte mir die Hand entgegen und sagte: »Sie liegt zwischen Leben und Tod. Die Hebamme will für nichts garantieren.«

Ich merkte kaum, wie ich in die Höhe gezogen wurde, und im nächsten Augenblick galoppierte Rosinante in einem für sie erstaunlichen Tempo über die Hauptstraße und am Deadman's Place vorbei in Richtung Lambeth.

»Und das Kind?«, wollte ich wissen, während ich auf der Kruppe durchgeschüttelt wurde und mich an meinem Bruder festhalten musste. »Was ist mit dem Kind?«

Doch Edward antwortete lediglich mit einem »Hü, Rosinante!«. Wahrscheinlich hatte er meine Frage nicht gehört.

FÜNFTER TEIL

LITTLE HEATH

»Freedom is the man that will turn the world upside down,
therefore no wonder he hath enemies.«

(»Freiheit ist der Mann, der die Welt auf den Kopf stellt.
Kein Wunder also, dass er Feinde hat.«)

Gerrard Winstanley, »A Watch-Word to the City of London
and the Armie«

Binnen weniger Tage nach ihrer Ankunft in Oxshott war Jezebels Bauch aufgegangen wie ein Hefeteig. Sie wusste nicht, ob
es daran lag, dass sie ihre Schwangerschaft nicht länger unter
strammen Wickeln und engen Miedern verbergen musste,
oder ob es die neue Umgebung, die frische Luft und das ungewohnt deftige Essen waren, die dem Kind das Gedeihen im
Mutterleib erleichterten. Als Jezebel Ende Mai bei den »Oldershaws of Okeshot«, wie der vollständige Name dieser alt-
ehrwürdigen Bauernfamilie lautete, angekommen war, war sie
eine blasse, abgespannt und müde wirkende, leicht füllige Frau
mit sporadischen Übelkeitsanfällen gewesen; nur zwei Wochen
später hatte sich ihr Bauchumfang beinahe verdoppelt, das
Gleiche galt für ihre bislang eher zierlichen Brüste, ihre Wangen waren von einem kräftigen und gesunden Rot, Gesicht und
Hände waren mit Sommersprossen geradezu übersät, die
Atemlosigkeit und das Übelsein hatten sich vollends verflüch-
tigt, und Jezebel erschien wie das sprichwörtliche blühende Leben. Wie *zwei* blühende Leben. Rein äußerlich jedenfalls.

In ihrem Innern jedoch sah es anders aus. Obwohl sie nun
schon geraume Zeit auf der »Twin Oaks Farm« wohnte und
sich in Oxshott und der angrenzenden Wald- und Heidelandschaft immer besser auskannte, war sie bei den Oldershaws in
keiner Weise heimisch geworden. Zwar lebte sie mit ihnen unter einem Dach, teilte sich mit ihnen das Essen und die Arbeit –
soweit Jezebel dazu in der Lage war –, aber zwischen ihnen lagen Welten. Daran hatte sich seit den ersten Tagen, in denen
sich Jezebel wie ein entwurzelter Baum vorgekommen war, wenig geändert. Vielleicht war es sogar noch schlimmer geworden, denn je mehr sie über die Bewohner der Farm in Erfahrung gebracht hatte, desto seltsamer und verschrobener waren
sie ihr erschienen. Es irritierte Jezebel, dass die Oldershaws
selbst völlig Fremde durchweg mit »du« und dem Vornamen
ansprachen, jegliche Titel und Ehrbezeugungen ablehnten, vor

niemandem den Hut zogen, sich zur Begrüßung an beiden Händen anfassten und allerlei weitere Absonderlichkeiten praktizierten. Sie benutzten keine Tages- oder Monatsnamen, weil sie diese für »unchristlich« hielten, und lehnten nicht nur das Trinken und Rauchen ab, sondern gleich alles, was auf irgendeine Weise Freude machte oder Zerstreuung brachte: Musik, Tanz, Malerei. Dafür liefen sie in farblosen sackartigen Gewändern herum und reagierten auf den Spott der Nachbarn mit einem stets freundlichen »Frieden sei mit dir!«

Zwar hatte Jezebel inzwischen erfahren, dass die Oldershaws und ihre Bediensteten einer Quäker-Gemeinschaft angehörten, dies änderte jedoch nichts an Jezebels tiefer Verwirrung. Wenn jemand einfach den Verstand verlor, zum Beispiel weil er wie Rat Scabies einen persönlichen Schicksalsschlag nicht ertragen konnte, dann war das etwas, für das Jezebel Verständnis hatte; wenn aber eine ganze Gruppe von Menschen sich freiwillig und ohne äußeren Druck zum Gespött machte und gleichzeitig alle anderen für arme, bedauernswerte Geschöpfe hielt, weil sie in ihren Augen nicht von Gott erleuchtet waren, dann konnte sie das beim besten Willen nicht begreifen. Religion bedeutete ihr wenig, auch wenn sie natürlich an den großen Gott im Himmel und den leibhaftigen Satan in der Hölle glaubte, aber religiöser Eifer war ihr absolut fremd. Ein Narr war in ihren Augen nicht höher oder besser zu bewerten, nur weil er ein Gottesnarr war. Egal ob er sich Quäker, Puritaner oder Papist nannte.

Allerdings hatte Edward recht gehabt, als er gesagt hatte, die Oldershaws würden nicht von ihr erwarten, nach ihren strengen Regeln zu leben oder ihren eigenwilligen Glauben zu teilen, der so schwer zu fassen war und ohne Sakramente oder einen Katechismus auszukommen schien. Sie wollten Jezebel nicht bekehren oder zu einer der Ihren machen. Sie forderten nicht, dass auch sie »das innere Licht« sah oder »den Christus in sich« spürte, was auch immer damit gemeint sein mochte. Und als die Oldershaws Jezebel schließlich an einem Sonntag im Juni (»dem vierundzwanzigsten Tag im sechsten Monat«) zu einem ihrer Treffen mitnahmen, geschah das allein auf Jezebels ausdrücklichen und wiederholten Wunsch hin. Sie wollte sich mit eigenen Augen und Ohren überzeugen.

Direkt nach dem Frühstück machte sich die gesamte Familie zu Fuß und in feierlich schwarzer oder dunkelgrauer Kleidung auf den Weg. Selbst die Kinder waren gekleidet, als gingen sie zu einem Begräbnis. Und sie schauten auch so drein. Da Jezebels alte Kleider ihr nicht mehr passten, trug sie schweren Herzens ein graues Sonntagsgewand der Bäuerin, das diese vor Jahrzehnten getragen habe, als sie noch rank und schlank gewesen war, wie Mildred voller Stolz verkündete. Doch obwohl Jezebels Bauch mittlerweile an den riesigen goldgelben Kürbis erinnerte, den sie unlängst auf dem Gemüsemarkt von St. Saviour bestaunt hatte, war ihr das Kleid viel zu weit und schlabberte wie ein nur halb gefüllter Mehlsack um ihren Körper.

Von den Bewohnern der »Twin Oaks Farm« blieb nur die alte Jane auf dem Hof zurück, da der Weg für sie zu weit und beschwerlich sei, wie sie sagte.

Auf Jezebels Frage, warum sie nicht den Pferdekarren nähmen, antwortete Josh Oldershaw: »Der Fußmarsch fördert die Demut und die Einsicht, dass wir alle gering und klein sind vor Gott.«

Jezebel betrachtete den Winzling von Mann, der sich mit beiden Händen auf einem Wanderstab aus Wurzelholz abstützte, und nickte verständnisvoll.

»Außerdem geht es anfangs durch die Heide und dann durch dichtes und hügeliges Waldgebiet«, fügte Mildred Oldershaw wie immer gut gelaunt hinzu. »Mit dem Karren kommt man da nicht weit. Nein, Jane bleibt besser hier und bereitet das Essen vor. Sie ist mit uns, auch wenn sie nicht bei uns ist.«

Ein Blick zu der Magd bestätigte Jezebels Eindruck, dass Jane gar nicht unzufrieden mit dieser Regelung war. Nicht nur wegen des langen Weges.

»Wo genau ist eigentlich eure Kirche?«, fragte Jezebel.

»Unser Bethaus«, verbesserte die kleine Mary. »Es ist keine Kirche.«

»Einige Meilen hinter Cobham«, antwortete Mildred auf Jezebels Frage. »Auf halbem Wege nach Esher.«

»Auf der South…«, sagte Mary.

»Genug geplaudert!«, schnitt ihr Josh das Wort ab, gab mit seinem Stab die Richtung vor und schritt würdevoll davon. Der Rest der Familie folgte ihm wie brave Entenküken ihrer Mutter. Und der schweigsame und stocksteife Henry, aus dessen Mund Jezebel in der ganzen Zeit nie mehr als zwei Worte am Stück gehört hatte, bildete die Nachhut. Eine seltsame Prozession, ging es Jezebel durch den Kopf. Vorneweg ein Zwerg, dahinter ein wandelnder Fleischberg, gefolgt von einer schlecht gekleideten Schwangeren, zwei zappeligen Kindern und einem Scheintoten.

Zunächst ging es eine Zeit lang in westlicher Richtung durch eine ausgedörrte Heidesenke, bis sie den Rand eines Waldes erreicht hatten, der laut Mary bereits zum Gemeindeland von Esher gehörte. Sie passierten einige entlegene Farmen und ein Sägewerk, dessen Wasserrad durch einen unterirdischen Bach angetrieben wurde. Kurz hinter dem Sägewerk bogen sie auf einem schmalen und kaum als solcher zu erkennenden Waldweg nach Norden ab. Je weiter sie gingen, desto dichter wurde das Buschwerk, bis es einen Hohlweg bildete, der finster wie die Nacht war und sich einen steilen und von Kiefernwurzeln durchzogenen Hügel hinaufschlängelte. Als Jezebel bereits vermutete, sie hätten womöglich eine falsche Abzweigung genommen, stieß der Hohlweg plötzlich auf die Straße nach Portsmouth, und direkt dahinter sahen sie das Flüsschen Mole, das linker Hand von Cobham kam und rechter Hand nach Hampton Court floss, wo es unweit des königlichen Palastes in die Themse mündete.

»Ist es noch weit?«, fragte Jezebel die hinter ihr gehende Mary und hielt sich den Rücken, der fürchterlich schmerzte.

»Wir sind gleich da«, antwortete das Mädchen und deutete

mit dem Zeigefinger auf einen Bauernhof, der auf der anderen Seite des Flusses im Schatten dreier riesiger Linden zu erkennen war. Die Gebäude waren von Weideland umgeben, das bis an den Fluss reichte und auf dem eine Schafherde graste. Eine Holzbrücke führte über die Mole und zu einem steinernen Torbogen, an dessen Schlussstein ein verwittertes Holzschild hing. »Southwood Farm«, las Jezebel die verblasste Schrift und blieb überrascht stehen.

Mary sah sie an und nickte, als wolle sie sagen: »Hab ich doch gesagt!«

»Was ist das für ein Hof?«, wunderte sich Jezebel.

»Er hat früher einmal meinem Bruder gehört«, knurrte Josh und blieb ebenfalls vor dem Torbogen stehen. »Heute dient das Farmhaus den Freunden als Bethaus. Die Ställe und Ländereien sind an hiesige Schäfer und Hirten verpachtet.«

»Ist das derselbe Bruder, dem auch der Hof in Lambeth gehörte?«, fragte Jezebel. »Edward hat davon erzählt.«

»Nein«, antwortete Josh finster. »Ein anderer Bruder.« Damit beendete er das Gespräch, legte den Zeigefinger auf die Lippen und schritt in majestätischer Haltung durch den Bogen.

»Onkel Abe ist nach Amerika gegangen«, flüsterte Mary hinter vorgehaltener Hand. »Er ist ein Büßer und Pilger, sagt Vater. Aber ich weiß nicht genau, was das heißt. Jedenfalls haben wir nie wieder etwas von ihm gehört.«

»Tatsächlich?«, staunte Jezebel. »Seit wann ist er fort?«

»Seit über zwei Jahren, aber Vater redet nicht gern darüber.«

»Wie über deine Tante Nelly«, dachte Jezebel laut.

»Die waren ja auch verheiratet.«

»Wer?«

»Tante Nelly und Onkel Abe.«

»Sieh einer an«, entfuhr es Jezebel, und wieder schaute sie zu dem Holzschild. »Verstehe!«

»Schweigt!«, befahl Josh und schaute sich erbost nach den Tuschelnden um. »Etwas Andacht, bitte! Wenn du zu Gast bei den Freunden bist, liebe Jezebel, dann beachte bitte unsere Regeln. Die Stille wird von den Freunden hoch geachtet. Dies ist ein Ort der Ruhe und Besinnung.«

»Ay, Sir«, sagte Jezebel und verbesserte sich sofort: »Entschuldige, Josh.«

Vor dem Farmhaus stand eine Gruppe von Menschen, die genauso gekleidet waren wie die Oldershaws. Die Männer und Jungen trugen schwarze Hosen, Westen und Röcke sowie flache, breitkrempige Strohhüte auf den Köpfen, und die Frauen und Mädchen waren in schwarze Kleider gehüllt und hatten die Haare unter schlichten Hauben aus gestärktem Leinen versteckt. Sie wirkten auf Jezebel wie uniformiert.

Zur Begrüßung fassten sie sich an den Händen, lächelten selig, wünschten sich »Frieden!« und wechselten nur wenige Worte miteinander. Josh wies auf Jezebel, die etwas abseits geblieben war, und sagte: »Das ist Jezebel. Mildreds Nichte. Sie wird uns heute begleiten und unsere Andacht teilen.«

»Frieden sei mit dir!«, murmelten die Männer und Frauen und nickten ihr zu. Es war weder Neugier noch gesteigertes Interesse in ihren Blicken zu erkennen, auch wenn Jezebel den Eindruck hatte, dass einige der Frauen ihre Gleichgültigkeit nur heuchelten. Aber das konnte auch Einbildung sein.

»Sie ist in freudiger Erwartung«, erklärte Mildred, was ohnehin offensichtlich war. »Der Vater des Kindes ist leider vor Kurzem verstorben.«

»Frieden seiner unsterblichen Seele«, sagten die einen und schauten traurig zu Boden, als ginge ihnen der Verlust wirklich nahe. »Frieden deinem ungeborenen Kind!«, sagten die anderen und lächelten entrückt.

Nur einer der Quäker, ein älterer Mann mit grauem Vollbart, starrte Jezebel an, als habe er einen Geist gesehen. Er brachte keinen Ton über die halb geöffneten Lippen und wirkte wie gebannt.

Die Frau an seiner Seite, die einem kleinen Jungen den Hut zurechtgerückt hatte und nun das Bethaus betreten wollte, schaute den regungslosen Mann vorwurfsvoll an, bemerkte seinen entgeisterten Blick, betrachtete dann Jezebel und rief: »Oh Gott, Eleanor!«

Betretenes Schweigen war die Folge.

»Entschuldige«, stotterte die Frau, als sie ihren Fehler bemerkte. »Wie war dein Name, mein Kind?«

»Jezebel«, antwortete Jezebel, die es hasste, »mein Kind« genannt zu werden.

»Sicher. Jezebel. Natürlich. Entschuldige.«

Mildred räusperte sich laut, und wie auf einen unhörbaren Befehl hin begaben sich alle Anwesenden schleunigst in den Betraum, zu dem man die ehemalige Wohnstube des Bauernhauses umgewandelt hatte. Außer einigen Stühlen und Schemeln gab es jedoch kein Mobiliar in dem Raum. Weder einen Tisch, der als Altar diente, noch eine Truhe oder einen Schrank.

Jezebel, die immer noch etwas verwirrt war und nicht wusste, wie sie sich verhalten sollte, hatte vorgehabt, sich in eine der hinteren Reihen zu setzen und das Geschehen aus sicherer Entfernung zu verfolgen, doch daraus wurde nichts, denn es gab keine hintere Reihe. Die abgezählten Stühle waren in Kreisform aufgestellt, sodass sich alle Freunde mit dem Gesicht zugewandt waren, keine Sitzplätze frei blieben und es keinerlei Rangordnung gab. Jezebel setzte sich zwischen Mary und Joseph, die wie alle Kinder als gleichwertige Mitglieder der Gemeinde zu gelten schienen und wie die Erwachsenen in totales Stillschweigen verfielen, sobald sie Platz genommen hatten.

Jezebel war von Mildred darauf vorbereitet worden, dass es bei der Andacht der Freunde vor allem um gemeinschaftliche Besinnung und die kollektive Suche nach Gottes Willen ging und dass dies größtenteils schweigend erfolgte, doch sie hatte nicht damit gerechnet, dass nicht einmal eine Begrüßung oder einige einleitende Worte gesprochen wurden. Die Freunde setzten sich, und sobald sie saßen, starrten sie zu Boden oder in die Runde und gaben keinen Ton mehr von sich. Eine unnatürliche Totenstille, die noch dadurch verstärkt wurde, dass auch von draußen keine Geräusche in den Betraum drangen. Nicht einmal die Schafe auf der Weide schienen die Quäker mit einem Blöken stören zu wollen.

Etwa zwanzig Freunde hatten sich zur Andacht versammelt: Frauen, Männer und Kinder, die ohne erkennbare Ordnung beieinandersaßen. Weder waren sie nach Geschlechtern noch nach Familien, Alter oder Wohnorten gruppiert. Ein Kreis ohne Anfang und Ende. Nur Mildred hatte einen besonderen, offensichtlich für sie reservierten Platz eingenommen; der Hocker, auf dem sie saß, war eine breite Holzbank, die eigentlich zwei Personen Platz geboten hätte und die zusätzlich durch Querstreben stabilisiert worden war. Die Stühle auf der »Twin Oaks Farm« waren auf ähnliche Weise verstärkt und gesichert.

Jezebel tat es den Quäkern nach: Sie saß da und schwieg. Ihr Blick ging durch die Runde und fiel völlig unerwartet auf ein bekanntes Gesicht. Der Bauer Jeremiah, der Edward in Putney den Pferdewagen überlassen hatte, saß Jezebel direkt gegenüber und nickte ihr freundlich zu. Wenn der Mann mit der riesigen Knollennase tatsächlich aus dem Dorf Putney stammte, dann hatte er einen weiten Weg auf sich genommen, um am Treffen der Freunde teilzunehmen. Vermutlich gab es nicht viele Quäker in Surrey, ging es Jezebel durch den Kopf. Und der weite Weg zu den wöchentlichen Treffen war noch das geringste Übel, mit dem sie zu kämpfen hatten.

Da noch immer niemand das Wort ergriff, ließ Jezebel ihren Blick weiter durch die Runde schweifen, bis er an der Frau haften blieb, von der sie vorhin mit dem Namen Eleanor angesprochen worden war. Sie suchte den Blick der Frau, hatte damit jedoch keinen Erfolg, da die Frau Jezebels Blick zu spüren schien und unentwegt auf ihre Hände starrte, die sie auf den Knien gefaltet hatte.

Während das Denken der Freunde sich vermutlich in zunehmender Harmonie und Ruhe auf Gott richtete, flogen in Jezebels Kopf die Gedanken wie sprühende Funken umher: unruhig, kurzlebig und beinahe schmerzhaft grell. Irgendetwas irritierte und verunsicherte sie. Irgendetwas stimmte nicht, passte nicht.

Sie schaute zu Josh, der nicht neben seiner Frau saß – was wegen des körperlichen Kontrastes vermutlich allzu ulkig ausgesehen hätte –, sondern neben Henry hockte und ebenso finster wie sein Knecht dreinschaute. Und plötzlich wusste Jezebel, warum sie so verwirrt war. Es waren nicht die Worte der Frau, die sie so beschäftigten, sondern vielmehr die Worte, mit denen Josh Jezebel den Freunden vorgestellt hatte: »Das ist Jezebel. Mildreds Nichte.« So hatten sie's ausgemacht: die Nichte aus Norwich. Doch weitere Worte kamen hinzu, die der Bauer kurz nach Jezebels Ankunft in Oxshott gesagt hatte: »Ich werde nicht lügen. Das wäre eine Sünde gegen die Wahrhaftigkeit. Das kann niemand von mir verlangen. Lüge gebiert Lüge.«

Oh nein, Josh würde nicht lügen. Niemals. Und Josh *hatte* nicht gelogen! Denn Jezebel *war* Mildreds Nichte, die Tochter ihrer Schwester: Nelly Southwood. Southwood wie die Farm. Nelly wie Eleanor.

Und damit schloss sich der Kreis: *Mutter* Southwood!

Jezebel fuhr in die Höhe, stieß dabei ihren Stuhl um und rief: »Oh, Gott!«

»Willst du uns etwas mitteilen, Jezebel?«, fragte Mildred lächelnd und zugleich besorgt. Sie knetete ihre wulstigen Finger, als sei ihr kalt.

»Lass den Christus in dir zu uns reden!«, wurde sie von Jeremiah ermuntert.

»Ich …«, begann Jezebel und sah alle Blicke der Quäker auf sich gerichtet.

»Nur Mut«, sagte Jeremiah. »Du bist unter Freunden.«

Das Kind in Jezebels Bauch strampelte und hüpfte und versetzte ihrer Blase einen Tritt. Und wahrheitsgemäß sagte Jezebel: »Ich muss mal!«

Dann rannte sie hinaus.

2

Von allen Bewohnern der »Twin Oaks Farm« war es ausgerechnet die alte Jane, die Jezebel besonders ans Herz gewachsen war. Und umgekehrt schien es nicht anders zu sein. Seit ihrem Gespräch an jenem Freitag vor Pfingsten hatte sich das Verhältnis der beiden Frauen merklich verändert und vertieft. Die sonst so verschlossene und zurückhaltende Jezebel öffnete sich der Magd gegenüber und verriet ihr Dinge über sich, die sie noch niemandem preisgegeben hatte. Nicht einmal ihren Brüdern. Ja, nicht einmal ihrem geliebten Jamie. Und die knurrige und grimmige Alte, deren Verhalten oft schroff und unzugänglich wirkte, zeigte plötzlich mitfühlende und sogar verständnisvolle Seiten, die Jezebel niemals an ihr vermutet hätte. Die Gespräche spätabends in der Stube wurden zu einer Art Ritual, und obwohl sie oft im Widerspruch, wenn auch nie im unversöhnlichen Streit endeten, waren sie für Jezebel die einzigen Augenblicke, auf die sie sich wirklich freute. Abgesehen von den einsamen Spaziergängen durch die Heide und die Wälder.

Zwar verhielt sich auch Mildred sehr freundlich und betont liebevoll ihr gegenüber, aber vielleicht war es gerade diese fast schon demonstrative Liebenswürdigkeit, die Jezebel daran hinderte, die Bäuerin ins Vertrauen zu ziehen oder gar ins Herz zu schließen. Mildred liebte alles und jeden, ohne Ansehen der Person oder ihrer jeweiligen Einstellung ihr gegenüber. Sie liebte sogar jene, die ihr unverblümt Böses wollten oder sie verhöhnten. Ganz wie Christus es den Menschen vorgemacht hatte. Das mochte bewundernswert sein, es minderte jedoch in Jezebels Augen den Wert dieser Liebe. Denn sie war beliebig und unpersönlich, eben weil sie bedingungslos war und nichts hinterfragte. Jane hingegen zeigte Mitgefühl, ohne zwangsläufig Verständnis aufzubringen, und sie war freundlich, ohne ihre Missbilligung oder ihren Ärger zu unterdrücken. Janes Zuneigung war nicht selbstverständlich, Jezebel musste um sie ringen, und gerade das machte ihr Janes Nähe und Urteil so wertvoll. Die alte Magd schien Jezebel zu mögen, obwohl sie mit vielem nicht einverstanden war und manches für verwerflich oder töricht hielt. Was sie sehr deutlich und mitunter für Jezebel äußerst schmerzhaft zum Ausdruck brachte.

Es war also kein Zufall, dass Jezebel die Wahrheit über ihre Mutter aus Janes Mund erfuhr. Und zwar die ungeschminkte und gallige Wahrheit, die immer wieder bitter aufstieß; nicht die liebevolle, nachsichtige und beschönigende Wahrheit, die Mildred ihrer immer noch verwirrten Nichte am Abend nach dem Quäker-Treffen aufgetischt hatte.

Von Mildred hatte Jezebel lediglich erfahren, dass die sogenannte »Mutter Southwood« mit wirklichem Namen Nelly oder Eleanor Ingram hieß und Mildreds ältere Schwester sowie Jezebels leibliche Mutter war. Dass sie vor dreizehn Jahren von ihrem untreuen Gatten Paul in Southwark aus dem Hause gejagt worden war, wenig später in Portsmouth ein uneheliches Kind zur Welt gebracht hatte und schließlich mit ihrem zweiten Gatten, dem Bauern Abe Oldershaw, auf der »Southwood Farm« gelebt hatte. Vor etwas mehr als zwei Jahren sei sie von Abe infolge eines bedauerlichen Unglücks mit kochendem Wasser im Gesicht und an den Armen verbrüht worden und daraufhin nach Lambeth gegangen, um sich dort eine neue Existenz aufzubauen.

All die Widersprüche und Ungereimtheiten, die sich aus ihrer Erzählung ergaben, schien Mildred nicht zu bemerken oder wahrhaben zu wollen. Und als Jezebel nachfragte, tat sie es mit einem traurigen Lächeln und der Bemerkung ab, es stehe den Menschen nicht zu, über andere zu richten. Es sei vielmehr deren heilige Aufgabe, Fehler zu vergeben und Unrecht zu verzeihen. »Eleanor hat für ihre Verfehlungen mehr als ausreichend gebüßt«, schloss sie ihre Ausführungen. »Gottes Liebe ist mit ihr. Und unsere Liebe sollte es auch sein. Denn wir sind alle Sünder vor dem Herrn.«

Jane Holcombe sah das ganz anders. Und Jezebel ging es genauso.

Zwei Tage später erfuhr Jezebel von der Magd eine etwas andere Version der Geschichte. Die alte Jane begleitete Jezebel zu Rosalind, einer befreundeten Magd in Oxshott, die als begnadete Schneiderin galt und der Schwangeren einige Kleider nähen sollte, die mit dem Bauchumfang wachsen konnten und dennoch nicht wie Büßerhemden aussahen. Die »Danes Hill Farm«, auf der die Schneiderin lebte, lag etwas südlich des Dorfes, direkt am Waldrand, und auf dem Weg dorthin kam Jane plötzlich auf Jezebels Mutter zu sprechen.

»Bist du froh, dass du endlich Bescheid weißt?«, fragte sie brummig. »Wegen Eleanor?«

Jezebel schob die Unterlippe vor, hob die Achseln und sagte: »Ich bin mir nicht sicher. Das Seltsame ist, dass es mir eigentlich egal ist. Ich hätte mir ja denken können, dass sie unsere Mutter ist, weil sie doch Edward und mir geholfen hat, als wir in Schwierigkeiten waren, obwohl sie uns gar nicht kannte. Oder wir sie nicht kannten. Aber irgendwie ...« Sie sah die Magd an und setzte leise hinzu: »Es bedeutet mir nichts. Gar nichts. Komisch, oder? Die ganze Zeit habe ich gedacht, meine Mutter hätte uns im Stich gelassen, und nun sieht es so aus, als sei das alles eine Lüge gewesen, aber dennoch ...« Statt den Satz zu beenden, presste sie die Lippen aufeinander und schüttelte den Kopf.

»Ich weiß, was du meinst«, sagte Jane und machte eine kurze Pause, um zu verschnaufen. Sie hatten inzwischen den Dorfplatz erreicht, die alte Magd stützte sich am Brunnen ab und schöpfte mit der Hand einen Schluck Wasser aus dem Holzeimer. Dann fauchte sie plötzlich: »Nimm's mir nicht übel, Jezebel, aber ich kann deine Mutter nicht leiden. Konnte ich nie! Werd's auch nie können.«

»Warum nicht?«

»Weil sie uns alle zum Narren gehalten hat, von Anfang an, sogar ihrer eigenen Schwester hat sie einen Bären aufgebunden.« Jane wischte sich mit dem Ärmel über den Mund und setzte sich wieder in Bewegung, starrte aber die ganze Zeit zu

Boden, als sei ihr Jezebels bohrender Blick unangenehm. »Sie hat allen erzählt, dass euer Vater tot ist, sonst hätte Abe sie gar nicht zur Frau nehmen können. Paul Ingram sei an einem Schlagfluss gestorben, kaum dass sie in Portsmouth angekommen sei, hat sie behauptet, und nur deshalb habe sie sich auf den Matrosen mit dem komischen Namen eingelassen. Als verstoßene Frau und einsame Witwe.« Jane lachte und machte eine abfällige Handbewegung. »Eine dreiste und unverschämte Lüge, das hab ich schon damals gedacht. Nicht nur weil sie ihre drei vaterlosen Kinder bei fremden Leuten in London zurückgelassen und stattdessen die kleine Humble im Gepäck hatte.«

»Wann hat sie euch gesagt, dass Vater noch lebt?«

»Gar nicht«, antwortete die Magd. »Dein Bruder Edward hat sich verplappert. Plötzlich stand er vor der Tür, genau wie du vor ein paar Wochen, und hat sich als Mildreds Neffe vorgestellt. Der älteste Sohn von Eleanor und Paul Ingram. Er sei auf der Flucht, hat er gesagt, und müsse sich für einige Zeit verstecken. Er fing an, eine abenteuerliche Geschichte zu erzählen, die ihm vermutlich seine Mutter eingetrichtert hatte, doch dann hat er ebenso plötzlich mit dem Unfug aufgehört und die Wahrheit gesagt: Dass er euren Vater halb tot geschlagen hat, weil er herausgefunden hat, was damals in London wirklich geschehen ist.«

»Verstehe«, sagte Jezebel und nickte. »Edward war schon immer ein lausiger Lügner. Lieber schreit er einem die Wahrheit ins Gesicht, als dass er sich verbiegt oder einfach den Mund hält.« Jezebel dachte daran, dass ihr Bruder auch ihr unlängst eine Unwahrheit aufgetischt hatte. Mutter Southwood sei eine Freundin von Mildred Oldershaw, hatte er behauptet. Eine fadenscheinige Lüge, von der er wusste, dass sie nicht lange Bestand haben würde. Eine Lüge jedoch, die ihn von der Pflicht befreite, Jezebel in Bezug auf Mutter Southwood reinen Wein einzuschenken.

»Eleanor war jedenfalls eine Meisterin im Verdrehen der Wahrheit«, bemerkte Jane spöttisch. »Alle haben ihr die Geschichte abgenommen. Mildred hat ihr geglaubt, weil Eleanor eben ihre große Schwester war, und Abe hat das Ammenmärchen geschluckt, weil er sich auf Anhieb in sie verguckt hatte. Und weil die kleine Humble in einem erbarmungswürdigen Zustand war und dringend Hilfe benötigte. Abe war schon immer ein dummer Junge! Er hat deiner Mutter aus der Hand gefressen. Wie ein Esel!«

»Er hat sie wohl sehr geliebt?«

»Abe war einsam, nachdem ihm die ganze Familie so plötzlich weggestorben ist«, antwortete Jane ausweichend. »Er hat sich nach einer Frau und einer Familie gesehnt, weil ihm dort drüben auf der ›Southwood Farm‹ die Decke auf den Kopf gefallen ist. Und deine Mutter war mal eine sehr schöne Frau, Jezebel. So schön wie du jetzt. Du siehst ihr übrigens sehr ähnlich.«

Jezebel errötete und fragte: »Warum ist er dann nach Amerika gegangen?«

Jane blieb plötzlich wie angewurzelt stehen. Jezebel dachte zunächst, es liege daran, dass sie das »Highwayman's Cottage« erreicht hatten, in dem Janes seltsamer Sohn Nathaniel lebte, doch als sie Janes konsternierten Blick sah, begriff sie, dass es ihre Frage war, die die Magd so überrascht hatte.

»Fragst du das im Ernst?«, entfuhr es Jane, und sie schüttelte verwirrt den Kopf. »Sollte er etwa bleiben? Nachdem er sie beinahe umgebracht hatte?«

»Nun ja«, wunderte sich Jezebel, »wenn's doch ein Unglück war. Da läuft man doch nicht davon, sondern kümmert sich um seine verletzte Frau!«

»Ein Unglück?«, schnaubte Jane, und Speicheltropfen flogen ihr aus dem Mund. »Hat Mildred das gesagt?«

»Sie hat erzählt, dass Mutter nach einer Fehlgeburt im Krankenbett lag und Abe sie versehentlich verbrüht hat, als er kochendes Wasser für die heißen Umschläge vom Herd geholt hat.«

»Vermutlich glaubt Mildred das sogar«, entgegnete die Alte

kopfschüttelnd. »Weil sie es glauben will. Oh nein, das war kein Versehen. Nicht nach dem, was vorher geschehen ist. Beweisen kann ich es zwar nicht, denn niemand weiß genau, was in dieser Nacht geschehen ist, aber wenn du mich fragst, dann hat Abe deine Mutter gerichtet. Und sich gleich obendrein.«

Jezebel starrte die Alte verständnislos an und fragte: »Gerichtet? Wofür?«

Also erzählte Jane, was ihrer Meinung nach auf der »Southwood Farm« tatsächlich geschehen war. Was es mit dem giftigen Mutterkorn und dem Tod des ungeborenen Kindes auf sich hatte und wieso Abe Oldershaw seiner Frau das kochende Wasser ins Gesicht geschüttet hatte. Weshalb er anschließend kopflos geflohen und wenig später mit einem Pilgerschiff voller Auswanderer zu den »Freunden« in der Neuen Welt übergesiedelt war. Jane berichtete, dass Eleanor von den Leuten auf der Straße offen angefeindet und als Engelmacherin beschimpft worden war. Und dass Josh Oldershaw der ungeliebten Schwägerin als Entschädigung – oder um sie nur ja aus den Augen zu haben – den verwaisten Hof in Lambeth übergeben und die fluchbeladene »Southwood Farm« zum Bethaus gemacht hatte. Zu einem Ort der stillen Einkehr.

»Wie gesagt, ich kann's nicht beweisen«, schloss Jane ihre Erzählung. »Doch wenn du mich fragst, ist es genau so gewesen.«

Jezebel konnte kaum glauben, was sie gehört hatte, auch wenn es durchaus plausibel klang. Glaubwürdiger jedenfalls als Mildreds löchrige und von Mitgefühl überzuckerte Version. Aber auch in Janes Geschichte gab es einige Punkte, die keinen Sinn zu ergeben schienen. Die zumindest fragwürdig waren.

»Wenn es stimmt, was du sagst«, wollte Jezebel wissen, »warum nennt sie sich dann heute ausgerechnet *Mutter Southwood?* Wieso heißt sie wie der Ort, an dem sie verstümmelt wurde und den sie in Schande verlassen musste?«

»Aus Trotz«, vermutete Jane. »Oder Stolz.«

Jezebel schüttelte ungläubig den Kopf.

»Oder als Ankündigung.« Jane deutete auf ein frisch geweißtes Fachwerkhaus mit Schindeldach, das nun linker Hand am Waldrand zu erkennen war. »Weil sie hierher zurückkehren will. Nach Oxshott oder in die nähere Umgebung.«

»Wie kommst du denn darauf?«

»Weil sie es gesagt hat.« Die Magd betrat den Hof der »Danes Hill Farm« und ging auf eine schmächtige, etwa sechzig Jahre alte Frau zu, die vor dem schlichten, aber schmucken Bauernhaus in der Sonne saß und Socken stopfte. »Als Eleanor vor zwei Jahren mit Humble nach Lambeth gefahren ist, da waren ihre Abschiedsworte: ›So einfach werdet ihr mich nicht los. Ich komme wieder.‹ Damals hab ich gedacht, das sei nur so in Rage dahergesagt, aber inzwischen glaube ich, dass sie es ernst gemeint hat. Nicht nur weil inzwischen drei ihrer Kinder hier aufgetaucht sind, als wollte sie sich in Erinnerung bringen. Deine Mutter führt irgendwas im Schilde, sie wird die Schmach und Demütigung nicht auf sich sitzen lassen. Das sähe ihr nicht ähnlich.«

»Mag sein.« Jezebel zuckte lediglich mit den Schultern und meinte: »Du kennst sie besser als ich, Jane. Meine Mutter ist für mich eine Fremde.«

Jezebel konnte es sich selbst nicht erklären, aber was Nelly Southwood im Schilde führte oder ob sie eine Schmach zu tilgen hatte, war Jezebel herzlich egal. Es hatte nichts mit ihr zu tun. Als sie Jane vorhin gesagt hatte, das Wissen um ihre Mutter bedeute ihr nichts, so war das keine Lüge oder Schutzbehauptung gewesen. Es entsprach schlichtweg der Wahrheit. Anders als der aufbrausende Edward, der stets hitzige Duelle mit dem Vater ausgefochten hatte, als müsse er die abwesende Mutter in Schutz nehmen, und auch anders als der verstockte Geoff, der sich vermutlich insgeheim die Schuld an ihrem Verschwinden gab, hatte sich Jezebel nie wirklich nach der Mutter gesehnt oder mit ihrer Abwesenheit gehadert. Sie hatte den Schmerz und die Leere nicht zugelassen. Mit gerade einmal vier Jahren hatte Jezebel ihre Mutter verloren, und anfangs war das sicherlich nicht leicht für das kleine Mädchen gewesen, doch seitdem waren ziemlich genau dreizehn Jahre vergangen und die Erinnerung an die Mutter war bis zur Unkenntlichkeit verblasst. Jezebel hatte sich daran gewöhnt, auf sich allein gestellt zu sein und alles mit sich selbst auszumachen. Sie hatte früh Verantwortung übernommen, für sich wie für andere, und sich deswegen nie beklagt. Klagen und Jammern führte ohnehin zu nichts, also ließ sie es gleich bleiben. Jezebel kam allein klar, sie brauchte keine Mutter. Heute weniger denn je.

Wie oft hatte sie in den letzten Wochen bereut, dass sie ihren Prinzipien untreu geworden war und sich von Wenceslaus Hollar derart in Panik hatte versetzen lassen. Statt wie eine dumme Göre davonzulaufen und unter Edwards brüderliche Fittiche zu kriechen, hätte sie sich Jamies Vater stellen und den Kampf um ihr Kind aufnehmen sollen. Allein und unbeirrbar, wie sie es immer getan hatte. Jezebel konnte es nicht ertragen, auf fremde Hilfe angewiesen zu sein. Sie hasste es, den eigenen Ansprüchen nicht zu genügen. Und hätte sie gewusst, dass Nelly Southwood ihre Mutter war, hätte sie deren Hilfe niemals angenommen.

Um nichts in der Welt!

»Was trödelst du so?«, wurde Jezebel von Jane aus ihren Gedanken gerissen. »Die gute Rosalind hat nicht ewig Zeit.«

Jezebel nickte und folgte der Magd auf den Hof.

Eine Stunde später hatte die Schneiderin, die ebenso flink mit der Nadel wie lose mit der Zunge umging, Jezebels Maße genommen, alles Nötige besprochen sowie einigen unnützen Tratsch hinzugefügt. Über jeden Bewohner des Dorfes wusste sie eine Geschichte zu erzählen, und aus etlichen Andeutungen schloss Jezebel, dass die gute Rosalind auch über die Leute von »Twin Oaks« einiges zu berichten gehabt hätte, wenn sie sich denn getraut oder Jezebel sie dazu ermuntert hätte. Für die kommenden Tage, bis zur Fertigstellung der beiden in Auftrag gegebenen Umstandskleider, gab Rosalind ihr einen einfachen

Wickelrock aus Leinen mit, der über dem Hemd wie eine Schärpe oder römische Toga getragen wurde und mit mehreren Schnallen in der Weite zu verstellen war. Außerdem eine Art Mieder, das mit Lederriemen über dem Bauchansatz getragen wurde und nicht dazu diente, die Taille abzuschnüren, sondern das Rückgrat und die sich mit Milch füllenden Brüste zu stützen. Da Jezebel bereits mit zunehmenden Rückenschmerzen zu kämpfen hatte, behielt sie Mieder und Wickelrock gleich an, verabschiedete sich dankend von der geschwätzigen Schneiderin und trat hinaus auf den Hof, wo Jane in der Sonne dösend auf sie gewartet hatte.

»Na also«, war alles, was die alte Magd zu Jezebels neuer Garderobe sagte. »Dann wollen wir mal.«

Auf dem erstaunlich ordentlichen und gepflegten Hof stand inzwischen ein einspänniger Pferdekarren, und mehrere Männer waren damit beschäftigt, verschiedene Kisten und Koffer aufzuladen. Ein junger Kerl rannte hin und her, gab wirre Anweisungen und schien mehr im Weg zu stehen, als dass er den anderen eine Hilfe war.

»Was geht denn hier vor?«, fragte Jezebel.

»Unser Jonathan zieht aus«, erklärte Rosalind, die hinter ihr im Türrahmen erschienen war und letzte Hand an Jezebels Wickelrock legte, allerdings nur, um noch einige Bemerkungen über den jungen Mann loszuwerden: »Er hat in der Mansarde über dem Gesindehaus gewohnt, doch jetzt heiratet er eine Witwe aus Leatherhead. Eine hässliche Matrone, die seine Mutter sein könnte und zwei ebenso hässliche erwachsene Söhne hat. Aber sie hat einen kleinen Bauernhof am Rande der Downs, und das macht sie gleich um einiges begehrenswerter. Vom Tagelöhner zum Bauern, das nenn ich einen steilen Aufstieg.« Die Magd lachte spöttisch und zugleich ein wenig neidisch, nahm die löchrigen Socken wieder zur Hand und hockte sich vor die Tür. »Jane, wenn du jemanden kennst, der ein Dach über dem Kopf braucht, dann sag dem Bauern Bescheid. Er sucht einen neuen Mieter oder Tagelöhner für die Dachkammer.«

Jezebel war einen Moment lang abgelenkt und hatte kaum zugehört, denn sie glaubte, eine seltsame Gestalt am Waldrand hinter den Stallungen entdeckt zu haben. Ein bunt gekleideter Mann mit Federhut schien dort hinter einer Kiefer zu stehen und zum Hof zu starren. Dass er so auffällig gekleidet und auf den ersten Blick zwischen den Bäumen auszumachen war, widersprach eigentlich der Annahme, er könnte sich versteckt halten oder heimlich spähen, doch als Jezebel ihm grinsend zunickte, wich der Mann wie ertappt zurück und verschwand im Dunkel des Waldes.

»Alberner Geck«, dachte Jezebel belustigt, genau wie bei ihrer ersten Begegnung vor drei Wochen, als er sich auf dem Weg zum Gutsherrn in der Heide verirrt hatte. Zugleich aber fühlte sie sich geschmeichelt, denn dass Tom Farynor ihretwegen auf der Lauer gelegen hatte, stand außer Frage. Bereits mehrmals seit ihrem Gespräch auf dem Friedhof von St. Andrew hatte Jezebel den jungen Stutzer in Oxshott oder Little Heath herumflanieren gesehen. Scheinbar ohne Ziel, aber stets in farbenfrohem Gewand war er auf der ausgedörrten Heide oder im Dorf herumspaziert und hatte, wie durch Zufall, immer wieder den Weg an der »Twin Oaks Farm« entlang gewählt, ohne den Hof jedoch zu betreten oder einen der Bewohner anzusprechen. Beinahe war es Jezebel so vorgekommen, als wartete oder hoffte er darauf, von ihr angesprochen zu werden. Doch diesen Gefallen tat sie ihm nicht. Weshalb auch?!

»Kommst du?« Jane stand an der Einfahrt zum Hof und deutete nach Südwesten, wo der kleine Trampelpfad, den Jezebel kurz nach ihrer Ankunft in Oxshott mit Mary und Joseph benutzt hatte, sich am Rand des Waldes entlangschlängelte.

»Wo willst du hin?«, wunderte sich Jezebel.

»In die Heide«, antwortete die Alte. »Ich war ewig nicht mehr dort.«

Und ohne auf Jezebel zu warten, machte sie sich in Richtung Little Heath auf den Weg.

3

Seit über einer Viertelstunde saß Jane schweigend auf dem Baumstumpf im Schatten der Kiefern und starrte auf die Überreste der Hütten, als gebe es zwischen den verkohlten und verrotteten Vierecken ein seltsames Schauspiel zu bestaunen. Nachdem sich die alte Magd von Jezebel das Holzkreuz mit den eingeritzten Kürzeln hatte zeigen lassen, hatte sie sich auf dem Stumpf niedergelassen, die Unterarme auf den Knien abgestützt und keinen Ton mehr hervorgebracht. Anfangs hatte Jezebel gedacht, der lange Marsch durch die in der Sommerluft flirrende Heidesenke und der Anstieg zum Digger-Hügel hätten Jane derart geschwächt, dass sie sich nun ausruhen musste. Doch dann hatte sie erkannt, dass Jane nicht müde oder erschöpft war, sondern völlig abwesend und in Gedanken versunken. Ihr Blick war leer, wie nach innen gerichtet, und Jezebel vermochte sich beim besten Willen nicht vorzustellen, was Jane in diesem Moment vor ihrem inneren Auge erblickte. Hin und wieder neigte oder schüttelte sie den Kopf. Ihre Lippen bewegten sich, als forme sie unhörbare Worte, und für einen kurzen Augenblick sah Jezebel Janes Sohn Nathaniel vor sich, der stets nur zusammenhangslose Worte über die Lippen brachte, ohne sich dessen bewusst zu sein.

Da Jezebel die Alte nicht in ihrer Erinnerung oder Andacht stören wollte, blieb sie etwas abseits stehen und betrachtete die Umgebung. Als sie das erste Mal mit den beiden Kindern in Little Heath gewesen war, hatte sie nur Augen für die seltsamen Gevierte auf dem Boden, die V-förmigen Einkerbungen in den Kieferborken und das hölzerne Kreuz an einem der hinteren Bäume gehabt, diesmal jedoch wandte sie der ehemaligen Digger-Siedlung den Rücken zu und ließ den Blick vom Hügel aus über die tiefer gelegene Heide schweifen. Im Westen sah sie Cobham und den Kirchturm von St. Andrew sowie das Flüsschen Mole und die alte Wassermühle, die etwas südlich des Ortes gelegen war. Auf der gegenüberliegenden Seite der

Senke, im Nordosten, befanden sich die vertrauten Gebäude der »Twin Oaks Farm«, die tatsächlich nur einen Katzensprung entfernt war, und als Jezebel nach Norden schaute, glaubte sie das Sägewerk und den Wald von Esher in der Ferne auszumachen. Jezebel stutzte und zog die Stirn kraus. Das Sägewerk war viel zu weit entfernt, als dass sie es in der hügeligen Heide von ihrem jetzigen Standpunkt aus hätte sehen können. Der Hof oder das Anwesen war ihr beim letzten Besuch gar nicht aufgefallen, und auch auf ihren Wanderungen in der Heide war sie bislang nicht in seine Nähe gelangt.

»Das ist ›Little Heath Farm‹«, hörte sie plötzlich Janes Stimme hinter sich. Die alte Magd war hinter sie getreten und schaute ihr über die Schulter. »Der Hof liegt brach. Seit Jahren schon.«

»Sieht aber gar nicht so aus«, antwortete Jezebel und deutete in die Ferne. »Da bewegt sich etwas auf dem Dach. Sieht aus, als würde das Stroh abgedeckt oder ausgebessert. Und steht da nicht ein beladener Pferdekarren vor dem Haus?«

»Hm«, wunderte sich Jane. »Seltsam.«

»Wem gehört die Farm?«

»Pfarrer Platt oder besser gesagt: seiner Frau.« Jane lachte krächzend. »Denn Margaret Platt ist die eigentliche Herrin von Cobham Manor. Ihr verstorbener erster Mann war Vincent Gavell, der frühere Lord von Cobham Manor. Pfarrer Platt hat nur die reiche Witwe und Mutter geheiratet. Ein Emporkömmling wie aus dem Buche, stets auf der Seite der Gewinner. Egal, welche Seite gerade den Ton angibt.«

»Und warum steht die Farm leer?«

»Weil Margarets einziger Sohn, der sie eigentlich bewirtschaften sollte, bis der Stiefvater ihm irgendwann den Gutshof überlassen hätte, keine Lust auf Schafe und Ziegen und überhaupt auf mühselige Landarbeit hatte und deshalb vom Pfarrer verstoßen wurde. Das schwarze Schaf der Herde, ausgerechnet in der eigenen Familie. Auch wenn sie natürlich nicht blutsverwandt waren.«

»Ist das der Sohn, der vor zwei Jahren in London ermordet wurde?«

»Robert Gavell.« Jane nickte und atmete zischend aus. »Ich weiß, dass man den Toten nichts Schlechtes nachsagen soll, aber Robert war keinen Farthing wert. Ein Rüpel und Grobian, der ständig Streit suchte und öfter betrunken als nüchtern war. Und je älter er wurde, desto schlimmer war es mit ihm. Seinen Heidehof hat er in kürzester Zeit zugrunde gerichtet und dann jahrelang verrotten lassen, und das Geld, das ihm die Mutter immer wieder heimlich zusteckte, hat er mit vollen Händen ausgegeben. In den Schänken und beim Glücksspiel. Ständig war er in Prügeleien verwickelt, und die Weiber mussten sich vor ihm in Acht nehmen, denn ein Nein aus ihrem Mund nahm er einfach nicht hin. Das haben einige Mägde auf dem Gutshof mehr als einmal zu spüren bekommen. Ein verzogenes und verhätscheltes Muttersöhnchen, wenn du mich fragst. Aber was den Jähzorn und die Rücksichtslosigkeit angeht, war er ein Ebenbild seines Stiefvaters. Vermutlich hat er sich in London mit dem falschen Gegner angelegt und es mit dem Leben bezahlt. Wundern würd's mich nicht. Und leid tut's mir auch nicht.«

»War die ›Little Heath Farm‹ der Grund, warum der Gutsherr die Digger damals aus der Heide vertrieben hat?«, folgerte Jezebel aus dem Gehörten und drehte sich zu den niedergebrannten Hütten um. »Wollte Reverend Platt das Weideland für das Vieh seines Stiefsohnes?«

»Ganz recht«, bestätigte die Magd und schlug sich mit der flachen Hand gegen die Schläfe, als habe sie Kopfschmerzen. »Robert war damals noch keine zwanzig Jahre alt, und der Pfarrer hatte Großes mit ihm vor, obwohl er hätte wissen müssen, dass Margarets Sprössling für Großes nicht geschaffen war. Aber als es darum ging, die Digger aus der Gegend zu vertreiben, da haben sie Hand in Hand gearbeitet. Zum letzten Mal wahrscheinlich, denn anschließend hatte der Pfarrer wenig Freude an seinem missratenen Stiefsohn. Bis er ihn schließlich fortgejagt hat.« Sie verschränkte die Arme vor der Brust und setzte traurig hinzu: »Das ist ja das Bittere und Verrückte daran. Die Digger wurden vertrieben, damit Robert Gavell einen Hof führen konnte, der ihm nichts bedeutete und von dessen Bewirtschaftung er nicht das Mindeste verstand. Heute sind die braven Digger vergessen und werden als Räuber verhöhnt, und ›Little Heath Farm‹ und alles Land drum rum liegen brach.« Sie schielte zu dem Bauernhof, auf dem nun ein zweiter, mit langen Balken oder Brettern beladener Pferdekarren vor dem Farmhaus stand, und fügte hinzu: »Bis jetzt jedenfalls.«

»Vor zwei Jahren«, murmelte Jezebel nachdenklich.

»Was meinst du damit?«, horchte Jane auf.

»Vor zwei Jahren wurde Robert Gavell in London getötet«, sagte Jezebel und ging zu der Kiefer mit dem Holzkreuz. »Vor zwei Jahren starb auch Susan Winstanley nach langer Krankheit, und ihr Mann, der frühere Anführer der Digger, verließ Cobham noch im selben Jahr. Das ist doch kein Zufall.«

»Was willst du damit sagen?«, schnauzte Jane sie an, merkte aber, dass sie sich im Ton vergriffen hatte, und hob entschuldigend die Hände. »Hast ja recht, Jezebel. Tut mir leid. Es hängt irgendwie zusammen, das scheint mir auch so, aber ich kann es mir nicht erklären. Es will mir nicht in den Kopf.«

»Ist doch ganz einfach«, sagte Jezebel, deutete auf das erste Psalmenkürzel und zitierte: »›Die unzeitige Frucht einer Frau, die nie die Sonne sieht.‹ Susan Winstanley hatte eine Fehlgeburt. Ein tragischer Vorfall, von dem sie sich nie erholt hat, und der ihr Leben und das ihres Mannes zerstört hat.« Dann deutete Jezebel auf das zweite Kürzel: »›Der Gerechte wird sich an der Rache erfreuen, seine Füße soll er im Blut des Frevlers baden.‹ Der Name des Frevlers ist Robert Gavell, er wurde ermordet, und der Gerechte, der sich an der Rache erfreut hat, heißt …«

»Nein!«, rief Jane und schüttelte vehement den Kopf. »Das kann nicht sein.«

»Warum nicht?«

»Weil er ein heiliger Mann war.«

»Hast du nicht selbst gesagt, dass er sich in den letzten Jahren sehr verändert hatte?«

Jane nickte und ließ den Kopf hängen: »Der Gutsherr hat ihn gebrochen, als er die Digger vertrieb. Aber vernichtet hat ihn der Satan in Form des Branntweins. Ganz allmählich, bis Bruder Winstanley völlig am Ende war. Ein Schatten des Mannes, der er mal gewesen war.«

»Was ist hier geschehen?«, fragte Jezebel.

»Wenn ich das wüsste.«

»Ich glaube, du weißt es. Du willst es nur nicht wahrhaben.«

Jane schaute nach Nordwesten und deutete auf die Hügelkette jenseits von Cobham. »Dort drüben hat alles angefangen«, sagte sie und blinzelte heftig. »Auf dem Georgshügel, gerade einmal anderthalb Meilen von hier. Das war im Jahr 1649, im Frühling. Mit gerade einmal zwölf Mann haben sie den Hügel bepflanzt und bearbeitet, gemeinfreies und brachliegendes Land, das niemandem gehörte. Aber sie wurden von den Handlangern der Grundherren verprügelt, die Saat und Ernte wurde verwüstet, ihre Hütten hat man niedergerissen, und allen Bauern wurde der Handel oder auch nur der Umgang mit den Diggern untersagt. Die Anführer wurden vor Gericht gezerrt und zu Schadensersatz verurteilt, und weil sie nicht zahlen konnten, hat man ihnen das Vieh und den wenigen Besitz weggepfändet. Also haben Bruder Winstanley und die Seinen im Herbst den Ort verlassen und sind zu uns nach Little Heath gekommen, um die karge Heide zu bearbeiten, eine zweite Siedlung zu bauen und wie zuvor brüderlich ihr Brot zu teilen. Ohne Herrschaft, ohne Eigentum, ohne Zwang. Denn Geld und Eigentum ist der Anfang allen Übels, hat Bruder Winstanley gesagt, wie es ihm von Gott in seinen Träumen verkündet worden war.«

»Kein Wunder, dass das dem Gutsherrn nicht gefallen hat.«

»Anfangs hat Pfarrer Platt so getan, als hätte er Verständnis für die Not der Menschen und das Anliegen der Digger, ja er hat Bruder Winstanley sogar nach Cobham Manor ins Gutshaus eingeladen, damit der ihm seine Sicht der Bibel erklärt.

Aber als sich immer mehr Menschen den Diggern anschlossen und sich weigerten, der Kirche den Zehnten zu zahlen, hat der Pfarrer seine Meinung geändert und sich mit den anderen Grundherren der Gegend zusammengetan. Was den Diggern am Georgshügel widerfahren war, das wiederholte sich in Little Heath, allerdings um einiges heftiger und brutaler. Wieder wurde die Armee gerufen, die billigend zusah, wie die Grundherren die Hütten der Digger niederreißen ließen. Werkzeuge und Geräte wurden zerstört, die Ernte wurde zertrampelt, das Vieh gestohlen, die Brüder und Schwestern wurden blutig geschlagen und ins Gefängnis gesperrt. Und am Ende wurde alles in Brand gesteckt.« Jane schnalzte mit der Zunge und wandte sich an Jezebel: »Der junge Robert Gavell war der Übelste von allen. Ihm ging es gar nicht um den eigenen Hof, sondern allein darum, anderen Menschen wehzutun. Seinem Stiefvater waren die Digger ein Dorn im Auge, weil sie allem widersprachen, was er verkörperte: Kirche, Geld und Macht. Robert hingegen hat geschlagen und zerstört, weil es ihm Spaß machte. Und weil ihn keiner daran hinderte.«

»Warum hat Bruder Winstanley ihn ermordet?«, fragte Jezebel.

»Das vermutest du nur«, erwiderte Jane und wich Jezebels Blick aus. »Das können wir nicht wissen. Du solltest vorsichtiger mit deinen Behauptungen sein.«

»Warum hatte Susan Winstanley eine Fehlgeburt?«

»So was kommt häufiger vor.«

»Richtig«, antwortete Jezebel. »Aber nicht immer bleiben die Frauen anschließend krank und bettlägerig. Warum hat sich Mrs. Winstanley nie davon erholt? Was ist geschehen?«

»Susan war eine sehr zarte Person, nicht nur körperlich schmächtig, sondern auch geistig und seelisch empfindsam. Sehr zerbrechlich und verwundbar. Wie ein Rühr-mich-nicht-an. Sie war sehr ängstlich und hat sich alles fürchterlich zu Herzen genommen. Schon immer. Und als sie schwanger war, wurde es noch schlimmer. Stets hatte sie Angst, dem Kind könnte etwas geschehen, und als es dann tatsächlich passiert ist, hat sie sich Vorwürfe gemacht, als wäre es ihre Schuld gewesen. Als ob sie es hätte verhindern können.«

»Warst du ihre Hebamme?«

Jane nickte und sagte: »Als ich zu ihr ins Haus ihres Vaters kam, war das Kind bereits tot. Susan hatte Blutungen bekommen, und die Fruchtblase war geplatzt, weit vor der Zeit. Das Kind wäre nicht zu retten gewesen, auch wenn ich früher vor Ort gewesen wäre.«

»Wie ist es dazu gekommen?«, wunderte sich Jezebel und hielt sich unwillkürlich den Bauch. »Die Fruchtblase platzt doch nicht einfach so, oder?«

»Das kann schon mal vorkommen«, antwortete Jane und wandte sich plötzlich ab, als sei ihr der Anblick des Holzkreuzes zuwider. »Aus Susan war kein vernünftiges Wort herauszubringen, sie hat behauptet, sie sei gefallen und eine Böschung hinuntergestürzt. Sie hatte Schrammen und blaue Flecken am ganzen Körper. Als sie erfahren hat, dass das Kind tot ist, wollte sie sich selbst etwas antun, sodass wir alle Hände voll zu tun hatten, sie zu beruhigen und von einer Dummheit abzuhalten.«

»Warum gab sie sich die Schuld daran?«

Jane zuckte mit den Schultern. »So war sie eben. Stets hat sie die Fehler bei sich gesucht, nie bei anderen. Sie war überzeugt davon, dass sie ihr Kind getötet hatte. Es war ihr nicht auszureden. Das hat ihr die Gesundheit und den Lebenswillen geraubt. Und schließlich auch den Verstand.«

»Wann genau war das?«, wollte Jezebel wissen. »Auf dem Kreuz steht ›A. D. 1650‹. Und auf Susans Grabstein hat Nathaniel gekritzelt: ›Gerry 1650‹.«

»Was hat er?«, entfuhr es der alten Magd. »Unseliger Dummkopf!« Sie schüttelte den Kopf und fügte hinzu: »Es war im April 1650, in der Woche nach Ostern. Am fünften Tag der …« Sie hielt plötzlich inne und schaute Jezebel überrascht an. Als sei ihr gerade etwas eingefallen.

»Was hast du, Jane?«

»Wenn ich mich recht entsinne, war es derselbe Tag, an dem die Hütten in Little Heath gebrannt haben. Der Tag, an dem die Digger endgültig aus der Heide vertrieben wurden. Fünf Tage nach Ostern.«

»War Susan Winstanley an diesem Tag auf dem Hügel?«

»Das ist anzunehmen«, sagte Jane, blickte sich um und deutete auf eines der hölzernen Vierecke am Boden. »Sie wohnte mit ihrem Mann in dieser Hütte dort. Aber ob sie bei dem Angriff hier war, kann ich nicht sagen. Ich war nicht dabei.«

»Aber dein Sohn war es«, murmelte Jezebel.

»Aus Nathaniel wirst du nichts herausbekommen«, antwortete Jane und schaute nach Nordosten zur »Twin Oaks Farm«, wo der Knecht Henry vor der Hofeinfahrt stand und nach ihnen Ausschau zu halten schien. Im nächsten Augenblick schallte von dort ein gellender Pfiff durch die Heide.

»Wir müssen los«, sagte Jane und fasste Jezebel an der Hand. »Das Essen ist bald fertig.« Sie zog die Schwangere von dem Ort fort, als habe sie Angst, Jezebel könnte es ebenso ergehen wie Susan Winstanley.

»Nathaniel hat die Winstanleys anscheinend sehr verehrt«, sagte Jezebel, während sie hinter Jane den Hügel hinabstieg und mit ihrem Wickelrock mehrmals im Heidegestrüpp hängen blieb. »Er kümmert sich ganz rührend um Susans Grab.«

»Nathaniel hat sie gefunden.«

»Wen?«

»Susan. An jenem Freitag nach Ostern. Er hat sie blutend und völlig außer sich in der Heide aufgegriffen und zum Haus ihres Vater nach Cobham gebracht.«

»Wo?«

»Cobham, das sagte ich doch.«

»Nein«, sagte Jezebel und blieb stehen. »Wo genau hat er sie gefunden?«

»Keine Ahnung«, antwortete die Magd und schaute zurück zum Digger-Hügel. »Ich hab ihn nie gefragt. Hab nicht gedacht, dass das wichtig wäre.«

»Ist es vielleicht auch nicht«, meinte Jezebel und sah zur »Little Heath Farm«, wo die Arbeiten inzwischen zu ruhen schienen. Die Pferdekarren waren entladen. Die Leute waren im Haus verschwunden. Der Hof lag wieder wie verlassen da.

Als die beiden Frauen auf die Farm zurückkehrten, wartete nicht nur das Essen, sondern auch eine Überraschung auf sie. Mildred empfing sie in der Küche mit den Worten: »Ihr glaubt ja nicht, wer vorhin hier war!«

Jezebel und Jane sahen sich an, nickten sich zu und sagten wie aus einem Mund: »Pfarrer Platt.«

»Woher wisst ihr das?«, wunderte sich die Bäuerin und fächerte sich mit einem Holzbrett Luft zu, sodass ein säuerlicher Schweißgeruch durch den Raum wehte.

»Was wollte er?«, antwortete Jezebel mit einer Gegenfrage.

»Uns einladen«, sagte Mildred und lachte ungläubig. »Für kommenden Sonntag zum Abendessen. Seltsam, nicht? Wie kommt er bloß darauf, dass wir die Einladung annehmen könnten? Er weiß doch, was wir von ihm und seiner Kirche halten. Und umgekehrt ist es genauso.«

»War er allein?«, fragte Jezebel.

»Nein, er hatte einen Papagei auf seiner Schulter.« Mildred lachte über ihren Scherz und setzte hinzu: »Ein junger Kavalier in bunten Pluderhosen und grünem Samtumhang war bei ihm. Er hatte wirklich was von einem Papagei. Jedenfalls war er genauso bunt gefiedert und hat alles nachgeplappert, was der Gutsherr sagte.« Wieder kicherte sie und schüttelte zugleich den Kopf. »Pfarrer Platt hat behauptet, er würde Jezebel gern als neues Mitglied der Gemeinde näher kennenlernen. Und Josh und ich seien ebenfalls herzlich eingeladen, auch wenn wir nicht Mitglieder der Gemeinde seien. So ein Heuchler!«

»Was hast du geantwortet?«

»Ich habe dankend abgelehnt und den beiden einen guten Tag gewünscht.«

»Wie konntest du ablehnen, ohne mich zu fragen?«

»Seltsam«, meinte Mildred und blähte die Backen auf. »Das Gleiche hat der junge Mann auch gefragt. Er schien sehr daran interessiert zu sein, dich nach Cobham Manor einzuladen. Dabei ist er selbst nur Gast dort, wie der Pfarrer sagte.« Und mit erstauntem Blick fragte sie: »Du willst doch nicht etwa dort hingehen?«

»Warum nicht? Dann hätte ich wenigstens Gelegenheit, mein hübsches neues Kleid zu präsentieren. Rosalind hat gesagt, es wäre am Sonntag fertig.«

»Das solltest du dir noch mal überlegen, Jezebel. Pfarrer Platt ist ein …« Sie suchte nach dem passenden Wort und schien keines zu finden. Deshalb sagte sie: »Du kennst ihn nicht!«

»Eben drum«, lachte Jezebel und setzte sich an den Tisch. »Ich habe schon viel von ihm gehört und würde gerne wissen, ob die Gräuelgeschichten, die man sich über ihn erzählt, zutreffen.« Sie schaute zu Jane, die sich jedoch gerade am Herd zu schaffen machte.

»Mildred und ich werden dich nicht begleiten«, knurrte Josh, der die ganze Zeit schweigend am Tisch gesessen und das Gespräch mit finsterer Miene verfolgt hatte. Er verschränkte die dürren Arme vor der Brust und setzte hinzu: »Und allein werden wir dich nicht zu diesem Teufel im Priestergewand gehen lassen.«

»Wer sagt denn, dass sie allein geht?«, meldete sich Jane zu Wort, holte den Topf vom Herdfeuer und stellte ihn auf den Tisch. »Ich war noch nie im Cobham Manor House und würde es mir gern mal anschauen. Die Gärten sollen sehr schön sein.«

»Abgemacht«, sagte Jezebel.

»Kann ich auch mit?«, fragte Mary und rutschte unruhig auf ihrem Hocker hin und her.

»Ich auch, ich auch!«, rief Joseph.

»Ruhe!«, bellte Josh, und es folgte ein besonders langes und inbrünstig vorgetragenes Tischgebet, das Jezebel mit einem Lächeln auf den Lippen über sich ergehen ließ.

4

Auf den ersten Blick war Cobham Manor für Jezebel eine ziemliche Enttäuschung. Das Herrenhaus war nichts weiter als ein etwas größeres Bauernhaus, errichtet im üblichen Fachwerkstil mit geschwärzten Pfosten, ungleichmäßigen Querstreben und weiß verputzten Gefachen. Zwar war das Manor House, nach der Kirche von St. Andrew, das größte Gebäude am Ort, und die zahlreichen Schornsteine wiesen darauf hin, dass die Bewohner es im Winter nicht nur in der Küche warm und gemütlich hatten, aber im Vergleich zu den imposanten Herrensitzen in London war dieses Haus eine bessere Kate. Das Schönste und Auffallendste daran war die ebenso beschauliche wie malerische Lage. Das Manor House befand sich etwas südlich der alten Wassermühle, direkt am Fluss Mole, der sich hier zum Mühlteich staute. Die Vorderseite war von einem schattigen Buchenhain umgeben, der dafür sorgte, dass man das unscheinbare Haus aus der Ferne kaum sehen konnte. Hinter dem Haus fiel das Gelände zum Fluss hin leicht ab und war, wie Jane anerkennend bemerkte, von einem französischen Gärtner aus Weybridge wundervoll hergerichtet worden. Noch nie habe sie einen vergleichbaren Garten mit ähnlich hübsch gestutzten Bäumen und immergrünen Hecken, geometrisch angelegten Rasenflächen und labyrinthartigen Wegen gesehen. Aus Frankreich sei bekanntlich noch nie etwas Gutes gekommen, meinte die alte Magd, aber ihre Gärten seien nun mal eine wahre Augenweide. Als habe sie sich selbst bei einem unanständigen Gedanken ertappt, setzte sie sofort hinzu: »Eine gottlose Verschwendung natürlich! Aber dennoch hübsch anzuschauen.«

Der Hausherr und seine Frau Margaret empfingen die beiden Frauen höchstselbst an der Tür und bedachten Jane mit einem missfälligen und pikierten Blick. Reverend Platt, der streng und schmucklos wie ein Puritaner gekleidet war und trotz der grauen Haare um einiges jünger aussah als seine Frau, räusperte sich, zupfte an seiner steifen Halsbinde, verneigte sich vor Jezebel und sagte: »Wie schön, dass Ihr es einrichten konntet, Mistress Hollar. Meine Frau und ich freuen uns, Euch in unserer Gemeinde und in Cobham Manor willkommen zu heißen.« Und mit Blick auf Jane setzte er hinzu: »Eure Magd hat Euch den Weg gewiesen?«

»Mistress Holcombe ist meine Hebamme und begleitet mich«, antwortete Jezebel, neigte den Kopf und machte anschließend ein Hohlkreuz, dass ihr praller Bauch beinahe den Rockschoß des Pfarrers berührte. »In meinem augenblicklichen Zustand möchte ich ungern auf ihre Gegenwart verzichten. Ich hoffe, das ist Euch recht und macht keine Umstände, Reverend.«

Der Pfarrer räusperte sich erneut, trat einen Schritt zurück und machte ein finsteres Gesicht angesichts dieses fadenscheinigen Vorwands.

»Umstände? Aber nein!«, antwortete Margaret Platt an seiner Statt und führte die beiden ins Haus. »Kommt nur herein, Mistress Hollar. Die anderen Gäste sind schon anwesend. Wir sollten sie nicht unnötig warten lassen.«

Die Frau des Reverends war etwa sechzig Jahre alt und wirkte trotz ihres wachen und neugierigen Blicks ein wenig müde und erschöpft. Sie war ebenfalls schlicht, aber dennoch vornehm und elegant mit einem Kostüm aus dunkelrotem Moiré bekleidet, das die weiße Perlenkette an ihrem Hals gebührend zur Geltung brachte. Die Kleidung einer Frau, die es nicht oder nicht mehr nötig hatte, durch zusätzlichen Zierrat wie Federn oder bunte Bänder auf sich aufmerksam zu machen. Sie hakte sich übertrieben fröhlich bei Jezebel ein, sodass der Pfarrer gezwungen war, neben Jane ins Haus zu gehen. Was diesem ebenso missfiel wie der Magd, die ihre dunkelgraue Quäker-Sonntagstracht trug und noch kein Wort gesagt hatte, seitdem sie Cobham Manor betreten hatte.

Durch einen schmalen, spärlich beleuchteten Flur gelangten sie zu einer Art Vorraum, dessen niedrige Wände mit kleinformatigen Landschaftsansichten und vom Alter dunkel gewordenen Familienporträts gepflastert waren. Eines dieser Porträts stach Jezebel ins Auge, da es neueren Datums zu sein schien und durch seine Größe auffiel. Es hing an exponierter Stelle zwischen zwei Fenstern mit bunten Butzenscheiben und zeigte einen dunkel gelockten Mann von etwa dreißig Jahren im Waffenrock, in der rechten Hand eine Muskete, mit der linken in die Ferne weisend, wo Rauch von einem bewaldeten Hügel aufstieg. Von Jamie, der auf Porträts reicher Gutsherren spezialisiert gewesen war, wusste Jezebel, dass es im Augenblick als schick galt, sich als historische oder biblische Persönlichkeit malen zu lassen, daher vermutete sie, dass der Mann mit der Lockenpracht irgendeinen Feldherrn verkörpern sollte. Außerdem vermutete Jezebel, dass der Porträtierte der verstorbene Robert Gavell war, doch dann sah sie, dass der Maler sein Bild in der rechten unteren Ecke signiert hatte: »J. Lydon 1665«. Zu diesem Zeitpunkt war der Stiefsohn des Reverends bereits tot gewesen.

»Ihr interessiert Euch für Kunst?«, fragte Mrs. Platt.

»Ein wenig«, antwortete Jezebel und deutete auf das Bild. »Ein stattlicher Mann. Ein Verwandter?«

»Unser Sohn Robert«, sagte der Reverend und öffnete die Flügeltür zum Speisezimmer, als wolle er Jezebel schleunigst von dem Gemälde weglocken.

»Ich habe von dem tragischen Vorfall gehört. Mein aufrichtiges Beileid«, sagte Jezebel und deutete auf die Signatur. »Aber ich dachte, Ihr Sohn sei bereits vor zwei Jahren …« Beinahe hätte sie »gerichtet« gesagt, doch dann biss sie sich auf die Lippen, schaute zu Boden und setzte hinzu: »… verstorben.«

»Ich habe meinen Sohn nach seinem Tod malen lassen«, erklärte Mrs. Platt und richtete die nächsten Worte an ihren Gatten: »Damit er immer bei uns ist und die Erinnerung an ihn weiterlebt.«

In jenem Haus, das er eigentlich hätte erben sollen und aus dem man ihn verstoßen hat, setzte Jezebel in Gedanken hinzu.

Jane näherte sich unauffällig und flüsterte ihr ins Ohr: »In Wahrheit war er nicht halb so schön! Vom vielen Saufen war er ganz schön fett geworden. Hätte ihn auf dem Bild fast nicht erkannt.«

»Vielleicht ist genau das die Absicht des Bildes«, murmelte Jezebel.

»Darf ich bitten«, sagte der Reverend und deutete zum Speisezimmer, wo bereits drei Gäste an einer festlich gedeckten Tafel im Schein eines mit Wachskerzen bestückten Lüsters saßen. Auf der einen Seite des länglichen Tisches sah Jezebel Tom Farynor, der an diesem Abend weniger farbenfroh und nicht gar so geckenhaft gekleidet war, gerade so, als habe er sich der dezenten Garderobe der Gastgeber angepasst. Nur die schwarze Lockenperücke, die geschlitzten Hemdsärmel und der breite und üppig mit Spitze und Seide versehene Kragen verrieten den Kavalier. Er schoss pfeilartig in die Höhe, als Jezebel den Raum betrat, verneigte sich tief und bekam einen roten Kopf, als sie ihm beiläufig zulächelte. Auf der gegenüberliegenden Seite des Tisches saßen ein etwa fünfzigjähriger Mann mit dunklen Augenringen und kugelrundem Schmerbauch, dessen Kleidung der des Pfarrers auffallend ähnelte, sowie eine hagere Frau mittleren Alters, die eine altmodische Haube auf dem Kopf trug und deren taubenblaues, hochgeschlossenes Kleid aus der tristen Zeit des Commonwealth zu stammen schien. Die beiden erhoben sich nicht, schauten kaum zur Seite und nickten nur unmerklich, als der Reverend die Neuankömmlinge unter abermaligem Räuspern als »Mistress Jezebel Hollar und Mistress Jane Holcombe von ›Twin Oaks of Okeshot‹« vorstellte.

»Mr. und Mrs. Thomas Sutton«, sagte Margaret Platt mit Blick auf das seltsame und wie eingemeißelt wirkende Paar. »Mr. Sutton ist der Vikar unserer Nachbargemeinde in Horsley und zugleich der Gatte meiner Tochter Marian.«

Meiner Tochter Marian! Vermutlich war Marian Sutton, die ihrer Mutter überhaupt nicht ähnlich sah und an eine graue unscheinbare Maus erinnerte, ebenfalls ein Kind aus erster Ehe. Wie der ermordete Robert Gavell, den Mrs. Platt vorhin auch als »meinen Sohn« bezeichnet hatte. Und beide Male hatte sie ihren Gatten dabei herausfordernd angeschaut.

Der Reverend hatte die Wortwahl bemerkt und reagierte auf die einzige ihm mögliche Weise: Er räusperte sich und schaute finster drein.

»Mr. Thomas Farynor kennt Ihr ja bereits, wie ich hörte«, sagte Mrs. Platt und wies auf die beiden freien Stühle neben dem jungen Mann. »Er hat in höchsten Tönen von Euch geschwärmt, und ich muss gestehen, er hat nicht übertrieben.«

»Wir sind uns in der Heide begegnet«, sagte Jezebel und verneigte sich erneut, diesmal allerdings, um niemanden anschauen zu müssen. »Er war vom Weg abgekommen.«

»Wir sind Euch unendlich dankbar, dass Ihr ihn wieder auf den rechten Weg geführt habt«, sagte Mrs. Platt und lächelte spöttisch.

»Dieser Dank gebührt eigentlich meiner Nichte Mary«, antwortete Jezebel. Ihr schien es, als habe sich die Gastgeberin für den heutigen Abend vorgenommen, alle Anwesenden zu reizen oder herauszufordern. Und sie sah sich vor, nicht in diese offensichtliche Falle zu tappen.

Neben Tom Farynor, der die Bemerkung der Hausherrin geflissentlich überhört hatte, war der Tisch für zwei weitere Personen gedeckt. Der junge Mann beeilte sich, Jezebel den Nachbarstuhl anzubieten, doch bevor sie sich setzen konnte, hatte sich die alte Jane bereits mit vernehmbarem Ächzen darauf niedergelassen.

»Danke, junger Mann«, sagte sie, schaute dann zu Jezebel auf und klopfte auf den Stuhl neben sich. »Setz dich, Kindchen! Ich rieche schon die Suppe. Esther Bickerstaffe ist die beste Köchin weit und breit, schon ihre Mutter hat für die Familie Gavell gekocht. Esthers Fleischpasteten sind sagenumwoben. Und ihr Kapaun ist auch nicht ohne!«

»Kapaun wird es heute leider nicht geben«, sagte Mrs. Platt

entschuldigend. »Aber der Spießbraten ist auch nicht zu verachten.« Sie imitierte Janes knarrende Sprechweise, schüttelte unmerklich den Kopf und setzte sich ans vordere Ende – das Kopfende – des Tisches, während Reverend Platt am gegenüberliegenden Ende Platz nahm. In sicherer Entfernung, wie es Jezebel schien. Wobei ihr nicht klar war, wer von den beiden vor dem anderen Schutz suchte.

Nachdem die beiden Gastgeber sich niedergelassen hatten und die Herrin einem livrierten Diener zugenickt hatte, wurde die Gemüsesuppe aufgetragen. Gleichzeitig wurde ein zusätzliches Gedeck gebracht und neben den Suttons aufgelegt. Offensichtlich erwarteten Mr. und Mrs. Platt einen weiteren Gast, und Janes nicht eingeplantes Erscheinen hatte die Sitzordnung für den Abend durcheinandergebracht. Seltsamerweise sprach der Reverend jedoch bereits das Tischgebet, und Jezebel erinnerte sich, dass Mrs. Platt an der Tür gesagt hatte, die anderen Gäste seien schon anwesend. Vermutlich waren sich die Gastgeber nicht sicher, wann oder ob ihr geheimnisvoller letzter Gast auftauchen würde.

Während des Essens kam die Unterhaltung nur mühsam und schleppend in Gang. Mr. und Mrs. Sutton lobten zwar unentwegt die köstliche Suppe und den leichten Weißwein, der dazu gereicht wurde, hatten aber sonst wenig Sinnvolles beizutragen. Sah man einmal davon ab, dass Mr. Sutton glaubte, jede noch so belanglose Bemerkung des Reverends mit einem »Jawohl« oder »Wahr gesprochen« bestätigen zu müssen, und sich immer wieder bei seiner Frau erkundigte: »Alles recht, meine Liebe?«

Woraufhin diese stets antwortete: »Aber natürlich, mein Lieber.«

Nachdem Mr. Platt sich der Form halber nach Jezebels Ergehen seit ihrem Eintreffen auf der »Twin Oaks Farm« und der in wenigen Monaten anstehenden Geburt erkundigt hatte, hielt er eine eintönige, aber sehr bestimmt vorgetragene Rede über seine ebenso mühselige wie verantwortungsvolle Arbeit als

Gutsherr und Seelsorger der Gemeinde, die von seiner Frau mit missbilligendem Augenrollen und einigen spitzen Bemerkungen quittiert wurde. Mrs. Platt ihrerseits schien sich nicht im Geringsten für die Konversation am Tisch zu interessieren, sie wirkte oft abwesend und sprach häufiger mit den Dienern als mit ihren Gästen. Sie machte einen nervösen, fast gequälten Eindruck und sah oft zur Tür.

Als der Reverend geendet hatte und niemand sonst den Gesprächsfaden aufnehmen wollte, fragte Jane plötzlich: »Wird ›Little Heath Farm‹ renoviert? Hab die Karren auf dem Hof gesehen. Das Dach wird erneuert, nicht wahr?«

»Ganz recht«, antwortete Reverend Platt. »Wir haben den Hof verkauft, nachdem wir lange vergeblich nach einem Pächter gesucht haben.«

»Haben *wir* das?«, zischte seine Frau kaum vernehmbar.

»Ein Geschäftsmann aus London wird die Farm übernehmen«, knurrte der Reverend. »Der Mann scheint aber kein Bauer zu sein.«

»Wurde auch Zeit«, meinte Jane und widmete sich wieder ihrer Suppe. »Eine Schande, so einen schönen Hof derart verkommen zu lassen.« Dabei grinste sie wie über einen nur ihr verständlichen Witz.

Der glühende Blick, mit dem Mrs. Platt die Magd bedachte, bewies, dass auch die Herrin des Hauses die Anspielung verstanden hatte.

Tom Farynor hielt sich die ganze Zeit merklich zurück, sagte kaum etwas und schielte nur dann und wann an der geräuschvoll ihre Suppe schlürfenden Jane vorbei, um Jezebels Blick zu erhaschen oder sie von der Seite zu betrachten.

»Ist was, junger Mann?«, meinte Jane schließlich grinsend. »Wenn Ihr etwas von meinem Teller wollt, dann sagt es, aber rückt mir nicht auf den Schoß, als wär ich Eure Amme.«

»Entschuldigung!«, stammelte Farynor, rutschte zur Seite und lief puterrot an.

Dann machte er Jezebel ein etwas unbeholfenes Kompliment zu dem neuen Kleid aus grüner Wolle und dunklem Tuch, das ganz formidabel geschneidert sei und ihr leuchtendes rotes Haar aufs Wunderbarste betone.

»Rosalind von der ›Danes Hill Farm‹ ist eine hervorragende Schneiderin «, sagte Jezebel lächelnd. »Ihr wisst ja, wo die Farm liegt.«

»Tatsächlich? Wieso?« Farynors Unbehagen war nicht zu übersehen. »›Danes Hill‹, sagtet Ihr? Da war ich noch nie.« Und um irgendwie vom Thema abzulenken, sprach er Jezebel erneut sein aufrichtiges Beileid zum Verlust ihres Mannes aus. Dann wollte er wissen, was Mr. Hollar von Beruf gewesen, woran er gestorben und ob er womöglich mit seiner Tante in Norwich bekannt gewesen sei.

Jezebel, die gerade aus dem bleiverglasten Rautenfenster geschaut und den in der Abendsonne leuchtenden Garten bewundert hatte, fragte abwesend: »Wieso Norwich?«

»Norwich ist groß, Mr. Farynor«, bemerkte Jane schnell und trat Jezebel unter dem Tisch gegen das Schienbein. »Und Mr. Hollar war viel unterwegs.«

»Ja, das war er«, bestätigte Jezebel und starrte auf ihren Teller.

»Eine Mutter sollte nicht Witwe sein«, bemerkte Marian Sutton plötzlich und ohne erkennbaren Zusammenhang.

»Wie meint Ihr das?«, fragte Jezebel und schaute überrascht auf.

»Ein Kind braucht Mutter und Vater«, fuhr Mrs. Sutton fort und blickte zu ihrem beifällig nickenden Mann. »Es steht einer Frau nicht gut an, ein Kind allein zu erziehen. Ihr solltet möglichst bald wieder heiraten, Mrs. Hollar.«

»Mein Mann ist erst seit einem halben Jahr tot«, sagte Jezebel.

»Ihr tragt keine Trauerkleidung«, bemerkte Mrs. Sutton spitz.

Jezebel wusste nicht, was sie entgegnen sollte, und war froh, als in diesem Augenblick der Hauptgang aufgetragen wurde und die Anwesenden kurzzeitig abgelenkt wurden. Allerdings bemerkte sie aus den Augenwinkeln, dass Tom Farynor sie beinahe ängstlich anstarrte.

»In nicht einmal drei Monaten werdet Ihr Mutter sein«, fuhr Mrs. Sutton ungerührt fort, ließ sich von einem Diener Spießbraten, Spargel und Fleischpasteten auf den Teller legen und wiederholte: »Sobald die Trauerzeit vorbei ist, solltet Ihr Euch einen Mann suchen, Madam. Je eher, desto besser. Allein schon zum Wohle des Kindes.« Sie schaute die Hausherrin an und setzte hinzu: »Nicht wahr, Mutter?«

»So etwas will gut überlegt sein«, antwortete Mrs. Platt, sah dabei jedoch nicht ihre Tochter, sondern ihren Mann an. »Eine baldige Heirat ist für eine Witwe sicherlich die naheliegende und übliche, aber nicht unbedingt die beste oder klügste aller Möglichkeiten. Das kommt ganz auf den sich anbietenden Gatten an. Und was das Wohl der Kinder angeht, so hege ich ebenfalls meine Zweifel.« Sie hob vielsagend die Augenbrauen und verzog das Gesicht auf eine Weise, die Jezebel nicht recht deuten konnte. Ihre Miene schien gleichzeitig Ekel und Schmerz auszudrücken. Dann setzte Mrs. Platt zischend hinzu: »Manche Väter schert das Wohl der Kinder nicht.«

»Das reicht!« Reverend Platt, dem gerade Pilzsoße auf eine Pastete geträufelt wurde, schlug mit der Hand auf den Tisch, sodass alle Anwesenden erschrocken zusammenzuckten und dem Diener die Soßenkelle aus der Hand fiel. »Das dulde ich nicht länger, Margaret!«, rief er aufgebracht und wischte kurzerhand mit einer Handbewegung seinen Teller vom Tisch. »Wir haben Gäste, meine Verehrteste, und ich fordere dich auf, dich entsprechend zu verhalten. Reiß dich gefälligst zusammen und hör auf, dich wie ein kleines Kind zu benehmen, sonst ...«

»Sonst *was*?!« Mrs. Platt sprang auf und funkelte ihren Mann ebenso wutentbrannt an. »Nur raus damit! Sag's schon! Sonst setzt du mich vor die Tür? Sonst verstößt du mich, wie du deinen Sohn verstoßen hast? Ist es das?«

»Ach, jetzt ist es plötzlich *mein* Sohn?« Reverend Platt lachte gehässig. »Wann gibst du endlich Ruhe, Margaret? Wie lange willst du mir das noch vorwerfen?«

»Solange Robert tot ist, werde ich dich anklagen!«

»Nicht ich habe deinen Sohn umgebracht!«

»Oh doch!«, schrie Mrs. Platt wie von Sinnen. »Das hast du!«

»Mutter!«, rief Mrs. Sutton beschwörend und wiederholte es noch einmal. »Mutter!«

Im gleichen Moment ging die Flügeltür auf. Ein Mann im staubigen Mantel trat ein, und ein livrierter Diener verkündete: »Mr. Lydon aus London.«

Für einen nicht enden wollenden Augenblick schienen alle wie eingefroren zu sein. Niemand rührte sich, keiner sagte etwas, alle starrten zur Tür, wo der Mann im Mantel sich verneigte und in dieser Position verharrte, als sei auch er zu Eis erstarrt. Dann war es ausgerechnet Mrs. Platt, die den Bann brach und sich mit ausgestreckten Armen und breitem Lächeln dem späten Gast zuwandte.

»Master Lydon, wie schön, dass Ihr endlich da seid«, rief sie und setzte eine strahlende Miene auf, als freue sie sich über ein wertvolles Geschenk. »Wir haben so lange auf Euch gewartet, und nun habt Ihr es endlich einrichten können.« Als habe der Mann etwas zu seiner Rechtfertigung erwidert, hob die Frau des Pfarrers entschuldigend die Hände und setzte hinzu: »Wir sind uns natürlich darüber im Klaren, dass Ihr ein viel beschäftigter Mann seid, und umso mehr wissen wir es zu schätzen, dass Ihr den Weg hierher gefunden habt. Es ist uns eine Ehre. Ich hoffe, Ihr hattet eine gute Reise.« Sie wies den Diener an, dem Besucher Mantel und Hut abzunehmen, und deutete auf das unberührte Gedeck auf dem Tisch. »Setzt Euch, Master Lydon, Ihr kommt gerade recht zum Hauptgang. Es gibt Spießbraten und Fleischpasteten. Mögt Ihr weißen oder roten Wein? Oder lieber etwas Leichteres?« Mit einem Ausdruck kindlicher Freude klatschte sie in die Hände und sagte: »Wie schön!«

»Entschuldigt, dass ich erst heute und zudem so spät komme, aber mein Auftrag in Addington Place hat mich länger in Anspruch genommen, als ich dachte und mir lieb war«, sagte Mr. Lydon und blickte in die Runde. »Der dortige Lord of the Manor war ein wenig, nun ja, schwierig, er schien sich trotz seiner Leibesfülle und der abstehenden Ohren für einen Adonis zu halten und konnte sich nicht damit abfinden, dass ich ihn nicht als solchen malen wollte. Erst heute Mittag konnte ich das Bild beenden und habe mich gleich danach auf den Weg gemacht. Doch die Strecke von Croydon durch die Downs war sehr beschwerlich. Und wegen eines Radbruchs hatte die Kutsche einen längeren Aufenthalt in ...« Als er Jezebels Blick auffing, fuhr Mr. Lydon sichtlich zusammen und brach mitten im Satz ab.

Auch Jezebel war wie gelähmt und starrte den Mann entgeistert an. Anfangs hatte sie die Szene wie ein groteskes Theaterschauspiel verfolgt. Sie hatte sich über die ebenso erstaunliche wie schlagartige Wandlung der Mrs. Platt von der keifenden Furie zur liebenswürdigen Gastgeberin gewundert. Der lautstarke Streit zwischen den Eheleuten schien mit einem Mal wie weggeblasen, als hätte es ihn nie gegeben. Dann hatte Jezebel den eintretenden Mr. Lydon betrachtet, und als er Hut und Mantel abgelegt hatte und sie das jungenhafte Gesicht unter der üppigen Lockenperücke sah, war sie wie vor den Kopf geschlagen.

»J. Lydon«, wie er seine Bilder signierte. Und »J.« stand für John, wie Jezebel jetzt wusste. Denn es handelte sich um den Maler John, der im November des vergangenen Jahres mit einigen Freunden seinen Geburtstag im »Boar's Head Inn« gefeiert hatte. Derselbe John, der mit Jamie Hollar in einem Cottage am Holborn Hill gewohnt und der Jezebel vor wenigen Monaten den Weg zum Atelier von Wenceslaus Hollar erklärt hatte. Und ausgerechnet dieser John Lydon war nun vom Gutsherren und seiner Frau beauftragt worden, ein Bild des Mörders ihres Sohnes Robert zu malen. So jedenfalls hatte es Tom Farynor auf dem Friedhof von St. Andrew behauptet. Jezebel konnte es kaum fassen.

»Lady Castlemaine!«, entfuhr es dem sichtlich irritierten Maler.

Jezebel schaute John unverwandt und eindringlich an, schüttelte unmerklich den Kopf und sagte: »Zu viel der Ehre, Mr. Lydon! Eine Lady Castlemaine bin ich nun wahrlich nicht.«

»Aber Ihr seid mindestens so schön wie sie, Madam«, sagte er, räusperte sich und verneigte sich erneut. »Und eines Königs würdig.«

»Ihr wollt Mrs. Hollar doch hoffentlich nicht mit einer liederlichen Mätresse vergleichen!«, empörte sich Tom Farynor und warf sich in die Brust. »Wie könnt Ihr es wagen?«

»Mrs. Hollar?«, wunderte sich der Maler, ohne auf Farynors unwirsche Bemerkung einzugehen, und konnte sich ein süffisantes Lächeln nicht verkneifen. »Der Name klingt ungewöhnlich und kommt mir dennoch bekannt vor. Gibt es nicht einen Maler dieses Namens?«

»Radierer«, verbesserte Jezebel ernst und mit Nachdruck. »Sein Name ist Wenceslaus Hollar. Er ist der Vater meines verstorbenen Mannes James. Und der Großvater seines ungeborenen Kindes.«

Johns Unterkiefer klappte nach unten. Erst jetzt schien er Jezebels prallen Bauch zu bemerken, der im Sitzen und unter dem wallenden und geschickt geschneiderten Kleid nicht so sehr auffiel, und das verschmitzte und etwas boshafte Lächeln verschwand aus seinem Gesicht.

»Hollar, richtig«, sagte er und nickte Jezebel zu, als habe er verstanden. »Ein großer Mann und Künstler. Es freut mich außerordentlich, Eure Bekanntschaft zu machen, Madam.«

»Die Freude ist ganz meinerseits, Mr. Lydon«, antwortete Jezebel und neigte den Kopf. »Ihr seid selbst ein großer Künstler, wie ich gesehen habe. Ich habe soeben eines Eurer Porträts im Vorraum bewundern dürfen.«

John wollte bereits zu einer Antwort ansetzen, doch er

wurde von Mrs. Platt unterbrochen: »Master Lydon ist ein Meister seines Fachs. Seine Porträts suchen ihresgleichen. Nicht nur in England.«

»Was werdet Ihr in Cobham Manor malen?«, erkundigte sich Jezebel. »Das Gutshaus, die Gärten oder den Lord und die Lady of the Manor?«

»Nichts von alledem«, erwiderte John und grinste. »Ich werde ein Phantom auf Papier und Leinwand bannen.«

Tom Farynor, der das Gespräch zwischen Jezebel und dem Maler zunehmend argwöhnisch verfolgt hatte, sah die Gelegenheit gekommen, sich in das Gespräch einzumischen, und verkündete stolz: »Und ich werde dem Meister dabei behilflich sein. Denn ohne mich wäre …«

»Schluss mit dem Gerede!«, brachte sich der Hausherr grimmig in Erinnerung und schnitt dem Stutzer brüsk das Wort ab. »Der Braten wird kalt.«

Er bat den Maler, sich zu setzen, wartete, bis auch seine Gattin Platz genommen hatte, und ließ sich einen neuen Teller bringen. Dann wischte er sich die Pilzsoße vom Rock.

»Ich kann gar nicht glauben, dass Pfarrer Platt der Unmensch und Wüterich ist, als den du und alle anderen ihn immer hinstellen«, sagte Jezebel auf dem Rückweg nach Oxshott. »Auf mich hat er wie ein Mann gewirkt, der unter dem Pantoffel seiner Frau steht.«

»Eben!«, antwortete Jane.

»Was heißt das?«

»Er hasst Margaret, weil sie ihn ständig spüren lässt, dass er ihr nicht das Wasser reichen kann. Dass sie unter ihrem Stand geheiratet hat. Aber weil er seine Wut nicht an ihr auslassen kann, müssen andere darunter leiden. Du solltest ihn erleben, wenn seine Gattin nicht dabei ist. Dann spielt er den großen Meister. Und wehe, wenn ihm einer widerspricht oder in die Quere kommt. Ich bin mir sicher, dass er seinen Stiefsohn vor die Tür gesetzt hat, um seine Frau zu treffen.«

»Und er *hat* sie getroffen«, erwiderte Jezebel. »Und zwar tief. Das war nicht zu übersehen.«

»Wo du gerade davon sprichst«, sagte Jane und lachte plötzlich. Sie legte Jezebel eine Hand auf die Schulter und fragte: »Was hast du eigentlich mit dem armen Jungen gemacht. Der war ja wie verhext.«

»Wen meinst du?«

»Na, wen wohl? Mr. Farynor!«, kicherte Jane. »Der Gute war ja ganz außer sich und hat sich wie ein liebestoller Gockel aufgeführt.«

»Tom Farynor ist noch ein Gelbschnabel«, meinte Jezebel achselzuckend. »Ich habe ihn heute zum dritten Mal gesehen und jeweils nur wenige Worte mit ihm gewechselt. Was sollte ich also in der kurzen Zeit mit ihm angestellt haben? Sein Gegurre darf man nicht ernst nehmen.«

»Täusch dich da nicht, Jezebel. Dein Gelbschnabel ist bis über beide Ohren in dich verliebt, ob du ihm nun Grund und Anlass dazu gegeben hast oder nicht.«

Jezebel lachte, deutete auf ihren Bauch und sagte: »Ich trage das Kind eines anderen unter dem Herzen.«

»Das scheint ihn nicht abzuschrecken. Im Gegenteil, es reizt ihn offenbar. Du solltest vorsichtig sein. Liebeskranke Männer können gefährlich sein, und zwar die jungen Heißsporne ebenso wie die alten Böcke. Gerade wenn ihre Liebe so haltlos und lächerlich erscheint. Männer können es nicht ertragen, sich lächerlich zu machen, und es sind stets die Frauen, die das zu spüren bekommen.«

Natürlich war Jezebel nicht entgangen, wie es um Tom Farynors Gefühle für sie bestellt war. Schon bei ihren ersten beiden flüchtigen Begegnungen hatte sie bemerkt, dass er sie oft unverwandt und beinahe herausfordernd angestarrt und dabei mit Worten umschmeichelt hatte, aber sie hatte es sich damit erklärt, dass er eben ein eitler Stutzer war und vermutlich alle Frauen mit demselben Blick und ähnlich einschmeichelnden Komplimenten bedachte. Auch im Garten von Cobham Manor House hatte sie sich sein Verhalten so erklärt.

Nach dem äußerst schmackhaften und nicht weiter ereignisreichen Essen hatte Reverend Platt seine Gäste in den französischen Garten gebeten, wo er eine kleine kulinarische Überraschung vorbereitet habe, wie er geheimnisvoll verkündete. Bei dieser Überraschung handelte es sich um sogenannten Tee, der den Gästen auf der Terrasse in winzigen Tassen gereicht wurde. Dieses neuartige Getränk stamme aus China, erklärte der Gastgeber, und werde seit der Restauration am Königshof mit Vorliebe getrunken. Angeblich habe die Königin höchstpersönlich ihn dort eingeführt. Jezebel hatte schon von diesem seltsamen Getränk gehört, es aber noch nie gekostet. Wie der seit einigen Jahren in London in Mode gekommene Kaffee war auch der chinesische Tee ein heißer Aufguss aus exotischen Pflanzen, der so bitter schmeckte, dass er nur mit viel Zucker zu genießen war. Jezebel hatte kurz an der Tasse genippt und den bräunlichen Inhalt, dessen herber Geschmack an Medizin erinnerte, in einem unbeobachteten Moment in die hübsch anzuschauenden Blumenrabatten gekippt.

Bereits auf dem Weg in den nicht nur schön gestalteten, sondern auch sehr weitläufigen Garten war Tom Farynor ihr nicht von der Seite gewichen. Wie ein Schoßhündchen war er ihr auf Schritt und Tritt gefolgt und hatte sie unentwegt mit belanglosen Schmeicheleien und kindischen Erzählungen zu beeindrucken versucht. Jezebel hatte seine Aufmerksamkeiten zugleich schicksalsergeben und belustigt ertragen und dabei nach einer Möglichkeit gesucht, den selbstgefälligen Galan loszuwerden. Auf Jane konnte sie dabei nicht zählen, denn die Magd hatte sich direkt nach dem Essen davongeschlichen, um mit Esther Bickerstaffe ein wenig in der Küche zu schwatzen und ihr das Rezept für die Fleischpasteten zu entlocken. Als Jezebel keine Gelegenheit fand, ihren Begleiter elegant abzuschütteln, griff sie zu einer bewährten Notlüge und behauptete, das Kind drücke auf ihre Blase und sie müsse leider den Abort aufsuchen, der sich etwas abseits des Hauses am Rande des Buchenhains befand. Ihr dorthin zu folgen kam nicht einmal dem aufdringlichen Tom Farynor in den Sinn.

Dafür stieß Jezebel vor dem Abort beinahe mit John Lydon zusammen. Dieser hatte das stille Örtchen gerade verlassen und schaute sie an, als sei er bei etwas Unanständigem ertappt worden.

»Ich würde Euch nicht raten, den Abort zu betreten«, sagte er und machte eine säuerliche Miene. »Das widerliche Gebräu des Pfarrers hat meine armen Gedärme umgekrempelt, wenn Ihr versteht, was ich meine.«

»Keine Bange«, antwortete Jezebel kopfschüttelnd. »Wenn ich pinkeln muss, hock ich mich in die Büsche. Ich bin nur hier, um jemanden loszuwerden.«

»Den hübschen Bäckerjungen?«, lachte John und begleitete Jezebel ums Haus herum und zur tiefer gelegenen Seite des Gartens, der als Labyrinth aus Buchsbaumhecken und Immergrün bis zum Fluss hinabreichte.

»Erraten!« Jezebel nickte und winkte ab. Dann sagte sie: »Ihr könnt Euch vorstellen, dass ich sehr überrascht war, Euch hier zu sehen.«

»Die Überraschung ist ganz meinerseits«, antwortete John schmunzelnd. »Was hat Euch hierher verschlagen, *Mrs. Hollar?*« Er hob bei der Anrede die Augenbrauen, kommentierte sie aber nicht weiter.

»Ich besuche eine Tante in Oxshott«, sagte Jezebel knapp und konterte mit einer Gegenfrage: »Seit wann kennt Ihr die Familie Platt?«

»Seitdem Jamie mir den Auftrag vermittelt hat, den verstorbenen Sohn der Gutsherrin in der albernen Pose eines Feldherrn zu malen. Habt Ihr den Earl of Shrewsbury erkannt? Mrs. Platt wollte eigentlich, dass ich ihn im Augenblick seines Todes auf dem Schlachtfeld in Frankreich male. Hinterrücks erdolcht von einem Meuchelmörder aus den eigenen Reihen. Aber das wäre historisch nicht korrekt gewesen, außerdem erschien es mir doch etwas pietätlos, wenn man bedenkt, wie Robert Gavell gestorben ist.«

Jezebel hatte den Ausführungen des Malers über den Feldherrn kaum zugehört. Sie fragte: »Jamie hat Euch den Auftrag vermittelt? Wieso das?«

»Weil er es abgelehnt hat, einen Toten nach dem bloßen Hörensagen zu malen«, erklärte John und bot ihr seinen Arm an. »Jamie brauchte immer ein lebendes Modell, wie Ihr selbst wisst. Er hat nie frei nach Fantasie oder nach vager Beschreibung gemalt. Da war er eigen.«

»Ich verstehe nicht«, erwiderte Jezebel verwirrt. »Was hat denn Jamie mit dem Gemälde zu tun?«

John schaute sich um, als wolle er sich vergewissern, dass niemand in der Nähe war, und sagte: »Jamie *ist* J. Lydon ... oder er war es. Es gibt nämlich keinen J. Lydon. Oder zwei, ganz wie man es nimmt. James und John. Mein wirklicher Name ist John Maher.«

Jezebel sah ihn verständnislos an.

»Es war Jamies Idee.« Sie hatten inzwischen das Flüsschen erreicht und setzten sich auf eine Steinbank, die im Schatten einer niedrigen Buchsbaumhecke stand und von der sie einen wunderbaren Blick auf die Wassermühle und die über dem Mühlteich untergehende Sonne hatten. »Er wollte nicht, dass sein Name mit den in seinen Augen künstlerisch wertlosen Auftragsarbeiten in Verbindung gebracht wurde. Der Name James Hollar sollte nur die wahren Kunstwerke zieren.«

»Amor und Psyche«, sagte Jezebel und betrachtete zwei Schwäne, die anmutig, aber zugleich seltsam leblos auf dem Teich schwammen und wie ausgestopft wirkten.

»Zum Beispiel«, antwortete John nickend. »Also hat er sich einen Decknamen für die Porträts reicher Gutsherren und ihrer eitlen Gemahlinnen zugelegt. Und wenn ihm ein Auftrag gar zu widerwärtig erschien oder er gerade mit etwas anderem beschäftigt war, dann durfte ich in die Rolle des J. Lydon schlüpfen.«

»Das hat niemand gemerkt?«, wunderte sich Jezebel.

»Der Maler interessiert niemanden, nur das Gemälde ist entscheidend und ob die Auftraggeber sich darin erkennen«, sagte John und deutete auf seinen falschen Haarschopf. »Außerdem sehen unter den Perücken alle Männer gleich aus. Es ist, als hätte man eine Maske vor dem Gesicht.«

»Davon habe ich gar nichts gewusst«, murmelte Jezebel nachdenklich, und wieder wurde ihr klar, wie wenig Jamie in der kurzen Zeit ihrer Liebe über sich preisgegeben hatte und wie wenig sie ihn kannte. Gekannt hatte.

»Hat Jamie *davon* gewusst?«, fragte John und deutete auf Jezebels Bauch.

»Als er starb, hab ich es selbst noch nicht gewusst«, antwortete sie und fühlte sich plötzlich so elend, dass sie den Kopf in den Händen vergrub, während ihr die Tränen heiß über die Wangen liefen. »Gar nichts hab ich gewusst. Überhaupt nichts! Und jetzt ist er tot, nichts ist mir geblieben, und ich muss mit allem allein fertig werden!« Plötzlich schüttelte es sie, und sie hielt sich krampfhaft an dem Arm des Malers fest, während sie schluchzte und schniefend die Nase hochzog.

»Aber Ihr seid doch nicht allein«, murmelte John und hielt sie mit beiden Händen an den Schultern fest. »Ihr habt Verwandte hier und Jamies Vater in London.«

»Ha!«, entfuhr es ihr. »Master Hollar ist nun wahrlich keine Hilfe gewesen. Im Gegenteil!«

»Ein seltsamer Kauz, aber im Grunde genommen ein lieber Mensch«, erwiderte John und nickte.. »Ich werde etwa zwei oder drei Wochen in Cobham Manor beschäftigt sein. Wenn Ihr einen Freund braucht oder mit jemandem sprechen wollt, der auch Jamies Freund war, dann wisst Ihr, wo Ihr mich findet.«

»Ich will keinen Freund, ich will Jamie zurück!«, rief Jezebel und hämmerte mit den Fäusten auf Johns Brust ein, als trage dieser die Schuld an ihrer Misere.

»Ich weiß«, murmelte John und strich ihr besänftigend über das Haar.

»Nicht!« Jezebel sprang plötzlich auf, als habe der andere sie mit einem glühenden Schmiedeeisen berührt. Sie wischte sich mit dem Ärmel über das nasse Gesicht und rief: »Lasst mich! Lasst mich doch alle in Ruhe!«

John sprang ebenfalls auf und hob abwehrend die Hände.

»Was geht hier vor?!«, erklang in diesem Augenblick eine Frauenstimme hinter ihnen. »Warum weint diese Frau, Mr. Lydon?«

Jezebel und John fuhren herum und sahen Tom Farynor und Mrs. Sutton, die sich auf dem gewundenen Kiesweg von der Terrasse her dem Flussufer genähert hatten und nun auf der anderen Seite der Hecke standen.

»Hat er Euch belästigt, Mistress Hollar?«, fragte Farynor und fixierte John mit einem drohenden Blick.

»Niemand hat mich belästigt«, antwortete Jezebel, schüttelte den Kopf und rieb sich die Augen. »Es ist nur das Kind in meinem Bauch. Es bringt die Körpersäfte durcheinander. Es bringt überhaupt alles durcheinander!« Und als müsse sie sich übergeben, hielt sie sich die Hand vor den Mund und lief zur Terrasse, wo die alte Jane bereits auf sie wartete.

»Lass uns gehen!«, sagte Jezebel. »Sofort!«

»Nichts lieber als das«, antwortete die Magd und stellte die Tasse auf den Tisch. »Noch einen Schluck von dem ekligen Gesöff, und ich spucke in die Hecken. Gott bewahre England vor dieser chinesischen Plage!«

Sie verabschiedeten sich hastig von den Gastgebern, bedankten sich für die Einladung, verließen Cobham Manor und machten sich auf den Heimweg.

»Du hast diesen Kerl sicher nicht zum letzten Mal gesehen«, sagte Jane, als sie kurz nach Sonnenuntergang die »Twin Oaks Farm« erreichten. »Mr. Farynor mag ein eingebildeter Dummkopf sein, aber das macht ihn nur umso gefährlicher. Sei bloß auf der Hut!«

»Das werde ich«, antwortete Jezebel und zuckte achtlos mit den Schultern. »Auch wenn ich nicht glaube, dass es nötig ist.«

In den folgenden Wochen sollte sich zeigen, wie berechtigt Janes Warnung gewesen war und wie sehr sich Jezebel, zumindest teilweise, in Tom Farynor getäuscht hatte. Das anhängliche und scheinbar harmlose Schoßhündchen entpuppte sich mit der Zeit als lästiges und angriffslustiges Ungeziefer, das sich nicht so leicht abschütteln ließ.

Jeden Morgen nach dem Frühstück ging Jezebel für ein paar Stunden in der Heide oder in den Wäldern entlang des Höhenkamms spazieren. Die Bewegung und die frische Luft taten ihr gut und kräftigten ihre Sinne ebenso wie ihren Körper. Anfangs hatten entweder die Kinder oder die alte Jane sie dabei begleitet, doch deren Mithilfe wurde auf dem Hof und auf den Weiden benötigt, und so wanderte Jezebel immer häufiger allein durch Wald und Flur und war sogar froh darüber, niemanden um sich zu haben. Sie hatte sich längst damit abgefunden, ein lediglich geduldeter Fremdkörper auf der »Twin Oaks Farm« zu sein, und kämpfte nicht länger dagegen an, indem sie womöglich Dinge tat, die ihr zuwider waren oder von denen sie schlichtweg nichts verstand. Jezebel war den anderen keine Hilfe und stand sich selbst im Weg. Dass die Oldershaws ihre Schwangerschaft und die damit einhergehenden Beschwerden wie zum Beispiel ihre Rückenschmerzen als willkommenen Vorwand nutzten, Jezebel von der bäuerlichen Arbeit fernzuhalten, kam beiden Seiten zugute. Gleich zu Beginn ihres Aufenthalts in Oxshott hatte Jezebel eine Sau, die sie in den Stall treiben sollte, derart in Panik versetzt, dass das Schwein vor ihren Augen wild zuckend verendete. Worüber der Bauer ebenso entsetzt gewesen war wie Jezebel. Woher hätte sie auch wissen sollen, dass auch Schweine ein schwaches Herz haben konnten? So etwas lernte man in Southwark nicht, jedenfalls nicht im »Boar's Head Inn«.

Am 4. Juli, dem Mittwoch nach dem Abendessen in Cobham Manor, unternahm Jezebel wie üblich ihren morgendlichen Spaziergang, doch als sie am Dorfplatz ankam, wartete Tom Farynor bereits am Brunnen auf sie. Offensichtlich kannte er ihre Wegstrecke, auch wenn er behauptete, rein zufällig zu dieser frühen Stunde in Oxshott zu sein. Er fragte, ob er sie begleiten dürfe, und da ihr kein triftiger Grund einfiel, ihm diese Bitte abzuschlagen, gingen sie gemeinsam in Richtung Waldrand. Wie im Garten von Cobham Manor plauderte Farynor sofort munter drauflos, während Jezebel nur mit halbem Ohr zuhörte, seinen bohrenden Blicken auswich und beharrlich schwieg.

Vor dem »Highwayman's Cottage« begegneten sie Nathaniel Holcombe, der gerade mit seinem schwarzen Schäferhund aus dem Haus kam und, seinen Hirtenstab schwingend, in östlicher Richtung das Dorf verließ. Er redete unentwegt auf seinen Hund ein und schien Jezebel entweder nicht zu bemerken oder zu erkennen. Jedenfalls zog er nicht den Schlapphut, als er ihren Weg kreuzte. Unwillkürlich verließ Jezebel ihren üblichen Weg, der vom Dorf aus an der »Danes Hill Farm« vorbei und über den Waldpfad zur westlichen Heidesenke führte, und folgte stattdessen dem Schäfer, der zu dem östlichen Hochplateau wollte, auf dem sich ein weiteres karges Heidegebiet zwischen den Wäldern erstreckte. Tom Farynor schien überrascht, ließ sich durch den Richtungswechsel jedoch nicht beirren, schritt forsch neben ihr her und erzählte wichtigtuerisch von seinem Leben in London und seiner Familie. Während er seine im vergangenen Jahr an der Pest verstorbene Mutter Elizabeth und seine Schwester Hannah erwähnte, die dem Vater in der Bäckerei zur Hand ging, stutzte Jezebel plötzlich. Ihr fiel auf, dass der Schäfer vor seinem Haus auf den Hund eingeredet hatte, ohne dabei zu stottern. Zwar hatte Jezebel das leise Gemurmel nicht verstanden, aber es hatte nicht so abgehackt und wirr geklungen wie das Gestammel auf dem Friedhof. Vermutlich brabbelte er nur so unverständlich, wenn er mit Menschen sprach.

An der plötzlichen Stille neben sich erkannte Jezebel, dass

Farynor vermutlich eine Frage gestellt hatte, die ihr entgangen war.

»Was sagtet Ihr?«, meinte sie lächelnd.

»Ich sprach von meinem Vater und seiner Bäckerei in der Pudding Lane. Aber ich habe den Eindruck, dass Euch das nicht sonderlich interessiert. Was ich Euch nicht verdenken kann. Mich interessiert es ebenso wenig.« Farynor lachte, deutete zum Schäfer und setzte hinzu: »Dieser zottelige Kerl scheint es Euch wahrlich angetan zu haben. Ist das nicht der Mann vom Friedhof?«

»Pudding Lane«, murmelte Jezebel abwesend und zuckte plötzlich zusammen. Plötzlich wusste sie, warum ihr dieser Straßenname bereits bei der ersten Erwähnung vor einigen Wochen so bedeutsam erschienen war. Als sie in Jamies Atelier aus dem Fenster geschaut hatte, waren ihr die Öfen im Hof aufgefallen, und Jamie hatte gesagt, diese gehörten zu einer Bäckerei in der benachbarten Pudding Lane. Bevor sie sich auf die Lippen beißen konnte, fragte sie: »Kennt Ihr zufällig das ›King's Head Inn‹ in der Botolph Lane?«

Tom Farynor war sichtlich erstaunt und fragte: »Ihr kennt das ›King's Head‹? Wart Ihr schon einmal dort?«

Jezebel begriff, dass sie einen Fehler begangen hatte, und verschlimmerte ihn, indem sie einen zweiten nachschob: »Nein, ich frage nur so.« Sie erschrak über ihre eigene Dummheit und setzte eilig hinzu: »Also das heißt ... ich kenne jemanden, der dort wohnt ... ein entfernter Verwandter.«

»Aha«, sagte Farynor und ließ nicht erkennen, ob er ihr glaubte. »Tut mir leid, Mrs. Hollar, aber im ›King's Head‹ war ich noch nie. Die Schänke hat keinen besonders guten Ruf. Der Wirt ist ein ausgemachter Gauner, der gern seinesgleichen um sich schart. Schauspieler und Künstler und ähnliches Gesindel sollen sich dort rumtreiben, wie es heißt. Euer Verwandter sollte sich lieber eine andere Unterkunft suchen.«

Jezebel räusperte sich. »Wo Ihr gerade von Künstlern sprecht, Mr. Farynor, was macht eigentlich Euer Mr. Lydon?«, fragte sie und beobachtete, wie Nathaniel Holcombe eine Herde Heidschnucken aus einer Schafhürde am Waldrand holte. Der schwarze Hund kläffte und trieb die Tiere ins angrenzende Heidegebiet.

»Ob er sein Handwerk versteht, kann ich nicht beurteilen«, antwortete Farynor mürrisch. »Er ist fleißig, das gewiss, aber als Mensch ist er mir nicht sympathisch. Hochnäsig und eingebildet. Und er gibt einem Befehle, als sei man ein Diener oder Gehilfe. Dabei könnte er ohne mich gar nichts ausrichten.«

»Mrs. Platt scheint von seinen Fähigkeiten mehr als überzeugt zu sein«, sagte Jezebel und bemerkte, wie der Schäfer ihr plötzlich aus der Ferne zuwinkte, bevor er mit seinen Schafen hinter einem Hügel verschwand.

»Über die Herrin von Cobham Manor könnte ich einiges erzählen«, erwiderte er und beeilte sich, genau das zu tun. Auch ohne Jezebels ausdrückliche Aufforderung.

Als die beiden Spaziergänger etwa eine Stunde später wieder nach Oxshott zurückkehrten, hatte Jezebel etliche weitere Indiskretionen aus dem Hause Platt erfahren, ohne dabei wirklich Neues gehört zu haben. Mrs. Platt schien sich für eine Förderin der schönen Künste zu halten und genoss es sichtlich, sich mit talentierten Künstlern zu umgeben, die allesamt jung und hübsch anzuschauen waren. Ihrem Mann, der als verkappter Puritaner jegliche Kunst und vor allem den seiner Meinung nach heidnischen Kult der Malerei ablehnte, waren diese »Götzendiener«, wie er sie nannte, ein Dorn im zornigen Auge. »Du sollst dir kein Bild machen!«, hieß es in der Bibel. Wie schon auf dem Friedhof von Cobham gab Tom Farynor all die Vertraulichkeiten allzu freiherzig weiter, vor allem wenn man bedachte, dass er als Gast unter ihrem Dach logierte. Offenkundig bezog er einen Großteil seiner Informationen von der braven und Tom sehr zugetanen Mrs. Sutton, die regelmäßig ihr Elternhaus aufsuchte, auch wenn sie ihrer Mutter nicht besonders nahestand und daraus kein Geheimnis machte. Mutter und Tochter waren sich ebenso spinnefeind wie Vater und

Mutter. Und auch hierfür war der Grund bei dem verstorbenen Bruder Robert zu suchen, der von der Mutter stets bevorzugt worden war.

Jezebel dachte unwillkürlich an Mutter Southwood und daran, dass sie ihrer Mutter ebenfalls »nicht besonders nahestand«. Sie dankte Tom Farynor für die kurzweilige Unterhaltung und freundliche Begleitung und wollte ihm bereits einen guten Tag wünschen, als er plötzlich fragte: »Vermisst Ihr eigentlich Norwich, Mrs. Hollar?«

»Ein wenig«, antwortete Jezebel knapp.

»Was gefällt Euch dort am besten?«, hakte Farynor nach.

»Die alte Kathedrale gefällt mir sehr gut, auch wenn der dunkle Stein sehr düster und bedrohlich aussieht. Ein Gotteshaus sollte meines Erachtens hell und freundlich wirken.«

»Ich finde den dunklen Stein sehr passend für die Kathedrale«, murmelte Jezebel und wandte sich ab. »Lebt wohl, Mr. Farynor.«

»Tom.«

»Mr. Farynor«, wiederholte Jezebel lächelnd, aber mit Nachdruck.

»Die Kathedrale in Norwich ist aus hellem Kalkstein, Mistress Jezebel.« Und mit einem überlegenen Grinsen im Gesicht setzte er hinzu: »Weiß wie die Unschuld, die man nur einmal verliert.«

Jezebel erschrak und rang nach Luft.

»Sehen wir uns bald wieder, Mistress Jezebel?«, fragte Farynor, aber es klang eher wie eine Feststellung. »Ich freue mich schon darauf.«

Es war ein Fehler gewesen, nach Oxshott zu kommen. Das war Jezebel seit Langem klar. Und es war ein ebensolcher Fehler gewesen, sich eine Lügengeschichte auszudenken, die derart fern der Wahrheit war. Norwich! So eine Dummheit! Andererseits, so dachte sie, was schadete es ihr schon, dass Tom Farynor sie bei einer Lüge ertappt hatte und womöglich weitere Unwahrheiten vermutete? Oder besser gesagt, was *nützte* es ihm? Vermutlich glaubte er nun, sie mit seinem vagen Halbwissen in der Hand zu haben und gefügig machen zu können, doch da irrte er sich gewaltig. Jezebel pfiff auf die Meinung der Leute und auf die der Bewohner von Cobham oder Oxshott im Besonderen. Sie würde nicht mehr lange hier sein, das stand für sie fest. Direkt nach der Geburt des Kindes würde sie nach London zurückkehren, um reinen Tisch zu machen. Mit Wenceslaus Hollar und mit ihrer Mutter. Es kümmerte sie nicht, ob Farynor irgendwelche Gerüchte über sie im Ort verbreitete. Sollten sie sich doch das Maul zerreißen! Was sie hingegen ärgerte, war, dass sie Farynor unterschätzt und für einen Trottel gehalten hatte. Denn das war er nicht. Und so beschloss sie, den Spieß umzudrehen und ihrerseits zum Angriff überzugehen.

Als sie wenige Tage später erneut »zufällig« am Dorfbrunnen auf Tom Farynor traf, begrüßte sie ihn mit den Worten: »Tom, Ihr seid ein heller Kopf. Ihr wusstet von Anfang an, dass ich nicht aus Norwich stamme, nicht wahr?«

»Ich erkenne einen Cockney, wenn ich ihn höre«, sagte er, verbeugte sich und zog den Federhut. »Der Tonfall ist mir mehr als vertraut, ich bin schließlich selbst einer.« Er lachte, vermutlich auch, weil er sich über das Kompliment und ihre vertrauliche Anrede freute, und bot ihr wieder seinen Arm an. »Aus welchem Teil von London stammt Ihr, Mistress Jezebel?«

»Southwark«, antwortete sie wahrheitsgemäß und kam sich dennoch wie eine Lügnerin vor, denn dass sie dorthin zurückkehren würde, hielt sie für unwahrscheinlich. »Ich bin also kein Cockney, auch wenn ich so klinge.«

»Warum habt Ihr behauptet, Ihr kämt aus Norwich?«

»Mein Mann ist nicht am Stickfluss gestorben.«

»Sondern?«

»An der Pest.«

Farynor hob die Achseln. »Das ist meine Mutter auch, wie Ihr wisst. In London sind viele Tausende daran gestorben. Wenn Ihr Euch nicht angesteckt habt, werdet Ihr jetzt kaum noch in Gefahr sein. Oder für andere eine Gefahr darstellen. Es gibt also keinen Grund, irgendetwas zu verheimlichen.«

»Ihr versteht nicht, Tom«, sagte Jezebel kopfschüttelnd und blieb an der Abzweigung zur östlichen Heide stehen. »Mein Mann starb nur wenige Tage nach … nachdem …« Sie gab vor, nach den richtigen Worten zu suchen, und sagte schließlich: »Als ich das Kind von ihm empfing, muss James bereits die Pest in sich gehabt haben.«

Tom Farynor schaute sie lange mit zusammengekniffenen Augen an. Dann schien ihm zu dämmern, was sie damit sagen wollte, und er murmelte: »Ihr meint, das Kind könnte … vom Vater … die Pest …?«

»Wollt Ihr das völlig ausschließen?«, fragte Jezebel und schaute geknickt zu Boden. »Wir werden erst Sicherheit haben, wenn das Kind auf der Welt ist.«

»Aber Ihr habt Euch nicht angesteckt!«, entfuhr es Farynor, der, vermutlich ohne sich dessen bewusst zu sein, einen Schritt zurückgewichen war und Jezebel losgelassen hatte.

»Noch ist das Kind nicht geboren.« Sie sah den sichtlich verwirrten Galan unverwandt an und schlug dann erneut die Augen nieder. »Vielleicht trage ich den Tod bereits in mir.«

»Sagt so etwas nicht!« Es klang eher entsetzt als tröstend, doch sofort beeilte er sich, den entstandenen Eindruck abzumildern. »Ich habe noch nie gehört, dass sich eine Mutter bei ihrem Neugeborenen angesteckt hat.«

»Ihr wart bereits in East Anglia, als die Pest am schlimmsten in London gewütet hat«, erwiderte Jezebel und tat so, als krame sie in schmerzlichen Erinnerungen. »Ich habe die absonderlichsten und grausamsten Dinge gesehen und erlebt. Die Pest macht, was sie will, denn sie ist ein Werk des Teufels.«

Farynor wollte etwas entgegnen, doch er schien vergeblich nach Worten zu suchen, und begnügte sich schließlich mit einem aufmunternden Blick, der nicht sehr überzeugend wirkte.

»Seht Ihr«, sagte Jezebel und musste ein Schmunzeln unterdrücken. »Vielleicht wäre es besser gewesen, Ihr hättet niemals von meiner Notlüge erfahren. Denn genau das hatte ich befürchtet. Nun empfindet Ihr Abscheu vor mir.«

»Aber nein!«, rief Farynor, blieb aber wie angewurzelt stehen. »Glaubt das nicht! Nichts liegt mir ferner.«

»Habt Dank, Tom«, sagte Jezebel. »Aber ich würde jetzt gern allein sein und nach Hause gehen. Ich fühle mich ein wenig schwach. Es ist sehr heiß heute.«

»Sicher«, antwortete er und zog den Hut. »Entschuldigt, dass ich Euch ...« Er brach mitten im Satz ab und sagte stattdessen: »Auf Wiedersehen, Mistress Jezebel.« Hastig und ohne sich noch einmal umzuschauen schritt er in Richtung Cobham davon.

Jezebel wartete, bis er außer Sichtweite war, und klatschte dann wie nach getaner Arbeit in die Hände. Es ging doch nichts über die selbst gesponnenen Lügen, sagte sie sich und war froh, den Stutzer losgeworden zu sein. Gleichzeitig hatte sie ein mulmiges Gefühl. Was sie Tom Farynor erzählt hatte, entsprach zwar nicht der Wahrheit, aber die absonderlichen Gedanken waren ihr durchaus auch selbst durch den Kopf gegangen, als sie vom Pesttod ihres Liebsten erfahren hatte. Jezebel wusste wenig über die Pest und wie sie sich ausbreitete. Dass ein Pestkranker einen gesunden Menschen anstecken konnte, war bekannt, aber ob das auch für den Samen eines Pestkranken galt? Andererseits war sich Jezebel sicher, dass Jamie keinerlei Anzeichen der Krankheit am Körper gehabt hatte, als sie bei ihm gelegen hatte. Und wäre sein Samen verpestet gewesen, so hätte das Kind in ihrem Bauch Jezebel längst getötet. Farynor hatte ganz recht gehabt: Auch Jezebel hatte noch nie gehört, dass eine Mutter sich bei ihrem Neugeborenen angesteckt hatte. Aber Farynor hatte es geschluckt. Zumindest hatte er es nicht besser gewusst.

»Gelbschnabel«, murmelte sie, grinste und machte sich auf in die Heide.

Nathaniel Holcombe hockte im Schneidersitz unter einer Birke und hatte sich den breitkrempigen Hut tief in die Stirn geschoben. Weil sein Kopf auf die Brust gesackt war, konnte Jezebel nur den Rauschebart unter der Krempe erkennen. Der Hirtenstab lag neben dem schlafenden Schäfer auf dem Boden, und auch der schwarze Hund und die Heidschnucken dösten reglos in der Sonne, die bereits zu dieser frühen Stunde eine erstaunliche Hitze ausstrahlte.

Jezebel näherte sich dem Mann, doch je näher sie ihm kam, desto zaghafter wurden ihre Schritte. Seit ihrem Gespräch mit Jane Holcombe in Little Heath hatte sie sich vorgenommen, Nathaniel aufzusuchen und ihm einige Fragen zu stellen, doch als sie ihn nun vor sich sah, wusste sie nicht, wie sie vorgehen sollte. Vor seinem Haus hatte sie ihn so fließend und scheinbar verständlich mit seinem Hund reden hören, und da war ihr ein Gedanke durch den Kopf gegangen. Ein Gedanke, der ihr jetzt lächerlich und absurd vorkam. Sie wollte bereits wieder umkehren, als der Hund plötzlich hochfuhr und sie ankläffte.

»Ruhig, Digger, das ist nur die Nichte Oldershaw«, brummte Holcombe, ohne den Kopf zu heben oder seine sitzende Position zu verändern. »Gute Leute, die Oldershaws, sagt Mutter.« Der Hund verstummte augenblicklich und streckte sich wieder neben seinem Herrn aus.

Jezebel lächelte. Nicht nur der Name des Hundes amüsierte sie, auch dass der Schäfer tatsächlich zusammenhängende und sinnvolle Sätze von sich gab, erfreute sie. Es war also nicht vergebens gewesen herzukommen. Gleichzeitig wunderte sie sich, dass Holcombe sie erkannt hatte, ohne die Augen zu öffnen. Vermutlich hatte er sie an ihrem Gang erkannt. Es hieß ja, dass Schäfer ein sehr gutes Gehör hatten und auch im Halbschlaf ihre Herde bewachten.

»Eure Mutter ist eine sehr starke Frau«, sagte Jezebel und setzte sich auf einen großen Findling, der unweit der Birke aus dem braunen Heidekraut herausragte. »Ich bin sehr froh, dass sie mir helfen wird, mein Kind auf die Welt zu bringen. Ich könnte mir keine bessere Hebamme wünschen.«

Nathaniel Holcombe schob den Hut nach hinten, schaute Jezebel prüfend an und sagte: »Ay. Mutter ist … Schon früher … Seele von …« Da war das Stammeln wieder.

Jezebel war weder überrascht noch enttäuscht und erwiderte: »Sie hat mir von Euch und den Diggern erzählt. Eine traurige Geschichte. Vor allem was Mrs. Winstanley angeht. Susan. Ich würde Euch gern etwas dazu fragen.«

»Ach«, meinte der Schäfer und winkte ab. »Das ist lange … Kann mich kaum …« Dann nickte er und sagte: »Also …«

»Würdet Ihr mir einen Gefallen tun?«

Holcombe kratzte sich hinterm Ohr und blieb stumm.

»Könntet Ihr die Antworten nicht mir, sondern Eurem Hund geben?« Jezebel wusste, wie absurd ihre Worte klingen mussten, und sie war froh, dass ihnen außer dem Hund niemand zuhörte.

Der Schäfer zog die Stirn kraus, spuckte aus, schüttelte den Kopf und schob sich den Hut wieder in die Stirn. Es war offensichtlich, dass er Jezebel für verrückt hielt.

»Versteht mich nicht falsch, Mr. Holcombe, ich wollte Euch nicht beleidigen.«

Doch der Schäfer reagierte nicht mehr und schien jedes weitere Wort für Zeitverschwendung zu halten. Jezebel wartete eine Zeit lang, doch nichts geschah. Eine Eidechse kroch langsam auf den Findling zu und verschwand dann im Heidekraut. Schließlich fragte sie aufs Geratewohl: »Wo habt Ihr Susan Winstanley gefunden? Damals, als die Hütten der Digger brannten!«

Der Schäfer hob den Kopf, auch wenn er weiterhin schwieg. Jezebel hatte ihn mit der Frage sichtlich überrascht.

»Ihr habt Mrs. Winstanley zu ihrem Vater nach Cobham gebracht, nicht wahr?«

Er nickte.

»Wo habt Ihr sie gefunden?«

»Little …«

»Auf dem Digger-Hügel?«

Der Schäfer schüttelte den Kopf und sagte: »Farm …«

»Welche Farm?«

»Little.«

»Auf der ›Little Heath Farm‹?«

»Hab ich doch …«

»Gesagt«, ergänzte Jezebel und begriff. »War Robert Gavell bei ihr?«

Holcombe schaute sie verwirrt an und schüttelte den Kopf.

»Sie war allein?«

Kopfnicken. Dann: »Geblutet.«

»Zwischen den Beinen?«, fragte Jezebel, auch wenn sie wusste, dass eine solche Frage den Mann schockieren mochte.

Zögerndes Kopfschütteln. »Ihr Kopf hat …« Er deutete auf Nase und Mund. »Alles voller … Auch die Hände.«

»Sie wurde geschlagen?«

»Gefallen. Susan wollte nicht … Dann hat sie plötzlich …«

Jezebel überlegte und fragte: »Die Wehen bekommen?«

Achselzucken. Dann: »Ich hab Mutter … Aber sie kam …«

»Zu spät.«

»Ay«, sagte der Schäfer und lehnte sich gegen den Stamm der Birke. Wieder lag der leidende und verzweifelte Ausdruck auf seinem Gesicht, der Jezebel bereits bei ihrer Begegnung auf dem Friedhof aufgefallen war. Er schloss die Augen und faltete die Hände vor dem Bauch. Nur wenige Augenblicke später atmete er tief und ruhig, als wäre er eingeschlafen.

Jezebel ahnte, dass das Gespräch damit beendet war, und stand auf. Sie streckte sich, hielt sich den Rücken, atmete tief durch und murmelte: »Little Heath Farm!«

»Der Gutsherr hat die Farm verkauft«, brummte Holcombe. Seine Augen waren immer noch geschlossen, und es kam Jezebel beinahe so vor, als spräche er im Schlaf.

»Ich weiß«, sagte sie, »an einen Geschäftsmann aus London.«

»Ay«, sagte Nathaniel Holcombe. »Ingram.«

Jezebel fuhr zusammen und rief: »Woher kennt Ihr meinen Namen?«

Der Schäfer öffnete die Augen und sah sie verständnislos an. »Nay«, stammelte er, »der Mann aus London. Er hat die Farm ... Sam Bickerstaffe hat mir's ... Zimmermann. Das Dach wird ... Und die Ställe.«

»Der Name des Käufers ist Ingram?«, fragte sie fassungslos. Nathaniel Holcombe nickte und sagte: »Hat Sam ...«

»Der Zimmermann.«

»Ay.«

»Meine Güte, Kind, hast du mich erschreckt!« Mildred Oldershaw fasste sich an die Brust und schnappte nach Luft. »Stürmst hier herein, als wär's um dich geschehen! Was ist passiert?«

»Ist es das Kind?«, fragte Jane und schöpfte weißen Schaum aus dem Kochtopf, in dem sie aus Schweinepfoten eine Brühe kochte.

»Edward hat die ›Little Heath Farm‹ gekauft!«, rief Jezebel und setzte sich an den Tisch. »Mein Bruder ist der neue Besitzer des Hofs.«

»Wer sagt denn so was?«, lachte Mildred und fuhr sich mit dem Handrücken übers schweißnasse Gesicht.

Jezebel rümpfte die Nase. In der Küche roch es ranzig, dass sich ihr der Magen umdrehte. Sie wusste nicht, ob es die fettige Brühe oder die schwitzende Bäuerin war, die den Gestank verursachte, aber sie atmete mehrmals durch den Mund und sagte: »Nathaniel hat's von Sam Bickerstaffe erfahren.«

»Du hast mit Nathaniel gesprochen?«, wunderte sich Jane und warf zerkleinerte Schweinsohren in den Topf.

»Was sollte Edward wohl mit der Farm anfangen?«, sagte Mildred und schüttelte den Kopf. »Dein Bruder hat einige Monate bei uns gewohnt, wie du weißt. Und ich kann dir versichern, dass er nicht für das Leben auf dem Land geschaffen ist. Edward ist ein Londoner, wie er leibt und lebt. Es hat oft genug

Streit mit Joshua deswegen gegeben.« Sie lachte, verscheuchte zwei dicke schwarze Fliegen, die vor ihrem Gesicht herumschwirrten, und setzte hinzu: »Da hat Nathaniel bestimmt etwas falsch verstanden. Er ist nicht ganz richtig im Kopf.«

»Reverend Platt hat gesagt, dass der neue Besitzer kein Bauer ist«, erwiderte Jezebel und wandte sich an die Magd. »Erinnerst du dich, Jane? Er hat von einem Geschäftsmann aus London gesprochen. Und dieser Mann heißt Ingram, sagt Bickerstaffe.«

»Kein seltener Name in London«, meinte Mildred, doch das Lächeln in ihrem Gesicht gefror zu Eis.

»Hab ich's nicht gesagt?«, knurrte Jane und fuhr mit dem Kochlöffel durch den Topf, dass die Brühe zischend über den Rand schwappte.

»Was?«, fragte Jezebel.

»Eleanor kommt zurück«, sagte die Magd. »Wie sie's angekündigt hat!«

»Du meinst, dass Edward nur …?«

»Sicher.«

»Gott bewahre!«, entfuhr es der Bäuerin.

Zum ersten Mal, seitdem sie auf der »Twin Oaks Farm« war, sah Jezebel so etwas wie Angst oder Schrecken in Mildred Oldershaws Gesicht.

Und als habe er nur auf das Stichwort seiner Frau gewartet, trat Joshua Oldershaw in diesem Augenblick zur Tür herein, ging direkt auf Jezebel zu und legte ihr die schmächtige Hand auf die Schulter. Die Geste war ebenso steif wie ungewohnt, und so war Jezebel nicht überrascht, als Joshua mit finsterer Miene verkündete: »Jeremiah bringt schlechte Nachrichten aus London.«

Jezebel starrte den Bauern an und wisperte: »Wer?«

»Dein Vater ist tot.«

Jezebel konnte nicht anders. Sie lachte schallend, während ihr gleichzeitig die Tränen über die Wangen liefen. »Totgesoffen?«, vermutete sie.

Joshua schüttelte den Kopf und sagte: »Pest!«

»Oh nein!«, rief sie und vergrub das Gesicht in den Händen. »Nicht schon wieder.« Es dauerte eine Weile, bis sie begriff, was Joshuas Worte bedeuteten, dann fragte sie: »Und die anderen? Ist Geoff auch …?«

»Dein Bruder Geoffrey wohnt jetzt in Lambeth«, antwortete der Bauer. »Bei Edward.« Und als müsse er die Worte wie ein Eulengewölle hervorwürgen, setzte er hinzu: »Bei seiner Mutter.«

»Hab ich's nicht gesagt«, murmelte Jane.

Die folgenden Wochen verrannen träge wie zäher Honig. Die
Zeit schien stillzustehen oder festzukleben. Wie Harznasen an
einem Baumstamm. Ein Tag war wie der andere, eine Stunde
glich der nächsten, und nur die Nächte brachten Erholung und
Abwechslung, denn in ihren Träumen war Jezebel an einem anderen Ort in einer fernen Zeit. Wenn sie schlief, war es stets der
10. Dezember 1665, und sie lag mit Jamie auf einer fleckigen
Matratze in der Botolph Lane, schaute ihren schlafenden Liebsten von der Seite an und fuhr mit den Fingern über sein hübsches Gesicht und die schmale Nase, bis er mit einem Lachen
aufwachte. Dann wachte auch sie auf und war wieder in
Oxshott. Und Jamies Gesicht, das sie gerade noch so deutlich
vor sich gesehen hatte, verschwamm zu einem konturlosen
Schemen. Wie die abgegriffene Bleistiftzeichnung, die sie so oft
in den Händen gehalten und ans Herz gedrückt hatte, dass
kaum noch etwas darauf zu erkennen war.

Es war inzwischen die zweite Julihälfte, ihr Bauch wuchs
und wuchs, die Haut spannte, als wollte sie reißen, der Rücken
schmerzte unaufhörlich, vor allem im Sitzen und Stehen. Und
wenn sie lag, drückte ihr das Kind auf die inneren Organe, dass
es sich anfühlte, als hätte sie ein Steinleiden. Ihre Spaziergänge
hatte Jezebel beinahe gänzlich eingestellt. Nicht nur wegen der
Schmerzen. Sie hatte genug von den sonderbaren Begegnungen
und bösen Überraschungen. Also beließ sie es bei den sonntäglichen Kirchgängen nach Cobham und beschränkte sich sonst
darauf, auf dem Hof herumzuschlendern oder im Schatten der
verkrüppelten Doppeleiche vor der Hitze Zuflucht zu suchen.
Zur Kirche ging sie nicht etwa, weil sie plötzlich Trost im Glauben gefunden hätte oder ihr die wütenden und flammend vor-
getragenen Predigten des Reverend Platt besonders gefielen.
Auch dass es seit der Restauration vom König zur Pflicht erhoben worden war, einmal wöchentlich den Gottesdienst zu besuchen, scherte sie nicht. Ihr ging es darum, sich nach außen hin

völlig unbekümmert und unbeeindruckt zu geben. Sie ging sonntags zur Kirche, weil sie es so gewohnt war. Weil sie es immer so gemacht hatte. Allerdings waren ihr die neugierigen und aufdringlichen Blicke der Gemeindemitglieder so unangenehm und zuwider wie am ersten Tag. Die Leute schienen sich ebenso wenig an sie gewöhnen zu können wie umgekehrt. Wenn doch das Kind nur schon da wäre und sie nach London zurückkehren könnte! Auch wenn sie keine Ahnung hatte, was sie dort erwartete.

Der Tod ihres Vater hatte sie zwar erschreckt, aber nicht wirklich erschüttert. Er hatte sie letztlich ebenso kalt gelassen wie das Wiederauftauchen ihrer Mutter. Hätte Mr. Oldershaw gesagt, dass einer ihrer Brüder gestorben sei, so wäre sie vermutlich vor Schmerz und Trauer in Ohnmacht gefallen, aber dass ihr Vater nicht mehr lebte, verursachte ihr keine schlaflosen Nächte. Paul Ingram war ein Schläger und Trunkenbold gewesen, und er gehörte zu einem Leben, das sie hinter sich gelassen hatte. Sie hatte in den vergangen Monaten kaum an ihren Vater gedacht und würde es vermutlich auch in Zukunft selten tun. Sie verabscheute ihren Vater nicht mehr, wie sie es früher getan hatte, aber sie vermisste ihn auch nicht. Er war tot. Friede seiner dunklen Seele. Mehr war dazu aus ihrer Sicht nicht zu sagen. Es waren ganz andere Dinge, die sie beschäftigten oder ihr Sorgen bereiteten.

Am Sonntag, den 22. Juli, während die Oldershaws im Bethaus der »Southwood Farm« ihr wöchentliches Treffen abhielten, war Jezebel auf dem Weg zur Kirche dem Maler John begegnet. Ausgerechnet auf dem Hügel in Little Heath. Im Schatten der Kiefern hatte er seine Staffelei aufgebaut, und auf ihre Frage, was um alles in der Welt er in dieser Einöde treibe, hatte er geantwortet: »Ich bin auf der Flucht vor einem Plagegeist.«

John erkundigte sich nach ihrem Befinden und betonte, wie froh er sei, Jezebel noch einmal zu sehen, bevor er in wenigen Tagen nach London zurückkehre. Die Bilder und Skizzen seien beinahe fertig, auch wenn der Bäckerssohn ihm in den letzten Wochen die Arbeit und das Leben mehr als schwer gemacht habe. Er sei eine wahre Strafe Gottes! Alles wisse dieser Tom Farynor besser, vor allem von Dingen, die ihm vollends unbekannt und fremd seien. Auch als Augenzeuge sei er nicht zu gebrauchen gewesen. John deutete auf das Porträt, das auf der Staffelei eingeklemmt war, und meinte: »Mal war die Stirn schmal und hoch, dann wieder breit und fliehend. Mal war das Haar schulterlang und pechschwarz, dann plötzlich mittellang und mit grauen Strähnen durchzogen. Und überhaupt schien Mr. Farynor sich kaum an die Mordnacht erinnern zu können. Wenn Ihr mich fragt, war er damals sternhagelvoll und weiß so viel von dem Mörder wie Ihr und ich.«

Wenn Ihr wüsstet, dachte Jezebel und betrachtete die Zeichnung. Sie sah einen Mann von etwa vierzig Jahren mit dichtem Bart und zerzausten Haaren, an dem vor allem die Augen und die buschigen Brauen auffielen. Der stiere Blick erinnerte an den eines wilden Tieres.

»Ich habe noch weitere Versionen des Bildes angefertigt, weil der Mörder sein Aussehen in der Zwischenzeit verändert haben könnte«, sagte John und holte ein quartformatiges Papier aus einer ledernen Mappe, die neben der Staffelei auf dem Boden lag. »Mal mit Vollbart, mal mit Spitzbart oder rasiert. Eines mit kurzem Haar, eines mit Perücke. Und eines sogar mit Glatze. Seht nur!« Er lachte und zeigte Jezebel das entsprechende Bildnis. »Die Gutsherren zahlen gut, und auch das Essen im Manor House ist köstlich, wofür ich sehr dankbar bin, aber mit diesen Bildern werden Mr. und Mrs. Platt nichts ausrichten können. Wenn der Mörder auch nur die geringste Ähnlichkeit mit den Porträts hat, wäre es der reine Zufall. Ich habe die Bilder nach Gutdünken angefertigt. Das Einzige, woran sich Farynor zweifelsfrei erinnern konnte, war der irre und gehetzte Blick des Mannes. Aber dafür hätte man mich und meine Bilder nicht gebraucht. Bloße Zeit- und Geldverschwendung.«

»Ihr werdet Cobham Manor also in Kürze verlassen?« Jezebel verglich das Bild auf der Staffelei mit dem aus der Mappe. Egal ob rasiert und mit Glatze oder vollbärtig und mit langen Locken, die wilden Augen unter buschigen Brauen sprangen den Betrachter regelrecht an.

»Lieber heute als morgen kehre ich nach Holborn zurück«, sagte der Maler nickend und schob die Bilder in die Mappe. »Ich langweile mich in diesem Nest bereits zu Tode. Wenn ich mich nicht gerade über den Bäckerssohn ärgere und ihm die Pest auf den Hals wünsche.«

»Dann wird Mr. Farynor ebenfalls abreisen?«

»Zumindest fehlt ihm fortan ein Vorwand, die Gastfreundschaft der Gutsherren zu strapazieren.« John lachte und setzte hinzu: »Der junge Mann ist eine verdammte Klette. Ein Parasit, der stets auf Kosten anderer lebt und dabei darauf baut, dass diese anderen zu höflich sind, ihn einfach vor die Tür zu setzen. Er kann ganz schön beharrlich und anhänglich sein, wie Ihr ja am eigenen Leib erfahren habt, Mistress Jezebel.«

»Den Zahn habe ich ihm gezogen«, lachte Jezebel. »Vor seinen Nachstellungen bin ich vorerst sicher. Die Pest, die Ihr ihm an den Hals wünscht, hält ihn von meinem Halse fern.«

»Tatsächlich?« John stellte sich wieder hinter die Staffelei und zuckte mit den Achseln. »Mir hat er etwas anderes gesagt. Aber wahrscheinlich hat er wieder angegeben oder maßlos übertrieben. Mr. Farynor ist ein eitler Narr, der nicht einmal merkt, wenn er sich selbst etwas vormacht. Leider hat er damit erstaunlichen Erfolg.« Er neigte den Kopf, wünschte Jezebel alles Gute und lud sie ein, doch einmal bei ihm im Cottage vorbeizuschauen, wenn sie wieder in London sei. Dann wandte er sich ab und machte sich an die Arbeit.

Nur eine halbe Stunde später wusste Jezebel, was der Maler mit seinen letzten Worten gemeint hatte. Als sie die Kirche von St. Andrew erreichte, wartete Tom Farynor bereits an der Friedhofspforte auf sie und bat um eine kurze Unterredung unter vier Augen. Seit ihrem letzten Gespräch in Oxshott hatten die beiden kaum ein Wort miteinander gewechselt. Zwar hatte er sich in der Kirche oft verschämt zu ihr umgeschaut und höfliche Belanglosigkeiten von sich gegeben, wenn sie sich auf dem Kirchhof getroffen hatten, aber er hatte es nicht gewagt, sie auf das anzusprechen, was Jezebel ihm mitgeteilt hatte. Jezebel ihrerseits hatte sich unbefangen, aber reserviert gegeben und war sich sicher gewesen, dass ihr letztes Gespräch die erhoffte Wirkung auf den jungen Kavalier gehabt hatte. Nun wurde sie eines Besseren belehrt.

»Entschuldigt meine Dummheit, Mistress Jezebel!«, begann er, nachdem er sie an der Friedhofsmauer entlang bis zum Fluss geführt hatte, wo die Mauer eine Nische bildete und sie unbeobachtet waren. »Ich weiß, ich habe mich wie ein Narr verhalten, und hoffe, Ihr könnt mir verzeihen.«

»Was meint Ihr, Tom?«, fragte Jezebel und ahnte Böses.

»Ich habe es mir anders überlegt«, rutschte es Farynor heraus, doch dann verbesserte er sich umgehend: »Seit Tagen ringe und hadere ich mit mir. Ich habe Eure bewundernswerte und mutige Offenheit mit Schwäche und Angst beantwortet, und das war ebenso töricht wie verantwortungslos. Doch das wird sich nun ändern, wunderbare Jezebel. Ich habe einen Entschluss gefasst und werde Euch nicht im Stich lassen! Komme, was da wolle.«

»Im Stich lassen?« Jezebel schüttelte verständnislos den Kopf. »Wovon redet Ihr? Und welche Verantwortung meint Ihr? Ihr sprecht in Rätseln, Tom.«

»Ihr wisst natürlich, was ich für Euch empfinde.« Farynor sah sie erstaunt, ja beinahe empört an. Er tat gerade so, als hätten sie seit Langem eine unausgesprochene Vereinbarung, an die sie sich nun nicht erinnern wollte. »Das werdet Ihr doch nicht leugnen. Seid nicht so grausam!«

Jezebel trat einen Schritt zurück und hob abwehrend die Hände. »Was wollt Ihr von mir?«, fauchte sie ihn an. »Und wie kommt Ihr auf die Idee, dass mich Eure Gefühle interessieren könnten? Ihr seid anmaßend und unverschämt, Mr. Farynor.«

»Aber ich liebe Euch, Jezebel!«

»Behaltet Eure Liebe für Euch, Mr. Farynor. Davon will ich nichts wissen.«

»Aber ich liebe Euch«, wiederholte er, als hätte Jezebel ihn beim ersten Mal nicht richtig verstanden. »Ihr habt diese Liebe in mir entfacht und könnt davor nicht einfach die Augen verschließen. Seitdem ich Euch das erste Mal gesehen habe, bin ich wie um den Verstand gebracht. Ich kann an nichts anderes mehr denken. Ich muss gestehen, dass ich in der letzten Zeit wankelmütig und zaudernd war, doch das ist nun vorüber. Ich liebe Euch und möchte Euch zur Frau nehmen. Das ist mein Entschluss. Und Mrs. Sutton hat mich sehr in diesem Entschluss bestärkt. Sie war mir in den letzten Tagen eine große Hilfe.«

»Mrs. Sutton? Ausgerechnet!« Jezebel wusste nicht, ob sie lachen oder weinen sollte. »Vielleicht solltet Ihr Euch eine andere Ratgeberin zulegen! Sie scheint Euch nichts als Flausen in den Kopf gesetzt zu haben.«

»Keineswegs. Ich habe mir alles gründlich überlegt. Wollt Ihr meine Frau werden?« Er verneigte sich beinahe bis zum Boden. »Wenn die Trauer vorüber ist, versteht sich. Mrs. Sutton meinte, zum Ende des Jahres sei das möglich, ohne die Regeln des Anstands zu verletzen. Sie weiß sehr gut in solchen Dingen Bescheid.«

»Wie kommt Ihr dazu, mir einen solchen Antrag zu machen, Sir? Ihr kennt mich doch überhaupt nicht. Ihr wisst nichts von mir. Von Eurer Mrs. Sutton ganz zu schweigen.« Jezebel starrte den jungen Mann entgeistert an. Obwohl Farynor einige Jahre älter als sie war, kam er ihr wie ein unreifes Balg vor, dem man die kindischen Launen mit nüchternen Fakten austreiben musste. Deshalb setzte sie hinzu: »Ich trage das Kind eines anderen unter dem Herzen, vergesst das nicht. Ein Kind, das womöglich pestkrank auf die Welt kommen wird.«

»Um das Kind werde ich mich wie um mein eigenes kümmern.« Er lächelte nachsichtig und fügte hinzu: »Ich habe übrigens mit einem Medicus in Esher gesprochen. Er hat mir versichert, dass Euch nach der Geburt keine Gefahr droht, wenn Ihr Euch bis jetzt nicht angesteckt habt. Der Mann hat große Erfahrung auf diesem Gebiet und war im vergangenen Sommer als Pestarzt in London. Nein, macht Euch keine Sorgen, liebste Jezebel, um das Kind kümmere ich mich.«

»Aber ich will nicht, dass Ihr Euch darum kümmert!«, schrie Jezebel ihn an. »Ich will nicht, dass Ihr Euch um irgendetwas kümmert. Lasst mich in Frieden, Mr. Farynor! Schert Euch zum Teufel, Ihr seid mir zuwider!«

»Ich weiß, dass Ihr das nicht so meint«, antwortete er und grinste entrückt. »Das könnt Ihr gar nicht so meinen. Das weiß ich genau.« Er schien überhaupt nicht zu begreifen, was sie sagte und dass sie meinte, was sie sagte. In seinem Kopf schien sich festgesetzt zu haben, dass Jezebels Gefühle mit den seinen identisch waren. Egal, ob ihre Worte dem entsprachen oder nicht.

Jezebel unternahm einen letzten Versuch: »Es ehrt mich, dass Ihr so tiefe und herzliche Gefühle für mich empfindet, Mr. Farynor, aber ich kann diese Gefühle leider nicht erwidern.«

»Natürlich könnt Ihr das«, entgegnete er unbeirrt und scheinbar über jeden Zweifel erhaben. »Ich werde Euch dabei helfen.«

»Aber ich *will* es nicht!«

Er schüttelte den Kopf und lächelte wie über ein störrisches Kind, das sich nicht mit den Tatsachen abfinden wollte. »Ach, Jezebel«, murmelte er. »Warum sträubt Ihr Euch gegen Eure Gefühle? Ich weiß doch, dass Ihr mich ebenfalls liebt. Sonst hättet Ihr diese Liebe gar nicht in mir entfachen können. Das ist gar nicht denkbar.«

»Einen Dreck wisst Ihr!«, spie sie ihm entgegen. »Und mein Name ist Hollar. Mrs. James Hollar!«

»Mr. Hollar ist tot. Und Ihr werdet bald Mrs. Thomas Farynor sein.«

»Niemals!«, schrie Jezebel. »Lieber sterbe ich!«

Und damit ließ sie ihn im Schatten der Friedhofsmauer stehen.

Eine Woche lang verließ Jezebel nicht das Haus. Tagsüber lag sie zumeist auf ihrem Lager, presste das Bild an ihre Brust oder starrte stundenlang durchs Fenster auf die Heide. Den Oldershaws gegenüber behauptete sie, ihr ginge es nicht gut und die Hitze setze ihr zu sehr zu. Nur der alten Jane vertraute sie sich eines späten Abends in der Stube an und erzählte ihr von dem Vorfall an der Friedhofsmauer.

»Hab ich's mir doch gedacht«, sagte Jane, schaute von ihrer Handarbeit auf und beugte sich in ihrem Lehnstuhl vor. »Der Kerl war mir von Anfang an nicht geheuer. Wie der immer geguckt hat! Als hätte er sie nicht alle beisammen.«

»Du meinst, er ist verrückt?«

»Wie oft hat er dich gesehen? Dreimal? Viermal? Und trotzdem benimmt er sich, als sei eure Heirat bereits eine ausgemachte Sache! Besonders vernünftig klingt das nicht, oder? Aber jeder Verliebte ist vermutlich ein bisschen verrückt.«

»Verrückt oder nicht, er schien mir nicht so, als wäre er so ohne Weiteres von seinem Unsinn abzubringen. Mr. Lydon hatte ganz recht, er ist wie eine Klette.«

»Keine Bange, auf ›Twin Oaks‹ kann dir nichts geschehen, ich passe schon auf dich auf. Der Geck soll mir bloß unter die Augen kommen!«

»Zum Glück ist der Spuk in ein paar Tagen vorbei«, sagte Jezebel und drückte der Alten dankbar die Hand. »Wenn der Maler wieder in London ist, wird Mr. Farynor nichts anderes übrig bleiben, als Cobham ebenfalls zu verlassen.«

»Bleib zur Sicherheit noch ein paar Tage im Haus«, meinte Jane und richtete ihren Dutt am Hinterkopf, dass sich ihre Haut an den Schläfen spannte. »Am Samstag gehe ich nach Cobham Manor House und hör mich um. Ich wollte Esther Bickerstaffe ohnehin besuchen und ihr weitere Geheimnisse ihrer Küche entlocken, da werde ich schon erfahren, was im Gutshaus los ist. Das Gesinde weiß immer gut Bescheid. Oft besser als die Herrschaft.«

Als die Magd am Samstagnachmittag aus Cobham zurückkam, brachte sie folgende Nachrichten mit: Mr. John Lydon hatte Cobham Manor am Mittwoch, den 25. Juli, verlassen und sich auf den Weg nach London gemacht, wo er sich mit einem Drucker oder Kupferstecher treffen wollte, um nach den Zeichnungen und Skizzen die Vorlagen der Steckbriefe erstellen zu lassen. Mr. Thomas Farynor war ihm am Freitag mit unbekanntem Ziel gefolgt, allerdings nicht ohne Druck und beharrliches Zureden der Gutsherren, die des langwierigen Gastes mehr als überdrüssig gewesen seien. Alle in Cobham Manor seien froh, den eitlen Gecken und Dummschwätzer los zu sein. Alle außer Mrs. Sutton, die häufiger als üblich in ihrem Elternhaus gewesen sei und den jungen Mann wie einen Schutzbefohlenen unter ihre Fittiche genommen habe.

»Dann ist die Luft rein?«, fragte Jezebel.

»In Cobham ist Mr. Farynor jedenfalls nicht mehr gesehen worden.«

»Gott sei Dank!«

»Gott hat damit nichts zu tun«, knurrte Jane und setzte eine ernste Miene auf. »Aber es gibt weitere Neuigkeiten aus Cobham.«

»Du meinst die ›Little Heath Farm‹?«

Jane nickte. »Gegen Ende des fünften Monats ist der Kontrakt mit einem gewissen Mr. Ingram aus Lambeth unterzeichnet worden, sagt Esther. Ein sehr junger Mann mit rotbraunen Locken und strengem Blick, so hat sie ihn beschrieben. Du hattest recht, mein Kind. Edward hat die Farm gekauft.«

»Ende Mai«, murmelte Jezebel und begriff. »Am 29. hat Edward mich nach Oxshott gebracht, und am 30. musste er bereits frühmorgens zurück nach London. Vermutlich hat er einen kleinen Abstecher nach Cobham Manor gemacht und alles in die Wege geleitet.«

»Angeblich war Pfarrer Platt schon seit Längerem in Verhandlungen wegen der Farm«, fuhr die Magd fort und tippte sich an die Nasenspitze, als habe sie den richtigen Riecher gehabt. »Doch weil der Gutsherr den Hof samt Land anfangs nur verpachten, aber als Eigentum nicht verlieren wollte, konnte er sich mit dem geheimnisvollen Interessenten nicht einigen. Esthers Sohn Sam, der das Dach herrichten soll, hatte übrigens auch den Eindruck, dass dieser Mr. Ingram von Landwirtschaft keine Ahnung hatte und nur ein Mittelsmann war.«

»Mutter Southwood steckt dahinter.«

»Nenn sie nicht so«, sagte Jane.

»Wie denn sonst?«

»Mutter«, schlug die Magd vor. »Denn genau das ist sie. Deine Mutter.«

»Die künftige Herrin von Little Heath.«

8

Der 1. August war ein Mittwoch. Vor genau zehn Tagen hatte sie Farynors absurden Heiratsantrag brüsk abgewiesen, und seit beinahe einer Woche war der junge Mann aus Cobham verschwunden. In der ganzen Zeit war Jezebel kein weiteres Mal von ihm belästigt worden, weder durch schriftliche Nachrichten noch durch persönliches Erscheinen auf der »Twin Oaks Farm«. Anfangs hatte sie dem Frieden nicht recht trauen wollen und stets und überall befürchtet, dem verschmähten Freier unversehens gegenüberzustehen, doch dann hatte sie sich schließlich mit dem Gedanken angefreundet, dass die erlittene Schmach und die herbe Abfuhr dem jungen Kavalier die Augen geöffnet haben könnten. Vermutlich hatte Farynor das Weite gesucht, um sich die Wunden zu lecken und seinen Liebeskummer in Wein und Bier zu ertränken. Oder er war in die Pudding Lane zurückgekehrt, um als verloren geglaubtes Schaf wieder in die Familie des Bäckers aufgenommen zu werden. Jezebel wünschte es ihm und sich von ganzem Herzen.

An diesem Mittwoch im August hatte Jezebel die Absicht, zur »Danes Hill Farm« zu gehen, um von Rosalind einige Änderungen an den Kleidern vornehmen zu lassen. Ihr Bauchumfang hatte sich in den letzten Wochen derart vergrößert, dass nur noch das klobige Wickelkleid passte. Jane vermutete bereits, sie könnte womöglich Zwillinge in sich tragen. Und so wollte Jezebel die Schneiderin beauftragen, die Kleider entsprechend zu ändern und zu weiten. Da sie nach wie vor nur ungern allein den Hof verließ und Jane in der Küche unabkömmlich war, bat sie Mary und Joseph, sie ins Dorf zu begleiten, was diese sofort freudestrahlend zusagten. Die Kinder wären im Ernstfall zwar nur eine geringe Hilfe, aber ihre Anwesenheit würde Farynor zumindest davon abhalten, irgendwelche Dummheiten zu begehen. Das hoffte Jezebel jedenfalls.

»Wie willst du sie nennen?«, fragte Mary, kaum dass sie den

Hof verlassen hatten und den leicht ansteigenden Sandweg nach Oxshott betraten.

»Wen?«, fragte Jezebel.

»Die Zwillinge.«

»Noch ist nicht gesagt, dass es Zwillinge sind.«

»Hat Jane aber behauptet«, beharrte Mary. »Also, wie? Mary und Joseph?«

Jezebel lachte, schüttelte den Kopf und sagte: »Dann schon lieber Amor und Psyche.«

»Was sind denn das für hässliche Namen?« Mary zog eine ärgerliche Grimasse und grummelte: »Hab ich ja noch nie gehört. So heißt doch kein Mensch.«

»Richtig«, sagte Jezebel, »so heißt kein Mensch.«

Als sie nach kurzer Zeit die alte Schmiede und das sogenannte »Alehouse« am Dorfplatz erreicht hatten, wies Joseph plötzlich mit dem Zeigefinger auf den Brunnen und rief in seiner bekannt knappen Art: »Da! Mann!«

Jezebel fuhr ein Schrecken in die Glieder, doch als sie die Gestalt sah, die sich gerade mit Wasser aus dem Brunnen erfrischt hatte, erkannte sie, dass es sich nicht um Tom Farynor handeln konnte. Der Mann, der mit dem Rücken zu ihnen stand, war viel kräftiger gebaut als der Bäckerssohn und trug die einfache und schmucklose Kleidung eines Landmannes: schlichte Kniehosen, ein kragenloses Hemd, darüber eine grobe Leinenjoppe und auf dem Kopf ein lederner Schlapphut. Unter der breiten Krempe waren keine Haare zu sehen, entweder waren sie sehr kurz geschnitten oder unter die Hutkrone gestopft. In der einen Hand trug der Mann eine Reisetasche aus abgewetztem Leder, in der anderen hatte er einen Wanderstab aus Wurzelholz, an dem ein Stoffbeutel hing.

»Wer ist das?«, fragte Jezebel.

Mary zuckte mit den Schultern.

Und Joseph sagte: »Highwayman.«

Tatsächlich trat in diesem Moment Nathaniel Holcombe aus seinem Cottage und ging mit ausgebreiteten Armen auf den Mann zu. Auch der Fremde breitete die Arme aus, und als die beiden Männer voreinander standen, umarmten sie sich und hielten sich lange umschlungen, als seien sie alte Freunde, die sich nach langer Zeit wiedersahen. Holcombe strahlte sichtlich, nahm dem anderen die Tasche ab und führte ihn zu seiner windschiefen Behausung. Dabei schienen die beiden Männer nicht miteinander zu sprechen. Weder hörte Jezebel das typische Gestotter des Schäfers noch vernahm sie Worte der Begrüßung aus dem Munde des anderen. Sie schienen sich nur mit Blicken zu verständigen und klopften sich immer wieder gegenseitig auf den Rücken.

Den Wanderer oder Reisenden hatte Jezebel die ganze Zeit nur von hinten gesehen, und die breite Krempe seines Hutes hatte zudem den oberen Teil des bartlosen Gesichts verdeckt, doch nichts an diesem Mann kam ihr bekannt oder ungewöhnlich vor. Dennoch folgte sie ihm mit ihrem Blick und behielt das »Highwayman's Cottage« auch noch konzentriert im Auge, als die beiden Männer die Kate längst betreten und die Tür hinter sich geschlossen hatten.

»Was ist?«, wunderte sich Mary.

»Nichts«, antwortete Jezebel. »Lasst uns weitergehen.«

Sie ließen das Cottage rechts liegen und verließen das Dorf in südlicher Richtung, bis sich der Weg schließlich gabelte. Linker Hand am Waldrand lag die »Danes Hill Farm«, und rechter Hand bog der Trampelpfad ab, der entlang des Höhenkamms bis zu der alten Eiche mit dem Hochsitz der Digger führte. Jezebel wollte bereits auf den Weg zur Farm einschwenken, als sie eher zufällig über ihre Schulter blickte und unterhalb des Dorfes, dort wo der lichte Kiefernwald in karge und sparsam bewachsene Heidelandschaft überging, zwei Gestalten bemerkte, die sich nach Westen entfernten. Erst bei genauerem Hinsehen erkannte sie den Schäfer Holcombe und seinen Besucher, der immer noch den Wanderstab in der Hand hielt, und sie wunderte sich laut, wie die beiden es so rasch geschafft hatten, dorthin zu gelangen.

»Vom ›Highwayman's Cottage‹ aus führen geheime Tunnel und Wege in alle Richtungen«, meinte Mary und blähte die Backen auf. »Wegen der Räuber.«

»Fluchtwege«, bestätigte Joseph nickend.

»Jetzt ist aber Schluss mit den Räuberpistolen!«, schimpfte Jezebel.

»Nein, im Ernst!« Mary wies auf das Cottage in der Ferne, das auf der einen Seite an die Dorfstraße stieß und dessen Rückseite von einem kleinen Dickicht aus Sträuchern und Bäumen umgeben war. »Es gibt einen steilen Kletterpfad, der direkt vom Haus durch den ein Stück darunter liegenden Busch führt. Von dort ist man ruck, zuck in Little Heath.«

»Verstehe!« Plötzlich wusste Jezebel, wer der Fremde war und wohin die Männer gingen. Sie blieb stehen und wandte sich um. »Geht schon mal vor«, sagte sie zu den Kindern und gab Mary die Kleider, die geändert werden sollten. »Sagt Rosalind, dass ich gleich nachkomme.«

»Wo willst du hin?«

»Zu einem Grab, das gar keines ist.«

»Du liebe Güte!«, stieß Joseph entgeistert hervor.

Es war ein seltsames Bild, das sich ihr auf dem Digger-Hügel bot und das sie an eine Szene erinnerte, die sie unlängst selbst erlebt hatte. Nur waren die handelnden Personen vertauscht. Auf dem Baumstumpf zwischen den Überresten der Hütten, wo vor einigen Wochen Jane gehockt hatte, saß nun der Fremde mit dem Wanderstab, und wie die alte Magd stützte er die Unterarme auf die Oberschenkel und schien völlig in Gedanken versunken. Und an der Stelle, an der Jezebel gestanden und die »Little Heath Farm« entdeckt hatte, stand nun Nathaniel Holcombe und blickte in dieselbe Richtung, als wolle er den anderen in seinen Grübeleien nicht stören. Oder als hinge er ganz eigenen Gedanken nach.

Da Jezebel sich von Süden her näherte, aus Richtung der alten Eiche, wurde sie von keinem der beiden Männer bemerkt, und so ging sie ohne Zögern zu den Kiefern, in deren Schatten einst die Digger-Siedlung gestanden hatte. Der Mann auf dem Baumstumpf regte sich nicht und starrte weiterhin zu Boden, auch als Jezebel direkt hinter ihm stand und sich mit einem Räuspern bemerkbar machte. Er hatte den Wanderstab beiseitegelegt und den Hut abgenommen, sodass Jezebel die weißgrauen Haare sah, die wie bei einem Puritaner bis zu den Ohren reichten und rings um den Kopf auf gleicher Länge abgeschnitten waren.

»Mr. Winstanley, wenn ich nicht irre«, sagte sie, schnaufte ein wenig atemlos und hielt sich den Rücken, der von dem Anstieg schmerzte. »Es freut mich, Euch kennenzulernen. Ich habe schon viel von Euch gehört.«

Der Mann wandte sich um, starrte sie zunächst verwirrt und dann entgeistert an und murmelte: »Mistress Ingram.«

Jezebel stieß einen überraschten Schrei aus und rief: »Master Gerrard!« Der Eremit von St. Olave! Sie hielt sich die Hand vor den Mund und stotterte: »Aber … was macht Ihr denn hier?«

»Ich nehme Abschied«, sagte er und deutete lächelnd auf ihren Bauch. »Meinen Glückwunsch, Mistress Ingram. Wie ich sehe, seid Ihr in anderen Umständen. Davon hat Geoffrey gar nichts erzählt.«

Jezebel nickte und schüttelte dann den Kopf, in dem es drunter und drüber ging. Wieder starrte sie den Master an, dessen Miene sich plötzlich verdüsterte, als begreife er, weshalb sie ihn derart durchdringend musterte. Denn Jezebel erkannte die stechenden Augen und die buschigen Brauen, die sie erst vor wenigen Tagen an gleicher Stelle gesehen hatte. Bei dieser Gelegenheit jedoch auf Leinwand und Papier. Die Augen und der gehetzte Blick eines flüchtigen Mörders.

»*Ihr* seid Bruder Winstanley?«, fragte sie. »Der Digger.«

»Gerrard Winstanley, ganz recht«, antwortete er und wandte sich dann an Holcombe, der sich inzwischen den beiden genähert hatte: »Nathaniel, dies ist Mistress Jezebel Ingram. Wir kennen uns aus Southwark.«

Nathaniel nickte und starrte Jezebel eifersüchtig, ja beinahe feindselig an. Er verschränkte die Arme vor der Brust, gab jedoch keinen Ton von sich.

Jezebel deutete auf das Holzkreuz. Das heißt, sie wollte auf das Holzkreuz deuten, aber das war nicht möglich, denn es befand sich nicht mehr an seinem Platz.

»Sucht Ihr das hier?«, fragte Master Gerrard und hob zwei kleine Bretter vom Boden auf. »Ich habe das Kreuz entfernt. Es hat seinen Zweck erfüllt. Wenn es denn jemals einen hatte.«

»Habt Ihr Eure Füße im Blut des Frevlers gebadet, Master Gerrard? Seid Ihr ein Gerechter? Habt Ihr Euch an Eurer Rache erfreut, wie Ihr es auf dem Kreuz angekündigt habt?«

»Ihr erstaunt mich, Mistress Ingram. Ich hätte nicht gedacht, dass Ihr die Psalmen der Heiligen Schrift kennt.«

»Warum habt Ihr Robert Gavell getötet? Was hat er Eurer Frau angetan?«

»Nichts!«, schrie Nathaniel Holcombe und fuchtelte aufgeregt mit den Armen. »Nichts ist … Gar nichts ist … Bloß … Lügen … Niemand hat …«

»Lass gut sein, lieber Freund«, sagte Master Gerrard und sprang plötzlich auf die Beine, dass Jezebel instinktiv zurückwich und beinahe über eine Kiefernwurzel gestolpert wäre. »Entschuldigt, Mistress Ingram. Ich wollte Euch nicht erschrecken. Setzt Euch!« Er wies auf den Baumstumpf und sagte: »Ich habe keine Ahnung, woher Ihr das alles wisst, aber Ihr habt völlig recht, und ich streite es gar nicht ab. Ich habe den Sohn des Pfarrers getötet und kann nicht einmal behaupten, dass es mir leidtut. Vermutlich war es ein Fehler, aber es ist nun einmal geschehen und lässt sich nicht rückgängig machen.«

»Weil er Eure Frau vergewaltigt hat?«

Er zuckte mit den Schultern und schüttelte dann den Kopf. »Warum tötet man? Wer weiß das schon? Vielleicht weil ich es ihm und mir geschworen hatte. Oder weil ich die unerwartete Gelegenheit bekam, es zu tun. Weil ich zu schwach und jämmerlich war, es *nicht* zu tun.« Er kniff die Augen zusammen und fragte: »Woher wisst Ihr so viel über mich? Hat Raymond Webster Euch das alles erzählt?«

»Rancid Ray? Was hat denn der damit zu tun?« Jezebel schüttelte den Kopf.

Master Gerrard schaute sie überrascht an und fragte: »Warum interessiert Ihr Euch so sehr dafür? Was wollt Ihr von mir? Wieso geht Ihr nicht einfach zum Friedensrichter oder zum Gutsherrn und berichtet ihm, was ihr wisst oder vermutet? Ihr wärt nicht die Erste, die es auf das Kopfgeld abgesehen hätte. Ich könnte es Euch nicht einmal verdenken.«

Wieder schüttelte sie den Kopf. Nicht nur, weil sie tatsächlich kein Interesse an irgendeinem Kopfgeld hatte, sondern weil sie selbst darüber staunte, wie sehr ihr das Schicksal dieses Mannes und seiner Frau zu Herzen ging. Schon auf dem Friedhof von St. Andrew, am Grab der Susan Winstanley, hatte sie dieses seltsame Gefühl gehabt, und es hatte sie seitdem nicht mehr losgelassen. Ein Rühr-mich-nicht-an, so hatte Jane die verstorbene Mrs. Winstanley genannt, und vielleicht war Jezebel selbst solch ein Rühr-mich-nicht-an, wenn auch aus ganz anderen Gründen. Je mehr sie über das Ehepaar Winstanley und die Gemeinschaft der Digger erfahren hatte, desto stärker war jedenfalls das Gefühl der Verbundenheit geworden. Sie hatte sich nicht dagegen wehren können. Und nun stellte sich heraus, dass dieser Bruder Winstanley gar kein Fremder für sie war, sondern der Eremit von St. Olave, der ihr früher bei jeder Begegnung einen Schauder über den Rücken gejagt hatte.

»Wieso ist Eure Frau an jenem Freitag nach Ostern zur ›Little Heath Farm‹ gegangen?«, fragte Jezebel aufs Geratewohl, denn dies war die Frage, die sie sich die ganze Zeit gestellt hatte. »Weshalb war sie bei Robert Gavell auf dem Heidehof, während oben auf dem Hügel die Hütten brannten? Wollte sie den Sohn des Gutsherren bitten, die Verwüstungen zu beenden?«

Nathaniel Holcombe lachte wie irre und brabbelte: »Nein. Nicht während … Nachher erst. Als Susan schon … Das Feuer …«

Master Gerrard kniff die Augenbrauen zusammen und machte eine finstere Miene. »Ihr habt von den Ereignissen gehört, aber Ihr bringt die Reihenfolge durcheinander, Mistress Ingram. Die Hütten haben gebrannt, *weil* Susan zur Farm gegangen ist und das bevorstehende Unheil abwenden wollte. Das ist es ja, was sie krank gemacht und um den Verstand gebracht hat. Sie hat sich selbst die Schuld an allem gegeben. Am Tod unseres Sohnes. An der Zerschlagung der Digger-Gemeinschaft. An der Zerstörung unseres Lebens. Das hat sie sich nie verziehen oder ausreden lassen, auch wenn es jeder Vernunft widersprach. Und vielleicht musste ich Gavell deshalb töten. Um dem Mann die Schuld zurückzugeben, dem sie einzig und allein zustand.« Master Gerrard ließ sich neben Jezebel auf dem Boden nieder, starrte auf die Bretter, die zuvor das Kreuz gebildet hatten, und erzählte, was sich in der Osterwoche des Jahres 1650 in Little Heath zugetragen hatte.

9

Die Digger wussten, dass sie am Ende waren. Dass ihr vor einem Jahr so voller Zuversicht und Liebe gestartetes Unternehmen an der Hartherzigkeit und Unvernunft der Habsüchtigen gescheitert war. Von den ehemals hundert Diggern waren im April 1650 nur noch ein gutes Dutzend in Little Heath verblieben. Der lange, strenge Winter und die ständigen Übergriffe und Sabotageakte des Gutsherren und seiner Schergen hatten den Männern und Frauen erkennbar zugesetzt und sie zermürbt. Einige der Brüder und Schwestern waren nach Wellinborough in Northampton gegangen, wo vor Kurzem eine weitere Digger-Gemeinschaft gegründet worden war, andere hatten sich wieder in ihr altes Sklavenleben gefügt oder saßen im Schuldgefängnis von Cobham, einem vergitterten Kellerraum in der Schänke »White Lion«, weil sie die Geldstrafen wegen angeblichen Vagabundierens und sogenannter Eigentumsstörung nicht zahlen konnten.

Auch Bruder Winstanley war sich seit Langem darüber im Klaren, dass alles vorbei war. Was ihm umso bitterer und unverständlicher erschien, weil er nach wie vor davon überzeugt war, dass er recht hatte und sein Vorhaben nicht ungesetzlich war. Gott hatte ihm die Visionen von einem neuen Gesetz der Gerechtigkeit und dem allgemeinen Gesetz der Freiheit nicht ohne Grund geschickt. »Macht die Erde zu einer gemeinsamen Schatzkammer!« Diese ebenso einfache wie wahre Parole hatten die Armen verstanden. »Niemand wird Herr sein über andere, sondern jeder wird sein eigener Herr sein und dem Gesetz der Gerechtigkeit, Vernunft und Billigkeit gehorchen.« Diese Wahrheit war von einer simplen Schönheit, doch er hatte es nicht vermocht, Gottes segenbringendes Wort in die Herzen der Reichen und Besitzenden zu pflanzen. Das Joch, das die Normannen den Engländern vor Jahrhunderten auferlegt hatten, würde das einfache Volk auch weiterhin niederdrücken, und er, Gerrard Winstanley, konnte nichts dagegen tun. Sein

Graben und Beten hatte nichts bewirkt, seine Visionen und Träume waren achtlos verhallt, seine Schriften und Pamphlete hatten niemanden zur Einsicht gebracht. Die Digger waren geschlagen.

Seine junge Frau Susan, die in einigen Monaten ihr erstes Kind zur Welt bringen sollte, hatte er Anfang der Osterwoche zu ihrem Vater nach Cobham geschickt, weil die Überfälle und Gewalttaten ihrer Widersacher in der Karwoche deutlich zugenommen hatten und er sich Sorgen um das leibliche Wohl seiner zarten und labilen Frau machte. Auch die letzten verzweifelten Anstrengungen, den Pfarrer Platt, der sich anfangs so aufgeschlossen und mitfühlend gezeigt hatte, von seinem gottlosen Gebaren abzubringen, waren fehlgeschlagen. Gemeinsam mit seinem unseligen Stiefsohn Robert Gavell und einem jungen Hilfspfarrer aus Horsley namens Thomas Sutton war der Gutsherr immer wieder gegen die Digger vorgegangen und hatte seine Pächter und Bediensteten als Handlanger missbraucht. Inzwischen litten die Digger richtigen Hunger, weil sämtliche Ernten zerstört waren und kaum jemand aus der Umgebung wagte, mit ihnen Handel zu treiben oder ihnen Lebensmittel zukommen zu lassen. Sie warteten auf den letzten Schlag, der sie endgültig vom Hügel vertreiben würde, und dieser Schlag erfolgte am Freitag nach Ostern.

Dass Susan sich für diesen Freitagmorgen vorgenommen hatte, persönlich und unter vier Augen mit Robert Gavell zu sprechen, davon hatte Gerrard Winstanley erst später erfahren. Am Abend zuvor war seine Frau noch bei ihm auf dem Hügel gewesen, um Brot, Rauchfleisch und Dünnbier für die Gemeinschaft zu bringen und mit den Brüdern und Schwestern zu beten, doch ihr Vorhaben hatte sie mit keinem Wort auch nur angedeutet. Sie hatte vermutlich gespürt, dass die Bewohner des Hügels dem kommenden Tag mit Bangen entgegensahen, denn es gingen Gerüchte, der Gutsherr habe an die fünfzig Mann in Cobham Manor versammelt, um die Digger gewaltsam aus der Heide zu vertreiben. Vermutlich glaubte sie, beim jungen Gavell mehr Gehör und Verständnis zu finden als bei dessen selbstgerechten und verbohrten Stiefvater, denn der Herr der »Little Heath Farm« war nur wenige Jahre jünger als sie und hatte sich ihr gegenüber immer freundlich und wohlwollend verhalten. Auch wenn sie natürlich wusste, dass Robert Gavell ein rücksichtsloser Raufbold war, der sich bei den Scharmützeln mit den Diggern wie ein brutaler und blutrünstiger Berserker aufgeführt hatte, als wolle er seinem Vater etwas beweisen oder als läge er mit ihm in einem verbissenen Wettstreit.

Warum sie dennoch glaubte, mit einem persönlichen Gespräch etwas ausrichten zu können, konnte ihr Gatte später nie wirklich ergründen. Vermutlich wollte Susan den Diggern auf ihre eigene, sanfte und ganz unbedarfte Art helfen, wenn sie schon nicht auf dem Hügel mit ihnen ausharren und sich den Angreifern entgegenstellen durfte. Susan hielt den Sohn des Pfarrers für einen dummen Jungen, der von seiner Mutter verhätschelt und von seinem Vater verachtet wurde, der aber niemals ernsthafte und angemessene Zuwendung erhalten hatte. Wie ihr Mann glaubte Susan an das Gute im Menschen und an die Macht der Liebe. Doch wo Winstanley auf die Vernunft baute, da setzte seine Frau auf das Gefühl. Mit ihrer gutgläubigen Liebe wollte sie der Boshaftigkeit in der Welt begegnen und sich selbst die Angst vor dem Bösen nehmen. Wie der Herr Jesus es ihnen vorgemacht und ihr Mann Gerrard es immer wieder gepredigt hatte.

Ein bedauerlicher Irrtum und eine fatale Entscheidung, denn als Susan am nächsten Morgen auf der »Little Heath Farm« erschien, war der junge Herr in übelster Laune und bereits leicht angetrunken, wie unschwer zu riechen war. Während er hinter dem Haus Holz hackte, schimpfte und fluchte er unentwegt auf seinen Stiefvater, mit dem er sich kurz zuvor gestritten hatte. Es schien Susan beinahe so, als gälten die wütenden Axthiebe eigentlich seinem Vater. Doch ausgerechnet den Diggern in der Heide warf Gavell vor, für das Zerwürfnis mit dem Vater verantwortlich zu sein. Denn angeblich habe der

Streit mit den Landdieben in Little Heath dem Gutsherrn erst klargemacht, wie wenig dem Stiefsohn an dem Heidehof und überhaupt an Cobham Manor liege. Womit der Vater natürlich völlig recht hatte, wie Gavell lauthals polterte, denn wenn es nach ihm ginge, könne ganz Cobham dem Erdboden gleichgemacht werden. Er werde dem verdammten Ort samt allen Bewohnern keine Träne nachweinen.

Nachdem er seinem Ärger auf diese Weise Luft gemacht hatte und während ihm der Schweiß in Strömen vom krebsroten Gesicht lief, schien Gavell erst zu begreifen, wer da vor ihm stand und dass die junge Frau des Digger-Anführers ohne jede Begleitung bei ihm erschienen war. Was sie von ihm wolle, fuhr er sie an, und warum sie ihn anstarre, als sei sie nicht bei Trost. Sie komme in Liebe, antwortete Susan, und wolle diese Liebe mit ihm teilen, denn alle Menschen seien der Liebe genauso bedürftig, wie sie das tägliche Brot brauchten. Liebe sei es gewesen, die die Digger nach Little Heath geführt habe, und er, Robert Gavell, sei herzlich eingeladen, dieser Liebe teilhaftig zu werden.

Der Pfarrerssohn lachte sie aus, nannte sie eine verrückte Kuh und spaltete einen weiteren Holzscheit mit der Axt. Doch dann wirbelte er plötzlich herum, packte Susan am Kragen und drückte ihr einen gierigen Kuss auf den Mund. Wenn sie Liebe haben wolle, dann könne er damit durchaus dienen, höhnte er und legte die Axt auf den Hackblock. Susan wich zurück und erkannte die Gefahr. Sie wollte die Flucht ergreifen, doch Gavell hatte sie bereits an den Armen gepackt und zu Boden gedrückt. Das sei es doch, was sie von ihm wolle, oder etwa nicht, schrie er und lachte ihr ins Gesicht. Warum sei sie sonst in aller Herrgottsfrühe zu ihm auf den Hof gekommen. Alle Weiber seien läufige Hündinnen, das habe er immer schon gewusst. Aber ausgerechnet die heilige Mrs. Winstanley, das erstaune ihn schon. Vermutlich sei ihr Mann im Bett ein Schlappschwanz. Alle Männer, die sich gern reden hörten, wollten damit nur von ihrer Impotenz ablenken. Sein Stiefvater sei ein gutes Beispiel dafür, und beim Viehhirten Winstanley sei es bestimmt nicht anders. Gavells Lachen klang wie eine Gewehrsalve. Nun denn, rief er und fasste sich in den Schritt, wenn sie Liebe wolle, dann dürfe er sie natürlich nicht enttäuschen. Während er Susan mit der einen Hand an ihrem Hals auf dem Boden festhielt, öffnete er mit der anderen seinen Gürtel und zwängte sich zwischen ihre Beine. Susan flehte und bettelte, sie weinte und bat Gavell, an das Kind in ihrem Leib zu denken und von ihr abzulassen, doch er war längst nicht mehr bei Sinnen und wie in einem Rausch. Mit Worten war ihm nicht mehr beizukommen.

»Und dann hat er sie mit Gewalt genommen!«, flüsterte Jezebel, der bei der Erzählung ganz mulmig und schwindlig geworden war und deren Knie zitterten. Sie fühlte einen stechenden Schmerz in ihrem Bauch, als liege sie selbst wie Susan Winstanley auf dem Boden und müsse Gleiches erleiden.

»Nein«, sagte Master Gerrard und schüttelte nachdenklich den Kopf. »Dann hat sie in ihrer Not nach der Axt auf dem Hackblock gegriffen und zugeschlagen.«

»Oh!«, rief Jezebel.

»Ach so«, murmelte Nathaniel Holcombe, dem dieser Teil der Ereignisse ebenfalls unbekannt zu sein schien. »Deshalb … Aber …« Und noch einmal: »Ach so.«

Die ganze Zeit hatte Master Gerrard so in sich versunken und ohne jede Unterbrechung oder erkennbare Regung berichtet, dass sich Jezebel der Gedanke aufgedrängt hatte, der Master krame nicht nur in schmerzlichen Erinnerungen, sondern wiederhole etwas, das er so oder ähnlich schon einmal erzählt oder niedergeschrieben hatte. Es kam ihr so vor, als erzählte er nicht, weil Jezebel ihn darum gebeten hatte, sondern weil es ihm selbst ein Bedürfnis war. Ob ihm jemand zuhörte, schien ihm völlig egal zu sein. Auch jetzt schaute er weder Jezebel noch Nathaniel an und fuhr ungerührt fort: »Sie hat Gavell mit dem stumpfen Ende am Kopf getroffen. Doch der Schlag war so schwach und ungezielt ausgeführt, dass sie Gavell nicht niederstreckte, sondern nur leicht verletzte. Er hat vor Schmerz aufgeschrien, von ihr abgelassen und ihr die Axt aus der Hand gerissen. Dann sprang er auf die Füße, baute sich über ihr auf und war kurz davor, ihr den Kopf zu spalten. Susan hat sich bereits im Jenseits gesehen. Doch plötzlich hat er die Axt weggeworfen und zugetreten. Erst ins Gesicht, dann in die Seite und schließlich in den Bauch. Immer wieder und mit voller Wucht. Bis Susan sich nicht mehr regte und er langsam wieder zur Besinnung kam. So hat sie es mir später erzählt. Dann ist er davongerannt. Nach Little Heath, wo der Gutsherr längst mit seinen Mannen dabei war, alles kurz und klein zu schlagen.« Master Gerrard hob zum ersten Mal den Kopf, sah Jezebel lange an und schien auf irgendeine Reaktion zu warten. Schließlich fragte er: »Versteht Ihr jetzt?«

Jezebel war sich nicht sicher, ob sie verstand. Doch dann erinnerte sie sich, was Master Gerrard vorhin von der zurückgegebenen Schuld erzählt hatte, und sie nickte. »Eure Frau hat sich selbst Vorwürfe gemacht, weil sie sich gewehrt hat und dadurch Gavells wütende Tritte ...«

»Nicht dem Mörder, der ihr solche Schmerzen zugefügt und das Kind aus dem Bauch getreten hat, hat sie die Schuld gegeben«, rief Master Gerrard, und die Tränen liefen ihm plötzlich über die runzlige Haut. »Sondern sich selbst, weil sie sich ihm nicht widerstandslos ergeben hat. Susan war bis zu ihrem Ende davon überzeugt, dass sie unseren Sohn in dem Moment getötet hat, als sie die Axt gegen Robert Gavell erhob. Sie betrachtete es als eine Strafe Gottes. Niemand konnte sie von diesem Gedanken abbringen, weder ich noch ihr Vater. Hätte sie Gavell gewähren lassen, dann hätte Gerry nicht sterben müssen. So lautete ihr Credo, das sie immer wieder vor sich hersagte und das sie schließlich krank machte und in den Wahnsinn trieb. Susan war zu gut und zu schwach für diese verderbte und hässliche Welt. Sie hat sich nie davon erholt. Vielleicht wäre es anders gekommen, wenn sie weitere Kinder hätte bekommen können, aber das war uns leider nicht gegeben. Vermutlich war auch das ein Werk Robert Gavells.« Er wischte sich die Tränen mit einer heftigen Handbewegung aus dem Gesicht und funkelte Jezebel wütend an, als gebe er ihr die Schuld daran, dass sie ihn hatte weinen sehen. Wieder erblickte sie die stechenden Augen und den finsteren Blick, und die Erklärung, die er anschließend abgab, ließ deutlich erkennen, was für ein heftiger Kampf damals in ihm getobt haben musste: »Unsere Friedfertigkeit haben sie mit roher Gewalt vergolten. Vermutlich war es ein Fehler, diese Gewalt mit Langmut zu ertragen und die zweite Wange hinzuhalten, wie es unser Herr Jesus gepredigt hat. Sie haben sich für das Schwert entschieden und verschmähen die Liebe.« Und mit Nachdruck setzte er hinzu: »Aber wenn das Lamm dereinst zum Löwen wird, werden sie daran denken, was sie getan haben, und dann wird ihre Klage groß sein.«

»Habt Ihr Robert Gavell zur Rede gestellt?«

»Natürlich!« Master Gerrard lachte abfällig. »Aber er hat behauptet, den ganzen Morgen im Cobham Manor House gewesen und von dort direkt zum Digger-Hügel gegangen zu sein. Seine Schwester Marian hat das übrigens bestätigt.«

»Marian Sutton?«

»Seinerzeit war sie noch nicht mit Pfarrer Sutton verheiratet und hieß Marian Gavell. Aber eine falsche Schlange war sie schon damals.« Master Gerrard schnaufte verächtlich und ballte die Faust. »Als ihr Bruder an jenem Morgen auf dem Hügel erschien, war er völlig außer sich und wie rasend. Damals dachte ich, dass er sich ärgerte, weil die anderen bereits ohne ihn mit dem Plündern und Verwüsten angefangen hatten. Es war alles zertrampelt und zerschlagen, und der Handvoll von Diggern stand eine halbe Hundertschaft zorniger Männer gegenüber, die mit Knüppeln und Sensen auf alles eindroschen, was sich bewegte oder schutzlos in der Gegend herumstand. Als Gavell dazukam, blieb ihm kaum noch etwas zu zerstören, es war schon alles hin. Deshalb hat er eine Fackel genommen und die Hütten und Schuppen in Brand gesetzt. Um nicht umsonst auf den Hügel gegangen zu sein und wenigstens sein bescheidenes Scherflein zu der Verwüstung beizutragen.«

»Auch das hat sich Eure Frau zum Vorwurf gemacht?«

Master Gerrard nickte und sagte: »Als hätte sie eigenhändig das Feuer gelegt. Dabei war das völlig unerheblich. Die Digger waren geschlagen, egal ob die Hütten noch standen oder nicht.«

»Und Robert Gavell wurde nicht zur Rechenschaft gezogen«, sagte Jezebel. »Von niemandem. Bis Ihr ihm vor zwei Jahren das Messer in die Brust gestoßen habt.«

»Am Tag nach den Ereignissen hab ich ihn auf seinem Hof aufgesucht und ihm gesagt, dass er seine Taten noch bereuen werde und seinen Richter bereits gefunden habe. Nicht erst im Jenseits, sondern hier auf Erden. Er hat mich ausgelacht und behauptet, er wisse nicht, wovon ich spreche. Ich könne ja zum Friedensrichter gehen und ihn anzeigen. Der sei übrigens ein alter Freund seiner Mutter. Da habe ich ihm ins Gesicht gesagt, dass ich ihn töten werde. Hoch und heilig habe ich es ihm versprochen. Auch darauf hat er bloß gelacht und mich zum Teufel geschickt.«

»Wenn das Lamm dereinst zum Löwen wird«, sagte Jezebel und nickte. Doch plötzlich stutzte sie und fragte: »Weshalb habt Ihr so lange mit Eurer Rache gewartet? Warum erst nach vierzehn Jahren? Hat sich in der ganzen Zeit keine Gelegenheit gefunden? Oder hattet Ihr Angst?«

»Natürlich hatte ich Angst. Wer hätte das nicht? Aber das war es nicht allein. Ein Jahr lang musste ich mich bei Freunden in Hertfordshire verkriechen, weil man einen Preis auf die Köpfe der Digger-Anführer ausgesetzt hatte und sie verfolgt wurden, als gelte es, die Pest auszurotten. Auch unser lieber Nathaniel musste Cobham verlassen und hat mich begleitet.« Master Gerrard schaute den Schäfer dankbar an, was dieser mit einem verlegenen Lächeln beantwortete. »Susan blieb derweil in der Obhut ihres Vaters und wurde von Nathaniels Mutter versorgt, doch als die Verfolgung der Digger schließlich eingestellt wurde und ich nach Cobham zurückkehrte, hatte sich ihr Zustand nicht verbessert. Ganz im Gegenteil. Sie war sehr schwach und immer noch bettlägerig, als habe sie das Kind erst vor wenigen Wochen verloren. Und ihr Verstand fing an, sich zu verdunkeln. Sie redete wirr oder hatte Gedächtnislücken, manchmal hat sie mich gar nicht erkannt. Sie schien nur noch auf ihren Tod zu warten, den sie als Sühne verstand. Als ich sie so daliegen sah, habe ich mein Versprechen erneuert, vielleicht habe ich es sogar laut ausgesprochen. Das weiß ich nicht mehr. Auf jeden Fall scheint Susan es gespürt zu haben, denn sie hat mich angefleht, keine Dummheiten zu begehen. Ich sollte ihr versprechen, Gavell nicht zu richten, denn *sie* sei es ja gewesen, die Gerry getötet habe. Ich habe es strikt abgelehnt, solch ein Versprechen zu geben. Sie hat geweint und gesagt, sie wolle nicht erleben, dass ich am Galgen landete. Dann hätte sie nicht nur ihr Kind, sondern auch ihren Mann auf dem Gewissen. Daraufhin hab ich ihr schließlich mein Wort gegeben.«

»Welches Wort?«, fragte Jezebel verwirrt. »Nicht am Galgen zu landen, bevor Eure Frau gestorben ist?«

Master Gerrard lachte, als habe sie einen Witz gemacht, wurde jedoch sofort wieder ernst und sagte: »So ungefähr. Ja. Das kann man so sagen. Ich habe ihr versprochen, dass Gavell kein Haar gekrümmt wird, solange Susan lebt. Ich hätte ihr mein Wort sicher nicht gegeben, wenn ich gewusst hätte, dass sie noch zwölf Jahre dahinsiechen würde. Manchmal kam es mir so vor, als wollte sie nicht sterben, um mich von meiner Tat abzuhalten. Das klingt verrückt, ich weiß, aber so habe ich es damals gesehen.«

»Und als sie schließlich gestorben ist?«

»Da war die ›Little Heath Farm‹ längst verfallen und Robert Gavell von seinem Stiefvater aus Cobham verjagt, und ich hatte mich in der Zwischenzeit wie ein Jämmerling aus der Verantwortung gestohlen.«

»Aus der Verantwortung?«, wunderte sich Jezebel, doch dann erinnerte sie sich an Janes Erzählung und sie begriff: »Ihr seid dem Branntwein verfallen.«

»Ihr seid tatsächlich gut unterrichtet, Mistress Jezebel. Ja, der Satan hatte mich in seinen Klauen, und ich habe mich geradezu danach gesehnt, von ihm vernichtet zu werden. Bloß nichts mehr denken, bloß nichts mehr fühlen! Es erschien mir alles sinnlos und verworren, also habe ich meinen Verstand in Nebel gehüllt. Die Welt stand Kopf! Sogar ein König saß wieder auf dem Thron, als wäre nichts geschehen. Und die Bischöfe und Richter und Gutsherren rieben sich die Hände.« Er lachte gallig und setzte hinzu: »Am Ende war ich wieder ein Viehhirte, dessen Tagelohn eine Art Almosen war. Denn als Hirte war ich kaum noch zu gebrauchen. Und was glaubt Ihr, wer mich als Tagelöhner eingestellt hat?«

»Pfarrer Platt«, antwortete Jezebel und blickte zu Nathaniel Holcombe, dem das gleiche Schicksal widerfahren war. Nur dass er nicht dem Alkohol verfallen war, sondern sich zum menschenscheuen Sonderling entwickelt hatte.

Master Gerrard nickte und sagte: »Ich habe mich vor mir selbst geekelt, wie sich meine Umgebung vor mir geekelt hat. Allen voran Susans Vater, der mich nur zwei Tage nach ihrem Tod auf die Straße gesetzt hat. Er hat mir Susans Erbe ausgezahlt, jedenfalls einen Teil davon, und mir Lebewohl gesagt. In seinem Haus sei kein Platz mehr für mich.« Der Master hob den Kopf gen Himmel und setzte hinzu: »Mein Schwiegervater ist im vergangenen Jahr gestorben, aber ich bin ihm noch heute dankbar dafür, dass er mich rausgeworfen hat, und ich bete täglich für ihn.«

»Und dann?«, fragte Jezebel.

»Bin ich nach London gegangen, um mich totzusaufen.«

Der 15. August 1664 war ein Montag. Eine schwüle, drückende Hitze lag seit Tagen über der Stadt, und alle Einwohner warteten sehnsüchtig auf das reinigende und erfrischende Gewitter, das sich seit dem späten Abend mit turmhohen Ambosswolken am westlichen Horizont ankündigte.

Gerrard Winstanley wohnte seit drei Monaten in London. Er hauste in einem fensterlosen Kellerverschlag in der Nähe der Lambeth Mill am südlichen Flussufer und teilte sich den Raum mit drei weiteren Nichtsnutzen und namenlosen Tagedieben, die ebenso verlottert und versoffen waren wie er. Gerrard hatte sich in eine menschliche Kakerlake verwandelt, so empfand er es selbst. Er scheute das Tageslicht und hatte sich seiner dunklen und feuchten Umgebung auch äußerlich angepasst. Seine Kleider waren verschmutzt und zerlumpt, die verfilzten Haare reichten ihm bis über die Schultern, und in seinem aufgedunsenen Gesicht spross ein ungepflegter Vollbart, in dem es von Ungeziefer wimmelte, das sich von den Essensresten ernährte, die zwischen den Barthaaren klebten. In den letzten Jahren in Cobham war er ein jämmerlicher Feigling gewesen, nun war er zu einem verwahrlosten Widerling verkommen, der das Geld seiner verstorbenen Frau in den Schänken an der Bankside ließ und darauf hoffte, möglichst bald das Zeitliche zu segnen, ohne den Mut zu haben, dem Elend eigenhändig ein Ende zu setzen.

Susans Onkel mütterlicherseits leitete als Pfarrer eine kleine Gemeinde in Southwark, doch Gerrard hatte den anfangs gehegten Gedanken verworfen, Reverend Braithwaite aufzusuchen oder gar um Hilfe zu bitten. Geld hatte er vorerst zur Genüge, und auf den Beistand der Kirche von England konnte er wahrlich verzichten. Er hatte mit allem gebrochen und abgeschlossen, die früheren Ideale waren vergessen, die Menschen waren ihm zuwider, und selbst Gott erschien ihm wie ein hässliches Ungeheuer, das allein darauf aus war, alles Gute in Böses zu verwandeln. Früher hatte Gerrard an die Kraft der Vernunft geglaubt, heute glaubte er an gar nichts mehr. Am allerwenigsten an sich selbst.

An diesem Montagabend hatte er wie so oft im »Castle on the Hoop« gezecht. Der Wirt konnte ihn zwar nicht leiden, weil

Gerrard in volltrunkenem Zustand dazu neigte, absonderliche und flammende Ansprachen zu halten, doch da er stets seine Zeche beglich und es ihm nichts ausmachte, wenn man ihn beim Bezahlen betrog, hatte Gerrard im »Castle« noch kein Hausverbot wie in so vielen anderen Schänken, in denen er unangenehm aufgefallen war. Es war etwa Mitternacht, als er schwankend das Gasthaus verließ, um sich auf den Heimweg zu machen. Auf der gepflasterten Bankside schlugen ihm die unverminderte Hitze und der faulige Gestank des Flusses wie ein schwerer Hammer gegen den Kopf, und er wäre beinahe rücklings zu Boden gegangen. Vielleicht hatte das aber auch damit zu tun, dass ihn vor der Schänke ein Mann anrempelte und grob zur Seite stieß. Und damit, dass dieser Mann niemand anderes war als Robert Gavell.

Im Gegensatz zu Gerrard hatte sich der Sohn des Gutsherrn kaum verändert. Er hatte an Körpergewicht zugelegt, und sein Gesicht war um einiges feister geworden, außerdem hatte er sich einen Kinnbart stehen lassen. Dennoch sah er immer noch aus wie ein verzogenes Jüngelchen. Trotz seines Rausches erkannte Gerrard ihn auf Anhieb wieder.

»Aus dem Weg, Kerl!«, fauchte Gavell und klopfte sich die Kleidung ab, als habe ihn die Berührung mit dem verlotterten Vagabunden beschmutzt.

»Entschuldigt«, antwortete Gerrard, verneigte sich und lächelte unsichtbar. »Ich hatte nicht mehr mit Euch gerechnet, werter Herr!«

»Was soll das nun wieder heißen, Dummkopf!«, schnauzte der andere und wandte sich zur Schänke. »Scher dich zum Teufel!«

»Das sagtet Ihr schon einmal«, murmelte Gerrard leise und blieb noch eine Zeit lang gebeugt stehen, bis Gavell das »Castle« betreten hatte. Dann schoss er plötzlich in die Höhe und rannte zum Fluss. Am Bank End stieg er die Treppen hinunter, ging in die Knie und hielt den Kopf samt Oberkörper in die Fluten, bis er keine Luft mehr bekam. Prustend zog er den

Kopf aus dem Wasser und schlug sich mehrmals kraftvoll mit beiden Handflächen auf die Wangen. Dann wiederholte er die gesamte Prozedur mehrmals, bis er den Eindruck hatte, wieder einigermaßen nüchtern und wach zu sein. Denn ihm war klar, dass diese zufällige Begegnung ein Gottesgeschenk war, und er brauchte alle fünf Sinne, um die Gelegenheit beim Schopf zu fassen.

Er ging zurück zur Bankside und hockte sich hinter einen Lastkarren, der direkt dem Gasthaus gegenüber an der Ufermauer abgestellt war. Dann zog er den Dolch aus der Scheide, den er sich besorgt hatte, um seine diebischen Mitbewohner im Kellerloch auf Distanz zu halten, und prüfte die Spitze und die beiden Schneiden. Das Ergebnis war zufriedenstellend. Das Warten begann.

Beinahe zwei Stunden saß Gerrard im Schatten des Karrens und starrte auf den Eingang der Schänke, bis seine Augenlider schwer wurden und sein Kopf auf die Brust sank. Der Branntwein zeigte Wirkung. Erst durch ein wieherndes Gelächter wurde er aus dem Dämmerzustand gerissen. Vor dem »Castle on the Hoop« standen drei Männer, die sich lärmend unterhielten und wie Halbwüchsige herumfeixten. Einer dieser Männer war Robert Gavell, und Gerrard befürchtete bereits, die drei könnten gemeinsam fortgehen, als er Gavell maulen hörte: »Jetzt stellt euch nicht so an. Im ›Maiden Inn‹ ist bestimmt noch was los. Seid keine Spielverderber!«

»Spinnst du? Jetzt noch den ganzen Weg durchs Marschland?«, antwortete einer der anderen und deutete nach Westen. »Schau mal zum Himmel, Mann! Gleich gibt's ein verdammtes Donnerwetter.«

»Ich muss ins Bett«, lautete der Kommentar des dritten Mannes. »Macht, was ihr wollt, ich gehe nach Hause.«

»Schlappschwänze!«, knurrte Gavell. »Dann geh ich eben allein.«

»Sei doch vernünftig, Rob«, antwortete der zweite Mann. »Du wirst nass bis auf die Haut. Wenn du in der Dunkelheit überhaupt den Weg durch den Morast findest. Die Weiber im ›Maiden‹ laufen dir schon nicht weg!«

»Ach was!«, entgegnete Gavell und winkte ärgerlich ab. »Werdet schon sehen, was ihr verpasst!« Dann stapfte er missmutig und mit unsicheren Schritten in westlicher Richtung davon.

Gerrard wartete, bis die anderen beiden sich in Richtung Brücke entfernt hatten, dann folgte er Gavell in sicherem Abstand die Bankside entlang und sah, wie er wenig später den Upper Ground betrat. Bei dem »Maiden Inn«, das Gavell erwähnt hatte, handelte es sich vermutlich um die zwielichtige Kaschemme, die vor einiger Zeit im Lambeth Marsh eröffnet hatte. Und erneut betrachtete Gerrard es als Wink des Schicksals, dass der Weg dorthin mitten durch unbebautes und menschenleeres Gebiet führte.

Inzwischen zuckten über Westminster die ersten Blitze vom Himmel, und ein starker Wind kam auf, der den beiden Männern ins Gesicht blies. Niemand sonst befand sich auf dem Uferweg, selbst die Tiere schienen sich vor dem nahenden Gewitter in Sicherheit gebracht zu haben, und als sich der Wind mit einem Mal legte, herrschte ringsum eine unnatürliche, fast gespenstische Stille. Kein Ton war zu hören, kein Lüftchen wehte, die Hitze schlug Gerrard wie in einem letzten Aufbäumen ins Gesicht. Es war, als stünde die Zeit still. Und dann brach plötzlich das Unwetter mit Urgewalt über ihn herein. Es krachte ohrenbetäubend und goss wie aus Kübeln. Die Blitze waren kaum zu zählen und schlugen in der direkten Nachbarschaft ein. Es schien Gerrard, als schreibe jemand mit Feuer ein Menetekel an den Himmel. Doch bevor er sich Gedanken darüber machen konnte, ob dieser Warnruf ihm galt oder dem Mann, dem er nach dem Leben trachtete, hatte Gavell den Upper Ground verlassen und sich nach rechts gewandt, zum Fluss hinunter.

Als Gerrard die Stelle erreicht hatte, an der Gavell verschwunden war, sah er die steinerne Treppe, die zu der Anlegestelle und dem alten Kahnschuppen führte, die beide den Namen »Old Barge House« trugen. Robert Gavell schien dort vor dem Regen Schutz zu suchen, und so tat Gerrard es ihm nach und stieg die Treppen hinab.

»Was für eine Sintflut!«, wurde Gerrard von Gavell begrüßt, der unter einem Vordach stand und sich mit den Händen über das triefend nasse Hemd rieb, als könnte er es damit trocknen. »Selten solche Wassermassen gesehen.«

Gerrard blieb im strömenden Regen stehen, ohne die Nässe zu spüren, und starrte den anderen unverwandt an. Wie oft hatte er sich in Gedanken diese Begegnung ausgemalt, wie oft hatte er die Worte vor sich hergesagt, die er Gavell ins Gesicht schleudern wollte, doch als er jetzt vor ihm stand, kam kein Laut über seine Lippen, und er war nicht in der Lage, sich vom Fleck zu rühren. Nichts war, wie es sein sollte. Alles falsch!

»Was starrst du so?«, rief Gavell gegen den donnernden Krach an. »Woher kenn ich deine Visage? Wer bist du?«

Immer noch schwieg Gerrard.

»Du bist der Kerl vom ›Castle‹, nicht wahr? Was willst du? Hast du den Verstand verloren, oder warum gaffst du so blöde? Mach's Maul auf!«

»Mein Name ist Gerrard Winstanley«, sagte Gerrard, und er wollte die Worte hinzufügen, die er sich zurechtgelegt hatte: »Du hast meinen Sohn getötet. Mach dich gefasst zu sterben!« Doch er kam nicht dazu.

»Der Viehhirte!«, grölte Gavell und schüttelte belustigt den Kopf. »Aber ja, der verfluchte Digger!« Es hatte beinahe den Anschein, als wolle er Gerrard auf die Schulter klopfen, doch im nächsten Moment sank er auf die Knie und starrte auf seine Brust, aus der das Blut sickerte und vom Regen weggewaschen wurde. Ein ungläubiger Schrei drang aus seiner Kehle.

Gerrard hatte einfach zugestochen, ohne es bewusst zu wollen. Er konnte sich nicht einmal erinnern, nach dem Dolch im Hosenbund gegriffen zu haben. Nun holte er ein zweites Mal aus und hielt dabei die Waffe gen Himmel, als wolle er Gottes

Segen einfordern. Genau in diesem Augenblick schlugen zwei Blitze beinahe gleichzeitig am nördlichen Themseufer ein, und gleißendes Licht erhellte die Szenerie.

Robert Gavell hob abwehrend die Hände.

Gerrard rief: »Du hast meinen Sohn getötet. Mach dich gefasst zu sterben!« Dann rammte er ihm den Dolch bis zum Heft ins Herz.

»Warum erzählt Ihr mir das alles?«, wunderte sich Jezebel und erhob sich von dem Baumstumpf. Je länger Master Gerrard erzählt hatte, desto unangenehmer und belastender empfand sie seine Schilderung. Zwar empfand sie immer noch Mitgefühl und sogar Verständnis für die verzweifelte Tat des Mr. Winstanley, aber es war eben etwas anderes, ob man lediglich vage von einer Bluttat wusste oder ob man in allen hässlichen Einzelheiten davon erzählt bekam. Außerdem verstand sie nicht, warum der Master so umfassend und unaufgefordert ein Geständnis ablegte, das ihn an den Galgen bringen konnte. Schließlich kannte sie ihn kaum, und er konnte nicht wissen, ob sie ihr Wissen nicht weitertragen würde. Sie fragte: »Wenn Ihr Euer Gewissen erleichtern wollt, warum wendet Ihr Euch nicht an einen Priester und beichtet Eure Tat?«

»Es gab eine Zeit, da hätte ich Euch aufgrund dieser Frage einen empörten Vortrag über den papistischen Unsinn der Ohrenbeichte gehalten, die beklagenswerterweise von der Kirche von England nicht abgeschafft wurde«, antwortete der Master und stand ebenfalls auf. »Doch ob Ihr es glaubt oder nicht, ich habe tatsächlich eine Beichte abgelegt. Noch in jener Nacht, nur wenige Stunden nachdem ich Robert Gavell getötet hatte. Am Ufer der Themse, im Schatten von St. Saviour, habe ich ein Gelübde abgelegt und dem Alkohol und allen Einflüsterungen des Satans abgeschworen. Ich hatte wie eine Kakerlake gelebt und einen Mitmenschen getötet, was unverzeihlich ist, egal aus welchen Gründen die Tat geschehen sein mag. Nun wollte ich wieder ein Mensch werden. Und deshalb bin ich zu Reverend

Braithwaite gegangen, habe ihn mitten in der Nacht aus dem Bett geholt und ihm alles gestanden.« Er lächelte und fügte hinzu: »Was anschließend geschehen ist, wisst Ihr, Mistress Ingram. Ich wurde Master Gerrard.«

»Der Eremit von St. Olave.«

»Susans Onkel hat mir nicht nur die Absolution erteilt, sondern auch Unterschlupf gewährt. Aber er hat darauf bestanden, dass es keine Beichte ohne Reue geben kann und keine Vergebung ohne Sühne. Und so wurde ich zu einem Büßer, der den Armen das Lesen und Schreiben beibrachte und jede Nacht zum ›Old Barge House‹ wandelte, um meine Sünden zu bereuen, wie der Reverend es von mir verlangt hat. Als tätige Buße.«

Jezebel erinnerte sich an ihre nächtliche Begegnung mit dem Eremiten am alten Kahnschuppen vor einigen Monaten. »Und was habt Ihr nun vor?«, fragte sie. »Weshalb seid Ihr hier? Ausgerechnet hier!«

»Ihr habt mich vorhin gefragt, warum ich Euch das alles erzählt habe«, sagte Master Gerrard und nahm den Schäfer bei der Hand, der den Ausführungen seines Freundes und Meisters wie gebannt und manchmal fassungslos zugehört hatte. »Im Theater würde man von einer Generalprobe sprechen, denn ich habe vor, all das noch einmal zu beichten. Und wiederum wird es ein Pfarrer zu hören bekommen, auch wenn ich bezweifle, dass er mir die Absolution erteilen wird.«

»Doch nicht etwa Reverend Platt?«

»Nein!«, krächzte Nathaniel Holcombe. »Das darf … Nein. Nicht.«

»Es muss sein, Bruder«, sagte Master Gerrard lächelnd, »denn das ist der Grund, warum ich hier bin. Ausgerechnet hier!« Er nickte Jezebel zu, die ihn verdutzt anstarrte, und sagte: »Habt Dank für Euer offenes Ohr, Mistress Ingram. Ihr habt mir sehr geholfen, und ich hoffe, meine Worte haben Euch nicht zu sehr schockiert. Grüßt Euren Bruder, wenn Ihr ihn seht, und lebt wohl! Wir werden uns vermutlich nicht wiedersehen.« Dann stieg er den Hügel hinab und zog den kopfschüttelnden Schäfer wie ein kleines unwilliges Kind hinter sich her.

Jezebel schaute ihnen nach, als hätte sie eine Erscheinung gehabt. Es war schon erstaunlich, ging es ihr durch den Kopf, dass der Master sich in einem beiläufigen, beinahe leichtfertigen Ton verabschiedet hatte, als hätten sie nur ein belangloses Schwätzchen in der Heide gehalten.

Grüßt Euren Bruder und lebt wohl!

Plötzlich fuhr sie erschrocken zusammen und rief: »Oh Gott, die Kinder!«

10

Wie bei ihrem ersten Besuch auf der »Danes Hill Farm« saß Rosalind vor dem Bauernhaus in der Sonne und war mit Handarbeiten beschäftigt. Als sie Jezebel erblickte, erhob sie sich ächzend, und auf die bange Frage nach den Kindern lachte die Magd nur und schüttelte den Kopf. »Mary und Joseph wollten nicht länger warten und sind bereits wieder zu Hause. Sie haben mir die Kleider gegeben, und ich werde sehen, was sich machen lässt.« Sie begutachtete Jezebels Bauch und nickte. »Muss die Nähte auftrennen und Flickstücke einsetzen. Komm in zwei Tagen, dann kannst du sie abholen. Du hast ja den Wickelrock bis dahin.«

»Danke«, sagte Jezebel erleichtert und wandte sich zum Gehen. Sie blickte hinüber zum Gesindehaus, vor dem ein leichter Einspänner stand. Das angeschirrte Pferd trat unruhig auf der Stelle und wieherte freudig, als ein dicker Mann im schwarzen Talar vor dem Haus erschien und den Kutschbock bestieg. Eine Peitsche knallte. Dann fuhr der Einspänner vom Hof, ohne dass der Mann sich noch einmal umgedreht hätte.

Jezebel schlug das Herz bis zum Hals. »War das etwa …?«

»Vikar Sutton. Ganz recht. Du kennst ihn?«

»Flüchtig. Was wollte er hier?«

»Wir haben einen neuen Mieter für die Mansarde.«

»Der Vikar wohnt im Gesindehaus?«, wunderte sich Jezebel.

»Ach wo«, lachte Rosalind, trat hinter Jezebel und deutete zum Fenster der Dachkammer. »Ein Schützling von ihm. Ein junger Mann, der eine Zeit lang bei den Suttons in Horsley zu Gast war, aber nun unbedingt nach Oxshott wollte.« Wieder lachte sie. »Weiß der Teufel, warum!«

Hinter dem Fenster bewegte sich etwas. Es war nur ein Schatten zu erkennen, und doch fuhr es Jezebel wie ein Messerstich in die Brust. Dann war der Schemen verschwunden.

»Weißt du, was seltsam ist?«, sagte Rosalind und hockte sich wieder auf ihren Platz. »Mary scheint unseren neuen Mieter zu kennen. Das hat sie vorhin jedenfalls behauptet, als der Pfarrer mit dem jungen Mann hier auftauchte. Sie hat ihn schon mal in der Heide getroffen, sagt sie, als er sich verirrt hat. Komisch, oder?«

Das konnte Jezebel gar nicht finden. Sie schaute zum Eingang des Gesindehauses und erstarrte wie das Kaninchen vor der Schlange. Tom Farynor stand lächelnd in der Tür, zog den Federhut und verneigte sich.

»Nein!«, stieß Jezebel entsetzt hervor.

»Welch eine glückliche Fügung«, begann Farynor und wollte sich nähern, doch im selben Augenblick nahm Jezebel Reißaus. Sie raffte ihren Rock hoch und rannte an dem jungen Mann vorbei in Richtung Dorfplatz. »Bis bald, Jezebel!«, hörte sie ihn hinter sich rufen, und es klang wie eine Drohung.

Völlig außer Atem und mit einem Stechen in den Seiten erreichte sie die »Twin Oaks Farm« und stürmte in die Küche, wo Jane gerade das Essen auftrug und die Oldershaws bereits am Tisch saßen.

»Er ist da!«, schrie sie.

»Wer?«, fragte Mildred.

»Er!«

»Mein Gott!«, rief Jane, aber nicht wegen Jezebels Worten. Die alte Magd starrte zu Boden oder genauer gesagt auf Jezebels Füße. Rote Flecken waren darauf zu sehen, kleine rote Punkte.

Jezebel erschrak und hob ihren Rock. Dann erschrak sie erst recht, denn ihre Schenkel waren blutverschmiert. Und das Stechen in ihren Seiten hatte längst den Bauch erreicht.

»Hinlegen!«, befahl Jane. »Sofort!«

Jezebel hatte Glück. Die Blutungen ließen bald nach und auch das Ziehen und Stechen war nicht mehr so schmerzhaft, wenn Jezebel lag und die Beine hochlegte. Jane hatte ihr völlige Bettruhe verordnet und jede Anstrengung untersagt. Vermutlich sei eine Ader geplatzt, sagte die Hebamme, aber wenigstens habe es keinen Blasensprung gegeben. Dennoch könne sie für nichts garantieren. Der Grund für die Blutungen könne auch ernsterer Natur sein. Deshalb sei es wichtig, dass Jezebel liegen bleibe und jede Aufregung vermeide. Bis zur Geburt seien es nur noch wenige Wochen und bis dahin solle keinerlei Risiko eingegangen werden.

»Und Farynor?«, wollte Jezebel wissen.

»Ich werde mit Mildred und Joshua sprechen und alles Nötige veranlassen«, antwortete Jane und hielt Jezebels Hand. »Wenn der Kerl auftaucht, werden wir ihn schon zu vertreiben wissen.«

»Wie denn?«, lachte Jezebel bitter. »Indem ihr ihm Frieden wünscht?«

»Henry wird mit dem Hänfling schon fertig werden, er nimmt es mit den strengen Regeln der Quäker nicht so genau. Niemand wird dich hier belästigen. Und wenn nötig, werden wir einige Freunde aus der Umgegend kommen lassen, die Tag und Nacht Wache halten.«

»Farynor ist wahnsinnig, oder?«

»Mach dir darüber keine Gedanken.« Jane lächelte aufmunternd und setzte hinzu: »Wichtig ist, dass du jetzt nur an dich und das Kind denkst. Alles andere ist nebensächlich und wird sich regeln.«

In den folgenden Tagen war Jezebel von allem Leben und Treiben wie abgeschnitten. Sie lag meist regungslos auf ihrer Pritsche, horchte in sich hinein, befühlte ihren Bauch und starrte die Decke an. Mildred hatte das Fenster mit einem Leinentuch verhangen, sodass Jezebel von ihrem Krankenlager nicht einmal der Blick zum Himmel geblieben war. Sie hatte leichtes Fieber und fror trotz der Sommerhitze, und wenn sie schlief, wurde sie von wilden Träumen gequält und wachte oft schweißgebadet auf. Jane hatte ihr blutstillende Kräuterwickel aufgelegt, die erstaunlich rasch Wirkung zeigten. Dennoch fühlte sich Jezebel elend und jämmerlich, wie ausgewrungen

und zerschlagen. Sie wollte, dass es aufhörte. Alles! Und sie er-
tappte sich dabei, dass sie Jamie verfluchte, weil er sie in diese
missliche Lage gebracht hatte. Dann schämte sie sich ihrer Gedanken und fühlte sich noch elender.

Zu ihrem Leidwesen musste sie außerdem feststellen, dass
sie Jamies Bleistiftzeichnung verloren hatte. An jenem Mittwoch hatte sie das Bild in einer kleinen Stofftasche unter ihrem
Hemd getragen, wie immer, doch jetzt war es verschwunden. Im Haus und auf dem Hof war es nicht aufzufinden, und
so vermutete Jezebel, dass sie das Bildnis unterwegs verloren
hatte. Entweder in der Heide oder als sie Hals über Kopf von
der »Danes Hill Farm« weggerannt war. Die Vorstellung, dass
womöglich Tom Farynor die Zeichnung gefunden hatte, versetzte ihr einen Heidenschreck. Und beinahe war sie froh, dass
auf dem Bild kaum noch etwas zu erkennen war.

Was auf dem Hof oder in Oxshott vor sich ging, davon erfuhr Jezebel wenig. Wenn sie die Oldershaws fragte, dann erhielt sie ausweichende oder beschwichtigende Antworten, und
auch Jane gab sich wortkarg. Alles sei in Ordnung, sie habe
nichts zu befürchten, sie solle sich keine Gedanken machen.
Nur von Mary, die von ihrer Mutter die Anweisung erhalten
hatte, ihren Mund zu halten, sich aber nicht immer daran hielt,
erfuhr Jezebel, dass Tom Farynor bereits einige Male in der
Nähe der Farm gesehen worden war und einmal sogar »Twin
Oaks« betreten hatte, wo ihm Henry jedoch tüchtig den Kopf
gewaschen habe. Wenn Jezebel Mary richtig verstand, so hatte
der Knecht dem jungen Mann klargemacht, dass Jezebel krank
und bettlägerig sei und dass Farynor der Grund für diese
Krankheit sei und beinahe das ungeborene Kind getötet habe.
Jezebel bezweifelte insgeheim, dass dies den Irren, wie sie Farynor nur noch nannte, davon abhalten würde, sie weiter zu belästigen. Vermutlich würde es ganz im Gegenteil sein schlechtes
Gewissen wecken und ihn dazu veranlassen, erst recht das Gespräch mit Jezebel zu suchen. Um sich unter erneuten Liebes-
schwüren zu entschuldigen.

Nach einer Woche völliger Bettruhe war Jezebel des Liegens so überdrüssig, dass Jane ihr erlaubte, ihre Bettstatt jeweils für kurze Zeit zu verlassen und aufzustehen, um ein paar Schritte zu gehen. Das Treppensteigen blieb allerdings weiterhin untersagt. Neben der Ungewissheit, wie es ihrem ungeborenen Kind erging und ob es womöglich Schaden genommen hatte, und der Unruhe, weil sie nicht wusste, was der Irre als Nächstes vorhatte, waren es vor allem das Eingesperrtsein und die Eintönigkeit, die Jezebel zu schaffen machten. Jane gab ihr die Genfer Bibel aus der Wohnstube zu lesen und meinte, es könne sicher nicht schaden, gelegentlich darin zu blättern. Es verbessere ihr Lesevermögen und bilde Geist und Herz. Doch Jezebel fand weder Trost noch Zeitvertreib in der Heiligen Schrift. Im Alten Testament wimmelte es von hinterhältigem Mord, todbringenden Seuchen und schlimmem Frevel, und auch die Leidensgeschichte Jesu war nicht dazu angetan, ihre Laune zu verbessern. Sie verstand einfach nicht, wieso es eine Erlösung für die Menschheit sein sollte, wenn ein Mann völlig grundlos den Tod am Kreuz starb. Das war widersinnig!

Zwei Tage später brachte Jane ein weiteres, diesmal jedoch sehr schmales Buch und sagte, diese Lektüre werde sie vermutlich mehr interessieren. Nathaniel habe ihr das Buch für Jezebel mitgegeben und gesagt, sie werde schon begreifen, was die Worte bedeuteten.

»Das hat er gesagt?«, wunderte sich Jezebel.

»Das hat er«, antwortete Jane und bat Jezebel, das Buch pfleglich zu behandeln, da es für ihren Sohn mit vielen Erinnerungen behaftet sei. Auf dem Deckblatt las Jezebel den Titel: »Eine bescheidene Bitte«. Und unterzeichnet war es: »April 1650, Gerrard Winstanley«.

»Ist Master Gerrard noch bei ihm?«, fragte Jezebel.

»Wer?«

»Bruder Winstanley. Hast du ihn bei Nathaniel gesehen?«

»Was redest du da? Niemand ist bei ihm«, antwortete Jane und verließ kopfschüttelnd den Raum. »Und jetzt ruh dich aus!«

Auch wenn ihr das Lesen nach wie vor schwerfiel und sie manches nicht verstand, weil ihr die biblischen Bezüge oder die Gesetze der einstigen Republik fremd waren, verschlang Jezebel das Buch und war derart gefesselt, dass sie darüber sogar ihre eigene Lage vergaß. Die im Titel genannte »bescheidene Bitte« war an sämtliche Geistlichen der Universitäten und an alle Advokaten jeglicher Innung gerichtet, und es handelte sich um eine Art Rechtfertigung oder letzte Abrechnung der Digger. Der erste Teil des Buches bestand aus einer Sammlung von Bibelzitaten und Gesetzestexten, die das Anliegen der Digger unterstützen und die Rechtmäßigkeit und Gottgefälligkeit ihres Tuns beweisen sollten. Der zweite Teil hingegen befasste sich ganz konkret mit der Vertreibung der Digger aus der Heide und den Vorfällen der Osterwoche 1650. Und dieser Teil war es, der Jezebel vor allem in den Bann zog.

Gerrard Winstanley berichtete einerseits sehr offen von den Geschehnissen in Little Heath und sparte nicht mit Anklagen gegen den Landadel im Allgemeinen und Pfarrer Platt im Besonderen. An anderen Stellen jedoch drückte er sich sehr vage aus, als wolle er vermeiden, wegen seiner Schrift als Verleumder verklagt zu werden. Denn er wusste, dass er einen Prozess gegen die Gutsherren niemals gewinnen konnte. So sprach er zwar von dem unerhörten Vorfall auf der »Little Heath Farm«, aber er gab nicht zu erkennen, dass es sich bei den betreffenden Personen um seine Frau und den Sohn des Pfarrers handelte. Er schrieb: »Und sie bearbeiteten das Weib dergestalt mit Hieben und Schlägen, dass sie eine Fehlgeburt erlitt und als Folge der Züchtigungen und Misshandlungen das Bett hüten musste.«

Jezebel konnte sich lebhaft vorstellen, welche Überwindung es den Master gekostet haben musste, sich derart bedeckt zu halten und keine Namen zu nennen. Ihm war es darum gegangen, die Vernunft zu Wort kommen zu lassen. Und sei es zum allerletzten Mal. Zwischen den Zeilen aber waren die Verbitterung, der Zorn und der Wunsch nach Rache zu erkennen, auch

wenn er ausdrücklich das Gegenteil behauptete: »Mr. Platt und
die sogenannten Gentlemen schäumten vor Wut und fletschten
grimmig die Zähne, die Digger indessen sind nachsichtig, hei-
ter, sanftmütig und liebevoll gegen jene, die ihre Häuser niedergebrannt haben.«

Sanftmütig und liebevoll? Jezebel schüttelte den Kopf.

Erst kurz vor Ende des Textes ließ der Anführer der Digger
durchblicken, wie es tatsächlich um ihn bestellt war und welcher Feuersturm in seinem Herzen tobte: »Jetzt soll euer Name
verwesen und eure eigene Gewalt euch vernichten!« Und er beendete seine Schrift mit jenem Satz, den Jezebel erst vor Kurzem
in der Heide gehört hatte: »Sie haben sich für das Schwert entschieden und verschmähen die Liebe; wenn das Lamm dereinst
zum Löwen wird, werden sie daran denken, was sie getan haben, und dann wird ihre Klage groß sein.«

Oh ja, dachte Jezebel und legte das Büchlein beiseite. Genauso war es gekommen! Das Lamm war zum Löwen geworden. Und vermutlich saß Master Gerrard dafür inzwischen im
Gefängnis oder war bereits gehenkt.

Der 11. August war ein Samstag und brachte eine ebenso
überraschende wie gute Nachricht. Zum Mittag erschien Mildred in Jezebels Dachkammer, stellte eine Schüssel mit Eintopf
auf den Tisch, lächelte eigentümlich und setzte sich auf die
Bettkante, die bedenklich unter dem Gewicht knarrte. Dann
nahm sie Jezebel plötzlich in die Arme und sagte: »Mr. Farynor wird Oxshott morgen verlassen. Rosalind hat es gerade
erzählt.«

»Vermutlich wird er sich nur eine andere Unterkunft in der
Nähe suchen«, antwortete Jezebel und hatte Mühe, zwischen
den verschwitzten Fleischbergen Luft zu bekommen.

»Nein«, erwiderte Mildred und entließ Jezebel mit einem
Kuss aus der Umklammerung. »Der Bauer von ›Danes Hill‹
bringt ihn morgen gegen Sonnenaufgang zur Postkutsche nach
Esher. Laut Rosalind hat der junge Mann eingesehen, dass er

hier nichts ausrichten kann und nur seine Zeit vergeudet. Er scheint endlich zur Vernunft gekommen zu sein. Außerdem ist ihm das Geld ausgegangen, deshalb kehrt er zu seinem Vater nach London zurück. Rosalind hat behauptet, er wollte sich Geld bei Mr. Sutton leihen, aber der Vikar hat es abgelehnt, ihn weiterhin zu unterstützen. Sehr zum Leidwesen seiner untröstlichen Frau. Mr. Farynor musste sogar sein Pferd verkaufen, um seine Schulden zu begleichen.«

»Dann ist endlich Ruhe?«, murmelte Jezebel.

»Jawohl, endlich Frieden«, sagte Mildred, klatschte auf ihre Schenkel und erhob sich unter lautem Ächzen. »Und bald hat das Warten ein Ende.«

Es fühlte sich an, als falle eine zentnerschwere Last von Jezebels Schultern, und kaum hatte Mildred die Kammer verlassen, schon fiel sie in einen erholsamen und traumlosen Schlaf, aus dem sie erst gegen Abend wieder erwachte. Das Mittagessen, das sie nicht angerührt hatte, stand immer noch auf dem Tisch, aber das Leinentuch war vom Fenster genommen, und die Abendsonne schien ihr direkt ins Gesicht. Ein Klopfen an der Tür hatte sie geweckt, und im nächsten Augenblick betrat die kleine Mary das Zimmer.

»Ist jetzt wieder alles in Ordnung?«, fragte das Mädchen strahlend.

»Das hoffe ich«, antwortete Jezebel.

»Darf ich jetzt alles sagen?«

»Was meinst du damit?«

»Mutter hat gemeint, ich soll dir nichts sagen, damit du dich nicht aufregst. Weil das nicht gut für das Kind ist. Deshalb hab ich meinen Mund gehalten.«

»Redest du von Mr. Farynor?«

»Hm. Ja. Auch.«

»Und wovon noch?«

Mary zögerte, zog die Nase kraus und sagte: »Von dem anderen Mann.«

»Welcher andere Mann?«

»Der so komisch spricht, als wär er nicht von hier. Der mit dem Gehstock.«

Jezebel brauchte eine Weile, um zu begreifen, doch dann fuhr sie hoch und ergriff Marys Arm. »Mr. Hollar war hier? Wann? Nun red schon!«

»Du brauchst keine Angst zu haben, er ist doch längst wieder weg.« Sie wich zurück und schaute Jezebel unsicher an. »Er war Anfang der Woche da und hat nach dir gefragt, aber Henry hat ihn verscheucht. Und als er am Abend wiederkam, hat Mutter ihn fortgejagt. Hättest sehen sollen, wie sie mit ihm umgesprungen ist. Hätte ich ihr gar nicht zugetraut. Aber am nächsten Tag war er wieder da, nicht auf dem Hof, aber in der Nähe.«

»Hast du mit ihm gesprochen?«

»Nicht nur das.« Das Mädchen räusperte sich, nestelte hinter ihrem Rücken an etwas herum und setzte hinzu: »Das ist es ja eben. Deswegen frag ich, ob alles in Ordnung ist. Ich will nicht, dass dem Kind was passiert, nur weil ich ...«

»Es ist alles in Ordnung, Mary«, antwortete Jezebel betont ruhig, ohne jedoch ihre Aufregung verbergen zu können. »Was hat Mr. Hollar gesagt? Was wollte er?«

»Er hat mir was gegeben. Für dich.« Und mit einer plötzlichen Bewegung zog sie einen Brief hinter ihrem Rücken hervor und reichte ihn Jezebel. »Er hat gesagt, es wär wichtig. Und ich dürfte ihn nur dir persönlich geben und Mutter nichts davon sagen.«

Jezebel nahm den mit Siegellack verschlossenen Brief und strich Mary mit zittriger Hand über den Kopf. »Das hast du ganz richtig gemacht, Liebes. Danke. Es bleibt ein Geheimnis zwischen uns beiden. Und jetzt geh bitte!«

Als das Mädchen die Kammer verlassen hatte, brach Jezebel hastig das Siegel und las, was Jamies Vater ihr mitzuteilen hatte:

White Lion Inn, Cobham
8. August 1666

Liebe Mistress Jezebel!

Ich weiß nicht, ob Ihr diesen Brief erhalten und lesen werdet, aber da mir jeglicher persönliche Umgang mit Euch mehrmals und nachdrücklich untersagt wurde, bleibt mir nichts anderes übrig, als mich schriftlich an Euch zu wenden und dieses Schreiben einem der Kinder der Familie Oldershaw in der Hoffnung zu überreichen, dass es ihn weiterleitet. Seid versichert, dass ich Euch und Eurem Kinde nichts Böses will und mir meine törichten Worte und Drohungen von damals äußerst leidtun und unsägliche Pein verursachen. Verzeiht einem alten Dummkopf! Ihr habt von mir nichts weiter zu befürchten. Und ich hätte Eure jetzige Ruhe auch gewiss nicht gestört, wenn es nicht absolut dringend und von besonderer Wichtigkeit wäre.

Vermutlich wundert Ihr Euch, woher ich Euren derzeitigen Aufenthaltsort kenne? Nun, vor etwa zwei Wochen traf ich in meiner Werkstatt am Clare Market den Maler John Lydon, einen Freund meines Sohnes, der mir einige Zeichnungen übergab, nach deren Vorlage ich Kupferstiche herstellen sollte. Was es mit diesen Stichen auf sich hat, ist nicht weiter von Belang, doch bei dieser Gelegenheit gratulierte er mir zur baldigen Großvaterschaft und erwähnte auf meine überraschte Nachfrage, dass er Euch in der Heide von Surrey getroffen habe und dass Ihr zwar körperlich in guter Verfassung gewesen wärt, aber sehr niedergeschlagen und einsam gewirkt hättet. Was mir in der Seele wehtat, weil ich ja der anfängliche Grund für diese Niedergeschlagenheit und Einsamkeit war.

Wenige Tage (und einige schlaflose Nächte) später begab ich mich zum »Maiden Inn« (Euer früherer Herr, Mr. Collins, hatte mir zu verstehen gegeben, dass Ihr Euch von Southwark aus dorthin geflüchtet hattet), um mit der Wirtin des Inns in dieser Angelegenheit zu sprechen. Doch Mutter Southwood, wie die garstige Frau genannt wird, ließ mich grob und unter Androhung von Gewalt vom Hof entfernen und lehnte es ab, Euch mein ehrliches Bedauern und meine Entschuldigungen zu übermitteln. Nur Euer Bruder Geoffrey war so gütig, mich anzuhören und nicht rundherum zu verdammen. Und er war es auch, der mich auf einen jungen Mann aufmerksam machte, der das »Maiden Inn« heimlich über den Wassergraben und durch die Feuchtwiesen verließ.

Liebe Mistress Jezebel, Ihr werdet mich vermutlich für verrückt erklären, aber es besteht für mich keinerlei Zweifel, dass es sich bei diesem Mann um meinen Sohn James handelte. Ich habe ihn mit eigenen Augen gesehen und auf Anhieb erkannt. Ein Irrtum ist ausgeschlossen, da ich meine Brille auf der Nase hatte und alles klar und ungetrübt sehen konnte. James lebt! Er ist nicht an der Pest gestorben. Vermutlich war er nie erkrankt. Fragt mich nicht, wie es zu dem Gerücht kommen konnte, die schreckliche Seuche habe ihn getötet. Und verlangt von mir bitte keine Erklärung dessen, was ich gesehen habe. Ich kann eine solche Erklärung nicht liefern. Das Einzige, was ich unumstößlich weiß, ist Folgendes: James ist nicht tot! Was Ihr von dem Wirt in der Botolph Lane erfahren habt, war entweder nur die halbe Wahrheit oder gar eine dreiste Lüge. Erinnert Ihr Euch, dass Ihr bereits damals Zweifel an der Geschichte hattet, die man Euch aufgetischt hat? Diese Zweifel waren mehr als berechtigt, wie sich nun herausgestellt hat. Man hat Euch und mich getäuscht!

Leider habe ich James an jenem Tag trotz sofortiger Verfolgung aus den Augen verloren, und obwohl ich in der Folgezeit täglich in der Nähe des »Maiden Inn« auf der Lauer gelegen habe, bin ich meinem Sohn nicht wieder begegnet. Ich weiß nicht, ob er in dem Gasthaus gewohnt und inzwischen sein Lager gewechselt hat oder ob er sich an jenem Tag, es war der 30. Juli, nur zufällig dort aufgehalten hat. Euer Bruder Geoffrey, der ja im »Maiden Inn« wohnt, schien meinen Sohn jedenfalls nicht zu kennen, was darauf hindeutete, dass James kein regulärer Gast oder Bewohner war. Mutter Southwood zu fragen erschien mir nicht sinnvoll, und so blieb ich so unwissend wie zuvor. Ich bin nach wie vor ratlos und verwirrt und wende mich auch deshalb an Euch, weil ich nicht weiß, an wen sonst ich diese Worte richten könnte. Wenn Ihr auf irgendeine der obigen Fragen eine Antwort kennen solltet, Mistress Jezebel, so lasst es mich bitte wissen. Ich wohne im »White Lion« zu Cobham und werde, falls ich bis dahin weder schriftlich noch mündlich etwas von Euch erfahren habe, am Freitag nach London zurückkehren, da ich meine dortige Arbeit nicht länger vernachlässigen kann.

Solltet Ihr ebenso überrascht über das eben Gelesene sein wie ich, so seid versichert, dass ich alle Anstrengungen unternehmen werde, James ausfindig zu machen, und dass ich Euch umgehend informiere, sobald ich etwas herausgefunden habe. Falls Ihr jedoch etwas über den augenblicklichen Aufenthaltsort meines Sohnes wisst, so bitte ich Euch inständig, mich nicht länger im Unklaren zu lassen. Ich möchte niemandem schaden, ich will keinem wehtun, ich möchte nur meinen Sohn wiedersehen.

Ich hoffe, diese Zeilen haben Euch nicht zu sehr in Unruhe versetzt.

Falls doch, verzeiht Eurem immer ergebenen und hochachtungsvollen

Wenceslaus Hollar

In dieser Nacht schlief Jezebel nicht für die Dauer eines Wimpernschlags. Immer wieder las sie den Brief, bis sie ihn auswendig konnte, und auch als die Kerze längst niedergebrannt war und sie im fahlen Licht des Mondes gerade noch die Umrisse der beschriebenen Zettel erkennen konnte, legte sie das Schreiben nicht aus den Händen. Zu ungeheuerlich war, was sie gelesen hatte, zu unbegreiflich, unwahrscheinlich, unvorstellbar. Unmöglich! Was hatte das alles zu bedeuten? Was sollte oder konnte sie tun? Wenn der Wahrheit entsprach, was Mr. Hollar behauptete, was folgerte daraus? Und wenn der Böhme log, was bezweckte er damit? Stellte er ihr eine Falle? Oder wollte er sie vor einer Falle warnen? Jezebel wusste nicht, was ihr lieber gewesen wäre. Sie wusste nicht, ob sie sich freuen oder erschrecken sollte. Nein, das stimmte nicht, natürlich freute sie sich. Sie konnte ihr Glück kaum fassen. Auch wenn sie nichts verstand.

Im Laufe der Nacht kam das Fieber, aber sie merkte es nicht, weil sie gar nicht darauf achtete. Denn hinter der heißen Stirn brannte ein ganz anderes Feuer, und sie hatte das Gefühl, daran zu verglühen, während sie gleichzeitig fror und kalte Schauer über ihren Rücken jagten. Keinen vernünftigen Gedanken konnte sie fassen, alles verschwamm und zerrann, wie von Kindeshand erbaute Sandburgen im Gezeitenwechsel am Themseufer. Sie sah einzelne Bilder, hörte verschiedene Worte oder Sätze, aber egal, wie sie diese Teile ordnete und zusammenfügte, sie entbehrten jeglichen Sinns. Alles stand zueinander in krassem Widerspruch. Ihre Gedanken drehten sich im Kreis oder verloren sich in einem Labyrinth. Vielleicht wollte sie auch den tieferen Sinn des Gehörten nicht erkennen, wollte gar nicht wissen, was dahintersteckte. *Wer* dahintersteckte. Weil sie es bereits geahnt hatte, als sie noch davon überzeugt gewesen war, dass Jamie tot war?

Aber durfte sie wegen dieses dummen Briefes zweifeln? An sich, an Jamie, an ihrer Liebe? Sie war die schlafende Psyche, niemand sonst durfte von Amors Flügelschlag geweckt werden. Die andere war überpinselt worden. Ein weißer Fleck, wo einst das Gesicht gewesen war. Das dralle Schankmädchen mit den großen Brüsten. Jezebel lachte. Wegen der Größe ihrer Brüste musste sie sich im Augenblick wahrlich keine Sorgen machen. Aber wenn Amor sie gar nicht weckte? Wenn sie unendlich weiterschlief, ohne es zu wissen? Und wenn sein Flügelschlag längst eine andere geweckt hatte? Die ihn tot zum Fluss getragen hatte. Stark, wie sie war. Obwohl er gar nicht gestorben war.

»Oh Gott!«, schluchzte Jezebel. Sie hatte Angst, den Verstand zu verlieren.

Und deshalb traf sie eine Entscheidung. Weil sie gar keine andere Wahl hatte.

Kurz vor Sonnenaufgang stand sie auf der »Danes Hill Farm« und wartete. Der Bauer hatte das Pferd bereits angeschirrt. Auch er wartete.

Den Oldershaws hatte sie einen Zettel hinterlassen. Ähnlich dem, den sie im Dark Entry geschrieben hatte. Damals.

Als Farynor erschien, trat Jezebel grußlos auf ihn zu und fragte: »Nehmt Ihr mich mit?«

»Jezebel?«, war das Einzige, was er herausbrachte.

»Ich muss nach London.«

»Sonst habt Ihr mir nichts zu sagen?«

»Nein.«

Er presste die Lippen aufeinander.

»Kennt Ihr das ›Maiden Inn‹ in Lambeth?«, fragte sie.

»Sicher«, antwortete er, »wer nicht?«

»Wer nicht!« Jezebel lachte, obwohl ihr nicht danach zumute war.

Farynor nickte und half ihr beim Einsteigen.

Dann setzte sich der Karren in Bewegung.

SECHSTER TEIL

WINCHESTER HOUSE

»Kings and heroes here were guests,
In stately hall at solemn feasts;
But now no dais, nor halls remain,
Nor fretted window's gorgeous pane.

No fragment of a roof remains
To echo back their wassail strains.«

(»Könige und Helden waren hier zu Gast,
In stattlicher Halle bei so manchem Fest;
Geblieben ist nichts von der Hallen Pracht,
glaslos die Fenster, durch die die Sonne lacht.

Keines der Dächer blieb bestehen
Die einst der Feste Glanz gesehen.«)

Sir Walter Scott, »Kenilworth«

1. KAPITEL
Bringt eine schwere Geburt und eine Wandlung

Ich hab ja bereits gesagt, dass meine Schwester eine Meisterin der falschen Dinge zur falschen Zeit war. Schon der Zeitpunkt ihres Verschwindens aus Southwark war, sagen wir mal, etwas unglücklich gewählt, aber der ihrer Rückkehr nach Lambeth grenzte an Wahnsinn. Sie musste den Verstand verloren haben. Das war übrigens auch Edwards Meinung.

»So ein Irrsinn!«, fauchte er, als wir an jenem Samstag im August die Brücke zum »Maiden Inn« überquerten. »In Oxshott hat sie alles, was sie braucht, sogar eine Hebamme im Haus. Und was macht die dumme Kuh?« Statt einer Antwort spuckte er aus und sprang vom Pferd, wobei er mich beinahe mit den Füßen hintenüber von der Kruppe stieß.

Ich weiß nicht genau, wie spät es war, vermutlich später Nachmittag. Jedenfalls war es auf dem Hof so still wie auf einem Friedhof. Kein Mensch war zu sehen und nichts zu hören von dem Schreien und Zetern, das Rancid Ray vorhin an der Baugrube im Dark Entry so drastisch beschrieben hatte. Und obwohl ich froh darüber war, wusste ich nicht, ob's nun ein gutes oder schlechtes Zeichen war.

Edward rannte ins Haus und stieß in der Tür mit Hum zusammen, die rücklings zu Fall kam und dabei ihre schäbige Haube verlor.

»Pass doch auf!«, schnauzte er sie an. »Tolpatsch!«

Hum streckte ihm die Zunge raus, rappelte sich auf und kam zu mir auf den Hof.

»Und?«, fragte ich und rutschte seitlich vom Pferd.

Sie zuckte mit den Schultern, setzte ihre Haube auf und sagte: »Um eure Schwester steht's schlecht. Sie hat sehr hohes Fieber und viel Blut verloren, sagt Mutter. Jetzt schläft sie, glaub ich. Oder sie ist ohnmächtig. Kommt ja aufs Gleiche raus. Jedenfalls ist sie ruhig und krakeelt nicht mehr herum.«

»Sie ist auch *deine* Schwester.«

Hum nickte und legte sogleich den Zeigefinger auf die Lippen, als hätte sie Angst, man könnte uns belauschen.

»Und das Kind?«, fragte ich.

»Welches von den beiden meinst du?«

»Hm?«

»Es sind Zwillinge. Ein Junge und ein Mädchen«, antwortete Hum und führte Rosinante in den Stall. »Beide haben die Geburt überlebt. Sie sind sehr klein und schwach, aber mit etwas Glück werden sie's schaffen, sagt die Hebamme. Penelope ist bereits unterwegs, um eine Amme zu besorgen, weil Jezebel sich nicht um die beiden kümmern kann. Nicht solange sie Fieber hat.«

»Wird sie sterben?«

Wieder hob sie die Achseln.

Ich wollte ins Haus laufen, doch Hum hielt mich zurück. »Sie werden dich nicht zu ihr lassen. Mich haben sie auch rausgeschickt. Jezebel ist in Edwards Zimmer und wird gut versorgt, auch wenn sie rumstrampelt und um sich haut, als wollte man ihr was Böses. Jedenfalls wenn sie wach ist. Wir können nur beten.«

»Was ist eigentlich geschehen?«

»Das weiß niemand so genau.«

Der Stallknecht Rupert nahm Rosinante vor dem Pferdestall in Empfang, gab dem Klepper einen Begrüßungskuss auf die Nüstern und sagte: »Ich kann euch sagen, was geschehen ist. War ja dabei, als sie hier auftauchte und herumschrie, als wär's um sie geschehen. Man konnte kaum ein Wort verstehen, weil sie wie im Fieber sprach. Nur dass sie jemanden sucht oder vermisst oder so. Gemmie oder Jamie, hat sie immer wieder gebrüllt, und dass er mit seinen Flügeln schlagen soll, weil sie nicht mehr schlafen will. Ich sag ja, wie im Fieberwahn. Und dann ist sie plötzlich vornübergekippt. Wie 'n gefällter Baum. So was hab ich noch nicht gesehen. Als hätt man ihr die Beine weggezogen. Und geschrien hat sie wie am Spieß.«

»War sie allein?«, wollte ich wissen.

»Nein, das ist ja das Seltsame«, sagte der Stallknecht. »So 'n junger Kerl war bei ihr und hat sie gestützt. Ein komischer Vogel mit bunten Pluderhosen und alberner Feder am Hut. Aber als er uns sah, hat er Reißaus genommen, als hätt er deine Schwester auf dem Gewissen.«

»Noch ist sie nicht tot«, sagte ich.

»Ay«, sagte er und schnalzte mit der Zunge. »Aber der Kerl hat dreingeschaut, als wär sie's. Und davongerannt ist er, als hätt er was damit zu tun.«

»Hast du ihn schon mal gesehen?«

»Nay«, sagte Rupert und zog die Nase hoch. »Aber deine Schwester kannte ich bis heute ja auch nicht.«

»Wart erst mal, bis du meine Mutter kennengelernt hast«, rutschte es mir heraus.

»Hornochse!«, zischte Hum und stieß mir den Ellbogen in die Seite.

An diesem Abend erschien Mutter Southwood beim Vespermahl, als alle Anwesenden bereits die Teller geleert hatten, und berichtete in knappen Worten, wie es um Jezebel stand und was der herbeigerufene Wundarzt gesagt hatte. Sie habe während der Geburt viel Blut verloren und sei sehr geschwächt. Deshalb habe der Arzt sie auch nicht zur Ader gelassen, obwohl das Fieber sie von innen auffresse und man die Körpersäfte wieder ins Gleichgewicht bringen müsse. Wenn sie die kommende Nacht überstehe, bestünde die Möglichkeit, dass sie auch ohne Aderlass überlebe. Aber sicher sei das nicht. Der Pfarrer von St. Mary sei bereits bei ihr gewesen, allerdings sei Jezebel nicht mehr bei Sinnen gewesen und habe nur noch irre geredet.

»Kann ich sie sehen?«, wollte ich wissen.

»Besser nicht«, antwortete sie und wollte die Küche bereits wieder verlassen.

»Aber sie ist meine Schwester!«

»Daran brauchst du mich nicht zu erinnern!«, antwortete sie

und trat so nahe an mich heran, dass ich ihren sauren Atem riechen konnte. »Und genau deshalb möchte ich nicht, dass du sie in diesem Zustand siehst. Es ist kein schöner Anblick, Geoffrey.« Dann machte sie kehrt, verließ den Raum und schlug die Tür hinter sich zu. Bevor ich irgendwie reagieren konnte, ging die Tür wieder auf, und Mutter Southwood verkündete von der Schwelle: »Ach ja, ehe ich es vergesse. Ada arbeitet nicht mehr im ›Maiden Inn‹ und wird hier auch nicht mehr wohnen. Nur für den Fall, dass sich jemand wundert, warum sie heute nicht zum Vespermahl erschienen ist.«

»Was ist passiert?«, fragte Rupert.

»Ada arbeitet wieder in der Schänke ihres Vaters in der City.«

»Und das Theater?«, entfuhr es Hum, und es klang aufrichtig entsetzt.

»Zum Teufel damit!« Mutter Southwood bedachte ihre Tochter mit einem strafenden Blick. Dann meinte sie: »Das ›Cocksparrer‹ geht mich nichts an. Dafür ist allein Edward zuständig. Aber wie ich unsere Ada kenne, wird sie sich ihre Auftritte auf der Bühne nicht nehmen lassen. In der Schänke arbeitet sie jedenfalls nicht mehr.« Wieder knallte die Tür zu, und diesmal blieb sie verschlossen.

»Weißt du was davon?«, wandte sich Hum an Penelope.

Penelope machte ein finsteres Gesicht und murmelte: »Freiwillig ist Ada bestimmt nicht gegangen, denn mit ihrem Vater ist sie über Kreuz. Keine Ahnung, was da vorgefallen ist.« Ihr war anzusehen, dass sie log.

»Erwischt hat sie sie«, frohlockte Fatty Fanny und blähte bedeutsam ihre dicken Backen auf. »Hinten im Stall, mit 'nem Kerl. Wie die Tiere. Mit runtergelassenen Hosen.« Sie lachte und setzte hinzu: »Hab's zufällig gesehen.«

»Kein Grund, gleich der Herrin Bescheid zu sagen!«, schimpfte Penelope.

Fanny schnaufte nur abfällig und schüttelte sich, dass ihre üppigen Brüste heftig wabbelten. »Und deshalb hat die Herrin sie rausgeworfen. Weil Ada gegen die erste Regel verstoßen hat.«

»Welche Regel meinst du?«, fragte Hum.

»Fummeln ja, ficken nein!«, prustete Fanny und schlug sich auf die Schenkel.

»Frances! Schäm dich!«, rief die Köchin Margaret und deutete auf Hum und mich. »Nicht vor den Kindern!«

»Diese Regel kannte ich noch gar nicht«, murmelte ich.

»Woher solltest du die auch kennen, Rotznase«, bellte Fanny.

»Ich wohne hier«, schnauzte ich zurück. »Schon vergessen?«

Diese Regel passte nun wirklich zu Mutter Southwood. Ein Hurenhaus, in dem nicht nur die gewerbsmäßige Hurerei, sondern auch jedes private Techtelmechtel verboten war, sah man einmal von George und Margaret ab, denn die waren ja verheiratet. Und erst jetzt begriff ich, dass der Name der Schänke gar nicht ironisch oder augenzwinkernd gemeint war, wie ich bislang immer gedacht hatte. Ein Augenzwinkern hätte zu Mutter Southwood auch gar nicht gepasst.

Dass Jezebel unter dem Dach mit dem Tode rang, änderte nichts daran, dass das »Maiden Inn« am Abend wie üblich seine Pforten öffnete und die lüsterne Gästeschar bis in die frühen Morgenstunden im Schankraum und auf dem Vorplatz herumkrakeelte. Sogar einige Wandermusikanten hatten sich eingefunden und spielten vor der Schänke für ein paar Pennys zum Tanz auf. Die Herrin des Hauses schien sich nicht darüber den Kopf zu zerbrechen, ob dies der Genesung ihrer fiebernden Tochter zuträglich war oder nicht. Sie sah auch keinen Grund, sich nicht wie sonst persönlich hinter den Schanktisch zu stellen, um das ausgelassene Treiben zu überwachen. Vermutlich gab sie keinen Farthing mehr auf Jezebels Leben und sah nicht ein, warum sie deshalb auf Einnahmen verzichten sollte. Oder sie wollte sich durch Arbeit ablenken. Bei Mutter Southwood wusste man nie genau, woran man war. Jez konnte es vermutlich egal sein, denn die lag bewusstlos in ihrem Bett und hatte eine Hebamme an ihrer Seite, die in der Nacht auf sie aufpasste. Aber mir erschien es trotzdem reichlich rücksichtslos.

Dass ich in dieser Nacht keinen Schlaf fand, hatte aber weniger mit dem Radau im Erdgeschoss zu tun als vielmehr mit den Ereignissen des Tages, die mir immer noch im Kopf herumspukten. Nicht nur war ich gerade zweifacher Onkel geworden – ohne die Kinder bislang gesehen zu haben – und zudem drauf und dran, meine Schwester zu verlieren, die ich ebenfalls noch nicht zu Gesicht bekommen hatte, sondern auch die seltsamen Neuigkeiten aus Southwark gaben mir zu denken: Master Gerrard war aus London verschwunden, um sich von seiner Frau zu verabschieden, die längst tot war; das »Boar's Head Inn« wurde zu einer Kutschstation umgebaut, und in unserem Haus wohnte jetzt die Familie eines Hufschmieds; Rat Scabies war von Master Collins auf die Straße gesetzt worden und hielt sich, wenn ich Rays Bemerkungen richtig verstanden hatte, irgendwo im verlassenen Winchester House versteckt, und zu allem Überfluss war der alte Rattenfänger der Großonkel von Hilary Haberdasher, Hums leiblichem Vater, und schien irgendetwas über Mutter Southwood zu wissen, was mir bislang verborgen geblieben war. Das hatte jedenfalls Ray behauptet.

Kein Wunder, dass mir der Kopf schwirrte.

Und dann war da noch die Sache mit Ada. Gegen Mittag hatte ich sie in Begleitung eines jungen Mannes am Fuß der Brücke und wenig später auf der anderen Seite der Themse gesehen. Und am Abend erfuhr ich, dass Mutter Southwood ihr wegen dieses jungen Mannes das Betreten der Schänke verboten hatte. Weil Ada sich nicht an die Regeln gehalten hatte. Vermutlich hatte sie ihrem Liebhaber in ihrem Verschlag in der Remise heimlich Unterschlupf gewährt. Und nicht nur das. Ich erinnerte mich, wie überrascht Mr. Hollar an meinem Geburtstag beim Anblick des Mannes mit der silbernen Hutschnalle gewesen war. Nein, nicht überrascht, sondern entsetzt! Fassungslos! Und ich fragte mich erneut, wieso auch mir der Kerl damals so bekannt vorgekommen war.

Plötzlich dämmerte es mir: Es war die auffällige Hutschnalle! Jezebels Verehrer, den ich im letzten Winter einige Male ums Dark Entry hatte herumschleichen sehen, hatte eine solche breite Silberschnalle an der Hutkrone getragen. Ein hübscher Bursche mit Spitzbart und langem Haar, der ebenso plötzlich verschwunden war, wie er aufgetaucht war.

Und jetzt war Jezebel zweifache Mutter. Und Mr. Hollar Großvater.

Und der arme Kerl hatte ein Gesicht gemacht, als hätte er ein Gespenst gesehen!

Ich schreckte hoch und konnte nicht mit Sicherheit sagen, ob ich gerade geträumt oder wach gelegen hatte. Es war seltsam still im Haus, vermutlich war es bereits früher Morgen. Nebenan hörte ich Sarah oder Penelope regelmäßig atmen und im Schlaf ab und zu aufseufzen, sonst war kein Geräusch zu vernehmen. Als ich den Vorhang zur Seite schob und in den Korridor blickte, sah ich einen flackernden Lichtschein, dessen Ursprung ich nicht sofort erkennen konnte. Dann stellte ich fest, dass er aus Edwards Zimmer kam. Die Tür stand offen, eine Kerze brannte auf dem Nachttisch, doch der Stuhl der Hebamme neben dem Bett war leer.

Bevor ich mir Gedanken darüber machen konnte, was mich in dem Zimmer erwarten würde, überquerte ich wie ein Schlafwandler den Korridor und stand wenig später neben Jezebels Bett. Sie hatte die Augen geschlossen, schlief aber unruhig und warf den Kopf hin und her, als werde sie von schlimmen Träumen heimgesucht. Ihre Stirn, die Haare und das Kopfkissen waren schweißnass, und ihr Gesicht war so bleich wie der Mond. Und das trotz der Sommersprossen, die die Haut dicht an dicht bedeckten. Jezebel hatte deutlich zugenommen. Ich erkannte es an ihrem Gesicht und an den Armen, die im Augenblick auf der Bettdecke lagen und gelegentlich zuckten.

Ein unangenehmer, stechender Geruch erfüllte die Kammer, nach Erbrochenem oder Fäulnis, und weil man das Fenster geschlossen und verhangen hatte, war es außerdem stickig und schwül. Ich setzte mich auf den Stuhl, ergriff Jezebels Hand und erschrak, denn noch nie hatte ich bei einem Menschen eine solche Hitze gespürt. Das mit dem innerlichen Verbrennen war keine Übertreibung gewesen. Als hätte Jez meine Berührung gespürt, beruhigte und entspannte sie sich schlagartig, seufzte tief und ließ den Kopf ins nasse Kissen sinken. Alles Aufbäumen und Sichsträuben hatte mit einem Mal ein Ende. Und dann schlug sie die Augen auf.

»Jez!«, rief ich erschrocken.

Sie sah mich an, lächelte seltsam und sagte in einem säuselnden Tonfall: »Da bist du ja. Du lebst also?«

Jetzt war ich erst recht erschrocken. Ich strich ihr über den Unterarm und sagte: »Natürlich. Warum denn nicht?« Dann begriff ich, dass sie vermutlich von Vaters Tod erfahren hatte, und ich sagte: »Ich bin nicht an der Pest gestorben, wenn es das ist, was du meinst.«

»Nein, natürlich nicht«, antwortete sie, und wieder lächelte sie mich zärtlich an, wie sie es noch nie zuvor getan hatte. »Wie konnte ich das nur denken? Aber warum hast du mich so lange im Unklaren gelassen? Wieso hast du dich nicht gemeldet? Ich bin tausend Tode gestorben.«

Da ich keine Ahnung hatte, was ich auf diese seltsamen Worte erwidern sollte, wechselte ich das Thema: »Den Zwillingen geht es gut, sagt Mutter Southwood. Eine Amme kümmert sich um sie, bis du wieder gesund bist. Die Kinder sind bei einer Amme und in guten Händen. Edward meint, dass die Frau vor Kurzem eine Totgeburt hatte und deshalb genügend Milch für die beiden Kleinen hat. Sie wohnt drüben nahe St. Mary.«

Plötzlich richtete sie sich halb auf, im Gesicht ein Ausdruck tiefer Qual, als hätten meine Worte ihr unerträgliche Pein verursacht. »Was soll das? Was redest du da?« Sie warf den Kopf zur Seite, entriss mir die Hand und schrie: »Wer bist du?! Was willst du von mir?«

»Ich bin's. Geoff«, flüsterte ich und ließ ihre Hand los. »Erkennst du mich nicht?«

»Wo bin ich?« Sie stierte mich an, als würde sie mich tatsächlich nicht erkennen. »Wo ist Jamie? Was fällt euch ein?! Was hat der Irre mit mir gemacht?«

Auf die erste der vier Fragen hätte ich eine Antwort gewusst, doch ich kam nicht mehr dazu, sie zu geben, denn Jezebel war längst wieder in dem Zustand, in dem ich sie anfangs vorgefunden hatte: von Albträumen geplagt, ohne Bewusstsein, aber ruhelos. Nicht im Hier und Jetzt.

Ich wollte mich erheben, als ich eine Hand auf meiner Schulter spürte. Auch ohne die Narben auf der Haut zu sehen, wusste ich, dass Mutter Southwood hinter mir stand. Vermutlich hatte sie dort schon geraume Zeit gestanden.

»Sie hat mich gar nicht erkannt«, sagte ich und ließ den Tränen, die ich bis zu diesem Moment krampfhaft zurückgehalten hatte, freien Lauf. »Sie hat mich mit jemand anderem verwechselt.«

»Ich wollte dir das eigentlich ersparen, Geoffrey«, sagte Mutter Southwood und strich mir übers Haar. »Wir können im Moment nichts weiter für sie tun.«

»Außer in ihrer Nähe sein«, sagte ich.

»Ach, Geoff, du bist lieb«, seufzte sie. Und es lag so viel Gefühl in diesem Seufzer und ihrer Berührung, dass mein Weinen in Schluchzen überging.

»Mutter?«

»Ja.«

»Ich will nicht, dass sie stirbt.«

»Das wird sie nicht, mein Sohn. Das werden wir verhindern.«

Und ich glaubte ihr. Weil ich es glauben wollte.

Zwei Wochen lang schwankte Jezebel zwischen Leben und Tod. In der ersten Woche war ihr Zustand unverändert, sie fand keine Ruhe, sträubte und wehrte sich, wenn man sie waschen oder füttern oder ihr kühlende Wickeln anlegen wollte. Das Kindbettfieber wollte nicht nachlassen, Krämpfe schüttelten sie, sie verfiel zusehends, und aus ihrem Mund drang außer üblem Geruch nur noch zusammenhangsloses Gestammel. In der zweiten Woche änderte sich dies plötzlich. Als hätte sie sich völlig verausgabt und alle Kräfte verbraucht, sank Jezebel in sich zusammen und fiel in eine seltsame Starre und Leblosigkeit. Sie blieb stumm, rührte sich nicht und hatte die Augen geschlossen, als kostete es sie zu viel Mühe, die Lider offen zu halten. Sie ließ jede Behandlung widerstandslos über sich ergehen und lag wie eine Scheintote auf ihrem Lager. Weil das Fieber ein wenig zurückgegangen war, ließ der Wundarzt sie mehrmals zur Ader, doch erstaunlicherweise war sie anschließend nur noch schwächer und matter. Das Leben schien stetig aus ihrem Körper herauszuströmen, wie Luft aus einem undichten Blasebalg. Das Ende musste unmittelbar bevorstehen.

In diesen Wochen ging das Leben im »Maiden Inn« seinen normalen und geregelten Gang, allerdings ein wenig bedächtiger und bedrückter als sonst. Alle redeten leiser, hatten es nicht mehr so eilig, wirkten nachdenklicher und lachten seltener. Vielleicht kam mir das auch nur so vor, weil ich mich selbst so fühlte: ermattet und völlig lustlos. Oft saß ich stundenlang auf dem Grave Mound und starrte auf irgendeinen Punkt in der Umgebung: die Abtei von Westminster, die Windmühle an der Themse, den Palast von Lambeth, die Kathedrale von St. Paul. Aber hätte man mich gefragt, was ich mir gerade anschaute, hätte ich keine Antwort gewusst. Nur selten sah ich Menschen von meinem Aussichtspunkt auf dem Grabhügel. Viehhirten, die ihre Tiere in den inzwischen ausgetrockneten Feuchtwiesen weiden ließen, Kirchgänger, die den Gottesdienst in der Kirche von St. Mary besuchten, oder vereinzelte Karren auf dem Weg zu den abgelegenen Abdeckern und Brauereien von St. George.

An zwei Tagen fiel mir ein Mann auf, der um das »Maiden Inn« herumschlich und dabei den Brückenzugang auf der Westseite zu meiden schien. Zunächst dachte ich, dass es sich um

Adas Liebhaber handeln könnte, doch dann sah ich die bunten Pumphosen und das leuchtende Wams des Mannes und erinnerte mich an Ruperts Beschreibung des jungen Kavaliers, in dessen Begleitung Jezebel auf dem Hof erschienen war. Der Mann hielt sich jeweils nur sehr kurz in der Nähe des Inns auf und schien selbst nicht zu wissen, was er eigentlich wollte. Mal hockte er sich wie ein rastender Reisender an den Weg nach Lambeth, dann lief er im Zickzack durch die Feuchtwiesen oder begutachtete den Wassergraben, als suche er nach einer geeigneten Stelle, um ihn zu überqueren, und dann wieder stand er wie angewurzelt da und tat überhaupt nichts. Am zweiten Tag folgte ich dem Mann, nachdem er seine Suche und seinen Rundgang beendet hatte, und sah, dass er den Weg nach Norden einschlug. An den Treppen von »Old Barge House« stieg er in ein Fährboot, das ihn flussabwärts trug. Obwohl ich mich beeilte, ihm am Ufer zu folgen, verlor ich die Barke kurz vor der Brücke aus den Augen.

Die einzige Neuigkeit in diesen Wochen stammte aus dem »Cocksparrer«. Die Uraufführung des Stückes »Der Mord am Old Barge House« war für Samstag, den 1. September geplant. Wie von Mutter Southwood bereits vermutet, spielte Ada die weibliche Hauptrolle, auch wenn sie nicht länger im »Maiden Inn« arbeitete. Edward hatte sie inständig angefleht, ihm und dem Theater nicht untreu zu werden, denn in einer ersten Reaktion auf ihren Rauswurf durch Mutter Southwood hatte Ada angekündigt, alles hinzuschmeißen und nie wieder eine Bühne zu betreten. Nachdem sie von Edward ausreichend mit Komplimenten und Schmeicheleien überhäuft worden war, ließ sie sich erweichen, nahm weiterhin an den Proben in der Hahnengrube teil, machte aber einen großen Bogen um die Schänke, sodass ich sie in der ganzen Zeit kaum zu Gesicht bekam.

Leider auch nicht zu Ohren, denn unserem Lauschen am Lüftungsrohr wurde Mitte August ein Ende gemacht. Ich weiß nicht, ob es Hums Husten gewesen war, der uns verraten hatte, oder ob uns jemand zufällig in unserem Versteck beobachtet hatte, auf jeden Fall war eines Nachts das Erdloch zugeschüttet und das Rohr verschwunden. Ob Mutter Southwood oder Edward dies veranlasst hatten, habe ich nie herausgefunden. Hab auch nie danach gefragt. Hum war natürlich untröstlich und machte mir Vorwürfe, weil ich mich angeblich nicht vorsichtig genug verhalten oder womöglich irgendwas ausgeplaudert hätte. Sie wusste selbst, dass das Unsinn war, aber so konnte sie sich einreden, dass nicht ihr ständig schlimmer werdender Husten uns verraten und die Aufmerksamkeit auf unseren Lauschposten gelenkt hatte.

Ihr Bluthusten hatte aber noch eine weitere, sehr viel wichtigere Veränderung zur Folge. Eines Abends, als wir zusammen auf dem Grave Mound saßen, sagte Hum plötzlich: »Bin nicht mehr lange da.«

»Wie meinst du das?«, fragte ich erschrocken.

»Wir gehen nach Cobham. Wegen meinem Husten.«

»Zu den Oldershaws?«

Hum schüttelte den Kopf.

»Und wer ist *wir*?«

»Wir eben.« Hum sah mich traurig an und sagte: »Mutter will zurück aufs Land. Weil ich krank bin und sie es sowieso vorhatte. Immer schon. Weiß der Teufel, wieso!«

»Sei doch froh! Die frische Luft wird dir guttun. Nach London kannst du ja später zurückkehren, wenn du gesund bist.

Statt einer Antwort weinte Hum und hustete in ihr Leinentuch.

Vermutlich ärgert ihr euch bereits über mein Geschwafel und fragt euch die ganze Zeit, wie es mit Jez nach den zwei Wochen weiterging, in denen sie zwischen Leben und Tod lag, und warum ich kein Wort über die Zwillinge verliere. Keine Bange, ihr werdet's schon früh genug erfahren. Nämlich jetzt!

In der letzten Augustwoche ging es Jezebel so schlecht, dass der Wundarzt am Abend nicht mehr garantieren mochte, dass sie den nächsten Morgen erlebte. Die Hebamme schien ebenfalls jeden Glauben daran verloren zu haben, ihre Schutzbefohlene könnte das Kindbettfieber überstehen. Nur Mutter Southwood wollte davon nichts hören und kümmerte sich plötzlich um die Kranke, wie es sich für eine leibliche Mutter gehörte. Seit unserer nächtlichen Begegnung an Jezebels Krankenbett hatte sich ihr Verhalten merklich verändert, nicht nur mir gegenüber. Es hatte beinahe den Anschein, als ließe sie nun die Gefühle und Regungen zu, die sie zuvor unterdrückt hatte. Hatte sie vorher immer wieder mit grimmiger Miene durchblicken lassen, dass Jez selbst für sich verantwortlich sei und sich durch eigene Dummheit in ihre jetzige Lage gebracht habe, so war davon nun keine Rede mehr. Jetzt ginge es allein darum, Jezebels Leben zu retten. Alles andere sei nebensächlich.

Und erstaunlicherweise verkündete sie eines Abends der versammelten Runde beim Vespermahl, was sie zuvor so strikt geheim gehalten hatte – auch wenn alle es bereits geahnt hatten –, nämlich dass Jez, Edward und ich ihre Kinder aus erster Ehe waren. Und dass sie fortan wiedergutmachen wolle, was sie in den letzten Jahren und Jahrzehnten bei uns versäumt hatte.

Hum war froh, nicht länger so tun zu müssen, als wüsste sie von nichts. Den anderen schien's herzlich egal zu sein, nur Penelope freute sich und sagte: »Willkommen in der Familie!«

Das Seltsame war, dass ich plötzlich nicht mehr fähig war, »Mutter Southwood« zu ihr zu sagen. Bereits in jener Nacht am Krankenlager hatte ich sie zum ersten Mal einfach nur »Mutter« genannt. Doch nun bekam ich mehr und mehr das Gefühl, dass sie diese Mutter auch war. Denn sie benahm sich so.

Als der Wundarzt und die Hebamme Jezebel aufgaben, wurde Mutter fuchsteufelswild. Nach einem heftigen Streit mit den beiden verließ sie den Hof und kehrte etwa eine Stunde später mit den beiden Zwillingen und der Amme zurück und bestand darauf, die Kinder der Sterbenskranken an die Brust zu legen. Sowohl der Arzt wie auch die Hebamme protestierten lautstark und sagten, dies werde Jezebel erst recht umbringen. Die Kinder, die einiges an Gewicht zugelegt und sich in der Obhut der Amme prächtig entwickelt hatten, würden die letzten Lebensgeister aus dem Körper der Mutter saugen, und außerdem seien die Brüste ohnehin verdorrt und durch das Fieber versengt. Schlimmstenfalls würden die Hitze und die »Malaise«, wie sie es nannten, auf die Kinder überspringen und auch sie töten. Doch Mutter ließ sich nicht beirren und befahl der Amme, die Kinder anzulegen.

Die Hebamme sollte recht behalten. Schon nach kurzer Zeit ließen die Säuglinge von den Brüsten ab, da keine oder nur sehr wenig Milch darin war. Dennoch geschah etwas Seltsames: Die Kinder schrien nicht, sondern schliefen friedlich ein, als seien sie tatsächlich gestillt worden. Und auf Jezebels Gesicht lag der Schimmer eines Lächelns. Vermutlich verstand und erkannte sie gar nicht, was mit ihr geschah und wer da links und rechts an ihrer Seite lag, aber sie wirkte plötzlich nicht mehr scheintot, sondern ruhig und gefasst. Nicht mehr verkrampft, sondern entspannt. Und als sie kurz nach ihren Kindern einschlief, befürchtete niemand im Raum, dass sie nicht wieder aufwachen würde.

Ich stand am Fußende des Bettes und schaute Mutter an, die mir aufmunternd zulächelte und gleichzeitig der Amme die Hand drückte. Sie hatte ihr Versprechen gehalten. »Das wird sie nicht, mein Sohn«, hatte sie gesagt. »Das werden wir verhindern.«

In den folgenden Tagen besserte sich Jezebels Zustand. Sehr langsam, aber die Fortschritte waren nicht zu übersehen. Zwar war es ihr nicht möglich, die Zwillinge zu stillen, sodass die Amme sich auch weiterhin bereithalten musste und von Mutter kurzerhand auf dem Hof einquartiert wurde, aber die bloße Gegenwart der Kinder schien einen beruhigenden und heilsamen Einfluss auf sie zu haben. Wenn Jezebel die Augen aufschlug, dann war ihr Blick nicht länger verschleiert. Sie schien alles sehen und hören zu können, auch wenn sie nach wie vor kaum einen Ton von sich gab. Das Fieber ging endgültig zurück, die Krämpfe ließen nach, und als Jezebel am letzten Mittwoch im August von sich aus nach etwas Brühe und Brot verlangte, musste selbst der Wundarzt feststellen, dass sie das Gröbste überstanden hatte. Er wollte sie ein letztes Mal zur Ader lassen – um möglichen Komplikationen vorzubeugen, wie er geschäftstüchtig erklärte – doch Mutter schüttelte ihre Löwenmähne, zahlte den Arzt aus und jagte ihn vom Hof.

Seit zwei Monaten war ich nicht im »Boar's Head Inn« gewesen. Und auch jetzt war es eher ein Zufall, der mich dorthin verschlug. Ich hatte eigentlich einen großen Bogen um die Schänke machen wollen.

Es war der 30. August, der Donnerstag vor dem großen Brand, und für den Abend war die Generalprobe des neuen Stücks im »Cocksparrer« geplant. Solange Jezebel mit dem Tod rang, hatte Edward mit dem Gedanken gespielt, die Probe und die Aufführung zu verschieben, doch Ray hatte vehement darauf bestanden, den Termin nicht zu ändern. Hochrangige Persönlichkeiten, darunter der Bruder des Königs und sein Kumpel Buckingham, hätten sich für den Samstag angekündigt, und es sei schlichtweg undenkbar, das Schauspiel abzusagen. Als Jezebel Mitte der Woche auf dem Weg der Besserung war, willigte Edward schließlich ein, und alles blieb wie vereinbart.

Das heißt, es blieb eben nichts wie vereinbart. Denn die Generalprobe fiel aus, weil Penelope verschwunden war. Am Nachmittag war sie bei Ada im »King's Head Inn« in der Botolph Lane gewesen, um mit ihr den Text durchzugehen. Penelope spielte in dem Stück die Frau des Gutsherrn sowie eine Hebamme und eine Bäuerin, und weil es in »Der Mord am Old Barge House« nicht nur viel zu gaffen, sondern auch einiges zu hören gab, hatte sie viel Mühe mit ihren Zeilen. Als Penelope nicht zum Vespermahl erschien, machte sich noch niemand Gedanken deswegen, schließlich war es keine Pflicht, daran teilzunehmen. Aber als Ada kurz darauf ohne ihre Freundin zur Probe kam, war Edward plötzlich alarmiert. Ada berichtete, Penelope sei vor etwa anderthalb Stunden in der Botolph Lane aufgebrochen, um pünktlich zum Vespermahl im Lambeth Marsh zu sein. Wieso sie dort nicht erschienen war, konnte sich Ada nicht erklären. In ihrer Kammer unter dem Dach war Penelope nicht anzutreffen, und niemand hatte sie seit dem Nachmittag gesehen.

Während Ray vor allem wütend war und seinem Zorn über die Unzuverlässigkeit seiner Darstellerin lautstark Luft machte, war Edward in großer Sorge um seine Liebste. Wie ein aufgescheuchtes Huhn lief er über den Hof und rief immer wieder ihren Namen, als sei sie nur irgendwo eingenickt und habe die Probe vergessen. Unsere Mutter meinte, sie verstehe die Aufregung nicht ganz, schließlich sei Penelope eine erwachsene Frau, die selber wisse, was sie zu tun und lassen habe. Aber wenn er sich solche Sorgen mache, dann solle Edward nicht unnütz auf dem Hof herumlaufen, sondern sich auf die Suche machen, solange die Sonne noch nicht untergegangen sei. Ray und ich könnten ihm ja dabei helfen.

Und so begann die Suche. Ray wurde angewiesen, in Lambeth Ausschau zu halten. Rupert sollte sich um das Gebiet entlang dem Narrow Wall kümmern. Edward wollte die Bankside abklappern, und ich wurde gebeten, mich auf der Hauptstraße von Southwark umzusehen, weil ich mich dort am besten auskannte.

»Glaubst du nicht, dass Penelope selbst auf sich aufpassen kann?«, fragte ich. »Wahrscheinlich schwatzt sie mit irgendeiner Freundin und hat bloß die Zeit vergessen.«

»Und was ist, wenn sie dem ›Southbank Slasher‹ in die Hände gefallen ist?«

»Dem Schlitzer? Du meinst ...?«

»Er hat es immer auf Frauen mit schwarzem Haar abgesehen. Hast du das vergessen?« Er hob die Augenbrauen und setzte seufzend hinzu: »Und solange sie den Kerl nicht gefunden haben, kann man nicht vorsichtig genug sein.«

Penelope hatte dunkle Locken – schwarz wie Rabenfedern.

Ich zuckte mit den Schultern und machte mich auf den Weg.

Als ich eine halbe Stunde später die Hauptstraße erreichte, begann ich mit meiner Suche an der London Bridge und schaute zuerst im »Bear« am Fuß der Brücke nach. Doch auf dem Platz vor dem Verrätertor und im Wirtshaus wimmelte es derart von Menschen, dass es mir vorkam, als müsste ich eine Nadel in einem Heuhaufen suchen. Ich stürzte mich ins Gewühl, aber von Penelope keine Spur.

Kaum war ich wieder im Freien, hielt mich ein Mann an der Schulter fest und rief: »Geoffrey, so warte doch!«

Ich war an Master Gerrard vorbeigerannt, ohne ihn erkannt zu haben. Glen hatte recht gehabt: Der Master hatte sich verändert. Vor allem der strenge Puritaner-Haarschnitt und die schlichte Bürgertracht waren neu für mich. Und ich muss gestehen, mit wirrem Zottelhaar und langer Kutte hatte er mir besser gefallen.

»Ihr seid wieder da, Master?«, stotterte ich.

»Offensichtlich«, lachte er. »Auch wenn das an ein Wunder grenzt und ich es wahrlich nicht verdient habe.«

Ich hatte keine Ahnung, was er damit meinte, sagte aber nichts und beließ es bei einem Kopfnicken.

»Begleitest du mich ins ›Boar's Head‹? Ich möchte dort zu Abend essen. Wir haben uns lange nicht gesehen, und ich würde gern erfahren, wie es dir ergangen ist.«

»Hab keine Zeit, Master«, antwortete ich. »Ich suche jemanden.«

»Das kannst du später immer noch«, sagte er und legte einen Arm um meine Schulter. »Ich freue mich, dich zu sehen. Tu mir den Gefallen!«

Ich war von seiner Freundlichkeit und seinem entschlossenen Auftreten so überrascht und überrumpelt, dass ich schließlich einwilligte und ihn begleitete. Auch mich drängte es, mit ihm zu sprechen, auch wenn ich nicht sicher war, ob ich hören wollte, was er zu sagen hatte.

Das »Boar's Head Inn« glich einer einzigen Baustelle. Nicht nur wegen des Neubaus an der Straße, über dessen Kellerloch inzwischen ein Gestell aus Holzfächern und Stützbalken errichtet worden war. Der Hof, der früher ringsum geschlossen gewesen war, hatte zum Dark Entry hin einen Durchlass bekommen. Ein kleines Nebengebäude war dem Erdboden gleichgemacht worden, damit ein direkter Zugang zu der künftigen Schmiede und dem Gästehaus entstehen konnte. Erst beim zweiten Hinsehen erkannte ich in dem Nebengebäude den ehemaligen Schweinestall, in dem Ray einst gehaust hatte. Kein Wunder, dass er sich nur noch im »Maiden Inn« herumtrieb und dort in der Remise schlief.

Wegen der Hitze, die auch in den Abendstunden kaum nachgelassen hatte, saßen die meisten Gäste draußen an den Tischen oder auf den Galerien und wurden von der Missis und einem mir unbekannten Schankmädchen bedient. Vermutlich die Tochter des Hufschmieds. Glücklicherweise zog der Master es vor, sein Essen drinnen einzunehmen, sodass mir die Begegnung mit der Missis vorerst erspart blieb. Ich hätte ihr nicht in die Augen schauen mögen.

Im Schankraum selbst hatte sich wenig verändert, und auch das mürrische und feiste Gesicht von Master Collins war noch genau so, wie ich es in Erinnerung gehabt hatte. Sein Sohn Bernie saß auf der anderen Seite des Schanktisches und war ähnlich schlecht gelaunt. Wahrscheinlich weil er vom Vater zum Arbeiten verdonnert worden war. Das gefiel Bernie ganz und gar nicht. Der Wirt begrüßte Master Gerrard mit einem Kopfnicken und mich mit einem finsteren Blick. Wir setzten uns im Nebenraum an einen Ecktisch, und Master Gerrard bestellte bei Bernie Gerstenwasser und zwei Portionen Linseneintopf. Schließlich forderte er mich auf: »Na, dann erzähl mal.«

So viel war in der Zwischenzeit geschehen, so vieles hatte ich in den letzten Wochen erfahren, dass ich gar nicht wusste, wo ich anfangen sollte. Also begann ich einfach mit dem Ende: »Jezebel ist wieder da und wär beinahe gestorben.« Ich berichtete in knappen Worten von der Geburt der Zwillinge und dem Fieber und beendete meinen Bericht mit der Feststellung: »Aber jetzt ist sie übern Berg.«

»Gott sei Dank«, meinte der Master und legte eine Hand auf

meine Schulter. »Richte deiner Schwester liebe Grüße aus. Ich wünsche ihr und den Kindern alles erdenklich Gute.« Er lächelte und setzte gedankenverloren hinzu: »Weißt du, dass ich Jezebel erst vor Kurzem getroffen habe? Wir haben uns lange unterhalten. Sie war mir eine große Hilfe.«

»Tatsächlich?« Ich schaute ihn überrascht an und fragte: »Wo?«

»In Little Heath.«

»Ach, natürlich. Hätte ich mir ja denken können. Wo sonst?«

Diesmal schaute er mich überrascht an. Er wollte etwas erwidern, doch in diesem Moment erschien Bernie mit dem Gerstenwasser.

»Na, du Stinker!«, begrüßte er mich.

»Selber Stinker!«

»Biste jetzt bei den Huren?«

»Neidisch?«

»Hätteste wohl gern!« Er knallte den Krug auf den Tisch und stieß verächtlich den Zeigefinger in die Luft.

Master Gerrard wartete, bis der Wirtssohn außer Hörweite war, und fragte dann: »Woher kennst du Little Heath? Warst du schon mal dort?«

Ich konnte nicht länger an mich halten. Es platzte regelrecht aus mir heraus: »Ich weiß Bescheid, Master! Von den Diggern und Timon und dem Sohn des Gutsherrn. Von Eurer Frau und dem toten Kind. Und vom Old Barge House. Ich weiß alles. Ich hab alles mit angehört.«

Kein Wort kam ihm über die Lippen, er starrte mich nur verwirrt an.

»Keine Bange, Master! Ich werd keinen Ton sagen, hab's Euch ja damals versprochen. Kein Sterbenswörtchen kommt über meine Lippen. Soll Ray ruhig behaupten, es sei von ihm. Aber ich weiß es natürlich besser. Hab's ja gleich wiedererkannt, als es ihm aus den Händen gefallen ist. Ray ist ein Gauner und Lügner. Ich wusste gleich, dass der kein Dichter ist.

Und sein Großvater auch nicht. Ihr habt's für ihn geschrieben, nicht wahr, Master?«

»Wovon, zum Henker, redest du, Geoffrey?«

»Von Eurem Theaterstück, Master. Von Timon aus Little Heath.«

»Es gibt kein solches Theaterstück«, antwortete er, aber es klang eher wie eine Frage. Oder eine flehentliche Bitte. »Und keinen Timon.«

»Ich weiß«, sagte ich, »er heißt jetzt Simon.«

Er starrte mich an, als wollte ich ihn zum Narren halten, und schüttelte den Kopf. »Du redest wirr, Geoffrey.«

»Schaut's Euch doch am Samstag an, wenn Ihr mir nicht glaubt.«

»Am Samstag? Wo?«

»Im ›Maiden Inn‹, also im ›Cocksparrer‹, um genau zu sein. Das heißt, wenn Penelope bis dahin wieder aufgetaucht ist. Deswegen bin ich ja auf der Suche. Weil sie nämlich verschwunden ist.«

»Wie heißt das Stück?«

»Der Mord am Old Barge House‹! Und Ray behauptet, dass er's geschrieben hat. Ich kann Euch die Losung für den Abend sagen. Sonst kommt Ihr nicht rein.«

Jetzt endlich schien der Master zu begreifen. Er nickte, schüttelte dann erneut den Kopf und fragte: »Wie lautet die Losung?«

»›Stand up now, Diggers all!‹«

Im nächsten Augenblick brach er in schallendes Gelächter aus, als habe er den Verstand verloren. »Dieser gottverdammte Halunke!«, rief er. »Dieser elende Gauner!« Er verstummte ebenso plötzlich wieder, starrte ins Nichts und verfiel in eine seltsame Starre.

»Master?«

Keine Antwort.

»Master?«

»Hm?«

»Es ist doch nur Theater, oder?«

»Was?«

»Das Stück. Es ist nur Theater.«

»Ach, Geoffrey«, antwortete er und vergrub den Kopf in den Händen. »Frag nicht, mein Junge, frag besser nicht!« Und im nächsten Moment blickte er wieder durch mich hindurch, als sei ich Luft.

Da ich aus Erfahrung wusste, dass in diesem Zustand nichts weiter mit ihm anzufangen war, stand ich auf und ging grußlos hinaus.

Draußen hatte inzwischen die Abenddämmerung eingesetzt. Ein starker und heißer Ostwind sorgte jedoch dafür, dass von einer abendlichen Abkühlung nicht die Rede sein konnte. Seit Tagen ging das schon so. Hinzu kam, dass die Leute glaubten, der Ostwind brächte Unglück mit sich. »Bei Südwind geht die Pest herum, bei Ostwind bringen sich die Leute um«, sagten die Londoner. Aber was sagten die nicht alles!

»Geoffrey!«

Als ich die Stimme der Missis neben mir hörte, durchfuhr mich ein eisiger Schreck.

»Ay, Missis?«, sagte ich, ohne sie anzuschauen.

»Wie geht es dir, mein Junge?«

»Kann nicht klagen, Missis.«

Plötzlich stand sie vor mir und breitete die Arme aus, als wollte sie mich umarmen. Ich wich einen Schritt zurück und hob abwehrend die Hände.

»Hast dich lange nicht blicken lassen.« Sie sah mich traurig an, nahm die Arme herunter und fragte: »Behandelt dich Mutter Southwood anständig? Man hört wenig Gutes über sie. Sie soll nicht gerade ein umgänglicher Mensch sein. Kommst du mit ihr klar?«

»Ihr wisst, wer Mutter Southwood ist, nicht wahr, Missis?«

»Nein, woher sollte ich?« Sie räusperte sich und senkte den Blick. »Hab sie nie zu Gesicht bekommen. Stimmt es, dass sie …?«

»Als Edward Euch als Metze beschimpft hat, da habt Ihr's gewusst«, unterbrach ich sie. »Da wusstet Ihr, was er damit meinte.«

Die Missis fuhr zusammen, als hätte ich sie geschlagen. Dann murmelte sie: »Edward war nicht bei Sinnen. Er war schon immer ein Heißsporn, das weißt du doch. Da hat ihm jemand einen Floh ins Ohr gesetzt.«

»Aber es stimmt, was er gesagt hat.«

»Geoffrey!«

»Wollt Ihr es etwa leugnen?«

»Ich weiß nicht, wovon du sprichst«, spielte sie die Ahnungslose. Gleichzeitig aber zog sie mich zur Seite und in eine dunkle Ecke, in der alte Bretter, Balken und Bruchsteine auf einem Haufen lagen. Die Überreste von Rays Verschlag.

»Das wisst Ihr sehr wohl. Und Ihr wisst, dass ich es weiß. Mutter hat mir alles erzählt. Vom Stall. Und dass Ihr es mit Vater getrieben habt, während sie nach meiner Geburt mit Fieber im Bett lag.«

»Fieber? Dass ich nicht lache. In ihrem Leben hatte Nelly noch kein Fieber. Dafür ist sie viel zu kalt. Fische haben kein Fieber!«

»Ihr gebt es also zu?«

Sie lächelte erschrocken, sah mich lange an und nickte dann. »Es war nur ein einziges Mal. Eine Dummheit, die ich oft genug bereut habe. Glaub mir, ich bin nicht stolz darauf. Aber es war vieles anders damals. Dein Vater war ein …«

»Das will ich nicht hören!«, rief ich und hielt mir die Ohren zu. Wie hatte Mutter im Hinterzimmer gesagt: »Dein Vater war einmal ein lustiger Kerl!«

»Nicht so laut«, bat die Missis und streckte die Hand nach mir aus.

»Von mir aus kann es jeder hören.« Ich wollte erneut zurückweichen, doch ich stand nun direkt vor dem Bretterhaufen und wäre um ein Haar rücklings zu Boden gegangen. »Soll's ruhig jeder wissen, was Ihr mit Mutter angestellt habt und wie Ihr sie ins Elend gestürzt und wie eine Verbrecherin davongejagt habt.«

»Hat Nelly das behauptet? Dass wir sie fortgejagt haben?«

»Jawohl! Und die Kinder habt Ihr ihr geklaut!«

»Das ist nicht wahr, Geoffrey! Niemand hat Euch die Mutter genommen.« Die Missis hatte mich an den Schultern gepackt und starrte mich eindringlich an. »Sie ist von sich aus gegangen, weil sie's schon lange vorhatte. Hörst du? Niemand hat sie fortgejagt. Nelly hat doch nur auf eine passende Gelegenheit gewartet, um ihre Siebensachen packen zu können. Sie wollte schon lange weg, weg von Paul, weg von euch Kindern, daraus hat sie gar keinen Hehl gemacht. Nicht ausgehalten hat sie's hier. Alles war ihr zuwider. Und es würde mich gar nicht wundern, wenn sie und der Matrose es von langer Hand geplant hatten.«

»Hilary Haberdasher?«

»Genau der! Ein verdammter Weiberheld und Schwerenöter. Aber wenn die Kerle Uniform tragen, kriegen die Weibsbilder die Hitze und benehmen sich wie dumme Kinder.«

»Ihr meint …?«

»Nichts meine ich!«, brauste sie auf. »Und ich weiß auch nichts. Ich sag nur, dass es Nelly gut in den Kram gepasst hat. Als sie deinen Vater und mich im Stall gesehen hat, da war sie schneller weg, als ein Vogel ›Piep!‹ sagen kann. Das mit Paul war eine Dummheit, das gebe ich ja zu, aber wir haben sie nicht fortgejagt oder ihr die Kinder geklaut. Wieso hätten wir das tun sollen?«

Diese Frage hatte auch ich mir in den letzten Wochen mehr als einmal gestellt und keine befriedigende Antwort darauf gefunden. Ja, wieso, um alles in der Welt, hätten sie das tun sollen?

»Glaubst du im Ernst, dass ich mir freiwillig drei fremde Kinder auf den Hals geladen hätte? Und dein Vater? Meinst du, er war froh darüber, plötzlich allein mit euch Schreihälsen dazustehen? Hast ja am eigenen Leib erlebt, dass er nicht gerade ein liebender Vater war. Nein, wenn Nelly es gewollt hätte, hätte sie euch mitgenommen. Aber sie wollte es gar nicht, denn da, wo sie hinwollte, konnte sie euch nicht gebrauchen.«

»Trotzdem ...«, beharrte ich, wusste jedoch nicht so recht, was ich sagen wollte.

»Nichts *trotzdem*!« Sie hatte sich derart in Rage geredet, dass sie nun selbst laut geworden war und wild mit den Händen fuchtelte. »Es tut mir leid, was passiert ist, und ich würd's gern ungeschehen machen. Das kannst du mir glauben. Aber dass deine Mutter verschwunden ist, hat damit nichts zu tun. Nicht das Geringste! Dein Vater ist derjenige, der daran zugrunde gegangen ist, nicht Nelly! In Schnaps und Brandy hat er seinen Kummer ertränkt. Und mir hat er zeitlebens die Schuld daran gegeben! Als wär ich's gewesen, die ihn verlassen hat. Und die Kinder obendrein.«

Ich glaubte, mein Kopf müsste zerspringen. Es war zum Verrücktwerden, und am liebsten hätte ich laut geschrien. Ich blickte einfach nicht mehr durch. Wie sollte man aber auch wissen, was tatsächlich geschehen war, wenn jeder etwas anderes erzählte? Manchmal kam es mir so vor, als gäbe es nicht nur eine Wahrheit, sondern unendlich viele, und jeder zimmerte sich zurecht, wie er die Dinge sah, grad wie's ihm passte. Brachte man dann all die Wahrheiten zusammen, kam nichts als Unsinn und heilloses Durcheinander heraus. Und in jeder weiteren Wahrheit steckte mindestens eine neue Lüge.

Wie hatte der Eremit immer gesagt, als er noch ein Eremit gewesen war: »Einer täuscht den anderen, Wahrheit redet man nicht.« So stand's in der Bibel. Und allmählich begriff ich, was damit gemeint war. Es hatte keinen Sinn, nach der Wahrheit zu suchen! Denn die Wahrheit wollte nicht gefunden werden.

»Mutter?«, schallte Bernies Stimme in diesem Augenblick über den Hof.

Missis Collins zuckte zusammen und ließ mich los.

»Ach, hier steckst du! Vater sucht dich. Er hat schon wieder einen Tobsuchtsanfall.«

Selten war ich so froh gewesen, Bernies Vogelscheuchenge-
sicht zu sehen. Er stand plötzlich hinter uns, musterte uns ver-
dattert und fragte: »Was glotzt ihr denn so? Was ist los? Was
treibt ihr hier?«

»Nichts!«, schnauzte die Missis. »Du Missgeburt!«

»Was hab ich denn jetzt wieder verbrochen?«, keifte er zurück.

Ich nutzte die Gelegenheit und nahm schleunigst Reißaus.

Für diesen Tag hatte ich genug. Von allem und jedem. Ich
wollte nichts mehr hören oder sehen. Und nach Penelope suchen wollte ich erst recht nicht. Sollte die doch bleiben, wo's ihr
gefiel. Was hatte ich damit zu schaffen? Wahrscheinlich war sie
längst wieder im Inn und probte mit den anderen in der Hahnengrube. Verdammte Weibsbilder! Verdammtes Menschen-
pack! Verdammte Welt! Ich wünschte mich auf eine einsame
Insel. Oder wenigstens auf den Grave Mound, wo sich keiner
hintraute. Und wo mir niemand irgendwelche Bären aufband.

Und wem lief ich in die Arme? Rat Scabies. Es war einfach
nicht mein Tag!

Die Sonne war inzwischen untergegangen, und das leuchtende Abendrot hatte sich in ein dunkles Violett verwandelt.
Da ich so schnell wie möglich nach Hause wollte – wenn's denn
mein Zuhause war! –, ging ich nicht wie auf dem Hinweg an
der Themse entlang, sondern nahm die Abkürzung durch die
Foul Lane und die Dirty Lane zum Deadman's Place, um von
dort direkt zu den Feldern von St. George zu gelangen. Gerade
als ich das Pesthaus erreicht hatte und mich linker Hand durch
die Wiesen schlagen wollte, sah ich den alten Rattenfänger mit
seinem Handkarren aus einer winzigen Seitengasse kommen
und zu den verwilderten Gärten von Winchester House gehen.
Unsere Wege kreuzten sich zwangsläufig. Für einen kurzen Augenblick überlegte ich, mich am Wegesrand zu verstecken.
Doch dann fügte ich mich in das Unvermeidliche.

»Geoffrey Ingram!«, sagte er zur Begrüßung und kicherte,

als hätte er einen Witz gemacht. Und er wiederholte: »Geoffrey Ingram!«

»Humphrey Haberdasher«, antwortete ich und funkelte ihn böse an, was er wegen der Dunkelheit vermutlich gar nicht sah.

»Oho!«, rief er. »So hat mich lange keiner genannt. Raymond hat schon gesagt, dass du ein neugieriger kleiner Bengel bist.« Wieder kicherte er wie ein Kobold und zupfte unentwegt und hektisch an der Decke herum, die er über seinen Karren gebreitet hatte. Dabei gab er seltsam schmatzende und gurgelnde Geräusche von sich.

»Was hast du diesmal geladen, Rat?«, fragte ich, näherte mich dem Karren und wollte unter die Decke schauen. »Ratten oder Hunde?«

Er schlug mir auf die Finger und schrie: »Hündinnen, es sind alles Hündinnen! Eliza. Und all die andern!«

»Eliza? Deine Frau?«

»Alles Hündinnen!«

»Sicher«, sagte ich und sprang zurück, weil er wieder nach meiner Hand schlagen wollte. »Wenn du das sagst, wird's wohl so sein.« Auf ein Gespräch mit diesem Irren hatte ich im Augenblick wahrlich keine Lust, schon um mir keine blauen Flecken zu holen. Deshalb wandte ich mich rasch ab und sagte: »Mach's gut, Rat! Ich muss los.«

»Raymond sagt, du suchst Hilary!«, rief er.

Ich wunderte mich über die seltsame Ausdrucksweise und fragte: »Was meinst du damit?«

»Raymond sagt, du suchst Hilary!«, rief er noch lauter.

»Ich hab dich gehört, Rat, bin ja nicht taub.«

»Wirst ihn nicht finden. Nicht hier.«

»Und nirgendwo anders«, fügte ich hinzu. »Außer als Geist aus dem Jenseits.«

»Port Royal.« Wieder schien er seine Bemerkung sehr ulkig zu finden, denn er lachte schallend und klatschte dabei in die Hände. »Hat damals keiner geahnt, dass das eine Goldgrube wird. Nur Hilary. Der hatte 'ne Nase für so was. Hat's gerochen wie ein Fuchs.«

»Von welcher Goldgrube redest du?«

»Na, die Schänke im Hafen. Eine der ersten in dem Kaff. Heute sieht's da anders aus. Brummt wie ein Wespennest. Und was meinst du, wie die Schänke heißt? ›London Bridge‹! Ist doch komisch, oder? ›London Bridge‹ in Port Royal! Hilary war schon immer ein Schelm! Braver Junge. Ein Fuchs! Komisch, oder?«

Tatsächlich kam mir etwas komisch vor, aber nach Lachen war mir nicht zumute. Deshalb fragte ich: »Was hast du vorhin gemeint, als du gesagt hast, dass ich Hilary *suche*?«

»Hat Raymond gesagt. Dass du Hilary suchst.«

»Aber Hilary ist tot!«

»Ach was!« Rat kicherte. Und unter der Decke röchelte es. Der Köter schien noch zu leben, was Rat aber nicht zu bemerken schien. »Wieso sollte er tot sein?«, fragte er. »London Bridge‹! Hörst du nicht zu?«

»Hilary Haberdasher lebt?«

»Ay.«

»In Port Royal?«

»Sag ich doch.«

»Und er hat dort eine Schänke?«

»›London Bridge‹.« Er nickte. »Bist nicht von der schnellen Sorte, was, Geoffrey?«

»Aber das kann nicht sein!«

»Warum nicht?«

»Weil er ertrunken ist. Im Hafen von Port Royal. Bei der Eroberung von Jamaika. So hat man's mir erzählt.«

»Ach das!« Rat winkte lachend ab. »Das war doch nur für die Armee. Dass sie ihn nicht als Deserteur drankriegen. Weil er doch stiften gegangen ist. Hilary war schon immer ein Schelm. Ein Taugenichts und Schürzenjäger, aber ein guter Junge. ›London Bridge‹ in Port Royal. Eine Goldgrube. Hat sich 'ne goldene Nase verdient. Wegen der Seeräuber, die sich da tummeln. Die können saufen, und Gold haben sie auch. Wissen gar nicht, wohin mit dem Zaster. Ein gerissener Fuchs, mein Hilary. Hat's gerochen, dass es so kommt. Ein echter Haberdasher.«

»Und Mutter?«, fragte ich.

»Welche Mutter?«

»Meine Mutter. Nelly Ingram.«

»Was hat denn die damit zu tun?«

Alles drehte sich vor meinen Augen. *Einer täuscht den anderen, Wahrheit redet man nicht!* Und ein weiterer Ausdruck ging mir durch den Kopf. Hum hatte ihn benutzt: *Hilary war im Krieg geblieben.* Was nicht bedeutete, dass er gestorben war. Denn manchmal blieb man freiwillig irgendwo. Weil man ein Fuchs war und eine Goldgrube entdeckt hatte. Auch wenn eine schwangere Frau in Portsmouth auf einen wartete. Oder gerade deswegen.

»Woher weißt du das alles?«, wollte ich von Rat wissen. Doch er war verschwunden. Und ich begriff, dass einige Zeit vergangen sein musste, denn auch ich stand nicht mehr an der Kreuzung, sondern fernab des Weges an einer morschen Holzpforte, die zu den Obstgärten von Winchester House führte. Und in der Ferne verschwand ein alter Mann mit Handkarren im Schatten des ehemaligen Bischofspalastes.

Was für ein Irrsinn! Vor nicht einmal einer Stunde hatte ich eine unbändige Wut auf meine Mutter in mir gehabt. Auch wenn es offensichtlich stimmte, was sie mir über Missis Collins und meinen Vater erzählt hatte, hatte sie mich dreist belogen, was die Zeit danach und ihr Verschwinden aus Southwark betraf. »Wenn eine Ratte in die Enge getrieben wird, dann beißt sie um sich.« So oder ähnlich hatte sie sich ausgedrückt. Und nun hatte ich erfahren, dass ich selbst von einer Ratte gebissen worden war. Hätte Mutter auf dem Hof des »Boar's Head« vor mir gestanden, hätte ich sie vermutlich angespuckt. Doch diese Wut war nach Rats wirren Auskünften plötzlich verraucht und wie weggeblasen. Und Mutter tat mir nur noch leid. Da him-

melte sie ihren geliebten Hilary an, machte aus ihm einen tragischen Kriegshelden, verwandelte den Mittwoch in einen Sabbat, weil er an diesem Tag einen nassen Tod gestorben war.
Und nun stellte sich heraus, dass auch das eine Lüge gewesen war. Eine Schelmengeschichte, die er vermutlich in seiner
Kneipe immer wieder zum Besten gab. Und Mutter hatte keine
Ahnung davon. Trauerte um einen Mann, der sie mit einem
Kind im Bauch im Stich gelassen hatte, um unter den Piraten
von Jamaika sein Glück zu machen. Nicht zu fassen!

Ich beschloss, kein Wort mit Mutter darüber zu reden. Weder über die eine noch über die andere Lüge. Schweigen war
die einzige Medizin. Was nützte es, Mutter Vorhaltungen zu
machen, weil sie mich belogen hatte? Und was nützte es, ihr die
Wahrheit über Hilary unter die Nase zu reiben? Sie war bestraft genug. Auch wenn sie von dieser Strafe gar nichts wusste.
Nein, kein Wort würde ich darüber verlieren. Es war schon viel
zu viel geredet worden.

Als ich zur Kreuzung zurückging, trat ich nach wenigen
Schritten auf einen spitzen Gegenstand, der sich schmerzhaft in
meine nackte Fußsohle bohrte. Ich fluchte und wollte das Ding
schon wegtreten, doch irgendetwas hielt mich davon ab. Ich
glaube nicht, dass ich erkannt hatte, was dort auf dem Boden
lag. Das war in der Dunkelheit, trotz des beinahe vollen Mondes, kaum möglich. Es war vermutlich nur so ein Gefühl.

Doch als ich mich bückte, den Gegenstand aufhob und im
Mondlicht aus der Nähe betrachtete, stockte mir der Atem. In
der Hand hielt ich eine silberne Kette, und daran baumelte ein
großer Schmuckstein, dessen kunstvolle Fassung verbogen war
und mir die Fußsohle aufgeritzt hatte. Die Farbe des Steins war
in dem Licht nicht eindeutig zu erkennen, doch ich wusste auch
so, dass er rot war. Rot wie Karfunkel!

Führt in die Unterwelt

Der Bischofspalast war seit ewigen Zeiten verlassen und rottete nicht erst seit dem Bürgerkrieg vor sich hin. Zwar wurden einige kleinere Nebengebäude von irgendwelchen Händlern und Handwerkern als Lagerräume oder Werkstätten benutzt, und auch das Clink-Gefängnis, das früher zum Anwesen gehört hatte, war noch als Schuldgefängnis in Betrieb, aber das eigentliche Winchester House an der Bankside war leer und nutzlos. Angeblich war es noch im Besitz der Kirche, aber die schien sich nicht dafür zu interessieren. Nichts erinnerte daran, dass hier mal prachtvolle Feste und Bankette veranstaltet worden waren. Das Dach der großen Halle war löchrig wie ein Fischernetz, die Ornamentfenster hatten keine Glasscheiben mehr und waren zum Teil mit Brettern verschlagen. Außerdem war alles von Unkraut und Gestrüpp überwuchert. Das Gelände war sehr weitläufig und die verschiedenen, äußerlich sehr unterschiedlichen Gebäude waren um zwei enge Höfe herum gruppiert, was dem Ganzen ein verwinkeltes und verwirrendes Aussehen verlieh. Es erinnerte irgendwie an ein Labyrinth.

Zwar war der Palast, im Gegensatz zu dem angrenzenden Obstgarten, von einer hohen Mauer umgeben, aber die massiven Holztore darin waren längst entfernt und anderweitig verwendet worden. Wahrscheinlich als Brennholz oder Baumaterial. Ich durchquerte den Garten, trat durch eines dieser niedrigen Torlöcher, dann durch ein weiteres, ließ ein Gebäude rechts, das nächste links liegen und hatte bald darauf jede Orientierung verloren. Von Rat Scabies oder dem Handkarren war ebenfalls nichts zu entdecken. Im Mondlicht sah ich mehr Schatten als Licht, und ich war heilfroh, als ich – nachdem ich durch eine weitere Maueröffnung getreten war – die Kirche von St. Saviour vor mir erblickte, die in direkter Nachbarschaft zum Winchester House stand. Da ich nun wieder wusste, wo ich war, erkannte ich auch die Große Halle mit ihren fünf riesigen Fenstern auf der Südseite und dem kleinen Türmchen mitten auf dem Dach. Außerdem sah ich das schmale Dock von St. Mary Overy, das zwischen der Halle und dem Friedhof lag. Dieses Dock einen Hafen zu nennen wäre vermutlich übertrieben gewesen, aber immerhin konnten hier mehrere Schiffe an der Kaimauer anlegen. Das Dock hatte ebenfalls bessere Zeiten gesehen, der Kai bröckelte überall, die Poller waren verschwunden, und Handelsschiffe löschten hier schon lange keine Fracht mehr. Nur die Kadaver für die Abdecker und Gerbereien wurden am Dock von St. Mary Overy angeliefert, und entsprechend stank es hier.

Kein Mensch verirrte sich nachts hierher: auf der einen Seite befand sich der Friedhof von St. Saviour, auf der anderen die Ruine des Palastes und dazwischen der stinkende Schinderhafen. Das war kein Ort zum Verweilen.

Auf der Ostseite der Großen Halle gab es ein schmales Spitzbogenfenster, das über einen Mauervorsprung und eine Art Vordach zu erreichen war. Das Fenster war mit morschen Brettern vernagelt, von denen das unterste in der Mitte durchgebrochen war. Ohne lange zu überlegen, kletterte ich hoch, bog das Brett zur Seite und zwängte ich mich durch den schmalen Spalt. Im Inneren der Halle empfingen mich Dunkelheit, Totenstille und ein seltsam modriger Geruch. Es roch nach feuchter Erde oder faulendem Holz. Durch die Fenster auf der Südseite fiel kaum Licht in die Halle, doch der tief stehende Mond schien direkt durch ein hübsch anzusehendes Rosettenfenster im Westgiebel, sodass ich zwar keine Einzelheiten erkannte, wohl aber die enormen Ausmaße der Halle erahnen und mir die ehemalige Pracht vorstellen konnte. Vor allem die Dachkonstruktion mit ihren riesigen Sparren, seltsam geschwungenen Querbalken und fachwerkartigen Verzierungen war beeindruckend. Im Mondlicht erinnerte der Dachstuhl an ein Spinnennetz, das seinen Schatten auf die Wände warf.

Ich konnte wenig erkennen, vor allem weil der Boden in völliger Finsternis lag, und zudem wusste ich nicht genau, wonach ich eigentlich Ausschau halten sollte. Je länger ich darüber nachdachte, desto fragwürdiger erschien mir mein Tun. Wieso war ich so sicher gewesen, dass Rat Scabies etwas mit Penelopes Karfunkelstein zu tun hatte? Vielleicht hatte sie ihn bereits am Nachmittag auf ihrem Weg in die City an jener Stelle verloren, wo ich ihn gefunden hatte. Oder Rat hatte die Kette irgendwo aufgelesen. Dann aber hörte ich wieder das Röcheln unter der Decke, und ich wusste, dass ich gar nicht anders konnte, als weiterzusuchen. Auch wenn es mir inzwischen sehr unwahrscheinlich erschien, den alten Rattenfänger ausgerechnet im Winchester House zu finden, wo er sich auskannte wie kein Zweiter.

Plötzlich hörte ich ein scharrendes oder schabendes Geräusch, aber es kam nicht aus dem Palast, sondern von draußen. Ich kletterte wieder auf das Vordach, und als ich mich auf den Mauervorsprung hinablassen wollte, sah ich direkt unter mir den Handkarren von Rat Scabies stehen. Leer und verlassen. Nur die Decke lag wie achtlos hingeworfen auf dem Erdboden. Wieder war das Geräusch zu hören, es klang, als würde etwas Steinernes über Metall geschleift. Seltsamerweise war jedoch überhaupt nicht auszumachen, woher das Geräusch kam, weil es wie ein Echo klang. Als würde ich nicht das Scharren oder Schaben selbst, sondern nur den Widerhall hören. Dann war es mit einem Mal wieder totenstill.

Ich sprang hinunter, überprüfte kurz den Karren und drehte mich mehrmals im Kreis, wobei ich mit den Augen die Umgebung absuchte, mal auf dem Boden, mal in der Höhe. Nichts. Kein Licht, keine Bewegung.

Und dann erst begriff ich, woher das Geräusch gekommen war. Aus der Tiefe!

Ich eilte zur Kaimauer, die am Südende des Docks in eine schmale Treppe mündete, welche wiederum abwärts zu einem steinernen Absatz auf halber Höhe zwischen Kai und Wasserpegel führte. Da der Mond hinter dem Winchester House stand, lag das Dock gänzlich im Schatten, und als ich die

Treppe hinuntergestiegen war und dabei beinahe auf den glitschigen Stufen ausgerutscht wäre, sah ich kaum die Hand vor Augen. Ich stand auf dem Absatz und tastete mich an der Mauer entlang, zuerst nach Norden, zum Fluss hin, dann zurück nach Süden, zur Sackgasse. Irgendetwas hier hatte das schabende Geräusch verursacht, und die Mauern und das Wasser hatten das Geräusch als Echo zurückgeworfen. Aber was war es? Stein auf Metall, so hatte es geklungen. Doch hier war nichts, nur Mauerwerk und Steinboden. Und ein kleiner Metallring an einer eisernen Stange, die unterhalb eines Vorsprungs aus der Mauer ragte. Der Ring diente vermutlich zum Befestigen der Schiffe, allerdings war er viel zu winzig, um das durchdringende Geräusch verursacht zu haben. Da es jedoch das einzige Metall weit und breit war, zog ich an dem Ring und war nicht überrascht, als er sich nicht bewegte. Nichts geschah. Dann zerrte ich an der Stange, und als sie tatsächlich nachgab, erkannte ich, dass es sich um eine Art Riegel oder Hebel handelte. Und gleichzeitig schob sich ein Teil des Mauerwerks ein wenig zur Seite. Begleitet von einem lauten Quietschen und Schaben.

Ich weiß, was ihr jetzt sagen werdet: So was gibt's doch gar nicht! Höchstens in Schauermärchen. Und ich konnte es ja selbst kaum glauben. Aber Master Gerrard hat's mir später erklärt. Ich war auf den Eingang eines Tunnels gestoßen, der vom Dock aus direkt zum Keller des Winchester House führte, oder genauer gesagt, zu dem Keller unterhalb der Großen Halle. Dieser unterirdische Gang hatte den Zugang zu den Schiffen erleichtert, die den Palast belieferten, nicht zuletzt während der großen Feierlichkeiten, die oft in der Halle abgehalten worden waren. Es war also gar kein Geheimgang, wie Master Gerrard betonte, sondern ein durchaus praktischer Zugang für Dienstleute und Lieferanten, der irgendwann in Vergessenheit geraten war, weil er nirgendwo hinführte, solange der Palast leer stand. Und ich hatte ihn wiederentdeckt. Und Rat Scabies vor mir.

Da ich kein weiteres Geräusch verursachen wollte, zerrte ich nicht noch einmal an der Eisenstange, sondern zwängte mich durch die schmale Öffnung. Bereits nach wenigen Schritten in dem engen, nach Salpeter und Schwefel stinkenden Gang bereute ich meinen Entschluss, denn völlige Finsternis umgab mich, und ich hatte keine Ahnung, wohin ich meine Schritte lenken sollte. Ich kam mir vor wie ein Blinder und tastete mich an einer Seitenwand entlang, wobei ich froh war, nicht sehen zu müssen, was meine Hände berührten und in was für einem Moder meine nackten Füße standen. Nach kurzer Zeit war mir klar, dass diese Art der Suche kaum einen Sinn hatte, und ich beschloss umzukehren.

Da blendete mich plötzlich der Schein einer Fackel, und Rats Stimme krächzte mir aus nächster Nähe ins Ohr: »Was willst du hier?«

Als sich meine Augen an das Fackellicht gewöhnt hatten, erkannte ich, dass ich das Ende des Gangs erreicht hatte und Rat in einem Durchlass stand, der früher einmal mit einem eisernen Tor versperrt gewesen war, welches aus den Angeln gehoben war. Dies war der eigentliche Zugang zum Keller des Palastes, und Rat schien ihn zu bewachen wie ein Höllenhund.

»Hab dich gesucht«, sagte ich. »Hübsches Versteck haste hier.«

»Scher dich zum Teufel, Ingram!«

»Ganz wie du willst! Aber du hast was verloren.« Ich holte das Schmuckstück aus der Hosentasche und hielt es ihm vor die Nase. Gleichzeitig vergewisserte ich mich mit der anderen Hand, dass Vaters Jagdmesser an seinem Platz in meinem Hosenbund steckte. Seit meinem Geburtstag hatte ich das Messer immer bei mir gehabt, sogar im Schlaf hatte ich es nicht beiseitegelegt, und auch jetzt fühlte ich den rauen Hirschhorngriff an meinem Rücken.

Rat erkannte den Karfunkelstein, wollte nach der Kette greifen und rief: »Gib her!«

Genau in diesem Moment duckte ich mich und schlüpfte an

ihm vorbei in den Keller. In die Dunkelheit. Rat tat mir den Gefallen und beging einen zweiten Fehler. Statt mit der Fackel nach draußen zu verschwinden und mich in völliger Finsternis zurückzulassen, was mich unweigerlich dazu gezwungen hätte, ihm hinauszufolgen, kam er hinter mir her und beleuchtete mit seiner Fackel den Ort, den er eigentlich vor mir hatte verbergen wollen.

Wir befanden uns in einem niedrigen Gewölbekeller mit mächtigen Pfeilern in der Mitte und zahlreichen Streben, Nischen und Vorsprüngen an den Wänden. Der Keller war von der Fläche her vermutlich ähnlich groß wie die Halle darüber, aber der Schein der Fackel reichte nicht weit genug, um die gegenüberliegende Wand erkennen zu können. In einer Ecke waren Fässer und Kisten gestapelt, daneben erkannte ich eine ausgebrannte Feuerstelle, und auf dem Boden vor einem Strebepfeiler an der rechten Wand lagen Wolldecken, leinene Stofffetzen und etwas Stroh.

»Hier schläfst du?«, fragte ich und schaute mich um, ohne Rat dabei aus den Augen oder in meine Nähe zu lassen.

»Gib schon her!«, schnauzte er mich an und machte eine unwillkürliche Bewegung nach rechts, als er sah, dass ich seine Schlafstatt entdeckt hatte. Seine Fackel erhellte die Stelle neben dem Strebepfeiler, und ich erkannte, dass sich dort eine kleine Pforte in der Wand befand.

»Woher hast 'n das gute Stück?«, wollte ich wissen, deutete auf die Kette und ging wie zufällig in Richtung der Pforte. »Geklaut, was?«

»Geht dich nichts an!« Er machte einen Satz nach rechts und versperrte mir den Weg, indem er mit der Fackel vor meiner Nase herumfuchtelte.

»Was ist denn los mit dir, Rat? Warum bist 'n so aufgeregt?«

»Aufgeregt? Ich? Unsinn! Und jetzt her mit dem Ding!«

Im gleichen Moment hörte ich ein leises Stöhnen oder Wispern aus dem Nebenraum. Auch Rat hatte es gehört und zuckte zusammen, als wollte er im nächsten Augenblick nach nebenan stürzen. Da ich nicht wusste, was ich sonst tun sollte, warf ich Rat die Kette vor die Füße. Er war einen Augenblick lang unschlüssig, machte einen Schritt nach rechts, kam zurück, bückte sich dann ächzend und griff mühsam nach dem Schmuckstück. Ein alter Mann!, schoss es mir durch den Kopf, dann riss ich ihm kurzerhand die Fackel aus der Hand und rannte durch die kleine Pforte.

Ich weiß nicht, was mich mehr entsetzte und vor den Kopf stieß, der grauenhafte Anblick oder der bestialische Gestank. Die niedrige Pforte führte zu einer Art Gelass, das kaum fünf Fuß hoch und etwa ebenso tief war und früher vermutlich als Lagerraum gedient hatte. In die grob gemauerten Wände waren kleine Fächer oder Kammern eingemeißelt, in denen jedoch keine Lebensmittel oder andere Vorräte lagerten, sondern menschliche Leichenteile – einige bereits bis auf die Knochen verwest oder zu Asche verkohlt, andere von Aas fressendem Getier wimmelnd oder blutig verkrustet. Ich sah eine Hand, einen Fuß, der in einem Schuh steckte, Teile eines weiblichen Kopfes, dunkle Locken daran. Es war so grässlich und furchtbar, dass ich noch heute keine Worte dafür finde. Vielleicht war ich auch deshalb so fassungslos, weil mir plötzlich durch den Kopf schoss, dass womöglich auch mein Vater hier irgendwo in einer der Wandnischen lag. Hinzu kam der widerlich süßliche Verwesungsgeruch, der sich in dem kleinen Gelass wie unter einer Dunstglocke gesammelt hatte. Mir wurde schlagartig übel, und vermutlich hätte ich mich auf der Stelle übergeben, wenn mich das leise Stöhnen nicht daran erinnert hätte, dass es nicht um die Leichen, sondern um eine Lebende ging.

Penelope lag unweit der Pforte auf dem Boden. Ihr Körper war seltsam verdreht, ihre Kleider waren verdreckt, Arme und Beine voller Kratzer und Striemen, und an ihrer Schläfe klaffte eine hässliche und tiefe Wunde. Das gesamte Gesicht war von Blut und Dreck verschmiert. Dennoch lebte Penelope, denn sie stöhnte leise, bewegte sich nun, wandte den Kopf in meine Richtung und schien sogar zu lächeln, als sie mich erkannte.

»Penelope!«, murmelte ich, als ich mich über sie bückte.

»Vorsicht!«, wisperte Penelope und riss die Augen auf. »Blackjack!«

Was sie damit meinte, spürte ich im nächsten Augenblick, als der Totschläger mich an der Schulter traf und mir der Schmerz heiß und glühend durch den Körper fuhr. Zum Glück hatte ich mich auf Penelopes Warnung hin zur Seite geworfen, sonst hätte mir die Eisenkugel des Blackjacks den Hinterkopf zertrümmert. Einige Fischer benutzten solche Totschläger, um den Fischen den Garaus zu machen, doch Rat Scabies hatte es nun auf mich abgesehen. Er stand breitbeinig über mir und ließ den Totschläger wie ein Spielzeug hin und her baumeln. Ich hielt immer noch die Fackel in der Hand, allerdings schmerzte die rechte Schulter derart, dass ich die Fackel nicht zur Abwehr benutzen konnte. Möglichst unauffällig griff ich mit der linken Hand hinter meinen Rücken und stellte erschrocken fest, dass das Messer nicht mehr im Hosenbund steckte. Ich hatte es verloren, als ich zu Boden gegangen war. Rat lachte krächzend und trat mir mit dem Fuß die Fackel aus der Hand.

Ein alter Mann!, dachte ich. Aber einer mit einem Totschläger.

»Warum, Rat?«

»Warum *was*?«

»Das!« Ich deutete auf die Leichenteile in den Wandfächern. »Alles!«

»Hier hat es angefangen, Junge. Im Winchester House. Hier hat sie mich schmoren lassen. Hab's ihr heimgezahlt, und nun rächt sie sich dafür. Sie lässt mich nicht in Ruhe. Hat sie nie getan. Wird sie nie tun. Verdammte Hündin!«

»Wer?«

»Eliza!« Dabei deutete er erklärend auf die Wandfächer.

Hatte Edward nicht erzählt, der alte Rat fühle sich von seiner verstorbenen Frau heimgesucht? Dass er Angst vor ihrem untoten Geist habe und behauptete, Eliza habe ihm die Kratzwürmer auf den Buckel gejagt? Ich begriff zwar nicht, was das mit den Morden des Southbank Slashers zu tun hatte, aber das spielte jetzt ohnehin keine Rolle mehr! Nichts spielte mehr eine Rolle.

»Tut mir leid, Geoffrey!«, sagte Rat kopfschüttelnd und holte mit dem Totschläger aus. Ich sah mich schon in der Hölle für meine Sünden büßen. Doch dann zuckte Rat unmerklich zusammen, schaute erstaunt drein, öffnete den Mund, ohne einen Ton zu sagen, und ging bäuchlings neben mir zu Boden. Mit dem Gesicht im Dreck. Und aus seinem Rücken ragte ein kunstvoll geschnitzter Messergriff aus Hirschhorn.

»Mir nicht, du Ratte!«, rief Penelope, die hinter Rat gestanden hatte, und hob den Totschläger auf. Sie drosch damit auf den Sterbenden ein, wieder und wieder, bis ihr die Kräfte schwanden und Rats Hinterkopf nicht mehr als solcher zu erkennen war. Anschließend nahm sie die Kette mit dem Karfunkelstein an sich, die dem Toten aus der Hand gefallen war, und legte sie sich in aller Seelenruhe um den Hals.

»Los, raus hier!«, sagte ich.

Da Penelope nicht antwortete und keine Anstalten machte, sich vom Fleck zu rühren, rappelte ich mich auf, nahm die Fackel in die Hand und zerrte Penelope wie ein störrisches Kind hinter mir her ins Freie. Erst als wir das Dock von St. Mary Overy erreicht hatten, schien sie zu begreifen, was geschehen war. Sie wachte wie aus einem bösen Traum auf und lief laut schreiend zur Themse, dann linker Hand am Pranger und dem Clink-Gefängnis vorbei bis zur Bankside, wo sie plötzlich zur Salzsäule erstarrte.

Es war etwa Mitternacht, und auf der Uferstraße waren noch viele Kneipengänger unterwegs. Vor dem »Castle on the Hoop« genossen sie ihr Bier im Freien, und weil Penelope und ich einen fürchterlichen Anblick abgaben, hatte sich in Windeseile eine neugierige Menschentraube um uns gebildet.

Inmitten der Leute erkannte ich Edward, der ja an der Bankside nach Penelope hatte suchen wollen. Entgeistert kam er auf uns zugestürmt, sah Penelopes blutüberströmtes Gesicht und rief: »Oh Gott, was ist passiert?«

»Geoff hat mir das Leben gerettet«, antwortete Penelope und warf sich in Edwards Arme. »Ohne ihn wär ich jetzt tot.«

»Ach was«, wehrte ich ab. »Penelope hat meines gerettet! Mit Vaters Messer.«

Dabei fiel mir ein, dass ich das Messer in Rats Rücken hatte stecken lassen, und überlegte einen Moment lang, ob ich es holen sollte, damit es niemand stahl. Dann gaben meine Knie nach, und mir wurde schwarz vor Augen.

4. KAPITEL

Beginnt mit allerlei Vermutungen und
endet mit einem bedauernswerten Entschluss

Es wurde nie wirklich geklärt, warum Rat Scabies all die Frauen getötet hatte. Dass er den Verstand verloren hatte, stand außer Zweifel, aber dennoch suchten alle nach Erklärungen und einem vernünftigen Grund für diesen Irrsinn. Als könnte es so etwas überhaupt geben! Sie ergingen sich in allerlei Vermutungen und wilden Spekulationen, ohne irgendetwas beweisen oder widerlegen zu können. Ja, ohne Rat Scabies überhaupt gekannt zu haben. Die bestialischen Morde und das Aufbewahren der Leichenteile im Keller des Winchester House blieben unbegreiflich, sie waren die Taten eines Wahnsinnigen, genauso verrückt und rätselhaft wie das Verbrennen der Ratten und das Abschlachten der Hunde.

Klar war nur, dass die Morde irgendetwas mit Rats Frau Eliza und der Pest von 1625 zu tun hatten. Alle Opfer hatten schwarzes oder zumindest sehr dunkles Haar gehabt, genauso wie Eliza Haberdasher, die ihrerseits als Schankfrau in dem Wirtshaus ihrer Eltern gearbeitet hatte, bevor sie die Frau des Kurzwarenhändlers Humphrey Haberdasher geworden war. Ebenso war bekannt, dass die Morde des Southbank Slashers in dem Augenblick begonnen hatten, als die große Pest des Jahres 1665 den Weg über die Themse gefunden und Lambeth, Southwark und Bermondsey heimgesucht hatte.

Wie dies zusammenhing, darüber gingen die Ansichten weit auseinander. Einige meinten, die an der Pest gestorbene Eliza sei in die Körper der ermordeten Schankmädchen gefahren und habe durch diese die Pest auf die Southbank gebracht. Was natürlich Unsinn war, denn keines der Opfer hatte Anzeichen der Pest am Leib gehabt. Andere glaubten, dass Rat Scabies die Frauen nur wegen ihrer zufälligen Ähnlichkeit mit Eliza umgebracht habe. Und wegen der Tatsache, dass auch sie Schankfrauen gewesen waren. Warum Rat allerdings die Gliedmaße und Körperteile abgetrennt und anschließend die Leichen in die Themse geworfen hatte, vermochten auch diese Leute nicht zu enträtseln. Es ergab schlichtweg keinen Sinn!

Statt euch mit all den verschiedenen Mutmaßungen und den abenteuerlichen Erzählungen zu verwirren, die in den Folgetagen auch im »Maiden Inn« die Runde machten – bis das furchtbare Feuer für weit interessanteren Gesprächsstoff sorgte –, will ich euch nur erzählen, was Ray Webster über den seltsamen Fall zu berichten hatte. Denn Rays Vater war, wie ihr wisst, mit der Familie Haberdasher bekannt gewesen, und Rays Bemerkungen deckten sich zum Teil mit dem, was Rat mir im Keller unter der großen Halle offenbart hatte: dass nämlich alles im Winchester House angefangen habe.

Doch ich muss euch warnen. Solltet ihr jetzt erwarten, die volle Wahrheit über den Schlitzer von der Southbank zu erfahren, so muss ich euch enttäuschen. Ich kenne die Wahrheit nicht. Niemand kennt sie. Rat hat sein Geheimnis mit ins Grab genommen. Ich kann euch nur wiedergeben, was Rancid Ray mir erzählt hat. Vielleicht könnt ihr euch ja einen eigenen Reim darauf machen.

Als vor vierzig Jahren, im Jahr 1625, die Pest in London ausbrach, saß der fahrende Händler Humphrey Haberdasher wegen Mietschulden und etlicher geprellter Zechen im Schuldgefängnis. Nicht zum ersten Mal, wie es hieß. Für solch niedere Vergehen war das Clink-Gefängnis an der Bankside zuständig, doch weil es mit Randalierern, Schuldnern und Trunkenbolden völlig überfüllt war, wurde Humphrey zusammen mit drei weiteren Gefangenen in einen verriegelten Kellerraum des benachbarten Winchester House eingesperrt. Dem Bischof von Winchester, der damals noch in dem Palast residierte, gehörte schließlich das Land ringsum, samt den Kneipen, Theatern und Bordellen, und so war er auch für die Einkerkerung der Missetäter zuständig.

Humphrey hoffte, dass seine Frau Eliza das benötigte Geld

von ihren Eltern erbitten konnte, denn ohne Begleichung der Schulden würde er hier auf ungewisse Zeit versauern. Doch sie hatte es nicht eilig damit, schickte ihm nicht einmal Verpflegung und besuchte ihn kein einziges Mal in dem finsteren Kellerloch. Vermutlich war sie wütend, dass er sie mit seinem schändlichen Verhalten in diese entwürdigende Lage gebracht hatte. Während er also in seinem Verlies bei Brei und Wasser schmachtete, weil er kein Geld hatte, um die Wächter zu bestechen, bemerkte er, dass es in dem Keller von toten Ratten regelrecht wimmelte. Nicht nur in den zu Kerkern umgebauten Lagerräumen, sondern auch in den übrigen Kammern und in der großen Speicherhalle unter dem Festsaal. Überall krepierende Nager, die von einigen der Häftlinge sogar verspeist wurden, weil sie vor Hunger eingingen! Dass sich an diesem garstigen Ort die Ratten tummelten, war an sich nichts Besonderes, denn die Nähe zur Themse und die gelagerten Lebensmittel im Winchester House lockten die aufdringlichen Viecher an. Doch dass sie plötzlich in solchen Scharen verendeten, verwunderte Humphrey.

Wenig später starben die ersten Insassen an der Pest. Zunächst die Gefangenen in den Kerkern, dann die Wärter und schließlich auch die Bediensteten des Bischofspalastes. Niemand brachte das mit den toten Ratten in Verbindung. Wieso auch? Nur Humphrey hatte plötzlich diese fixe und verrückte Idee, die er Zeit seines Lebens nicht mehr loswerden sollte: Erst waren die Ratten eingegangen, dann die Menschen. Folglich brachten die Ratten die Pest! Oder waren zumindest die Vorboten der Katastrophe.

Weil sich die Zellen im Clink-Gefängnis wegen der tödlichen Plage nach und nach leerten, wurde Humphrey schließlich aus dem Winchester House ins Clink geschafft, und dort traf er in seiner Zelle einen Nachbarn, der wegen einer nächtlichen Prügelei einsaß. Dieser Nachbar wohnte wie Humphrey an der Hauptstraße von Southwark und berichtete ihm Erstaunliches von Zuhause. Angeblich hatte Eliza das Geld für die Begleichung der Schulden längst beisammen, doch sie genieße die Abwesenheit ihres Gatten so sehr, dass sie beschlossen habe, ihn noch eine Weile im Gefängnis schmoren zu lassen und statt seiner die Geschäfte zu führen. Ihre Eltern hätten ihr dazu geraten, behauptete der Nachbar. Humphrey tat dies als dummes Gerede ab. Er kannte doch seine Frau und wusste, dass der Nachbar nur aus Missgunst und Niedertracht solche Lügen verbreitete. Doch die Zweifel nagten an ihm, und je länger er eingekerkert war und je mehr Insassen an der Pest starben, ohne dass Eliza etwas unternahm, um ihn aus dem Elend zu befreien, desto misstrauischer wurde er. So hoch waren seine Schulden nicht, und Elizas Eltern hatten eine gut gehende Schänke in der Nähe der London Bridge. Irgendetwas war hier faul!

Als seine Frau ihn schließlich nach weiteren zwei Wochen zum ersten Mal im Clink besuchte, bemerkte Humphrey eine neue Haube auf ihrem Kopf und ein dazu passendes hübsches Halstuch aus Seide. Beides hatte ihr Mann noch nie an ihr gesehen. Sie habe das Tuch von einer Nachbarin geliehen, behauptete sie, und die Haube sei ein Geschenk ihrer Eltern. Auf Humphreys Frage, ob sie das Schuldgeld beisammen habe oder wenigstens etwas Schmiergeld für die Wärter, antwortete sie ausweichend und erklärte, das sei nicht so einfach. Ihre Eltern hätten im Augenblick nichts übrig und er müsse sich noch ein wenig gedulden.

Daraufhin spuckte er ihr ins Gesicht und schimpfte: »Verdammte Lügnerin! Ich weiß Bescheid! Du willst mich loswerden! Hoffst wohl, dass ich hier krepiere. Aber da hast du dich geschnitten!«

»Du redest irre, Humphrey.«

»Hündin!«

Statt einer Antwort wandte Eliza sich ab und ging kopfschüttelnd davon.

»Ich verfluche dich, du Hure von Babylon!«, schrie Humphrey ihr hinterher. »Nicht ich werde an der Pest eingehen, son-

dern du wirst die brandigen Beulen kriegen und elendig krepieren. Und deine unselige Brut mit dir! Das schwöre ich dir und
deiner ganzen verdammten Familie!«

Nur eine Woche später starb Eliza an der Beulenpest. Zwei
Tage darauf folgten ihr die beiden Kinder. Und noch ehe der
Monat um war, hatten auch Elizas Eltern das Zeitliche gesegnet. Nur Humphrey überlebte als einziges Mitglied der Familie
die Seuche, genau wie er's vorhergesagt hatte.

Doch Eliza ließ ihn nicht in Ruhe. Fortan fühlte er sich von
ihrem Geist verfolgt, überall lauerte sie ihm auf und rief ihm zu:
»Du redest irre, Humphrey!« Keine Nacht verging, ohne dass
ihm Elizas von Pestbeulen entstelltes Gesicht in Albträumen erschien, und als er Jahre später die Krätze bekam, da wusste er,
dass seine Frau ihm dies angetan hatte. Seine fixe Idee von den
Ratten wurde mit der Zeit zur Besessenheit, und immer häufiger ging er auf Rattenjagd. Weil mit den Ratten alles angefangen hatte! Das Haus an der Straße, in dem er mit Eliza und
den Kindern gewohnt hatte, brannte eines Nachts nieder, und
Humphrey ahnte, dass seine untote Frau das Feuer mit ihrem Pestatem entfacht hatte. Doch sie würde ihn nicht aus der
Nachbarschaft vertreiben, das schwor er sich, und deshalb zog
er in die benachbarte Bruchbude im Dark Entry und röstete
seine Ratten in der Brandruine. Aus dem Kurzwarenhändler
Humphrey Haberdasher wurde nach und nach der verrückte
Rat Scabies. Ein harmloser Irrer, wie alle dachten.

So weit Rays Geschichte. Vielleicht sind einige Erklärungen darin enthalten, vielleicht hat sie aber auch gar nichts zu bedeuten. Womöglich ist sie nicht einmal wahr, denn Ray musste zugeben, dass er die Geschichte vor langer Zeit von seinem Vater
gehört hatte und dass sie vermutlich nur auf bloßem Hörensagen beruhte. Ob Eliza ihren Gatten absichtlich im Gefängnis
»hatte schmoren lassen«, wie Rat sich im Keller ausgedrückt
hatte, oder ob er sich das alles nur eingebildet hatte, weil er bereits dem Wahn verfallen war, blieb ebenfalls ein Rätsel. Ich

sagte ja bereits: Jede Wahrheit brachte mindestens eine neue Lüge. Macht euch einen eigenen Reim darauf, wenn euch denn einer einfällt.

Was mich betrifft, so war mir das alles einerlei. Rat Scabies war tot, und das war gut so. Dass er mir mit seinem Blackjack beinahe den Hinterkopf eingeschlagen hatte und ich noch einige Wochen Schmerzen in der Schulter haben würde, würde ich ihm natürlich niemals verzeihen, aber was nützte das nachträgliche Jammern? Penelope hatte ihm mit seinem eigenen Totschläger die verdiente Strafe verpasst. Möge er auf ewig in der Hölle schmoren und tausend weitere Tode sterben. Zum Teufel mit Rat Scabies! Mehr gab's aus meiner Sicht nicht dazu zu sagen.

Penelope hingegen hatte es schlimmer erwischt. Das dachten wir zumindest. Was Rat genau mit ihr angestellt, wo er sie aufgegriffen und niedergeschlagen hatte, darüber verlor Penelope kein Wort. Sie wollte partout nicht darüber sprechen. Noch in der Nacht auf Freitag wurde sie von einem Medicus untersucht, den Edward aus der City herbeigeholt hatte und der ihr eine blutstillende Tinktur aus Blutwurz und Katzenschwanz verabreichte. Ihre zahlreichen Schürfwunden, Prellungen und Blutergüsse wurden mit schwefliger Tonerde und Alaun bestrichen. Außerdem wurde sie zur Ader gelassen, um eine Vergiftung des Blutes zu verhindern. Knochenbrüche hatte sie glücklicherweise nicht erlitten, aber die tiefe Platzwunde an der Schläfe, die vermutlich von einem Schlag mit dem Blackjack herrührte und vom Doktor mit Hanffaden genäht wurde, sowie die zahlreichen Blutergüsse und Schwellungen würden ihr hübsches Antlitz für einige Zeit entstellen. In ihrem momentanen Zustand war sie wahrlich kein schöner Anblick. Aber wenigstens war sie nicht als zerstückelte Leiche in der Themse gelandet.

Am Freitag ging es im »Maiden Inn« zu wie in einem Bienenstock, weil sich die Vorkommnisse wie ein Lauffeuer in der Stadt verbreitet hatten und sich viele Schaulustige auf dem Hof drängten, um einen Blick auf das arme, halb tote Opfer und den kleinen Helden und Lebensretter zu erhaschen oder zumindest etwas Tratsch aufzuschnappen. George und Rupert hatten alle Hände voll zu tun, den neugierigen Pöbel vom Haus fernzuhalten. Bereits am frühen Morgen waren der grafschaftliche Friedensrichter, der Leichenbeschauer und die beiden Konstabler erschienen, die Penelope und mich schon in der Nacht befragt und den Keller unter dem Winchester House in Augenschein genommen hatten. Diesmal aber hatten sie nicht nur einen amtlichen Schreiber dabei, sondern auch den königlichen Bailiff von Southwark, der zwar kein Wort an uns richtete, aber wichtigtuerisch im Hintergrund stand und immer wieder mit dem Kopf nickte, als wäre er dabei gewesen und müsste unsere Worte amtmännisch bestätigen.

Als die Befragung beendet war, wandte ich mich an den Bailiff und fragte: »Wann krieg ich mein Messer zurück, Sir?«

»Welches Messer?«

»Das in Rats Rücken steckt.«

»Oh«, sagte er und sah mich pikiert an. »Bald, mein Junge. Bald.«

Muss ich erwähnen, dass ich mein Messer nie wiedersah? Vermutlich landete es mit Rat Scabies in dessen Grab auf dem Friedhof von St. Olave.

Im »Maiden Inn« waren alle froh und erleichtert, dass die Geschichte so glimpflich ausgegangen war. Und mich behandelten sie, als hätte ich gerade das Königreich vor den Holländern gerettet. Nur der Verband um meine rechte Schulter hielt sie davon ab, mich unentwegt mit anerkennenden Schlägen auf meine Schultern zu traktieren. Sogar Hum lobte mich und meinte, für einen Hornochsen hätte ich mich ganz wacker geschlagen. Mal abgesehen von der Dummheit mit dem Totschläger. Und Mutter nahm mich völlig unerwartet in die Arme, presste mich an ihre Brust, wollte mich gar nicht wieder loslassen und gab mir schließlich einen langen Kuss auf die Stirn. Ich muss gestehen, dass ich es genoss. Den Kuss und alles andere.

Nur Rancid Ray schien gar nicht zufrieden zu sein, er blickte den ganzen Vormittag sauertöpfisch drein und rannte wie ein kopfloses Huhn auf dem Hof herum. Natürlich freute auch er sich, dass Penelope und ich noch lebten und ohne schwerere Verletzungen davongekommen waren, aber die Sorge um sein Theaterstück, dessen Aufführung am nächsten Tag nun undenkbar schien, ließ ihn sichtlich verzweifeln. Er wollte unbedingt mit Penelope sprechen, doch Mutter und Edward hielten ihn mit vereinten Kräften von Mutters Kammer fern, wo Penelope bis zu ihrer Genesung untergebracht war. Nun gab es bereits zwei Krankenlager im Haus. Ein richtiges Hospital.

Am Nachmittag folgte dann der nächste hohe Besuch. Als die prächtige Kutsche mit dem Wappen von London auf den Hof fuhr, dachte ich zunächst, der Lord Bürgermeister gebe sich höchstselbst die Ehre. Doch es waren nur zwei seiner Ratsherren, die der Kutsche entstiegen, ein älterer Gentleman mit weißer Perücke und ein etwas jüngerer mit schwarzer Haarpracht, die vielleicht sogar seine eigene war. Beide waren in feierliche Gewänder gekleidet und mit Schärpen behangen, als wollten sie beim König in Whitehall vorsprechen. Sie hatten jedoch keineswegs die Absicht, Penelope zu besuchen, wie ich anfangs vermutete, sondern wünschten mich zu sprechen. Der Ältere der beiden ließ mich zu sich rufen und klopfte mir vor versammelter Menge im Schankraum auf die Schulter – wofür ich ihm an die runzlige Gurgel hätte springen können – und dankte mir im Namen der City von London und aller angrenzenden Boroughs und Gemeinden für meine heldenhafte Tat, die einen steckbrieflich gesuchten Mörder unschädlich gemacht habe.

»Nicht ich habe Rat unschädlich gemacht, Sir«, antwortete ich und verneigte mich. »Penelope hat ihm den Kopf eingeschlagen. Mit 'nem Blackjack. Aber das war natürlich nicht ihrer, sondern der von …«

»Sicher, sicher«, unterbrach er mich und räusperte sich.

»Aber du bist dem Mörder auf die Schliche gekommen. Du hast sein Versteck entdeckt.«

»Zufall, Sir. Wenn er den Karfunkelstein nicht verloren hätte, wär ich ...«

»Sicher, sicher«, unterbrach er mich erneut. Er hüstelte gekünstelt und nickte dem Gentleman mit der schwarzen Perücke zu, der sogleich mit einem ledernen Beutel zur Stelle war und mir ebenfalls auf die Schulter klopfen wollte, was ich jedoch gerade noch mit einem Sprung zur Seite verhindern konnte.

»Dies hast du dir redlich verdient, mein Junge! Viel zu lange musste ich auf diesen Augenblick warten. Ich wünschte, wir hätten die Bestie früher gefasst.« Der ältere Ratsherr reichte mir den Beutel und lächelte etwas dümmlich, wie ich fand. Oder traurig. Dann klatschte er plötzlich in die Hände und rief: »Bravo!« Und sämtliche Bewohner des Inns, die sich inzwischen im Schankraum versammelt hatten, taten es ihm nach. Fehlte nur noch, dass sie für mich ein Lied sangen.

Natürlich wisst ihr längst, was sich in dem Beutel befand, und deshalb will ich euch auch nicht länger auf die Folter spannen. Fünfzig Pfund waren auf den Kopf des Southbank Slashers ausgesetzt. Ein kleines Vermögen. Mehr als ein Soldat oder Matrose in einem ganzen Jahr verdiente. Und als ich dem Ratsherren in die Augen schaute, musste ich an die Gerüchte denken, die mir zu Ohren gekommen waren. Dass nämlich eines der letzten Opfer des Schlitzers die Geliebte eines Gentlemans aus der City gewesen sei. Und ich hätte die fünfzig Pfund darauf verwettet, dass dieser Gentleman nun direkt vor mir stand: *Viel zu lange musste ich auf diesen Augenblick warten.*

Da ich nicht wusste, was man sagte, wenn einem ein Ratsherr so viel Geld in die Hand drückte, beließ ich es bei einem Kratzfuß und blieb stumm.

Zum Glück sprang Mutter in die Bresche, bot den beiden Ratsherren und allen Anwesenden etwas zu trinken an und ließ die Gläser mit ihrem besten Wein füllen.

»Was machst 'n jetzt mit dem ganzen Geld?«, fragte mich Hum, als ich die vielen Guineas in dem Lederbeutel bestaunte.

»Na, was wohl?«, antwortete ich und schlug ihr auf die Finger, als sie sich eine Goldmünze schnappen wollte. »Teilen natürlich. Aber nicht mit dir.« Und damit rannte ich zur Treppe und hinauf zu Penelopes Kammer.

In der Tür stieß ich beinahe mit Ray zusammen, der die Gelegenheit genutzt und heimlich mit Penelope gesprochen hatte, während alle anderen unten im Schankraum versammelt waren. Er starrte mich überrascht an, lächelte dann seltsam und meinte: »Na, du Held!« Dann verdrückte er sich.

Ich lief zu Penelopes Bett und erschrak. Ihr blutunterlaufenes Gesicht hatte inzwischen die Farbe einer reifen Pflaume angenommen. Obwohl die genähte Wunde an ihrer Schläfe verbunden und das getrocknete Blut abgewaschen war, sah sie nun furchterregender aus als am vergangenen Abend.

»So schlimm?«, fragte sie, als sie meinen entsetzten Blick sah.

Statt einer Antwort legte ich den Geldbeutel auf die Bettdecke und berichtete, was gerade geschehen war. Dann zählte ich fünfundzwanzig Guineas ab und hielt ihr die Münzen unter die Nase.

»Was soll ich damit?«, fragte sie.

»Nimm!«

»Es gehört dir, Geoff.«

»Das ist dein Anteil«, beharrte ich und drückte ihr das Geld in die Hand. »Deine Belohnung.«

Sie sah mich lange an und schien zu begreifen, dass ich keineswegs im Scherz sprach, dann lachte sie schallend und meinte: »Heute scheint wirklich mein Glückstag zu sein. Alle beschenken mich und werfen mir das Geld regelrecht vor die Füße.«

»Wer denn noch?«

»Ray.«

»Wieso?«

»Er hat mich gerade zur Teilhaberin gemacht.«

»Wovon?«

»Vom ›Cocksparrer‹! Er hat mir die Hälfte seiner Einnahmen versprochen, wenn ich morgen auftrete. Großzügig, oder?«

»Aber du kannst doch nicht … Nicht in deinem Zustand! Schau dich doch an!«

»Ach was!«, wehrte sie ab. »Wir tragen doch Masken. Und die Kopfschmerzen werde ich schon aushalten. Außerdem hatte Ray eine gute Idee. Der Halunke macht wirklich aus allem ein Schauspiel.«

Ich hatte keine Ahnung, was sie damit meinte, aber wie sie dabei lachte und neckisch die Augenbrauen hob, wollte mir nicht gefallen. Auch weil ihr angeschwollenes und pflaumenfarbiges Gesicht beim Lachen wie eine Fratze aussah.

Am folgenden Abend sollten wir erfahren, was es mit dieser »guten Idee« auf sich hatte, und es sollte sich herausstellen, dass wir alle Penelopes Entschluss noch sehr bedauern würden.

Doch davon mag Master Gerrard erzählen. Denn er war's ja, der bei Penelopes Anblick die Fassung verlor und für den anschließenden Tumult sorgte.

SIEBENTER TEIL

COCKSPARRER

»Other sins only speak; murder shrieks out.
The element of water moistens the earth,
But blood flies upwards and bedews the heavens.«

(»Andere Sünden sprechen nur; Mord schreit auf.
Das Element Wasser benetzt die Erde,
aber Blut fliegt hoch und betaut den Himmel.«)

John Webster, »The Duchess of Malfi«

Manchmal kam sich Gerrard vor wie eine Katze, denn er hatte ebenso viele Leben. Immer wenn er glaubte, nun sei alles aus und vorbei, kam von irgendwo ein gnädiger Gott oder hinterhältiger Teufel daher und schenkte ihm ein weiteres Leben. Er war nun 56 Jahre alt und hatte in all der Zeit so viele unterschiedliche und widersprüchliche Dinge getan oder gesagt, dass ihm sein Leben wie ein wirrer Flickenteppich erschien. Ohne erkennbares Muster, ohne durchgehenden Faden.

Als Sohn eines kleinen Krämers war er in Lancashire aufgewachsen, hatte als Halbwüchsiger in London das Handwerk eines Schneiders erlernt und seine spätere Frau Susan getroffen. Schließlich hatte er ein eigenes Geschäft in der Hauptstadt eröffnet und war ein aufstrebendes Mitglied der ehrenwerten Schneidergilde geworden. Doch dann kam der Bürgerkrieg, zerstörte seine Existenz und trieb ihn in den Bankrott. Es folgten die mühseligen Jahre als Hirte in der Heide von Surrey und die göttlichen Visionen, die ihn im Traum überkamen und zu einem Digger und eifrigen Schreiber von Aufrufen und Pamphleten machten. Er wurde zum Bruder Winstanley, wie sie ihn ehrerbietig nannten, obwohl sich die Digger sonst alle beim Vornamen nannten. Ein Jahr lang buddelten sie in der Erde und verkündeten die Wahrheit, wie berauscht von Gottes Auftrag und Liebe, dann war auch dieses Kapitel schlagartig beendet und blutig niedergeschlagen. Der Traum vom gottgefälligen Leben war vorbei, und der Albtraum begann: der gewaltsame Tod seines ungeborenen Sohnes, die schwere Krankheit seiner Frau, die Zeit der Flucht, die Trunksucht und die Erniedrigung durch seine Feinde. Er wurde zu einem Viehhirten von Pfarrer Platts Gnaden. Nach Susans Tod wollte auch er sterben, doch nicht einmal dazu war er in der Lage. Vom Schwiegervater verstoßen und dem Branntwein verfallen, ging er zurück nach London und wurde zu einer lichtscheuen, abstoßenden Kakerlake in Menschengestalt, die nur darauf wartete, zertreten zu werden.

Doch es kam anders, und das war das Widersinnige daran. Ausgerechnet ein hinterhältiger Mord bescherte ihm einen unerwarteten Neuanfang. Ihm wurde ein weiteres Leben geschenkt, obwohl er seine Tat nicht bereute und dieses neue Leben nicht verdient hatte. Aus dem Trunkenbold und Meuchelmörder wurde Master Gerrard, der Lehrer der Armen, den alle nur den Eremiten von St. Olave nannten und für einen komischen Heiligen hielten. Die Monate und Jahre gingen dahin, die Pest kam und ließ ihn unbehelligt, kein Blitz aus dem Himmel streckte ihn nieder, weder Gott noch die Menschen schienen sich für ihn zu interessieren. Gerrard fand zunehmend Gefallen an seinem eintönigen und ereignislosen Leben, das ihm die Möglichkeit bot, seine wirren und monströsen Gedanken zu ordnen und alles schriftlich festzuhalten. Wenn auch unter dem Deckmantel eines erdichteten Schauspiels.

Bis ihn der Halunke Ray Webster aus seiner trügerischen Sicherheit riss, ihm die Faust in den Magen rammte und alles wieder von vorne begann. Plötzlich war die Angst wieder da, der Zweifel nagte erneut an ihm, die Zerrissenheit war schlimmer denn je. Zwar war Webster nur ein Großmaul und eitler Schwätzer, und bei ihrer letzten Begegnung hatte der Gauner behauptet, er werde ihn fortan in Ruhe lassen, doch Gerrard traute diesem brüchigen Frieden nicht. (Zu Recht, wie er inzwischen wusste.) Nie würde er aus diesem Teufelskreis entkommen. Jedenfalls nicht solange er hoffte, dass sich dieser Kreis von selbst auftat. Oder ihm jemand von außen zu Hilfe kam.

Es dauerte eine Weile, bis er begriff, dass er immer noch auf der Flucht war und dass sich dies nur ändern würde, wenn er innehielt und umkehrte, sich wieder an den Ort begab, wo alles begonnen hatte. Und damit meinte er nicht seine Bußgänge zum »Old Barge House«. Er musste zurück nach Little Heath. Um Pfarrer Platt aufzusuchen und für die Wahrheit einzustehen. Auf Gedeih und Verderb! Denn Gerrard war zu dem Schluss gekommen, dass er seinen Frieden erst im Jenseits finden würde. Wo seine Frau und sein Sohn bereits auf ihn warteten.

Doch als er schließlich in der Heide war und den Ort besuchte, an dem vor sechzehn Jahren die Hütten der Digger gestanden hatten, verließ ihn der Mut und überfiel ihn eine lähmende Angst. Wie Jesus am Ölberg den Vater im Himmel zitternd und zagend gebeten hatte, der Kelch möge an ihm vorübergehen, so haderte auch Gerrard mit seinem Entschluss und fürchtete dessen Konsequenzen. Und hätte nicht plötzlich Jezebel Ingram hinter ihm gestanden und ihn mit »Bruder Winstanley« angesprochen, so wäre er vermutlich abermals davongelaufen.

Vielleicht beichtete er Geoffreys Schwester auch deshalb alles. Um sich eine erneute Umkehr zu verbauen. Denn wenn er einmal ausgesprochen war, gab es kein Zurück mehr. Er musste den Kelch leeren.

Pfarrer Platt empfing ihn und Nathaniel Holcombe, der bis zuletzt versucht hatte, ihn von seinem Vorhaben abzubringen, in einem kleinen Vorraum oder Kabinett, dessen Wände mit Familienporträts bedeckt waren. Der Pfarrer saß an einem Schreibtisch in der Ecke, nickte Nathaniel, seinem Tagelöhner, kurz zu und wandte sich dann an Gerrard: »Mr. Winstanley! Wie schön, Euch zu sehen. Ich hätte Euch beinahe nicht erkannt. Ihr seid ... Ihr habt ...« Er räusperte sich und setzte dann hinzu: »Ihr seht gut aus. Anders, aber besser.«

»Ich habe dem Branntwein abgeschworen, Pfarrer«, antwortete Gerrard und starrte auf ein Gemälde, das zwischen zwei Fenstern an der Wand hing und auf dem Robert Gavell im Waffenrock eines Feldherrn zu sehen war.

»Das freut mich von Herzen«, sagte der Pfarrer, stand auf und schloss die Tür zum benachbarten Esszimmer. »Was führt Euch zu mir?«

»Ich lege mein Leben in Eure Hände.«

»Nur Gott ist dies beschieden.«

»Mag sein.« Gerrard nickte, deutete dann auf das Gemälde und sagte: »Ich habe ihn getötet.«

»Den Earl of Shrewsbury?«, lachte Pfarrer Platt und schloss auch die Tür zum Korridor, nachdem er sich vergewissert hatte, dass sich dort niemand aufhielt. »Das wage ich zu bezweifeln.«

»Ich rede von Eurem Sohn!«

»Er war mein Stiefsohn.«

»Ich habe ihn getötet.«

»Das weiß ich.«

Gerrard erstarrte und glaubte, sich verhört zu haben. »Ihr wisst es?«

»Ich wusste es in dem Augenblick, da ich von Roberts Ermordung erfuhr«, sagte der Pfarrer, wandte sich ab und schaute aus dem Fenster. »Und ich weiß auch, warum Ihr ihn getötet habt.«

»Ihr wisst … Susan. Von Little …?«, stammelte Nathaniel erschrocken.

»Robert hat mir alles erzählt. Vor Jahren schon. Regelrecht geprahlt hat er damit, wie mit einer Heldentat. Und er hat mir auch berichtet, dass Ihr ihm Vergeltung geschworen habt. Er hat darüber nur gelacht, aber ich habe Euch schon immer für einen Mann gehalten, der für sein Wort einsteht. Zumindest galt das für den alten Gerrard Winstanley.«

»Gavell hat meine Frau …«, begann Gerrard, doch er konnte den Satz nicht beenden und hielt sich die Hand vor die Augen, als blendete ihn die Mittagssonne, die durchs Fenster schien und den Pfarrer zu einer schwarzen Silhouette machte.

»Ja«, sagte der Pfarrer und räusperte sich abermals. »Mein Stiefsohn war ein Lump und Mörder, das habe ich leider viel zu spät erkannt. Doch als er mir berichtete, was er mit Eurer Frau und Eurem Sohn angestellt hat, habe ich ihn vor die Tür gesetzt. Es war mir unerträglich, weiterhin mit ihm unter einem Dach zu leben.« Und mit einem seltsamen Lachen setzte er hinzu: »Sehr zum Entsetzen meiner Gattin, wie Ihr Euch vorstellen könnt.«

»Deshalb habt Ihr ihn verstoßen?«, wunderte sich Gerrard.

»Nicht nur deshalb«, antwortete der Pfarrer und starrte weiterhin in den Garten. »Es gab viele weitere Gründe, die hier nichts zur Sache tun. Lasst es mich so sagen: Das Maß war voll. Ich glaube, Robert hatte es sogar darauf angelegt. Nur deshalb hat er mir erzählt, was damals auf der ›Little Heath Farm‹ geschehen ist. Um mich zu reizen und zu beschämen. Wir haben Euch und Euren Diggern hart zugesetzt, das will ich nicht bestreiten, und ich glaube nach wie vor, dass die Maßnahmen nötig waren, um die Ordnung wiederherzustellen. Umsturz und Rebellion muss entgegengewirkt werden. Mit aller gebotenen Härte. Aber einer schwangeren Frau das Kind aus dem Bauch zu treten …« Er wiegte sein graues Haupt und wiederholte wie in Gedanken: »Ein Lump und Mörder.«

»Genauso wie ich.«

»Ein Mörder seid Ihr gewiss«, sagte der Pfarrer und fuhr plötzlich herum. »Aber ein Lump?« Er sah Gerrard lange an und schüttelte den Kopf. »Ihr wart mir stets ein erbitterter Gegner, Mr. Winstanley, und ich habe Euch immer für einen gottlosen Ketzer und gefährlichen Aufrührer gehalten. Aber für Eure Tat kann ich Euch nicht verdammen. Ich weiß nicht, was ich an Eurer Stelle getan hätte.«

»Mehr habt Ihr dazu nicht zu sagen?«

»Was wollt Ihr von mir hören? Wenn Ihr Euch der weltlichen Macht überstellen wollt, werde ich Euch bestimmt nicht davon abhalten. Doch bei mir seid Ihr an der falschen Stelle. Ich bin weder Friedensrichter noch Sheriff. Und dass Ihr zu mir gekommen seid, um Eure Sünden vor Gott zu beichten, das glaube ich Euch nicht.« Pfarrer Platt ging zurück zu seinem Schreibtisch, griff nach der Bibel, die darauf lag, blätterte kurz darin und las: »›Der Gerechte wird sich an der Rache erfreuen, seine Füße soll er im Blut des Frevlers baden.‹ War es nicht so, Mr. Winstanley?«

»Ihr wart in der Heide?«

»Es ist *meine* Heide, schon vergessen?«, lachte der Pfarrer. »Wann habt Ihr das Kreuz angebracht?«

»Nach Susans Tod, kurz vor meiner Abreise nach London.«

»Ihr habt Wort gehalten, wie ich es von Euch erwartet hatte. Auch wenn Ihr damals ein entsetzlicher Trunkenbold wart.«

»Ich verstehe Euch nicht«, sagte Gerrard beinahe flehend. »Der Mörder Eures Stiefsohnes steht vor Euch, und Ihr wollt nichts unternehmen?«

»Wollt Ihr wissen, wer Roberts Mörder ist? Wollt Ihr ihn *sehen?*«

Gerrard antwortete mit einem verständnislosen Blick.

Pfarrer Platt kramte in einer Schublade des Schreibtisches und holte schließlich einige lose Blätter hervor, die er Gerrard vor die Nase hielt.

»*Dies* ist der Mörder von Robert Gavell!«

Bei den Blättern handelte es sich um gezeichnete Skizzen, auf denen ein Mann mit dunklen Haaren, buschigen Augenbrauen und verstörtem Blick zu sehen war. Dieser Mann war auf sehr unterschiedliche Weise dargestellt, mit oder ohne Bart, mit langem oder kurzem Haar, als runzliger Greis oder im besten Mannesalter. Nur die Augenpartie war stets die gleiche.

»Ich verstehe nicht«, sagte Gerrard.

»Meine Frau hat dem Maler eine verteufelt hohe Summe für diese Bilder gezahlt. Natürlich nicht für diese Blätter hier, das sind nur grobe Skizzen. Die fertigen Zeichnungen sind längst bei einem Drucker und werden bald in ganz London und Surrey auf Steckbriefen zu sehen sein.« Der Pfarrer schaute die Bilder an, verglich sie mit Gerrard und schüttelte den Kopf. »Nein, Mr. Winstanley, das seid Ihr nicht. Ihr habt ähnliche Augenbrauen, wohl wahr, aber das wird kaum genügen, Euch zu überführen. Nein, ich erkenne Euch darin nicht. Folglich könnt Ihr nicht der Mörder sein. Meine Frau hält große Stücke auf den Künstler, der die Bilder angefertigt hat, und auch der junge Mann, der ihm den Mörder beschrieben hat, war sehr genau in seiner Schilderung. Jedenfalls hat er sich ausreichend Zeit dafür gelassen und uns lange auf dem Geldsack gelegen. Sein Vater ist Bäcker in London, und der Sohn scheint keine Lust gehabt zu haben, kleine Brötchen zu backen.« Wieder lachte der Pfarrer und fügte nach einem Räuspern hinzu: »Ich werde Margaret nicht die Freude nehmen und ihr mitteilen, die Bilder hätten keine Ähnlichkeit mit dem wahren Mörder. Das würde ich nicht übers Herz bringen. Nicht nur wegen der Geldverschwendung.«

»Es geht Euch gar nicht um mich oder Euren Stiefsohn, nicht wahr?« Endlich begriff Gerrard das seltsame Verhalten des Pfarrers. »Es geht um Eure Frau! Empfindet Ihr einen derartigen Hass auf sie?«

Anstelle einer Antwort setzte sich Pfarrer Platt an den Schreibtisch und tunkte den Federkiel ins Tintenfass. »Entschuldigt mich, Mr. Winstanley«, sagte er, während sich seine Miene verfinsterte, »ich habe zu arbeiten und möchte Euch herzlich bitten zu gehen. Meine Predigt für den Sonntag muss geschrieben werden. Wollt Ihr wissen, welches Motto ich ihr voranstellen möchte?«

Gerrard blieb stumm, doch Nathaniel antwortete: »Ay!«

»›Richtet nicht, auf dass ihr nicht gerichtet werdet.‹ Was haltet Ihr davon?« Ohne auf eine Antwort zu warten, kritzelte er die ersten Worte aufs Papier und beachtete die beiden Männer nicht länger.

Ja, er war wie eine Katze, dachte Gerrard beim Hinausgehen, und wie es schien, waren seine neun Leben noch nicht aufgebraucht. Ausgerechnet Pfarrer Platt hatte ihm gerade ein weiteres geschenkt.

Die Hitze war unerträglich. Seit Tagen wehte der heiße Ostwind durch Londons Straßen und um die dicht gedrängten Häuser, und an diesem Samstag war es besonders schlimm. In seiner Kammer unter dem Schuldach schmorte Gerrard wie in einem Backofen. Doch es waren nicht allein der warme Wind und die sengende Sonne, die ihm den Schweiß in Strömen über den Körper laufen ließen. Heute war der erste Tag im September, der Tag, an dem »Der Mord am Old Barge House« aufgeführt werden sollte. Seit Stunden lief Gerrard wie ein gefangenes Tier in seinem Zimmer umher, immer im Kreis und nicht fähig, eine Entscheidung zu treffen oder die Gedanken auf etwas anderes zu richten. Warum hatte Geoffrey ihm nur von dem Theaterstück erzählt? Wieso hatte er nicht einfach den Mund halten können? Sogar die Losung hatte der Bengel ihm verraten. Es war müßig, sich mit solchen Gedanken herumzuschlagen, und ungerecht, dem Jungen einen Vorwurf zu machen. Nur weil er der Überbringer einer schlechten Botschaft gewesen war. Aber Gerrard konnte nicht anders.

Noch am Morgen war er sich sicher gewesen, dass er unter keinen Umständen dem »Cocksparrer« einen Besuch abstatten würde. Warum sollte er sich dieser Pein und Schmach aussetzen? Was ging ihn das unselige Stück überhaupt an? Raymond Webster hatte seinen »Timon von London« offensichtlich stark verfremdet, sonst würde das Stück an einem verruchten Ort wie dem »Cocksparrer« gar nicht aufgeführt, und zudem gab er sich als alleiniger Verfasser aus. Das war anscheinend der Preis, den Gerrard dem Gauner für seine Freiheit zahlen musste. Webster hatte das Stück gestohlen, doch da Gerrard das Manuskript ohnehin verbrannt hatte, war im eigentlichen Sinne kein Schaden entstanden. Das alles hatte Gerrard überhaupt nicht zu kümmern.

Doch bereits am Mittag war seine Sicherheit und Unbekümmertheit wie weggeblasen. War es denn überhaupt denkbar, dass er *nicht* hingehen würde, wenn er doch *wusste*, dass das Schauspiel aufgeführt wurde? Konnte er ignorieren, was ihn unentwegt beschäftigte, mehr noch, geradezu quälte? Und wenn es stimmte, dass das Stück derart verfremdet war, was konnte es ihm schon anhaben? Was hatte er zu befürchten? »*Stand up now, Diggers all!*« Wie hatte Webster es wagen können, das Lied der Digger so in den Dreck zu ziehen! Jenes Lied, das er, Gerrard, vor nunmehr siebzehn Jahren in der Heide bei Cobham gedichtet hatte und das zu einer Hymne der Liebe und Aufrichtigkeit geworden war. »*You noble diggers all, stand up now!*« Und plötzlich ahnte er, dass er sich das Stück ansehen musste. Dass ihm gar nichts anderes übrig blieb. Weil es eben doch mit ihm zu tun hatte. Mit niemandem sonst.

Den Rest des Tages kämpften diese beiden miteinander unvereinbaren Regungen in seinem Innern und brachten Gerrard fast um den Verstand. Es gab kein Entrinnen, aber er konnte sich gleichzeitig dem Unheil nicht stellen. Als er kurz davorstand, mit dem Kopf gegen die Wand zu rennen, verließ er seine stickige Kammer und ging zum »Boar's Head Inn«, um eine Kleinigkeit zu essen. Und einige Erkundigungen einzuholen. Master Collins war bekannt dafür, bestens über alles im Borough unterrichtet zu sein. Vielleicht galt das ja auch für die Nachbargemeinde von Lambeth.

Tatsächlich begrüßte ihn der Wirt mit einer erstaunlichen Neuigkeit.

»Habt Ihr's schon gehört, Master Gerrard? Rat Scabies ist der Slasher! Das heißt, er war's, denn ihm wurde der Schädel zu Brei geschlagen. Und unser kleiner Geoff ist jetzt ein großer Held.« In allen grausigen Details und blutigen Einzelheiten ließ sich Gerrard vom Wirt berichten, was am Donnerstag, kurz nach seiner Begegnung mit Geoffrey, im Winchester House geschehen war. Was Master Collins berichtete, klang so ungeheuerlich und unglaublich, dass Gerrard vermutete, der Wirt habe manches davon selbst hinzugedichtet. Er kannte Rat Scabies nur vom Hörensagen und war ihm nur selten bei seinen nächtlichen Bußgängen begegnet, doch dass der Wahn oder der Hass die Menschen zu Tieren machen konnte, das hatte Gerrard am eigenen Körper erfahren. Was er allerdings nicht begriff und für eine Übertreibung des Wirts hielt, war die unvorstellbare Brutalität und Grausamkeit, mit der Scabies seine Opfer getötet und anschließend zerstückelt hatte. Und er dankte Gott für die Rettung des Jungen und der jungen Frau.

Gerrard horchte auf, als der Wirt erzählte, der Name der Frau sei Penelope und dass sie als Schankmädchen im »Maiden Inn« gearbeitet habe. Sofort drängte sich Gerrard wieder die Angelegenheit auf, die ihn schon den ganzen Tag beschäftigt hatte. Hatte Geoffrey nicht angedeutet, diese Penelope wirke in dem vermaledeiten Stück mit? Und wenn sie so schwer verletzt war, wie der Wirt behauptet hatte, war es dann nicht naheliegend, dass die Aufführung ausfiel? Er stellte dem Wirt eine möglichst unverfänglich formulierte entsprechende Frage, doch der Mann zuckte mit den Schultern. Von den Schweinereien der Mutter Southwood wisse er nichts und er wolle auch nichts damit zu schaffen haben. In seinem griesgrämigen Gesicht erkannte Gerrard, dass der Wirt die Unwahrheit sprach.

Nachdem er die geschmorten Schweinsfüße verzehrt und sein Gerstenwasser getrunken hatte (und dabei von weiteren Gästen ähnlich blutige Schilderungen vernommen hatte), verließ Gerrard die Schänke und ging wie benommen in Richtung Brücke. Die Sonne war inzwischen untergegangen, doch der Mond schien hell vom wolkenlosen Himmel. In wenigen Nächten würde es Vollmond sein, und so war es ein Leichtes, den Weg zu finden, auch als er die beleuchteten Häuser und befestigten Straßen längst hinter sich hatte. Er wusste selbst nicht genau, warum er am Fuß der Brücke links abgebogen, den Friedhof von St. Saviour überquert und am Fluss entlanggegangen war. Zunächst hatte er sich eingeredet, er wolle sich nur den Ort anschauen, an dem Geoffrey den Schlitzer von der Southbank gestellt hatte. Doch dann war er achtlos am Winchester House vorbei und weiter in Richtung Westen gewandert. Kurz darauf hatte er das »Old Barge House« erreicht, doch statt die Treppen zum Fluss hinunterzusteigen, um abermals Buße für einen Mord zu tun, den er nicht bereute und dessen Sühne niemanden zu interessieren schien, betrat er das Marschland von Lambeth. Sein Ziel war das »Maiden Inn«, auch wenn er sich das selbst nicht eingestehen wollte und sein Verhalten überhaupt keinen Sinn ergab. Wenn er Geoffrey recht verstanden hatte, konnte das Stück ohne die verletzte Penelope gar nicht aufgeführt werden. Und selbst wenn die Vorstellung dennoch stattgefunden hatte, war sie vermutlich längst beendet. Warum also marschierte er weiter gen Süden? Die Antwort war ebenso einfach wie verwirrend. Er wollte sich mit eigenen Augen überzeugen. Auch wenn er keine Ahnung hatte, wovon.

Als er schließlich das »Maiden Inn« erreicht hatte, bemerkte er zahlreiche Kutschen, die am Wegesrand oder auf den inzwischen fast trockenen Wiesen standen. Einige dieser Wagen gehörten zur ständig wachsenden Flotte der Mietkutschen, den sogenannten Hackney Coaches, die im Laufe der Jahre zu einer regelrechten Plage auf den Straßen von London geworden waren. Bei anderen warteten livrierte Lakaien auf die Rückkehr ihrer Herrschaft, und an den prunkvollen Uniformen, die sie trugen, erkannte Gerrard, dass die Kutschen Vertretern des Hochadels gehörten. Allerdings hatte man die Wappen auf den Kutschentüren in weiser Voraussicht unkenntlich gemacht. Wahrscheinlich hatten die Kutschen mit der Pferdefähre von Westminster übergesetzt.

Eine steinerne Brücke führte über einen Wassergraben zur Schänke, und bereits von Weitem war das Lärmen der Gäste auf dem Hof zu hören. Gerrard hatte das »Maiden Inn« noch nie aus der Nähe gesehen. Als er noch der Trunksucht verfallen war, hatte er das Wirtshaus gemieden, weil ihm der Branntwein dort zu teuer gewesen war. Andernorts hatte es mehr fürs Geld gegeben.

Gerrard schaute sich verwirrt auf dem Hof um. Zwar wusste er, dass sich das »Cocksparrer« in einem kleineren Nebengebäude befand, doch in der Dunkelheit konnte er es nirgends erkennen. Der Hof selbst sowie das Haupthaus mit dem Messingschild über der Tür waren mit Fackeln oder dicken Unschlittkerzen beleuchtet, doch der Rest des Anwesens lag in völliger Finsternis. Das Grölen und Lachen der Gäste auf dem Hof machte es zudem unmöglich, irgendwelche anderen Geräusche wahrzunehmen oder zuzuordnen. Einige Male glaubte Gerrard ein dumpfes Lachen oder Händeklatschen zu vernehmen, doch woher es gekommen war, das vermochte er nicht zu sagen.

»Sucht Ihr das Theater?«, schreckte ihn eine junge Männerstimme aus seinen Gedanken auf. »Falls ja, dann kommt Ihr zu spät, Sir. Das Stück hat bereits begonnen.«

Gerrard fuhr herum und sah eine Gestalt, die im Schatten einer niedrigen Mauer auf dem Boden saß, fernab des Trubels und unweit der Brücke. Als die Gestalt sich erhob und ihr Gesicht vom Mond- und Fackelschein beleuchtet wurde, fuhr Gerrard ein Schreck durch die Glieder, und er rief: »Farynor!«

»Ihr kennt mich, Sir?«, wunderte sich der junge Mann, dessen Kleidung die eines eitlen Stutzers war. »Sind wir uns schon einmal begegnet?«

»Ich kenne Euren Vater«, antwortete Gerrard hastig und blickte zu Boden, während er kurz den Hut lüpfte. »Ihr seid der Sohn des Bäckers aus der Pudding Lane, nicht wahr?«

»Ay, Sir«, sagte Farynor und lächelte. »Und jetzt, wo Ihr's sagt, kommt mir Euer Gesicht auch bekannt vor. Ihr erinnert mich an jemanden. Seid Ihr ein Freund meines Vaters?«

Anstatt auf die Frage des jungen Mannes einzugehen, zog Gerrard die Krempe seines Hutes in die Stirn und antwortete mit einer Gegenfrage: »Warum hockt Ihr hier im Dunkeln? Versteckt Ihr Euch vor jemandem?«

»Das ist eine lange Geschichte, Sir«, meinte Farynor und zog die Stirn kraus. »In der Schänke bin ich nicht willkommen. Man hat mich hinausgeworfen und verwehrt mir den Eintritt, weil ich eine bestimmte Person besuchen wollte, deren Wohlergehen mir sehr am Herzen liegt.« Er räusperte sich verlegen und setzte eilig hinzu: »Und für das Theater fehlt mir die Losung. Auch dort wurde ich fortgejagt.«

»Wo ist das Theater?«

»Dort drüben, Sir, das flache Gebäude neben der alten Scheune. Wenn Ihr genau hinschaut, könnt Ihr das Schild mit dem Hahn darauf über der Tür sehen.«

»Und das Stück wird tatsächlich aufgeführt?«

»Sicher«, antwortete Farynor. »Warum denn nicht?«

Gerrard beließ es bei einem Achselzucken, und obwohl er wusste, dass es ihn Kopf und Kragen kosten konnte, fragte er: »Würdet Ihr mich begleiten, Mr. Farynor?«

»Gerne, Sir«, meinte der junge Mann, schüttelte aber gleichzeitig den Kopf. »Doch ohne Losung kommen wir nicht hinein. Ich hab alles versucht, aber der Kerl am Eingang …«

»Lasst das nur meine Sorge sein«, unterbrach ihn Gerrard und bat Farynor vorauszugehen.

Kaum hatten sie sich der unscheinbaren Hahnengrube auf wenige Schritte genähert, trat ein hünenhafter Mann aus dem Schatten des Eingangs und versperrte ihnen den Weg. Er deutete auf Farynor und knurrte: »Wie oft muss ich's noch sagen? Hier gibt's kein Theater, nur eine private Feier, und es ist mir völlig egal, ob ihr Zeuge irgendeines Mordes wart oder für wen Euer Vater die Brötchen backt! Macht, dass Ihr fortkommt!«

»Der junge Mann gehört zu mir«, sagte Gerrard mit ruhiger, aber fester Stimme. »Ich bürge für ihn.«

»So, so«, antwortete der Riese gelangweilt. »Und wer seid Ihr?«

Eine gute Frage. Ja, wer war er? Ein Schneider namens Winstanley? Der Viehhirte Gerrard? Der Digger von Little Heath? Der Trunkenbold von Lambeth Mill? Master Gerrard? Der Eremit von St. Olave? Timon von London? Nein, er war der Mörder vom »Old Barge House«!

»Ohne mich würde es das heutige Schauspiel gar nicht geben«, sagte er und schmunzelte, obwohl ihm gar nicht danach war.

»Oho!«, höhnte der Türwächter. »Habt Ihr's womöglich gar selbst geschrieben?« Er lachte schallend und setzte hinzu: »Dann kennt Ihr ja sicherlich die Losung.«

Gerrard baute sich vor dem Mann auf, nahm den Hut vom Kopf, hielt ihn sich vor die Brust und begann, mit Inbrunst zu singen:

> *»You noble Diggers all, stand up now, stand up now!*
> *You noble Diggers all, stand up now!*
> *The wasteland to maintain, seeing Cavaliers by name,*
> *Your digging do disdain and your persons all defame.*
> *Stand up now, Diggers all!«*

Tom Farynor schaute ihn verdutzt an, doch Gerrard verzog keine Miene, setzte den Hut wieder auf und fragte den Türsteher: »Reicht das?«

»Die Losung allein hätt's auch getan«, lachte der Riese, klatschte anerkennend in die Hände und ließ die beiden passieren. »Aber für das Ständchen lass ich Euch sogar umsonst hinein. Ist ohnehin bald zu Ende. Viel Vergnügen!«

»Wohl kaum«, knurrte Gerrard und folgte Farynor ins »Cocksparrer«.

Sie betraten einen kleinen Korridor, in dem sich außer einem Tisch und einem Stuhl für den Türsteher keine Möbel befanden. Auf dem Tisch stand ein dreiarmiger Kerzenleuchter, und direkt darüber an der Wand hing ein Plakat, auf dem zu lesen war: »Der Mord am Old Barge House. Von Liebe, Hass und Rache. Eine wahre und tragische Geschichte von Raymond Webster.«

Am Ende des Korridors befand sich eine niedrige Tür, hinter der in diesem Augenblick stürmischer Applaus und einige begeisterte Ausrufe aufbrandeten. Als sie durch die Tür traten, schlug ihnen nicht nur der Lärm der Zuschauer, sondern auch eine stickig-feuchte, von Tabakrauch geschwängerte und nach allerlei Ausdünstungen stinkende Luft entgegen. Es roch nach

Moder und Exkrementen, jedenfalls schien es Gerrard so, und vor lauter Rauchschwaden war kaum etwas in dem Rund zu erkennen. Da nur die tiefer gelegene Bühne beleuchtet war, lagen die oberen Ränge völlig im Dunkeln, und auch in den ersten Reihen, in denen das besser betuchte Publikum saß, waren lediglich Schemen und Halbschatten zu sehen. Was Gerrard jedoch auffiel, war, dass man sich nur wenig Mühe gemacht hatte, den ehemaligen Hahnenkampfplatz in ein Theater umzuwandeln. Das »Cocksparrer« war nach wie vor eine Hahnengrube.

Offensichtlich waren sie gerade zur Pause zwischen zwei Akten erschienen, denn die Bühne war leer, und viele der überwiegend männlichen Zuschauer hatten sich von ihren Plätzen erhoben, um sich die Füße zu vertreten, plauderten angeregt miteinander und schmauchten ihre Pfeifen. Dem Anschein nach waren die Ränge bis auf den letzten Platz besetzt, einige Zuschauer saßen sogar auf den Treppen.

»Nicht schlecht für 'n Pfaffenweib, was?«, sagte ein Mann in der letzten Reihe. »Ich sag's ja, die Puritaner haben's faustdick hinter den Ohren. Aber dass es die Gute ausgerechnet mit dem Viehhirten ihres Mannes treibt und dann noch in der Kirche. Ich muss schon sagen!«

»Die Frau des Diggers hat mir besser gefallen«, antwortete sein Nachbar. »Hast du ihren fetten Hintern gesehen? Könnte mir als Kopfkissen gefallen. Auch wenn sie nachher ganz schön zerbeult aussah und keinen schönen Tod gestorben ist.«

Beide prusteten los und stießen sich mit den Ellenbogen an.

In Gerrard stieg schlagartig der Ekel hoch, und er war froh, dass er nicht früher hergekommen war. Nein, er verfluchte sich, dass er überhaupt hier war! Was um alles in der Welt hatte Webster aus seinem Stück gemacht? Allein die lüsternen Wortfetzen, die Gerrard von den Rängen vernahm, bestätigten seine schlimmsten Befürchtungen. Er wollte bereits kehrtmachen, doch als er sich dem Ausgang zuwandte, sah er eine Bewegung in einer Ecke oder Nische, direkt hinter der Tür, und im nächsten Augenblick erschien der Türsteher mit dem Kerzenleuchter im Durchgang. Zwei Gesichter tauchten hinter ihm aus dem Dunkel auf und waren im nächsten Moment wieder verschwunden, als der Hüne mit den Kerzen in der Hand die Treppe zur Bühne hinunterstieg. Offensichtlich wollte sich der Türsteher den Rest des Stückes nicht entgehen lassen. Jetzt würde vermutlich ohnehin niemand mehr Einlass verlangen.

Gerrard hatte die beiden Gesichter nur kurz im Kerzenschein gesehen, doch er hatte Geoffrey sofort erkannt, und neben ihm ein Mädchen, das Gerrard bislang nicht unter die Augen gekommen war. Und er wunderte sich, wie die beiden es geschafft hatten, unbemerkt an dem Türsteher vorbeizukommen. Denn dass dies kein Stück für Kinder war, lag auf der Hand.

»Na, ich werd verrückt!«, entfuhr es Farynor neben ihm. »Das gibt's doch nicht!«

Als Gerrard überrascht herumfuhr, sah er den jungen Mann entgeistert zur Bühne schauen, und er folgte seinem Blick, bis auch er Raymond Webster erkannte, der die Bühne betreten hatte und das Publikum mit ausgebreiteten Armen um Ruhe bat.

»Dieser verdammte Gauner!«, zischte Farynor und schlug sich mit der flachen Hand vor die Stirn. »Jetzt verstehe ich! Das ist Raymond Webster!«

»Ihr kennt den Dichter des heutigen Dramas?«, gab sich Gerrard erstaunt.

Farynor nickte und murmelte: »Bin ihm mal begegnet.« Dann schaute er Gerrard plötzlich verwirrt an, schien einen Augenblick zu überlegen, aber zu keinem befriedigenden Ergebnis zu kommen. Er fragte: »Wie, sagtet Ihr, war Euer Name, Sir?«

Bevor Gerrard etwas erwidern konnte, rief Webster mit seiner unverkennbar piepsigen Stimme von der Bühne: »Der Tragödie fünfter und letzter Akt! Er führt uns zu einem Kahnschuppen an der Themse, dem geneigten Publikum als ›Old

Barge House‹ wohlbekannt. Hört also von einer Bluttat, die den Mörder richtet, und seht das arme Opfer, das dem irdischen Grab entflieht. Vernehmt mit Schrecken, was unverschuldet Leid bewirkt und glühender Hass vermag. Und nehmt Abschied von Simon, dem das Leben zuwider und der Tod nicht vergönnt ist!«

Begleitet von höflichem Applaus und einigen anfeuernden Rufen verneigte sich Webster, setzte sich in die erste Reihe und machte zwei Männern Platz, die hinter ihm die Arena betraten. Einer dieser Männer war Geoffreys Bruder Edward, den Gerrard zuvor nur ein einziges Mal im »Boar's Head Inn« gesehen hatte; der andere war ein muskelbepackter Grobian, dessen schauspielerische Fähigkeiten denen eines Tanzbären entsprachen. Während Edward, der die Hauptfigur des Stücks, den Simon, spielte, nicht nur den Text beherrschte, sondern auch einen gewissen, wenn auch allzu plumpen Ausdruck in die Worte legte, war sein Partner offenkundig nur dazu da, seinen kräftig gebauten und spärlich bekleideten Körper zu zeigen und sich pro Satz wenigstens einmal zu verhaspeln. Es war ein erbärmliches Schauspiel, das jedoch vom Publikum mit aufmunternden Pfiffen und lautem Gegröle begleitet wurde. Und je öfter der tapsige Tanzbär seinen Text vergaß und die Worte vom peinlich berührten Webster lauthals vorgesagt bekam, desto belustigter und entzückter reagierten die Zuschauer. Niemand schien auf den tragischen Inhalt oder die Ernsthaftigkeit der Szene zu achten, alle waren sie gekommen, um sich zu amüsieren. Über das nackte Fleisch oder das Gestammel der Schauspieler. Und obwohl dies Gerrard eigentlich ein Trost hätte sein sollen, war er der Verzweiflung nahe.

Die dargebotene Szene erkannte er auf Anhieb wieder. Sie spielte an der Bankside, vor dem »Castle on the Hoop«, und behandelte die zufällige und schicksalhafte Begegnung des ehemaligen Diggers mit dem Sohn des Pfarrers. Warum allerdings plötzlich eine unbekleidete Frau mit federgeschmückter Gesichtsmaske hinter dem Pfarrerssohn auftauchte und ihn zurück in die Schänke drängen wollte, indem sie erst ihm wollüstig zwischen die Beine und dann sich selbst an die großen Brüste fasste, blieb Gerrard ein Rätsel. Dem dankbaren Publikum war's einerlei, es bekam, wonach es verlangte, und quittierte den kurzen, aber effektvollen Auftritt der üppigen Dame mit stehenden Ovationen.

Gerrard fiel ein junger Mann in den vorderen Reihen auf, der besonders frenetisch jubelte und die nackte Darstellerin mit wilden Kusshänden geradezu überschüttete. Wie die meisten Männer trug er den Hut auch im Theater auf dem Kopf, und der seine zeichnete sich durch eine besonders hohe Krone mit auffallend großer Silberschnalle aus, die im Licht der Kerzen und Fackeln funkelte.

Beinahe gegen seinen Willen und ohne es zu merken, stieg Gerrard die Treppen hinab und verursachte dabei einigen Ärger, weil er den auf den Stufen Sitzenden auf die Hände trat oder ihnen die Sicht nahm. Direkt an der Brüstung, die das Rund der Bühne von den Rängen trennte, blieb er stehen und starrte wie verhext auf das Geschehen.

Die nächste Szene führte zum alten Kahnschuppen an der Themse und brachte den Mord, der dem Stück seinen Namen gegeben hatte. Das Gewitter und der strömende Regen wurden übrigens von Raymond Webster klanglich nachgestellt, der über die Brüstung gestiegen war und einem eisernen Waschzuber seltsame Donnergeräusche entlockte. Auf der Bühne standen sich abermals der Digger Simon und sein Widersacher gegenüber, doch diesmal hatte sich Webster beinahe wörtlich an den Text gehalten, den Gerrard in seinem »Timon von London« vorgegeben hatte. Nur an einer entscheidenden Stelle hatte er die Worte geändert. Gerrards Held sagte: »Mein Name ist Timon. Du hast meinen Sohn getötet. Mach dich gefasst zu sterben.« In Websters Stück jedoch hieß es: »Mein Name ist Simon. Du hast meine Frau getötet. Mach dich gefasst zu sterben.«

Und statt dem Mann mit diesen Worten den bereits erhobenen Dolch in die Brust zu rammen, wie es die Urfassung verlangte und wie es auch in Wirklichkeit geschehen war, erschien mit einem Mal eine Frau hinter den beiden Männern und drängte sich zwischen sie. Auch sie trug eine mit Federn geschmückte Maske vor dem Gesicht, doch anders als die Hure vor der Schänke war sie nicht nackt, sondern in ein dünnes Leinentuch gehüllt, das an ein Büßerhemd erinnerte.

»Wer ist denn das nun wieder, Buckingham?«, hörte Gerrard einen schwarz maskierten Mann in der ersten Reihe seinen ebenfalls maskierten Sitznachbarn fragen.

»Ich vermute, die Frau des Diggers, Euer Gnaden«, antwortete dieser.

»Aber ist die nicht längst tot?«

»Eben drum, Sir.«

»Aha!« Es klang wenig überzeugt. »Aber vorher war sie viel fetter.«

»Vielleicht ist ihr der Tod nicht gut bekommen«, lachte der andere.

Tatsächlich war diese Frau größer und schlanker als die plumpe Schauspielerin, die zuvor aufgetreten war. Ob die Darstellerin für diese letzte Szene ausgetauscht worden war, konnte Gerrard natürlich nicht beurteilen, aber dass sie überhaupt in Erscheinung trat, verwirrte ihn und machte ihm Angst. Dann jedoch erinnerte er sich an die Worte, mit denen Raymond Webster den letzten Akt angekündigt hatte: »*Seht das arme Opfer, das dem irdischen Grab entflieht!*«

Dies war Susans Geist, der ihrem Mann und dem Sohn des Gutsherrn erschienen. Und Gerrard begriff, dass das dünne Leinentuch ein Leichenhemd darstellen sollte. Atemlos verfolgte er, was nun geschah.

Die Frau wandte sich an ihren einstigen Peiniger, der sie mit einer übertrieben verzerrten Grimasse anstarrte, und rief mit zitternder Stimme: »Wenn das Lamm dereinst zum Löwen wird, werdet Ihr daran denken, was Ihr getan habt, und dann wird Eure Klage groß sein. Euer Name soll verwesen und Eure eigene Gewalt Euch vernichten! Ihr seid des Todes, Squire!«

Im selben Augenblick riss sie sich die Maske vom Gesicht, und ein entsetzter Schrei ging durchs Rund. Das Gesicht der Frau war durch zahlreiche Beulen entstellt, fürchterlich angeschwollen und fast überall von einer rötlich blauen Farbe. Vor allem unter den Augen war die Haut so dunkel wie Pflaumenmus. Außerdem klaffte eine hässlich verschorfte, offensichtlich frisch genähte Wunde an ihrer Schläfe, und aus den Mundwinkeln tropfte eine rötliche Flüssigkeit. Vermutlich Tomaten- oder Rotrübensaft.

»Penelope!«, hörte Gerrard eine erschrockene Jungenstimme aus dem Hintergrund.

Und als wäre dies eine Aufforderung zum Handeln, sprang Gerrard plötzlich über die Brüstung, riss dem verdutzten Edward den Dolch aus der Hand und stürzte sich damit auf Raymond Webster, der sich mit dem schweren Waschzuber vor dem Angriff in Sicherheit bringen wollte. Erneut ging ein Schrei durch den Raum, doch bevor einer der Zuschauer reagieren konnte, hatte Gerrard dem anderen den Dolch in die Brust gestoßen. Mit aller Macht. Bis zum Heft.

Und plötzlich war es ringsum totenstill.

Als Erster reagierte der junge Mann mit der Silberschnalle am Hut. Er sprang auf die Bühne, riss Gerrard nach hinten, hielt ihn an der Gurgel fest und entwand ihm den Dolch. Was nicht sonderlich schwer war, da Gerrard keinerlei Gegenwehr leistete und totenähnlich in sich zusammensackte. Im nächsten Augenblick jedoch lachte der junge Mann und hielt den Dolch wie eine Trophäe in die Höhe. Jetzt sah auch das Publikum, was den Mann so erheitert hatte, und stimmte in das Lachen ein. Die Klinge des Dolchs war zur Seite gebogen. Offensichtlich bestand sie aus einem leichten und biegsamen Metall oder Blech, vermutlich Blei. Ein Theaterdolch.

Raymond Webster, der bei dem unerwarteten Angriff das Gleichgewicht verloren hatte und rücklings zu Boden gegangen war, rappelte sich auf und erkannte blitzschnell die Situation. Er rieb sich die schmerzende Brust, lachte jedoch lauter als alle anderen, spendete dem auf dem Boden kauernden Gerrard freudig Beifall und rief: »Bravo! Ein Applaus dem noblen Digger! Jenem Mann, der mir ebenso geistreiche Inspiration wie wertvoller Ratgeber war! Meine Damen und Herren, bitte rührt Eure Hände für den edlen Master Gerrard Winstanley!«

Tatsächlich mischte sich unter das Lachen ein zunächst zaghaftes, dann frenetisches Händeklatschen, und die beiden Maskierten in der ersten Reihe skandierten: »Da capo, nobler Digger! Da capo!« Was zu weiteren Lachsalven führten.

Gerrard nahm alles um sich herum wie in Trance wahr. Er sah den unecht grinsenden Webster, das blutunterlaufene Gesicht der Frau, den verbogenen Dolch, das applaudierende Publikum, die beiden schwarzen Masken in der ersten Reihe, die große Silberschnalle. Aber er verstand nichts von alledem. Es kam ihm plötzlich so vor, als sei er tatsächlich Teil eines Schauspiels gewesen. Als habe er nur eine ihm zugewiesene Rolle gespielt. Und er stimmte in das Lachen ein. Zu absurd war das alles!

Dann jedoch ging ein gellender und markerschütternder Schrei durch den Raum. Das überspannte Lachen verstummte schlagartig, und alles wandte sich zum Ausgang. Dort stand Jezebel Ingram im weißen Nachthemd und schrie sich die Seele aus dem Leib: »Jamie! Mein Jamie!« Weil der Türsteher mit dem Kerzenleuchter neben ihr stand und sie davon abhalten wollte, die Treppe hinunterzulaufen, wurde Jezebels Leinenhemd von der Seite angeleuchtet, und die junge Frau wirkte wie eine Kopie des Geistes, der unlängst auf der Bühne erschienen war. Nur war ihre Gesichtsfarbe nicht pflaumenblau, sondern schneeweiß. »Lass mich los, George!«, schrie sie den Türsteher an. »Lass mich zu ihm!«

Der Mann mit der Silberschnalle am Hut, der Gerrard die ganze Zeit am Kragen festgehalten hatte, ließ ihn plötzlich los und fuhr wie mit dem Messer gestochen in die Höhe. Als Gerrard in das Gesicht des Mannes blickte, erkannte er zugleich Überraschung und blankes Entsetzen. Ja, das Gesicht erinnerte tatsächlich an die übertrieben verzerrte Grimasse des Tanz-bären beim Anblick der untoten Frau. Auch dem Mann mit der Silberschnalle war gerade ein Geist erschienen.

Im nächsten Augenblick überschlugen sich die Ereignisse. Die Schauspielerin, die in der vorigen Szene die nackte Hure gespielt hatte, erschien plötzlich im dünnen Hemdchen auf der Bühne und klammerte sich an die Hand des jungen Mannes, als hänge ihr Leben davon ab. Gleichzeitig entwand sich Jeze-bel der Umklammerung des Türstehers und rannte zur Bühne hinab, wobei sie mehrmals stolperte und zu Boden ging. Der Mann wiederum schien wie aus einem Traum aufzuwachen, er stieß die Schauspielerin von sich und lief zur Treppe. Zunächst glaubte Gerrard, er wolle sich in Jezebels ausgebreitete Arme stürzen, doch dann stieß er auch Jezebel zur Seite und rannte kopflos davon. Wie ein Gejagter.

Ein Raunen ging durch die Menge.

Jezebel rappelte sich mühsam auf und beeilte sich, ihm zu folgen, auch wenn sie sehr schwach wirkte und gestützt werden musste. Und wer stützte sie und hakte sich bei ihr unter? Tom Farynor! Gemeinsam verließen sie das Theater.

»Jez!«, hörte Gerrard Geoffs Stimme. »Wo willst du hin? Jez?!«

Und im nächsten Moment war auch der Junge verschwun-den.

Raymond Webster und Edward Ingram starrten sich ver-ständnislos an. Webster zuckte mit den Schultern, und Ingram trat vor Wut gegen die Brüstung.

»Was, zum Henker, geht hier vor?«, schrie er.

»Theater, was sonst?«, antwortete Gerrard finster und starrte auf den verbogenen Dolch, der unbeachtet auf dem Boden lag.

»Und wir alle spielen darin gegen unseren Willen«, fügte Webster grinsend hinzu.

Als habe das Publikum diese Worte verstanden, brandete plötzlich stürmischer Jubel auf. Die Zuschauer erhoben sich von den Sitzen, pfiffen und trampelten und applaudierten dem furiosen Finale eines aufsehenerregenden Stückes. So etwas Wildes und Ungestümes hatten sie noch in keinem anderen Theater zu sehen bekommen. Und wäre vielen von ihnen nicht in den nächsten Tagen das Haus über dem Kopf abgebrannt, so hätten sie sich vermutlich noch lange an dieses denkwürdige Schauspiel erinnert.

ACHTER TEIL

PUDDING LANE

»Little pityful lane!«

(»Kleine bedauernswerte Gasse!«)

Edward Waterhouse, »A Short Narrative of the
late Dreadful Fire in London«

Hätte Geoff doch nur den Mund gehalten! Jezebel wünschte, sie hätte nichts auf seine Anspielungen gegeben und ihrerseits nicht nachgehakt, als er sich in wirren Andeutungen erging. Wieso wusste der naseweise Bengel überhaupt so viel von Dingen, die ihn nichts angingen und von denen er eigentlich keine Ahnung haben konnte? Vermutlich hatte er wie üblich seine Nase in fremder Leute Angelegenheiten gesteckt. So war Jezebels Bruder eben, er hatte seine Ohren und Augen überall, wo sich die Gelegenheit bot, fragte einem Löcher in den Bauch, war neugierig wie ein Waschweib, machte sich auf alles einen eigenen Reim und traf dabei nicht selten den Nagel auf den Kopf. Der Rotzbengel machte Jezebel beinahe Angst. Er hatte nicht nur Rat Scabies zur Strecke gebracht (wer hätte das von Rat gedacht!) und Penelope gerettet, für die man im Zimmer nebenan ein Krankenlager errichtet hatte. Nein, Geoff hatte auch herausgefunden, warum Edward den Vater vor zwei Jahren niedergeschlagen hatte und dass Mutter Southwood in Wirklichkeit ihre Mutter Eleanor Ingram und zugleich die Schwester von Mrs. Oldershaw war. Außerdem kannte er Wenceslaus Hollar, hatte mit ihm gesprochen und wusste daher, dass Jamie der Vater der Zwillinge war. Doch am meisten erstaunte es Jezebel, als Geoff an jenem Samstagmorgen, zwei Tage nach seiner Heldentat im Winchester House, an ihrem Bett saß und ganz beiläufig sagte: »Ich weiß, wieso der Sohn von Mr. Hollar hier war. Ich meine, hier im ›Maiden Inn‹.«

»Jamie ist tot«, antwortete Jezebel und starrte auf das Porridge, das Geoff ihr zum Frühstück gebracht hatte. »Er ist an der Pest gestorben.«

Geoff zog eine Schnute und sagte: »Ich hab ihn gesehen, Jez.«

Natürlich wusste Jezebel aus dem Brief des Böhmen, dass Geoff dabei gewesen war, als Mr. Hollar seinem Sohn James in der Nähe des »Maiden Inn« begegnet war. Dennoch schüttelte sie den Kopf und meinte: »Es gibt keine Geister.«

»Eben«, antwortete Geoff. »Und deshalb ist er auch nicht tot.« Er schob trotzig die Unterlippe vor und setzte hinzu: »Also? Willst du's wissen, oder nicht?«

»Wenn du dann endlich Ruhe gibst«, sagte Jezebel schicksalsergeben und tat so, als interessierte es sie im Grunde gar nicht. Dabei umklammerte sie jedoch den Löffel derart heftig, dass die Knöchel an ihrer Hand weiß hervortraten. »Wieso war Jamie hier?«

»Wegen Ada«, sagte er.

»Welche Ada?« Der Löffel fiel ihr aus der Hand und landete klappernd auf dem Boden.

»Unsere Ada«, antwortete Geoff und hob den Löffel auf. »Sie spielt in dem Stück mit, das heute im ›Cocksparrer‹ aufgeführt wird. Früher hat sie als Schankmädchen im Inn gearbeitet, bis Mutter sie vor die Tür gesetzt hat. Weil Fatty Fanny sie mit 'nem Kerl im Stall erwischt hat. Mit runtergelassenen Hosen. Und dieser Kerl war …«

»Lügner!«, fuhr Jezebel ihren Bruder an und deutete mit der ausgestreckten Hand zur Tür. »Raus mit dir, aber ein bisschen plötzlich, und wasch dir dein verdammtes Schandmaul!« Und dann warf sie die Schüssel mit Porridge nach ihm.

Geoff duckte sich im letzten Moment und lief schleunigst zur Tür. Im Hinausgehen rief er verärgert: »Dann schau's dir doch an, wenn du mir nicht glaubst. Wahrscheinlich ist *er* heute Abend auch da. Würde mich jedenfalls nicht wundern, schließlich zeigt Ada ihre großen Brüste und ihren fetten Arsch. Das wird er sich nicht entgehen lassen.«

Jezebel schloss die Augen, um die Tränen zu unterdrücken, und hörte die Tür knallen. Sie erinnerte sich an die Worte, mit denen Jamie die Wirtstochter Ada einst beschrieben hatte: »Nur eine pummelige Eva, aber keine göttliche Psyche.«

In der Wiege neben ihrem Bett schliefen die Kinder den unerschütterlichen Schlaf der Unschuld. Amor und Psyche, so nannte sie die beiden in Gedanken. Auf welche Namen sie die Zwillinge wirklich taufen lassen würde, wusste sie noch nicht.

Namen waren beliebig und austauschbar, das hatte sie längst begriffen. Sie bedeuteten nichts.

Seit annähernd drei Wochen war Jezebel nun im »Maiden Inn«, doch an einen Großteil dieser Zeit hatte sie keinerlei Erinnerung. Das Letzte, was ihr deutlich vor Augen stand, war der frühe Morgen des 12. August. An diesem Tag war sie mit Tom Farynor zunächst im Bauernkarren nach Esher und von dort in der Postkutsche nach London gefahren. An die Fahrt selbst erinnerte sie sich nur bruchstückhaft und nebulös. Zu sehr war sie mit ihren eigenen quälenden Gedanken beschäftigt und bereits vom Fieber ergriffen gewesen, um auf die äußeren Umstände der Reise zu achten. Sie wusste noch, dass Farynor unentwegt auf sie eingeredet und ihr beharrliches Stillschweigen als eine Art Zustimmung verstanden hatte, denn er hatte so getan, als hätten sie irgendeine Übereinkunft getroffen, und sie immer wieder verschwörerisch angeschaut. Worin diese Übereinkunft bestanden haben mochte, war Jezebel ein Rätsel. Es interessierte sie auch nicht weiter. Farynor war unwichtig!

Kaum in Lambeth angekommen, hatten die Wehen eingesetzt, und beim Betreten des »Maiden Inn« war Jezebel in eine fiebrige Ohnmacht gefallen. Das wusste sie allerdings nur aus Erzählungen. Weder an die Geburt der Zwillinge noch an die Tage danach, an das angebliche Schweben zwischen Leben und Tod, hatte sie auch nur eine blasse Erinnerung. Manchmal schien es Jezebel, als hätte sie die Zeit wie einen Wassergraben übersprungen. Wäre sie zu kurz gesprungen und im Graben gelandet, hätte das ihren Tod bedeutet, so aber war sie um Haaresbreite auf der anderen Seite gelandet und wieder aufgewacht. Mit den Kindern an ihrer Brust, eines an jeder Seite, friedlich schlummernd und eine wohlriechende Wärme abgebend, die Jezebel wie ein Lebenselixier durchflutete. Wie Amors weckender Flügelschlag.

Das war zu Beginn der Woche gewesen. Und seitdem hatte sich ihr Zustand von Tag zu Tag gebessert. Zwar war sie nach wie vor ans Bett gefesselt und anfangs sogar zu schwach, um mehr als ein paar Worte von sich zu geben, doch ihr Verstand war wieder klar und aufnahmefähig. Es erstaunte sie, wie rührend sich alle auf dem Hof um sie kümmerten. Edward hatte ihr sein Zimmer überlassen und saß jeden Abend am Krankenbett, hielt ihre Hand und lächelte sie aufmunternd an. Er redete nicht viel und wenn doch, plauderte er über Belangloses oder Unverfängliches. Offensichtlich war er auf der Hut und ängstlich bestrebt, Jezebel nicht aufzuregen. Dafür war Geoff umso mitteilsamer und in seiner kindlich humorlosen Art aufrichtiger. Er suchte Jezebel zumeist am Morgen auf, wenn die Amme die Kinder gestillt und in die Wiege gelegt hatte, und berichtete freimütig, was sich in den Wochen und Monaten ihrer Abwesenheit getan hatte. Auch wenn Jezebel vieles unwahrscheinlich erschien oder sie nicht unmittelbar betraf, so war sie doch froh über Geoffs verquere und oft holprige Erzählungen. Das ziellose Geplapper war anscheinend Geoffs Art, seine Zuneigung und Verbundenheit zu zeigen. Und dies zu spüren tat ihr gut.

Sogar Mutter Southwood, der Jezebel nicht zu erkennen gab, dass sie ihre wahre Identität kannte, verhielt sich ihr gegenüber sehr nachsichtig und beinahe liebevoll, vor allem im Vergleich zu ihrer ersten unterkühlten Begegnung vor drei Monaten. Der grimmige und starre Ausdruck war aus ihrem verunstalteten Gesicht verschwunden, das dadurch plötzlich gar nicht mehr so hässlich und abstoßend wirkte. Auch Mutter Southwood redete nur das Nötigste und kümmerte sich zumeist um handfeste Dinge, die zu besorgen, zu bedenken oder zu erledigen waren. Dafür erschien sie einige Male mitten in der Nacht, wenn die Schänke geschlossen und die Amme in ihre Kammer gegangen war, und stellte sich neben das Bett, ohne einen Laut von sich zu geben. Jezebel, die einen sehr leichten Schlaf hatte, wachte dabei mehrmals auf, ließ aber die Augen geschlossen und spürte dann die Lippen ihrer Mutter auf ihrer Stirn. Auch das tat ihr gut. Weil es so unerwartet kam.

Bei aller Liebe und Fürsorge, die sie umgab, konnte Jezebel jedoch nicht vergessen, was der eigentliche Grund für ihre

Rückkehr nach London gewesen war. Sie wollte Jamie suchen und zur Rede stellen. Wollte wissen, was es mit seinem Verschwinden und seinem vermeintlichen Tod auf sich hatte. Und durch Geoffs Bemerkung hatte sie nun einen ersten Anhaltspunkt, wo sie ihren Liebsten finden konnte. Der doch allem Anschein nach gar nicht mehr ihr Liebster war.

Noch am Samstagvormittag bat sie die Amme, Geoff zu holen, da sie sich dafür entschuldigen wolle, dass sie ihn einen Lügner und ein Schandmaul genannt habe. Ihr Bruder erschien prompt und nahm ihre Entschuldigung freudestrahlend an. Im Gegenzug berichtete er eifrig und ungefragt, was es mit dem neuen Theaterstück auf sich hatte und wie er und Humble an diesem Abend ins Innere des »Cocksparrer« zu gelangen gedachten. Nachdem er Jezebel das Versprechen abgenommen hatte, niemandem etwas davon zu verraten, berichtete er von einer Grube, die Humble und er in den letzten Nächten an einer nur schwer einsehbaren Stelle unter der äußeren Bretterwand des Theaters gebuddelt hatten. Da die Hahnengrube kein gemauertes Fundament besaß und der Fußboden an den meisten Stellen nicht aus Bohlen gezimmert war, sondern aus nacktem Sand oder Lehm bestand, war es ein Leichtes gewesen, diesen Tunnel zu graben. An der Außenseite hatten sie das Erdloch mit einem Holzbrett und Gestrüpp getarnt, und nun hofften sie, dass bis zum Abend niemand im Inneren des Theaters das andere Ende des Tunnels bemerkte. Er schloss seine Ausführungen mit der Bemerkung, so eine Grube passe sehr gut zu dem Theaterstück, denn immerhin ginge es darin ja um die Digger und die hätten schließlich auch in der Erde gebuddelt.

Geoff wollte bereits zum nächsten Thema springen und von Master Gerrard berichten, der in Wirklichkeit gar kein Lehrer, sondern ein Viehhirte und der Anführer der rebellischen Digger gewesen sei, doch Jezebel unterbrach ihn ungeduldig und sagte, das wisse sie alles bereits. Mit bangem Hämmern in ihrer Brust fragte sie: »Wer ist eigentlich diese Ada? Was ist sie für ein Mensch?«

»Ein verdammtes Biest, das sagt Edward jedenfalls.«

»Und wo wohnt sie?«

»Früher hatte sie eine Kammer in der Remise hinter dem Pferdestall, aber seitdem Mutter sie vor die Tür gesetzt hat, lebt sie wieder in der City. Ihr Vater betreibt dort eine Schänke. Gleich hinter der Brücke. Das hat Penelope mir erzählt. Aber mit ihrem Alten scheint sie sich nicht zu verstehen. Eigentlich versteht sie sich mit niemandem. Weil sie nämlich ein Luder ist!«

Jezebel nickte und stand aus dem Bett auf. Ihre Beine waren noch wacklig und ihr Gang war unsicher, aber die Hebamme hatte ihr geraten, täglich einige Schritte zu machen, um das Blut in Bewegung und die Körpersäfte ins Gleichgewicht zu bringen. Jezebel schlurfte schwerfällig zur Wiege und betrachtete ihre schlafenden Kinder. Wie winzig sie waren! Der Anblick der Kleinen machte sie froh und ließ ihr Herz vor Glück schier überströmen. Zugleich aber erinnerte er sie an ihre Schande und das Unglück, das damit einherging. Dann wandte sie sich plötzlich um und fragte: »Wie würdest du sie nennen, wenn es deine Kinder wären?«

»Gott bewahre!«, stieß Geoff erschrocken hervor.

»Nur mal angenommen«, sagte Jezebel.

»Weiß nicht«, antwortete ihr Bruder und hob die Schultern. »Vielleicht Nelly und Paul? Wie unsere Eltern?«

»Gott bewahre!«, drang der erschreckte Ausruf diesmal über Jezebels Lippen.

Es war Geoff gewesen, der ihr von der kleinen Tür im Hintergiebel und der angelehnten Leiter neben der Küchentür berichtet hatte. Unbemerkt das Haus zu verlassen war jedoch nicht so einfach, wie sie es sich vorgestellt hatte. Zwar waren das Inn und der Hof seit den Abendstunden gut gefüllt und alle Bewohner und Bediensteten damit beschäftigt, die Gäste zu versorgen, sodass nicht zu befürchten war, dass ständig jemand nach Jezebel schaute. Doch ausgerechnet die Amme erwies sich als unerwartetes Hindernis.

Üblicherweise begab sich Phoebe, so hieß die junge Frau, für einige Stunden auf ihre Kammer, nachdem die Kinder am Abend gestillt, fest in Leinentücher gewickelt und in ihre Bettchen gelegt worden waren, wo sie meistens sofort einschliefen. Doch heute schien sie keine Lust zu haben, ihre Dachstube in einem der Nebengebäude aufzusuchen. Dort sei es zu heiß und stickig, meinte sie, und der Lärm aus der Schänke sei wegen der dünnen Wände kaum zu ertragen. Nein, sie wolle lieber bei Jezebel bleiben und ihr Gesellschaft leisten. Zu zweit sei es nicht so langweilig, auch wenn man nicht viel miteinander redete. Außerdem höre sie das Atmen der Kinder so gern. Es sei so beglückend, dass sie gar nicht genug davon bekommen könne. Jezebel wusste, dass Phoebe ihr eigenes Kind bei der Geburt verloren hatte, und brachte es nicht übers Herz, ihr die Bitte abzuschlagen. Also schloss sie die Augen, hörte der Amme zu, die im Flüsterton von ihrem Mann und ihrem Cottage in Lambeth erzählte, und stellte sich schließlich schlafend, in der Hoffnung, dass die junge Frau den Wink verstand und sich zurückzog. Doch dann schlief sie tatsächlich ein.

Als Jezebel aufwachte, war die Kerze neben dem Bett niedergebrannt. Nur das Licht des beinahe vollen Mondes, das durch die Fensterscheibe drang, erhellte den Raum so weit, dass blasse Schemen zu erkennen waren. Das Schnarchen am Fußende ihres Bettes verriet Jezebel, dass die Amme in ihrem Lehnsessel eingeschlafen war. Jezebel war wie benommen und stieg aus dem Bett, ohne einen Gedanken daran zu verschwenden, wie spät es inzwischen war. Sie öffnete die Tür zum Korridor und wollte ihr Zimmer verlassen, hielt dann jedoch inne und machte kehrt. Auf Zehenspitzen schlich sie zur Wiege und beugte sich über ihre Kinder, bis sie sie fast mit der Nase berührte. Wie gut die Kleinen rochen! Dann schloss sie die Augen und lauschte. Phoebe hatte recht. Das leise Atmen der Kinder ließ einen warm ums Herz werden. Es war wie süße Musik. Und als müsste sie ihre Kinder für immer zurücklassen, war es ihr nicht möglich, sich in diesem Moment von ihnen zu tren-

nen. Sie war wie gebannt. Erst ein besonders lautes Luftholen
der Amme ließ Jezebel zusammenfahren. Sie seufzte leise, gab
jedem ihrer Zwillinge einen Kuss auf die Stirn und hastete hinaus. Dass sie nur mit einem dünnen Nachthemd bekleidet
war, bemerkte sie gar nicht.

Der Rest war ein Kinderspiel, genau wie Geoff es gesagt
hatte. Die Tür zu Georges und Margarets Kammer am Ende
des Korridors war nicht verschlossen, Gleiches galt für die Tür
im Hintergiebel. Auch die Leiter stand an der beschriebenen
Stelle. Niemand beobachtete sie, als sie hinunterstieg und zum
Pferdestall huschte. Niemand bemerkte sie, als sie von den
Remisen aus den Hof überquerte und im Schatten des »Cocksparrer« verschwand. Und selbst das Haupthindernis in Person des Türstehers George erledigte sich von selbst. Niemand
bewachte den Eingang oder hielt sich im Vorraum auf, kein
Mensch hinderte sie daran, das Theater zu betreten.

Zunächst dachte Jezebel, sie hätte zu lange geschlafen und
das Schauspiel verpasst, doch dann hörte sie plötzlich den lauten und entsetzten Schrei des Publikums und kurz darauf einen
zweiten. Noch lauter und entsetzter. Und als sie den Theater-
raum betreten und sich an die Lichtverhältnisse gewöhnt hatte,
bot sich ihr ein merkwürdiges und absurdes Bild auf der sandigen Bühne. Edward und ein männliches Muskelpaket, das Jezebel zuvor noch nicht zu Gesicht bekommen hatte, standen wie
Ölgötzen nebeneinander und regten sich nicht. Hinter ihnen tat
es ihnen eine Frau mit fürchterlich zugerichtetem Gesicht
gleich, vermutlich handelte es sich dabei um Penelope, jedenfalls schienen die Wunden in ihrem Gesicht echt zu sein. Und
vor dem Trio tanzte Rancid Ray herum, hielt einen Waschtrog
in der Hand und machte ungelenke Bücklinge. Mit seinem me-
ckernden Ziegenlachen wies er auf zwei Männer, die halb über
die Brüstung gelehnt standen und sich wie Ertrinkende anei-
nanderklammerten. So schien es Jezebel zunächst. Erst beim
zweiten Hinsehen erkannte sie Master Gerrard, der von dem
anderen Kerl brutal an der Gurgel festgehalten und mit einem

Dolch bedroht wurde. Als der zweite Mann kurz ins Publikum schaute, erkannte Jezebel ihn und schrie auf, als müsste sie die schrecklichsten Foltern ertragen.

»Mistress Jezebel!«, hörte sie im gleichen Moment Georges Stimme. Der Türsteher stand mit einem Kerzenleuchter neben ihr und wollte sie nach draußen schieben. Direkt hinter ihm starrte Tom Farynor sie an wie ein Gespenst.

Das alles nahm Jezebel nur flüchtig und eher am Rande wahr. Ihr Blick blieb starr auf die Bühne gerichtet, wo Jamie den Master losließ und überrascht zu ihr schaute.

»Jamie! Mein Jamie!«, rief sie und wollte die Treppe hinunterlaufen. Als der Türsteher sie fest umklammerte, fauchte sie ihn wütend an: »Lass mich zu ihm!«

Hinter Jamie tauchte eine junge Frau auf, die Jezebel sofort erkannte: Ada, die pummelige Eva! Sie hielt Jamie an der Hand fest, doch der riss sich los, sprang über die Brüstung und rannte auf Jezebel zu. Als sie die Arme ausbreitete, um ihren Liebsten zu empfangen, da stieß er auch sie zur Seite und hastete fluchend an ihr vorbei: »Zum Teufel mit euch allen!«

Beinahe wäre Jezebel zu Boden gegangen, doch Tom Farynor fing sie im letzten Augenblick auf, half ihr auf die Beine und sagte: »Lass uns gehen, Jezebel! Weg von hier!«

Sie verstand nicht ganz, was er damit meinte, nickte aber und ließ sich von Farynor hinausführen. Hinter ihr rief eine vertraute Stimme: »Wo willst du hin, Jez?«

Als sie vor die Tür traten und über die Brücke liefen, war von Jamie nichts mehr zu sehen. Nur der dumpfe Hufschlag eines Pferdes war zu hören und entfernte sich auf dem Lambeth Marsh in Richtung Norden.

»Ihm nach!«, rief Jezebel und hämmerte mit den Fäusten auf Farynors Schulter ein. Und obwohl sie überhaupt nicht sicher sein konnte, dass dies der Ort war, wo sie ihn finden würde, setzte sie hinzu: »Zur Botolph Lane.«

»Jetzt verstehe ich endlich«, sagte Farynor und winkte einem der Hackney-Kutscher, die am Wegesrand auf Kundschaft warteten. »Das ›King's Head Inn‹! Das also ist dein entfernter Verwandter.«

Jezebel hatte keine Ahnung, wovon er sprach, stieg aber mit Farynor in die Kutsche und hörte ihn sagen: »Zur Brücke! Und zwar schnell!«

Als sie ein letztes Mal aus dem Fenster zum »Maiden Inn« schaute, sah sie Geoff auf der Brücke stehen. Er winkte und rief ihr etwas zu, doch sie konnte ihn nicht verstehen. Dann setzte sich die Kutsche ruckend in Bewegung.

Es war gegen Mitternacht, als sie die kleine Gasse nördlich der Thames Street erreichten. Da die London Bridge nach dem Ertönen der Abendglocke für Fuhrwerke und Kutschen gesperrt war, waren Farynor und Jezebel vor dem Verrätertor ausgestiegen und hatten sich mit einem Boot über die Themse rudern lassen. Zwar wäre es auch möglich gewesen, zu Fuß die Brücke zu überqueren, doch das Pflaster der London Bridge war so marode und löchrig, dass man in der Dunkelheit leicht stürzen konnte, außerdem lungerten in den zahlreichen Nischen zwischen den Häusern nicht selten Trunkenbolde herum, die zuvor in den Schänken auf der Southwarker Seite gezecht hatten und hier ihren Rausch ausschliefen oder auf ahnungslose Passanten lauerten, denen sie die Taschen leeren konnten. So belebt und überfüllt die Brücke bei Tage war, so ausgestorben und unheimlich wirkte sie bei Nacht. Eine Stadt in der Stadt, so sagte man, doch zugleich ein Ort mit zwei Gesichtern.

Das »King's Head Inn« war bereits geschlossen. Anders als auf der Südseite der Themse schien man in der City Schließzeiten, Ausgangssperren und die Abendglocke zu beachten. Jezebel, die am ganzen Körper zitterte, obwohl sie Farynors Gehrock übergezogen hatte, stand vor dem Haus, das die dicht gedrängt stehenden Nachbargebäude um mindestens ein Stockwerk überragte, und starrte an der nach oben hin ausladenden Fassade hinauf, die ab dem zweiten Stockwerk beinahe mit der Fassade des gegenüber liegenden Hauses zusammenstieß.

Farynor deutete auf die Tür zur Schänke, über der ein Schild mit einem gekrönten Haupt zu sehen war, und sagte: »Geschlossen!«

Doch Jezebel wusste es besser, öffnete das Tor zum Nachbarhaus und betrat den dunklen Korridor, von dem rechter Hand eine Tür zur Schänke abging und hinten, neben dem Durchlass zum Hof, eine schmale Stiege zu den Mietstuben in den oberen Stockwerken führte.

»Nanu«, sagte Farynor.

»Das waren früher mal zwei Häuser, deshalb gibt es zwei Eingänge.«

»Wie praktisch. Vor allem, weil niemand wissen kann, wer hier ein- und ausgeht. Ein idealer Unterschlupf.«

Jezebel achtete nicht darauf, was Farynor sagte und ob er ihr folgte, sondern begab sich trotz der Dunkelheit zielstrebig zur Treppe und stieg keuchend die Stufen hinauf. Die Fahrt in der Kutsche und die Überquerung der Themse im schaukelnden Ruderboot hatten ihr merklich zugesetzt, ihre Kräfte ließen nach, die Beine zitterten, das Herz raste, und als sie das oberste Stockwerk erreicht hatte, war sie derart außer Atem, als habe sie einen Kirchturm erklommen.

Sie stand nun vor dem Raum, der einst Jamies Atelier und Werkstatt gewesen war, an derselben Stelle, an der sie vor neun Monaten aus Mr. Hollars Mund erfahren hatte, dass sein einziger Sohn an der Lungenpest gestorben sei. Auch damals hatte sie sich kaum auf den Beinen halten können. Allerdings nicht vor Erschöpfung, sondern vor Schmerz und Trauer. Doch was sie nun tun sollte, das wusste sie nicht. Was um alles in der Welt wollte sie hier? Wieso war sie sich so sicher gewesen, dass Jamie ausgerechnet in die Botolph Lane geritten war? Vor einigen Monaten war sie bereits im Inn gewesen und hatte festgestellt, dass der Raum längst wieder vermietet war. Erst jetzt, da sie nicht überstürzt und kopflos handelte, sondern nüchtern nachdachte, begriff sie, dass Jamie überall und nirgends sein konnte. Zwar wohnte Ada inzwischen wieder bei ihrem Vater, wie

Geoff behauptet hatte, doch das bedeutete noch lange nicht, dass Jamie ebenfalls hier zu finden war. Wieso sollte er? Je länger sie darüber nachdachte, desto unsinniger erschien Jezebel ihr Verhalten. Sie hatte sich verrannt.

Als hätte Farynor ihre Gedanken gelesen, sagte er: »Komm, Jezebel, lass uns gehen. Das hat doch keinen Zweck.«

In diesem Augenblick öffnete sich eine Tür hinter ihnen, am anderen Ende des Treppenabsatzes, und als Jezebel sich umwandte, starrte sie in Jamies erschrockenes Gesicht. Zumindest glaubte sie, ihn trotz der Dunkelheit erkannt zu haben.

»Grundgütiger!«, stieß er hervor, sprang zurück ins Zimmer und knallte die Tür zu. Nur einen Wimpernschlag später ging die Tür wieder auf. Jamie stand im Rahmen, verneigte sich und lächelte wie jemand, der sich bei einem harmlosen Spiel geschlagen gab. Er machte eine einladende Handbewegung und sagte resignierend: »Komm herein, Jezebel, wenn's denn sein muss. Und bring deinen bunt gefiederten Freund mit, falls du dich allein nicht traust. Aber ihr werdet nicht lange bleiben können, ich hab's eilig.«

»Hier wohnst du?«, fragte Jezebel und trat zögernd ein.

»Nein«, antwortete Jamie und zündete eine Kerze an. »Ich wohne überall und nirgends. Ganz wie es sich für einen Geist geziemt. Das hier ist Adas Zimmer. Ich musste nur noch etwas holen, was mir gehört, dann werde ich aus London verschwinden. Für immer.«

»Ist sie deine ... Geliebte?«

Jamie zuckte mit den Schultern und sagte: »Ada liebt nur sich selbst. Sie wartet auf den Ritter in der glänzenden Rüstung oder den Edelmann mit gefülltem Geldbeutel, der sie mit Geschenken überhäuft und ihr allen Luxus bietet, und das bin ich bestimmt nicht. Was mir nur recht sein kann, denn auch ich will an niemanden gebunden sein. So passen wir ganz gut zusammen. Ich liebe sie nicht, aber ja, manchmal ist sie auch meine Geliebte.«

Jezebel schluckte und senkte den Blick. Erst jetzt bemerkte

sie, dass Jamie einen Koffer in der Hand hielt und ein längliches, in Tuch gewickeltes Paket auf dem Boden abgestellt hatte. »Du verreist?«, fragte sie und zwang sich zu einem Lachen. »Oder stirbst du wieder einmal? Woran diesmal, an der Schwindsucht?«

Statt zu antworten, fragte Jamie: »Was willst du von mir, Jezebel?«

»Soll das eine ernsthafte Frage sein?« Sie seufzte tief, setzte sich aufs ungemachte Bett und schaute sich in dem Raum um. Das Zimmer war viel kleiner als das Atelier nebenan und war mit Bett, Tisch, Schrank und Kommode vollends zugestellt. Es gab nur ein einziges schmales Fenster sowie eine kleine Luke unter dem Dachfirst. Beide waren geöffnet, was aber die drückende Hitze unter dem Dach kaum minderte. Überall auf dem Boden lagen Frauenkleider und weibliche Accessoires wie Bänder, Hauben und Gürtel herum. Auf einem Spiegeltisch sah Jezebel billige Schmuckstücke, gefärbte Federn und ähnlichen Tand liegen. Dann schaute sie Jamie völlig ruhig an und sagte: »Ich will wissen, warum! Warum du verschwunden bist und dich tot gestellt hast! Warum du dich nicht bei mir gemeldet hast! Warum du mich wie ein Stück Dreck behandelt hast. Ist dir je in den Sinn gekommen, was ich deinetwegen durchgemacht habe?«

»Ich hatte Schulden und musste sehr plötzlich verschwinden. Ich rede hier nicht von ein paar lausigen Pfund, Jezebel, sondern von sehr viel Geld, das ich einigen hochrangigen Persönlichkeiten schuldete. Spielschulden, wie ich zu meiner Schande gestehen muss. Ich musste etwas unternehmen, weil ich sonst für Jahre im Schuldgefängnis gelandet wäre. Oder Schlimmeres. Die feinen Herrschaften verstehen keinen Spaß, wenn es um Geld und Ehre geht. Das sieht man schon daran, was ihre Häscher anschließend mit meinem Besitz gemacht haben.« Jamie stellte den Koffer ab und wandte sich dann an Farynor, der immer noch in der geöffneten Tür stand: »Rein oder raus, junger Freund? Oder wollt Ihr die Nachbarn auch noch einladen?«

Tom Farynor zuckte erschrocken zusammen, nahm den Federhut vom Kopf, trat ein und schloss die Tür hinter sich.

»Die Gläubiger saßen mir im Nacken, und um sie auf Dauer fernzuhalten, haben wir meinen Tod vorgetäuscht«, fuhr Jamie fort. »Eigentlich war es Adas Idee, sie ist sehr gut in solchen Dingen und eine geborene Schauspielerin. Dank der Pest war es nicht schwer, Jamie Hollar unter die Erde zu bringen. Eine Leiche mehr oder weniger ist gar nicht aufgefallen. Friede seiner schwarzen Seele!«

»Und wer bist du jetzt? J. Lydon? Oder gibt's noch andere Decknamen?«

»Du hast mit John gesprochen?«, wunderte sich Jamie. »Hat *er* dir verraten, dass ich noch lebe? Verdammtes Tratschweib!«

»John wusste die ganze Zeit Bescheid?«

»Natürlich«, lachte Jamie. »Oder leider, wie ich inzwischen sagen muss.«

Jezebel überlegte, ob sie Jamie erzählen sollte, dass es sein Vater gewesen war, der ihr von seiner »Auferstehung« berichtet hatte, doch sie empfand das als nicht mehr so wichtig und stellte stattdessen die Frage, die ihr wirklich am Herzen lag: »War ich dir so gleichgültig, dass du dich nicht einmal von mir verabschieden konntest? Ich dachte, du liebst mich. Warum hast du mich angelogen? Wieso das ganze Theater?«

»Das hat gar nichts mit dir zu tun, Jezebel«, antwortete er und setzte sich zu ihr aufs Bett. »Verstehst du denn nicht? Ich konnte dir nichts sagen, das hätte alles zunichte gemacht. Du darfst das nicht persönlich nehmen.«

»Ich höre wohl nicht richtig!«, brauste Jezebel auf und hätte ihm am liebsten eine Ohrfeige gegeben. »Ich habe vor wenigen Wochen deine Kinder zur Welt gebracht und wäre beinahe dabei draufgegangen. Dein Vater hat mir mit Gefängnis gedroht, und ich musste mich auf dem Land verstecken. Das soll ich nicht persönlich nehmen?!«

»Es sind Zwillinge«, setzte Farynor hinzu. Vermutlich um die beiden daran zu erinnern, dass er noch im Raum war.

»Ja, ich hab davon gehört«, sagte Jamie und nahm Jezebels Hand. »Es tut mir leid, dass es so gekommen ist. Das war gewiss nicht meine Absicht. Aber ich hatte keine andere Wahl.«

»Du wolltest nur deinen Spaß, nicht wahr?« Obwohl ihre Vernunft es ihr befahl, war es ihr nicht möglich, ihm ihre Hand zu entziehen. »Dein romantisches Gefasel von Amor und Psyche war nur Lug und Trug. Die wolltest mich nicht als Modell, sondern als allzeit willige Geliebte. Wie konnte ich nur so dumm und blind sein? Vermutlich hast du mein Gesicht auf dem Gemälde bereits wieder überpinselt. Eine weiße Fläche, bereit für die nächste Psyche. Für das nächste Dummchen. Du bist so ein erbärmlicher und feiger Lügner, Jamie!«

»Willst du es sehen?«

»Was sehen?«

»Amor und Psyche.« Er stand auf, hob das in Tuch eingewickelte Paket vom Boden auf, öffnete es und zog einige zusammengerollte Leinwände heraus. »Es ist fertig«, sagte er und brauchte eine Weile, bis er das entsprechende Gemälde gefunden hatte. Dann rollte er es auf dem Boden aus und rief: »Ich habe Psyches Körper aus der Erinnerung gemalt, was ich sonst strikt ablehne. Aber du wirst zugeben müssen, dass er vollkommen ist. Weil du vollkommen bist, Jezebel. Ich bin ein Lügner und Taugenichts, genau wie du sagst. Und wie mein Vater es schon lange vor dir festgestellt hat. Aber eines war nicht gelogen: Du bist meine Psyche!«

»Es ist wunderschön!«, entfuhr es Jezebel gegen ihren Willen, als sie das Gemälde betrachtete. Jamie hatte es tatsächlich vollendet, und er hatte ein Meisterwerk geschaffen. Soweit Jezebel so etwas überhaupt beurteilen konnte. Tatsächlich hatte er seine Psyche nach Jezebels Abbild geschaffen, nicht nur das Gesicht, das sie ja bereits kannte, sondern auch die Brüste und alle anderen, teilweise nur spärlich bekleideten Körperpartien. Es war, als betrachtete sie sich in einem Spiegel. Einem Spiegel, der die Zeit um Monate zurückdrehte. Aber das Seltsame war, dass der Augenblick, der auf dem Bild eingefangen war, dennoch Jezebels jetzigem Zustand entsprach. Und das war das Schlimme und Unbegreifliche daran. Sie konnte es nicht länger leugnen und sich dagegen sträuben: Sie wollte in Amors Armen aufwachen und sich ihm hingeben. Sie war seine Psyche! Trotz und nach allem, was geschehen war. Gegen jede Vernunft. Weil sie nicht anders konnte. Weil sie so dumm war, ihn zu lieben. Mehr denn je!

»Nimm mich mit!«, hörte sie sich sagen und erschrak gleichzeitig über ihre Worte. Sie umklammerte Jamies Arm und flehte: »Lass mich bei dir sein!«

Auch Farynor erschrak und rief: »Nein, das darfst du nicht!«

Jamie schüttelte den Kopf und strich Jezebel zärtlich über die Haare. »Ich werde England verlassen und nicht zurückkehren. Samuel, ein guter Freund und Kollege, hat mir seine Hilfe angeboten und will mich nach Holland mitnehmen.« Mit kindlich stolzem Lächeln setzte er hinzu: »Er war ein Schüler des großen Rembrandt van Rijn und hat mir angeboten, in seinem Atelier zu arbeiten. Morgen in der Frühe geht das Schiff, das uns nach Holland bringt. Es liegt am Tower vor Anker.«

Jezebel erinnerte sich an den holländischen Trunkenbold Samuel, den sie in Johns Begleitung am Ely House gesehen hatte, und ahnte, dass Jamie diesmal die Wahrheit sagte. Sie nickte und wiederholte: »Nimm mich mit!«

»Nein!«, wiederholte Farynor und ergriff nun seinerseits Jezebels Arm.

»Ich liebe dich, Jamie!«

»Aber verstehst du denn nicht?«, rief Jamie und versuchte, das Bild wieder einzurollen und im Tuch zu verstauen. »Ich kann dich nicht mitnehmen. Und die Kinder schon gar nicht. Ich will keine Familie. Ich kann und werde mich nicht binden. Ihr wärt mir nur im Wege und würdet nicht glücklich werden. Ich bin, wie ich bin, und werde mich nicht ändern, Jezebel! Nicht für dich oder für irgendjemand sonst. Deine Liebe kann ich nicht erwidern, jedenfalls nicht in dem Maße, wie du es dir wünschst.«

»Das verlange ich gar nicht«, sagte sie, riss sich von Farynor los und warf sich an Jamies Hals. »Ich will nur bei dir sein und werde dir nicht zur Last fallen. Ich kann dir Modell stehen, wenn du das willst, oder den Haushalt führen. Ich werde nichts verlangen und mit allem einverstanden sein.«

»Und die Kinder?«

»Für die Zwillinge ist gesorgt. Im ›Maiden Inn‹ kümmern sie sich rührend um sie. Es wird ihnen ohne mich viel besser gehen. Die Amme ist eine gute Frau und eine liebevollere Mutter, als ich es je sein kann. Sie werden mich nicht vermissen.«

Jamie starrte sie ungläubig an und fragte: »Du meinst …?« Er hob die Achseln und setzte verdutzt hinzu: »Weißt du, was du da sagst?«

»Das weiß ich«, war ihre Antwort.

Er zuckte mit den Schultern und sagte: »Meinetwegen.«

Und dann erklang eine weitere Stimme im Raum: »Nein, Jez, tu's nicht!« Geoffrey stand plötzlich im Türrahmen und fuchtelte aufgeregt mit den Händen herum. »Das kannst du nicht! Du wirst es dein Leben lang bereuen!«

»Im Gegenteil, Geoff«, antwortete Jezebel, die sich über das Auftauchen ihres Bruders gar nicht wunderte, und ihn traurig anschaute. »Ich werde es mein Leben lang bereuen, wenn ich hierbleibe.«

»Willst du sein wie unsere Mutter? Willst du das wirklich?«, schimpfte Geoffrey. »Du weißt aus eigener Erfahrung, was das bedeutet. Lass die Kinder nicht im Stich, Jez! Das darfst du nicht! Sie werden dich dafür hassen.«

»Nicht mehr, als ich mich selbst dafür hassen werde«, sagte Jezebel und hob eines der Kleider und ein Hemd auf, die auf dem Boden lagen. »Aber ich kann nicht anders. Ich muss es tun.«

»Das lass ich nicht zu!«, schrie Farynor, sprang auf und griff nach der Kerze.

Dies ist das letzte Mal, dass ich mich zu Wort melde, danach seid ihr mich endgültig los. Versprochen! Es ist ja fast alles gesagt, und ihr ahnt bereits, was jetzt kommen wird. Das fürchterliche Feuer! Aber Master Gerrard meinte, dass es klüger wäre, wenn ich die Geschichte beende und euch erzähle, was ich in der Nacht erlebt habe, in der das Feuer ausbrach. Damit nicht anschließend behauptet wird, es wäre alles nur Hörensagen oder bloße Vermutung. Denn ich hab's mit eigenen Augen gesehen, ich war dabei.

Wahrscheinlich wundert ihr euch, wie ich überhaupt so flott in die Botolph Lane gelangen konnte. Tja, das ist schnell erzählt. Als Jez vor dem »Maiden Inn« mit der Kutsche davonfuhr, war ich zuerst so überrascht, dass ich wie gelähmt auf der kleinen Brücke stehen blieb. Doch dann wurde das Pferd um einiges langsamer, weil der Weg durchs Marschland zwar nicht mehr mistnass, wohl aber sehr uneben und mit Schlaglöchern übersät war. Die Kutsche war jedoch nur eine leichte zweirädrige Kalesche mit Klappverdeck und für unwegsames Gelände eigentlich nicht geeignet. Und ehe ich mir überhaupt so etwas wie einen Plan zurechtgelegt hatte, rannte ich schon hinter dem Einspänner her und schwang mich auf die Trittstufe, auf der sonst entweder Koffer oder Lakaien Platz fanden. Mein Freund Glen und ich waren geübte Kutschenspringer, in Southwark hatten wir uns immer einen Spaß daraus gemacht, auf den Hackney-Wagen mitzufahren und die Kutscher zu ärgern. Diesmal jedoch achtete ich darauf, dass ich nicht bemerkt wurde, und hatte alle Hände voll zu tun, bei dem Geschaukel nicht vom Trittbrett zu fallen. Auch weil die Schulter immer noch wehtat und mir bei jedem Schlagloch die Erinnerung an Rats Blackjack im wahrsten Sinne des Wortes in die Glieder fuhr.

An der London Bridge sprang ich vom Wagen, bevor Jez und ihr Begleiter den Kutscher bezahlt hatten und ausgestiegen waren. Sie gingen hinunter zur Anlegestelle neben der Kirche von St. Olave, und spätestens jetzt wusste ich, wohin sie wollten. Oder wem sie folgten. Auch ich hatte schließlich den Mann mit der Silberschnalle wiedererkannt.

Anstatt ein Boot zu nehmen, rannte ich über die Brücke. Bei Tage konnte das schon mal länger dauern, weil man vor lauter Verkaufsständen, Pferdewagen und Menschenmengen kaum vorankam, doch in der Nacht war die Brücke wie ausgestorben, und wenn man es schaffte, den vielen Schlaglöchern und maroden Holzbohlen auszuweichen, und nicht irgendwelchen Wegelagerern in die Hände lief, brauchte man nur wenige Minuten bis in die City. Als ich in der Thames Street ankam, legte das Fährboot gerade am Dock von Billingsgate an. Und von dort war es nicht mehr weit zum »King's Head Inn«.

Ich ließ den beiden etwas Vorsprung und folgte ihnen dann durch den Nebeneingang ins Haus, wo ich sie vermutlich nicht wiedergefunden hätte, wenn ich nicht lautes Türschlagen aus einem der oberen Stockwerke gehört hätte. Kurz darauf waren leise Stimmen zu vernehmen, dann war es mit einem Mal mucksmäuschenstill. Da ich nicht wusste, aus welchem Stock die Geräusche gekommen waren, ging ich die schmale Treppe hinauf und horchte an jeder Tür. Erst unter dem Dach wurde ich fündig, denn gerade als ich mein Ohr an die Tür der rechten Dachkammer legte, schrie drinnen jemand: »Nein, das darfst du nicht!«

Die Tür war nicht verriegelt, und als ich durch einen kleinen Spalt ins Zimmer lugte, sah ich Jez zwischen zwei Männern am Boden kauern. Während der bunt gekleidete Geck (von dem ich erst später erfuhr, dass er Tom Farynor hieß) an Jez zerrte, warf sie sich dem Mann mit der Hutschnalle an den Hals und schrie: »Ich liebe dich, Jamie!«

Was ich danach aus ihrem Mund zu hören bekam, war so ungeheuerlich und verrückt, dass ich es kaum glauben konnte und augenblicklich einschreiten musste. Ohne jeden Erfolg. Ich hätte genauso gut in den Wind reden können. Ihr habt's ja bereits gelesen, darum muss ich es nicht noch mal erzählen, aber ich will doch wiederholen, was ich am Anfang mal erwähnt habe. Dass nämlich die Liebe gern in Wahnsinn umschlägt, und bei Jez war genau das geschehen. Sie hatte den Verstand verloren! Anders war ihr Verhalten und Gerede nicht zu erklären.

Gleiches galt auch für Tom Farynor, der plötzlich mit der brennenden Kerze dastand, als halte er ein flammendes Schwert in der Hand. »Das lass ich nicht zu!«, schrie er und schüttelte den Kopf. »Wir haben eine Abmachung, Jezebel, hast du das vergessen? Ich habe Wort gehalten und dich zu deiner Familie gebracht. Nun musst auch du Wort halten. Du gehörst zu mir, wir sind einander versprochen, und deshalb werde ich dich nicht gehen lassen!«

»Du kannst es nicht verhindern«, rief Jezebel und spuckte vor ihm aus. »Von einer Abmachung weiß ich nichts! Und ich will auch nichts davon wissen. Ich hab's dir schon einmal gesagt, und ich sage es wieder: Niemals werde ich deine Frau sein. Eher will ich sterben!«

»Keine Abmachung? Und warum hast du mir dein Bild gegeben?« Er zog mit der linken Hand einen kleinen Zettel unter dem Wams hervor und wedelte damit vor Jezebels Nase herum. »Das ist unser Liebespfand!«

»Ich hab dir das Bild nicht gegeben, sondern in der Heide verloren!«, schrie Jezebel und riss ihm das Papier aus der Hand. »Es gibt kein Liebespfand. Das bildest du dir alles nur ein. Du bist ja verrückt!« Und ehe Farynor es verhindern konnte, hielt sie den Zettel in die Flamme und warf ihn auf den Boden, wo er zu Asche verglühte und von Jezebel mit wütenden Tritten zermalmt wurde.

»Nein!«, entfuhr es Farynor. Und im nächsten Augenblick riss er dem überraschten Jamie Hollar eine eingerollte Leinwand aus der Hand, die dieser gerade in einem Paket verstauen wollte.

»Gib das Gemälde her, du Kretin!«, schnauzte Hollar und schnappte nach der Leinenrolle, doch Farynor lachte ihm nur ins Gesicht, zog seine Hand weg und rannte zum offenen Fenster.

»So viel zu Amor und Psyche!«, rief er und hielt die Kerze nun seinerseits unter die Leinenrolle. Sofort fing der Stoff Feuer und brannte lichterloh, als wäre er mit Branntwein oder Pech getränkt.

»Du verdammter Schwachkopf!«, brüllte Hollar und stürzte sich auf Farynor, doch dieser warf die brennende Fackel kurzerhand aus dem Fenster, bevor er von dem anderen umgerissen wurde.

Während die beiden Männer auf dem Boden miteinander kämpften, als gäbe es noch etwas, um das sie kämpfen müssten, legte Jezebel in aller Seelenruhe den bunten Gehrock ab, den sie über dem Nachthemd trug, und zog ein Kleid an, das sie vom Boden aufgehoben hatte. Dabei schaute sie mich schuldbewusst an und schüttelte den Kopf, als ich ihr erneut ins Gewissen reden wollte.

»Nicht, Geoff! Sag nichts!«

Ich hielt den Mund, stand nur da und bestaunte das seltsame Schauspiel. Zwei Männer bearbeiteten sich gegenseitig verbissen mit Faustschlägen, schlugen sich die Gesichter blutig und wälzten sich wie balgende Kinder auf dem Boden, während meine Schwester nun auch noch eine Haube aufsetzte und ein Halstuch umband, als ginge sie das alles gar nichts an. Als habe sie London bereits hinter sich gelassen, als sei sie in einer anderen Welt. Es war zum Lachen, und deshalb tat ich es auch. Um nicht weinen zu müssen.

Doch dann sah ich den rötlichen Feuerschein und hörte es knistern.

Ich lief zum Fenster und schaute hinaus. Das Dach eines benachbarten Schuppens oder einer Werkstatt hatte Feuer gefangen. Offensichtlich hatte die brennende Leinenrolle die mit Stroh ausgebesserten Schindeln in Brand gesetzt, und nun fraß sich das Feuer bereits vor bis zum Haupthaus. Es ging im wahrsten Sinn des Wortes in Windeseile, denn der Ostwind blies stark, und der enge Hof wirkte wie ein Kamin, in dem die Flammen wie entfesselt in die Höhe schlugen. Schon jetzt war zu erkennen, dass das Haus, das zum Großteil aus Holz und Fachwerk bestand, kaum zu retten war. Wenn ich es richtig einschätzte, dann stand es in der westlichen Nachbarstraße, der Pudding Lane.

»Feuer!«, schrie ich und traktierte die beiden miteinander ringenden Kerle mit heftigen Fußtritten. »Es brennt! Hört auf mit dem Unsinn! Der Hof steht in Flammen, verdammt noch mal!«

Als Erster reagierte Tom Farynor. Er sprang auf die Füße, stieß mich zur Seite, blickte aus dem Fenster und rief: »Oh, mein Gott!« Dann schaute er noch einmal hinaus, und als begreife er erst jetzt, was er gesehen hatte, schrie er: »Oh nein! Was hab ich getan?« Er fasste sich an die zerkratzte und blutende Stirn und rannte zur Tür. Dann hielt er plötzlich inne und schüttelte heftig den Kopf. Er rannte erneut zum Fenster, schaute wieder hinaus, biss sich die ganze Zeit auf die Unterlippe und starrte dann zum Dachfirst, als wartete er auf eine göttliche Eingebung. Im nächsten Augenblick nickte er, als hätte er diese Eingebung tatsächlich erhalten, sprang auf den Tisch und kletterte von dort auf einen der Kehlbalken zwischen den Dachsparren. Vom Balken aus zwängte er sich durch die Dachluke unter dem First und kletterte aufs Dach. Dann war er verschwunden.

Jamie Hollar, der immer noch auf dem Boden saß, starrte ungläubig zur Dachluke und rief: »Verdammter Idiot! Weißt du überhaupt, was du angerichtet hast?« Wahrscheinlich dachte er in diesem Moment nur an sein Bild und nicht an das Haus in der Pudding Lane.

Dort hatte sich in der Zwischenzeit die Lage dramatisch verschlimmert. Die beiden unteren Stockwerke standen bereits in Flammen, alles war voller Rauch, Scheiben barsten mit lautem Getöse, und ich hörte entsetztes Schreien und Brüllen. An einem Fenster im Dachgeschoss sah ich einen Schatten, dann einen zweiten. Ein Mann mit Nachtmütze auf dem Kopf und eine junge Frau schauten zum Fenster hinaus und schrien um Hilfe. Eine weitere Gestalt tauchte hinter ihnen auf, aber es war nicht zu erkennen, ob es ein Mann oder eine Frau war.

»Hierher, Rose!«, rief der Mann. »Zum Fenster!«

»Ich kann nicht, Master!«, antwortete eine heisere Frauenstimme.

»Du musst, Rose, die Treppe brennt!«, ertönte die sich überschlagende Stimme der jungen Frau. »Es gibt keinen anderen Ausweg!«

Im nächsten Augenblick sah ich eine vierte Gestalt auf dem Dach des etwas versetzt stehenden und südlich angrenzenden Nebengebäudes. Da die Pudding Lane zur Themse hin steil abfiel, befand sich der Dachfirst etwa auf gleicher Höhe mit dem Dachfenster im brennenden Haus.

»Aufs Dach!«, rief die Gestalt, die sich an einem der Schornsteine festhielt. »Ihr müsst aus dem Fenster und zu mir aufs Dach!«

»Tom, bist du das?«

»Ay, Vater! Beeilt euch! Hannah, steig aufs Fensterbrett.«

»Es ist zu weit.«

»Ach was, Schwesterherz, es sind nur ein paar Fuß! Das schaffst du.«

»Das Dach ist zu steil«, rief die Frau. »Ich werde hinunterfallen.«

»Ich halte dich!«

Jetzt erst begriff ich, dass Tom Farynor vom Dach des »King's Head Inn« zum Gebäude neben dem brennenden Haus hinuntergeklettert war. Und dass er gerade das Haus seines Vaters in Brand gesetzt hatte!

Das Feuer hatte inzwischen das Dachgeschoss erreicht, hinter den beiden Gestalten am Fenster sah ich die Flammen züngeln. Rauch drang aus allen Ritzen und Spalten. Das Knistern war längst zu einem Prasseln geworden. Von der dritten Person namens Rose war nichts mehr zu sehen oder zu hören.

Die junge Frau stieg aufs Fensterbrett, und Tom Farynor streckte ihr seine rechte Hand entgegen. Zum Glück standen die beiden Häuser sehr dicht beieinander, es war tatsächlich nicht sehr weit bis zum Nachbarhaus, und die Frau hatte keine Mühe, das Dach zu erreichen und ihrem Bruder in die Arme zu sinken.

»Jetzt du, Vater!«, sagte Tom Farynor, nachdem seine Schwester sich rittlings auf den Dachfirst gesetzt hatte.

»Was ist mit Rose? Wir können sie nicht zurücklassen.«

»Es bleibt keine Zeit mehr, Vater! Schnell!«

Der Mann mit der Nachtmütze stieg widerwillig auf das Fensterbrett, zögerte einen letzten Moment und sprang dann zu seinen Kindern aufs Nachbardach. Hinter ihm schlugen im gleichen Augenblick die Flammen wie brennende Zungen aus dem Fenster. Wer sich jetzt noch im Haus befand, hatte keine Aussicht mehr zu entkommen. Wenn er nicht längst am Rauch erstickt oder in den Flammen geröstet worden war.

Mittlerweile waren weitere Nachbarn in den umstehenden Häusern vom Krach und Lichtschein des Feuers geweckt worden. Überall schauten Köpfe aus den Fenstern, und entsetzte Schreie und Hilferufe ertönten. Noch hatte das Feuer nicht auf die Häuser ringsum übergegriffen, doch das war nur eine Frage der Zeit. Wenn die Bewohner des brennenden Hauses es aufs Nachbardach geschafft hatten, dann würden ihnen die Flammen bald folgen. Vor allem wenn der Wind weiterhin so stark blies.

Die Hitze im Hof war inzwischen so unerträglich geworden, dass ich vom Fenster zurückwich und mich zu Jamie und Jezebel umwandte.

»Wir müssen hier raus!«, rief ich ihnen zu. »Es wird alles niederbrennen.«

Das heißt, ich wollte es ihnen zurufen, doch es gab niemanden mehr, dem ich etwas hätte zurufen können. Das Zimmer war leer. Die beiden waren verschwunden. Den Koffer und das längliche Paket hatten sie mitgenommen. Nur den bunten Gehrock hatten sie auf dem Boden liegen lassen.

Die falschen Dinge, schoss es mir durch den Kopf, zur falschen Zeit.

Als ich auf die Botolph Lane hinaustrat, war die schmale Gasse bereits voller Menschen, die wild gestikulierten, sich unverständliche Dinge zuriefen und völlig kopflos hin und her rannten. Erst als ein Mann mit langem, weißem Stab in der Hand und imposantem Federhut auf dem Kopf, vermutlich der Konstabler der Gemeinde, den Befehl erteilte: »Holt Wasser! Zur Themse! Kette bilden!«, liefen die Menschen zum Fluss, um Wasser zu schöpfen und den Brand zu löschen oder wenigstens ein weiteres Ausbreiten zu verhindern. Dass die meisten überhaupt nichts zur Hand hatten, in das sie Wasser füllen konnten, schien ihnen gar nicht aufzufallen. Sie waren froh, überhaupt irgendetwas tun zu können.

Auch ich lief hinunter zur Thames Street, doch statt mich rechter Hand zur Pudding Lane zu begeben, um mich in die Menschenkette einzureihen, die bis zur Kaimauer reichte, rannte ich nach Osten, am Fischmarkt von Billingsgate und dem alten Zollhaus vorbei, bis zu der Stelle, an der die Thames Street auf den Tower Hill stieß. Hier, im Schatten der mächtigen Festung, begann der Tower Wharf, an dem unzählige Schiffe und Boote festgemacht hatten. »Es liegt am Tower vor Anker«, hatte Jamie Hollar vorhin gesagt, doch als ich die vielen Fregatten, Linien- und Handelsschiffe sah, die entlang der Kaimauer oder in den verschiedenen Docks vertäut waren oder vor Anker lagen, gab ich die Hoffnung rasch auf, meine Schwester noch einmal wiederzusehen. Das Schiff sollte in den frühen Morgenstunden nach Holland auslaufen, hatte Hollar behauptet, doch dass es sich um ein holländisches Kauffahrteischiff handelte, war kaum anzunehmen, schließlich befand sich England mit den Holländern im Seekrieg. Doch wie sollte ich das richtige Schiff erkennen, wenn nicht an der Flagge? Und war es überhaupt denkbar, dass ein Schiff die Erlaubnis erhielt, von London aus Feindesland anzulaufen? Vermutlich hatte ich mich verhört, wahrscheinlich war meine Suche völlig zwecklos.

Dennoch lief ich am Kai entlang und hielt die Augen auf. Von Jezebel und Jamie fand ich jedoch weit und breit keine Spur. Erst als ich das östliche Ende des Tower Wharf erreicht und vor mir nur noch das Dock von St. Katherine hatte, blieb ich stehen und gab mich geschlagen. Ich setzte mich auf einen Mauervorsprung und blickte zurück nach Westen, wo inzwischen die Kirchenglocken von St. Magnus und St. Botolph Alarm schlugen. Hinter der schwarzen Silhouette des Towers ragte eine riesige Rauchsäule in den Himmel, und der rote Schein des Feuers umrahmte die Festung wie ein Heiligenschein.

»Das ist was?«, hörte ich plötzlich eine Stimme hinter mir.

Als ich mich umdrehte, sah ich einen jungen Mann auf dem Vorderdeck eines Handelsschiffes stehen, das am Dock von St. Katherine vertäut war. Die Mannschaft war gerade dabei, die beiden Rahsegel zu setzen und die Anker zu lichten, und am Bug der zweimastigen Karavelle las ich den Namen »Maid of Stockholm«. Das Schiff fuhr unter schwedischer Flagge.

»Was sagtet Ihr, Sir?«, fragte ich.

»Das ist was?«, wiederholte der Mann und hielt sich an der Reling fest. »Das Licht. Hell scheint. Rot auch. Ist Feuer? Läuten Glocken.« Selbst wenn er in ganzen Sätzen gesprochen hätte, hätte ich ihn kaum besser verstanden, denn sein französischer Akzent ließ alles, was er von sich gab, wie einen komisch genuschelten Singsang klingen.

»Ay, Sir«, antwortete ich, »ein Feuer. Die Pudding Lane brennt, die letzte Gasse vor der Brücke.«

»Oh wunderbar. Ein Feuer. Ja, ja!«

»Nein, Ihr versteht nicht, Sir. Das ist kein Freudenfeuer. Wahrscheinlich brennen inzwischen mehrere Häuser. Die Pudding Lane steht in Flammen.«

»Wunderbar, wunderbar!«, jubelte er und klatschte sogar in die Hände. Er lief aufgeregt auf dem Deck umher, und dabei sah ich, dass er sein linkes Bein nachzog, als sei es lahm oder verletzt. »Feuer. Wie schön! Ich will sehen.«

Vermutlich hätte ich mich nicht weiter mit dem französischen Schwachkopf befasst, wenn er nicht im nächsten Augenblick über die Reling geklettert und auf den Kai gesprungen wäre. Noch hatte das Schiff nicht abgelegt und der Sprung war nicht gerade waghalsig gewesen, doch wegen seines lahmen Beins stürzte der Franzose und ging direkt vor mir zu Boden, wobei er mit dem Gesicht auf das Pflaster schlug.

Im selben Moment rief ein Matrose aus der Takelage: »Was macht Ihr denn? He, Mr. Hubert, wo wollt Ihr hin? Wir legen ab. Kommt zurück!«

»Ein Feuer, wunderbar, will sehen«, brabbelte der Mann, rappelte sich auf und lächelte mir zu, als hätte ich ihm einen großen Gefallen getan. Dann humpelte er davon und verschwand nach wenigen Schritten im Schatten des Towers.

»Mann über Bord!«, rief der Matrose und sprang an Deck. »Captain Petersen! Der Franzmann ist getürmt. Soll ich ihm nach?«

»Wenn er die Passage nach Rouen im Voraus bezahlt hätte«, antwortete der Kapitän und lehnte sich über die Reling, genau dort, wo kurz zuvor der Franzose Hubert gestanden hatte. »Aber so? Nein, Jackson, weitermachen und Rahsegel setzen. Es dämmert bereits. Außerdem bin ich froh, dass wir den Irren los sind. Er ist mir lang genug auf den Geist gegangen. Soll er doch sehen, wo er bleibt!«

»Ay, Captain!«, antwortete der Matrose und stieg wieder in die Wanten.

»Captain, Sir!«, rief ich dem Kapitän zu. »Wo genau liegt Rou... Rou...?«

»Rouen, mein Junge«, antwortete er und wandte sich ab.

»Nicht zufällig in Holland?«

»Nein, Kleiner! Zufällig nicht. Das ist eine Stadt in Frankreich. Aber vorher machen wir Halt in Dünkirchen, wenn du's genau wissen willst. Wieso?«

»Ist Dünkirchen in Holland?«

»Nein, auch in Frankreich. Aber erst seit ein paar Jahren. Allerdings ist Flandern nicht weit.« Lachend setzte er hinzu: »Und das ist immerhin so was Ähnliches wie Holland.« In diesem Augenblick legte die Karavelle ab und nahm langsam Fahrt auf. Der Kapitän lief auf die andere Seite des Schiffes und befahl: »Ruder hart Backbord!«

»Ruder hart Backbord«, folgte prompt das Echo vom Achterdeck. »Ay, Sir!«

Obwohl die Ebbe kam und das wendige Schiff wegen des nahen Vollmonds den starken Tidenhub ausnutzen konnte, musste es gegen den Ostwind kreuzen, sodass es sich plötzlich zur Seite neigte und das hoch bebaute Heck dem Kai zuwandte. Ein Schrei ertönte. Und dann sah ich sie: Jezebel! Sie stand auf dem Achterdeck, schrie erneut auf, als das Schiff nach Lee kippte, und hielt sich an Jamie Hollar fest, der ihren Schrecken mit einem Lachen quittierte und sie mit beiden Armen an sich presste. Neben den beiden stand ein weiterer Mann, den ich noch nie gesehen hatte. Vermutlich der Holländer Samuel.

»Jez!«, rief ich, so laut ich konnte. »Jez, hier bin ich!« Doch sie schien mich nicht zu hören.

Dann jedoch, als hätten meine Worte erst mit Verzögerung den Weg über den Fluss gefunden, schaute sie zurück zur Kaimauer, erkannte mich, machte einen Schritt in Richtung Reling und winkte mir zu. »Leb wohl, Geoff! Sei mir nicht böse!« Sie ruderte mit beiden Armen wie eine Windmühle im Sturm. Und dann fügte sie etwas hinzu, das ich nur undeutlich verstand. Ich war mir nicht sicher, aber es klang wie: »Nelly und Paul!«

»Ist gut, Jez«, murmelte ich. Sie konnte mich ohnehin nicht mehr hören.

Dann verschwand die Karavelle hinter einem vor Anker liegenden Linienschiff der Königlichen Marine. Das war das Letzte, was ich von meiner Schwester sah. Und so kindisch es auch klingt, immer wenn ich heute an Jezebel denke, sehe ich holländische Windmühlen vor mir. Und einen humpelnden

Franzosen, der am Galgen von Tyburn gehenkt und anschließend in Stücke gerissen wurde.

Weil er das Feuer liebte.

Eigentlich sollte ich meinen Bericht an dieser Stelle beschließen, denn alles Weitere können andere besser darstellen oder haben es bereits getan. Master Gerrard hat mir letztens aus der »London Gazette« vorgelesen, und darin stand ausführlich beschrieben, wo das Feuer ausbrach, wie und in welchem Tempo es sich ausbreitete, wann welche Straße in Flammen stand und wie viele Häuser, Kirchen und Zunfthäuser zu Asche verkohlten. Dass beinahe die gesamte City, einige Gemeinden westlich der Stadtmauer und sogar die mächtige Kathedrale von St. Paul niederbrannten, muss ich euch nicht erzählen, das wisst ihr natürlich.

Was ich im Folgenden schildern will, mag dem einen oder anderen im Angesicht der ungeheuren Katastrophe belanglos erscheinen, doch für mich war die nichtige Begebenheit von großer Bedeutung, denn sie lieferte die Erklärung, wie es überhaupt zu der Katastrophe kommen konnte.

Als ich auf der Thames Street zur Brücke zurückkehrte, sah ich, dass sich die Lage in der Pudding Lane zwar verschlimmert hatte, aber noch nicht außer Kontrolle geraten war. Der Morgen graute bereits, und außer der Bäckerei der Familie Farynor brannten drei weitere Häuser, eines davon auf der gegenüberliegenden Seite der Gasse. Das war schlimm genug, aber an sich noch nicht besorgniserregend. Ständig brannte es irgendwo in London, das war gar nichts Besonderes, und dass so viele Leute auf den Straßen waren und bei der Feuerbekämpfung halfen, schien mir ebenfalls ein gutes Zeichen zu sein. Auch wenn die meisten damit beschäftigt waren, ihr eigenes Hab und Gut in Sicherheit zu bringen, statt dem betroffenen Nachbarn beizustehen.

»Hallo, Geoff«, hörte ich plötzlich eine bekannte Stimme hinter mir, und als ich mich überrascht umwandte, starrte mich mein Freund Glen grinsend an. »Das ist 'n Ding, was?«, meinte er und paffte seine Pfeife, was in dem dichten Rauch, der uns umgab, reichlich seltsam aussah. »Es heißt, die Franzosen haben das Feuer gelegt. Oder irgendwelche anderen Katholiken. Aber das sagen sie ja bei jedem Feuer. Da kann man nichts drauf geben.«

Ich war so froh, ein bekanntes und freundliches Gesicht zu sehen, dass ich Glen um den Hals fiel und mir die Tränen aus den Augen schossen.

»Sachte, Geoff!«, rief er und lachte. »Alles halb so wild. Das Feuer wird nicht mehr lange brennen, der Lord Bürgermeister ist schon da.« Er deutete auf eine große Kutsche, an der das Wappen der Stadt London prangte und die so enorme Ausmaße hatte, dass sie die schmale Pudding Lane nicht hinauffahren konnte und deshalb vor der Kirche von St. Magnus an der Thames Street abgestellt war.

»Wenn man vom Teufel spricht«, meinte ich und sah Sir Thomas Bludworth, den Lord Bürgermeister, die Pudding Lane hinunterstapfen und verärgert auf einen uniformierten Begleiter einbrüllen.

»Und dafür holst du mich mitten in der Nacht aus dem Bett?«, fluchte Sir Thomas und deutete mit dem Daumen über seine Schulter zum Feuer.

»Es weht ein starker Ostwind, Lord Bürgermeister«, antwortete der andere und verbeugte sich tief. »Wenn die Flammen die Lagerhallen am Fluss erreichen …«

»Pah!«, unterbrach ihn der Bürgermeister erbost. »Eine Frau könnte das Feuer auspissen. Meine Frau ganz bestimmt.« Mit einem galligen Lachen bestieg er die Kutsche. »Und jetzt geh ich wieder ins Bett!«

»Siehste, Geoff! Kein Grund zur Sorge!«, sagte Glen, zuckte mit den Schultern und fragte: »Gehen wir zur Brücke?«

»Klar!«, antwortete ich und schaute der Kutsche hinterher. »Wohin sonst?«

»Na, dann los!«, rief er und hakte sich bei mir unter. »Nicht dass das Feuer gelöscht ist, bevor wir unser Versteck erreicht haben.«

»Ganz so schnell wird's auch wieder nicht gehen«, sagte ich. »Wir werden schon noch genug zu sehen bekommen.«

Selten hab ich so ungern recht behalten.

FEUER UND ASCHE

»We have declared our Testimony,
and now let freedom and bondage strive,
who shall rule in Mankind.«

(»Wir haben unser Zeugnis abgelegt,
und jetzt mögen Freiheit und Knechtschaft um
die Herrschaft über die Menschen ringen.«)

Gerrard Winstanley, »An Humble Request«

Vier Tage lang brannte London. Was am frühen Sonntagmorgen noch wie eine lokal begrenzte Angelegenheit ausgesehen hatte, geriet im Laufe des Tages völlig außer Kontrolle. Die Lagerhäuser entlang der Themse, in denen auch brennbare Rohstoffe wie Öl, Pech, Teer und Branntwein gelagert waren, fingen am Vormittag Feuer und wirkten wie ein Reservoir, aus dem die Flammen immer wieder schöpfen konnten. Das Wasserwerk am Nordende der London Bridge, das einen Teil der City mit Wasser versorgte, wurde kurz darauf ein Opfer der Flammen, was den Feuerwehrleuten, die lediglich mit Ledereimern und Handpumpen ausgestattet waren, eine wichtige Wasserquelle raubte. Da der unvermindert böige Wind das Feuer stets aufs Neue entfachte und der überforderte Lord Bürgermeister sich nicht dazu durchringen konnte, Brandschneisen schlagen und Häuser niederreißen zu lassen, breitete sich der Brand unaufhaltsam aus. Nur langsam, aber stetig fraß sich die Feuersbrunst durch die Stadt und hinterließ eine breite Spur der Verwüstung. Die Menschen versuchten, ihre Habe zu retten, und irrten mit voll bepackten Hand- und Lastkarren durch die Straßen, Möbel und Kleidung schwammen als Treibgut in der Themse, und die Kutscher und Bootsleute schlugen mit drastisch ansteigenden Preisen aus dem Unglück Profit.

Am Montag nahm sich König Charles persönlich des Feuers an, enthob den Bürgermeister seines Amtes und beauftragte seinen Bruder James mit der Organisation der Brandbekämpfung. Doch es war bereits zu spät, und nicht einmal die Sprengung ganzer Häuserzeilen konnte das Ausbreiten des Feuers noch verhindern. Zu groß war die Fläche, die in Flammen stand, zu lang die Frontlinie des Feuers. Am Dienstagabend brannte die größte Kirche Englands, die Kathedrale von St. Paul, und die dabei entstehende Hitze war so gewaltig, dass die Steinmauern zerbarsten und das Bleidach als Feuerregen zu Boden tropfte.

Erst als am folgenden Morgen der Wind abflaute, wurden die neu geschaffenen Löschposten allmählich Herr der Lage, und am Mittwochnachmittag war das Feuer schließlich weitestgehend unter Kontrolle. 13 200 Gebäude, 89 Kirchen und 44 Zunfthäuser waren zerstört. Die königliche Börse, das Rathaus, das Zollhaus, mehrere Stadttore, das Newgate-Gefängnis, das Old-Bailey-Gerichtsgebäude, sie alle lagen in Schutt und Asche. Über 100000 Menschen hatten binnen weniger Tage ihr Obdach verloren und suchten in den Kirchen der Vororte und in hastig errichteten Zeltlagern auf den Feldern am Stadtrand Unterschlupf. Angesichts der enormen Zerstörung erschien es manchen wie ein Wunder, dass nur eine Handvoll Menschen bei der Katastrophe ihr Leben gelassen hatten. Das erste Opfer des Feuers war Rose gewesen, die alte Magd im Hause Farynor. Sie war vor Angst wie gelähmt gewesen und hatte es nicht bis ans rettende Fenster geschafft.

Wie es zu dem Feuer kommen konnte, wurde nie zweifelsfrei geklärt. Der Bäcker Thomas Farynor beteuerte, er habe das Feuer in seinem Backofen wie jeden Abend abgedeckt und dies gegen Mitternacht noch einmal kontrolliert. Daher sei es gar nicht denkbar, dass schwelende Glut irgendetwas in der Nähe des Ofens entzündet und auf diese Weise das Feuer ausgelöst habe. Vielmehr vermutete er, jemand habe den Brand absichtlich gelegt, auch wenn er dafür weder Beweise noch Indizien liefern konnte.

Ganz ähnlich sahen es die meisten Londoner, und sie wussten auch, wer hinter dem gemeinen Anschlag auf ihre glorreiche Stadt steckte: die Papisten! Bereits während des Feuers war es zu zahlreichen Übergriffen auf Ausländer und vermeintliche Katholiken gekommen. Ganze Banden aufgebrachter Bürger zogen durch die Straßen und droschen auf alles ein, was in ihren Augen irgendwie fremdländisch aussah oder sich auffällig verhielt. Und sie nahmen es schließlich mit Befriedigung zur Kenntnis, als es hieß, ein französischer Uhrmacher sei der Tat angeklagt und habe die Brandstiftung bereits gestanden.

Robert Hubert gehörte zu den Ausländern und Katholiken,

die im Gefängnis der Grafschaft Surrey in Southwark einsaßen, nur weil sie Ausländer oder Katholiken waren. In der ersten Brandnacht war Hubert in der Pudding Lane gesehen worden, und einige Anwohner berichteten übereinstimmend, er habe sich sehr merkwürdig und verdächtig benommen. Angeblich soll er beim Anblick des Feuers immer wieder »Wunderbar, wunderbar!« geschrien und dabei vor Freude in die Hände geklatscht haben. Als man ihn habe festsetzen wollen, sei er geflohen, und man habe seiner erst einige Tage später in Romford, wenige Meilen nordöstlich von London, habhaft werden können. Man vermutete, er habe ein Schiff nehmen und das Land verlassen wollen. Beim Verhör in Romford gab Hubert an, er kenne den Brandstifter des Feuers in der Pudding Lane, und dieser habe ihn beauftragt, Feuer im Königspalast in Westminster zu legen. Was er auch getan habe. Eine offensichtliche Lüge, denn in Whitehall hat es keinen Brand gegeben.

Nachdem man ihn nach London geschafft hatte, änderte Hubert plötzlich seine Geschichte und behauptete, er selbst habe mit einem Komplizen das Feuer in der Bäckerei gelegt, indem er einen Feuerball aus Schießpulver und Schwefel durch eines der Fenster im Hof geworfen habe. Ein Fenster übrigens, das es laut Aussage des Bäckers an dieser Stelle gar nicht gegeben habe. Außerdem sei, so Hubert, der Anschlag von langer Hand in Frankreich geplant gewesen. Aufgrund dieses zweifelhaften Geständnisses wurde Hubert im Oktober in einem provisorischen Gebäude neben dem abgebrannten Old Bailey der Prozess gemacht. Dort wandelte er seine Geschichte abermals ab und verstrickte sich zunehmend in Widersprüche. Der vorsitzende Lord Oberrichter glaubte dem offenkundig verwirrten, wenn nicht gar geistesgestörten Mann kein Wort, allerdings blieb der Franzose aus unerfindlichen Gründen bei seiner abstrusen Behauptung. Das Einzige, was gegen den jungen Mann sprach, war sein widersprüchliches Geständnis, sein befremdliches Vergnügen beim Anblick der Flammen und die Tatsache, dass er bei einer Begehung des verwüsteten Tatorts die genaue Lage der Bäckerei beschreiben konnte. Dennoch wurde er von den Geschworenen für schuldig befunden, zum Tode verurteilt und kurz darauf gehenkt. Von den sieben Jurymitgliedern zählten allein drei zu der Familie des Bäckers Farynor. Neben dem Bäcker selbst auch seine jüngste Tochter Hannah sowie sein einziger Sohn, Thomas Farynor junior. Wie es hieß, sei besonders Letzterer von der Schuld des Franzosen überzeugt gewesen und habe vehement in diesem Sinne auf die anderen Geschworenen eingewirkt.

Erst Jahre später wurde Huberts Unschuld zweifelsfrei bewiesen, als ein gewisser Captain Petersen, Kapitän des schwedischen Schiffes »Maid of Stockholm«, vor einer Kommission aussagte, Robert Hubert habe das Schiff am Dock von St. Katherine erst verlassen, als die Pudding Lane bereits lichterloh in Flammen stand. Bis dahin habe der Franzose, der auf dem Weg von Stockholm nach Rouen gewesen sei, keinen Fuß an Land gesetzt.

Tom Farynor selbst wurde nie auch nur verdächtigt, irgendetwas mit dem Feuer in der Backstube seines Vaters zu tun zu haben. Nach der Verurteilung und Hinrichtung des Franzosen sprach der junge Farynor nie wieder über das Feuer und beteiligte sich auch nicht an weiteren Spekulationen über dessen Ursachen. Selbst in Gesprächen mit Familienmitgliedern blieb er so manche Antwort auf berechtigte Fragen schuldig. Er konnte oder wollte nicht sagen, wo er sich vor dem Ausbruch des Feuers aufgehalten hatte (in seinem Bett jedenfalls nicht, wie der Vater wusste), und gab keine Auskunft darüber, wie er auf das Dach des Nachbarhauses gelangt war, wenn er zuvor gar nicht im Hause Farynor gewesen war. Zwei Jahre nach dem Feuer kehrte die Familie in die Pudding Lane zurück, wo eine neue Bäckerei auf den Ruinen der alten errichtet worden war. Nach dem Tod des Vaters im Jahre 1670 erbte Tom nicht nur das Haus, sondern auch das Gewerbe seines Vaters und wurde Mitglied der Ehrenwerten Gesellschaft der Bäcker. Tom Farynor heiratete Martha, eine Freundin seiner Schwester, und blieb

für den Rest seines Lebens, was er nie hatte werden wollen: königlicher Bäcker in der Pudding Lane.

Auf einen Brief der Vikarsgattin und mütterlichen Freundin
Marian Sutton, in dem diese sich nach seinem werten Befinden (in diesen Zeiten der Not) und der »allseits mit Interesse
verfolgten Liebesangelegenheit« erkundigte, antwortete er mit
knappen Worten, dass er inzwischen erwachsen geworden sei
und sich die dummen Flausen aus dem Kopf geschlagen habe.
Von einer wie auch immer gearteten »Liebesangelegenheit«
wisse er nichts und von »allseitigem Interesse« könne daher
nicht die Rede sein.

Ein weiterer Briefwechsel mit Mrs. Sutton fand nicht statt.

Wie Geoffrey Ingram in seinem Bericht bereits andeutete,
kehrte seine Schwester Jezebel niemals nach England zurück.
Auch Briefe oder sonstige Nachrichten fanden nicht den Weg
in ihre alte Heimat und zu ihrer Familie. Wo sie abgeblieben ist,
wurde niemals geklärt. Sie verschwand von der Bildfläche und
tauchte nicht wieder auf, jedenfalls nicht in Fleisch und Blut.

James Hollars weiteres Schicksal ist ebenso ungewiss. Bis
heute gilt der Sohn des böhmischen Kupferstechers Wenceslaus Hollar als vielversprechender Londoner Künstler, der im
Jahre 1665 im Alter von 22 Jahren an der Pest starb. Diese To-
desumstände und -daten wurden niemals und von keiner Seite
in Zweifel gezogen. Bedauerlicherweise hat nicht eines der Bilder des jungen Hollar die Jahrhunderte überdauert. Allerdings
tauchte nach dem Jahr 1666 im Umfeld des niederländischen
Malers Samuel van Hoogstraten ein Künstler namens Jaap
Lijden auf, dessen Identität den Kunsthistorikern lange Zeit
Rätsel aufgab. Es wurde angenommen, dass es sich bei seinem
Namen um ein Pseudonym handelte. Wobei Jaap die Kurzform
von Jacob war (im Englischen: James) und Lijden dem englischen Lydon durchaus ähnelte. James Lydon! Unter diesem
Decknamen soll James Hollar eine Zeit lang als Auftragsmaler
gearbeitet haben. Was die Historiker jedoch irritierte, war die

Tatsache, dass nach Hollars Pesttod ein »J. Lydon« in England weiterhin schmeichelhafte Porträts von adeligen Gutsherren und reichen Bürgern malte, während zur gleichen Zeit in Holland ein »Jaap Lijden« mythologische Themen auf großformatige Leinwände bannte. Ob es sich bei J. Lydon und Jaap Lijden um ein und denselben Maler handelte, ist bis heute strittig. Man nimmt aber inzwischen an, dass es sich um eine rein zufällige Namensähnlichkeit handelt.

Nur eines der Gemälde von Jaap Lijden ist uns erhalten geblieben, es trägt den Titel »Venus und Psyche« und fällt durch eine Eigentümlichkeit auf. Die Göttin der Liebe und die hübsche Königstochter gleichen sich auf dem Gemälde wie ein Ei dem anderen. Wie Zwillinge. Beide haben langes, rotblondes Haar, smaragdgrüne Augen und unzählige Sommersprossen im Gesicht. Doch während Amors Mutter ein triumphierendes Lächeln zur Schau stellt, blickt Psyche unendlich traurig, ja beinahe gequält drein. Gerade so, als habe Venus obsiegt und Psyche ihren Geliebten nicht zum Gatten erhalten. Viel ist über dieses ebenso ungewöhnliche wie erstaunliche Gemälde gemutmaßt worden, doch sein verborgener Sinn konnte nie wirklich entschlüsselt werden.

James' Vater Wenceslaus lebte bis zu seinem Tod in London, wo er sich mit schlecht bezahlten Buchillustrationen und Radierungen berühmter Gemälde leidlich über Wasser hielt. Nach dem Großen Brand erstellte er einige großformatige Prospekte und detaillierte Stadtpläne von London, in denen das ganze Ausmaß der Zerstörung sichtbar wurde. Die Vorlagen zu diesen Ansichten und Panoramen skizzierte er, wie schon bei den berühmten früheren Prospekten der Stadt, auf dem Kirchturm von St. Saviour in Southwark, und wie vor Jahrzehnten, als sein kleiner Sohn Jamie an seiner Seite gesessen hatte, soll ihn auch diesmal wieder ein Junge bei der Arbeit begleitet haben. Ein rothaariger, stets mürrisch dreinschauender Bengel mit breiter Nase und grünen Augen, dessen Name leider nicht überliefert ist.

Wenceslaus Hollar, der heute als einer der fleißigsten und geschicktesten Künstler seiner Zeit gilt, starb im Jahr 1677 in äußerster Armut, am Hof war der »Zeichner des Königs« seit Langem in Vergessenheit geraten. Der Biograf James Granger schrieb später: »Er starb so arm, als hätte er in einem Land von Barbaren gelebt.« Hollars letzte Worte sollen dem Gerichtsbüttel gegolten haben, den er darum bat, ihm nicht das Sterbebett zu pfänden. Er wurde in einem Gemeinschaftsgrab auf dem Friedhof von St. Margaret in Westminster bestattet.

Für die Familie Ingram brachte das Jahr 1666 gewaltige Umwälzungen, nicht nur wegen der Geburt der Zwillinge und Jezebels mysteriösem Verschwinden. Im Oktober zog Mutter Southwood, die sich fortan wieder Mrs. Eleanor Ingram nannte, mit ihrer Tochter Humble und den Enkelkindern Nelly und Paul nach Cobham, um dort als Landeignerin und Heidebäuerin von Ackerbau und Schafzucht zu leben. Die Ingrams wurden begleitet von der Amme Phoebe, die sich weiterhin um die beiden Säuglinge kümmern sollte, und deren Mann, den Eleanor als Verwalter des Hofs einstellte. Anders als von Jane Holcombe und der Familie Oldershaw befürchtet, schien die neue Herrin der »Little Heath Farm« jedoch nichts Bedenkliches oder Hintersinniges im Schilde zu führen. Sie war, ganz im Gegenteil, um Versöhnung bemüht und sprach sich direkt nach ihrer Ankunft sowohl mit ihrer Schwester Mildred als auch mit ihrem Schwager Joshua aus und versicherte glaubhaft, ihr ginge es nicht darum, alte Wunden aufzureißen, sondern den inneren Frieden zu finden. Was allerdings nicht bedeute, dass sie etwa vorhabe, an den sonntäglichen Treffen der Quäker teilzunehmen oder den Freunden des Lichts andernorts zu begegnen. Dieses Kapitel sei ein für alle Male beendet. Die Southwood Farm wolle und werde sie nie wieder betreten.

Eleanor Ingram suchte stattdessen die Nähe der Kirche von England, oder genauer gesagt, die Nähe der Familie Platt. Zwar hatten auch Pfarrer Platt und seine Frau Margaret gerüchteweise von den Vorfällen auf der einige Meilen entfernten Southwood Farm gehört, doch da Eleanor von Beginn an ganz offen über die Verleumdungen sprach und sich als Opfer einer infamen Hetze ihrer ehemaligen Quäker-Freunde darstellte, sahen die Gutsherren keinen Grund, die neue Nachbarin mit Missachtung zu strafen. Vor allem mit Margaret Platt, der wohlgeborenen Lady of the Manor, verband Eleanor mit der Zeit eine innige Freundschaft, und auch zu Pfarrer Platt, der sich ihr gegenüber anfangs reserviert verhielt – entweder wegen der immer noch kursierenden Gerüchte oder wegen der Freundschaft mit seiner Gattin –, verbesserte sich das Verhältnis zusehends. Für den Pfarrer war sie ein verlorenes Schaf, das wieder zur Herde zurückgefunden hatte, wie er in einer seiner langatmigen Predigten ausführte. Dass sie vom gefährlichen Irrweg der Quäkerei zum wahren englischen Glauben zurückgekehrt sei, solle allen Abweichlern als leuchtendes Beispiel dienen.

Als die Platts erfuhren, dass die ihnen persönlich bekannte Jezebel eine Tochter Mrs. Ingrams sei und auf geheimnisvolle Weise von einem Unbekannten verschleppt worden war – so stellte es Eleanor zumindest dar –, waren die Gutsherren aufrichtig entsetzt. Besonders Margaret, die selbst noch unter dem Verlust ihres einzigen Sohnes litt und vergeblich versucht hatte, dessen hinterhältigen Mörder ausfindig zu machen, versicherte Eleanor ihres aufrichtigen Mitgefühls. Die Steckbriefe mit den verschiedenen Konterfeis des Mörders hingen übrigens auch in Cobham und Umgebung aus. Mit dem gleichen Resultat wie in der Hauptstadt: Niemand schien den Mann zu kennen. Oder erkennen zu wollen.

Wenn Eleanor Ingram am Sonntag während des Gottesdienstes mit Hum in der ersten Reihe neben der Gutsherrin saß und der Predigt des Pfarrers lauschte, wusste sie, dass es die richtige Entscheidung gewesen war, London den Rücken zu kehren. Und wenn sie gemeinsam mit ihrer unehelichen Tochter auf der einen und Margaret Platt auf der anderen Seite vor die Kirche trat und den unterwürfigen Blicken derjenigen Menschen begegnete, die vor knapp drei Jahren noch vor ihr ausgespuckt hatten, empfand sie eine solche Genugtuung, dass es ihr beinahe den Atem nahm. Genauso hatte sie es sich vorgestellt! Das hatte sie gemeint, als sie damals gesagt hatte: »So einfach werdet ihr mich nicht los. Ich komme wieder.«

Hum hingegen war nicht ganz so begeistert von ihrem neuen Zuhause. Zwar tat der Aufenthalt auf dem Lande ihrer Gesundheit sichtlich gut, was sich vor allem daran zeigte, dass sie kein Blut mehr spuckte, der Husten nach wenigen Monaten nachließ und ihre Wangen sich allmählich röteten und eine gesunde Farbe annahmen. Dennoch sehnte sich das Mädchen nach London zurück. Hum vermisste das bunte Treiben im »Maiden Inn«, das Theater im »Cocksparrer« und die Gespräche mit Geoff auf dem Grave Mound. Dass die Hauptstadt im Augenblick in Schutt und Asche lag, schien ihre Sehnsucht und ihr Heimweh nur noch zu verstärken. Was für Rätsel und Geheimnisse verbargen sich in den verkohlten Ruinen! Welche Abenteuer warteten in dieser Geisterstadt auf Hum! Doch stattdessen begleitete sie Nathaniel, den verrückten Schafhirten, den ihre Mutter vom Gutsherren »übereignet« bekommen hatte, in die Heide oder musste sich aus dem Munde ihrer Kusine Mary und des Vetters Joseph langweiligen Dorftratsch anhören. Wenn doch nur Geoff hier wäre! Hum hätte nie gedacht, dass sie diesen Hornochsen so schmerzlich vermissen würde.

Mrs. Ingram hatte ihrem Sohn Edward die Verantwortung für das »Maiden Inn« übertragen, allerdings unter einer Bedingung: Das unselige Theater in der Hahnengrube musste sofort und für immer geschlossen werden. Was Edward aus dem Gasthaus machte, das überließ Eleanor allein ihm, doch sie ließ durchblicken, dass sie es gern sähe, wenn Edward und Penelope bald heirateten und das Inn gemeinsam führten. Ein Wunsch, dem beide sehr gern und rasch nachkamen. Bereits

Ende September, nachdem die Wunden in Penelopes Gesicht weitestgehend verheilt waren, gaben sie sich vor dem Altar von St. Mary in Lambeth das Jawort. Das Inn führten sie ganz im Sinne und nach den Regeln der früheren Mutter Southwood weiter, sieht man einmal davon ab, dass der Mittwochssabbat und das abendliche Vespermahl abgeschafft wurden. Auch die Schankmädchen und das Hofgesinde blieben dem »Maiden Inn« treu.

Nur für zwei Personen war fortan unter Edwards Herrschaft kein Platz mehr im Gasthaus, und erstaunlicherweise schien es beiden wenig auszumachen. Raymond Webster kam dem Rauswurf sogar zuvor, indem er eines Tages ankündigte, nach Southwark zurückkehren zu wollen. Lambeth sei zwar gut und schön, aber nichts gehe über sein geliebtes Borough. Auf Edwards Nachfrage, ob er schon wisse, wo und wovon er leben wolle, spielte Ray den Geheimnisvollen. Er habe alte Kontakte wieder aufleben lassen und werde sicherlich nicht verhungern. Southwark sorge eben gut für seine Kinder.

Die zweite unerwünschte Person war Ada, doch auch sie kam einer förmlichen Kündigung zuvor, indem sie schlichtweg verschwand. Im Hause ihres Vaters wohnte sie nicht mehr, denn das Gasthaus in der Botolph Lane war bereits am ersten Tag des Feuers bis auf die Grundmauern niedergebrannt. Als Penelope eines Tages im Oktober Adas Vater in einer provisorischen Zeltstatt im Keller seines verbrannten Gasthauses antraf, wo er Bier für die mit dem Wiederaufbau beschäftigten Arbeiter verkaufte, erfuhr sie, dass er seit der ersten Brandnacht nichts mehr von seiner undankbaren Tochter gehört habe. Gerüchten zufolge habe sie die Gunst irgendeines reichen und einflussreichen Gentlemans gewonnen und den Beruf der Schauspielerin mit dem der Mätresse getauscht. Wobei er bissig hinzufügte, dass zwischen diesen beiden »Berufen« kein wesentlicher Unterschied bestünde.

Das »Maiden Inn« florierte derweil trotz oder gerade wegen des Feuers, das die City von London zerstört hatte. Die meisten wohlhabenden Viertel westlich der Stadtmauern waren unversehrt geblieben, und vor allem Westminster und dem Palast von Whitehall hatten die Flammen nichts anhaben können. Da der königliche Hof und alle, die zu seinem Dunstkreis gehörten, nicht auf das gewohnte Amüsement verzichten wollten, das Angebot jedoch plötzlich drastisch eingeschränkt war, erwies sich die Lage des Gasthauses in der Nähe der Pferdefähre zwischen Lambeth und Westminster als höchst profitabel. Und weil zunehmend Adelige oder Höflinge im »Maiden Inn« verkehrten, sickerte schließlich durch, was aus Ada geworden war.

Ausgerechnet ihre Intimfeindin Fatty Fanny, nach wie vor das mit den üppigsten körperlichen Rundungen gesegnete und begehrteste aller Schankmädchen, erfuhr von einem noblen Gast im Hinterzimmer, dass Ada sich den Herzog von Buckingham geangelt habe und inzwischen dessen bevorzugte Mistress sei. Angeblich hatte der Herzog sie in der Nacht vor dem Feuer in irgendeiner zwielichtigen Kaschemme aufgelesen, wo er, maskiert und in Begleitung einer namentlich nicht genannten Königlichen Hoheit, irgendeinem formidablen unsittlichen Exzess beigewohnt habe. Er habe, so lautete die Mär, die nahezu splitternackte Ada kurzerhand in seine bereitstehende Kutsche verfrachtet und nach Whitehall geschafft, wo sie ihm seitdem die Feierabende versüße und die Nachtstunden verkürze.

Ob diese Geschichte den Tatsachen entsprach, war nicht eindeutig festzustellen. Dennoch zweifelte im »Maiden Inn« niemand daran, dass sich alles genau so zugetragen hatte. Man war sich einig, dass von Ada noch Großes zu erwarten sei.

Als Mutter Southwood nach Cobham übersiedelte und wieder zu Mrs. Eleanor Ingram wurde, bat sie ihren Sohn Geoffrey, sie dorthin zu begleiten. Sie wisse, dass sie ihm nach all den Jahren nichts vorschreiben könne, und es stünde ihm frei, stattdessen bei Edward in Lambeth zu bleiben, aber sie würde sich sehr darüber freuen, wenn Geoffrey ihr die Möglichkeit gäbe, sich als die Mutter zu erweisen, die sie ihm zeit seines Lebens nie habe sein können. Sie habe aus ihren Fehlern gelernt, beteuerte sie, und werde nun keine weiteren begehen.

Geoffrey bat sich Bedenkzeit aus, verbrachte eine schlaflose Nacht in seinem Verschlag und sagte dann am nächsten Morgen zu seiner Mutter drei knappe Worte: »Ich kann nicht.«

Er hatte sich die Entscheidung nicht leicht gemacht. Dass seine Mutter ihn so inständig gebeten hatte, freute ihn ebenso wie die Tatsache, dass er überhaupt wieder eine leibhaftige Mutter hatte. Wie Eleanor sich nach Jezebels schwerer Erkrankung verhalten hatte und dass sie nun die Zwillinge in ihre Obhut genommen hatte und nach Cobham mitnahm, beeindruckte Geoffrey durchaus. Das hieß aber nicht, dass auch er sich ein Leben bei ihr vorstellen konnte. Schon gar nicht, wenn er dafür London verlassen und aufs Land ziehen musste. Vielleicht spielte bei seiner Entscheidung auch eine Rolle, was Missis Collins ihm auf dem Hof des »Boar's Head Inn« berichtet hatte. Er war sich einfach nicht sicher, ob er seiner Mutter jemals wieder blind vertrauen konnte, denn sie bog und bastelte sich die Wahrheit nach Gutdünken zurecht und achtete dabei stets darauf, den Vorteil auf ihrer Seite zu haben. Wenn man Master Gerrard glauben durfte, unterschied sie sich damit gar nicht so sehr von ihren Mitmenschen, doch von seiner Mutter erwartete der Junge etwas anderes. Vielleicht hatte er zu lange ohne Mutter gelebt, um sich nun auf etwas einzulassen, von dem er einfach nicht überzeugt war. Drum ließ er es lieber bleiben.

Leid tat es dem Jungen wegen Hum, denn er hätte seine Freundin und Halbschwester gern weiterhin in seiner Nähe gehabt. Zudem wusste er, dass sie liebend gern in London – und vermutlich auch bei ihm – geblieben wäre. Doch andererseits sagte er sich immer wieder, dass es für Hum allemal besser sei, sich gelegentlich schrecklich zu langweilen, als sich ständig mit der Schwindsucht herumzuschlagen und am Ende daran zu sterben. Und dazu wäre es gewiss gekommen, wenn sie in London geblieben wäre.

Hum war auch das einzige Familienmitglied, dem er die ganze Wahrheit über die Ursache des Brandes erzählt hatte. Während er den anderen nur von dem schwedischen Schiff berichtet hatte, mit dem Jez und ihr Geliebter außer Landes gelangt waren, weihte er Hum in alles ein, was sich in jener Nacht im »King's Head Inn« zugetragen hatte. Sie bestärkte ihn in seinem Entschluss, weiterhin kein Wort darüber zu verlieren. Was geschehen sei, könne ohnehin nicht mehr ungeschehen gemacht werden. Man werde ihm kein Wort glauben und ihn schlimmstenfalls sogar selbst verdächtigen. Solange Jezebel verschwunden bleibe und dem Bäckerssohn nichts nachzuweisen sei, solle er lieber schweigen. Und damit sprach sie genau das aus, was er sich insgeheim längst überlegt hatte.

Doch dann, am Tag, als man den Franzosen gehenkt hatte, sprach Master Gerrard von dem Blut an ihren Händen und der Wahrheit, die nicht ausgesprochen werde, und er reichte Geoffrey Feder, Tinte und Papier.

Von all den Personen, die auf diesen Seiten beschrieben wurden, ist Gerrard Winstanley vermutlich die widersprüchlichste und am schwersten zu fassende. Über seine kurze Zeit als Digger und Anführer einer urchristlich motivierten Kommune ist viel gesagt und geschrieben worden, vor allem er selbst hat diese Jahre in vielen Kampfschriften dokumentiert. Doch mit dem Jahr 1652 endete seine politische und schriftstellerische Tätigkeit ebenso abrupt, wie sie vier Jahre zuvor mit nächtlichen Visionen begonnen hatte. Kein weiteres Buch oder Pamphlet hat er danach geschrieben, zumindest ist keines veröffentlicht worden oder uns erhalten geblieben. Als erwiesen gilt, dass er nach dem Tod seiner Frau Susan im Jahr 1664 eine Zeit lang in London lebte, doch was anschließend aus ihm wurde, ist nicht überliefert und unter Historikern sehr umstritten. Es gibt Forscher, die ihn in seinen späten Jahren mit der »Gesellschaft der Freunde« in Verbindung bringen und auf einen Quäker namens Gerrard Winstanley verweisen, der 1676 im Alter von 62 Jahren als Getreidehändler in St. Giles-in-the-Fields starb. Was allerdings nicht mit dem Geburtsjahr des Diggers Winstanley übereinstimmt, der laut Taufregister seiner Heimatgemeinde Wigan im Jahre 1609 zur Welt kam. Andere Historiker glauben hingegen, Anhaltspunkte dafür gefunden zu haben, dass Gerrard Winstanley nach Cobham zurückkehrte, ein angesehener Bürger wurde und sogar als Kirchenvorsteher der Gemeinde von St. Andrew tätig war. Eine Behauptung, die so gewagt erscheint, dass sie hier nicht weiter kommentiert werden soll.

Was man in all den Publikationen und Quellen vergeblich sucht, ist ein Hinweis auf Robert Gavell oder den Mord am »Old Barge House«. Offensichtlich wurde der Mörder des Pfarrerssohnes nie gefasst oder auch nur dem Namen nach ausfindig gemacht. Die Steckbriefe, die von Margaret Platt in Auftrag gegeben worden waren, brachten den Mann mit den buschigen Brauen und den stechenden Augen vor kein irdisches Gericht. Der Maler der Bilder sollte mit seiner Einschätzung recht behalten, dass sich die ganze Angelegenheit als bloße Zeit- und Geldverschwendung erweisen würde.

Außer den Schriften, die er selbst verfasst hat, geben nur wenige Dokumente etwas über das sprunghafte und turbulente Leben des Gerrard Winstanley preis. Vor allem seine Londoner Zeit nach der Restauration des Königreiches, die der radikale Republikaner wie eine persönliche Niederlage erlebt haben muss, bleibt weitestgehend im Dunkeln. Es existiert kein zeitgenössisches Porträt von ihm, wie ein Phantom erschien er auf der politischen Bühne und verschwand anschließend im undurchsichtigen Nebel der Ereignisse. Auch als Master Gerrard, Armenlehrer an der Schule von St. Olave, war seine Zeit schließlich gekommen.

Als Geoffrey Ingram den Master eines Abends im Dezember 1666 in seiner Dachstube aufsuchen wollte, um mit ihm die letzten Seiten seines Berichts zu besprechen (die er wenige Tage zuvor abgeliefert und an denen Master Gerrard vermutlich wieder allerlei auszusetzen hatte), fand der Junge die Kammer verlassen vor. Sämtliche persönlichen Gegenstände waren verschwunden, weder Bücher noch Kleidung waren geblieben. Sogar die Bettstatt war leer geräumt. Nur eine brennende Kerze auf dem Schreibtisch deutete darauf hin, dass Master Gerrard den Raum erst vor Kurzem verlassen hatte.

Neben der Kerze lag ein schweres, in Tuch eingewickeltes und verschnürtes Paket, und unter der Schnur klemmte ein Zettel mit Geoffreys Namen. Auch ohne das Paket zu öffnen, wusste der Junge, was sich darin befand: das Manuskript. Er zog den Zettel unter der Verschnürung hervor und erwartete irgendeine Nachricht des Masters, doch als er das Papier auseinanderfaltete, erkannte er, dass es sich um eine Art Flugblatt oder gedruckten Werbezettel handelte. Außer Geoffreys Namen hatte der Master keine handschriftlichen Kommentare hinzugefügt.

Der Junge las:

»Spektakulum in der ›Pig & Pox Tavern‹
DER MORD AM OLD BARGE HOUSE
Drama von Raymond Webster
Autor von ›Die Hure von Malfi‹
Der sensationelle Erfolg aus dem ›Cocksparrer‹
Jetzt im ›Pig & Pox‹, gleich neben dem Lock Hospital
Jeden Freitag um Mitternacht«

Geoffrey begriff zunächst gar nicht, was die Zeilen bedeuten sollten. Von einer »Pig & Pox Tavern« hatte er noch nie gehört. Das Lock Hospital war das alte Leprakrankenhaus am Ende der Hauptstraße, noch hinter der Kirche von St. George, unweit der Stadtgrenze, aber von einer Schänke in unmittelbarer Nähe wusste er nichts. Es musste sich um ein neu eröffnetes Gasthaus handeln.

Dann aber verstand der Junge plötzlich, und es durchfuhr ihn wie ein Blitzschlag. Er begriff nicht nur, was Rancid Ray gemeint hatte, als er davon gesprochen hatte, Southwark sorge eben gut für seine Kinder. Er begriff auch, warum die Kammer des Masters leer geräumt und der Master selbst verschwunden war. Geoffrey erinnerte sich mit Schrecken an den Skandal im »Cocksparrer«, als der Master sich mit einem Dolch in der Hand auf Ray Webster gestürzt hatte. Und vermutlich hatte sich auch Master Gerrard mit Schrecken an diese Szene erinnert, als er das Flugblatt von der neuerlichen Aufführung in die Hände bekommen hatte. Und um sich vor sich selbst zu schützen, hatte er Reißaus genommen. So vermutete Geoffrey. Denn beim nächsten Mal hätte der Master seinen eigenen Dolch mitgebracht.

Geoffrey verstaute das Flugblatt in der Hosentasche und nahm das Paket an sich. Dann ging er zum Fenster und schaute hinaus in die Dunkelheit. Nur undeutlich konnte er die Umrisse der Ruinen und Schuttberge erkennen, und er erinnerte sich, was Master Gerrard ihn vor Monaten gefragt hatte: »Was siehst du?«

»Weiß nicht«, hatte Geoffrey geantwortet. »Dunkle Nacht?«

»Schwarze Asche«, hatte der Master ihn verbessert. »Doch unter der Oberfläche glüht es, dass man sich verbrennen kann.«

»Ay, Sir«, murmelte Geoffrey, löschte die Kerze und ging hinaus.

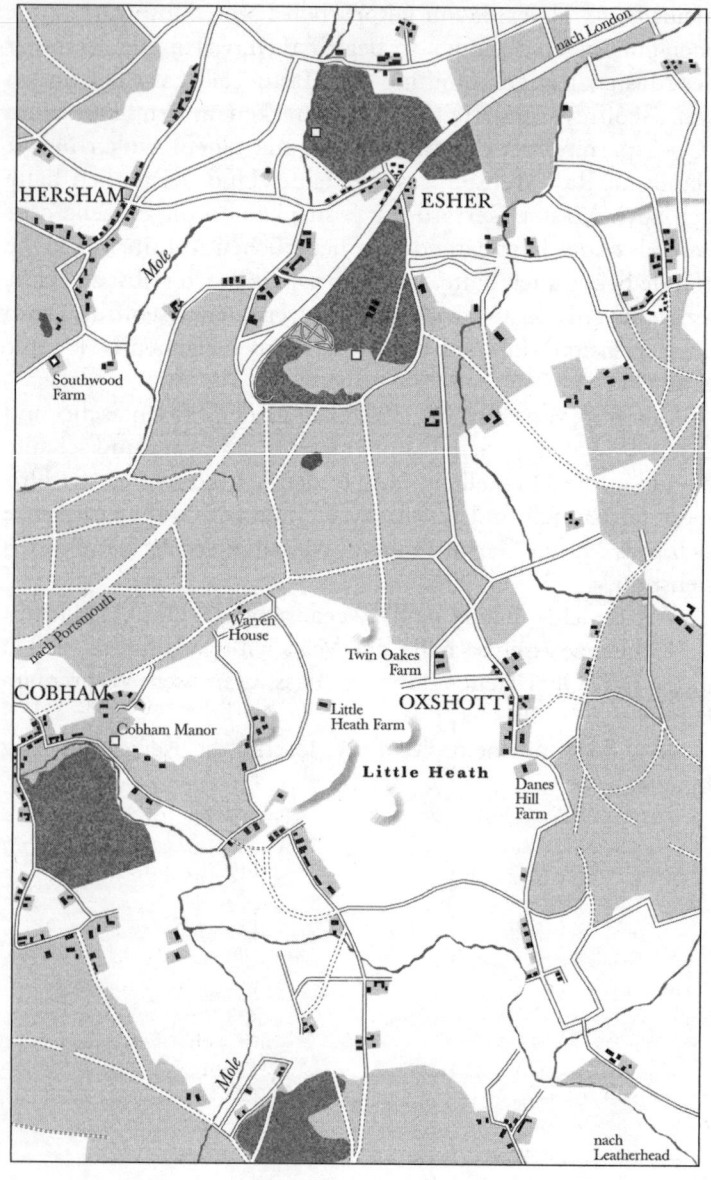

ANMERKUNGEN

Anmerkungen und Übersetzungen

S. 10   *Samstag, 27. Oktober 1666:* Sämtliche Datumsangaben folgen dem Julianischen Kalender; der heutige Gregorianische Kalender (in Deutschland seit 1582 gültig) wurde in England erst 1751 eingeführt.

S. 12   *Robert Hubert:* * ca. 1640, † 29. 10. 1666; französischer Uhrmacher aus Rouen, wurde als Brandstifter des Großen Feuers von London verurteilt und hingerichtet; sein Geständnis stellte sich später als falsch heraus.

       Ay: (engl., veralt.) Ja, jawohl.

       dreibeinige Stute: volkstümlicher Name des dreieckigen Galgens in Tyburn, der öffentlichen Richtstätte vor den Toren Londons.

S. 14   *Lüge und Unwahrheit herrschen im Land ...:* Jer 9,2.

S. 15   *Einer täuscht den anderen ...:* Jer 9,4.

S. 19   *Borough:* (engl.) Stadtteil, Bezirk; Southwark wird von den Einwohnern oft nur »The Borough« genannt.

S. 21   *Boar's Head Inn:* Das Inn befand sich am nördlichen Ende der Borough High Street und musste 1830 der Zufahrt zur neu errichteten London Bridge weichen.

S. 25   *König Charles:* Charles II., * 29. 5. 1630, † 6. 2. 1685; König von England, Schottland und Irland, Sohn des 1649 hingerichteten Charles I., lebte seit 1646 im französischen Exil, gelangte durch die Restauration von 1660 auf den engl. Thron. Er führte eine leichtlebige Hofhaltung nach französischem Vorbild und hatte zahlreiche Mätressen.

S. 28   *Clink:* berüchtigtes Gefängnis am Südufer der Themse, gehörte zum Palast des Bischofs von Winchester, wurde im 17. Jh. vor allem als Schuldgefängnis benutzt.

S. 31   *George, White Hart, Tabard:* berühmte Wirtshäuser an der Ostseite der Borough High Street, von denen heute nur noch das »George Inn« existiert; das »Tabard« (später »Talbot«) wird in Geoffrey Chaucers »Canterbury Tales« erwähnt.

S. 33 *Puritaner:* streng calvinistische Protestanten im England des 16. u. 17. Jhs., die sich sowohl von der katholischen als auch von der anglikanischen Kirche absetzten und rigoros alles Weltliche ablehnten.

S. 37 *Esau:* (hebr.) »der Rote«, Sohn Isaaks und der Rebekka (1 Mos 25,19–26); der von Gott gehasste ältere Zwillingsbruder von Jakob, an den er sein Erstgeburtsrecht verkaufte, Stammvater der Edomiter.

normannisches Joch: Im Jahr 1066 besiegte der Normanne William I., der Eroberer, die Angelsachsen in der Schlacht bei Hastings und eroberte bis 1077 ganz England. Als König stattete er seine normannischen Gefolgsleute mit angelsächsischem Landbesitz aus und führte das kontinentale Lehnswesen ein.

S. 39 *St. Saviour:* die heutige Southwark Cathedral; die Kirche war zunächst ein Priorat und hieß St. Mary Overy (›over the river‹) und wurde mit der Reformation zur Pfarrkirche von St. Saviour.

S. 40 *Dissenter:* (lat.-engl.) »Andersdenkender«, Mitglied einer protestantischen Kirche, die sich von der anglikanischen Staatskirche getrennt hat.

S. 43 *Oliver Cromwell:* * 25. 4. 1599, † 3. 9. 1658; englischer Staatsmann, zunächst puritanisches Mitglied des Unterhauses und im englischen Bürgerkrieg (1642–1649) Führer und Feldherr gegen den Absolutismus Charles I. Nach der Hinrichtung des Königs (30. 1. 1649) Haupt des Staatsrats der englischen Republik, seit 1653 »Lordprotektor« von England, Schottland und Irland.

Commonwealth: (engl.) »öffentliches Wohl«, 1649–1660 Name für den engl. Staat.

S. 63 *Rundköpfe:* (engl. ›Roundheads‹) Bezeichnung (nach ihrer Haartracht) für die puritanischen Anhänger des Parlaments im englischen Bürgerkrieg seit 1642. Ihre Gegner waren die »Kavaliere« (engl. ›Cavaliers‹).

S. 64 *seine Leiche nach Jahren wieder ausgegraben:* Am 30. Januar 1661 (dem Jahrestag der Hinrichtung Charles' I.) wurde die Leiche Oliver Cromwells exhumiert und der 1658 gestorbene Lordprotektor in Tyburn posthum hingerichtet. Sein Körper wurde in einem Loch vergraben, der Kopf wurde vor Westminster Abbey aufgespießt (bis 1685).

S. 71 *Narrow Wall:* (engl.) »enger Mauerstreifen«, Uferweg in Lambeth, am Südufer der Themse (die heutige Belvedere Road).

S. 75 *Wenceslaus Hollar:* * Prag 13. 6. 1607, † London 28. 3. 1677; böhmischer Radierer und Zeichner, lernte bei Matthäus Merian in Frankfurt, trat 1636

in den Dienst des Earl of Arundel und lebte zeitweilig in dessen Londoner Haus. Von Hollar stammen die berühmten Prospekte und Stadtansichten Londons vor dem Großen Feuer.
Blatternarben: (veralt.) Pockennarben.

S. 80 *Folioformat:* Halbbogengröße, entspricht etwa DIN A3.
John Webster: * um 1580, † um 1634, engl. Dramatiker von Tragödien und drastischen Schauerstücken wie »The White Devil« (›Die weiße Teufelin‹, 1612) oder »The Duchess of Malfi« (›Die Herzogin von Malfi‹, um 1613).

S. 81 *Quietus est:* (von mittellat. *quietus:* »los, ledig, frei«) Endquittung bei Begleichung einer Schuld, daher: »quitt sein«.

S. 92 *Samuel Pepys:* * 23.2.1633, † 26.5.1703; englischer Schriftsteller, hoher Verwaltungsbeamter in der Admiralität. Sein Hauptwerk war ein zum Teil in Geheimschrift geschriebenes, nicht zur Veröffentlichung bestimmtes Tagebuch der Jahre 1660–69.

S. 94 *Hampton Court:* königliches Schloss südwestlich von London an der Themse, Residenz der englischen Könige seit Heinrich VIII. (bis ins 18.Jh.).

S. 95 *Beef Stew:* (engl.) Rindfleischeintopf.

S. 98 *Southwark Fair:* im September stattfindender Jahrmarkt auf der Borough High Street (nahe St. George) in Southwark, seit 1462 (bis ins 18 Jh.).

S. 102 *Klüversegel:* (Seemannsspr.) dreieckiges Vorsegel.

S. 108 *Seekrieg gegen die Niederlande:* Der 2. Englisch-Niederländische Krieg (1665–1667), in dem es um die Kontrolle der Handelsströme und die Seeherrschaft ging, endete mit dem Frieden von Breda.
Admiral de Ruyter: Michiel de Ruyter, * 24.3.1607, † 29.4.1676; niederländischer Admiral, wagte 1667 mit seinen Schiffen einen tollkühnen Vorstoß in die Themsemündung bis kurz vor London.

S. 109 *Lady Castlemaine:* Barbara Villiers, verheiratete Palmer, * Nov. 1640, † 9.10.1709; Herzogin von Cleveland, war die berühmteste der zahlreichen Geliebten Charles' II. von England.
Herzog von York: Adelstitel für den zweitgeborenen Sohn des englischen Königs, in diesem Fall James, der jüngere Bruder Charles' II. und spätere König James II. (1685–1688); er wurde 1672 Katholik und war der letzte römisch-katholische König Englands.

S. 118 *East Anglia:* (engl.) Ostanglien, Region nordöstlich von London, umfasst die Grafschaften Cambridgeshire, Norfolk und Suffolk sowie Teile von Lincolnshire.

S. 119 *Stickfluss:* (veralt.) Lungen-
ödem; häufig wurde der
damals als Krankheit noch
unbekannte Herzinfarkt als
Stickfluss fehlgedeutet.

S. 131 *Schwindsucht:* (veralt.) Tuber-
kulose.

S. 143 *Arundel:* Thomas Howard,
Earl of Arundel, * 7.7.1585,
† 26.9.1646, berühmter
Kunstsammler und Mäzen
(u.a. von Wenceslaus Hollar).

S. 150 *Digger:* (engl.) Buddler,
Gräber; im 17.Jh. bedeutete
›to dig‹ auch »pflügen, um-
graben«.

S. 152 *Als Adam grub und Eva spann …:*
»When Adam dalf and Eve
span, who was then the gentleman?« Vermutlich stammt
der Spruch aus dem Bauern-
aufstand des Jahres 1381 vom
Prediger John Ball, * 1335,
† (hingerichtet) 1381. Die
deutsche Übersetzung wird
dem Reformator Johannes
Agricola (1494–1566) zu-
geschrieben, der sie in seine
Sammlung deutscher Sprich-
wörter aufnahm, von der
1582 eine gedruckte Aus-
gabe in Wittenberg er-
schien.

S. 153 *Lord Fairfax:* Thomas Fairfax,
*17.1.1612, † 12.11.1671; eng-
lischer General, brach 1642
mit König Charles I., war im
Bürgerkrieg Oberbefehls-
haber der Parlamentstruppen,
unterstützte jedoch nach
Cromwells Tod die Restau-
ration des Königtums.

S. 155 *London Gazette:* Londoner
Amtsblatt, älteste engl.
Zeitung, erschien erstmals
am 7.November 1665.

S. 156 *Genf 1560:* Es handelt sich
um die sogenannte »Geneva
Bible«, eine englische Bibelübersetzung aus dem Jahr
1560, die einen stark calvinis-
tischen Charakter hatte. Sie
wurde bis ins 17.Jh. gedruckt,
aber nach 1660 von der
anglikanischen Kirche als
puritanisch abgelehnt.
King-James-Bibel: eine englische Übersetzung der Bibel,
die im Auftrag von König
James I. für die anglikanische
Kirche erstellt wurde. Seit
ihrer Erstveröffentlichung im
Jahre 1611 ist sie die einfluss-
reichste englischsprachige
Bibelübersetzung.

S. 159 *Ely House:* Residenz des
Bischofs von Ely in Holborn
(von 1290 bis 1772). Ein
Großteil des Palastes wurde
während des Commonwealth
zerstört, die zum Palast ge-
hörende Kirche von St. Etheldreda blieb erhalten und über-
stand auch das Feuer von 1666.

S. 168 *Stinkwacholder:* Sadebaum,
kann bei Verzehr Gebär-
mutterkrämpfe hervorrufen,
Abortivum im Mittelalter.
Mutterkorn: kornartiger Pilz an
der Roggenähre, der bei Verzehr zu Krämpfen, tauben
Gliedmaßen, Halluzinationen
und vorzeitigen Wehen führen
kann. Im Mittelalter ein häufig

verwendetes Mittel zur Ab-
treibung.

S. 185 *Den Geist der Wahrheit ...:*
Joh 14,17–18.
Book of Common Prayer: verbind-
liche Agende der anglikan.
Kirche. In ihr finden sich
Ordnungen für Morgen- und
Abendgebet, Taufe, Abend-
mahl, Konfirmation und
Trauung. Die Fassung aus
dem Jahr 1662, die bis heute in
Gebrauch ist, wurde von den
Nonkonformisten des 17. Jhs.
abgelehnt.

S. 187 *Fortan werde ich nicht viel mit euch
reden ...:* Joh 14,30–31.

S. 192 *Presbyterianer:* Angehöriger
calvinistisch-protestantischer
Kirchen mit Presbyterial-
verfassung, die im Gegensatz
zur anglikan. Kirche standen
(siehe Anm. S. 40 zu
›Dissenter‹).

S. 195 *Nay:* (engl., veralt.) Nein.

S. 213 *Castle on the Hoop:* der heutige
Pub »The Anchor« an der
Bankside.

S. 227 *Rookery:* (engl.) eigentlich
Vogelkolonie; wird als Be-
zeichnung eines Slums oder
einer Armensiedlung benutzt.
Die berüchtigte »Rookery« in
St. Giles bestand bis ins 19. Jh.

S. 234 *Royal Cockpit:* das Privattheater
der Tudor- und Stuart-Könige
im Palast von Whitehall, einst
unter Heinrich VIII. als
Hahnenkampfplatz errichtet.

S. 241 *Herzog von Monmouth:* James
Scott, Herzog von Monmouth,
* 9. 4. 1649, † 15. 7. 1685; ille-
gitimer Sohn von Charles II.,
1662 zum Herzog ernannt,
1685 nach der »Monmouth
Rebellion« im Tower hin-
gerichtet.

S. 250 *Farthing:* Münze im Wert eines
Viertelpennys.
Shilling: engl. Münze im Wert
von 12 Pence oder 1/20 Pfund
Sterling.
Crown: englische Münze im
Wert von 5 Shilling oder
1/4 Pfund Sterling.
Guinea: englische Goldmünze
(1663 eingeführt), entspricht
21 Shilling (oder etwas mehr
als 1 Pfund Sterling).

S. 262 *Der Herr ist ein gerechter
Richter ...:* Ps 7,12.
Denn er, der Blutschuld rächt ...:
Ps 9,13.
Normannenbastard William:
gemeint ist William I., der
Eroberer, * 1027, † 1087;
englischer König (siehe auch
Anm. S. 37 zu ›norman-
nisches Joch‹).

S. 263 *In Schande und Schimpf ...:*
Ps 35,4.

S. 264 *Quartformat:* Viertelbogen-
größe, entspricht etwa
DIN A4.

S. 265 *Fallsüchtiger:* Fallsucht (veralt.):
Epilepsie.

S. 268 *Keinerlei Mitleid sollst du
kennen ...:* 5 Mos 19,21.

S. 272 *derrière:* (franz.) Hinterteil,
Hintern, Gesäß.

S. 293 *Entsetzliches und Abscheuliches ...:*
Jer 5,30–31.

S. 306 *mehrtägige Seeschlacht:* »Four
Days Battle« vom 1. bis 4. Juni

1666 während des 2. Englisch-
Niederländischen Krieges
(siehe Anm. S. 108).

S. 333 *Eroberung von Jamaika:* Im Mai
1655 eroberten engl. Truppen
unter Admiral William Penn
die Insel Jamaika von den
Spaniern.
Port Royal: Festungshafen und
Handelszentrum nahe dem
heutigen Kingston, war im
17. Jh. eine berüchtigte Hoch-
burg englischer Seeräuber und
als sittenlos verrufen, wurde
1692 durch ein Erdbeben
zerstört.

S. 334 *Schweißfieber:* sehr ansteckende,
häufig tödlich verlaufende
Virusinfektion, die ihren
Namen dem stark fließenden,
übel riechenden Schweiß
verdankte; die Krankheit
dauerte nur vier bis zwölf
Stunden.

S. 336 *Gesellschaft der Freunde:* Selbst-
bezeichnung der Quäker, die
Mitte des 17. Jh. in England
entstanden und sich sowohl
von der anglikan. Staatskirche
als auch von den Puritanern
absetzten. Sie lehnten jede
Kirchenhierarchie, Sakramente
und den Kriegsdienst ab und
glaubten, dass alle Menschen
vor Gott und den Menschen
gleich seien.
Quäker: (engl.) ›to quake‹:
beben, zittern.

S. 343 *Antoniusfeuer:* Ergotismus,
»Kribbelkrankheit«, Ver-
giftung durch Mutterkorn
(siehe Anm. S. 168).

S. 357 *Insektenblume:* gehört zur
Pflanzengattung der Wucher-
blumen, aus deren Blüten
(noch heute) das Insektizid
Pyrethrum gewonnen
wird.
Schwefelmilch: Sulfur praeci-
pitatum, der sogenannte
»gefällte arsenfreie Schwefel«,
wird bei äußerlichen Haut-
erkrankungen angewendet.

S. 377 *Herzog von Buckingham:* George
Villiers, 2. Herzog von
Buckingham, * 30. 1. 1628,
† 16. 4. 1687; englischer Staatsmann, kämpfte gegen Crom-
well, nach der Restauration
Günstling Charles II.

S. 380 *Rotröcke:* das Parlamentsheer
des Commonwealth (»New
Model Army«), das erste
stehende Heer in England,
trug rote Uniformen; nach
der Restauration übernahm
Charles II. die »Rotröcke« für
die engl. Armee.

S. 396 *White Tower:* die zentrale und
älteste Festung des Tower of
London mit den vier Eck-
türmen (wird oft fälschlicherweise mit dem Tower of
London gleichgesetzt).

S. 398 *die Zahl 666:* eine biblische
Zahl in der Offenbarung des
Johannes, auch »die Zahl des
Tieres« oder »die Zahl des
Antichristen« genannt.

S. 399 *Coaching Inn:* Postkutschen-
station, Herberge für Reisende,
in denen die Pferde für die
Kutschen gewechselt werden
konnten.

S. 420 *Schlagfluss:* (veralt.) Schlag-
anfall.

S. 432 *Rühr-mich-nicht-an:* Großes
Springkraut, bei dem die
Fruchtkapseln bei Berührung
blitzartig aufspringen.

S. 453 *Earl of Shrewsbury:* John Talbot,
1. Earl of Shrewsbury, * 1384,
† 17. 7. 1453; englischer Heer-
führer im Hundertjährigen
Krieg, fiel in der Schlacht bei
Castillon (Gascogne).

S. 462 *Cockney:* ein Londoner, der
in Hörweite der Kirche
St. Mary-le-Bow in Cheapside
geboren wurde (erstmals im
Jahr 1600 erwähnt).

S. 559 *Blackjack:* (engl.) Totschläger aus Leder, an dessen
einem Ende sich eine Hand-
schlaufe befindet und
in deren anderes Ende
eine Metallkugel einge-
näht ist.

S. 567 *Blutwurz:* gelb blühendes
Fingerkraut, blutstillende
Heilpflanze.
Katzenschwanz: Acker-Schach-
telhalm, blutstillende Heil-
pflanze.

S. 568 *Bailiff:* (frz.-engl.) Amtmann,
Vogt.

S. 576 *Jesus am Ölberg:* In der Nacht
vor seiner Hinrichtung soll
Jesus im Garten Gethsemane
Gott um Verschonung seines
Lebens gebeten haben
(Mt 26,36–56).

S. 578 *Der Gerechte wird sich an der Rache erfreuen …:* Ps 58,10.

S. 580 *Richtet nicht, auf dass ihr nicht
gerichtet werdet:* Mt 7,1.

neun Leben: Während im
Deutschen eine Katze sprich-
wörtlich sieben Leben haben
soll, sind es im Englischen
neun Leben.

S. 585 *Unschlittkerzen:* (veralt.) Talg-
kerzen.

S. 587 *You noble Diggers all …:* »Ihr
edlen Digger alle, erhebt euch
jetzt, erhebt euch jetzt! Das Öd-
land zu bewahren, auch wenn
Kavaliere von Rang euer Graben verachten und eure Leute
diffamieren. Erhebt euch
jetzt, ihr Digger alle!« (»The
Diggers' Song«, 1. Strophe).

S. 592 *Squire:* (engl., von ›Esquire‹)
Gutsherr, Landedelmann.

S. 598 *Porridge:* (engl.) dicker (Früh-
stücks-)Haferbrei.

S. 623 *Karavelle:* leichtes und wen-
diges Segelschiff mit geringem
Tiefgang und hohen Auf-
bauten am Heck.

S. 627 *Thomas Bludworth:* * 1620,
† 12. 5. 1682; reicher Holz-
händler, von Okt. 1665 bis
Okt. 1666 Lord Mayor von
London. Ihm wurde wg.
Untätigkeit eine Mitschuld an
der Ausbreitung des Großen
Feuers gegeben.

S. 634 *Samuel van Hoogstraten:* *
21. 8. 1627, † 19. 10. 1678; hol-
ländischer Maler und Dichter,
ein Schüler Rembrandts, der
1662–1666 in London lebte.

S. 636 *James Granger:* * 1723, † 1776;
Pfarrer und Biograf, Haupt-
werk: »Biographical History
of England from Egbert the
Great to the Revolution«.

Das Wasser des Rheins, das Feuer des Glaubens und der Geist einer neuen Zeit

Noël Gerard
WASSER UND FEUER
Historischer Roman
432 Seiten
ISBN 978-3-404-16529-2

Köln, 1525. Der junge Leonhart sieht verträumt den Schiffen nach, die den Rhein hinaufziehen. Doch sein Vater Tielman, ein Seidenhändler und Ratsherr der Stadt, hat für Träume nichts übrig. Es ist die Zeit der Reformation. Bauern ziehen gegen den Adel zu Felde. Auch in Köln begehrt das Volk gegen die Obrigkeit auf und als kriegerische Zustände in der Stadt ausbrechen, muss Tielman fliehen. Leonhart verschlägt es derweil nach Venedig. Als er Jahre später zurückkehrt, folgt er der Spur seines Vaters – und entdeckt ein dunkles Geheimnis ...

Bastei Lübbe Taschenbuch

Seide und Sünde, Schiffe und Schwerter –
ein grandioser Bilderbogen der veneziani-
schen Renaissance

Charlotte Thomas
DIE LIEBENDEN
VON SAN MARCO
Historischer Roman
928 Seiten
ISBN 978-3-404-16497-4

Venedig zu Beginn des 16. Jahrhunderts: Die Pest grassiert in der Lagunenstadt. Sterbenskrank wird die junge Venezianerin Cintia auf eine Seucheninsel gebracht, wo sie dank des Kaufmannssohnes Niccolò überlebt. Ihr gelingt die Rückkehr nach Venedig, doch sie ist zu jung, um das Erbe ihres Vaters, eines reichen Seidenwebers, in Besitz nehmen zu können. Gegen die drohende Vormundschaft raffgieriger Verwandter hilft nur eine rasche Heirat, und so stimmt Cintia kurz entschlossen einer Ehe mit dem Schiffsbauer Paolo zu, zum Verdruss Niccolòs, der ebenfalls um sie geworben hatte. Aus der Vernunftehe wird wider Erwarten Leidenschaft, doch tödliche Konflikte werfen bereits ihre Schatten voraus …

Bastei Lübbe Taschenbuch